中国科普作家协会资助项目

王晋康文集
第2卷

天父地母

王晋康 著

科学普及出版社
·北 京·

图书在版编目（CIP）数据

天父地母 / 王晋康著 . -- 北京：科学普及出版社，2023.2

（王晋康文集；2）

ISBN 978-7-110-10466-8

Ⅰ.①天… Ⅱ.①王… Ⅲ.①幻想小说 – 中国 – 当代 Ⅳ.① I247.5

中国版本图书馆 CIP 数据核字（2022）第 122148 号

策划编辑	王卫英
责任编辑	王卫英
封面题字	张克锋
装帧设计	中文天地
责任校对	焦　宁　张晓莉　邓雪梅　吕传新
责任印制	徐　飞

出　　版	科学普及出版社
发　　行	中国科学技术出版社有限公司发行部
地　　址	北京市海淀区中关村南大街 16 号
邮　　编	100081
发行电话	010–62173865
传　　真	010–62173081
网　　址	http://www.cspbooks.com.cn

开　　本	710mm × 1000mm　1/16
字　　数	7460 千字
印　　张	470.25
插　　页	1
版　　次	2023 年 2 月第 1 版
印　　次	2023 年 2 月第 1 次印刷
印　　刷	北京中科印刷有限公司
书　　号	ISBN 978-7-110-10466-8 / I · 641
定　　价	2888.00 元

（凡购买本社图书，如有缺页、倒页、脱页者，本社发行部负责调换）

目 录

楔子一	/ 001
楔子二	/ 011
第一章　双五〇标准	/ 015
第二章　拔河	/ 024
第三章　屠龙之技	/ 033
第四章　智慧的鸿沟	/ 040
第五章　雁哨	/ 054
第六章　地球之殇	/ 059
第七章　太阳之殇	/ 077
第八章　神	/ 084
第九章　被赐福者	/ 085
第十章　尖点	/ 121
第十一章　息壤星之蛋房	/ 151
第十二章　密谋	/ 196
第十三章　发现	/ 221
第十四章　凶日	/ 251
第十五章　朝拜蛋房	/ 284
第十六章　耶耶之死	/ 301
第十七章　洞洞	/ 330
第十八章　血仇	/ 334
第十九章　真相	/ 368
第二十章　美丽	/ 389

第二十一章　理性的决定　　　　　　　　　　/ 399
第二十二章　婚变　　　　　　　　　　　　　/ 417
第二十三章　永生　　　　　　　　　　　　　/ 433

楔子一

一

起初，神在羽化之前不幸遭逢宇宙灾变。灾变每十万年横扫宇宙一次，吹灭普天之下的智慧之火，无一处可以幸免——除非受罚之人能够沿时间轴逃离。然而福祸相依，神有幸得蒙天恩，反倒借灾变之力完成了自身的提升。

神诞生后便有了慧眼天目，能遍观诸天，知过去未来之事。神叹息宇宙之荒凉寂寥，虽有万亿星系及星体，但相距遥远，互不关联，自生自灭，星体的光无法照亮暗冷的虚空。各星系中鲜有生命的诞生，更罕有智慧生命。即便偶有智慧生命，也多不能冲破光速的桎梏，终其种族史，只能在其发祥地附近微微蠕动，其范围于宇宙而言只是一个零尺度的点。他们自生自灭，对外部世界全无影响。神称其为"零维生命"。

极少数零维生命也能冲破光速的桎梏，在宇观世界中驰骋往来，以浩渺宇宙为自家庭院，把种族的足迹铭刻于宇宙史册中。神称其为"三维生命"。但他们未能冲破时间的桎梏，当周期为十万年的灾变袭来时，其文明也同样被清零。

三维生命中，只有那些最为坚忍卓绝又得造化眷顾者，才能最终冲破时间的桎梏，脱体飞升，在时空中自由穿梭，以亿万光年为一足之远，以亿万年为一瞬之短。神称其为"四维生命"——也即神的自身。神诞生后曾遍察宇宙，知道四维生命仅有自身这一孤例。他已超越生死，与天地同寿，可惜只能孤独终生。

神溯时间而上，观察了他诞生前不久的一次恒星爆炸。光的洪波凶猛地向四周迸射，烧红了周围暗冷的太空。洪波经过36光年的奔泻，此时刚刚抵达一颗名为地球的行星。地球人已经提前得知这颗恒星的爆炸，做好了观察的准备。他们之所以能越过光锥屏障而提前得知，是因为一个叫鱼乐水的百岁老妪——神最关注的就是这个个体。三维生命绝不能两次观察同一桩历史事件，而鱼乐水曾乘坐亿倍光速飞船（大家称之为亿龙赫飞船）飞抵这颗恒星附近，目睹过它的爆炸；其后她乘亿龙赫飞船回到地球，得以在36年后再次目睹同一个历史事件。有了这样的经历，她就实现了对三维生命的超越，哪怕它只是昙花一现。

神在虚空中默默观察着鱼乐水。虽然她属于低等级生命，而且感性大于理性，神则一直以自身的理性坚硬而自傲，但神对她怀有敬意。当这场波及全宇宙的灾变来临之际，鱼乐水同楚天乐、姬人锐等合力开创了地球的氦闪时代，在短短数十年间实现了千年的文明跃升。因此被地球人视为三圣。眼下楚天乐已经离开地球，姬人锐过世多年，而鱼乐水已是百岁老人。她知道自己时日无多，仍时时关注着地球人的命运，以其睿智为人类预先筹谋。她的执着和大爱博得了神的敬意。

只是——神是能洞察未来的，他知道，真实的未来对鱼乐水太残酷了。灾难马上就要降临地球，其程度远远超过楚天乐的预言。这不奇怪，时空进程中有太多的偶然、突变和奇点，低等智慧即使是其中卓越的天才怎么能做出完全准确的预测呢？更有甚者，因为某种阴差阳错，鱼乐水的一些安排反倒成了灾难的直接起因。

神知道这些，但不打算干涉。不干涉历史的自然进程，尤其是不去逆时序地干涉——这是神要遵守的第一天条。以他的坚硬理性，他完全能把持住自己。当然，在他的意识深处，也难免泛起一丝低级的感情涟漪。神在虚空中怜悯地注视着那个衰老的背影，然后悄然隐去。

二

在楚天乐百岁诞辰的前夜，大角星爆炸的图景走过了36.5光年的行程，熬过了地球人36.5年的等待，终于来到地球。这一年是宇宙开始暴缩第110年，周期为124年的密真空孤立波已经过去大半，距宇宙恢复为"零真空"

的时刻还有 14 年。此后预计是反向的宇宙暴胀，即一个疏真空孤立波，其周期预计也是 124 年。按楚天乐和泡利的预言，空间的暴胀将使人类智慧崩溃。这是一个"软灾变"，但比硬灾变更可怕。

103 岁的鱼乐水是第二次观看大角星的爆炸。当年她乘坐亿倍光速飞船天马号到了大角星的附近，现场目睹了诺亚号穿越大角星并引发大角星爆炸的场景。此后天马号"边逃边看"，在十几天内始终处在爆炸强光的波锋，得以看到大角星从坍塌、爆发，到扩大为一片星云的全过程。这个过程现在向后平移了 36.5 年，以同样的速率向地球人重播。当然，遥远的距离隐去了所有的细节，也消去了那场天文巨变的磅礴气势。现在，即使在楚马天文望远镜的大口径镜野中，也看不到那条径直扑向大角星的"混沌鱼"，看不到它穿过星体时所形成的笔直虫洞，也无法真切重现大角星爆发时所形成的强光海啸，当然更看不到在大角星背后，诺亚号一分为二的奇特景象，由它的超光速所造成的视觉景象。现在所能看到的，只是大角星的光度忽然增强，在一天之内变成一颗红色的超级亮星，其光辉压制了满天的繁星；又在十几天的时间里扩大为一片小小的红色星云，其中心处隐约露出一颗光芒微弱的蓝星。

由于"两次观看爆炸"的时间差对地球来说是已知的，而且数值很精确，所以，由此可轻易算出大角星距地球的精确的光年值。这个精确值比以往的测值小了万分之三。不过这并非完全是因为过去的测值不准，而是因为在大角星爆炸的那个时刻，宇宙收缩已经进行了 74 年，大角星与地球的距离已经被压缩了。这种"实地走一趟"的测距方法，在过去是完全无法想象的。想当年，美国天文学家哈勃曾为测量恒星距离而绞尽脑汁，不得不做一些不可靠的假设，也只能得出不可靠的结论。如果这位史上最伟大的天文学家地下有知，知道恒星距离竟然能如此轻松地搞定，一定会惊喜得从棺材中跳出来。

在宝天曼玉皇顶的山居中，鱼乐水一直坐在轮椅里观看"大角星云"的诞生图景，这十几天里，电视中连续播放着这些取自楚马天文望远镜的画面，深夜也不中断。不过鱼乐水毕竟是百岁老人，精力不济，经常是看着看着就进入了浅睡。保姆刘妈过来，轻轻唤醒她，劝她上床睡，她总是笑着拒绝，仍坐在轮椅中看下去。

她实际不光是在观星，也是在回忆，回忆那个逝去的"氦闪时代"。那是凡人神化的时代，是人类文明史上最辉煌的一次闪光。现在重温这段历史，即使以一位百岁老人的心境，也免不了心潮澎湃血脉偾张。她的百岁人生恰与氦闪时代同步，称得上奇光异彩。

可惜氦闪时代已经逝去，那个时代特有的景象——天才如群星般辉耀、科技奇迹如礼花般喷射——已经久违了，而且人类的智慧之火会越来越暗淡，甚至完全熄灭也并非不可能……

活着真难啊。茹毛饮血的原始人活得很难，刀耕火种的蒙昧人活得很难，即使是掌握了魔法般的科技、几乎已经进入自由王国的今天的人类，活得也同样艰难。但再难也要活下去。活着不是为了逃避个体的死亡或族群的死亡甚或宇宙的死亡，那些都是无可逃避的，活着只是为了享受活着的乐趣。活着既是上天赐予每个生灵的权利，也是必须履行的义务……

另一个房间的刘妈悄悄走过来，她从心电遥测仪上发现了鱼乐水的激动。她悄悄观察一会儿，没有发现异常，又悄悄离开。

时钟敲响午夜12点，丈夫楚天乐的百岁生日到了。传真机轧轧地启动，送来了雁哨号上众人的信件。现在雁哨号飞船距地球220亿千米，也就是20.4个光时。鱼乐水在20.4个小时前向雁哨号发出了生日祝福，这会儿应该刚刚到达那儿，所以这些信件并非回信，而是和她的信同时发出的。信件中能感受到雁哨号上众人的洋洋喜意。他们正在为楚天乐开生日派对，虽然楚和伊莱娜不能亲自参加，两人都是以一颗脑袋的状态活着，住在飞船之外、千米横杆端头的密封箱中，只能通过全息影像来参加，也同样乐在其中。这组来信中，伊莱娜的信最让鱼乐水欣慰。三年前，雁哨号近距离掠过地球时，她与伊莱娜有过一次深入的通话，那时伊莱娜正处于心理崩溃状态，甚至在计划着如何自杀。鱼乐水劝她熬过这个心理极限，还说，五年后如果还熬不过去，她会陪伊莱娜一块儿自杀。三年后的伊莱娜显然成功了，她欣喜地写道：

天父地母

鱼姐姐：

很欣慰地告诉你，我成功了，熬过了心理极限。现在对我来说，当年的自杀决定简直是荒谬、荒悖、不可理喻。很难想象自己竟然曾沉迷于这样的荒唐决定。最近我很忙，知道我在忙什么吗？——指挥船员们克隆天乐和我的身体，克隆用的细胞是我登船前早就备好的。克隆体的生长速率被调慢五倍，等140年后疏真空结束时，两个克隆体正当二十几岁的妙龄，天乐和我的大脑将被移植到新身体中。到那时，一对二十几岁的妙龄男女将尽情享受属于他们的青春，我会每天与天乐拥抱、亲吻、享受痛快淋漓的性爱——天哪，我已经迫不及待了！

鱼姐姐你不许吃醋，也不许笑话我的轻狂，对于20岁的年轻人来说，这样的轻狂是可以原谅的……

鱼乐水的唇边绽出微笑。这才是真正的伊莱娜——科学家的理性外衣下藏着一颗火山熔岩般的内心，不定什么时候就会来一次猛烈的喷发。很好，她已经完全走出了此前的阴郁，甚至在安排140年后的生活，自己没有什么可牵挂的了。

但愿两人的大脑能活这么长时间。

女儿女婿的信中都是家长里短的事，主要是讲两个外孙的情况。17岁的宇儿正在当实习导航员，16岁的宙儿正在当实习描迹员。两个孩子很能干，而且和爸妈贴得很近。鱼乐水读出了女儿没有说出来的话："妈，你可以放心了，他们不像诺亚号上马柳叶和贺梓舟的儿子天使那样成了理性的纸片人。"

最后是丈夫楚天乐的信，信文很平淡，但平静的河面下蕴含着深情。他说：

……收到了你的《百年拾贝续》最后一章，读来很亲切。只是你把文章绾了结，绾得过于匆忙了。我希望它还有长长的后文，我希望当我下一次近距离掠过地球时，还能听到一个我听熟了的声音……

鱼乐水叹息一声。知妻莫若夫，细心的天乐从《百年拾贝续》的字里行间读出了苍凉，读出了妻子对尘世和亲人的告别。那正是她的原意，她近来强烈感觉到时日无多了。

她累了，唤刘妈过来，在刘妈搀扶下上床睡觉。

第二天，乐之友基金会现任会长洛威尔、工程院现任院长刘苏和科学院现任院长成城接到刘妈的电话，说鱼妈妈请他们抽空到山上一趟。三人心中有不祥的预感，立即放下手头的工作，乘小蜜蜂火速赶来。进了屋，见鱼乐水安然坐在轮椅上，膝上放着一本皮质封面的日记本。三人暗中松一口气。鱼乐水笑着说：

"抱歉，让你们中断工作来山上跑一趟。我很好，但……说起来有点儿难为情。你们知道我这一生从来与神秘主义无缘，但自从我现场目睹了大角星的爆炸之后，总有一种奇怪的感觉，觉得我的命运已经和大角星结为一体了。这些天，大角星在我的眼前又死了一次，我觉得自己也该随它去了。"她笑着总结，"纯粹是老人的糊涂念头，你们别笑话我。不过我还是决定请你们来，把后事交代一下。"

漂亮干练的刘苏笑着说："鱼妈妈你肯定还能再活50年。不过，你想提前交代后事也无妨的，请讲。"

"几件小事罢了。哎，这是《百年拾贝续》，我已经写完。正文《百年拾贝》在何明那里。请你们把两本日记收藏好。如果天乐或草儿或我的外孙宇儿和宙儿能够回到地球，请把日记转给他们。"她估计科学院的成城不一定了解何明，解释说，"何明就是以肉弹形式刺杀天乐的那位凶手的儿子。他曾来山中见过我，反对雁哨计划，我把《百年拾贝》给了他，以便他看问题更客观些。"

"我们都知道他。"

"至于日记的保存和转交办法，我想了想，还是这样做吧。我去世后当然要在这儿火化，至于骨灰的处理也打算比照老办法，就埋在那几座坟附近，以便与我公婆和老姬夫妇做伴。这两本日记请你们密封好，埋在坟里，这样，万一人类社会……我的丈夫或后人寻找它们会比较容易。"

三人对望一眼，不免心中黯然。鱼妈妈是说，如果天乐等科学家不幸而言中，即将到来的宇宙暴胀真的导致人类智力崩溃乃至文明崩溃，那么，这种最原始的保存办法才是最可靠的。联合国和乐之友都在尽力防范这种前景，做了尽可能周密的准备。但一旦真的出现智力崩溃，什么样的准备也不敢说管用。这个前景对于人类来说很残酷，对于经历了氦闪时代的这代人来说更为残酷。但三人知道对鱼妈妈用不着空言安慰，点头答应：

"好的，鱼妈妈，按你的意见办。"

刘苏郑重地接过那本日记。鱼乐水说："刚才提到了何明，顺便问一句，他干得怎样？"

光头的洛威尔说："干得不错。你推荐他后，联合国和乐之友用其所长，用他的'一根筋'性格任命他为特别督察，监督各国睡美人计划的实施。他干得很负责。你知道，睡美人计划分两个阶段，先期阶段即将开始实施，不必等雁哨的命令。何明就是负责先期阶段中的销毁核弹部分。至于后期阶段，也已经进行到'按电钮即可实施'的程度，只等雁哨的激发了。"

鱼乐水打趣："我总觉得销毁核弹的进展太顺利了，让人不敢相信。那些政治家们和将军们曾如此迷恋这些玩具，真舍得一下子全放弃？"

洛威尔笑着："我有同感啊，太顺利了，出乎意料！但世界各国确实都爽快地同意了。我想有两个主要原因，一是自打实现常温核聚变后，裂变弹已经不好玩了，这些'脏弹'留在手中反倒是大麻烦；第二个原因，我想也是主要的原因——在自然灾难危及人类整体的生存时，利他主义自动强化，成为人性的主流。所以不奇怪，当年各国发疯地比着造核弹，符合当时的人性主流；今天爽快地同意销毁，同样符合今天的人性主流。"

鱼乐水很欣慰："这就好，这就好。咱们这辈子即使光办成这件事，也能含笑九泉了。"

"对，是这样的。"三人笑着同意。

"我再交代第二件事,"她拿出一个文件袋交给洛威尔,"里面是天乐的专利证书和股权证书,关于那种透明空心球的。这些年来,他的专利使用费啦,股权分红啦,都是交乐之友用的,我也弄不清每年是多少收益。"

洛威尔插话:"我知道,大约是每年 600 亿。"

"不管多少,以后照旧归乐之友使用。为了更加名正言顺,咱们走一个正式手续。袋子里有天乐的授权书,有我写的捐赠证书,以后这些收益都正式归乐之友了。当然,如果天乐还有伊莱娜能够重回地球,乐之友应负担他们的生活医疗费用。"

三个人都点头:"这是自然。"

"洛威尔,你回去找律师把所有文件过细地审一遍,看法律上有无疏漏之处。如果有,趁我闭眼之前把它补上。"

这句话的"诀别"意味太重,三人都不免黯然。刘苏笑着说:"我刚刚说啦,鱼妈妈你至少还能活 50 年。不过,我们按你说的办。"

"最后还想多几句嘴,谈一点儿人生经验,我不敢说对你们是否会有启发。"

三人笑着说:"一定有,请讲,我们洗耳恭听。"

"你知道,作为科学的圈外人,至少是半个圈外人吧,我对像天乐、泡利这样的大脑袋科学家一向是仰视的。他们有无比的睿智,总能走在世人前面,走在历史前面,对未来做出惊人的预言。而事实证明,历史常常沿着他们规划的河道前进。"

"对,是这样的。"

"这是事物的一面。但另一面,当历史之河大体上沿着他们规划的河道奔流时,也常常闹几次意外的决堤。似乎上帝在刻意证明,孩子们尽管很能干,但并非永不出错。一百年来这样的例子太多了,像第一次真空激发时突兀出现的透明空心球、金鱼号第一次实验时闹出的以尾作头的大乌龙、婴儿宇宙行动引起的空间意外塌陷、'楚马发现'的三次重大修改等等。一句话,依据科学规律和逻辑规律所做出的预言是非常宝贵的,不可不信——但也决不可全信。所以,你们在面对未来做准备时,尽量多留一些冗余配置或能力,也得做好突然转舵的心理准备。"她笑着说,"只是一个外行的胡说八道,仅供参考。"

三人很感动，知道这是鱼妈妈的"临终托付"了。成城说："不，鱼妈妈你过谦了。这是最精辟的教诲，是你百年人生经验的提炼。我们会铭记在心。"

鱼乐水叹息一声："真想知道诺亚号和天地人三个船队的消息啊。不过我知道它们都处于盲飞状态，无法与外界交流信息，就不说它们了。我只想提个醒，等睡美人计划忙出个眉目，尽快派飞船去息壤星，看看老褚的情况。毕竟褚氏号飞船的技术水平最低，老褚又是孤身一人，我对他那边最不放心。"

洛威尔代三人答应："放心，我们一直惦记着这件事。但息壤星的环境进化是以万年计的，去得太早也没用。"

鱼乐水笑道："对，也许我是瞎操心。老褚那家伙啊，天生是条野狼，不管多难，他都会咬牙活下去的。好了，我没别的事了，咱们可以告别了。"

三人听出她的话意，她不是说今天的小别，而是说人生的永别。刘苏忍住心中的悲酸，笑着说："那可没门儿，你别想躲清静，我们以后还会常常来烦你的。"三人与鱼妈妈扯了一会儿闲话，在鱼妈妈的催促下离开。

这次见面尽管有"临终诀别"的意味，但三人见鱼妈妈身体和精神状态都不错，心中比较欣慰。鱼妈妈尽管已经退休30多年，仍然是乐之友们的精神支柱。还有，已上天36年的楚天乐先生，已去世20多年的姬人锐先生，也都活在乐之友们的心中。这三人引领了一个大变革、大跨越、凡人神化的时代，他们也成了三位圣哲，成了人们心目中不死的神祇。

三人约定，以后不管再忙，每星期至少去看望老人一次，虽然不可能每次都三人同去，至少得去一个代表。可惜这个决定晚了。六天后，就在刘苏准备进山的那天凌晨，接到了刘妈的电话。鱼妈妈昨晚已经在睡梦中安然离世。

乐之友向全世界和太空中的飞船发了讣告。当然，十一艘飞船中只有雁哨号能收到。其他飞船均处于全盲式的虫洞飞行状态，而且要持续一百多年，是无法收到这封电文的。人类社会陷于深深的哀伤中，如潮的唁辞淹没了各种媒体和网络。人们普遍认为，鱼妈妈的离世标志着一个辉煌时代的结束，尽管三位圣哲中楚天乐还活着。因为，一旦宇宙暴胀孤立波导致人类智力突降，对这一点已经不用怀疑了，人类势必面临一个无比艰难的时代。

七天后，地球收到雁哨号的唁电。电文中楚天乐说："吾妻走了，我的心也随她去了。"楚草和习明哲说："妈妈永远活在儿女和孙辈的心中，活在雁哨人的心中。"伊莱娜说："鱼姐姐安心走吧，我会代你陪伴天乐，一生一世。"

鱼乐水在地球上已经没有直系亲属，刘苏、洛威尔和成城主持了遗体的火化。按照死者的遗愿，骨灰埋在姬人锐夫妇等人的坟墓附近。何明也来了，他捧着一个密封的水晶匣子，里面装着鱼乐水曾交给他的《百年拾贝》和刘苏转交的《百年拾贝续》。他把水晶匣子虔诚地放入墓坑，与骨灰盒并列，然后肃立致哀，低声说：

"鱼妈妈，我答应了洛威尔先生的邀请，正在监督核弹销毁。我不会辜负你的信任。"

然后退回一边，默默看着一抔抔泥土把二者掩埋。坟前照例不立墓碑，因为墓碑已经有了，刻在不远处的山崖上，是为这儿埋葬的所有死者撰写的，也是为地球上古往今来的死者撰写的：

活　着

生命是过客，
而死亡永恒。
但死神叹道，
是你赢了。

楔子二

深夜，卵圆形的子飞船悄无声息地降落在黑暗的山顶，舱门开启，一行七人鱼贯走下来。他们的钢铁下肢轻轻挪动着，以求不打扰耶耶的安睡；他们钢铁组元的面孔显示着虔诚和崇敬。在他们身后，几十名下属也下了飞船，他们未获准进入耶耶停灵之地，便面向这个方向列队跪下，虔诚地叩拜，钢铁头颅与山石的撞击汇成清亮的声浪。

前面七人是移民船队的首脑，帝皇、副皇、帝后和皇子，再加三位重臣：中书令、掌玺令和皇家侍卫长。副皇是陵墓监造者，对这儿已经很熟悉了，带领众人沿崎岖山路走了一会儿，进入一个幽深的山洞。他们调整了眼睛的夜视功能，摸索着到了洞底。副皇在几块凸起的石头上敲击着。输入了开启密令，洞底立即无声地向两边滑开，门后的白光喷薄而出，驱走了洞中的黑暗。七人念诵着耶耶的名字，缓步进入洞内。这是一个巨大的蛋形穹洞，充盈着柔和的白光，四周的洞壁光滑如镜，洞壁最里层是透明的类中子态物质，虽然很薄，但强度极大，可以轻松抵挡地震和山崩，护佑耶耶永远安息。巨洞的中央停放着耶耶的灵柩，同样是卵圆形，由类中子态物质建造，晶莹透明，沐浴在白光中。灵柩分内外两层，内层是密封的，外层的棺盖尚未合上。七人跪行上前，虔诚地三拜九叩。然后起身，瞻仰灵柩内耶耶的圣容。耶耶身着麻衣便服，妮儿先皇说过，耶耶历来讨厌穿硬邦邦的帝服，所以安葬时她遂了耶耶的心愿。耶耶睡得非常安详，皱纹深镌的脸上带着顽皮的笑意，嘴角微挑，似乎一波大笑马上就要冲出来。圣书上多次记载过的那支电鞭放在右手附近。

七人目光肃穆，帝后目中盈着泪光。

《亚斯白勺书》上说：耶耶是朝丹天耶的儿子，G星人地上的父。尊贵的朝丹天耶长住天上，从未在尘世现身，所以，G星人对朝丹天耶是遥远的仰视和敬畏；而耶耶住在地上，数万年间亲自带领G星人筚路蓝缕，艰难求生。耶耶最后一次复苏和仙逝是在一百多年前，他的音容笑貌、趣闻轶事经过几代人的口传，至今还"活着"，不是记载在圣书典籍里，而是活在G星人心中，所以G星人对耶耶的感情是崇敬加亲近。而今他们要与耶耶永别了，当飞船逃离灾变、在新时空中溅落后，落点是由概率之神选定的，不大可能再回到这个时空点了。所以此处一别便是永诀。G星人不忍离开耶耶，愿意奉着心中的父远走天涯，但"归葬蓝星"是耶耶的遗愿，是他仙逝前念兹在兹的，他们只能遵守。

最后一次隆重的叩拜后，一行人起身，侍卫长开始用激光密封耶耶的灵柩外层。蓝色激光沿着合棺面移动，烧出轻微的滋滋声。其他六人默默地旁观着。副皇叹道：

"不由想起妮儿先皇的话。她说，耶耶曾在仙逝后强使魂魄聚拢，勉力返回人世，向她警告了一百多年后的智力暴涨和智力崩溃。否则，G星人不可能有今天。"

帝皇点点头，简短地说："耶耶恩重如天。"

随后他们保持沉默，直到密封工作完成。一行人再次叩拜，同耶耶道了永别。帝后此刻终于撑不住了，泪如泉涌。帝皇瞪她一眼——尚武的G星人一向鄙视眼泪——但并没有出言斥责。今天她的眼泪是为耶耶流的，可以原谅。不过帝后很识趣，强自止住了眼泪。

他们退出蛋形墓室，侍卫长开始关闭洞门。洞门密封后蛋形墓室和灵柩就成了一个三重嵌套的整体，即使此后遭遇山崩地裂、火山爆发、地壳变迁，这个墓室也将完好无损，永世存在。

侍卫长关闭洞门时，其他人在副皇带领下离开山洞，在山顶等候。虽然他们所乘的飞船是隐形的，但降落时的火光还是惊动了附近的山民，他们从睡梦中醒来，胆怯地走出房屋，慢慢围过来，远远观望着飞船，观望着一排默然伫立的钢铁身躯。副皇调整了视觉功能，以望远加夜视功能观察着山民们。镜野中，那一双双眼睛都呈现绿色的荧光，显得愚鲁而畏缩。副皇冷淡

天父地母

地说：

"皇侄，这就是那些造出亿龙赫飞船的地球人的后代吗？十万年了，他们还没从上次智力崩溃中复原。"

帝皇点点头："而且不可能复原了。"他没有说的话是：又一次的宇宙暴胀马上就要到了。

中书令说："这些可怜的家伙，不知道他们观望着咱们的飞船，会不会回忆起一点祖先的辉煌。"

皇子立即说："我想不会的，如果他们还有起码的理智，看到这艘强大的异星飞船，早该四散逃命了。"

掌玺令指指远处："不过，地球上毕竟还保存着一处智慧之火。有了这个火种，他们的复苏应该相对容易的。"他摇摇头，"可是，已经十万年了，他们还是这个样子。我不知道为什么。"

他指的是山背后，离这儿不远，有一幢灯火通明的大楼。这是整个地球上唯一的灯光，在黑暗的背景下显得十分夺目。据他们在太空的观察，地球上唯有那儿还保持着文明社会的运转，因为偶尔有小型的飞行器从那儿飞出来，巡视周围，向愚鲁的饥民分发食物。

其他人点点头，没有往下谈论。他们来蓝星后一直避免同那儿接触，原因无他，在随后漫长的移民征途中，船队中没有多余的位置。这些智力低下的地球人只能留在原处自生自灭。虽然有这么一处智慧火种，但新一轮的空间暴胀在即，它将带来智力崩溃，这团微弱的智慧之火很难熬得过去。

侍卫长完成了洞门的密封，也出来了。众人准备返回飞船。这时已经是拂晓，朝阳尚未升起，白云已被染红。帝皇想观看日出，没有急着走，其他人便默默地陪着他。不久，在东方的豁口，山泉奔腾流泻的地方，一轮红日跃出地面。它为沉寂的山林带来了生机，鸟雀叽叽喳喳地飞出林子，在朝霞的背景中上下翻飞。夜间显得色泽暗绿的林木变得鲜绿青翠。一线白色山水在深谷中跳荡，奔向远处，消失在霞光的朦胧中。远处围观的地球人好像醒了，面容上浮出愚钝的笑意，悄悄散去，脚步蹒跚地各自回家。年轻的皇子突然说：

"难怪耶耶一定要归葬地球,这儿确实比 G 星美!"

其他人看看他,看看帝皇,没有说话。皇子虽然说的是实情,但明显不大得体,牵扯到一些说不清道不明的情愫,至少不该当着帝皇随便地说出来。他毕竟年轻啊。帝皇冷冷地看他一眼,没有出言斥责。皇子感觉到了周围的气氛,但仍倨傲地昂着头,分明是说:怎么,我说错了吗?帝后为了转圜,笑着说:

"时间不早了,船队还等着出发呢,登船吧。"

帝皇向飞船走去,一行人跟着他离开。途中副皇忽然站住,似有所思。他的表情很奇怪,极度困惑中夹杂着震惊。帝皇察觉了,回头询问地看着他。副皇苦笑着摇头,快步走近帝皇,低声说:

"错了!恐怕我们犯了一个大错!"

众人凛然。他们都熟知副皇智力超绝,目光敏锐,而且言不轻出,所以副皇说"大错",一定是事关全局的重大错误。六人都盯着副皇,等他往下说。副皇苦笑道:

"一言难尽啊。我也是刚刚悟出,容我再仔细想想。先回船上吧。"

帝皇点点头,率先走了,一行人随后跟上。副皇一边走,一边还紧锁双眉苦苦思考。

第一章　双五〇标准

耶耶是朝丹天耶的儿子，我们地上的父。那时，朝丹天耶把弥天灾难降到光身人的故土，于是耶耶——我们的父，用全部家产造了一条船，带着他的卵生崽子们率先逃亡。他把母星三圣的荣光传给三位年轻使徒，令他们带领弟妹在新大陆开枝散叶。

——《亚斯白勺书·蛋房纪事》

三年前，何明沿着父亲"肉弹式恐怖分子"何星的足迹，步行来到玉皇顶的马家，与百岁的鱼乐水见了一面。他说他是来公开扯起反旗，反对楚天乐这个人人敬仰的圣人的。因为，按照睡美人计划和雁哨计划，整个人类文明将因为他一人——甚至不是一个完整的人，而只是一颗脑袋——的命令而主动自残，这太荒唐了，太危险了。他没有想到，作为楚天乐爱妻的鱼乐水竟然有大致相近的忧虑——担心丈夫的"头颅生存方式"可能影响其人格。鱼乐水甚至把手写的回忆录《百年拾贝》赠给何明，以便他有一个全面的人格坐标系，能对楚天乐的心理变化做出准确的判断。同时，鱼乐水也严厉告诫，他在做这件事时，要抛弃两样要不得的东西：偏激和个人恩怨。

何明回家后，用一个星期时间仔细通读了这本手写的书。作为"凶手"的儿子，他从小就承受着社会的异常目光：敌意、不屑、怜悯。在这样的环境下长大，他一直对楚天乐怀有戾气。但他仔细通读《百年拾贝》后不得不承认，书中展现的是两个通体透明的人。楚氏夫妇的内心中，完全没有卑劣、自私、怯懦、偏激、自大、狭隘这类恶德的存身之地。当然这不会改变他的观点，他仍然认为睡美人计划是要不得的，往轻了说也是弊大于利，楚的个人品格并不能减轻这个计划的危害。但至少他已经知道，楚天乐大力推进这个计划并非出于私利。

不久,乐之友基金会现任会长洛威尔先生约他在乐之友总部见面。何明不想同"政敌"会面,但他知道这次约会肯定是鱼妈妈促成的,想起自己对鱼的承诺——放弃偏激和个人恩怨——也基于对鱼妈妈的尊敬,他勉强答应了。

他在乐之友基金会大楼见了洛威尔。透过透明的大楼墙壁能看到后边葱郁的青山,楚天乐夫妇当年就住在那座山里。当父亲冲动地引爆炸弹时,也许站在这儿就能看见那团火光。父亲就这么一走了之,把苦难留给妻子和遗腹子……他苦涩地摇头,驱走了这些思绪。

洛威尔是位瘦长的白人男子,近 70 岁,面如铁板,目光犀利。脑袋剃得铮光,头顶有点尖,像个小头朝上的鸡蛋,模样有点儿滑稽。他请何明就座后,直截了当地说:

"鱼妈妈向我大力举荐了你,说你是一个热血汉子,有殉道者的激情。还说你性格稍有偏激,属于那种'一根筋'的生性。我说,听起来这正是乐之友眼下需要的人——为睡美人计划寻找几十位严厉的督察。"

何明生硬地说:"恐怕我得声明一下,我同意与你见面,并不意味着我已经放弃自己的观点,更不意味着我愿意为乐之友工作。"

"我知道。不过,在我俩谈话之后也许你会改变主意的。咱们可以走着瞧。"他微笑着说。

"好的,咱们走着瞧。"

"我想对你有更深入的了解,所以今天约你到这儿,来一个面对面的沟通。"

"请讲。"

"你今年 57 岁,是个遗腹子,母亲也在 20 年前去世。你没有婚育,是独身一人生活。"

"对。"何明说,"你当然知道,我父亲曾企图刺杀楚天乐,自爆身亡,成了人类公敌,成了这个时代的'灾星'。而我一生下来就是公敌的儿子,是一个小'灾星'。"

"我清楚这段历史，但'公敌''灾星'这样的说法太过分了。只能说，他因为性格上的偏激和冲动，最终成了悲剧人物。"

"所以，他的儿子最好不要重蹈覆辙。"

何明的话中含着硬刺，没想到洛威尔应声而答："没错，这正是鱼妈妈举荐你的初衷。她说你虽然反对睡美人计划，但那只是因为你站的高度比较低，视野比较窄。她不想你重复上一代的悲剧，把一生花费在一个错误的目标上。"

这个评价让何明很不爽，反讥的话已经到了嘴边，但洛威尔先说了："坦率地说，如果不是鱼妈妈，我不会约你来的。我们已经够忙的了，还要应付你的添乱。你这位民间政治家啊！竟然反对什么'乐之友对人类文明过度自残'！我们怎么会这样做？要知道，科学是乐之友的信仰，是我们生命的全部。"

何明反唇相讥："民间政治家？据我所知，楚天乐、姬人锐、鱼乐水这一代也是民间政治家。"

"没错，但你认为自己的智慧能赶得上那三位圣贤吗？我是不敢与他们相比的。"

何明被噎得说不出话。洛威尔看看他，在心中说：可以到此为止了。他今天有意说一些刺耳的话，只有这样才能刺破何明的"走火入魔"。他缓和语气说：

"我的话很不中听，是吧？但我的用心是好的，我想以后你会慢慢理解。"

何明很想拂袖而去，但他忍住了。洛威尔的话中隐含着一种只可意会的气势，那是以乐之友的实力为基础的。正是这种无形的气势留住了他。他冷冷地说：

"那就多谢了。请往下讲。"

"好的，回到原来的话题。我想问，你为什么终生未娶？"

"45岁前，是因为我生活在父亲的阴影里。45岁后，是因为我有了更强烈的目标。"

"你是指你领导的那个小小的秘密组织。"

"是的。不过，它已经是公开组织了。"

"它有一个奇怪的名字，叫'王子之吻'，对吧。王子的一吻唤醒了沉睡中的公主，你以这个名字象征你们对睡美人计划的反对。不过据我所知，你们的行事并不像王子之吻那样温柔，比如煽动民众的暴力抵抗。"

何明没有否认："确实如此，但我们的内心是温柔的。中国有句老话：怀菩萨心肠，行霹雳手段。"

这句话让洛威尔的铁板面孔上绽出一丝笑容："是吗？我倒觉得，这句话拿来描述乐之友的行事风格，可能更为合适。"他收起笑容，恢复了铁板似的表情，"据我所知，'王子之吻'的宗旨是反对人类文明过度自残，而乐之友的宗旨是：既要充分防范因智力崩溃而造成的科技灾难，也要尽量防止人类文明的过度自残。两者的基本点其实是一致的，差别只是对'度'的把握。所以嘛，对'度'的正确把握才是关键所在。不妨对你披露一则信息：在联合国和乐之友的上层，对这个'度'进行了长久的讨论，最终得出了一致意见，形成了一个'双五〇标准'，不过一直对外严格保密。"

何明立即说："为什么要保密？如果它是为了全人类的利益，那就不要怕民众知道。"

洛威尔冷冷地说："像这样'政治正确'的话谁都会说，但我们轻易不说。你还是先听听这个标准的内容，再作表态吧。"

"请讲。我洗耳恭听。"

"双五〇有一系列严格的量化指标，不过总的说可以用两个指标来概括，即因人类智力崩溃可能引发的某项科技灾难，如果预期其造成的一次性死亡人数少于50万，所造成的环境灾难可以在50年内自愈，那就听之任之，不做防范。"何明不禁愕然，甚至大为震惊。他是坚决反对使人类文明过度自残的，但即使以他的立场，这个标准似乎也太……冷酷。洛威尔显然洞悉他的心理，平静地说："你是不是觉得它太冷酷？但它是冷酷的自然机理所决定的。50万和50年这样的损失，尽管非常巨大，但人类从整体上说还能够承受。可是，如果让人类文明过度自残，从而导致它的急剧衰亡，最终会造成更大的损失。不说别的，单是饥荒造成的死亡就会以千万计。好了，现在请你回答，这个双五〇标准是否应向民众公开？你愿意成为被弃之不管的那五十万人之一吗？"

何明踌躇着，一时难以回答。他一向主张民众应有知情权，眼下他也认为应向民众公开。但至少说，保密的决定并非没有道理，一旦公开，肯定会引发很多难以控制的副作用……

他想到，鱼妈妈曾告诫他抛弃两种不好的东西：偏激和个人恩怨。如果抛掉这两点，以平和的心态来思考，那么——也许自己对"睡美人计划"的反抗压根儿就是错的？乐之友既然定出这样近乎冷酷的标准，说明他们对文明过度自残已经持有高度警惕……洛威尔说：

"你能接受这个双五〇标准吗？我估计，既然你坚决反对使人类文明过度自残，应该比较容易接受吧。"

何明略顿后点头："对，我能接受。你说得对，相对于文明过度自残带来的危害，双五〇级别的灾难还是较轻的。"

洛威尔调侃地说："那么，我可以给你提供一个从内部反对睡美人计划的绝好机会。乐之友想聘请你担任特派员，到各国具体监督睡美人计划的实施。你放心，尽管从身份上说你是乐之友的派出人员，但完全可以坚持自己的立场——如果你觉得哪项计划是对文明的过度自残，尽可凭特派员的身份当场制止。"

何明没料到洛威尔会对"政敌"这样大方，一时不知怎么回答。他想，大方的洛威尔其实是送了一个空头人情。"双五〇"的标准已经够残酷了，他不可能再超越它了。这其实也表明，"王子之吻"的努力是无的之矢，正如鱼妈妈所说，是"站的高度比较低，视野比较窄"。想想自己十几年在为一个虚幻的目标而瞎忙，不由得非常失落。他克服了内心的失落，果断地说：

"好的，我接受你的聘请。我愿意进入睡美人计划的内部来监督它。"

洛威尔很欣慰，调侃地说："怎么样，咱俩的打赌还是我赢了吧，我说过你会接受这个职位的。咱们接着往下讲。我说过，双五〇标准比较冷酷，达成共识时曾相当艰难。但一旦定出这个标准，睡美人计划的具体内容就变得清晰了，因为，超出这个标准的科技灾难其实并不太多。你不妨全面列举一下,我想你此前肯定有过充分的思考。"

"首当其冲的当然是核武器和生化武器,它们必须销毁。还有所有的核反应堆,包括核电厂、核航母和核潜艇上的。"

"对,关于这一条,各国政府已经达成共识,将在雁哨发出自毁指令前就提前实施。所有核反应堆取出燃料棒,连同核武器和生化武器一块儿送出地球,投到太阳熔炉中。"他简短地解释,"自从氢聚变技术成熟之后,这些肮脏的裂变物质就不值得利用了。"

何明对此有疑问:"投入太阳?为什么不把它们湮灭成透明空心球?这种对有害物质进行无害化处理的工艺早就成熟了。"

"不,处理强辐射物质的工艺还不成熟,湮灭前不容易控制辐射泄露,倒不如扔进太阳中更省事,既然咱们已经有了强大的超光速飞船。何况公众强烈主张后一种办法,认为这才是核弹时代最壮丽的谢幕。"

何明点点头:"也就是说,这个决定并非技术原因,而是为了讨好公众。"

洛威尔不由摇头:"你这个人哪……不过你的刻薄话有一定道理。公众的考虑也是重要因素。你接着列举。"

"再一个灾难隐患是非核军事力量。如果人类因智力崩溃而失去理智约束,发生战争,即使只使用非核武器,其生命损失也是以百万千万计的。"

洛威尔点头:"你说得不错。各国政府已经同意,待雁哨指令发出后各国将彻底封存所有武器,警用武器除外。"

"还有世界各地的巨型水库。如果因智力崩溃,无法正确管理而造成溃坝,有可能造成 50 万人以上的死亡。"

"对,这点将在雁哨指令后实施。但大坝不必破坏,只需采取某些措施,使泄洪通道不可逆转地永久开启。与之类似的是大型油库也不破坏,但将实现零库存。"

"还有大型客机、高速火车、巨型轮船等现代交通体系。它们的一次性失事达不到双五〇标准,但如果人类的智力逐渐下降,事故率肯定迅速上升,其累积效果很快会越过那条红线。"

"对,眼下还要保持运行,等雁哨指令后将全面停止运行。"

"饥荒。不过严格说来它不属于科技灾难,而是'去科技灾难'。"

"对。睡美人计划最重要的一项措施就是督促各国将粮库分散,藏粮于民。如果现代科技崩溃,即使人类还能维持自然状态的农业,也绝对养活不了 70 亿人。且不说粮食的分配系统也会失灵。中国有句老话:民以食为天。缺粮才是天大的灾难。这个灾难无法防范,除了上述的预先准备,就只有向上苍祈祷了。如果等疏真空结束时,70 亿地球人只能活下来 10 亿人甚至只能活下来一亿人、一千万人……我实在不敢想象那种前景。"

何明也同样不敢想象。在世界各国历史上,"饥人相食"不绝于书。饥荒将造成双重的崩溃:社会秩序的崩溃和道德体系的崩溃,后者也许更可怕。他接着说:

"各病毒实验室的烈性病毒要全部销毁,否则,在防疫体系崩溃后,它们会造成数千万人的死亡。"

"对。"

……

"我能想到的就这些了。"何明说。

"没有了?"

何明想了想:"没有了。"

洛威尔遗憾地摇头:"你竟然遗漏了极重要的一项——虫洞式飞船,别忘了它曾造成大角星的崩溃!那次是有意做的穿越试验,但在智力崩溃后,如果哪个驾驶员糊里糊涂犯了错,把太阳给毁了?"他沉重地说,"即使在智力正常时期,这也是一直压在当政者心中的巨石,并制定了最严格的防范措施。你没想到这条危险,实在是太粗疏了。"

何明赧然。确实如此,十几年的"民间政治家"生涯中,他一直没有考虑到这个顶级灾难,说明他的眼界太窄。他坦率地说:

"很惭愧,我确实从没意识到。不过洛威尔先生,其实我对此一直有疑问:虫洞式超光速飞行并不具有相对论效应,也就是说,飞船即使达到和超过光速,飞船质量也不会无限增大。既然如此,小小一艘飞船怎么能导致一颗恒星的崩溃?"

"不难理解的。对于超光速飞船来说，穿越一颗恒星几乎不需要时间，换句话说，因飞船穿越而引起的扰动能同时作用于整颗恒星上，所以被大大地放大了。你可以把它看作另一种形式的相对论效应。"

"噢，是这样啊。"

洛威尔感叹："随着技术力量的强大，交通工具早就成了人类的顶级杀手之一；现在更不得了，它甚至成了星体的杀手！为了避免太阳重蹈大角星的命运，在雁哨指令发出后，所有超光速飞船都要彻底去功能化。这也就是说，向地球外抛弃核废料的工作必须在这之前完成。时间已经很紧迫了。"

已经到午饭时分，洛威尔按了电铃，让秘书送来两份盒饭，两人边吃边谈。有一点细节令何明惊奇：他的盒饭还没有吃上三分之一，洛威尔已经在收拾碗筷了。看到何明的惊奇，洛威尔笑了：

"是不是对我的吃饭速度有点儿惊奇？在整个乐之友，这都是正常的速度。"

何明也赶紧加快了进食速度。吃过午饭，洛威尔开始事务性的交代。他说，联合国和乐之友虽然早就在各国设立了睡美人计划的工作机构，但此前一直是务虚，是实施前的准备，毕竟疏真空的到来还有14年时间，而其峰值的到来更远在76年之后。现在，在双五〇标准最终敲定后，先期阶段的各项行动即将密集性地付诸实施。而后期阶段，即那些要由雁哨号启动的自毁措施，也将全部设置成可击发状态。乐之友和联合国将联合向各国派出特派员，实地监督这些行动，何明将是其中之一。"何明，你很有眼福，你即将看到的是人类文明史上最可喜的一幕场景。有人甚至说，只要这件事能够实施，人类即使智力崩溃，也值了。你肯定知道我指的是什么。"洛威尔笑着说。

"你是想让我监督核武器的销毁？"

"对，你负责核潜艇部分。世界上所有核潜艇都正在赶往美国金斯湾海军基地，将在那里取出核弹和核燃料，然后再处理艇体。各国其他陆基、空基导弹的核弹头，还有核航母的反应堆，都要做同样的处置。这些吃人的恶龙就要被杀死了，人类即使灭亡，至少不会是因为自相残杀。你说这是不是一个喜讯？"

何明看看他，没有回答。这当然是喜讯，但它并不是因为人类已经到了大同世界，而是为了预防灾难而不得不进行的科技自残。所以，它的"喜"是有限度的。

洛威尔说，拆下的核弹和核燃料棒将装入特制的集装箱，送到同步轨道，在那儿组装成长圆筒状，随后将由虫洞式飞船使用"空间搬运法"把它带离地球，投进太阳之中。飞船做虫洞式飞行时，其后会拖着一条圆锥状的本域空间。处于本域空间内的所有物体都将与空间同行，不需消耗额外的动力。何明的任务是监督从拆弹到投入太阳的全过程。"你当然知道自己肩上的责任。两万枚核弹，还有数量巨大的核燃料棒。一旦因某种事故被引爆，就将使数千万人死亡。当然，这样的事不会轻易发生，我们对它设有多重安全锁，你的监督只是其中的一节链条……你怎么不说话，被这个责任吓着了吗？"洛威尔笑着问。

何明坦诚地回答："对，我是被这个责任吓着了，它太重了。不过……谢谢你们的信任，谢谢鱼妈妈的举荐，我会用自己的生命来完成它。"

洛威尔起身与他握手。他对何明印象不错，对他的最后审查顺利通过了。鱼妈妈阅人无数，她不会看错人的。"好的，欢迎你加入睡美人计划，何明督察。"

这次谈话后不久，鱼妈妈就去世了。何明感念鱼妈妈的临终推荐，把57年的人生之路来了个大掉头。他解散了自己的那个小组织，全身心投入到新工作中。

第二章 拔 河

　　以金属氢为燃料的小蜜蜂飞艇在低空轻松地盘旋着，全透明的机身用的是真空湮灭法制造的类中子态物质。自打康不名老人率先开发出这种技术，现在它的使用已经非常普遍了。飞艇中的何明透过透明的机身，监督着公路上蜿蜒的车队。车队中心是一辆巨无霸式的厢式车，车身有15米长，由几十个车轮支撑着，远远看过去像一只巨大的蜈蚣。车身包裹着厚厚的装甲和铅板，显得比较笨拙。这是为销毁核弹特制的运载车，具有优异的防爆防辐射性能，一次可运载数十枚弹头。它的前后左右有十辆坦克和装甲运兵车保护着，还有四架性能优异的武装小蜜蜂在天上巡弋。这样严密的保护其实没有必要，正如洛威尔所说，当自然灾难把人类整体置于危难境地时，种群内的利他习性自动加强，成为人性的绝对主流。在实施睡美人计划时，各国政府和民众都通力合作，甚至连各恐怖组织也纷纷发表声明，放弃在人类内部的仇恨，主动解散。但即使这样，谨慎仍是必要的，毕竟车内封装的是邪恶无比的撒旦，一定要保证百分之二百的安全。何明作为行动的总督察，从不让核弹离开自己的视线。

　　车队已经远离金斯湾海军基地，进入内陆。前边的地平线上出现了一把倚天长剑，那是货运飞船的专用起飞轨道。轨道全长10千米，斜指蓝天。轨道入口处，一艘身材伟岸的货运飞船已经泊在那里。船身有50米长，呈香肠形，薄而透明，也是由真空湮灭法制造的类中子态壳体。尾部外圆上布置着四个喷口，看起来像是捆绑式火箭，只不过它的动力来自小型化的氢聚变装置，动力非常强劲，所以不需要化学式火箭那样大口径的尾喷口，原尾喷口部分变为直径10米的后舱门，此时大开着，准备接收核弹。

　　车队到了飞船起飞轨道前。十辆坦克和装甲运兵车分散开来，护卫着轨道的两翼。四架武装小蜜蜂在天上巡弋。"巨型蜈蚣"小心翼翼地向轨道入口处倒车。何明乘坐的小蜜蜂降落，停机坪上等候的几个人迎上来同他握手。打头的是褚少杰，烈士号飞船的船长。这是一艘十龙赫虫洞式飞船，由乐之友出资建造，专门负责把同步轨道上组装好的核弹"列车"运往太阳。它的命名是为了纪念三位牺牲在月球上的先辈：泡利、康不名和霍普斯。

45岁的褚少杰是褚贵福的曾孙，从相貌上和性格上都酷似他那位性格草莽的祖爷爷。由于历史的渊源，他自认是乐之友最嫡系的人马，对乐之友忠心耿耿，对楚、鱼、姬、泡利、康不名以及曾祖褚贵福这些先辈们满怀崇敬。自然啦，对何明这位"杀人凶手的儿子"难免抱有敌意。不过，同何明打了两年交道后，他很欣赏何明的一根筋性格，敌意也转化成了"带刺的友谊"——虽然相处甚笃，但他一有机会就要刺何明一下，拿何明的"出身污点"开涮。何明则一向以沉默做防御。

他同何明握手，问："核潜艇的弹头都处理完了？"

"对，这是最后一车。其他陆基、空基导弹的核弹头也都在处理之中。总数为16970颗的核弹都将在一个月内送往同步轨道，在那儿拼装成列车。"

"那时就该我的烈士号大展拳脚了。其实烈士号的运力还有富余，可以考虑再装些核燃料棒。"

"燃料棒的取出比较麻烦，特别是核潜艇，得把耐压壳体割开并把很多装置移走才能取棒。不等了，洛威尔让咱们这几天就启程向太阳'投料'，毕竟近两万颗核弹头悬在头顶，让人放心不下。"

"放心，我那儿万事俱备，只等乐之友下令了。"

"依洛威尔的命令，我也要随你们上天，监督整个投料过程。"

褚少杰在鼻子中哼一声："洛威尔老糊涂了，竟然让你，有历史污点的何明，来监督根红苗正的我？该倒过来才对。所以嘛你这个督察大人最好低调一点，惹我烦了，我把你捎带着也投进太阳去。"何明照例一声不吭，浑似未闻。褚少杰笑着，回身介绍两位老人："这是中国的李将军和美国的哈瑞尔将军，他们想乘你的小蜜蜂去金斯湾，参观一下那些核潜艇，主要是战略核潜艇。我也想陪他们一块儿参观。"

两位老人白发苍苍，但身体都不错，典型的鹤发童颜。他们身着便服，但都有着明显的军人气质。李将军同何明握手，笑着说："我这辈子不知登过多少军舰、航母、潜艇和飞机，甚至包括'准敌国'的核航母和顶尖飞机，却唯独没有进入过各国的战略核潜艇。那是人类武器史中最神秘、最令人生畏的一种，是隐藏在深海地狱中的超级撒旦。如果我伸腿前不能看一眼，实在是死不瞑目啊。难得今天它们在这儿大聚会，我就巴巴地赶来了。"

哈瑞尔说："我没有进入过中国和俄罗斯的战略核潜艇，今天也想一饱眼福。中国早期的核潜艇一向被称为'噪音制造者'，但据说你们的099已经赶上俄亥俄号的水平了。"

李将军笑着说："很期盼一个内行的评价，虽然有点儿为时已晚。"他像一个担心吃不到冰激凌的小孩，殷切地问，"何先生，我们能去参观吗？我们只是以私人身份来的。"

何明点头："当然可以。各艘潜艇取出导弹和弹头后已经无害化了，不过是些待拆的报废设备，只要不干扰艇员的工作，任何人都可以参观，何况是你。"他对李说，"李将军我认得你。我的中学时代正是中国军力飞速崛起的时期。那时你常在央视举办军事讲座，我曾是你的粉丝。可以说，那时你的粉丝是以千万计的。"

"谢谢你还记得，那是几十年前的事了。"

"记得军事论坛上一个经常性的话题，就是讨论你是鹰派还是鸽派。大多数人说你是鹰六鸽四。"

"是吗？军人都是天然的鹰派——这个职业天生就是打仗的嘛。所以，'鹰六鸽四'其实就是这个职业中的'最鸽派'，你说对不对？"他补充一句，"依我看，哈瑞尔将军也是一样。虽然我俩曾分处对立的阵营，但一向比较谈得来。"

哈瑞尔微笑着表示同意："我也属于最鸽派吗？这是对我的褒扬。"

李将军叹息一声："处于今天的形势回头看，觉得人类那时真是彻底地发疯了。最睿智的政治家、军人、技术专家，竭尽他们的智慧和心血，兢兢业业地制造各种可怕的杀人武器，以确保本国的军力占上风，或者至少能与敌人同归于尽。武器是最高级的科技，但最高级的科技中会聚了最浓的兽性，甚至是超兽性。因为动物中同类争斗一般都遵循'不严重伤害对方'的原则。极少数最残忍的野兽也有残杀同类的，但至少不会奉行'同归于尽'的策略，因为它违犯'生存第一'的天条。"他沉重地说，"不敢想象，后代会如何评价咱们当年的疯狂。"

哈瑞尔平和地说："后人会理解的。"他转了话题，"李，我非常佩服中国人，又佩服又嫉妒。你们太狡猾了，一直奉行'最低限度威慑'政策，核弹数量一直维持在低水平，相比美俄来说节约了多少财力物力！"

李将军自嘲："莫要戳我们的痛处啦。我们挤破脑袋要挤进最后一班车，花大气力建造了航母编队、隐形飞机、新型核潜艇，结果都成了无用的屠龙宝刀。早知今日，何必当初！"

何明抬头看看李将军。李是他当年的偶像，但他今天对老人的言论颇为不满。他素来说话不会绕圈子，便生硬地说："此一时彼一时，那时的做法我不认为有错。那是为了不再被某个国家'误炸'大使馆，算不得浪费。"

他的顶撞让气氛有点儿僵。褚少杰看看何明，目光中分明是赞赏，只是为照顾李将军的面子没有插话。哈瑞尔笑着缓和："何先生说得对，此一时彼一时。如果我们乘时光机器回到昨天，说不定还会做同样的事。人强不过本能，那时的最高本能就是保护本族群的生存。只是在遭遇灭顶的自然灾难后，才把关注点升格到整个人类。"

何明指指起飞轨道尽头："运载车已经就位了，我该工作了。"

一行人来到那儿，何明照例检查了"巨型蜈蚣"后舱门的铅封，核查无误后剪开铅封，打开后门，后门翻下后成为坡道，与飞船的后舱门对接。何明让客人退后，以避免辐射。少顷，从"巨型蜈蚣"后门中缓缓推出一个圆柱形的箱体，也是薄而透明的材质，透过箱壁可以看出圆筒内部嵌着一个个纵向的圆环，每个环上水平固定着十枚锥形的墨绿色的核弹头。每个弹头不大，不超过一个正常男子的体量，外表平淡无奇。但它们的当量都在30万吨以上，每一颗都能毁灭一座城市。所以，在李和哈瑞尔这些内行人的目光里，都有着深深的敬畏。

"巨型蜈蚣"腹中的圆柱箱体逐渐外伸,被直接推入飞船的后舱门。它在飞船内就位,由夹持机构自动抱紧。随之飞船后舱门关闭,货车也开走了。何明走过去,仔细检查了飞船后舱门的关闭情况,照例做了铅封,然后退回,发出"可以升空"的信号。指挥塔发出了点火的命令,货运飞船尾部喷出四道淡蓝色的等离子喷流,飞船沿着轨道疾速地加速,转瞬间离开轨道,消失在蓝天中。

车队和四架武装小蜜蜂离开发射场,向金斯湾基地返回。何明邀三位客人坐上他的小蜜蜂,随车队而去。

快要看到那些核潜艇了,李将军简直有些迫不及待。核潜艇特别是战略导弹核潜艇都是些独行侠,孤独地潜行在深渊之中,依靠极低频和超低频通信同外界保持着微弱的联系,时刻准备着把复仇之火倾泻到敌国的首都。它们是终生独居的猛兽,很难与同类见面,仅在极个别情形下可能发现某个同类的踪迹。所以,像今天这样,世上所有核潜艇在同一个地方公开聚会,这在过去是绝对难以想象的。何明介绍说,这儿聚集着30艘待销毁的战略核潜艇,美国15艘,其他俄、中、英、法、印、韩等国合计15艘,所以,"哈瑞尔将军说得对,美国确实吃大亏啦,这些被抛弃的家产,你们一家就占一半。"

他们看到了浮在水面的30艘核潜艇,它们的外貌大同小异,都是水滴状艇身,以很近的间隔平行排列,从码头一直向海洋延伸,30个形状不一的潜艇指挥塔(又称帆罩)耸立在水面上,也排成一排。不过三位客人惊奇地发现,30艘核潜艇的艇身大都被乱糟糟的木板遮没,这些木板搭在艇身上,使各艇互相连接,形成了一个长长的栈桥。木板的规格大小不一,颜色驳杂,看起来是七拼八凑连起来的,这种乱糟糟的景象与常人心目中这种顶级的科技神物似乎很不匹配。何明笑着给客人们解释:

"这些潜艇的核弹已经处理完了,下一阶段是处理核燃料,那是个很费时的过程。所以各艇上的人员等不及了,大部分已经撤走,每艇只留下一名副艇长和九名士兵，合计三百人。这都是些精力过剩的丘八，不想被囚禁在各个隔绝的监狱内。但各艇来往太不方便，后来我做了些职责之外的事，从岸上尽量搜罗了一些木板，为他们搭成了这座栈桥。"他自得地说，"别看这是件小事，他们很感激我，说我是个最有人情味儿的监督。"

李将军呻吟着："可是，何先生你罪孽深重啊，你用这些乱七八糟的东西，一下子毁了我一生的相思！"

哈瑞尔和褚少杰也都笑，的确，看着这些乱糟糟的木板，他们心目中对核潜艇的敬畏无形中被解构了。小蜜蜂又飞近了一些，可以看出栈桥上的人员今天显然有某项大活动，三百军人都聚集在栈桥上，热烈地讨论着什么，而且人群中夹着一根粗粗的缆绳。机上人员有点儿奇怪，问何明，何明也不知道大家在干什么。他用机上通话器询问了下边，笑着对客人说：

"知道他们在干什么吗？这些闲不住的家伙！他们说，他们的一生都献给了战争，如今各国没有分出胜败输赢，就这么糊里糊涂地'被谢幕'，永远不会再有真刀实枪一较输赢的机会，实在于心不甘。他们决定以体育方式来模拟第三次世界大战，定出战胜国和战败国，以此来构建三战后世界秩序。比赛失败者会心甘情愿地认输，决不耍赖。至于比赛方式，他们讨论了几种，像篮球、短跑、足球、掰手腕、美式足球等，最后决定采用最公平最简单的方式——拔河。"

"拔河？"

"对，拔河。你看他们中间的那根粗绳。"

李将军笑着调侃："人类文明确实进步了，用拔河来代替扔核弹，提倡议的那家伙太了不起了。他们怎么比？单淘汰还是循环赛？"

"美国军人提出以美国队挑战非美联队，但其他各国坚决反对，说这是沙文主义的倡议。最后决定以打擂台的方式，抽签决定次序，胜者作为擂主，对付下一次挑战，依此类推。不过这么着有个问题：比赛到最后只会留下一个战胜国，其他的都是战败国。不过参赛者都表示认账。"

褚少杰笑着问："人数怎么确定？像中国只有五艘核潜艇，每船留下10人，只有50人。而美国是150人。"

"这个好办,他们决定,每个回合都按人数少的那一方的人数,比如韩国只有一艘潜艇10个人,那么有韩国参加的这一回合就定为10人制。"

两位将军兴致勃勃,说:"这是何等重要的历史时刻,绝不能错过。咱们快降落,也去参与一下。"小蜜蜂在栈桥上降落,两位将军率先跳下去。他们虽是便装,还是被本国的军人认出来了,大家齐齐向他们敬礼,两位将军高兴地还了礼。下面即将开始的一场比赛是中国对美国,各方出50人。队员已经做好准备,裁判和巡边员也都就位。但何明观察后暗暗摇头——显然胜负的天平要倒向美方。美国军人的平均个头就比中国军人大,何况美方的50人是从150人中精选出来的,更是比中方队员大了一号。个头上处于劣势的中国队并不气馁,在队长指挥下,摩拳擦掌地准备战斗。何明赶紧摆手叫停了比赛:

"且慢,我觉得这样的比赛规则仍然不够公平——你们看,虽然人数相等,但美国队的总吨位显然要远远大于中国队,是不是?"双方队员笑着点头,这个事实是明摆着的。"体育比赛中凡是体力项目,像摔跤、散打、拳击、举重等都要按体重分级的,所以我建议,咱们的比赛最好也按体重分级。如果分级不好实现,那就让各队按同样的总重来凑人数。"他笑道,"莫要嫌我吹毛求疵,要知道,今天是最重要的历史时刻,这场胜负直接关乎着此后数千年各国的地位,不能不慎重!"

美国人笑而不言。出于对何明的尊重——是何明帮他们修了这座栈桥——他们没有直接反驳,但表情分明是说:这个要求未免过分了。实际上,如果以体育比赛来模拟战争,各方都应是全员参战才公平,那样才更能代表各国的军事实力!其他俄、英、法、印、韩等国的军人笑着不表态,何明的办法对弱者有利,他们当然不反对,但也知道美国人绝不会同意。

美国队的队长咳了一声,正要说话,中国队的队长抢先说:

"何先生,用不着的,这样就很公平——别忘了,球类比赛就没按身高和体重分级呀!何先生你别担心咱们个头小,小自小,筋节。何大叔你就别添乱了,开始比赛吧。"

裁判笑着请何明避开,何明只好无奈地站到一边。裁判吹响哨子,开始比赛。何明的估计不错，体重上明显大一号的美国队很快占了上风，在200个旁观者的吆喝声中，绳子中间的铅坠慢慢向美方移动，眼看就要移到美方边线了。但这时形势发生了变化，中国队很快稳住阵势，无论美方如何拼命，绳子再也不前进一寸。原来，栈桥桥面很不符合正式比赛要求，凹凸不平，还有明显的棱角。节节败退的中国队聪明地发现了这一点，不少人把脚后跟死死顶在凸出的棱角上，身体用力后倾，几乎与地面平行。这样，虽然中国队不能把绳拉向这边，但美国队要想扩大战果也很困难，因为此时他们需要克服的不再是对方的力气，而是对方身体（骨架）的物理强度。

于是战局就僵死在这里，任凭周围的拉拉队如何喊叫，任凭双方队员如何拼命，长绳仍是一动不动。僵持中忽听咔咔嚓嚓的声音，原来在一百人的拼力拉拽之下，并不坚牢的栈桥在中间部位的几块木板全都崩开了。拔河的队伍拖得很长，后方队员不知道前方的变化，仍在呼呀嗨呀地努力拉，于是，两边的核潜艇缓慢地向中间靠近，终于噗的一声撞在一起。由于艇身都覆有隔音瓦，碰撞的声音并不大，所以队伍后边的人们还在傻乎乎地用力。裁判赶快吹响哨子，中止了比赛。

比赛中止了，但胜负却无法判定。而且鉴于比赛失败的原因，以下的场次也无法在栈桥上进行，除非移师到陆地上去。哈瑞尔将军适时地插进来，替裁判解决了难题。他笑着说：

"我建议比赛以平局结束。这就是天意啊，天意让我们无输无赢，这么着，各个国家全都是战胜国！"

李将军也越俎代庖，立即笑着宣布："我宣布，第三次世界大战以平局结束！"

大家也都笑着认可了。结束了比赛，中美双方互相拥抱，然后各国军人互相拥抱。何明开始安排各艇副艇长带领三位客人去艇内参观。李将军见何明的面色犹有不甘，笑着打趣：

"怎么，没看到中国成为三战的战胜国，不，真正的战胜国，有点儿不甘心？"

何明说："是啊。你知道，在人类文明史的大部分阶段，中国都是世界第一经济大国。但中国的武力自打汉唐以后就不行，与经济实力不相配。难得有最后一次证明机会，也被什么'天意'给抹去了。"

他虽是玩笑，但玩笑中似乎也有某种真情绪。李将军看看他，没说什么。褚少杰劝道：

"李将军你别理他，这家伙就是这样一个怪人，干啥都是一根筋。咱们想事是用脑袋，他是用屁股。别理他，抓紧到潜艇里参观去吧。眼看就要销毁啦，怎么的我也得看最后一眼。"

李将军一笑而罢，由各位副艇长领着，与哈瑞尔、褚少杰一同去各潜艇内参观。这边，何明开始安排，把排在最靠岸的俄罗斯弗拉基米尔·莫诺龙赫号拖到干船坞，准备开始去除核燃料。核潜艇总共有数百艘，所以这是个很费时间的工作。他要抓紧干，在那个空间暴胀波到来之前完成它。

第三章　屠龙之技

靳逸飞比介绍人约定的时间早到了 10 分钟，他觉得这是一个男人应有的礼貌。他今年 25 岁，身体单薄，眉目俊朗，是中科院和乐之友科学院的双重院士，眼下在中科院理论物理研究所工作。侍者引他进了雅间，他惊奇地发现女方已经到了，甚至为他要好了茶水和茶点，而且正是他喜爱的绿茶和栗子糕。这点爱好肯定是女方从介绍人那儿问出来的，说明女方对这次会面很在心，这点细节让他心中涌出暖意。据介绍人说，"这位叫君兰的女子是影视界一位成功人士，今年 30 岁，现在时兴姐弟恋啊。"她很漂亮，衣着典雅，一派大家闺秀的风度。靳逸飞笑着说：

"不好意思，我是不是来晚了？失礼了，失礼了。"

"你来得不晚，但我有意提前到达，这样才像姐姐的风度嘛。"君兰笑道，"既是姐姐，干脆把派头做足。我就直接点菜了，行不行？"

"敢情好。我历来最不擅长这类生活琐事。"

君兰唤来侍者，没有征求男方的意见就熟练地安排了饭菜。又吩咐说饭菜晚点儿上，想先聊一会儿。侍者退出后，她坦率地说："介绍人说你一向不擅长生活琐事，我也不闹虚礼了。我觉得，你的宝贵时间不应浪费在生活琐事上，而应花在研究宇宙的奥秘上。听很多人说，在物理所里你是个超级天才，智商高得吓人。我自认为算得上个聪明人，但对你们这样的一流科学家，像楚天乐、亚历克斯、泡利、贺梓舟、姬继昌等人，一向怀着深深的仰慕。所以，今天不光是来相亲，也是来满足我的猎奇心理。哈哈。"

她爽朗地笑着，靳逸飞也笑着说："我的智商嘛倒是不低，算得上一个小天才。但鉴于我研究的课题，我注定达不到那些前辈的成就，甚至注定是个失败者。我得事先把话说明，免得以后让你失望。"

"什么课题？为什么注定不会成功？"

"因为我研究的可以说是屠龙之技，是玄而又玄的理论探索，只能让探索者获得智力上的满足。这样的理论别说应用了，甚至无法得出可信的验证。"他好奇地问对方，"你真的想听？务必请原谅啊，我问这句话绝不是看低你，但女性，特别是漂亮女性，一般不会对玄学思辨感兴趣。我不想把相亲变成枯燥的学术讲座。"

君兰简单地说："我不是'一般'女性。请讲，我很感兴趣。"她笑着加了一句，"当然，首先要感谢你对我容貌的恭维，你的恭维很有技巧啊。"

"我可不是恭维，只是说出我的真实观感。"

"这句恭维就更有技巧啦。多谢，我心领了。"

两人都笑了。靳逸飞说："那好吧，我就对你讲一下。"他稍稍理了一下思路，考虑如何用最平易的话来讲，"先做一下回顾。在爱因斯坦相对论体系中，当物体在普通的三维空间做高速运动时，时间速率会变慢。两者的关系符合一个简洁美妙的洛伦兹公式。这个关系是经典的、确定的、符合因果律的。它可以称为'一阶真空或四维时空中速度与时间的因果律关系'。这些内容想来你很清楚的。"

"没错，大学一年级的物理课程，记得那学期我的物理得了98分。往下讲。"

"后来楚天乐等人创立了三态真空理论。在这个理论中，普通真空可以因高能激发而湮灭为二阶真空，借助于它，物体可以实现超光速运动。它的实质是空间对空间的运动，而物体在本域空间中并无运动，所以不存在相对论效应，时间仍是静止时间；但这种静止仅是相对于该物体所在的本域空间，对于非本域空间即外面的大宇宙来说，时间速率仍然有变化。怎么变？请注意这是一种根本性的改变，速度和时间的关系不再是经典的、确定的、符合因果律的。而是不确定的、随机的，只能用量子效应中的概率来描述。可以称之为'二阶真空或五维时空中速度与时间的概率关系'。具体来说，当虫洞式飞船经历了长期的虫洞飞行再回到大宇宙后，时间落点符合正态分布曲线，但有三个峰值。最可能的三个时间落点是：相对飞船出发时刻的现在；宇宙肇始；宇宙末日。这些是几十年前由诺亚人率先提出的理论，想来你也清楚吧。"

"对，我清楚，它们也是大学一年级的物理课程，虽然道理有点儿绕，我学得还不错。往下讲。"

"以下就是我的研究了。既然有二阶真空，那么有没有三阶、四阶乃至更高阶的真空？我的研究证明，至少三阶真空是可能存在的。在这种三阶真空中，依数学推理可以得出某种全新的速度与时间的关系。请注意，又是一次根本性的改变，它既不是确定论的，也不是概率论的，而是'渐近自由的'。换句话说，"他加重语气，一字一句地说，"借助于三阶真空，智能生命可以在时空中自由来往。"

"科幻电影中的时间机器？"君兰笑着问。

"不，准确称呼应该是时空机器。时空机器绝非科幻作家的空想，爱因斯坦早就确认，根本不存在互相独立的空间和时间，而只有统一的四维时空。在乐之友激发出了二阶真空后，四维时空就扩大为五维。如果再激发出三阶真空，时空又扩大为六维。但是，只要空间的屏障被打破，时间的屏障也就自然而然地打破了，因为时间和空间是不能分离的，这正是相对论的基本观点。"

"你刚才说'渐近自由'……"

"下面就要讲到。由高维时空降落到次级时空的过程是不可控的，只能是随机性的溅落，也就是刚才说的'概率关系'。但若是跨越两阶的降落就不同了。具体说吧，若是从六维时空跨阶降落到四维时空，由于该过程中有一个五维时空作为过渡，时空旅行者就具有了某些选择自由，因而最终落点是大致可控的。这个道理有点儿绕，你能听懂不？"

君兰艰难地追赶着他的讲解："大致听懂了，是不是这个意思：如果一个人从飞机上直接跳入海中，落点是很难控制的；但若是先落在某艘船上，再从船上跳水，落点就可以控制了，因为这条船可以在海面上自由移动，从而对下一次的落点作出校正。"

靳逸飞真心地夸奖："没错，这个比喻虽然浅了一点儿，但很能说明问题。君兰姐，你太聪明了，是我见过的最聪明的女子！"

"君兰姐"这个称呼是他脱口而出的，让君兰心中很熨帖。她微笑道："虽然你的夸奖带着点儿大男子主义的臭味，我还是接受吧。"

此前靳逸飞一直是在平静地阐述，甚至含着几分谐谑，但谈话进行到这儿后，他已经忍不住内心的激荡。他激动地说："人类借助于二阶真空实现了亿倍光速飞行，几乎进入了科技的自由王国。如果能借助于三阶真空实现时空穿梭，那就可以把'几乎'这俩字去掉了，人类就真正进入自由王国，成为科学天堂中的诸神了！"

他两眼炯炯发光，脸庞上光彩洋溢。君兰有点儿看傻了，觉得此时的这个小男人特别可爱，特别让她动心，很有点儿想把他护到翼下的感觉。她半开玩笑半认真地说："那么，如果这个理论得到验证，你将是和爱因斯坦、玻尔、楚天乐、泡利等人同级别的科学大师，你的名字将用金字书写在历史上。看来我绝不能放过这个未来的伟人了。可是，你为什么说它是屠龙之技，注定无法成功？"

靳逸飞呷了一口绿茶，又捻起一块儿栗子糕慢慢吃着，平复了刚才的心绪激荡，笑着说："莫急，你听我讲下去。据我的研究，三阶真空并不难激发，只需在二阶真空中使用同样的高能粒子对撞就行，能量级别也不必提高。也就是说，连续两次激发就成了。"

"连续两次激发？"君兰不解地问，"可是——此前一直是这样干的呀。尤其是亿龙赫飞船，我记得是每秒激发 30 万亿次。"

"没错！君兰，很佩服你，你的思维很明晰。你说得对，过去一直是连续激发，只是——这里有一个死结。"

"什么死结？"

"根据三态真空理论，二阶真空被激发之后，只需经过普朗克时间，就是科学家们爱说的'一个滴答'，就会复原成一阶真空。而这样的滴答是时间的最小单位。所以——请你说说，什么是我理论中的死结？"

君兰略微思考："你是说，既然它是时间的最小单位，那么，就不可能在两个滴答的间隔中，也就是趁着二阶真空还未复原成一阶真空前，再插入一个事件。因为,你的第二次激发无论怎么快,也不可能快于普朗克时间!每秒 30 万亿次的连续激发,间隔是……"

她在心算,靳逸飞说:"10^{-14} 秒。"

"而普朗克时间是 10^{-43} 秒,相比之下,每秒 30 万亿次的激发太慢了,慢了 29 个数量级。"

靳逸飞笑了:"很对。你的头脑相当敏捷。"他欣慰地觉得,和君兰谈话很轻松,这位女士也长了一颗"理工科脑袋",这些枯燥的理论一点就透。他呷了一口绿茶,悠悠地说:"所以嘛,我注定只能做一个远离社会主流的玄学家,惭愧地领取着科学院的微薄俸禄,在玄思冥想中打发一生。"

君兰摇摇头:"我不相信你是这样想的。你肯定在想办法绕过这个死结。"

"对,我是在思考各种方法,哪怕它是多么异想天开。比如——到宇宙肇始的时候去干这件事。那时,宇宙暴胀形成了极度疏空间,若在这种极度疏空间中激发出二阶真空,它复原成一阶真空的时间有可能超过一个滴答,也就有了二度激发以产生三阶真空的可能。但是——即使这个想法可行,又如何赶回到宇宙肇始?我刚才说过,只有激发出三阶真空才有可能在时空中自由往来;可是只有回到宇宙肇始才能激发三阶真空。你看,蛇咬住了自己的尾巴。"

君兰想了想,忽然说:"不,不是绝对的死结!你刚才说过,借助二阶真空经历了长期的超光速飞行后,有可能掉到宇宙肇始。这种返回是由概率决定的,并不需要先激发出三阶真空。"

靳逸飞稍一愣,继之是哈哈大笑:"行,有你的!你真是思维敏捷啊。你说得对,这个死结还多少留有那么一丝缝隙。当然,真正要想实现的可能性也基本为零,只能靠概率之神的恩赐。何况在那个时间点,宇宙蛋里是 100 亿 K 的高温,也许只需十个滴答就能把飞船分解成亚夸克,远在它能激发出三阶真空之前。所以嘛,我刚才的自我评价仍是对的,我还是要做好'终生失败'的准备。何况,"他摇头叹息,"很不幸,我生不逢时啊,错过了人类智力的巅峰期,甚至很快就要陷入人类智力的崩溃期,这颗脑袋瓜再好用,几年后也要变成一盆浆糊了。偏偏像我这样的人,一生中唯一可自负的就是理性思维，其他方面非常低能。如果智力崩溃，再活下去就没多大意思了。"

他虽然言笑晏晏，但话语中透出深重的苍凉，不像一个年轻人的心态。君兰沉默一会儿，问：

"但你不会放弃努力？"

"对，我不会。我要尽力孵育这个理论之蛋，一直到穷尽智力。"

君兰笑道："那么，最好有一只母鸡把你护到翼下。借助她的爱，她的人生经验，甚至她的财力，你成功的概率可能稍大一点儿。"

靳逸飞微笑着直视着她："哪怕最终知道这是一枚不育蛋，这只母鸡也不后悔？"

"是的，不后悔。婚姻本就是赌博。年轻男女在最易冲动的年龄，依靠'一见钟情'来冒失地挑选终身伴侣，挑对的概率本来就很低。我至少比一般人强一些吧，我在性激素的吸引中还加了理智的判断，所以挑对的概率应该更大一些。我想打个赌，赌你最终能成功。如果没赌中，我愿赌服输。"君兰微笑着说。

两人相视而笑。靳逸飞隔着桌子伸过手去，紧紧握住了君兰的手。这位姐姐型的女性能给他一种轻松感，这是很难得的。当然，君兰的牺牲精神中有功利成分——想成为科学大师的夫人，她并不讳言这一点。但她敢用一生来做赌注，而且赢面几乎为零，这样的功利和牺牲精神也没有什么区别。在这个当口，靳逸飞忽然想起另一位姐姐，青云，她从小就是自己的小姐姐，后来自己跳班后还当过两年同学，同窗情谊中已经掺杂有男女之爱。只是青云高考落榜后两人的距离渐渐拉开了。并非收入地位等世俗原因，而是因为无形的心灵距离。比如，今年春节探家时与青云见面，她好像总是怀着自卑，和她的交谈也显得滞涩，没有和君兰这样的默契和轻松……君兰敏锐地看出了他的片刻愣神，笑着问：

"想什么哪？是忆旧吧，我在你的眼神中看到了'过去'。"

"想到家人了——住在中原小县城的爹妈，弱智的哥哥，还有打小就认识的一位姐姐青云。可惜，青云没有上大学。"

他提到了青云的名字，但没有多说，君兰也很默契地没有追问。两人唤侍者上饭菜，在轻松的气氛中吃过这顿饭。饭后君兰说：

"是不是可以定出下一次的约会？好像这句话应该由男方开口。"她笑着说。

"谁说过非由男方开口？你说过不让我操心生活琐事的，以后这些事都交给你了。"

"行啊，交给我了。下次约会到我家吧，让你尝尝我的烹调手艺。"她笑着说，"去你那儿不太方便，我知道你眼下是与别人合租一间房屋。我这么直率，你不会不高兴吧？"

"没关系，我没有那些肤浅的男人自尊，不怕露穷，也不怕有人说我吃软饭。喂，你是否该提醒我，去你家时要带上牙具和换洗衣服？"

君兰笑了："那倒不必，我会为你备一套新的。"

她唤过侍者准备结账，靳逸飞坦然受之，没有争着付费。结完账，两人准备离开了，君兰突然若有所思，说：

"不对，还有一种可能的——即将到来的灾变，正好可以利用嘛。"

虽然她说得没头没脑，但靳逸飞立即明白了，她是说：即将到来的空间暴胀同样是疏真空，正好可以用来激发三阶真空啊。靳逸飞很有点儿感动，因为这位"科学圈外"的女性能想到这儿，证明她对男友的工作领域已经心心念念之了，可以说两人已经心灵相通了。他解释道：

"你能想到这一点很不简单，不过——不行的。没错，按楚先生的预言，空间暴缩后将迎来空间暴胀，但这个'暴胀'只是借用的词，它与宇宙肇始的暴胀根本不可同日而语，要差几十个数量级！所以，利用它来实现三阶真空完全没有希望。"他又补充一句，"正是因为这一点，我一向反对在今天使用'空间暴胀'这种称呼，担心会引起误解。你看，果真引起了误解。"

"是吗？"君兰惋惜地叹息一声，抛开这个话题，开车送小飞回家。

第四章　智慧的鸿沟

　　虽然靳强老两口都已退休，早上起来仍像打仗。靳强负责做早饭，老伴如苹帮 30 岁的傻儿子穿衣洗脸。逸壮还一个劲儿催促妈妈："快点儿，快点儿，别迟到了！"老伴轻声细语地安慰他："别急别急，时间还早着哩。"

　　两年前老两口把傻儿子送到一个很小的做瓶盖的福利厂，不为挣钱，只为他的精神上有点儿寄托。这步棋真灵，逸壮在厂里干得很投入很舒心，连星期日也闹着去厂里呢。

　　30 年的孽债呀。

　　30 年前夫妇俩少不更事。怀上逸壮五个月时，夫妻吵了一架，如苹冲到雨地里，挨了一场淋，引发几天的高烧，儿子的弱智肯定与此有关。为此两人终生抱愧，特别是如苹，一辈子含辛茹苦，任劳任怨，有时傻儿子把她的脸都打肿了，她也从未发过脾气。

　　不过逸壮绝不是个坏孩子，平时他总是快快活活的，手脚勤快，知道孝敬父母疼爱弟弟。他偶尔的暴戾与性冲动有关。他早就进入青春期，有了对异性的追求，但这个很正当的要求却无法得到满足。有时候在街上或电视上见到那些很"露"的女孩，他会短暂地失控。如苹不得不给他服用氯丙嗪，服药的几天里他会蔫头蔫脑的，让人心疼。

　　除此之外，他真的是一个心地良善的好孩子。

　　老天是公平的，知道靳强夫妇吃的苦，特地给了一个神童作为补偿。逸飞今年才 25 岁，已经进了乐之友科学院和中科院，在国际上颇有名气了。邻家崔嫂不大懂人情世故，见到逸壮，总要为哥俩的天差地别大发感慨。开始老两口怕逸壮难过，紧赶着又是使眼色又是打岔。后来发现逸壮并无此念，反倒很乐意听别人夸弟弟，听得眉飞色舞的，这使当爹妈的又高兴又难过。

招呼大壮吃饭时，靳强对老伴说，给小飞打个电话吧，好长时间没有他的电话了。他挂通电话，手机屏幕上闪出一个30岁左右的女子，不是特别漂亮，但是极有风度——其实她只是穿着睡衣，但她的眉眼间透着雍容自信，一看就知道是上流社会的人。她从容地说：

"是伯父伯母吧，逸飞出去买早点了，没带手机。有事吗？一会儿让逸飞把电话打回去。"靳强忙说没事，没事，这么多天没见他的电话，爹妈记挂他，随便问一声。女子说："他很好，就是太忙，忙着研究他的三阶真空理论。对了，我叫君兰，姓君，君子的君，兰花的兰。我是搞影视策划的，和逸飞认识两个月了。噢，那边坐着的是逸壮哥哥吧，代我向他问好。再见。"

挂了电话，靳强骂道："小兔崽子，有了对象也不告诉家里一声，弄得咱俩手忙脚乱的。人家君兰倒反客为主，说话的口气多家常。"

如苹担心地说："看样子她的年龄比小飞大，至少大三岁。"

"大几岁好，能管住他，咱们就少操心了。这位君兰的名字我好像在报上见过，在京城有点名气。"

这当儿逸壮停止了吃饭，一直歪着头专注地盯着屏幕。他疑惑地问："这是小飞的媳妇？小飞的媳妇不是青云？"

老两口赶紧打岔："快吃饭快吃饭，该上班了。"

逸壮骑自行车走了，靳强仍像过去一样，悄悄跟在后边当保镖，他一向是看着大壮进了工厂大门才回来。出了房门，碰见青云也去上班，她照旧甜甜地笑着，问一声"靳叔早"。靳强看着她眼角的细纹，心里老大不落忍。她今年27岁，但迟迟不谈婚事，恐怕是不能忘情于小飞。靳家和崔家是老邻居，青云比小飞大两岁，打小就是个小姐姐，很知道疼弟弟。后来上学时小飞跳了两级，跟青云成了同班同学，关系更近了一层。小飞跳到她的班级后，两人一直是全班的榜首：青云是第一，小飞则在第二名到第五名之间跳动。靳强曾当着青云的面，督促小飞向她学习。青云惨然道：

"靳叔，你千万别这么说。我这个'第一'是熬夜流汗硬拼出来的，小飞学得多轻松！篮球、足球、围棋、篆刻、乐器，样样他都会一手。好像从没见他用功，但功课又从没落到人后。靳叔，有时候我真嫉妒他，爹妈为啥不给我生个他那样的脑瓜呢？"

那次谈话中她的"悲凉"给人印象很深，绝不像一个高中女孩的表情，所以 10 年后靳强还记得清清楚楚。也可能当时她已经有了预感？在高三时，她的成绩忽然垮了，不是慢慢下降，而像是张得太紧的弓弦一下子绷断了，再也不能恢复了。她高考落榜后，崔哥崔嫂、靳强如苹包括小飞都劝她复读一年，说你这次只是发挥失常嘛。但她已到了谈学习色变的地步，抵死不再上学，连已经考上的中专也不上。后来她自作主张，到一家服装厂当了工人。

青云长得小巧文静，懂礼数，心地善良。小飞一直喜欢她，但那只是弟弟式的喜爱。如苹也喜欢她，则是盼着她做靳家媳妇。不久前她还埋怨青云没把小飞抓住，那次青云又是惨然一笑，直率地说：

"靳婶，说句不怕脸红的话，我一直想抓住他，问题是能抓住吗？我俩不是一个层次的，我一直是仰着脸看他。我那时刻苦用功，其中就有这个念头在里边。但我竭尽全力，也只是和他同行了一段路，现在用得上那句老话：望尘莫及了。"

送完逸壮回来，靳强坐沙发上愣了一会儿神，对老伴说："如苹，我想你最好把君兰的事捅给青云。话说得委婉一些，但事儿一定得挑明。让她彻底断了想头，别为一个解不开的情结误了一辈子。"

如苹认真地说："对，咱俩想到一块儿去了，今晚我就去。"

晚上大壮回家，显得分外高兴，说今天干了一千个瓶盖，厂长表扬他，还骂别人"有头有脑的还赶不上一个傻哥儿"。老两口听得心中发苦，也担心他的同伴们会不会迁怒于他。但逸壮正在兴头上，爹妈只能把话咽到肚里。

逸壮说："爸，国庆节放假还带我去柿子洞玩吧。"靳强说："行啊，你怎么会想到它？"他傻笑道："昨天说起小飞的媳妇，不知咋的我就想起它了。"逸壮说的柿子洞是老家一个无名溶洞，洞子极大极阔，一座山基本被水掏空了，成了一个大致为圆锥形的山洞。洞里阴暗潮湿，凉气沁人肌骨，崖壁上的水滴一滴滴地滴下，叮咚有声。一束光线从山顶一个小孔射入，在黑暗中劈出一道细细的光柱，随着太阳升落，光柱也会缓缓地转动方向。洞外是满山的柿树，秋天，深绿色的柿叶中藏着一只只透亮的红灯笼。这是中国北方难得见到的大溶洞，因为山深路险，没有开发成景点，更为它保留了原始的静谧。

两个儿子小的时候，靳强夫妇带他们回过一次老家，青云也去了。三个孩子在洞里玩得很开心，难怪20年后逸壮还记得它。

晚饭后青云来串门，似不经意地又问起小飞的情况。靳强夫妇不由得心中发苦，可怜的云儿，她对这桩婚事已经不抱希望了，但她常有意无意地打听小飞，实际上还是不死心啊。这会儿大壮已经凑过来，拉着"云姐姐"的手，笑嘻嘻地净瞅她。他比青云还大三岁呢，但从小就跟着小飞混喊"云姐姐"，大人也懒得纠正。青云很漂亮，皮肤白中透红，刚洗过的一头青丝披在肩上，穿着薄薄的圆领衫，胸脯鼓鼓的。她被逸壮看得略显脸红，但并没有把手抽回去，仍然亲切地笑着，和逸壮拉着家常。多年来逸壮经常这样，老实说，自打逸壮有了性意识后，爹妈很担心傻儿子会对青云做出什么不得体的举动，但后来证明这是多虑。逸壮肯定喜欢青云的漂亮性感，但这种喜欢是纯洁的。甚至在他偶尔因性饥渴而变得暴戾时，青云的出现也常常是灭火的水而不是助燃的油。老两口不知道这是为什么，也许在傻儿子的懵懂心灵中，青云已经固定成了"姐姐"的形象？也许他知道青云是"弟弟的媳妇"？青云肯定也看透了这一点，所以，不管逸壮对她再亲热，她也能以平常心态处之，言谈举止真像一位姐姐。这正是如苹超级喜欢她的原因。

夫妇俩使个眼色，准备把上午说的打算付诸实施，但逸壮抢先一步把事情搞砸了。他讨好地说：

"云姐姐，今早打小飞电话时，接电话的是个女人，长得很漂亮。可我一点儿也不喜欢她。她再漂亮我也不喜欢。爸不喜欢她，妈也不喜欢。"

青云的脸变白了，扭过头勉强笑道："靳叔靳婶，小飞是不是谈对象了？叫啥名字，是干什么的？"

逸壮这一抢先，弄得老两口很理亏似的。靳强咕哝道："那个小兔崽子，啥事也不告诉爹妈，我们是今早打电话才无意碰上的。那女子叫君兰，好像是搞影视策划的，在京城有点儿小名气。"

如苹看看青云，硬起心肠补充："听君兰的口气，两人的关系差不多算定了。"

青云笑道："什么时候吃喜酒？别忘了通知我。"

老两口都在努力措辞，既要安慰她，还不能太露形迹，免得伤了青云的自尊。这时傻儿子再次把事情搞砸了。他生怕青云不信似的，非常庄重地再次表白：

"俺们真的不喜欢她，俺和爹妈都喜欢你当小飞媳妇。"

这下青云再也撑不住了，眼泪唰地涌出来。她想说句掩饰的话，但嗓子哽咽着没说出一个字，捂着脸扭头跑了。

老两口也是嗓中发哽，但想想这样最好，长痛不如短痛。从小飞进了科学院后，这个结局也就基本定了。并非因为地位金钱这类世俗因素，而是因为两人的智力学识不是一个层级，硬捏到一块儿不会幸福的。正像逸壮和青云在智力上也不属一个层次，尽管老两口很喜欢青云，但从不敢梦想她成为逸壮的媳妇。

傻儿子知道自己闯了祸，蔫头蔫脑的，声音怯怯地问："爸，是不是我惹云姐姐生气了？"当爹的长叹一声，真想把心中的感慨全倒给他，可惜他肯定不会理解的。因为上帝的偶尔疏忽，他将一辈子禁锢在懵懂之中，永远只能以五岁幼童的心智去理解这个高于他的世界。好在他本人并不能感觉到这种痛苦。人有智慧忧患始，他没有可以感知痛苦的智慧，也就不知道弱智的痛苦。但如果是一个正常人突然跌落到他的层次呢？

其实也不光是大壮啊，就拿靳强自己来说，和小飞就不属于一个层次。他曾问过儿子的研究课题，但儿子的回答他基本听不懂。什么时间粒子，什么在不可分割的时间粒子中插入事件，就像说外星话。有时靳强不免遐想："当爱因斯坦、麦克斯韦、霍金、楚天乐、泡利和小飞这类天才们在智慧之海里自由遨游时，他们会不会对我这样的普通人心生怜悯，就像我对大壮那样？"

基督徒说人类是上帝造的，但这个创造者相当不负责任，技艺相当粗疏。他造出了极少数天才、大多数庸才，还有相当一部分白痴。为什么他就不能认真一点儿，使人人都是天才呢？——不过，也许这正是他老人家的大智慧？智慧是宇宙中最珍奇的琼浆，天物不可暴殄，不能平均地普洒众生。智力把人分成了三六九等，甚至可以说是分成了不同的物种。这才是世间最深刻的不平等啊。靳强摇摇头，叹息着想。

按照惯例，家里如果想给小飞打电话，一般是事先用短信通知，等他闲暇时回电。因为他的思考是不分上下班的，不一定什么时候进入状态，家人尽量避免在他"在状态"时打扰。但这次老两口发了几次短信，那边也没打来电话。一直到五天后，小飞才把电话打来了。靳强说：

"小兔崽子，这几天跑哪儿去了？是不是因为君兰的事故意躲我们？"

小飞笑嘻嘻地说："哪儿能啊，那不正是你们每天催我完成的任务嘛。不过这几天我不在家，去参加乐之友和联合国召开的一次智囊会，有关睡美人计划的。"

如苹埋怨他："有了对象也不告诉我们。"小飞说："也就两个月前才认识的，再说，君兰不是把什么都对你们说了嘛。"靳强说：

"我和你妈把君兰的事告诉青云了，免得耽误了她。我们觉得，她一直不谈对象，是心里还放不下你。"

小飞沉默片刻，叹息道："你们做得对，这样对她好。你们知道，我一直是拿她当姐姐的。我们俩……"

当爹的打断他："你不用解释，我们理解。好在这一页已经翻过去了。咱们还是言归正传，你把君兰的情况详细告诉……"

他突然愣住，强烈地感觉到某种异常。很难形容这一刻的感觉，像是脑袋中的脑髓被极快地晃了一下，不，更像脑髓有了一下暴烈的膨胀，胀得太猛，把所有神经元都扯断了，造成了片刻的意识空白。这个瞬间的空白很快就过去了，脑细胞缓慢地归位。但它绝不是错觉，因为老伴此刻也在发愣，脸色苍白，看来她同样感觉到了这一波晃动。屏幕中小飞的表情也突然定格，呆愣愣地直视着这边。"地震？"老两口同时反应道，但显然不是。屋里的东西平静如常，屋角的风铃静静地悬垂在那里。

他们都觉得大脑发木,有点儿恶心。这些感觉不算严重,慢慢地变淡了。窗外有火光和爆鸣声,有惊叫声。因为大脑发木,这些场景似乎距他们很遥远,像是电影的慢镜头,很久他们才意识到,那是两辆或更多空中自行车发生了碰撞,从高空中坠落下来。不过比起窗外的事故,他们更担心的是小飞的表情。他仍在发愣,面色十分苍白,口中喃喃地说:

"天哪……"

靳强担心地问:"小飞你怎么啦?我和你妈刚才有点儿晕,已经过去了。你是不是还在发晕?"

小飞已经从片刻惊愕中走出来:"爸妈你们别担心,我也晕了一下,已经过去了。"

"这是咋回事?好像不是地震。"

小飞很快地说:"肯定不是地震,但究竟是什么我一时说不准。我得好好想一想。爸妈,以后一段时间我可能很忙,也许顾不上和家里联系。你们多保重,替我问候大壮哥和青云姐。再见。"

他匆匆挂断电话。

靳逸飞刚挂断家里的电话,君兰的电话打来了:"小飞,我刚刚感到一阵强烈的眩晕……"

小飞打断她:"我马上要出门,你立即回来一趟吧,帮我准备衣服。你这会儿还晕吗?开车行不行?"

虽然这个要求有点儿突兀,但君兰没有犹豫:"好,我立即回。已经不晕了,开车没问题。"

她立即停下手头的工作,开车返回,一路上猜度着小飞出门要到哪儿去。依她的直觉,小飞的突然出门肯定和刚才的眩晕有关。到了她住的小区,瞥见天上一架小蜜蜂也正好赶到这儿,它盘旋一圈,降落在她家所在的大楼楼顶。进门后见小飞在书房中,正忙于在电脑中计算,屏幕上闪着一帧帧的数据流和奇怪的图形。他的手机夹在左肩,不停地询问着什么。听见君兰进门,他回过头简单地交代一声:

"给我准备换洗衣服,按半年准备。"

"半年"这个时间让君兰心中咯噔了一下,不过她没有问,立即为他准备。少顷有人敲门,是一位老年白人男子,光脑壳,头部有点儿尖,有点儿像一个倒放的鸡蛋。君兰立即认出了他:

"洛威尔先生?乐之友基金会的?"

男子微笑点头,走进客厅。小飞听见了这边的对话,在书房大声说:"洛威尔先生,马上就好了,我正在打印结果。"两分钟后,他带着君兰为他备好的旅行包匆匆出来,把几张纸递给洛威尔。他们没有在屋里多停,立即坐电梯到楼顶,君兰送他们。电梯上升时,洛威尔迅速浏览了那几张纸的内容,问:

"你认为是空间暴胀?"

"我想是。不过它不是楚天乐和泡利预言的那种平缓波形,而是表现为陡峭的尖脉冲。"

"尖脉冲是不是一次性的?"

靳逸飞苦笑:"恐怕不是。如果只是一次性的,那上帝就太仁慈了。"

两人互相看看,目光中有太多太沉重的东西。这些东西从目光中溢出来,让君兰也感到了沉重。楼顶上停着一架最新型的小蜜蜂。小飞与君兰匆匆拥别,与洛威尔一同登机。小蜜蜂就要起飞时,洛威尔突然叫停,从舱门探出头,突兀地对君兰说:

"你愿意去吗?愿意的话就上来!"

君兰犹豫了一秒钟。她手头有成堆的工作,哪能甩手就走?但……君兰是个头脑敏锐的人,看眼前的阵势,也许人类社会的正常秩序马上就要崩溃了,世俗世界的种种可以掉头不顾了,倒不如陪着小飞走向未知……她果断地伸出手,洛威尔用力拉她登上机舱。他对君兰的果断很满意,嘴角绽出笑纹。

小蜜蜂向西南方向的乐之友总部飞去。行程中小飞不说话,仍在继续着刚才的思考,毕竟时间太仓促,他要对刚才得出的结论再来一遍验算。其他人尽量不打扰他。洛威尔低声对君兰介绍说:靳逸飞是乐之友和联合国"50

人团"的成员之一。这个"50人团"的正式名称是"宇宙特异事件应急委员会"，按组织者当初的考虑，特异事件即楚天乐预言的空间暴胀可能是几十年后的事情，所以成员都选的是30岁以下的青年科学家。没想到灾变的到来大大提前了。他又说，可能以后小靳会非常忙，如果君兰能陪他一段时间，照顾他的生活，乐之友会非常感激。"这是个很冒昧的请求，牵涉到你本人的事业，你考虑后再作决定吧"。

君兰说："好的，我考虑一下。"

一个小时后，他们坐在乐之友总部的会议室里。会议室在基金会大楼顶层，墙壁和天花板是透明的。现在是傍晚，残阳如血。洛威尔、刘苏和成城坐在前排，对着面前的通话器，表情凝重。后边是十几名科学家，是"50人团"在中国的成员，刚刚从各地赶来，靳逸飞也在其中。事态紧急，他们准备同雁哨号的楚天乐来一次对话。这场对话还有一个分会场，设在美国纽约的联合国总部里，联合国秘书长克罗斯韦尔、SCAC的五位执委，还有"50人团"在美国的成员全部参加。那儿是清晨，朝霞如火。

雁哨号已经提前得知这次通话，改变了运行轨道，向地球靠近，此刻在30光分的距离之外，也就是说，对话中一问一答之间的延迟在60分钟以上。为了尽可能提高对话效率，在每一轮对话中，都要尽可能把本方这一轮的意见陈述完全。乐之友科学院院长成城代表联合国和乐之友开始陈述：

"楚先生，雁哨号诸位：

"地球上昨天发生了一次异常现象，所有人都感觉大脑似乎晃了一下，思维被暂时中止。其后有短时的脑袋发木感和恶心呕吐感。所有的人都有同样的感受，包括当时在载人深潜器、深矿矿井、地下中微子站的人员，而且都在同一时刻。所以我们猜测，这种异常很可能是缘于你曾预言的空间暴胀，它在三维宇宙中是通透性的，在同一时刻扫过整个宇宙，没有死角。它的延续时间似乎很短暂，但由于思维被中止，人的感觉不足为凭。事后我们调查了各地的监控录像，但无法找到有关这一刻的记录，这只能有一个解释：暴胀瞬间，整个宇宙的微观粒子瞬时'失联'，互不感知，因而任何有序的信息都不可能产生和被记录，相当于这个瞬间从时间序列中被抠出去了。真是讽刺啊，对于这一刻的空间暴胀，所有的精密电子仪器全都失效，人脑成了唯一可感知的仪器。就地球上众人的感觉，以及参照全球交通系统飞机和车祸的发生概率，可以断定这个暴胀的延续时间应该是秒级的，估计是一两秒吧。

"对于尖脉冲类型的空间暴胀，恒星光谱应表现为极度的瞬间红移，但我们没有观测到。这是因为恒星的异常光谱至少四年后才能到达地球。唯一能观察到的太阳又离我们太近，导致红移值太小，无法测量。

"楚先生，谢谢你在几十年前做的关于空间暴胀的预言，否则人类也许会忽略掉这次短暂的、仪器无显示的异常。由于你的预言，人类才能见微知著，引起高度的重视。当然，它与你的预言也不完全符合，可以说大部分特征都不符合。地球上的科学家在24小时内尽可能地做了解释，其中以一位年轻科学家靳逸飞的假说最具代表性。以下请他讲。"

刘苏身后的靳逸飞已经连续高强度思考了十几个小时，面色显得很疲惫。他站起来，简短地讲：

"楚先生，我只讲结论，略去推理过程。结论是：一、全宇宙经历了一次同步的、通透性的暴胀。二、它完全不符合你所预言的平缓曲线，而是表现为极尖锐的脉冲。脉冲区段内，宇宙空间的膨胀加速度极大，比你的预言值至少要大上二十个数量级。三、在脉冲周期内，它对人类智慧的影响是毁灭性的，并非你所预言的缓慢降低。"靳逸飞略顿，"以上三条虽是臆测，但尚有人脑的感觉为依据，下面一条就纯属数学推演了——它是一次性的脉冲还是成组的？按我的数学模型推断，极有可能是后者。也就是说，此后还将有几十个或更多脉冲扫过宇宙，直到暴胀周期结束。至于各个脉冲的峰值是否有变化，以及各脉冲间的间隔如何，目前只能说是一无所知。但有理由相信，如果它确实是成组的尖脉冲，其累积效应很可能会对人类智力造成灾难性破坏，比你预言的更糟。我讲完了。"

他疲乏地坐下来。君兰挽住他的臂膊，体贴地递去一块巧克力，以便他恢复体力。

成城接着说:"小靳的新理论有一个阿喀琉斯之踵——没有解释为什么会出现这样的尖脉冲。你和其他前辈建立的'三态真空理论'同样无法做出解释。那么,这样的脉冲究竟是怎么来的?我们希望听到楚先生的睿智意见。"

联合国总部那边的分会场也谈了一些看法,然后是等待。这60分钟也许是世界上最漫长的时间。63分钟之后,通话器中传来楚天乐的声音。声音是电子合成音,但非常接近他原来的口音,也能精确地表达说话者的情绪。他的声音听起来苍凉沉重,楚天乐说:

"各位:

"雁哨号这边也感觉到了这个尖脉冲。我和伊莱娜的感觉相对轻一些,这是因为我们处在由亚光速造成的动态压缩真空中,它对膨胀脉冲有相当的削波作用。但很可惜,雁哨号所处的虫洞未能起到预期的智慧保鲜作用,船员们都经历了同样的思维空白,之后也表现出脑袋发木和恶心。看来,这种十分陡峭的尖脉冲能够穿透相空间的界面……"

这个噩耗让听众的心一下子沉落下去。如果智慧保鲜行动失效,那人类文明复苏的最后希望也付之东流了。他继续说:

"……不过据我估计,这种穿透也许与雁哨号的亚光速有关,至于诺亚号这样的超光速飞船,尤其是亿倍光速的三个船队,它们造成的虫洞壁也许足够坚实,能隔断这些尖脉冲。可惜我们无法得到他们的消息。"

洛威尔三人苦涩地互相看了一眼,通过虚拟技术又苦涩地看看联合国秘书长克罗斯韦尔、SCAC现任首席执委居埃尔上将:"但愿吧,眼下也只能这样祝愿了。"他们专注地听下去。

"以我个人的意见,我完全同意那位年轻科学家靳逸飞的假说,包括他自认为没有把握的第四条。谨向他致敬。不过在得到验证之前,这四点预测也只能按假说来对待。我的妻子去世前曾说过,当历史之河大体上沿着科学所预言的河道奔流时,也常常闹几次意外的决堤。现在我们面临的就是一次大规模的、凶猛的决堤。在眼下这种黑暗狰狞的形势下,人类智慧的光亮是格外有限的,预言出错的概率更大。成院长刚才说期待听到我的睿智意见,这让我很难为情。因为,此刻我实在怯于发表什么意见啊。但我既然当了雁哨,职责所系，我无权当哑巴。"

大家都感受到了他话中的苦味。这样的情绪楚天乐过去从未有过。君兰忽然无端地想到一则童话：理发匠发现国王长了驴耳朵，极想向大家透露这个秘密又不敢说出口，只好对着地洞去喊。但现在的情况正好与这则故事相反：楚天乐从内心讲是不愿坦露看法的，但因职责所系却不得不开口。此刻他的内心中该是何等煎熬。楚天乐继续说：

"成院长问我，这样的尖脉冲究竟是如何产生的？坦率说我完全不知道。而且我觉得，此刻不适宜进行深奥的理论探索。不是时候。当务之急是求生！如果我不得不表达意见，只能表达如下的一句——宁可把形势看得严峻一些。这个意见请联合国、SCAC 和乐之友高层斟酌。"

他的话完了。尽管他的最后意见已经很明确，但为了确保无误，成城立即追问道：

"楚先生是说，睡美人计划要立即全面实施？"

为了同地球通话方便，雁哨号一直在向地球靠近。所以通话延迟缩短了，40 分钟后，通话器中传来楚天乐的回答：

"是的，你们已经实施了第一阶段，应尽快实施第二阶段。请你们抓紧时间做最后的准备，我预计将在近期发布雁哨指令。"

在场人的心都深深地沉落。他们都清楚这句话代表着什么样的场景。楚天乐说：

"最后我想说，尽管形势危殆，但你们要努力活下去！如果智慧不足用，那就去依靠本能！毕竟，人类之外的生物都是依靠本能活下来的。"

会议室的人都冷峻地沉默着。君兰看看身边的靳逸飞，看看刘苏、成城和洛威尔，他们个个面色凝重，显然非常重视楚先生的警告。君兰从楚先生最后一段赠言中，才真正了解形势的严重性。楚天乐其实是在说：人类很快就会失去智慧，黑暗时代即将来临。君兰对此多少有些疑惑：迄今为止，灾难的表现只是一次瞬息即逝的、不大严重的"脑震"，大部分人甚至会很快忘记它。楚先生为什么因这次小小的脑震而把形势看得如此无望？但君兰不敢不相信他。尽管楚天乐做过不少错的预言，但毕竟，百年来的历史之河基本是沿着他、泡利、亚历克斯等人的预言而奔流的,他思想的敏锐无人可及。

通话结束后是一整天的会议,晚饭后才结束。君兰挽着小飞的胳膊,轻声说:"走吧,到我俩的房间去,乐之友把房间安排好了。我已经答应洛威尔留下来陪你,长期的。"

她没说自己的工作如何办,靳逸飞看看她,也没有再问。他们回到房间,这是鱼乐水原来的房间,她去世后没再安排人住。房间位于顶楼,透明的天花板此刻没有调暗,头顶和四周是满天星斗,就像是天文台的穹幕电影。他们关上门,立即扑向对方。两人相拥上床,来了一次高强度的性爱。他们心中有太多沉重的东西,需要在性爱中释放。

云雨之后已经是后半夜,君兰进入梦乡。但她蒙眬中感到小飞下了床,便强迫自己睁开眼睛。小飞果然没在床上,这会儿在阳台,赤身坐在地板上,呆呆地看着头顶和四周的星空。月光映照下,他脸上有几点闪光的泪珠。君兰轻悄地过来,在他身后静静地坐下,把他的身子揽在怀里。小飞扭过头,表情似乎有点儿羞愧:

"君兰我睡不着。我怕。"

君兰柔声说:"我理解。我也怕。"

他们怕失去智慧。尤其是对于小飞这样的天才来说,失去智慧应是世上最可怕的事。他们已经习惯于在智力的天空翱翔,享受思维的快感。他们的尊严与人生价值同智力密不可分。失去智力,他们就会变成没有灵魂的空壳子人。两人相拥着坐了很久,但没怎么说话,只是在愁闷和惧意中挣扎。最后小飞说:

"君兰,恐怕得为以后做一些安排了。"静夜中他的声音非常冷静,"当有一天我确定自己的智力已经下降到普通人之下,我不会继续待在这儿耗费时间,我想回家乡去。就像楚先生说的,只依靠本能活下去,像狼、老鼠和蚂蚁一样活下去。真的到了那个时候……咱俩分手吧。"他感到背后那个柔软的身体刹那间变得僵硬,仍硬着心肠说下去:"君兰,我不想离开你,我很想一辈子生活在你的羽翼下。咱俩的相处一直很轻松,很默契,我很珍视这段感情。但……你熟悉和喜欢的是'这一个'靳逸飞,我不想让你看到一个可怜的、目光愚鲁的弱智者。所以，还是分手吧，让咱们都记着对方的美好。"

君兰沉默良久。她想小飞的决定是对的。在两人的爱情中，"互相欣赏"是其中重要的因素。小飞不想让她看到一个目光愚鲁的可怜男人，她何尝想让对方看到一个目光愚鲁的可怜女人？倒不如此刻分手，在记忆中留下对方的美好。她感慨地想，男人和女人还是不一样啊，像楚天乐和小飞这样的智者，在危难时刻能够服从理智的决定，果断地斩断感情的羁绊，女人一般做不到。她想了想，痛快地答应了：

"好，听你的。我明天就回家去。如果灾难能够过去，你记着，我会在那个小家等你。"

"好的，谢谢你君兰。灾难过去后，只要我还保持着起码的记忆，我会像猎狗一样嗅着你的味儿，巴巴地找你。"他想开玩笑，但话语中更多是伤感。

两人就这样赤身相拥，一直坐到天明。

第五章 雁　哨

楚天乐结束与地球的通话，伊莱娜立即在两人的私人通话线路中问：

"天乐，我旁听了你的通话，觉得你今天的情绪很灰暗。事态果然这么严重吗？"

楚天乐沉默了一秒钟。两人的"电子化交流"一向非常快速，一秒已经是很长的停顿了。"恐怕是这样的。伊莱娜，我一向对自己的智力自负，但眼下我已经不敢做什么推理判断了，只能依靠感觉。而我的感觉不好。"

伊莱娜也沉默了。

"我的感觉很不好。"楚天乐重复道，"我有这样的经验：当大局势处于上升状态时，虽然向上的攀登非常困难，但总是可以克服的，甚至常会有意想不到的突破；当大局势处于下行状态时，尽管下山人小心翼翼，仍免不了意外坠落。眼下的局势就属于后者。"他苦涩地说："而且不光是地球，是全宇宙啊，人类就是想'逃荒'也无处可去。也许这就是费米悖论的解释——宇宙中每十万年左右，所有的智慧生命就会遭遇一次同步的智力崩溃，所以才一直没出现足迹遍布于全宇宙的高等文明。想到这一点，难免让人心情灰暗。"

两人沉默。过一会儿伊莱娜说："已经到最后关头了？"

"对。亚光速虫洞不足以隔断尖脉冲，雁哨号船员的智力会很快降低，直到不能再跳这种'刀尖上的舞蹈'。那时只有我们俩成了唯一清醒的雁哨。但——我们毕竟不能代替他们去驾驶。"

雁哨号一直以 220 亿千米的半径和 0.7 倍光速绕地球旋转。这不是行星绕太阳那样的"自然"轨道，需每时每刻用自身动力改变飞船的方向，是一种刀尖上的跳舞。当然这是由电脑自动调整的，但众所周知，任何自动程序都必须设置人工干涉功能，当自动程序出现误差或出现非常事件时，最后决定权只能掌握在人的手中。但是，按楚天乐的估计，飞船中很快就没有足够的智慧了。

伊莱娜笑道："谢谢你坦率地告诉我真实情况。你不用安慰我，咱们都已经死了一次，不怕死第二次。遗憾的是，我准备的那两具克隆身体恐怕用不上了，我原想用它来享受你的亲吻、拥抱和性爱呢。我为'他们俩'可惜，至于咱俩，索性就'柏拉图'到底吧，这个结局也不错。"

恋人的安慰让楚天乐轻松了一些。"谢谢你了，我的柏拉图式爱人。"楚天乐笑着，通过电脉冲给伊莱娜一个长吻。这时船内通讯插了进来：

"爸爸，伊莱娜阿姨，我是习明哲。我想，在这样的局势下，有必要请二位与全体船员见一次面。那边已经准备好了，请。"

在飞船的中心大厅内，习明哲、楚草、习宇、习宙和1000名船员散布在无重力的船舱里。他们遵照太空人的惯例，都是光头赤足，穿白色衣服，背上印着太极图案。虽是光头赤足，但女性性感漂亮，男性英俊潇洒。不过今天大家脖子上都挂着一个纸袋，明显破坏了船员们的仪表美，有些不伦不类。这是楚草的未雨绸缪。上次"脑震"时众人都有干呕现象，她怕下次脑震时真的出现呕吐，会在无重力飞船中造成大麻烦。船员们在三十几个小时前经历了"脑震"，现在还没能完全恢复，神情都有点发木。他们舍弃了地球的安逸生活而毅然奔赴太空，原是想在人类沉睡时做清醒的雁哨。可惜他们刚刚得知，船上人同样不能保持清醒了，这引发了深重的悲凉。

楚天乐和伊莱娜照例以激光全息图像出现，悬浮在船舱中心。众人默默看着二人，二人也通过电子管道默默看着众人。按生理年龄说，船长习明哲已经79岁，楚草65岁。虽然在无重力生涯中生理节律较慢，但也是鬓发苍苍的老人了。习宇22岁，习宙21岁，早就成为正式船员，其中宇儿已经是实习船长了。他俩在脑震造成的疲惫中努力保持着笑容，向全息影像招手，亲热地说：

"外公好。伊莱娜婆婆好。"

宇儿和宙儿出生后，楚草接受柳叶姑姑与她儿子天使的教训，非常注意与儿女的情感交流，所以宇儿和宙儿与家人很亲近，与半电子化的外公同样亲近，没有成为天使那样的"理性纸片人"。两个外孙是楚天乐最重要的感情寄托，是他的心肝宝贝。所以，在眼前的局势下，宇儿和宙儿的命运更让他揪心。如果雁哨号走入绝境，如果船员们因丧失理智而兽性化……什么样的可怕后果都有可能出现啊。

习船长说："楚先生，飞船面临的局势大家已经清楚了。你还有什么要交代的，请尽管坦率地说吧。"

楚天乐内疚地说："我很抱歉。40年前我没能做出正确预言，导致雁哨号陷入眼前的困境……"

习宇笑着打断他："外公，我们不埋怨。所以，别说这些废话了，拣重要的说吧。"

习宙也笑着说："对，没人埋怨你，外公说重要的！"

楚天乐感激地看看两个外孙，看看女儿女婿，说："我没什么重要的话要说，只重复乐之友的两句老话——先走起来再找路！活着！如果你们真的失去智慧，那就靠本能活下去，像狼、老鼠和蚂蚁一样活着！哪怕生存中出现一些邪恶，也在所不惜！"

他虽然用词隐晦，但船上人都能悟出他的暗指。习明哲说："好的，我们会记住这两句话。楚先生，我想把船长的职位正式移交给习宇。"

"你自己决定吧，我没意见。"

"至于我与楚草两人对雁哨指令的实施权限，我俩的意见是暂不移交。估计很快就要用上了，没必要再移交了。"

"好的。我同意。"

在公开场合，船长习明哲一向称呼楚天乐为"楚先生"，但此刻他换了称呼："爸爸，我和新船长商量过，也征求了楚草和众人的意见，想把飞船的最终控制权交到你手中。"

这已经是"临终托付"了。楚天乐平息了心中的感情激荡，平静地说："明哲，很感激你的信任。但你知道，我没有受过驾驶飞船的专业训练，何况我没有四肢。"

"我知道，但我还是想把最终控制权交给你。至于你是否使用，由你自己决定。"

他的话很明白：如果"那一天"最终来到，那么，飞船由智力崩溃的内行来控制，反倒不如交给一个清醒的外行。楚天乐没有再推辞，痛快答应了。习宇立即着手建立了远程连接的专用线路，让他可以通过思维脉冲来控制飞船，而且他的控制属于最优先级，他的指令一旦发出，驾驶舱的控制将彻底失效。

船员们要散开了，习宙笑嘻嘻地说："外公，伊莱娜婆婆，我想和你们再熊抱一次，行不？"

两个孩子为安慰二位囚笼中的老人，专门开发了一种"熊抱"程序，能让真人与影像的拥抱转化为逼真的感觉，楚天乐和伊莱娜一向很享受它。"好的，宇儿、宙儿，明哲、草儿，还有伊莱娜，咱们全家人都来熊抱一次！"

习宙和哥哥扑过来，同全息影像的外公拥抱。楚天乐感觉到了宇儿的坚硬肌肉，宙儿柔软的胸部和滑腻的皮肤。今天的拥抱格外长久，因为两个孩子知道，他们清醒的日子是过一天少一天了。伊莱娜笑着催促：

"好啦，该轮到我啦，你们不能厚此薄彼……"

忽然的停顿。楚天乐和伊莱娜都感觉到了又一次的脑震，这次比上次更重。他俩立即通过电子管道观察宇儿、宙儿和众人的表情。他们受到的打击更重，目光都在刹那间变为空白，面部忽然扭曲，呈现痛苦的表情。不少人在干呕，有个别人已经呕吐出来，幸好他们都备有呕吐袋。众人的痛苦表情和干呕很快过去，时间是两三秒钟，看来尖脉冲确实是秒级的，但他们目光中的空白却保留了很长时间。楚天乐低声唤着：

"宇儿？宙儿？明哲？草儿？"

这次的脑震明显比上次重。七八分钟之后，众人才从精神休克中缓慢苏醒。楚草勉强笑道：

"爸爸，这是第二次脑震吧。"

明哲说："看来比上次要重。"

楚天乐说："对，这应该是第二个脉冲，距上次的间隔为36小时28分钟。

看来比上次更重一些。"他疼惜地说,"你们都很疲乏,快回屋休息吧。"

习明哲和新船长尽管神情木呆,仍催促着大家回屋休息。楚天乐默默看着众人的背影,尤其是两个外孙,心中悲凉。他原来寄望于年轻人,认为他们的抵抗能力会强一些,但看宇儿和宙儿的神情,甚至比他们的父母更为呆滞。此刻他俩脚步迟缓,身体丧失了青春的张力。如此看来,年轻人对脑震更为敏感,这个发现让楚天乐的心情格外灰暗。

此外,还有深深的内疚。

他为伊莱娜描绘了一幅灰暗的前景,但雁哨号其实可以不跳这种"刀尖上的舞蹈"——既然虫洞飞行不能起到智慧保鲜作用,那不如干脆放弃亚光速,也减小轨道半径,让飞船变成一颗"自然运转"的行星,那就彻底安全了,因为它不需要人为的校正。可惜的是,重力场中行星的速度是不能自由选择的,而是由重力和旋转半径决定的。那个速度太低,无法向两名雁哨提供足够的动态压缩真空,而后者又是他们保持清醒所必需的。所以,只能让飞船维持"刀尖上的舞蹈"——直到某一个意外让飞船葬身太空。

为了雁哨的职责,他只能这样做,但这不能减少他对晚辈们的内疚。

第六章　地球之殇

　　夜里靳强又感觉到一次"脑震",有点儿像车祸导致的重度休克,大脑一下子冻住了,变成一团混沌,被黑暗完全笼罩。很久以后才有一道微弱的亮光射进来,然后脑浆慢慢解冻。看看身边的老伴如苹,她也坐起来了,表情痛苦,目光痴痴呆呆的。靳强不放心傻儿子,赶紧到他的卧室里看看。大壮正在床上翻腾,但没有醒,翻腾几次又睡着了,显然他的反应不大。

　　如苹从脑震后就没睡觉,一直傻坐着,但忘了做饭。逸壮醒了,急得大声喊:"妈我要上班!我不吃饭了!"如苹赶紧起来给他煎荷包蛋,他说来不及了,蹬上自行车就走。靳强像往日那样跟在后边护送。邻居家的忠志正在门口发愣,看见靳强,没头没脑地说:

　　"唉,今天不敢出门了,脑袋昏昏沉沉的,手头慢,开车非出事不行。"

　　街上真的没有汽车了,天上也没有空中自行车。忽然驶过来一辆汽车,拐呀拐呀,一下撞到安全岛上。司机出来了,满街都笑他。司机也笑,脸上流着血。安全岛上的警察眼睛死瞪着,不下来处理事故。

　　靳强觉得今天手脚慢,骑车赶不上大壮,就回家了。如苹去买菜,出门又折回来,说下雨了,然后就不说话。靳强想了想,说:"下雨了,你是不是说要带雨伞?"她说对,带了伞又出去。停一会儿她又回来,说:"还得带上计算器。今天脑袋发木,算账算不利索。"靳强把计算器给她,她看了很久,难为情地说:"电源咋开?我忘了。"

　　靳强没忘,帮她开了电源。他说:"我陪你去吧。"两人去菜市场买了羊肉、大葱、菜花、辣椒。卖羊肉的是个姑娘,找钱时一个劲问:"我找的钱对不对?对不对?"靳强没把握地说:"我觉得不大对吧。"姑娘就把一捧钱捧过来,让靳强自己拿。靳强没敢拿,他怕自己算的也不对。

回来时两人淋湿了,如苹问:"咱们去时是不是带了雨伞?"靳强说:"你怎么问我呢,这些事不是一直由你操心吗?"如苹气哭了,说:"脑袋里黏糊糊的,急死了!急死了!咱们给小飞打个电话吧,问问咱们该咋办。"

靳强担心小飞忙,说晚上再打。他忽然想起一件事:"如苹,你可得把小飞的电话号码记好,别忘了。也把咱家的电话号码记在本上,别忘了。把各人的名字也写上,别忘了。"

如苹很难过:"要是把识字也忘了,那该咋办啊。"

靳强想了很久,也没想出办法,只好说:"我一定要坚持记日记,一天也不落下,常写常练就不会忘了。"

今天是发退休金的日子,可老两口没能领回来。发工资的电脑生病了,没人会修。家里钱不多了,靳强去取存款,可电脑也生病了,取不出来。怎么办呢?真把人急死了。大壮晚上回来,靳强和如苹又忘了做晚饭。大壮饿了,但没有发脾气,仔细地看看爹妈,担心地说:

"爸,妈,你们是不是变傻了,和我一样了?我看八成是的。那我更得去上班,挣钱养活你们。"

老两口听了这话有点儿难过——咱俩真会变成傻子,和傻儿子一样?也有点儿高兴,大壮虽然傻,知道心疼爹妈,知道为家里操心,这让老两口感到安慰。

第二天大壮去上班,去了又回来。他说工人都去了,傻工人都去了,只有聪明厂长没上班。有人说他自杀了,不知道是真是假。大壮伤心地说:

"爸,妈,你们领不来工资,我要再不能上班,没了工资,咱们咋办啊?"

靳强夫妇很难过,不知道该咋安慰儿子。这时青云来了,她今天没穿工作服,刚洗过澡,长发松松地披在后边,穿着一件洁白的低领T恤,胸脯鼓鼓的。大壮看见她,忘了刚才的伤心,高兴地喊:

"云姐姐,你今天真漂亮!"

他像往常那样,拉着青云的手,笑嘻嘻地净瞅她。青云没有害羞,高兴地问:

"大壮,你说,小飞会不会说我漂亮?"

大壮猛点头:"会的,他一定会说你漂亮,比那个君兰漂亮。"

靳强夫妇互相看一眼，觉得青云和大壮今天的话都不对头，不该这样说话的。两人想把话头岔开，青云先开口了：

"靳叔靳婶，我想给小飞打个电话，行不行？我想让小飞回来，他回来我就有依靠了。我给他做饭，帮他洗衣服。"停了一下她又说，"君兰做的饭肯定没有我做的香，我知道小飞打小喜欢吃啥。"

靳强越来越觉得青云今天不对头，这些话肯定不该说的。不过……就给小飞打个电话吧，现在家里乱套了，只能依靠他了。电话打通了，从手机屏幕上能看到，小飞的身后是蓝天白云，白云在飞快地后退着，还能看见小蜜蜂的透明机身。和他并排坐的是一个四十多岁的女人，很漂亮很干练的样子。青云以为她是君兰，不错眼珠地盯着她。大壮悄声说：

"云姐姐，那不是君兰，君兰比她年轻。"

靳强伤感地说："小飞，这些天我们明显变傻了，家里都乱套了。你还好吗？"

屏幕上的小飞笑了，但他的笑容很悲惨："爸，妈，大壮哥，还有——我看见青云姐也在。我还好，还没有傻透。我正和刘苏院长赶往一个航天发射场，尽我们最后一份责任。完事以后我就回家。"

如苹很欣慰："好啊，你回来就好了。"青云的眼睛也顿时发亮，高兴地说："好啊好啊，你回来我们都有依靠了。"

小飞又是惨然一笑："我回家后，咱们就回乡下吧。小乱居城大乱居乡，以后肯定是大乱了。你们先做点儿准备，尽量多备点儿干粮，多备点儿工具，像刀、斧头、绳子、盐……对了，最重要的是打火机，不，不要打火机，要火柴。不，火柴也不好，最好是火镰，永远不会用完。我知道，祖爷爷给家里留有一套火镰，不知道这些年弄丢没有。"

大壮高兴地说："没丢，在阁楼里，我去年还玩过！"

"那就好，大壮哥你把它找出来，准备好，等我回去。"

青云胆怯地问："小飞，我想和你们一块儿去，行不行？"

小飞点点头："你想去就一块儿去吧，带上崔伯崔婶。"

青云顿时容光焕发！她想了想，问："可是乡下没房子啊，咱们住哪儿？

要不，住柿子洞里？"

小飞顿了一下，苦笑道："好，住柿子洞最好。咱们的野人祖先都是住的山洞啊。"

听了小飞的话，靳强既欣慰又难过。看来小飞还没有变傻，至少比家里人聪明，他回来家里就有依靠了。可是，听他的话音，大难真的要临头了？人们要变回住山洞的野人了？小飞说：

"我们快到了，不多说了。爸、妈、大壮哥、青云姐，都多保重吧。"

他挂断电话，大壮和青云兴高采烈，因为他们心目中最聪明的小飞就要回家了。靳强没法子高兴，他觉得小飞的话，还有小飞刚才的表情，更让人操心。他看看老伴，摇摇头，叹息道：

"咱们就按小飞说的，分头准备吧。"

三亚航天发射场到了，刘苏和靳逸飞下了小蜜蜂。刚才，在靳逸飞向家人交代"后事"时，刘苏和驾驶员一直静静地旁听着，什么也没说。等下了小蜜蜂，刘苏突然搂住小飞，把下巴搁在他的肩膀上。靳逸飞能猜出刘苏的感伤与自己刚才的话有关，同样没说话，静静地待在这位善解人意的大姐怀里。良久刘苏叹息道：

"真不甘心啊。由乐之友开创的氦闪时代就这么急剧地结束了！姬前辈和鱼妈妈这代人死不瞑目啊。"

这两天乐之友的三驾马车也安排了乐之友的"后事"，不是让它解散，而是在完成睡美人计划后就暂时中止工作。从地球人经历第一次脑震以来，迄今共经历了五次，大致是一天半一次。刘苏等乐之友高层都痛苦地感觉到，他们的脑力已经大大衰退，甚至说话都不利索了。他们觉得，以这样的智力无法对民众起什么引导作用，倒不如果断放手，让民众各依本能活下去，熬过前面的艰难岁月。

他们这代领导人恐怕熬不过这场灾难了，只有小飞这样的年轻人还有点儿希望。刘苏这次到三亚航天场处理最后一件公务，有意拉上小飞，就是想让他多一次历练。

航天场颇为荒凉。自打天地人三个亿龙赫船队上天后，地球上超光速飞船的建造大大放缓，现在世界上只有一艘凌波号亿龙赫飞船，几艘低龙赫飞船，包括10龙赫的烈士号和联合国到木星运输液氢的三艘商用飞船。地球正全力实施睡美人计划，已经没有余力建造新飞船了。作为乐之友工程院院长，刘苏熟知这些情况，但今天目睹航天场的荒凉，她仍免不了伤感。

褚少杰和何明在导航大楼等他们。何明显得憔悴甚至痴呆。这不奇怪，眼下所有人都一样。只有褚少杰的状态稍好一些，也许他秉承了其曾祖的强悍基因？褚少杰同二人握手，说：

"辛苦你们又跑一趟。计划变动比较大，只能请你们来决定。"他补充说，"我和何督察商量过，但这个老滑头不表态。他说他只是执行者，只管无条件执行乐之友的决定。"

何明面无表情地点头："对，我确实只是一个执行者。"

刘苏笑着说："没关系，我和靳逸飞专程赶来，就是要当场拍板的。"

四人进屋坐下，褚少杰立即开始陈述。他说向太阳空投核弹的所有准备工作都已经就绪，他的烈士号已经位于同步轨道，他只用乘小蜜蜂飞去，按下电钮即可。但这些天来他有一个很强烈的念头，想对投料计划做重大的修改。"当初你们决定把核弹投向太阳的决定并没有失当之处。具体过程是这样的：烈士号用空间搬运法把核弹列车送往水星轨道以内，然后烈士号退出虫洞状态，启动普通动力，与核弹列车拉开足够的距离，让核弹以自重坠向太阳。坠落过程是绝对安全的，因为在水星轨道之内，没有任何星体能够干扰它的坠落。然后飞船再激发出虫洞状态，返回地球。空间搬运法我们早就使用得炉火纯青，毫无危险性。所以，对于10龙赫的飞船来说，这只是20分钟的简单旅行——"褚少杰忽然转变口气，"但这是出现脑震之前的态势，现在不同了。试想，如果飞船正在飞向太阳的途中，突然又来了一次脑震，使船员们丧失意识或降低反应速度，会不会导致飞船一头扎进太阳？那就会使太阳变成第二个大角星。一句老话说得好：瓦罐不离井上破。我想最好不要在太阳附近玩瓦罐。我建议把核弹改投到太阳系之外，比如，可以投到心宿二，这对10龙赫的烈士号来说只是一年的航程。其实还有一个办法更省事：

飞船只用到达太阳系边缘某个安全地带,让飞船与核弹列车分离。然后飞船回过头来,在虫洞飞行状态下径直穿过核弹列车,它们就会变成一节透明的类中子材质的洞壁,完全无害化了。"

他的陈述脉络清晰,言简意赅,肯定早就考虑成熟了,也许是在脑震刚开始出现的时候就考虑成熟了。刘苏艰难地思索着,她觉得褚少杰陈述的理由明晰有力,但这个改动太大,以她目前的脑力,她有点儿害怕做出新决定,担心有考虑不周全的地方。她先问靳逸飞:

"小飞,你的意见呢?"

靳逸飞同样失去了对自己智力的自信,艰难地思索了很久,才慎重地说:"我同意褚先生的意见。"他补充道,"褚船长说担心飞船飞行途中被脑震干扰,烈士号是10龙赫飞船,它造成的虫洞壁是否能隔断尖脉冲尚不能确定。我认为这种担心是对的。"

刘苏问何明:"何先生,你的意见呢?"

何明重复了刚才褚少杰说过的话:"刘院长,我只是乐之友派出的执行者,我的学识有限,最好不要参与如此重大的决定。"褚低声笑骂"你个老滑头"。但何明补充了一句:"但我也不反对。我仔细考虑过他的建议,觉得比较合理。"

刘苏又问了一些具体问题,与靳逸飞商量一下,果断地拍了板:"好,同意你的建议。但不要万里迢迢地跑到其他星系,因为所有飞船随之都要去功能化了,你得尽快赶回来。你可以飞到50AU的柯伊伯带,用你刚才说的办法,对核弹进行无害化处理就行了,那儿足够空旷,不怕出现什么意外。路程也近一些,来回不过两个小时。"

"好的。我现在就和何明升空,到同步轨道去执行任务。"褚少杰说。

"好的,尽量抓紧。也许下一波脑震就快到了。"

褚少杰和何明与客人道别,褚坐到小蜜蜂的驾驶位,何坐在他身边。小蜜蜂迅速升空,把送行者和发射场抛到身后。褚少杰透过舷窗向地上的两个身影最后扫了一眼,目光中闪出得意和狡黠。刘院长、靳逸飞和何明都毫无戒心地同意了他的建议,这让他大大地放心了。他们都没想到他的建议还有相应的后续计划,而这次柯伊伯带之行只是他放飞烈士号的第一步。当乐之友高层事后得知真相，肯定会非常生气吧。但他问心无愧，他认为自己的决定才符合乐之友的长远利益。

抱歉了，各位。他向远去的航天场轻轻点头。坐在他身边的何明没有注意到他的异常表情。

同步轨道也比当年荒凉多了，眼下只泊有烈士号一艘超光速飞船，但飞船之后有一列长长的核弹列车填补了空白，烘托出了气势。列车有十千米长，每节都是完全透明的圆形车厢，圆形车厢内嵌有一串纵环，每个纵环上均布着十颗核弹，或为墨绿色，或为银白色。每节车厢之间用金属搭扣作为软连接。这些搭扣只起定位作用而不受力，因为，当列车处在飞船之后的本域空间而随飞船运动时，是不受任何力的，连惯性力都没有。

长长的水晶般的列车安静地卧在太空中，显得如此美丽高贵和纯洁无害。也许它们确实是美丽无害的。它们本是天地的造物，是超星熔炉中百炼而成的宝贝，只是被人类赋予了杀人的恶责。但它们马上就会回归纯洁，变成透明的类中子物质，从此洗脱被强加的恶名。

进了飞船，何明首先让船长把所有船员召集到一起。飞船上船员不少，一共599名，何明多少有些惊奇地发现，船员中女的竟然比男的还多，至少是人数相当吧。其中包括褚少杰的妻子、通讯官柳卉，以及年纪最大的女船员、39岁的科学官苏拉，她是一位北欧人。何明向大家问了好，自我介绍说他是联合国和乐之友联合派出的督察，全权负责这次销毁核弹的任务。他笑着说：

"我相信褚船长和各位船员的素质，你们一定会顺利完成这次任务，我只用站一边旁观。不过，万一，万一的万一，在执行任务中出现了什么异常事件，我将是最后的决定者。关于这一点，请褚少杰船长向船员们确认。"

褚少杰附耳笑骂："哼，看你那个嘚瑟劲儿！"他的声音很低，船员们是听不见的，然后他提高嗓音，一本正经地大声表态：

"我谨在此向大家确认，何督察负有飞船事务的最高决定权，直到这次任务结束。"

大家笑着向何明鼓掌，何明也做了回礼。船员散去后，褚少杰留下几个主要助手，向何明逐一介绍。介绍完科学官苏拉时，他促狭地补充道：

"苏拉女士目前是单身，但烈士号的船规要求船员必须已婚，用我曾祖的粗俗说法是：每次飞船上天都是和死神亲嘴，所以走前船员们必须留种。我已经严令苏拉在一个月内解决这个问题，否则我会辞退她。"

苏拉笑着凑趣："很好解决呀。我知道何督察是单身，而且我对他一向很仰慕，虽然何督察年龄稍大，但我不在乎。只要船长为我们俩创造接触的机会就行。"

"没问题！我在此宣布，从现在起，你和何督察所有的接触都是飞船的正式工作，而且这种工作有机密性要求，其他船员都要回避。"

在众人的笑谑中，何明没有接这个话头，面色平静地同苏拉握手，转向下一位。

飞船做了最后一次状态检查，把飞船目标定在柯伊伯带的某点，又确认核弹列车的位置正确，它们必须全部位于飞船激发后将要形成的本域空间内。想当初田咪他们刚刚开发出空间搬运法的时候，只敢搬运三艘飞船，而现在已经能利用整个本域空间了。检查完毕，褚船长向航天场请求启航，刘苏同意。其后就是简单的程序性工作了。在航天场的监视屏幕上，只见飞船前方爆出一团白光，整个船身，连同其后十千米长的核弹列车，都在刹那间被混沌笼罩。等空间恢复正常，飞船及核弹已从同步轨道上消失。刘苏和靳逸飞互击手掌，庆贺成功。鱼妈妈曾说过，如果全世界核弹都被销毁，将是前无古人的历史功勋。但刘苏最近非常担心，在智力崩溃的时期，这样的历史功勋会不会转化成弥天浩劫，从而把乐之友钉在历史的耻辱柱上！现在核弹已经远离地球，她基本放心了。

烈士号进行着 10 龙赫的飞行，船外的宇宙是混沌一片。40 分钟后，预定的飞行结束，舰队即时性地静止。船外是空虚寂寥的黑暗太空，一片死气沉沉。柯伊伯带是彗星的产房，应该有很多冰冻的小天体，但那只是理论上的说法，实际上眼下一个也没看到。只有透明飞船所发出的光芒，以及被飞船光芒照亮的"列车"，为这儿点缀了一点儿生气。褚少杰看着船外的太空，不免感慨。人类已经有了亿龙赫飞船，早就该开始太空时代了，像这片地方应该成为地球的繁华近郊。可是，老天爷真够操蛋的，偏偏又来个害死人的脑震！在它的威胁下，为了太阳系的安全，所有超光速飞船即将被"杀死"。他理解这样的决定，但决不会让烈士号也遭遇这样的命运。

他开始了"核弹无害化"操作，这个操作并不困难。烈士号的船艏和船艉都亮起淡蓝色的火焰，前后端喷焰的方向相反。飞船以其长度中心为原点旋转了180度。现在，飞船船艏正对着那列长长的核弹列车。导航官认真核对了飞船和列车的相对方位，确保飞船将要前行的方向与列车轴线严格重合。然后，褚少杰按下了激发按钮，船艏爆出一团白光后，飞船径直撞向核弹列车，也再度进入混沌。不过这次飞船只前进几百千米就停下了。回首望去，十千米的核弹列车已经消失，原位置空无一物。不，不是空无一物，是与原核弹列车差不多等长的空心管，材质完全透明，微有荧光，在黑暗的太空中勉强能够看见。烈士号用常规动力向那边靠近，在飞船灯光和喷焰的映照下，透明管变得晶莹剔透，闪闪发光，美丽异常。

这就是那两万颗邪恶的核弹，依靠二阶真空泡激发技术，在人类即将遭逢大难的时刻，在太阳系边缘完成了彻底的净化，变成了宇宙中最漂亮最纯洁的东西。它将在地老天荒之处缓慢飘移，直到与人类或其他智能生物再次重逢。正如鱼妈妈等人说过的，单是因为这点儿进步，乐之友几十年的努力就没有白费。

船员们，包括何明，都入神地看着这个透明的空心管，目光中溢着崇敬和迷醉。

何明用船上通话器向刘苏院长做了汇报，不再等那边的回音——回音要在800分钟后才能到，那时烈士号早就返回地球了。他在指挥舱的屏幕上发现，船员们已经再次集合在大厅里。视频是双向的，船员们也能看见这边，此时所有目光都集中在他一人身上。他们的集体盯视让何明有些惶然，也意识到情况异常。身旁的褚少杰同样笑眯眯地盯着他，说：

"何督察，处理核弹的任务我们已经圆满完成了，你已经向刘苏院长做了通报，当然，她七个小时后才能收到。"

"是的，你们完成得很圆满。"

"你的督察任务是否也完成了？"

"差不多完成了。"

"但我们的活儿还没干完哩，还有后续任务。我们全体船员，"他用手画一个圈，把屏幕上599名船员都包含在内，"此前经过认真的讨论，已经共同做出一个决定：烈士号不回地球了，我们到G星系的息壤星去，就是我曾祖褚贵福此刻所在的地方。"他对着屏幕喊，"你们说，是不是？"

船员们大声回答："是！到息壤星去！"

何明霍然而惊，尽量镇静地问："你们为什么……"

"地球上已经决定对所有超光速飞船实行去功能化，但我们不会让烈士号也被杀死。超光速时代是乐之友带来的，我们不想让它轻易死亡。烈士号更是我们的命，它死了，我们也活不下去。当然，我们理解乐之友销毁飞船的理由：在一个智力崩溃的时代，这种飞船对地球和太阳太危险了。那我们就远离地球，到20光年外的息壤星去。在那儿，即使造成危险，也不会涉及地球而最多涉及我曾祖的家，我相信他老人家绝对不会反对。烈士号并非星际飞船，但以它的能力，去20光年外完全没问题，也就两年的旅程。"

"你们准备在息壤星定居？据我所知，那儿还远远没有完成地球化，无法生存的。地球化需要几万年才能完成。"

"我们已经尽可能做了准备，包括物质和心理的准备，总能闯出一条路吧。正如我曾祖的话：老天爷饿不死瞎家雀。告诉你吧，这两年中，我们的科学官苏拉担负了最繁重的工作：将人类文明中所有知识尽量输入烈士号的主电脑。好在乐之友已经提前整理过了，苏拉只是复制。"他赞赏地指指苏拉，苏拉微笑着没有应声。"再告诉你一件事，烈士号上的599名船员实际是299对夫妻，我们已经准备好在那儿传宗接代啦。"

何明摇摇头，语气转为严厉："褚船长，烈士号属乐之友所有，你是乐之友的雇员，你这样做是非法的。"

褚少杰仍是笑嘻嘻的："我这人干事只管对错，不大管合法非法。而且眼下也有个变非法为合法的办法。何督察，我知道你曾是'王子之吻'组织的头头，你一向反对对人类文明过度自残。你认真想想，我们干的事是不是符合你的信仰？还有，洛威尔聘你当督察时曾许诺过：如果你觉得哪件事不符合你的信仰，完全可以以督察的身份当场做出处理。好，现在我就请你做出处理——宣布我们的做法是合法的，因为它符合乐之友和人类的长远利益。"

褚少杰笑嘻嘻地看着他，船员们也都透过摄像镜头笑嘻嘻地看着他。何明一时无法回答。他没想到一向大大咧咧、有点儿玩世不恭的褚少杰竟然悄悄策划了这么一个大动作，而且以何明一向的政治观点，确实没有理由反对。但何明此刻不是"王子之吻"的头头，而是乐之友和联合国正式聘请的督察。自己在接受这个职位后，在鱼妈妈坟前说过一句话：

"鱼妈妈，我不会辜负你的信任。"

那么，此刻他要践行对鱼妈妈的承诺，履行乐之友特派员的职责。他有意和缓空气，笑着说："少杰啊，没想到你还能秘密策划这样大的动作，很佩服你。对这件事的是非我不会表示意见，只要你们取得乐之友的批准。"

褚少杰大幅度地摇头："实打实地说，我们的计划有很大冒险性，乐之友不会批准的。再说一句实打实的话，刘苏、洛威尔和成城这代领导人缺少楚天乐、姬人锐和我曾祖那一代人的气魄，尤其是在遭逢几次脑震后，更是畏首畏尾。何督察，跟我们走吧。我知道你是单身，在地球上没有牵挂，而在烈士号上和息壤星上，你将有一个很好的妻子。知道我们的船员数为什么是单数吗？因为299对夫妻之外还特意留了一位女性。"他笑着指指苏拉，那位女士也笑着做出回应。"我们特意为你挑选的，她本人也很乐意。虽然有点儿包办婚姻的味道，但在这样的特殊时刻，你们可以先结婚后恋爱。"

何明表情严厉地说："我不会……"

褚少杰打断他的话："别把话说死，多考虑一下再表态。我把话说透吧，其实你和刘院长都没考虑到一个危险：当烈士号完成任务，对准地球开始回程后，如果一次脑震使飞船失去控制，难道不会造成一场大灾难？"

何明不由一惊。的确，刘苏他们同意改变核弹处理计划，就是考虑到脑震可能带来的危险，但新办法有同样的危险啊，刘苏和靳逸飞没考虑到这种明显的危险，说明他们的智力已经不敢依靠了——但自己同样没意识到，说明自己的智力更不敢依靠啊。他艰难地思考着，无法做出取舍。最后他长叹一声，中止了这些无用的思考。说到底，督察只是一个执行者，只负责监督既定计划的实施，作出新决定不是他的责任。而且他在鱼妈妈坟前发过誓，不能辜负鱼妈妈的信任。他诚恳地说：

"褚船长，我理解你们的动机，我甚至愿意考虑永别地球，与你们，还有我先结婚后恋爱的妻子，到息壤星去闯荡。但这都只能是乐之友同意后的事。我是联合国和乐之友派出的督察，你是他们聘用的船长，咱们都无权私自行动。如果担心返程中出现危险，那就不要返回地球，就把飞船停泊在这儿向乐之友请示，征得他们的同意。像你们这种行事，说严厉一点，"他转向大伙，"就是叛逃。"

褚少杰的脸色刷地沉下来，极度恼火地说："你可真是一根筋！榆木做的脑袋！这样的非常时刻你还是死抠规章，我懒得和你多说了。伙伴们，准备启航。苏拉，你负责照顾你那个一根筋的未婚夫，不要让他干扰大伙儿。何明老兄，对不起了，没办法送你回地球，只有裹挟你一块儿往前走了。"

他抛下何明，开始操作飞船。此前他已经调整好了飞行参数，只需按下电钮就行。这边，苏拉拉着扶手，笑盈盈地向何明飘飞过来。何明立即掏出贴身携带的袖珍激光枪——是官方为每一位督察配备的，个头小巧威力巨大，但他从来没想到自己有一天会使用它。他厉声喝道：

"站住！"苏拉吃惊地赶紧止住身体。何明苦楚地说："褚船长，咱们是老朋友了，我真不愿这样。但我是督察，不会因为友谊而放弃职责。"他扫视了指挥舱内的几个人，又转向屏幕上的众船员，严厉地说，"启航前褚船长已经跟你们确认过，如果出现意外事件，我作为督察享有最终决定权。通讯官柳卉，请立即向地球发出请求，如果联合国和乐之友同意你们的行动，我决不反对。"柳卉看看丈夫，没有响应。何明见褚少杰仍没有离开操作台的打算，厉声警告：

"褚船长，你是了解我的。我生就是一根筋，一条路走到头，你不要逼我做出我不愿做的事。"

褚少杰看看自己的部下，狠声说："好啦，算咱们倒霉，碰上这么一位油盐不进的太岁爷。好，听他的，柳卉，你和乐之友联系。"

柳卉接通了与地球的通话，把话筒递给何明。何明右手持着激光枪，左手去接话筒。就在这时，褚少杰以迅雷不及掩耳之势，按下了飞船启动的按钮——但何明的反应比他更快，一道炫目的激光。激光过后，褚少杰惊奇地看着自己的右臂，它只剩下一半，小臂连同右手落在操作台上。

所有人都呆了，连开枪的何明也呆了。指挥舱内的几双眼睛，还有大厅里的几百双眼睛都直直地望着断臂。

柳卉最先反应过来，立即飘飞过去，流着泪检查丈夫的伤势。那儿几乎没有血迹，激光枪在切断手臂的同时起到了灼烧止血的功能。掉在操作台上的半只手臂也很完好，但它不再属于褚少杰了。苏拉也反应过来，赶到操作台前，急急地对船长说：

"船长，不要冲动！你早就知道那家伙是一根筋。眼下咱们只能听他的。"她以尽量和缓的语气对何明说："何督察，船长的行为太草率，我代他向你致歉。但你不要再有过激反应了，不要造成整个飞船的悲剧。我这就调整航向，返回地球，好吗？"

何明软弱地说："只要你们不叛逃，我决不会再开枪。"他补充一句，"把断臂赶快冷冻，早点儿赶回地球，还能接上。"

柳卉把断臂送往冰箱。苏拉扶着褚船长坐到一边的椅子上，回过身来，对飞船指令迅速做了调整。指挥舱内诸人包括褚少杰和柳卉，都愤恨阴沉地盯着何明。导航官意欲从何明身后偷袭，褚少杰发现了，苦笑着摇头制止。苏拉也发现了，严厉地用目光制止。何明从苏拉的目光发现了导航官的企图，转过枪口，冷厉地说：

"你非要逼我开第二枪吗？"

导航官只好怀着恨意退下。这时苏拉已经做好了飞行参数调整，对何明说："何督察，航向已经修改，现在指向地球，请你确认。"

何明高度警戒着，走过去检查了飞船的航向，点点头："苏拉，可以启航。"他的声音沙哑，透着疲惫，"各位，对不住了。回地球后我会向各位谢罪，但眼下各位请老实听我的，不要逼我再开第二枪。苏拉，谢谢你能顾全大局，我命令你代行船长职责。开始吧。"

苏拉对褚船长歉然地点点头，按下了电钮，飞船启动，即时性地达到 10 龙赫的速度，对着地球飞去。一片混沌罩住了飞船。苏拉对何明说：

"抵达地球需要 42 分钟。可否让柳卉扶褚船长到卫生室进行治疗？"

何明想想，歉然说："对不起，把医疗箱拿来，就在这儿治疗吧。抵达地球前，他必须待在我的视野中。"

"好的。柳卉，你去把医疗箱拿来。"苏拉苦笑着说，"请大家配合一下吧，为了飞船的安全，此刻只能听他的。"

柳卉低声安抚了丈夫，起身去拿医疗箱。褚少杰恨恨地瞪着何明，其实这会儿他更恨自己。他原来估计，依何明一向的政治观点，应该能顺利接受这个计划的，但自己低估了何明的一根筋性格。早知这样，该把这家伙先捆起来再讲道理。他们筹划很久的行动就这样泡汤了，实在于心不甘……他忽然想起一件事，没有好声气地说：

"督察大人，现在离地球应该还有 20 光分吧。赶快让苏拉对程序做一个调整，让飞船在距地球三光分远时自动停止激发，退出虫洞状态，然后用常规动力返回地球，这样才安全，不会因意外毁了地球。"

何明觉得这个意见是对的，但鉴于刚才的教训，他拿不准这个建议是否含有阴谋，想了想，他谨慎地说："好的。我觉得这个意见是对的。苏拉，你按褚船长……前船长的意见调整吧，但调整要在我的监督之下。"

虽然何明有点儿过度谨慎，但苏拉还是理解的，连她也不清楚褚船长的建议是否含有猫腻。眼下局势处于失控的临界点，任何小变故都有可能引发全面崩溃，何况由于多次脑震的影响，褚船长、何督察，甚至包括自己，思维都不能说十分清晰。于是她顺从地服从了命令，平和地说：

"何督察，请放心。"

苏拉开始输入飞船在距地球三光分时自动停止的程序。何明仍然警惕地一手持枪，一边监视着苏拉的工作。苏拉没有耍花招，认真修改完程序。"好的，谢谢你的配合。"何明为了缓和飞船内冷厉的气氛，开了一个玩笑，"苏拉，你是个好的科学官，也是个好女人。如果乐之友最终同意你们的行动，而褚船长仍同意我参加的话,我要首先向你求婚。"

在眼下的气氛中这个笑话显得很生硬,没人响应这个笑话,只有苏拉为了缓和气氛勉强回应了:"好啊,那我太幸福了。何督察,我已经修改完了,可否按确认键?"

"请稍等,我再确认一下。"

何明仔细检查着苏拉输的新程序。他对驾驶操作不是内行,所以这项检查花了较长时间。他检查完毕,离开操作台,示意苏拉可以执行——就在这个瞬间,苏拉的脸色突然变得惨白,全船人的脸色都变得惨白。大家面色痛苦,不少人开始干呕。苏拉最后一缕清醒意识是:脑震来了,褚船长当时的预言不幸言中,看来10龙赫的虫洞壁仍不能隔绝可恶的尖脉冲。现在,她要赶快摁下确认的按钮……随之最后一缕清醒也飘散了,她的意识完全陷入混沌。

其他所有人,包括何明、褚少杰、柳卉、导航官,也都被这次脑震击晕了。身外的世界似乎全都放慢了节奏,变得虚浮不定,甚至变成完全的白噪音。世界正与众人的意识一道进入休眠……

当然这只是幻觉。烈士号仍然按照旧的飞行程序,以10龙赫的速度朝着地球疾速飞去。相对亿龙赫飞船来说,这只是蜗牛的速度,但在太阳系这片小小的空间,这个速度已经足够惊人了。飞船与地球的距离飞速接近,而且航向的定位也非常精确。21分钟后,它一头扎进地球,撞击点在中国西部兰州城郊一处平静的农田中,撞击时间是在此地的午夜。没有陨星撞击地球的宏大场面,没有电闪裂空、巨声震地、天崩地裂、烟柱入云。飞船一头钻进地层,几乎没有声音和震动,只在地面上留下一个直径数百米的孔洞。孔洞的洞壁非常光滑,表面层是透明的,逐渐过渡到不透明。撞击点离最近的村庄有数千米,周围没有一个目击者。村民仍在自家屋内香甜地睡觉,根本不知道这次撞击。整个地球都不知道,也永远不会知道了。

飞船入地后毫无停滞,0.004秒之后就从地球对面钻出,出口是在南美洲阿根廷的门多萨。由于地球有公转和自转,这两种旋转运动与飞船的直线运动叠加,使这个贯穿孔洞略成弧形。但实际上由于10龙赫的船速远远快于两种转动的线速度,叠加之后仍是相当标准的直线,可以从亚洲的夜晚直接望到南美洲的白天。在这 0.004 秒中，飞船依次穿过地球的各层组织：

地壳，包括地壳上部的花岗岩层和下部的玄武岩层；

地下 30 千米处的莫霍界面；

地幔，包括地幔上部固态的橄榄岩层和下部因高温形成的软流层；

地下 2900 千米处的古登堡界面；

液态的地球外核；

地下 5100 千米的利曼界面；

固态的地球内核；

再依相反次序穿越上述各层和各界面，在地球对面穿出。孔洞没有正好穿过地下 6371 千米处的地心，但以稍偏的角度穿过了地球内核。

这个孔洞将为地质学家提供绝好的研究机会。科学家们一直说，人类对地心的认识甚至比不上对遥远太空的认识，因为除了地震波，他们没有任何可以窥探地心的工具。现在，有了这个孔洞，他们可以自由自在地观察地心了，透明的洞壁提供了绝好的视野，甚至到地核取样也变得轻而易举。

这个孔洞也提供了绝好的洲际交通方式。飞行器不需要跑道和升空前的加速，从兰州的洞口坠入洞中，飞行器就会因重力而自动加速，越来越快。由于地球内的重力在古登堡界面达到峰值，所以重力加速度也在这儿达到峰值。其后是较为平缓的加速运动，在地心处加速度降到零，而速度达到峰值。越过地心后是反向的重力加速度，飞行器速度逐渐减慢，恰在升到地球南美洲的地面时速度降为零，可以平稳"着陆"。当然，由于空气摩擦及出入口处的海拔差异，不会达到这样理想的程度，飞行器还是需要消耗燃料的；但无论如何，它所耗费的微量燃料与以往的跨洋飞行不可同日而语。

这个贯穿地球的奇异孔洞可以谱写一首首宏伟的科学畅想曲，可惜，这些畅想曲来不及实现了，而是提前插入了另一个版本——孔洞的那层类中子态洞壁尽管有极大的强度，但毕竟抵抗不了内核的高压和近 3000 度的高温。它在高温的侵袭下逐渐蠕变，强度逐渐降低，最终溃塌。溃塌处最先在压力和温度最高的地心出现。高温的地球镍铁内核因超高压才能保持固态，一旦压力降低，它立即转化为液态，顺着无摩擦的管道飞速上升，而且是同时向

天父地母

东西半球的地面上升。上升的液面因高度增加而降低动能，也因温度降低而变得黏稠，这两个因素会导致岩浆的上升变慢。但强大的地心高压和高温始终提供着超量的上升动力，远远大于前两个因素。当岩浆的先头部队终于冲出地面，以后的喷发就没有阻碍了。这是地球历史上最大的火山爆发，东西半球各有一个火山口。火红的岩浆烟云喷到数万米高度，急剧地改变着地球的面貌，改变着地表的温度，也在短短几天内毁灭了大气层。普通的火山爆发在短暂的喷发后就会失去势头，但这两座火山不会，因为其喷发动力来源于快速熔化的地球内核，几乎是无穷尽的，可以连续数百天内一直不停地喷下去。地球上的生命疯狂地向南北极逃亡，那儿相对安全一些，但高热和毒瘴很快就追上了他们。

数天后，喷发势头终于减弱了，这是因为地球内核已经出现了巨大的空洞，外核部分的岩浆开始向地心坠落以填补它。而地面上，已经喷出的巨量镍铁物堆积在喷口附近，超出了原地质结构的承重极限。于是，灾变的第二阶段开始，可怕的地震加上从未有过的大地陷，代替了火山在地球上肆虐，但这时地球上已经没有可以感知痛苦的生命了……

与地球的相撞并不影响烈士号的行进，它轻松地穿过地球后，仍然继续着原来的行程，直到船员们终于从脑震的打击中苏醒，中止了激发，飞船才在瞬间静止。这时他们离地球大约200亿千米。他们残存的意识还对刚才的经历有记忆，于是怀着惊惧的心情，匆匆调转方向，用常规动力赶回地球。一天之后他们能看清地球了，又经历了一次更重的心灵上的"脑震"：那个蓝色的水球已经不见了，留下的是一个火球，一个被岩浆和黑烟淹没的地狱，地面严重变形，地貌已经不可辨认。大概除了南北极之外，所有生命都已完结。地球，人类的诺亚方舟，自从诞生后经受了种种灾难，包括陨星撞击、火山地震、冰川期、陆沉，但仍然能用它的怀抱保护着一批生命，直至进化出强大的智慧——能够用人工方式毁灭地球的强大智慧。

等他们的意识恢复得足够清醒时，那个"一根筋"的、因其忠于职守而成为此次灾变最大罪人的何明，对着自己的脑袋按下扳机，一道激光削掉了他的半个脑袋；那个性格草莽、处事冲动的褚少杰，此次灾变的第二罪人，拾起何明抛落地上的激光枪，也对自己的脑袋按下扳机。然后是苏拉，她处理危机的方法是完全正确的，但在特殊的情况下，恰恰是她直接导致了这场悲剧。陆续自杀的还有柳卉和其他船员……

这是一幅真实的图像，或者说，是一次真实的经历。幸运的是——它被归零了。现在回到撞击之前重温一遍：褚少杰趁何明不注意，按下了飞船启动的按钮，想造成既成事实。何明的反应足够快，开枪切断了褚的右臂。科学官苏拉是飞船内头脑最清醒的人，知道绝不能再让事态恶化，于是劝住了褚船长，按何明的命令让飞船返回。飞船距地球20光分时，又一波脑震袭来。船员们全都丧失了清醒意识，于是飞船一直保持着预定的航向，径直向地球飞去。现在，它已经到达地球，刚才的图像就要变为真实……

但就在这个瞬间，烈士号突然失踪了，干净利索地失踪了，没有留下任何痕迹。也许它在真空中留下了一波涟漪，但这种涟漪对地球人来说是不可见的。飞船没有撞上地球，以后的场景也就被归零。

人类对这些一无所知。地球上收到了烈士号的通报，说核弹的无害化处理已经顺利完成，飞船即将返回——其实应在地球收到通报前就返回的，但没有。此后烈士号就失联了。已经返回乐之友总部的刘苏和靳逸飞在焦灼的等待中，竭尽脑力，也想不出烈士号究竟遭逢了什么意外。几天后他们不得不承认，599名烈士号船员和何明恐怕是凶多吉少了。不幸中之大幸是：两万颗核弹已经妥善处理，不会再威胁人类的安全。

十天后，地球宣布了烈士号的失踪。因为未能确认死亡，所以官方不好举行正式的悼念活动。但乐之友作为民间组织，还是为600名烈士举行了隆重的祭典，洛威尔、成城、刘苏、靳逸飞都以私人身份参加了。

没人发现烈士号曾以10龙赫的速度返回，逼近地球，几乎与地球相撞，又突然失踪。在地球上，人们享受着因无知而带来的安全感。

只有神的慧目能洞察一切。神在危急关头不情愿地进行了干涉，挽救了地球。神悄悄地干了这一切，又悄悄地离开，他从来不愿在凡人面前显露行迹，因为他本来就不愿干涉历史的本来进程。

第七章　太阳之殇

按空间暴胀尖脉冲的发生规律,新的脉冲又该到了。楚天乐不安地等待着。雁哨号仍以地球为中心,以半径 220 亿千米做圆周运动。飞船速度为 0.7 龙赫,七天走完一周天,正好是上帝创造万物的时间。飞船轨道面与太阳黄道面垂直,这样可以最大限度地避开其他行星的干扰,更好地观察地球。由于雁哨号的运动以地球为精确中心,所以在雁哨号的视野中,太阳系的运动是两种运动的叠加。一是整个太阳系黄道面以飞船为中心的快速旋转,就像上帝的巨手在转动一个水平放置的走马灯,水平方向无限长,七天转一个整圈;第二个运动是地心说的标准图景——在那个走马灯的灯面上,那颗小小的黄色恒星,连同微粒般的六颗行星,绕着微粒般的地球安静地旋转着,太阳仍然是一年转一圈,月亮仍然是 29 天转一圈,与地球的观察者看到的一样,只不过各星体的尺度大大缩小,大部分行星几不可见。

垂直于黄道面的轨道更显示了宇宙的空旷。雁哨人作为昊天之上的俯瞰者,最强烈的感受是宇宙的空,是太阳系的空。看惯了眼前的空,甚至难以回想起地球生命的热烈繁茂。你会奇怪,如此空旷寂寥的宇宙内怎么会出现生命,这种概率太小了,基本等于零。正因为如此,地球生命才更值得珍视。伊莱娜的感悟是:

"我曾是一个不信神的科学家,但这个罪人决定要皈依上帝了。"她笑着补充一句,"但也不放弃对科学的信仰,希望上帝宽容我的双重信仰。"

这些天,习明哲和楚草彻底交了班,无事可干了,每天都把时间花费在同爸爸的聊天上。楚草回忆最多的是妈妈,是那个深山中的家:悬崖上横生的枝干虬曲的松树、清冽水坑里生命顽强的柳叶鱼、悬崖边寂寥凄清的火葬台、蓝天上滑行的姿态轻盈的苍鹰、树上鬼头鬼脑的松鼠、爷爷和姬伯伯的坟墓，现在应该加上了妈妈的坟墓……习明哲虽然在那座山中待的时间不多，只是随贺梓舟和姬继昌去过两次，但聊起山中的景色也是如数家珍。伊莱娜听得津津有味，虽然她在乐之友总部待了很多年，但一直没进过山，所以这会儿大呼后悔。她说，如果有一天回到地球，第一件事就是要去那儿住上十几天，当然，楚天乐必须全程陪伴。

楚天乐笑着答应。

但这样的闲适安乐是假的，在内心深处，所有人都提心吊胆，等着下一次脑震的来临。它的强度明显是递增的，对智力的影响越来越严重。大家不知道再经历几次脑震后他们会是什么样子。

昨天为了同地球通话，飞船向地球靠近，缩短到20光分的距离。通话后航向将逐渐恢复到原状态。由于离太阳近了，它由往日的萤火虫变成一颗小小的金苹果，差不多坐落在航向的正前方，而且还在继续变大变亮。楚天乐透过透明舱体观察着太阳，逐渐感觉到异常：阳光似乎不该这么强的，按这个亮度，飞船与太阳的距离肯定不到20光分。位置也不应在正前方，随着航向的复原，飞船应该离太阳越来越远才对……飞船内忽然传过来新船长习宇的紧急呼叫：

"外公，刚发现飞船航向有误，现在正朝着太阳飞去，方向正对着日心。但我和习宙检查了飞船的程序，没有发现任何错误。"

楚天乐立即问："距太阳距离？"

"14光分。"

14光分，也就是雁哨号20分钟的航程。"你是否已经修改了航向？"

"还没有。我想先找出原因，也想问过你再做决定。"

楚天乐十分不满，他想这位新船长是昏头了，时间已经相当紧迫，他绝对应该先采取措施的。习宇这孩子一向逻辑清晰，处事果断，不该这样糊涂。显然，连续的脑震已经影响了他的智力，影响了他平素的自信，他要先问过心中的偶像才敢做决定。楚天乐立即说：

"先别找原因，立即改变飞船航向！"他随之补充一句，"按时间推算，下一个暴胀脉冲也快到了！"

习宇不禁悚然："你是说，万一脑震让我们失去清醒……好的，我立即修改。"

习宇开始操作。楚天乐把导航员习宙喊来，问了一些情况。他思索片刻，说：

"既然没有别的错误，那原因肯定出在尖脉冲上。咱们都怀疑过，也许在脉冲的尖点，即空间极度暴胀的瞬间，会造成粒子层面的失联，从而导致电子仪器出现不可预料的错误。换句话说，电脑和人脑一样，也在经历智力崩溃，已经不敢完全依靠了。同样的，飞船的观测设备也不敢完全信任。"

习宙想了想："是的！一定是这个原因！"她心绪复杂地说，"我们很幸运的，外公你还保持着清醒的思维。否则……"

楚天乐苦涩地想："不，我的清醒受惠于你们的牺牲。你们不惧危险，在智力下降的情况下仍保持着飞船的亚光速，保持着刀尖上的舞蹈，才让我能够部分避开尖脉冲对大脑的毁伤。"但眼下没时间说这些。他注意观察着前方的太阳，没有发现飞船航向有明显的改变，便着急地问：

"为什么航向还没变？让习宇加快点！"

习宙小心地解释："外公，船长已经改变了方向参数。但你知道，雁哨号的飞行是戴着镣铐的跳舞。"

楚天乐当然熟知这一点。雁哨号不比别的虫洞式飞船，它还带着两个处于非本域空间即处于虫洞外的重球，也就是他和伊莱娜的住所。由于两个重球具有惯性而虫洞内的飞船没有惯性，飞船在变向或加减速时只能极柔和地进行，不能超过柔力杆件的缓冲限度，否则就会造成千米横杆的断裂。危险还不止如此。如果飞船的动力系统出了故障，哪怕是激发中断十分之一秒，由于飞船将在瞬间静止而重球继续保持 0.7 龙赫速度，两者同样会在瞬间撕裂，所以，雁哨号的飞行确实是戴着镣铐和炸弹的跳舞。他熟知这一点，只是过于焦灼，对飞船的"柔和转向"有点儿等不及了。

横杆另一端的伊莱娜劝道：

"天乐不要急，时间还充裕，飞船肯定能避开太阳。"

楚天乐苦笑着没有回应。他有种强烈的感觉——眼前局势似乎已处于失控的边缘。电脑不再可信,设备不再可信,习宇的思维不再可信,他自己虽然好一些,但也不再有往日的自信。在这种情况下,伊莱娜空泛的劝慰没什么用处。正如他说过的:当整个局势处于下行态势时,即使你再小心,也免不了意外的坠落。看来该做出那个决定了。虽然那是个很难做出的决断,但他没怎么犹豫,思考了几秒钟后,果断地唤来习明哲和楚草。

"明哲,草儿,我想下达雁哨指令。"

两人顿了一下,也许有一秒钟,然后很干脆地说:"好的,我们执行你的决定。"

虽然伊莱娜与雁哨指令没有关系,楚天乐还是通知了一声:"伊莱娜,我要发布雁哨指令了。"

伊莱娜苦涩地叹息一声:"真的到时候了吗?……你发布吧。"

他又向习宇船长做了通报,然后默诵雁哨指令。随着他的暗诵,电脑屏幕上出现一个红色开关,开关上罩着两道开关锁。暗诵结束,第一道开关锁应声而开。习明哲在电脑上打出另一道密钥,第二道开关也应声而开。第三道门是需要楚草打开的指纹开关,在按下前,楚天乐说:

"按照此前的决定,我们要设一个简单的反向密钥,如果地球人还能解开,就能逆向中止这个指令。我来设一个吧。"他略微想了想,说,"我设的密钥是:山间一寺一壶酒。"

习明哲等几人互相看看,没有说话。这只是一个象征性的密钥,只要是会汉语的人,只要保持着起码的智力,都能解开的,它是"3314159"的谐音。密钥设置好,楚草看看大家,狠下心按下指纹开关。屏幕上显示:

"自毁程序将在三分钟后启动。如需中止,请在三分钟内重复按三次开关。"

楚草没有动。三分钟在漫长的倒计时中一分一分地过去,终于叮的一声,屏幕上亮出绿灯,显示出"自毁程序已经发往地球"。从这一刻起,楚天乐觉得心中一根弦砰的一声断了。至此他已经卸下了肩上的重担,他对地球的职责基本完成了。以后他还会一如既往地关注地球,但那相当于退休之后发挥余热,心态将大大不同了。

自毁指令将在 14 分钟后抵达地球,而地球的回音将在 40 分钟后抵达。据他估计,乐之友肯定能解开这个简单的密钥,但仍会执行自毁的指令。也就是说,14 分钟后,地球上将自动开始以下的大动作:所有大坝的闸门将全部开足,并在这个位置上焊死……核电站的燃料棒将全部取出……病毒研究机构中的烈性病毒将在高温中被杀死……所有虫洞式飞船的动力系统将被去功能化……金属冶炼厂所有型号的熔炉将全部清空,倒出现有的熔液……数百万军队将上缴武器,把武器锁闭,然后解散回家……但核潜艇的处理肯定来不及了,它们将遵照备用方案,整体沉入海中。这种处理方案有很大的隐患,但这是不得已而为之。

但愿历史能证明,他果断发出自毁指令,是"挽救"而不是"犯罪"。

这些思绪先放一边吧,眼前更该关注的是飞船航向的改变。当飞船离太阳有 10 光分距离即略大于地球和太阳的距离时,飞船航向有了明显的改变,它已经不是正对着日心,而是大约对着太阳半径的中点。以这个转向速度,飞船应该能从太阳旁边掠过,最多扫过日珥层。他放心了——但就在这时,他一直担心的脑震袭来了。这次的脑震更重一些,虽然他所处的动态压缩真空对于空间暴胀波有相当大的削波作用,但他仍感到脑浆凝固了,而且干呕欲吐。伊莱娜在私密电话中失口喊:

"天乐,脑震!我感觉比过去更重。不知道飞船内……"

他呼唤习宇,呼唤习明哲、楚草,但没有回音。他同飞船之间的通讯突然中断了,只有同伊莱娜的私人线路还保持正常。中断的原因是什么?是空间暴胀引起的粒子失联,还是某个理智崩溃的船员的误操作?不知道。他呼唤着,等待着,时间一秒一秒地过去,但联系一直没有恢复。船员和亲人们这会儿怎样了?是否完全休克了?他焦灼异常。虽然他的脑袋与身体已经分离 40 年,但只有这会儿他才真正体会到"束手无策"的焦灼。他和伊莱娜被孤独地囚禁在两个泡泡内,与世界完全隔绝。

他试了试习明哲为他专设的、用于"最后干涉"的线路,还好,这条线路是独立的,还保持着畅通,一个小红灯幽幽地亮着。他无法知道飞船内的情况,只能通过他所在重球外的电子眼直接观察太阳。他的感觉不好。飞船的转向似乎停止了,现在仍大致朝向太阳半径中点飞。他屏息观察一会儿,仍然看不到明显的变化。那么,真的是"粒子瞬间失联"中断了转向操作,而习宇他们到此刻还未恢复神智?

他无法得知此刻同太阳的距离,但肯定已经小于一个天文单位,因为电子眼中的太阳已经比在地球上看到的太阳要大了。他再次呼唤飞船内的船员们,没有回音。那么,无论他们此刻是什么状态,已经不能再指望他们了,只能采取断然行动。他不能让雁哨号撞向太阳,0.7龙赫的亚光速飞船可能毁不了太阳,但他不敢冒那个险,他将用习明哲授予他的特别权限中止飞船激发,中止之后,他和伊莱娜所在的重球仍会保持着0.7龙赫的速度飞向太阳,在几分钟内投身火海;但雁哨号将在瞬间静止,脱离虫洞状态,在太阳重力下自由下落。如果船员们及时清醒,还是能够脱险的。这是他为地球、为雁哨号所能做的最好安排了。

把一切考虑周全后,他反倒心平如镜,对千米横杆另一端的伊莱娜笑着说:

"伊莱娜,恐怕到最后时刻了。飞船内肯定已经失控,我要采取行动了。"

伊莱娜笑着:"是不是投向太阳?能有这么个壮丽的死亡,很不错。"

楚天乐笑道:"也许会更浪漫一些。我们所在的两个重球在扯断横杆时会受到一个小小的侧向力,从而互相靠近。所以,在投入太阳之前也许我们就已经撞在一起,来一个最壮丽的太空之吻。"

"是吗?然后粉身碎骨,你中有我我中有你?"

"没错。"

伊莱娜夸奖他:"行啊,我的天乐,我一直觉得你的最大缺点是缺少幽默感。倒不是你生来欠缺幽默细胞,而是你一直背负着超体能的重担,把你的幽默感都压成薄片了。没想到在最后时刻,你还让我看到一个有浪漫情怀的男人。我很满意。"

"多谢了。这是我一生中听到的最妙的褒奖。伊莱娜,让我通过电子管道抱抱你。"

"哈,我感受到了你的拥抱。"

"好,再见了。"

"不是再见,我们要化为一体了。"

"那咱们和地球亲人们再见吧。信号送不出去,只能在心中再见啦。"

"同地球再见,同乐之友再见。"

楚天乐最后一次向飞船内呼唤,仍没有回音。他不再等待,即使他们此刻醒来,飞船也来不及转向了。于是,他坚决地送出了"中止激发"的指令。飞船瞬间静止并脱离虫洞状态,而 0.7 龙赫飞行的重球,连同虫洞外的部分横杆,在万分之一秒内就从飞船静止部分扯断,然后保持着这个速度向太阳飞去。正如楚天乐所预言的,横杆扯断时,两个重球都获得了小小的侧向速度,方向都指向中心。二者在飞向太阳的途中逐渐靠近,在快投入太阳时撞在一起。亚光速的碰撞转化为巨大的能量,在 6000 度的太阳表面爆发出了十万度的闪光。

横杆扯断后也就扯断了两颗头颅的维生管道和通讯管道,他们无法再看到外面的景象,但在两颗大脑因撞击而毁灭前,他们应该还能感受到这次无比壮丽的太空之吻吧。

第八章　神

　　神冷静地看着两个重球扯断了同雁哨号的联结，以 0.7 龙赫的高速向太阳飞去，并在投入太阳前相撞，转化为绚丽的闪光；看着脱离了虫洞状态的雁哨号在太阳重力下缓缓加速，向太阳坠去。船员们都被最近一次脑震击晕了，一直没有清醒，也就没有采取什么应急措施，飞船就这么一直坠下去。

　　神始终没有出手相救。他遵循着神的戒律，尽量不干涉各个文明的自然进程，尤其尽量不进行"逆时序"的干涉。当 10 龙赫的烈士号撞向地球、造成地球毁灭时，他曾不得不出手干涉，那只是少有的例外。现在，两个亚光速的小小重球不会对太阳造成什么损害，即使雁哨号的船员们此刻恢复虫洞飞行状态并在懵懂中撞向太阳，0.7 龙赫的飞船也不至于毁了这颗恒星，所以太阳是安全的。虽然这些人的死亡让他遗憾，尤其是楚天乐。这位百岁老人是地球人的杰出代表，曾是那个壮丽的氦闪时代的引领者之一。这样伟大的智者最好能有个更为圆满的结局，但感情因素不能代替理智的决定。

　　神早在羽化成神的瞬间就成熟了。一个握有无比神力的神同时也背上了无比的重担，不可能不成熟的。这正是地球上一位康姓老人曾提到过的、宇宙之所以"内禀安全"的规则。人类这样的低等文明也能懂得这个规则，这一点颇为可喜，它说明，一个凡人也能偶尔参透天地玄机。

　　神一直目送着雁哨号坠入太阳，然后悄悄从这片时空隐去。

第九章　被赐福者

大壮从街上急急跑回来,喊着:"爸,妈,政府又发口粮了,还是凭身份证,不论大人小孩每人一袋。"

靳强和如苹赶快带上身份证和口袋匆匆出门,一边夸着儿子:"大壮,如今家里多亏你了。你喊上青云姐,一块儿去。"

经历了多次脑震后,靳强夫妇每天都昏昏沉沉的,连门都不敢出,生怕迷路,回不了家。反倒是傻大壮不大受影响。倒不是说他现在比别人聪明,不是的,他仍是原来的傻大壮,但就像走惯盲路的瞎子不怕天黑,他比别人更适应现在的智慧黑夜。崔家老两口儿走失了,到今天也没回来。青云哭着来找他们帮忙,靳强领着她和大壮骑自行车找了很久,到底没找到。他们不敢再走远,怕再走远认不得回家的路。青云哭了几天,没办法,只好认了。现在她经常待在靳家。靳强知道她是在盼小飞回来,小飞说过要回来的。

一个月前,电视上说雁哨指令发布了,靳强记不得雁哨指令有哪些内容,那些事和他之间过于遥远,他懒得去记。只知道与他们有切身关系的一条:所有飞机、火车、轮船都停运了。它们一停运,小飞怎么回来?靠两只脚板?那样也好,虽然慢,安全。雁哨指令发布后,还经常有汽车相撞,有飞机和空中自行车从天上掉下来,不过这些事故慢慢少了,完全消失了——因为街上很少有车辆了,空中完全没有飞机和空中自行车了。

雁哨指令没说电视停播的事,但几天后,电视没了信号。再后来供电也不正常了。靳强他们一直领不到工资,其实有工资也没用,商店早就关门了。关门之后,政府马上派武警来,强迫粮店开门,免费给大家发粮食。管道气早就停了,只能趁来电的时候,用电炉子赶紧做几碗饭。要是连电也停了呢?

今天领粮食他们来得比较晚，路上已经有很多人背着粮食回家了。粮店前面排着老长的队，一直排到大街拐弯。七八个武警背着枪在维持秩序，就连他们也是呆呆愣愣的，只会机械地喝着："排队！守秩序！"像是电压不足的外星人。靳强几个排了一会儿队，大壮忽然指着前面说：

"咦，咋多了一个人？你是加塞儿的！"

那是个十三四岁的男孩，很瘦，衣服很脏，趿着一双拖鞋，流里流气的。他小声央求："哥们儿让我站这儿吧，我家没剩一颗米了。"

青云看他可怜，说让他站这儿吧。大壮盯着他看看，生气地说："你撒谎。我刚刚看见你背着一袋粮食回家，转眼你又来啦。政府说每人只给一份，不能领双份。你这人不地道。"

那男孩被揭出老底，只好骂骂咧咧地走了。老两口摇摇头，继续排队。快排到头的时候，忽然一颗石头飞来，正砸到大壮额头上，立时鲜血往外涌。青云赶快拿面巾纸捂住伤口。如苹看见一个男孩飞快地逃走了，没看清模样，八成是刚才那个加塞儿被赶走的小混混。

领了口粮回家，靳强叹息着说："如苹，孩子们，看来得下决心了。小飞说小乱居城大乱居乡，大乱快要来了，靠政府发口粮支撑不了几天。咱们按小飞说的回老家乡下吧，摘野果采野菜填肚子。没有房子，咱们就住在那个柿子洞里。"

如苹说："得等小飞回来再说。"

"对，咱们先准备，等小飞回来。小飞让咱们准备好干粮，这两天如苹和青云抓紧时间烙饼，把家里所有的面都烙成饼。还要带上刀子，防备野物，也防坏人。要带上绳子、盐、笔和纸。小飞还说让带什么来着？"

靳强忘了，如苹和青云也忘了，三个人努力回想。大壮忽然说："让带火镰！小飞说打火机和火柴都有用完的时候，火镰永远用不坏。"他急匆匆地跑走了，上了阁楼。过一会儿灰头土脸地回来，手里拿着——火镰，老辈儿留下的火镰。全家人都乐坏了，试着打火。用半月形钢镰用力磕白石头，马上有一团蓝白色的火焰把石头包围。不过，拿这团火去点纸煤并不容易，试了好久，青云才点着了第一团火。全家人乐疯了，轮流吹纸煤上的小红火星，直到它变成红通通的火苗。有这团火就不怕了，再黑的夜，再寂寥的旷野，有一个火堆就有人气。

青云忽然尖叫一声，手哆哆嗦嗦地指着门口。门口有一个人，是小飞！他变多了，又黑又瘦，衣服很脏，鞋破了，身上背着一个袋子。全家人跑过去，搂着他抱着他，让他赶紧到沙发上休息。这不是那个又天才又快乐的小飞了，他显得昏昏沉沉，眉头锁得很紧。在全家人的簇拥和呼喊中，他只是说：

"我先睡一觉。"

然后他就摇摇晃晃地到卧室去。

小飞很快睡熟了。如苹高兴得淌着泪，说小飞一定累惨了，饿惨了，赶忙做鸡蛋挂面。饭做好她又不忍心喊醒小飞。青云在卧室里，用湿毛巾小心地擦着小飞的脏脚丫。又小心地把小飞的挎包从他身下掏出来，里边除了一些干粮，还有一张很精致的弩弓。

全家人都高兴，小飞回来大家就有依靠了。小飞吃了鸡蛋挂面，又接着睡。全家人也陪他睡。然后脑震又来了，把大家从梦中折腾醒。虽然难受，大家都习惯了，只是脑袋显得更为昏沉。小飞看来比大家更难受，还光着脚跑到卫生间吐了一阵。从卫生间回来他愣了好长时间，看上去直眉瞪眼的。大壮盯着他看，担心地说：

"小飞你咋样？小飞你是不是也变傻了，像我一样？"

大壮真是个傻孩子，这话说得全家人都难受，小飞更难受。小飞锁着眉头说："是的，我也变傻了，我的智慧之火快要熄灭了。我特意跑回来，全家人抱成团儿，说不定那团火还能多燃几天。"

青云怯怯地问："你是不是回乡下去？我也去吧，我爹妈没了。"

小飞疑惑地看她，如苹心酸地解释："小飞啊，你青云姐的爹妈都失踪了。让青云跟咱们一块儿走吧。"

小飞点点头："青云姐，你跟我们一块儿走吧。"青云哭了，不过那是欢喜的泪水。

三天后，全家人背着干粮、火镰、刀、棉衣和那把弩弓，还有家里能找来的所有铅笔、几个笔记本出发了。小飞说："得有一个人专门记日记，不能忘了写字，要是把写字都忘记，那就彻底变成野人了。咱们得把这些日子记下来，也许几百几千年后会有人看的，那就是一个氏族的历史啊。"靳强说："那就由你来记吧，我们忘了不要紧，只要你没忘。"如苹要锁门，小飞摇摇头说："妈，用不着锁了。"如苹想了想，叹息一声，把钥匙放到客厅鞋柜上，让门大敞着，走了。

他们走了几天几夜。有的城市着了火，烧红了半个城，没有消防队来救火。公路上、野地里，无主汽车停得到处都是，也有从天上摔下来的空中自行车。火车都整齐地停在车站里，但火车站也死了。路上有一群人见靳家人背的东西多，凶狠地过来抢夺。小飞恶狠狠地取出弩弓，一箭射去，扎在领头人的肩头，鲜血顺着箭杆往外涌。那群人被吓跑了。如苹小声说：

"小飞，小飞，吓跑他们就行了，可别弄死人。"

小飞声音很硬地说："妈，我知道。只要能吓跑，我就不弄死他们。"

他的声音里有一种特别的东西，青云有点儿被吓着了，胆怯地偷偷瞄他。

他们一路走着，不分白天黑夜。脑震来的时候反正走不了路，他们就窝在什么地方休息，歇过劲儿再走。脑震越来越重，但次数一多也就习惯了。头疼、呕吐、恶心、脑袋越来越木，但反正死不了。第五天他们来到黄河滩，很远就看见河滩上落着一个巨大的东西，是一艘飞船！大得像一座山。透明的椭球形双层壳体，磁力加速线圈沿纵向排列，就像哈密瓜的瓜纹。他们虽然很累，但止不住强烈的好奇，都跑了过去，仰头观看，用手抚摸。这玩意儿往常在电视上见过，但那时飞船都是位于同步轨道，衬着广袤的太空，显得很小，没想到搁地上它是这么个庞然大物！而且那么精致漂亮，实在是九天之上飞来的神物，不是这个凡间能有的。飞船好像没有损坏，只是飞船里横七竖八躺了几十具尸首，让这个美丽的神物显出几分狰狞。靳强想进去看看船员还有没有有气的，但打不开门，再说那些人显然已经死绝了，也就没再努力。小飞默然看飞船，过了一会儿，声音硬硬地说：

"是凌波号。从烈士号失踪后，它是世上唯一剩下的亿龙赫飞船。但雁哨指令后它已经去功能化了,怎么会坠落在这儿?我不知道,我一点儿也想不通。"

他想不通,不过身上有忍不住的寒战。看飞船的状态,显然这是一次紧急处置引起的。那么,很可能,如果没有这个紧急处置的话它已经撞上地球了,以虫洞飞行状态下撞击,它会轻松地撞穿地球,留下一个纵贯东西半球的孔洞,然后是地核的岩浆顺着孔洞向东西半球喷涌,把整个地球变成烟和火的地狱……

他无声地垂泪,朝飞船内的死人深深鞠躬。全家人都跟着深深地鞠躬。

晚上在小溪边睡,山很高,树不多,有很多青草。在水里抓了"旁血",烧着吃。记日记的小飞知道这两个字不对,可是想不起来该咋写。他在旁边注上:就是那种有八条腿、横着爬的东西。

夜里很冷,大壮、小飞和铁子拾了柴,生起很大的沟火。这个"沟"字也不对,应该是竹字头的那个字,但小飞也想不起来该咋写。铁子到地里偷了不少红薯,用衣服兜着回来。眼下不是收红薯的时令,它们只有鸡蛋大。铁子就是那个领口粮时加塞儿,被大壮赶走后用石头砸破大壮脑袋的小混混。大壮和青云在路上碰见他,那时他被一伙人抢光了东西,打得头破血流,他不服软,嘴里乱骂。青云见那伙人掏出刀子要下狠手,赶快上去求情,把他救了下来。从那之后,他就死皮赖脸地跟着这家人走。大壮记着仇,撵他几次撵不走。后来大壮看他可怜,不再撵了。

沟火真大啊,火苗子呼呼地蹿,毕毕剥剥地响,把青云的刘海都燎焦了。火苗有两人高,有剑齿虎不怕,有剑齿象也不怕。那时还没有老虎和狮子吧,也没有恐龙,恐龙已经死绝了。也没有火柴,连火镰也没有,是雷电引起的天火。开始猿人们也怕火,和野兽一样怕火。后来不怕了,用它吓狼群,用它烤肉吃,身上的猴毛退了,就变成人了。

青云真的喜欢小飞,一天到晚跟着他,仰着脸看他,再累,还是笑。晚上只要没来脑震,她就和小飞睡在一起,两人忙忙地脱光衣服,吭吭哧哧地上下折腾,青云快活地尖声叫着。大壮有时爬起来看他俩,看得很出神;铁子有时也抬起头看,眼光贼兮兮的。靳强和如苹都使劲闭着眼不看。那不好。

看着那两人的光身子，尤其是青云很好看的光身子，靳强总觉得有种很邪恶的火在小腹处烧，在往外顶，他生怕自己压不住这团火，会干出很丑的事情来。靳强想，明天他就告诉小飞和青云，绝不能再那样。倒不是干那件事不好，是干的时候让别人看见不好。

到老家了。靳强曾担心找不到柿子洞，可是很顺利地找到了，是大壮找到的，他就像一条鼻子贼灵的猎狗，嗅着地皮就找到了。小小的洞口，原来洞口还镌有三个弯弯曲曲的篆文，虽然模糊不清，靳逸飞还是辨识出来了：轩辕洞。原来这个山洞还有大名呢。洞子得弯着腰进去。进去就很大了，像个大金字塔。全家人都笑啊笑啊，"这是咱们的新家啊，咱们要在这儿一直熬到变聪明的那一天。"

柿子还没熟，不过山里有很多东西能吃，不会饿死的。还要存些过冬，有山韭菜、野葱、野蒜、野金针、石白菜、酸枣、野葡萄、杨桃、地曲连儿、蘑菇。溪里还有小鱼和螃蟹。小飞高兴地说："螃蟹，我想起这两个字了！"

今天很幸福，一直没有来脑震，大家也没呕吐。后来全家人都睡了，青云和小飞还是脱光衣服搂着睡。当爹的忍了忍，没斥责他们，他决定等明天再说吧。

他们这一觉一下子睡了两天三夜！是电子表上的日历说的，不会错。睡前的日记小飞记成了8月32日，小飞说这个错误真丢人，但不要改它，就让它原样留着吧。醒来后大家都发现脑子清爽多了，就像是醉酒睡醒后的感觉，或者像一池被搅浑的泥浆正慢慢澄清。靳强小声对小飞说：

"小飞，两天三夜，按时间肯定该来脑震了，是不是咱们睡得太熟，没感觉到？"

小飞摇摇头："不会。过去夜里来脑震时，哪次不是把人从梦里折腾醒？不是这个原因。"

"那会是什么？是山洞把脑震挡住了？"

小飞苦笑："哪能恁容易就挡住，地下几千米的中微子观测站也挡不住。这种脑震波是从高维世界传来的，你可以想象它是从每一个夸克深处冒出来的，没有任何东西能挡住它。"

大家都坐成圆圈，你看我我看你，从眼神看都很清醒。清醒得太突然，反倒觉得不自然，就像一下子发现彼此都是裸体的那种感觉。如苹忽然惊问：

"青云呢？青云到哪儿去啦？"

铁子最先发现她。她在远处一个角落里，已经把衣服穿得整整齐齐，还下意识地一直紧紧掩着领口。大家喊她时，她咬着嘴唇，死死地盯着地下，怎么都不开口。大壮真是个傻小子！他笑嘻嘻地跑过去，亲热地拉着青云的手：

"云姐姐，你干吗把衣服穿上？你不穿衣服更好看呢。"

青云的面孔刷地红透了，狠狠地甩脱大壮跑出洞去。如苹喊着"云儿！云儿！"跟着跑出去。等靳强跑出去时，青云还在一下一下用头撞石壁，额上流着血，如苹哭着拉不住她。靳强骂：

"青云！你个糊涂娘儿们，咱们刚清醒了一点儿，不知道明天是啥样哩，你还想把自己撞傻吗？"他硬着心肠往下说，"我知道你是嫌前几天的事丢人，我告诉你那不算丢人。若是咱们真的变回到茹毛饮血的傻猿人，能传宗接代是头等大事！咱靳家还指着你哩。"

他和如苹把青云拉回去，小飞看看她，仍是用那种硬硬的声音说：

"哭什么！现在是哭的时候吗，是害羞的时候吗？"

青云真的不哭了，有点儿胆怯地过去，靠在小飞身上。小飞用手帕为她包扎了伤口。

小飞和爸爸商量，让大家出洞拾柴火，收集秋粮——其实是偷。干这活儿铁子最是熟门熟路，别人比不上。好在秋收快到了，粮食容易采集。得积攒足够的粮食柴火，准备冬天用。有时也能见到村民，但奇怪的是他们好像怕人，这边一喊，他们立马没影了，消失在青纱帐中了。大家又忙了一天，夜里照旧燃起一堆篝火。烟聚在山洞里，熏得每个人都泪汪汪的。大壮和铁子在笑，绕着火堆打闹。青云也不害羞了，甜甜地笑着，靠着小飞，看大壮和铁子打闹。

虽然表面快活，其实每人都心惊胆战地等着来脑震，比糊涂的时候更害怕。

但今天一直没来脑震。

早上，小飞早早就把爸爸叫醒。靳强觉得今天大脑更清爽了点儿，但还没有沉淀得完全清澈透明。小飞皱着眉头说：

"爸，我想做个试验。今天 24 小时洞外都要保持有人，我想看看究竟是不是山洞的屏蔽作用——按说是绝不可能屏蔽的，但不管怎样，我们要验证。我想让你们几个换班出去，我不出去。爸，我想留一个清醒的人观察全局。"

说这话时他别转了眼光，口气硬硬的。

靳强知道小飞心中难受，他让别人换班出去而自己留在安全的山洞，肯定觉得理亏，便安慰他：

"小飞，你考虑得完全对。我们要把最聪明的脑袋保护好，这是为了大家，不是为了你一人。"

他凄然一笑："谢谢爸能理解我。"

靳强和如苹先出去拾柴和找野菜。没多久就来脑震了，电子表上显示是早上 9 点 30 分。就像一根大棒在脑袋里使劲搅，原来已经沉淀清澈的大脑又变成一团泥浆。呕吐，浑身像被抽了筋。歇息一阵两人强撑着回去了，洞中的人都在洞口迎候，赶快过来搀住两位老人。靳强用昏沉的目光打量着周围，喃喃地说：

"留在洞里的人没事？这我就放心啦，这我就放心啦。"

第二天，靳强和如苹还要出洞值班。他俩不是不害怕脑震，只是不想让孩子们受罪。但青云和大壮硬拦住他俩，争着去了。老两口在洞里歇了一天，脑子清醒不少。他们看见小飞竖着耳朵聆听外面，惧意明明白白地写在脸上，就像群狼包围圈里的小兔子。他虽然留在安全的洞里，也同样受罪啊，是心灵上的受罪。

到晚上 10 点 35 分，外面来脑震了。月光下，远远看见青云吐得一塌糊涂，然后靠在大壮的肩膀上慢慢回来。奇怪的是，大壮的情况比她好得多。留在洞内的人则一点儿都没事。小飞欣喜地说：

"不必怀疑了，肯定这个金字塔形的洞穴有超强的屏蔽作用，但究竟为什么，我不知道，我一点儿也想不通。"

他跑到门口接过浑身无力的青云，要把她安顿在地铺上。青云不睡，偎在他怀里，两人就这么着一直到天明。

第四天仍是青云和大壮抢着出去。这几天，铁子一直躲避着不出洞轮班，别人争着出洞时他就藏到洞的深处。没人勉强他，只有大壮老是拿鄙视的眼光瞪他。但今天青云出洞后铁子忽然放声大哭，抢到大壮前边出洞了。没多久，青云和铁子互相搀扶着回来。大壮抢先迎上去，把他们接回山洞。他笑嘻嘻地捶着铁子，恢复了往日的友情。青云连着经受两次脑震，又变痴了，目光茫然而恐惧，到晚上也没恢复。快睡觉时靳强瞥见她偎到小飞旁边，解着衣扣，问：

"小飞，那件事真快乐，我还想干。靳叔说那不是坏事，是吗？靳叔说那是头等大事，是吗？"

靳强不忍看下去，别过脸，闭上眼睛。那边，小飞把青云揽到怀里，把她解开的扣子一个个扣好，絮絮地说了很久。

青云在小飞安抚下睡了。小飞没睡，考虑了整整一个晚上。早上，小飞考虑成熟了，把大家喊醒。他认真地说：

"我要问一件事，请你们认真回想一下。几天前，就是咱们连续睡了两天三夜的那段时间，你们曾发现过什么特别的事没有？"

大家认真回想，都说没有。小飞迟疑地说："那么我真的是做梦？但他说的话我记得清清楚楚，而且应验了。"

靳强小心地问："他？是谁？"

小飞苦笑着说："是一个神。"他看看周围，很快地说，"我没有精神失常。我也知道这件事太荒谬，所以一直在说服自己，说那只是个梦境。但分析几天来的情况，我现在看法变了，也许那不是梦。"

靳强看看老伴，温和地说："不管是不是梦，你说给大家听。"

原来，那晚小飞在睡梦中看见一位神飘然进洞，形貌和人一样，只是光头裸体。身体周围有幽光浮动，仔细看，原来他待在一个透明的球内。球很大，从洞外逐渐飘进来，隐约可见的球壁把山洞都充满了。奇怪的是，那位神还戴着一副锃亮的手铐，与地球上曾用过的手铐式样相同。神被铐着的双手托在胸前，神态安然，就像那不是一具手铐而是一对手镯。神默默地盯着他，嘴唇没有动，但他分明听见了神在说话。似乎说的是汉语，或者是英语，反正是他很熟悉的一种语言。

神说："孩子，楚天乐已经不幸去世了。可是地球人还是需要一个雁哨的，我就选你来做吧。"

梦中的小飞惨然地说："多谢啦。可是很抱歉，我干不来。我不是楚天乐那样的伟人，甚至也不是当年的靳逸飞啦。经历了这么多次的脑震，我现在不比大壮哥更聪明。"

神不在意地说："放心吧孩子，既然选中了你，我会赐福于你的。记着我的嘱托，好好做一名雁哨，带领地球人走出百年苦难。"

小飞一震，连声问道："是百年吗？它要延续一百年？百年后它肯定会过去？"

神摇摇头："我说百年只是泛指，准确的时间此刻我也不能确定，但它肯定会过去的，这一点我可以保证。孩子，灾难期间，这个泡泡我就留给你了。这是一个六维的时空泡，它能隔绝脑震，任何灾难它都能隔绝。"

他指指周围的透明球，球体在刹那间变得白光闪烁，耀花了小飞的双眼。白光慢慢变弱，又变回原来那个隐约可见的透明球，但球内的主人已经不见了。

小飞停止了讲述，所有人都仰起头在洞内观看，寻找那个"隐约可见的透明球"。小飞摇摇头说：

"不必找了，这两天我一直在察看，搜寻，但它已经完全消失了，也许已经和山洞融在一起了。但他说的球体对脑震的屏蔽作用——你们都看见了。"

靳强问："楚天乐真的去世了？"

"很有可能。在我离开乐之友总部前就知道雁哨号已经失去联系，差不多和烈士号的失踪是同时。"

他讲完后周围是沉默。小飞从不是顺嘴开河的人，大家都认真对待他说的话。但这件事过于荒诞，一时难以令人信服。何况五个听众中至少有三人是绝对不相信神灵的：大壮、靳强和铁子。铁子笑嘻嘻地说：

"既然老天爷干了这么多操蛋事，我不相信天上还有一个好心的神，巴巴地跑来给咱们送宝贝。小飞哥，说不定他是一个好心的外星科学家？"

小飞点点头说："这也是个解释，不过——一个驾着透明球的外星科学家，可以倏然出现倏然消失，这和神也没什么区别。"

小飞妈和青云则相信这位肯定是神，一位慈悲心肠的大神。争论了一会儿，小飞果断地说：

"这件事的真伪不去争它了，但至少这个山洞的屏蔽作用是真的，已经经过实际验证了。过去，乐之友的科学家们设计过两种智慧保鲜办法，其实这儿才是真正的保鲜室。爸，妈，这个保鲜室太宝贵了，不能让它闲置。我要赶紧返回乐之友总部，抢救刘苏、洛威尔和成城等领导人，抢救一批科学家，把他们带过来，靠这个奇异的山洞来尽量保留一点文明火种。至于召他们来后该怎么办，这事以后再说，当务之急是先把他们带来——趁着他们的大脑还没有不可逆的损坏。"

"只是，"他苦笑道，"现在去乐之友总部只能步行，往返最少需要10天，我怕几次脑震足以把我再次弄成白痴，那时的我能不能记得回山洞的路？甚至能否记得出去时的责任？不过，不管怎样，我要去试试。"

靳强、如苹和青云都说："让我们替你去吧，你只用说明去乐之友总部该咋走，再列一个要抢救的人名清单就行。"大壮也憨乎乎地说："我替你去吧。"小飞摇摇头：

"不行啊，你们能替我去洞外值班，但这件事你们替不了。不必争了，我去。我要做一些准备，把问题考虑周全，尽量减少往返的时间。"

已经三天了，小飞没有走，他在洞里一圈一圈地转，说要考虑一切可能，做一个细心周到的计划。但他一直躲避着爹妈的目光。靳强知道是怎么回事，他有足够的人生阅历，在山洞的保护下思维也清晰了，能看透儿子内心的恐惧。他避开其他人的目光，把儿子喊到角落里，柔声说：

"小飞，还是让我替你去吧，我一定努力替你把事情做好。我们得把最聪明的脑袋留在洞里保护着，对不？"

小飞的眼泪唰地涌出来，他狠狠地用袖子撸一把，泪水仍是止不住。他声音嘶哑地说：

"爸，我知道自己是个胆小鬼、懦夫，我知道自己早该走了，可我就是不敢离开山洞！我强迫自己试了几次，就是不敢出去！你和妈妈给了我一个聪明的大脑，过去我虽然没有浪费它，但也不知道特别珍惜。现在我像个守财奴一样珍爱它。我不怕死，不怕烂掉四肢失去五官，不怕变成中性人，什么都不怕，就是怕失去智慧，变成白痴！"

他的心灵自白让父亲心酸。靳强低声说：

"这不是怯懦，这是对社会的责任感。小飞，让我替你去吧。"

他坚决地摇摇头："不，这是我的事，我必须自己去。我明天就出发。如果我一去不回，就请二老带着青云、大壮和铁子一块儿活下去，一定要撑下去，撑到灾变期过去。"

靳强看看山洞另一边的几个人，庄重地点头。小飞说得对，眼下的局势，谁都不知道明天的情形，所以小飞真不敢说能回得来。他忽然起了一个随意的念头：不知道青云是否已经怀上小飞的孩子？如果怀上那就好了，以后不管怎么艰难，大家也会把孩子养大。

大家都知道小飞要走了，大壮非要跟他一块儿去，被爹妈勉强劝住。青云默默地为他准备行装。这些天小飞已经总结出脑震的规律，按推算今天该是凌晨5点来脑震，小飞要赶在脑震之后立即出发，这样在洞外可尽量利用无脑震的时间段。大家很早就起来，发现青云不在洞里。正要出去找她，她歪歪倒倒地走回来，脸色煞白，强笑着说：

"我出去为小飞验证了，没错，脑震波刚过，你抓紧时间走吧。"

大家为她的苦心感动。虽然小飞已经算出是5点来脑震，但她不放心，宁可以自己的痛苦来一个直接验证，这样小飞就可以放心出洞了。小飞忍着泪，把她紧紧搂到怀里。她无力地安慰着：

"别为我担心，你看我不是很好吗？可惜，我没别的本事，只能为你做这一点点事情。"

小飞忍着没让泪珠掉下来。他没有多停，背上挂包，看看大家，很决绝地掉头走出山洞。

小飞走了，大家默默为他祈祷，盼着他顺利回来。他是大家的希望，也可以说是人类的希望。如今他们有了山洞的保护，但他们不想在人类灭绝过程中充当唯一的清醒者，那样的结局，与其说是弱智者的痛苦，不如说是对清醒者的残忍。

洞中的人状态都很好，除了青云。她比别人多经受了两次震击，一天后还痴呆呆的，有点儿像梦游中人。如苹心疼她，常把她搂到怀里，低声絮叨着。大壮不出洞干活时总是蹲在她旁边，像往常那样拉着"云姐姐"的手，笑嘻嘻地看着她。这一段的剧变使大家产生了错觉，认为有了山洞的保护，大壮也会像正常人那样逐渐恢复智力。但现在爹妈不得不承认，他仍落在幸运的人群之外，他的智力还是过去的水平。这使家人更加怜悯他。

第二天傍晚，青云基本恢复了。她坐在接近洞口的洞内，惊惧地望着洞外的夕阳。靳强知道她是在怕什么——按照推算，马上就到来脑震的时候了。待在洞里的几个人自然不怕，但小飞呢，洞外的小飞要受苦了。而且不是受一次苦，10天的旅程中要经受六次脑震啊，但愿六次脑震的累积不至于击垮他。

将要来脑震的时刻，全家人都陪着青云坐在洞口，默默地为小飞祈祷。忽然——来脑震了！也许是坐得太靠近洞口的缘故，今天这个"被赐福"的山洞一点儿没起到屏蔽作用。五个人都被击倒了，大口大口地呕吐，大脑也都变成了一盆糨糊。他们昏昏沉沉地想，在洞内就这么难受，洞外的小飞不知道咋样啊。然后就昏昏沉沉地睡了。

靳逸飞用半天的时间走出了大山，前边是一座城市。这是一座死亡的城市，没有来往的车辆，没有闪亮的红绿灯，也很少有行人。寥寥几个行人都目光痴呆，走路的样子像僵尸。倒是有很多家畜家禽，像猪啦，狗啦，鸡啦，鸭啦，都挣脱了主人的约束，在城市中任意游走，为城市增添了活气。路上横七竖八地停着很多车辆，大都是撞坏了的。他忽然发现一个院内停着一架小蜜蜂，看上去状态良好。院内无人，他略为犹豫，翻墙进去。没错，这架小蜜蜂状态完好，点火钥匙也在。检查后发现它的金属氢燃料是满的，飞到南极都不成问题。他坐在驾驶椅上犹豫着。按说他不敢驾驶小蜜蜂，如果正在空中飞行时突然来了脑震那就麻烦了。作为地球人唯一的雁哨，他的生命很贵重，不能轻忽。但这些天他对脑震的规律已经摸透了。下一次来震是傍晚6点13分左右，距现在还有两个小时。两个小时内小蜜蜂足以飞到乐之友总部了，这样可以省下八九天的时间——更重要的是，可以少经历四五次脑震。他只需掐准时间，在脑震来临前降落，就可以避开危险。

他下了决心，启动小蜜蜂，向西南方向飞去。机下也是一幅静景，没有航班、火车、汽车和行人。天上的卫星应该还在正常运行，但在这个高度他看不见。远处是一片漂亮的水面，那是国内储水量最大的水库。但此时库容量相当小，这说明雁哨指令确实得到了落实。小蜜蜂飞过一道东北—西南走向的山系，前边出现了一片透明材质的楼房群，这就是乐之友总部了。靳逸飞看看表，5点40分，离脑震来临还有33分钟，足够他安全降落了。

楼房群迅速变大，中央是三幢耸入云天的主楼，分别是乐之友一会两院的，其中科学院大楼是螺旋形，像一架盘旋而上的天梯，由球体连缀而成；工程院大楼是金字塔形，基金会则是比较保守的圆柱形，楼顶比较宽敞。靳逸飞在三座楼的中心找了一块平地降落，降落前瞥见圆柱形大楼楼顶西侧有一个人，是位女士，她正张开双臂，似乎是在闭着眼睛拥抱夕阳。靳逸飞多少有点儿奇怪：在脑震的多次摧残下，这位女士还有这样的诗情画意？但他无暇多想，赶快把小蜜蜂落在空地上。

现在安全了，那就咬紧牙关，准备迎接脑震吧。小蜜蜂降落后，乐之友总部内没有任何反应，没人出来迎接，没人在窗口探望。靳逸飞也先不忙下机，准备在机上熬过脑震后再说——忽然他浑身一震，想到了楼顶的女人是谁：乐之友工程院院长刘苏，一位亲切的漂亮干练的大姐。他也悟到刘苏在干什么：恐怕不是在欣赏落日，而是准备从楼顶一跃而下，去拥抱死亡。这丝毫不奇怪，在脑震的蹂躏下，越是社会精英越容易失去活下去的勇气。她此刻可能正闭着双眼淬硬自杀的决心，因为她似乎没有看见飞来的小蜜蜂。

现在是 5 点 59 分，离脑震还有 14 分钟。如果抓紧时间，还能在脑震来临前救下这位大姐，但时间相当紧张，因而有相当的危险性。靳逸飞犹豫着——不是为自己的安全，而是为"人类雁哨"的安全。最终他咬咬牙，决定还是搏一下。他立即启动小蜜蜂，迅速爬高，升到圆柱形大楼的楼顶。小蜜蜂刚一跃出楼顶他就高喊：

"刘苏院长！刘苏大姐！我是靳逸飞！"

刘苏听见了，手搭凉棚，在夕阳的光照下向这边凝望。小蜜蜂在楼顶中央停住，刚一停稳，靳逸飞就急忙跳下来，奔向楼侧的刘苏，一把抱住她。他用力过猛，两人摔到地上。靳逸飞忙拉刘苏起来，一边打量她。漂亮干练的刘苏大姐已经变多了，目光中也满盛着迷茫甚至是畏缩。她久久地看着小飞，嘴角绽出一丝笑纹：

"你——是——小飞？"

"对，我是小飞。"

她指指小蜜蜂："你——不该驾驶。危险。有脑震。"

靳逸飞感受到她真诚的担心，感动地说："我知道。我有把握。"

她指指落日，叹息一声："我每天来看。电梯——停电，得一级一级爬。我想看落日的辉煌。"

原来她并非自杀，而是来凭吊落日，凭吊人类文明的落日。靳逸飞看看表，脑震快到了，留在楼顶比较危险，便赶快拉着她走，说咱们下楼再聊。他们从楼梯间下去，来到顶层。刘苏忽然停下来，指着前边说：

"君兰——在这儿。她说——你们约好的，在这儿等你。"

靳逸飞一愣。君兰曾和他约定在"那个小家"等他，指的是她在北京的小家，她怎么会在这儿？当然这儿也是"家"，第一次脑震之后他来乐之友总部开会，曾和君兰在这儿住过两夜。那时，在对未来的恐惧中，他俩尽情享受着情爱和性爱，累了就仰面睡在地板上，透明的天花板上嵌着满天的繁星。也许君兰对这儿印象极深，所以在脑震造成的神思昏昏中，把约定的地方错记为这儿了。

他立即跑过去，推开虚掩的屋门。君兰真的在那儿！她坐在阳台的地板上痴痴地看天空——就如那晚一样。他狂喜地冲过去，把君兰搂在怀里。君兰盯着他，奇怪地问：

"是——小飞？"

靳逸飞落了泪："是我。君兰，是我。"

君兰忽然泪如涌泉，紧紧搂着小飞，和着泪水吻他，吻他的脸，他的脖颈，他的胸脯。靳逸飞看看表，已经到脑震的时间了，就用最大气力搂住君兰，等着那个时刻来临。他心中苦涩地想：两个人一起承受苦难，还是比独自承受要好受一些啊。

时间一分一秒地过去，脑震并没有来。时间已经过去三分钟了，仍然没反应。靳逸飞回头看看，刘苏也进来了，站在门口处默默看着这对久别的恋人，她此刻表情平静，看来脑震确实没来。也许他的计算有误？就在这时，靳逸飞透过阳台看见了对面，在科学院那幢螺旋形的透明材质的大楼中，他看到一个房间中有三个人抱着脑袋，正在痛苦地呕吐——毫无疑问，这正是典型的脑震症状！这是怎么回事？靳逸飞下意识地松开了怀中的君兰，苦苦思索着，而君兰也呆呆地看着他发愣。忽然脑中一道电光劈开迷蒙，他立即起身，把君兰也拉起来，对刘苏急急地说：

"刘苏大姐！这幢楼上还有哪些人？快带我去见见！君兰你跟我一块儿。"

刘苏不知道他要干什么，但顺从地领着两人下了一层，这一层人比较多，洛威尔和成城也在这儿。他们虽然看上去有些痴呆，人们在多次脑震后都是这样，但显然不是刚经受过脑震的样子。洛威尔和成城没想到靳逸飞突然出现，想过来向他问好。但他们现在的反应都很慢，没等他们开口说话，靳逸飞已经朝他们摆摆手，拉着刘苏离开了。

他们匆匆地巡视了整个基金会大楼。刘苏说，乐之友对人员进行遣散后，总部留下的有120人，都集中住在这幢基金会大楼的上部，刚才看到的科学院大楼中的三个人只是去取东西。靳逸飞发现，凡在基金会大楼顶部几层的人都没经受脑震。他们三个一直下到12层才看到不同的场景，12层以下的人，包括底层大厅里的保安，都刚刚经受了脑震，此刻正在呕吐和忍受痛苦。

刘苏和君兰的思维现在很迟钝，苦苦思索，不知道为什么有两种情形，也不知道靳逸飞在察看什么，但靳逸飞脑中刚才闪过的电光已经变成实实在在的图像。只是，这个结论太出人意料了，几乎和"神使赐福"的那个梦境同样离奇。但不管如何离奇，它是由逻辑推理得出的，并且得到初步的实证，不容怀疑。而且它还非常容易再次验证，只用等到下一次脑震来临就行。

靳逸飞松了口气，拉着两个气喘吁吁的女人坐下休息一会儿，舒心地说："刘苏大姐，召集乐之友们开会吧。也许我会送给你们一份大礼呢。"

乐之友一向是雷厉风行的，即使在智力崩溃的今天也还保持着这种惯性。十分钟后，所有人在基金会大楼顶楼的会议室聚齐。那些刚刚经受过脑震的人们，包括在对面楼上的三个人，也被连拖带拽地架来了。他们和那些未经受脑震的人形成了鲜明的对比。会议开始前，洛威尔、成城和刘苏同靳逸飞低声交谈着。他们虽然神思昏沉，也能看出靳逸飞的与众不同，他目光清亮如昔，保持着敏锐的才思和反应。他在同其他人说话时，小心翼翼地隐藏着内心的怜悯。

会议开始。靳逸飞放慢语速，他得照顾众人现今的思维速度，他详细讲述了他这些天的经历。讲了他经受的脑震，讲了脑震所造成的智力的崩溃。讲了轩辕洞里发现的屏蔽作用，讲了梦境中的神和他留下的"六维时空泡"，以及他此行的打算。众人艰难地追赶着他的思路。洛威尔怀疑地问：

"你说———一个时空泡———可以隔绝空间暴胀？"

靳逸飞说："是不是像缥缈离奇的神话？这也正是我当初的想法。但基于对科学的信仰，我觉得更可信的说法是——那是几千年几万年后的神话般的科技，就如我们的亿龙赫飞船在200年前也是神话一样。而且，它的效果是实实在在的，确实保护了山洞中的六个人，我已经为此做过严格的对比实验，所以你们不必怀疑。但我当时的结论中也出了一个错误，一个大大的错误。"他强调道，"我曾认为，神使留下的泡泡是固结于那个山洞的。不，我错了，它是——"他苦笑道，"各位，这个结论比刚才的结论更加不可思议——它是固结于我个人的！当我乘小蜜蜂来乐之友时，它也跟着我过来了！"

众人一片骚动，人人都抬起头来端详四周，想找出那个"隐约可见"的球壁，但周围什么都没有。靳逸飞说：

"你们是想找到球壁吧，不必找了，我们在轩辕洞中也没找到，我只是在梦境中见过一次。据我那次所见，球体的半径大致为25米，这个尺寸刚刚又得到了验证。刚才脑震来临时，我位于顶楼，以我为中心、半径25米的泡泡罩住了一共八层的楼房，所以你们都没感觉到脑震，但其他楼层和其他几幢大楼的人就未受到保护。关于这点，刚才我、刘院长和君兰都去实地验证过了。"

众人的反应各不相同。没有经受脑震的人大致都明白了他的话，而刚被脑震蹂躏过的人则目光茫然。靳逸飞继续说：

"我从轩辕洞来这儿，原想把你们都接去，看来没必要了。只要我留在这儿就行了。"

他说出这个结论时表情很复杂，有喜悦，有沉重，甚至有奇怪的愧疚。"神"说楚前辈已经牺牲，让他接雁哨的班。虽然他觉得担子太重，还是慨然许诺了。但现在他才知道，他不仅仅是雁哨，而且成了救世主！地球上甚至宇宙内唯一的可保安全的泡泡现在与他的身体固结在一起，无论他走到哪儿都能护佑一方。这个地位太尴尬，与他淡泊洒脱的秉性完全不符合。但是没办法，这是神赐予他的，不是他能自由决定的。神为什么单单挑中了他？或者只是偶然撞上了他？不知道。

与会众人在努力吃透他的话。乐之友留下的120人他大都认识，都是精英中的精英。三位乐之友掌门人更是他一向敬重的：漂亮干练的工程院院长刘苏；外冷内热、人情练达的基金会会长洛威尔；性格内向、睿智通达的科学院院长成城。但经历多次脑震后，他们都显得相当迟钝，他们的表情明显比靳逸飞的讲述慢了几拍。靳逸飞想，以听众的智力状态，他眼下无法对这件事进行更深的剖析，便温和地说：

"今天就说到这里吧，大家好好消化一下我介绍的情况。再请大家考虑一个问题：这个半径25米的球大致能保护1000人，那么，如何依靠这1000人来尽量保护整个人类？大家好好想想，反正此刻我心里没数。从今晚起请大家住得尽量离我近一点，要处在这个半径25米的泡泡之内。刘院长请你安排一下。"

"好的，我来安排。"

君兰拉着小飞回到顶楼那个房间，关上门，两人紧紧拥抱在一起，就像上次那样。天花板和墙壁此刻仍处于透明状态，他们就像置身于星空。不过热拥中靳逸飞立即想到了青云，想到逃亡过程中那几次野人式的欢爱。他走了，如果这个泡泡确实是随他移动，那么，留在轩辕洞中的家人们肯定遭罪了。特别是青云，因为她为了自己才特意去试震，走前她刚刚经受过一次脑震，现在会不会再度变傻了？

他感觉到了怀中人的情欲在高涨，自己也很想彻底疯狂一下，宣泄一下心灵上的压力。但千里之外的青云此刻卡在两人中间。虽然他与青云的重逢和欢爱是诸多因缘造成的，并非他的本意，但他现在已经无法抛弃青云的情意……最终他只是拥抱着君兰，强使自己平静下来。心智迟钝的君兰体会不到他的内心争斗，但也逐渐平静下来。

靳逸飞问她分手后的情形，她都不记得了，只记得当时两人决定分手，因为俩人都不想让对方看到一个变傻的自己，想让对方保留着最美好的印象。分手后她回了北京，但后来是怎么来到了这儿，她记不得了。甚至是不是步行来这儿，她也说不清。只能说是冥冥中的召唤吧，就像有洄游习性的大马哈鱼，依照基因中的指令就游回来了。她说：

"小飞，我信你说的话——你带来的球形空间能够隔绝脑震。而且恐怕不光是防护，还有激励作用。我和你在一块儿不过半天，觉得头脑清爽多了！"靳逸飞低头看看怀中的君兰，她的目光确实变清澈了。"小飞……"

"怎么啦？"

"你现在的角色——很难。你身上的担子太重了。"

听了这句话，靳逸飞欣慰地想，看来君兰的心智确实恢复了。他第二天还有很多事，得养足精神，便与君兰相拥着入睡了。

第二天上午，靳逸飞让刘苏领着巡视了总部，他得对这里的情况心中有数。总的说这儿情况不错。乐之友在脑震刚来的时候就准备了足够的食物，其中多是耐储存的原粮和罐头。虽然外部的供电和通讯已经断了，但乐之友有自备发电机，有足够的柴油，可以随时恢复送电，维持半年没问题。还有五架状态完好的小蜜蜂，配有足够的金属氢燃料库存。这些硬件都会很有用的，至于究竟如何使用，此刻他心中还没数。

巡视完毕，匆匆吃完午饭，他要赶回轩辕洞，把几位亲人接过来。他要赶在明早七点也就是下次脑震之前回来，这儿的120人已经划入他的保护范围，这个担子终生不能放下了。刘苏要为他派遣专职小蜜蜂驾驶员，但靳逸飞觉得，以他们眼下的智力，还是自己驾驶更放心一些，就婉拒了。君兰要随他去，靳逸飞点头答应。

小蜜蜂沿着他的来时原路飞去。途中君兰好奇地打量着机舱外面，她在搜索那个半径25米的泡泡，看它是否真的随着小蜜蜂在飞。她笑着问：

"那个球形空间真的永远跟随着你？我什么也没发现。"

"看不见的，但我相信它正随着小蜜蜂移动。"

君兰又问："轩辕洞中都有哪些人？是不是那位叫青云的邻家姑娘也在那儿？"

靳逸飞扭头看她一眼，说是的。也向她介绍了其他几位，包括半路捡的铁子。君兰问：

"你把铁子也接到乐之友吗？他恐怕不大适合留在这儿。你说过，半径25米的空间泡最多能保护1000个人，等到乐之友正式恢复工作，这个名额一定会非常紧张的。"

听了这句话，靳逸飞不由得想，看来君兰的智力确实恢复了。她想得很远，心机也很深。不错，等到乐之友恢复工作，开始组织对整个地球的拯救，这1000个名额会非常紧张，只能挑选那些最有能力的人。所以，像铁子，还有大壮、青云甚至爹妈，这几位应该是排不进这个名单中的，而以君兰的实力肯定能排进来。如果是这样，青云就不再是君兰在婚姻上的威胁。靳逸飞觉得君兰过于聪明了，但对于一个想保住"丈夫"的女人来说也不算过分，毕竟他与君兰的关系在前。他没有责备，温和地说：

"你说得对,名额会非常紧张。如果姬人锐、楚天乐等前辈还在,他们也许会严格把关,只选召最有用的专业人士,而忍痛把亲人留在球外。但我不是他们,做不到那样的冷静理智和大公无私。我更愿意遵从命运的选择,既然命运把这几个人和我连在一起,我绝不会把他们留在球外的。"

君兰点点头,简单地说了一句:"很好,也许感情的选择更明智。"

轩辕洞中,靳强把大伙召集到洞的中心。脑震已经过去了一天,他们的神智多少恢复了。按照推算,下一次脑震将在明早以前降临,靳强让大家都待在洞子中心,免得像昨天那样太靠近洞口而失去保护。天慢慢黑下来,青云偎在如苹怀里。这些天,特别是昨天青云强忍恐惧为小飞"试震"之后,如苹对青云更加疼爱,已经完全把她当成儿媳妇了。大壮和铁子亲亲热热地挤在一起,这些天来,大壮早忘了对铁子的"前仇后恨",后恨是指有一段铁子拒绝去洞外。太阳落山了,气温有点低,铁子在洞中点起火堆,明亮的火苗欢快地跳动着,推拒着周围的黑暗。大家都不说话,眼睛盯着跳动的火苗。青云忽然抬起头,没头没脑地说:

"咱们昨天挨了震,兴许那个宝贝泡泡跟着小飞走了?肯定是的,那样小飞就不会受罪了!"

靳强夫妻互相看看,没有吭声。这显然是青云的一厢情愿,是她心疼小飞而走火入魔了。那个泡泡是空的,又不能用绳子拴在身上,怎么能跟着小飞走呢。忽然天上传来熟悉的嗡嗡声——是小蜜蜂在天上飞过的声音,过去常听到,不过已经久违了。然后,青白色的强光倏地在洞口闪过。听见洪亮的扩音器的声音:

"青云!铁子!大壮!听见喊声快到洞外点火,我们要降落!"

是小飞的声音!大家都狂喜地冲出洞外,看见天上射下来青白色的光柱,光柱绕着这一带盘旋。地上的人们高声叫喊,青云向天上打手电,大壮和铁子回洞中抱来一捆树枝,找到一处平地,燃起大火。小蜜蜂马上飞来,在火堆旁轻盈地落下,机下的离子喷焰把火星吹得漫天飞舞。炫目的光柱中小飞跑出来,大声喊:

"爸，妈，昨晚你们是否又经受了脑震？"

靳强说："是啊，你咋知道？都怪我们坐在洞口，可能越过了泡泡的范围……"

"不，不是那个原因。那个泡泡原来是随我走的！"

"是随你走的？"靳强不由得看看青云，原来她的"胡说八道"竟然说中了！青云反应很快，不像是昨天刚刚经过脑震的人：

"小飞，那你昨天没有遭罪？"

"没有，正是从那之后我才悟出真相。现在我要接你们一块儿去乐之友总部，以后咱们全都长住那儿。"

青云的面庞立即如鲜花绽放，漫溢着动人的光辉。靳强看在眼里，不由得十分感动。青云这孩子，把心全放在小飞身上了！如苹喜得搓着手说，快点回洞去收拾东西！小飞一把拉住她：

"什么也不要带了，把人点齐就行。咱们得赶在下一个尖脉冲之前回到乐之友，快走吧！"

"至少得把火镰带上，有纪念意义的。大壮你快去拿。"

大壮立即回洞去了。这时，炫目的光柱中走出来一个女人："伯父，伯母，快登机吧。"她的声音柔柔的，非常冷静，外表仍是那样高雅、雍容。靳家人认出她是君兰。她搀着两位老人爬进机舱，大壮和铁子也大呼小叫地爬上来。但靳强忽然若有所思，觉得这个场合少了一个声音，一个绝不该少的声音。是青云。自打君兰出现，青云就沉默了，没有狂喜地哭喊，没有同小飞拥抱。别人登机时她犹豫地停在原地，在小飞的催促下才登了机，藏在后排的黑影里。

小蜜蜂立即嗡嗡着离地了，强光扫过前方，后面的山峰淹没到黑暗中，只能看到洞口那堆明亮的火团，但它也很快缩小、消失。一路上到处黑沉沉的，没有城市灯光和道路上的汽车灯光。小飞全神贯注于辨认方向，只是偶尔和坐在她身旁的君兰说一两句，两人的交谈很简短，显示出他们的默契和亲密。机舱后面的人都不再欢笑，反常地沉默着。如苹看着前边小飞和君兰的背影，忽然回头说：

天父地母

"青云,你过来,挨着妈坐。"后排的青云悄悄向她摆手。前排的君兰回头迅速看如苹一眼,没有说话。如苹笑嘻嘻地说,"小飞你知道不?青云这两天有反应,肯定怀孕了!"

小飞也回头迅速看一眼,没有说话,仍全心驾着小蜜蜂。青云听到这话显然吃了一惊,一时不知道说什么。大壮听说青云怀孕,立即来了劲,笑嘻嘻地想说什么,靳强提前制止了他。然后他悄悄拉拉老伴,制止了她不合时宜的话。他想,老伴这个谎话撒得太不高明,小飞和青云在一块儿才十几天,就是怀上也不会有征兆。也许如苹本来就没打算让别人相信,她只是向小飞君兰亮明当妈的态度——青云才是她的儿媳!但小飞正在驾驶,在黑暗中努力辨认方向,这会儿她扯起这件事显然不合适。

而且,在眼前的"大黑暗"中操心这样的事,确实是女人见识。老天爷给人类降下弥天大难,好在一位大慈悲的神给小飞送了一个宝贝泡泡,可以护住一批人不变傻。以后得靠这群人来尽量多救一些人,保住人类文明不绝种。这个责任很重,很难,是黑暗中的摸索。说句不算夸张的话,小飞现在扮演的角色就是救世主,是补天的女娲,至少是圣经中那位率领犹太人渡过红海的摩西。家人现在能做的,就是尽量不去干扰他。靳强觉得,自己从来没有这样明晰和果断,他说:

"如苹啊,以后小飞会累得要死,别拿这些小事烦他。小飞,你以后会很忙的,我知道君兰很能干,以后让她在工作上帮你;青云虽说没多少文化,但她是一心扑在你身上,不妨让她在生活上照顾你。你身边有她俩,我们就放心了。"

他实际是表了态,同意两人都成为小飞的妻子。其他人有些吃惊,互相看着。大壮脱口问道:

"爸,你是不是说,让青云姐和这个姐姐都当小飞媳妇?"

他问完后自己先害羞地摇头,看来以他的智力,也知道这个答案很不对头。倒是君兰略略考虑,扭过头干脆地说:

"谢谢靳伯伯的明断。阿姨、大壮哥和青云你们不必吃惊,现在是危难时刻,也许更适合采用诺亚公约而不是婚姻法。"她甚至立即改了口,"爸、妈,你们放心，我会和青云照顾好小飞的。"

她用目光向后排的青云示意问好，青云显然还没反应过来，痴痴地看着她，看着小飞。君兰不再等后者的回答，微微一笑后扭回头。

小蜜蜂继续飞行。后排的青云忽然怯怯地问："小飞，咱们去乐之友，路过我家吗？"

小飞立即说："马上就到。我知道你担心崔伯崔婶，我这就降落。"

小蜜蜂在城市上空盘旋，寻找目标区域。城市成了无人区，只有野狗在街上游荡。小蜜蜂降落后，青云急急下来，向自己家跑去，靳强夫妇和大壮跟在后边。原来这儿并不是无人区，只不过人们反应很慢，听到小蜜蜂的声音，慢慢有人影在各家门口和窗户里出现。崔家的门口也出现两个人，是青云的父母！青云飞跑过去投入爹妈怀中，泪流满面。青云爹颤巍巍的，说话很不利索，喃喃地说：

"云儿，总算见到你了……那天我和你妈买粮食，迷路了……政府不发粮食了，以后咋办啊……"

靳强夫妇也下来了，向老邻居问安好。青云浏览了屋内，尤其是厨房，发现家里确实已经米干面净，不知道最近爹妈是怎么打发日子的，觉得心中酸苦。小飞进来后，青云低声对他说：

"小飞，我不去乐之友了，留在这儿陪爹妈……你别为我担心，总会有办法的。"

小飞刚到附近几家邻居看了一遍，知道行政体系已经崩溃，不再有人发放基本口粮，不再有人维持秩序，留在城里的人已经山穷水尽了。而且不光是这座城市，全世界恐怕都一样，甚至比这儿的局势更严重——毕竟中国还维持了很长一段时期的口粮供应和秩序维持。可以说，全球性的饥馑和大乱已经开始，一个黑暗时代已经张开巨口。青云姐想留下来陪爹妈，说"总有办法可想的"，但小飞却不乐观。关键是：如果失去那个泡泡的保护，青云的智力也会迅速衰落乃至崩溃，到那时她就不能去"想"了。他果断地说：

"不，你要去，把崔叔崔婶也带上。"他扭头对君兰苦笑着说，"这是我最后一次擅自做主了。以后，哪些人可以进保护球，必须由乐之友组织集体决定。"

君兰点点头，对青云说："听小飞的安排，带你父母走吧。"

青云感激地看看两人，然后略略收拾了一些东西，主要是影集等纪念物，和君兰搀着二老出门。靳强夫妇也回自己家收拾了一些东西，准备登机。这时，十几家邻居慢慢聚到附近，默默地看着准备登机的人，他们的眼神如此茫然无助，令靳强如苹不敢直视。他俩很想为老邻居们求求情，但也知道小飞是对的，那个保护球所能容纳的 1000 个名额必须精心挑选，只有这样才能救出更多的人。经过一番内心搏斗，他们最终没向小飞求情。小飞同样陷于感情锯割中，最后咬咬牙说：

"大壮哥，铁子，小蜜蜂各个座位下都有应急包，包里都有干粮，全拿出来给他们分了。"

大壮和铁子翻出所有的应急包，去给大家分发。小飞没去，他提前登上小蜜蜂，坐在驾驶位上，面色冷如石像。家人陆续登机后，小蜜蜂迅速爬升，把那些邻居留在黑暗的夜色中，留在不可知的命运中。

夜色渐浓。没有飞行多久，越过一道西北—东南走向的山脉后，前边忽然出现一片璀璨的光团！在看惯了"普天皆黑"的夜景后，这片灯光引得机上众人一片欢呼。小蜜蜂迅速飞近，光团也迅速分解。这是乐之友总部的建筑群，最显眼的是中间三幢主楼。它们都是透明材质，屋内的灯光一泄无余。靳逸飞很激动，乐之友总部的人启动了备用发电机，恢复了电力供应，说明他们的意志已经苏醒，已经开始新一波的奋争了！飞得更近时他们看到，在乐之友基金会那幢圆柱形主楼的楼顶，一群人正在向小蜜蜂招手。人很多，可能乐之友现有的 120 人全都在这儿。这些人围成圆形，中间的空场中站着三个人，是刘苏、洛威尔和成城。小蜜蜂在空场中降落，楼顶爆出如潮的欢呼声。

这一趟的见闻让靳逸飞心急如焚。各地的局势已经到了崩溃的边缘，甚至可能已经崩溃，多耽误一天，也许地球上就要多失去几十万条生命。不过他还是捺住性子在乐之友停了五天，他是想让乐之友的成员有一个智力恢复期。五天后刘苏他们的智力基本恢复，可以同靳逸飞进行深入讨论了。看来这个球形空间对人类大脑不仅有保护作用，也确实有激励作用。

讨论的结果就是一个"星火计划"——在人类心智全部沦入黑暗的时期，要努力在乐之友这儿保留一个不灭的大火堆，并且要在全世界分出100个小火堆。

虽然有这个神奇的泡泡护佑，但他们面临的局势仍是十分艰难的。关键是它只能保护1000人。而且为了保护这1000人，靳逸飞必须守在家中不能稍离半步，就像蚁群中那只终生不能离巢、只负责产卵的蚁后。乐之友保有五架完好的小蜜蜂，可以向全世界派遣100名"点火者"，他们要尽量维持所在地的社会秩序，减少饥馑和死亡。可惜的是，这些人一旦派出也就失去了泡泡的保护，在若干次脑震之后，智力很快会降到被保护者的水平，从而失去点火者的作用。解决办法是建立七个梯队，一队外派，六个队在乐之友总部休养，然后轮班更换，初定一个月轮换一次，时间不能太长，否则点火者的大脑可能有不可逆的损伤。这样的话，点火者平均只经受七分之一时间的脑震，智力不会受太大的毁损。

七个梯队需要七百人。目前乐之友只有120人，只够第一梯队的名额。靳逸飞他们决定先把第一梯队放出去，再尽快招兵买马。

虽然点火者们只经受七分之一时间的脑震，但他们的任务仍然充满凶险。他们要面对的是心智迷失的人，甚至是已经兽性化的人，谁知道会有什么意外在等着点火者？也许那些饥肠辘辘的人会把外来的拯救者架在火堆上烤着吃，这在先民史上屡见不鲜。还有，如果总部这边发生什么意外，未能及时换班，那么点火者就会在多次脑震中丧失智力，对于已经清醒的人们来说，这种结局和死亡同样可怕。

但尽管凶险，几乎所有人都报名了，包括刘苏、洛威尔、成城、君兰。靳家人开始都没报名，不过不是因为自私，而是因为自卑。刘苏是组建第一梯队的负责人，这天，靳强领着家人包括铁子来找她，不好意思地说：

"刘院长，你知道我们这几个人文化水平都低，不够格去当点火者。可是，我们也想出一把力，不能光留在家里吃闲饭。"

如苹、青云、大壮、铁子也都点头，殷切地看着刘苏。刘苏说：

"首先青云你甭考虑出去，你要一直留在小飞身边，能把他照顾好就是最大的功劳。靳叔靳婶你们年纪大了，也甭考虑出去。总部这儿也有好多事呢，我让洛威尔先生为你安排。"

铁子急忙说："那我和大壮哥能不能去点火？刘阿姨，我知道自己没本事，就是个小混混。那就把我和大壮哥派到一处，俩人加起来还不能顶一个人用？"

两人巴巴地看着刘苏。靳强为他俩求情："刘院长，让他们去吧。说句大实话，你让他俩去维持什么社会秩序肯定不行，但让他俩领着一群傻子找吃的，他俩肯定能胜任，特别是铁子，他的鼻子比猎狗还灵。"

刘苏忽然心有所动，觉得靳强说的很在理。乐之友打算向外派遣的人选大都是精英，他们在智力恢复后看问题的目光肯定十分高远深刻。但如果是到生存线上挣扎，也许铁子和大壮这样的人更适合。特别是大壮，听小飞说，这个弱智者反倒对脑震最不敏感，在其他人因脑震而急剧变傻时，他基本没什么变化，虽说并不比别人聪明，但他就像一个早就习惯了用明杖探路的老瞎子，要比刚盲的明眼人更适宜环境。于是笑着说：

"好，我答应了，铁子和大壮加起来算一名队员！"她对如苹说，"靳婶你别担心，我把他俩派到比较近的地方。"铁子大声欢呼，大壮也高兴得张着嘴傻笑。"这队人马上就要出发，你俩赶紧做准备吧。"

临走前靳强问："刘院长，我问个外行问题行不？"刘苏笑着说尽管问。"小飞说脑震可能持续百十年，让一代代的人越变越傻。那变傻了的人生下孩子会不会是傻子？"

"不会，你问的是人的本底智力，它取决于大脑的物质结构，而大脑结构又取决于基因。基因会随环境发生变化，但那是几万年几十万年的事。"

靳强点点头："好的，这我就放心了。"他对乐之友决定向外派遣"点火者"的计划有不同意见，有了刘院长这句话，他觉得自己的看法可以向下推行了。

乐之友又开始以狂热的速度运转。刘苏负责第一梯队的组建，成城负责其他六个梯队的组建，洛威尔负责总部的运转。成城的工作最难，因为全世界的交通和通信系统已经完全崩溃，他无法和已经遣散的乐之友成员们联系，而招收其他知识界精英同样困难。有利的是：人类世界的崩溃是"软性崩溃"，仍保有雄厚的硬件基础。他准备到附近城市搜罗一些小蜜蜂或空中自行车，逐渐扩大乐之友的活动范围。但这要利用现有的五架小蜜蜂，只能等第一梯队的派送工作完成后再说。

第一梯队准备在四天后、在那天的脑震过去后的时刻立即出发，这样可充分利用脑震之间的有效时间。以小蜜蜂的性能，四五天可环球一周，这样，小蜜蜂驾驶员在失去泡泡保护后，将只会经受两次脑震，智力虽然会严重受损，但还是能把小蜜蜂开回来的。

靳强则在努力推行自己的计划。第一梯队出发前的两天，靳强拉上如苹、青云、大壮、铁子进山了，忙活了两天没回来。第二天晚上，靳强一个人回到乐之友，对刘苏说他想为外出的点火者们饯行，地点放在山里，楚天乐的旧居，因为靳家人在那儿准备了最传统的农家饭菜。刘苏开始不大同意——后天就要出发，明天再进山时间太紧张。但看到靳强祈求的眼神，而且考虑到让点火者们在告别故土前瞻仰一下楚马旧居也很有意义，就笑着答应了。

第二天，五架小蜜蜂载着乐之友所有人降落在玉皇顶的山顶、楚马旧居的停机坪。靳强说饭还没准备好，让小飞留下来帮忙，其他人先去山里参观。刘苏领着大家看了那些著名的景点，像一线细流串起来的小水潭、水潭中的柳叶鱼、悬崖上横生的松树、悬崖边的火葬台等。小水潭中的柳叶鱼仍是鱼乐水文章中描写的样子，大小像小号的柳叶，悬浮在清澈的水中，一旦有人撒几粒饼干屑，它们就闪电般冲过来吞下。时间在它们身上是静止的，可怕的脑震看来没有任何影响。火葬台边，松木柴垛已经没有了，悬崖壁上的刻字则历久如新：

活　着

生命是过客，
而死亡永恒。

天父地母

　　　　　但死神叹道，
　　　　是你赢了。

　　在石壁前，乐之友三驾马车率领众人向三位圣哲默哀致敬。楚天乐、姬人锐、鱼乐水等人开创了辉煌的氦闪时代，他们的功绩前无古人。可惜，以今天的情况看，上帝的力量似乎更强大一些，它把人类从成功的顶峰一下子抛到深渊。此情此景，令人不由得扼腕叹息。但再难也要活下去！先走起来再找路！120个人在心中默诵了前辈们留下的格言。

　　靳强他们准备的饯行席摆在露天。几口铁锅架在石头上，锅下的柴火还有余烬，锅里是熘好的红薯或煮熟的苞米穗，小飞和君兰正在起锅。大壮和铁子在扒锅下的火灰，那里也埋着红薯和苞米。它们都是从附近无主的农田里采来的。这儿和轩辕洞那儿一样，也有幸存的村民，但他们同样野性化了，看见人影就跑，消失在青纱帐和山林中。

　　空地上还有几张桌子，上面摆着各种野菜。宴席开始了，如苹、青云为大家分发食物。没有椅子，每人都蹲地上吃。饭菜确实是农家风味，很简单但很美味，让这些天吃腻了罐头的人们大快朵颐。尤其是铁锅上熘的红薯，皮儿烤得金黄焦脆，还沾着熘出来的糖稀，太美味了。从小长在大城市的君兰没吃过这样的饭，赞不绝口，但她忽然发现两位老人和青云一口也没吃，忙给他们端了一盘：

　　"你们怎么不吃？快吃吧。"

　　如苹笑着说："让出远门的人先吃，俺们以后有的是机会。"

　　君兰不听，硬把这盘东西塞给他们。

　　靳强仍然没吃，站在人群外笑眯眯地看着。见小飞正吃得来劲，他把刘苏、洛威尔和成城唤到贺老的屋里。这儿后来被辟为纪念馆，贺老、马老、楚天乐、姬人锐、鱼乐水、阿比卡尔等人的画像微笑地看着后人。靳强指指屋外人群中的小飞，凝重地说：

　　"你们三位，小飞就托付给你们了。"

　　三人互相笑望，洛威尔笑着说："把我们托付给他才对，他是我们的保护神啊。"

"甚至是全人类的保护神，对不？"靳强加重语气问。

"是的。"

靳强摇摇头，苦涩地说："我就是怕这个担子太重，把他压垮了。小飞是个很敏感的孩子，责任心很强，但内心有些脆弱。我讲一件事吧，"他讲了在轩辕洞，小飞决定出去找乐之友，却因"对失去智力的恐惧"而在洞里徘徊了三天的往事。"现在，全人类的存亡都砸在他肩上了。他是被命运很偶然地挑中，没有任何心理准备。我担心他挑不动。"

三人神色凝重。洛威尔说："我相信他能挑得动。我们几个的智力基本恢复了，也尽量为他分担一些。"

"还有一点儿建议，我说出来有点不自量力了。"

洛威尔生气地说："我不想听这样自贬的话。有什么你尽管说。"

刘苏和成城也笑着说："靳伯你就别客气啦，快说。"靳强说：

"我见你们紧赶着往世界各地派点火者，很钦佩你们的责任心，但觉得这个决定太草率。你们是想尽量维持各地的秩序，尽量多抢救一些生命。可是——这个担子你们担得起吗？"

这话说得很重，三人一震，正容说："请讲。"

"神对小飞说过，尖脉冲也许会维持百年，在这么长的时间中，人们的心智肯定全部崩溃了，回归成野人了，凭百十个点火者就能维持各地的秩序？这个担子太重，你们担不起来，倒不如量力而行。我觉得，眼下最重要的，不是那一百堆小火，而是尽力让乐之友这堆大火一直燃烧，不要灭，还要尽量亮一些。在这个象牙塔里，把知识的火种妥妥保存着，等百年之后宇宙恢复正常，那时再把各地残存的野人们召集起来，教他们知识——刘院长前天对我说过，脑震不会影响后代的本底智力，只要本底智力不受影响，野人们会非常迅速地变成文明人，也许只需要十年二十年。当然，如果现在不往各地派点火者，死的人会更多，死得会更快，也许全世界很快只剩下几千万，几百万，甚至几十万人。这个前景太悲惨，只要心是肉长的，谁也不忍心袖手旁观。可是——还是那句话，无论是小飞，还是乐之友，都不能硬去挑你挑不起的担子。'压断扁担'和'少挑一些'这两者比起来，宁可要后一种。我知道这个决心很难下，我今天特意把大家请到这儿，就是想让你们想一想——"他指指墙上的先人挂像，凝重地说，"如果是贺老、马老、姬人锐和楚天乐遇到这个难题，他们会怎么选？"

三人没想到小飞的父亲，一个很普通的老百姓，会说出这样沉甸甸的话，不由陷入思考中。在靳逸飞提出向世界各地派点火者时，他们三个都完全赞同，而且非常急迫地开始实施，这可以说是出于"善"的本能，是深植心中的人道主义替他们做了决定。而靳强是从另一角度得出的意见，是基于"群体的长远利益"。要他们同意这个意见很难，因为它不仅牵涉到理智，更要首先把心淬硬。他们踌躇着，思索着，马老、贺老、楚天乐、姬人锐、鱼乐水、阿比卡尔等人的画像微笑地看着他们。靳强看出他们内心的斗争，说：

"我问一下，如果想保留完整的人类知识，大概得多少人？"

成城说："如果想保留完整的知识那太难了，至少得十万人吧。不过其实不需要这样。所有知识都有纸质或磁盘介质保存，我们只需要扮演导引的角色。当人类恢复智力后，由一小部分人告诉他们，人类曾经达到怎样的高度，到哪里去寻找已经有的知识，如何读懂它们。这种导引者不需太多，我想——300人就够了。"

靳强立即说："那就选300个最聪明最有知识的人留在乐之友，包括小飞，包括你们仨，永远不要外出。你们唯一的任务是保存知识，在那个泡泡的保护下把火种保护好。1000个名额不是还剩下700个吗？选700个普通人去当外派的点火者，像我、如苹、大壮、铁子都行。你们考虑一下，这样的决定是不是更稳妥一些。这样的话，哪怕700名点火者都变傻了，失败了，失踪了，死了，只要乐之友这儿的火堆不熄灭，那就是胜利。"

刘苏、洛威尔、成城三人陷入思索。没错，靳强的方案应该更稳妥，不会"把扁担压断"，不会因某种意外，比如小蜜蜂环球飞行时失事，而造成不可挽回的损失。初看起来，这个方案的出发点——即使700名点火者及世界民众都无法挽救，也要首先保住家里这个火堆——比较冷酷，但这种冷酷是以大爱为基点的，是以群体生存的最高利益为基点的。三个人看着墙壁上贺、马、楚、姬、鱼、阿比卡尔等人的画像，心中想：也许鱼妈妈不会同意靳强的方案，但楚天乐、贺国章、马士奇恐怕会赞成的，姬人锐、阿比卡尔则肯定会赞成。

那边靳逸飞已经发现父亲和三人的谈话时间过长，猜出他们是在说什么重要话题，便向这边走过来。靳强看见了，笑着说：

"我的那个意见，请你们和小飞商量着定吧。我就不要在场了，省得小飞在老爹面前说话有顾忌。"

他出门了，在门口笑着拍拍儿子的肩膀，然后走入人群。

靳强没有想到，自己的这番话促成了乐之友决策的重大改变。第一轮先遣队的出发被推迟，经过几天的商议，乐之友高层基本采纳了靳强的所有建议，确定了如下的方针：

一、首先确保乐之友这个火堆不灭。计划由成城负责，选择300位知识界的精英。他们将永远处在那个泡泡的保护之中，全面梳理以往的所有人类文明库存，把它们分门别类地保存，确保它们能被100年后的人类看懂。这个任务是很艰巨的，因为今天的科技术语、电脑程序、知识序列，都已经发展得极度繁复，对100年后从零起步的人类来说肯定相当于无字天书。

至于那些尚未纳入公共知识体系的秘密知识，如各个企业的工艺秘密、各研究机构的最新研究成果，可以说是人类知识中最精粹的部分，当然也要尽量抢救和保存。但不包括有关军事和武器的秘密知识，这些东西任由它们消失吧。要抢救这些秘密知识，需要乐之友有足够的"远足"能力。目前仅有5架小蜜蜂肯定是不能满足的，只能边干边壮大了。

乐之友原留下的120人基本都划在这300人之内，包括君兰和青云。洛威尔不在内，他说自己年纪大了，只能发挥一下余热，执意要做一名点火者。

正如靳强所说，这应是乐之友的第一要务。他们决定，随着这项工作的开展，如果300个名额不足，那就压缩外派人员的数量。

二、另外选择700人，仍组成七个外派的梯队。但这700人不再要求是知识精英，附近的普通百姓和乐之友的后勤人员即可，这样也将降低组织工作的难度。他们将被派往全球最大的100座城市，因为毫无疑问，越是大型城市饥馑会越严重。派驻人员的第一要务是寻找食物来源，如果这个问题解决，社会秩序的建立要相对容易一些。

目前先解决第一梯队的 100 人，然后，当他们到达世界各大城市之后，也可以在当地挑选合适的人员，带回乐之友来培训。

除了铁子和大壮外，靳强夫妇和青云爹妈都要求当点火者，最后磨得刘苏他们同意了，把这六人做特殊对待，两两分为一组，派到国内的北京上海和邻近的东京，这样离乐之友近一些，便于照顾。其实，洛威尔在辞去基金会会长职务时，曾力劝靳强接任。洛威尔说，单凭靳强的那次建议，就能看出他在危难关头把握大局的能力。虽然他没有多少文化，所具有的只是普通人的直觉，是所谓的"民间智慧"，但在这样的历史关头，也许这样的直觉和民间智慧更为可贵。对他的劝说，靳强使劲摆手，笑着说：

"别让我脸红啦，别让我脸红啦。我那天胡说八道一通，你们能采纳，那是我的荣幸。我可知道自己有几斤几两。我干不了什么会长，你别赶鸭子上架。"

洛威尔苦劝不行，甚至痛心地责备他是"犯罪"，因为他拒绝了一个睿智大脑应尽的社会责任。但不管怎样，靳强不为所动，一直在进行着自己出发前的准备。

很快，出发的时间到了。

第一梯队出发的前一天，靳逸飞和青云、君兰来到爹妈住的房间，青云爹妈也跟着来了。这些天来，靳逸飞在独自从事另一件工作，一项最困难的研究。乐之友正努力成为智慧黑暗时代的唯一灯塔，但其前提是——这个神奇的泡泡能一直保持它的神力。偏偏这又是最拿不准的事。这个泡泡的保护功能究竟能延续多少时间？它会不会在某一天突然离散？即使不离散，它与靳逸飞个人的"固结"又能保持多长时间？如果靳逸飞去世，这个泡泡还能留在地球吗？要知道，空间是静止的，而地球是运动的。所以，这个泡泡作为"空间泡"来说，它依附、固结在静止的空间内才是最自然的状态，而与地球以及同靳逸飞本人保持同步是很特别的状态，一定有某种外界干涉，而外界干涉难免有其时效性。

虽然这段时间内他一直处于泡泡的保护和滋养之下，觉得思维特别敏锐和有效，但他真的不敢保证自己能勘破这个秘密。他从未相信过这是神力，它只能是某种更高级的科技。但高度发达的科技就是魔术和神力，是前人解不开的黑箱，就像聪明的墨翟不会理解广义相对论，天才的阿基米德不会理解量子力学一样。但不管怎样他要做下去。好在他与这个泡泡已经融为一体，似乎与泡泡有某种心灵上的联系，也许这会帮他勘破这个秘密。依他的直觉，这个泡泡就是他研究的三阶真空，但究竟是与不是，需要确凿的证明。眼下他还没想出证明的办法。

五人一进来，君兰就宣布："告诉你们，青云怀孕了，已经测了试纸。"她笑着说，"我很想忌妒，只是没时间。"

两家人都很高兴，大壮笑嘻嘻地问："云姐姐，你要是生下宝宝，是不是问我喊舅？"

青云爹笑着说："你个傻瓜，应该喊伯伯。"

"好啊，我要当伯伯了。云姐姐你要抓紧点，等我从东京回来，我想见到小外甥。"

"不是外甥，是侄儿。"青云妈说，"咱们出去的人是一月一轮换，一个月后你就回来了，哪能见到小侄儿？得十个月后才行。"

铁子说："俺俩这次去东京，一定要给小侄儿带回一件最好的礼物，只要俺俩能平安回来。"

大家互相看看，佯作没有注意到最后一句话。外派的点火者虽然按计划是一月一轮换，但在这个艰难的时刻，一切都在未定之中。可能他们能顺利回来，也可能一去不回。如果回不来，那么失去了泡泡的保护，他们的心智会很快沉沦，也许连亲人们都记不住。所以今天的送行实际带着诀别的伤感。靳强如苹把儿子疼惜地搂到怀里。小飞在别人的心目中已经是神了，永远罩着神圣的光环。但在爹妈眼里觉得儿子既幸运又可怜，幸运的是他不会变傻还能保护一群人不变傻，可怜的是这个担子太重，一旦放到他肩上就永远别想卸下，就像《一千零一夜》中那个永远骑在落难者肩上的海老人。靳强说：

"小飞，还有君兰、青云，你们别挂念我们。就是失了联系也别费力去找，我们都会想办法活下去的。你们得首先顾着这儿的大事，只要保住这个火堆永远不灭，我们又没有死的话，早晚会顺着光亮找过来的。"

"好的，我想你们一定会平安回来的。"

"小飞，还是那句话：能挑多重挑多重。不要压断了扁担。"

"爸，我记着你的话。"

"小飞，我把家传的那套火镰留给你，万一乐之友的火堆灭了，就用它再敲出火来。"靳强笑着说。

小飞理解了这句话的象征意义，庄重地说："好的，我一定会。"

出发这天，据推算脑震应在凌晨5点10分来，脑震一过小蜜蜂就要出发，这样可充分利用两次脑震之间的时间，也能充分利用白天。现在各地没有导航，夜间也没有灯光，小蜜蜂只能在白天飞行。五架小蜜蜂留总部一架，其余四架小蜜蜂载着100名第一批队员同时出发，但将去往不同的方向。留在总部的120人，包括靳逸飞、刘苏、成城、君兰、青云，全都赶到机场送行。送行气氛是轻松的，至少表面上是轻松的，毕竟这只是一次短暂的、为期仅一个月的分别。走的人与留的人互相招手，笑着喊再见，然后四架小蜜蜂同时上天，向各自的目标飞去。

靳强夫妇、崔家夫妇、大壮、铁子还有洛威尔在一号机上。小蜜蜂飞快地升空，进入到阳光之中，而地下的乐之友总部还躲在山脉的阴影里，笼罩在朦胧的晨色中。留家的人打开了三幢主楼的全部灯光来为小蜜蜂送行，所以地上闪着一个明亮的光团。这个唯一的光团在浑茫晨色中显得那样温馨。随着小蜜蜂的爬高，灯光突然熄灭了，于是那儿也沉入苍茫之中。忽然铁子惊叫一声：

"呀，你们看！"

人们顺着他的指向看去，在苍茫中，在应该是乐之友总部的地方，如今有一个不大的球体。球体是透明的，但球内隐有白光的闪烁和流动，这使得球壁隐约可见。依距离估算，实际它应该有一幢楼房的大小。洛威尔喃喃地说：

"它应该就是那个一直不可见的泡泡吧。来，小张，"他唤驾驶员，"咱们返回，仔细看看。"

小蜜蜂向那个光球返回，随着飞近，它看上去越来越大。泡泡似乎是软性的，微微蠕动着。泡泡内流动的白光使它看起来纯洁而高贵。它把基金会大楼整个包起来，而大楼蜷着身体缩在泡泡的范围内，几乎变成一个球形。这让观看者十分惊异，因为他们一直生活在这幢大楼中，从内部从未察觉大楼有变形。

机上的人虔诚地定睛观看，洛威尔说：

"好了，咱们继续原定的行程吧。在离开乐之友前能够看到这个泡泡，咱们很幸运的。小张你用通话器把这件事告诉家里的人。"

小张向地上通报了。大壮得意地宣布："我知道小飞弟弟这会儿在哪儿——肯定在那个泡泡的正中心！"

机上人都笑了，没错，大壮说了一句大实话。虽然光团内看不到人，但靳逸飞肯定在球体的中心，这是没有疑问的。他将在这个泡泡内保存人类文明的火种。

随着距离的拉远，光团慢慢看不见了。这时阳光已经向前推进，洒到乐之友所在的区域。泡泡不再能看见，而透明材质的总部大楼在旭日中闪闪发光。小蜜蜂向那儿投下最后一瞥，向上爬升，向远方飞去。

第十章　尖　点

> 那时，卵生人的新家园十分艰恶，没有食物、水和空气。幸亏一位远方的隐名的神，仁慈地赐予一座蛋房，护佑耶耶和他的子孙熬过最初的艰难。
>
> ——《亚斯白勺书·蛋房纪事》

五岁的凤儿坐在柳叶奶奶的怀里摇头晃脑，唱歌似的说："爷爷，两个奶奶，哥哥要做奶油花啦，哥哥要变成 3D 打印机啦。"

今天是贺梓舟的九十岁寿诞，10 岁的孙子龙儿亲手为爷爷做了一个硕大的生日蛋糕。这会儿蛋糕基体已经完成，该做奶油花了。龙儿用多毛的手拿起一支精细的喷枪，朝爷爷、两个奶奶柳叶和奥芙拉调皮地笑笑，忽然表情有明显的变化——双眼仍然睁着，但眼中已然无物。右手微微点动着，动作极轻，几乎不可见，但喷枪下面迅速堆砌出精细的画面。先堆出爷爷的像，再是两个奶奶的，然后是凤儿和他自己的。画面异常精细，赶得上象牙雕刻了。特别是他自己的画像，身上的黑毛历历可数。按新诺亚人的风俗，他和凤儿一向是裸体。两位老人惊奇地欣赏着，简直不相信这些画面是用奶油绘出的。他们知道，这是龙儿在爷奶面前"炫技"哩。他们的这俩孙辈中，凤儿比较像爸爸天使，像人，龙儿比较像妈妈雅典娜，像黑猩猩。所以，龙儿的手指尤其是拇指不够灵活，这让他在妹妹面前总有些自卑。而龙儿的解决办法是纯粹"新人类"的：他没有苦练手指的灵活而是另辟蹊径。在学会大脑与电脑的透明式交流后，以后再做这类精细动作，他干脆暂时中断大脑对四肢的控制，然后把四肢交由电脑程序。所以凤儿刚才的稚语并不离谱，这会儿的龙儿确实相当于一台电脑控制的 3D 打印机。电脑程序中最难的是对毛发的渲染，而龙儿能用奶油绘出如此逼真细致的毛发，确实是技高天下，值得炫一炫。

爷爷奶奶一边惊叹,一边心中怅惘。龙儿能有这样的技艺,对第一代诺亚人来说确实匪夷所思,但其实龙儿也是被逼出来的。他的一生全在这艘活棺材里度过,窗外永远是不变的混沌,船舱内永远是不变的场景。他们如果不想发疯,只有在内心中深潜,把类似的技艺发展得超凡入圣。

他和柳叶、奥芙拉逗着凤儿,欣赏着龙儿的精湛手工,心思却飞到了远处。今年是诺亚号上天59年,第一代诺亚人很多已经离世,最早去世的是黑猩猩夫妇阿兹和玛鲁,他们年迈后非常忧郁,苦苦思念他们的密林,其早逝应该与长期的忧郁有关。毕竟他们的智商比不上人类,无法真正融入诺亚社会。随后去世的有巴罗和三个妻子、亚历克斯和三个妻子、格莱克和三个妻子等,贺的四个妻子中的肯姆多拉和齐闺臣也去世了,后者是自杀。在齐闺臣自杀后,马柳叶叹道:

"闺臣其实是代我死的啊。"

的确,依马柳叶当年对"异化"的深切恐惧,依她心灵的敏感脆弱,最容易心灵崩溃的应该是她才对。当年她就是因此而突兀地离开飞船和未婚夫,决定留在地球,齐闺臣这才代她成为贺梓舟的第三个妻子。只是在临出发时,奥芙拉硬把柳叶拉上飞船。说起来,马柳叶和丈夫贺梓舟能平安度过心理极限,多半得益于丈夫的园丁技艺。35年前,天使等第二代诺亚人接管了飞船的领导权之后,贺梓舟,后来加上马柳叶,就以园艺来打发生活。当年柳叶与贺梓舟分手时曾赠他一顶柳冠,经过二人的培育,现在它变得千姿百态,长满了飞船的每一个角落。

39年前天马号用"扒火车"的方法追上诺亚号,纠正了诺亚号的一个观测错误,说宇宙暴缩的孤立波周期为124年,然后转为暴胀,它将造成智力的崩溃,周期也是124年。也就是说,从那时算起,诺亚号要想安全度过智力崩溃的劫难,必须躲在虫洞里连续飞行174年。到了今天,这个期限缩减为135年。但无论如何,90岁的贺梓舟和他87岁的妻子奥芙拉、81岁的妻子马柳叶都看不到那一天了。

按照那个周期推算,现在离宇宙开始转为暴胀还有11年。但昨天诺亚人突然遭遇了一次莫名其妙的"脑震",所有人都感到恶心,头脑发木,思维中断。

它很快就过去了,但管理飞船的"十一人团"没有放过这个征兆,从那之后就开始了紧张的"集体冥思",以便尽快弄清这波"脑震"的原因和发展前景。

这会儿龙儿开始绘母亲雅典娜的画像,她同样是裸体,身上的黑毛更为旺盛——从天使的命名之后,第二代诺亚人都使用地球上各民族神话传说中神祇的名字,但这位雅典娜可没有那位同名女神的风貌!她是两位黑猩猩的后代,从形貌上说完全是黑猩猩,朝天鼻孔,大嘴龅牙,过长的手臂,只是举止风度接近人类。她的智商低于正常人,曾为不能融入诺亚社会而苦恼,但这种情况在30年前有了陡然的转折。那时,天使等人已经发展出"集体冥思"的技艺,可以让几十人一块儿进入冥思。冥思者能互相交流思维,或与电脑交换数据,使思维效率以指数速率提高。贺梓舟等第一代诺亚人则一直没能学会这门技艺。自卑的雅典娜胆怯地尝试了几次,意外发现她竟然是其中最杰出者!因为在集体冥思场中,精湛的分析能力不再稀罕,所有冥思者都有,可以共用,最可贵的或者说最稀缺的是一种通感,一种模糊的综合能力,而这竟然是黑猩猩大脑的强项。

在这之后,雅典娜很快进入飞船管理层"十一人团",随之成为第一提琴手,后来又被选为船长。那位傲视天下的原船长天使只能俯首称臣,继而干脆做了她的裙下之臣——与这位雌猩猩结婚。那时,诺亚人已经修改了诺亚公约,恢复了一夫一妻制。

龙儿仍在"入定",眼睛虽然睁着,但与周围众人没有交流。只有凤儿能用意念与哥哥通话,这会儿格格地笑着说:"哥哥要画爸爸啦,哥哥要捣蛋啦。"

龙儿的喷枪下果然出现了爸爸天使的站像,不过并非正常的人体,而是一个没有厚度的纸片人。纸片人的身体弯成S形,使他显得十分滑稽猥琐。但这个变形的纸片人分明又是天使,家人能一眼认出来。龙儿把纸片人画完,中断了电脑对四肢的控制,表情随之恢复了正常。他笑着说:

"我才没捣蛋呢,爷爷说过,爸爸就是一个理性纸片人,不带感情程序的。柳叶奶奶也说过同样的话。"

凤儿附和着:"对,他就是个纸片人,从来没抱过我!"她想一想,改口说，"最多抱过我五次！不，六次！"

天使和雅典娜醉心于理性的冥思，也忙于飞船事务，确实没怎么照顾儿女，两个小家伙出生后一直跟着爷奶长大。不过这正中爷奶的心意。贺梓舟夫妇年轻时忙于工作，忽略了与天使的感情交流，让儿子变成了一个"理性纸片人"，这个错误绝不能在孙辈身上继续。他们的努力有了可喜的回报，现在，龙儿凤儿同爷奶非常亲近。这俩孩子有超强的透明式冥思能力，甚至比第二代诺亚人更强，爷奶更是望尘莫及，但他们并没因此而变成纸片人。记得龙儿刚生下来时，爷奶从感情上说很有抵触：这么个满身黑毛、大嘴龅牙的小家伙，作为宠物是可以的，作为嫡亲孙子未免太另类。不过，没有多少时间，这点"夷夏之防"就被抛到多少光年之外了。

看着龙儿把父亲画得这样猥琐，柳叶心中有点儿黯然。虽然龙儿是在开玩笑，但也表达了真实的情绪。他和凤儿从小缺少父爱母爱，懂事后，他对父母尤其是父亲天使，一直显得很淡漠，很疏远。奥芙拉奶奶笑着打岔：

"行啊，就这样画，让天使看看他在儿女心中是啥形象。时间不早了，他们怎么还没来？"

按诺亚号上一直使用的地球时间，现在是晚上七点半，已过了晚饭时间，但"十一人团"的集体冥思还没结束。马柳叶说：

"龙儿，凤儿，开始生日宴吧，你爸妈一进入集体冥思就不知道时间了。"

龙儿说："两位奶奶等等。我刚刚通知了爸妈，他们说冥思已经完成，马上就赶来。"

龙儿的声带是改造过的，妈妈雅典娜也一样，否则以"黑猩猩"的声带，无法熟练地说人的语言。改造后的效果很好，基本是人的声音了，只是多少带着点"嘶嘶"声。爷爷奇怪地看看他：

"不是说进入冥思后就像练武之人闭关，与外界完全隔绝吗？"

龙儿笑着看妹妹，让妹妹抖出这个秘密。凤儿轻描淡写地说："爷爷说的没错，不过我和哥哥早就会'翻墙'了。"

三个老人既高兴又感慨。天使和雅典娜等第二代诺亚人，还有龙儿和凤儿等第三代诺亚人，他们的很多事情老一代已经不能理解了。这也难怪，这

天父地母

两代人一出生就受着双重禁锢：飞船监牢再加上虫洞监牢，连星空都看不到，只有在内心世界尽力深潜，为自己寻找乐趣。爷爷奶奶倒是常常向孩子们讲述地球的生活，讲述那些从未谋面的亲人，讲述宝天曼山中的野景：蓝天上滑行的苍鹰、悬崖上横生的松树、清冽水潭中的柳叶鱼……但讲述和照片影像终究代替不了真实世界。

这是没办法的。自打飞船离开地球，诺亚人就注定要失去一些旧东西，即使它非常珍贵。

龙儿没说错，几分钟后，天使和雅典娜匆匆赶来了，身后还跟着另外九人，包括天使同父异母的弟弟歌利亚，他母亲是已故的肯姆多拉。天使说："爸爸，十一人团知道今天是你的九十寿辰，特来为你祝寿。"贺梓舟真诚地感谢，赶紧忙着添椅子，请他们入座。但那帮"纸片人"都不善于情感交流，只是立在门口向寿星点头问好，然后平静地离开了，只有歌利亚留下。这边全家人入座，点燃了 90 根细细的生日蜡烛。环形重力环境中 90 根蜡烛的火焰都指向船体中轴线。大家催着寿星吹灭了它。凤儿笑着问：

"爷爷，许愿了吗？"

"许了。"

"许的什么愿？——我知道许愿是不许说出口的。你只用在心里想，我来猜一猜。"

"好的，你猜吧。"

贺梓舟也向儿孙辈学过集体冥思技艺，虽然没学成，多少通晓一些。他闭上眼睛冥思，凤儿也闭上眼睛。少顷凤儿笑嘻嘻地说：

"爷爷我猜到了，你想回地球为柳叶奶奶过 90 岁生日！"

贺梓舟钦佩地看看孙女。虽然这算不上是他许的愿，但他脑中刚才确实闪过这么一个随意的念头。他有点不好意思——两位妻子中奥芙拉年长，要说过 90 岁生日也该先想到她啊。这要怪他刚才回忆起了好多宝天曼山中的事，说到宝天曼自然首先会联想到柳叶。马柳叶替丈夫解围，笑着打岔：

"你爷爷只会送空头人情。想回地球过 90 岁生日，肯定是白日梦。"

龙儿说："那可不一定。雅典娜船长正要宣布一个重大决定呢——飞船将退出虫洞状态，溅落到大宇宙中。由于溅落点是由概率决定的，也许正好溅落在地球附近，能赶上咱们回家祝寿。"他看着爸妈和叔叔，"不好意思，刚才我和凤儿又'翻墙'了，你们是不是要惩罚啊？"

歌利亚笑而不答。雅典娜瞪龙儿一眼，用多毛的手打一下他的脑袋。天使平淡地说："我们早发现了两个小偷，懒得理你们罢了。"

贺、奥芙拉、柳叶奇怪地问："要退出虫洞？早着呢，按说应在135年以后啊。"

雅典娜对儿女说："干脆由你们俩给爷奶讲吧，你们当了小偷，我看你们偷东西的本事到不到家。"

雅典娜要为大家分蛋糕，天使赶紧接过了妻子的活儿。他这样勤快只是"未雨绸缪"——黑猩猩的手毕竟比较笨，尤其是拇指。偏偏这位女船长很有点"黑猩猩脾气"，如果干什么活儿老干不好，一会儿就急了，会急得跌足狂叫，甚至把气撒到丈夫和儿女身上。她的智商已经让天使彻底敬服，但她的情商只相当于十岁孩童。由于手指笨拙，雅典娜当上船长后从来只是动嘴，具体操控飞船之类事务仍然留给丈夫。

天使分蛋糕时，龙儿凤儿互相做个鬼脸，然后不错眼珠地盯着——看爸爸见到自己的画像时什么表情。天使看见了那个滑稽猥琐的"纸片人"，不过浑似未见，这让俩小家伙很是失落。

宴席中，龙儿凤儿一边吃蛋糕，一边得意地讲述他们"翻墙"偷窥的内容：十一人团为了解释不久前那波脑震的原因，对楚—泡利公式重新研究，得出了一个奇异解。按照这个解，宇宙暴缩孤立波结束后并非跟着一个对称的匀加速的暴胀孤立波，而是离散为一组暴胀尖脉冲。它们十分陡峭尖利，十龙赫飞船所造成的虫洞壁不够坚固，挡不住它们的穿透，昨天感受到的脑震应该就是这组尖脉冲的第一个。也就是说，虫洞将起不到预期的智慧保鲜作用了。不过，虽然不能"智慧保鲜"，倒也没什么可担心的，因为"二阶真空的概率机理"实际上早就给出了另外的出路——干脆脱离虫洞状态，回到大宇宙。由于时空溅落点是由概率决定的，飞船反倒可能溅落到安全的时空点。说得更学术一点：对这种全宇宙通透性的空间暴胀，虽然飞船无法在空间中逃离，但可以沿时间轴逃离。

龙儿凤儿你一句我一句，侃得油了嘴，而三位老人神态凝重，全都停住了手中的刀叉筷子。虽然"退出虫洞"应该算是喜讯，是135年徒刑的突然获释；但这个变化太突然，难免让人心绪繁乱。枯燥的棺材生活突然要结束了？飞船将要钻出这一片白茫茫的、永无尽头的混沌，再次看到美丽的星空么？更何况这个喜讯还拖着一个大大的阴影——智慧保鲜作用的失效。贺梓舟问天使：

"龙儿凤儿说的是真的？已经决定退出虫洞状态了？"

"对。"

柳叶问："下一个尖脉冲什么时候到达？"

天使和雅典娜看看歌利亚，让他回答。他是一位数学奇才，在这次得出奇异解的集体冥思中，他的贡献最大。歌利亚说：

"有可能很快。最快的话，也许一两天以内就会到达。"

三位老人对他们的预言是信服的，这些年来他们已经习惯了相信后辈。与后辈的"集体冥思智力"相比，老一代人的"分散式智力"只相当于蟑螂的水平。他们抛开这个话题，回到生日宴席中，高高兴兴地分吃蛋糕，闲聊。虽然贺梓舟是寿星佬，但宴席的真正中心是五岁的凤儿。她难得与父母这样亲近，乐疯了，叽叽呱呱说个不停，一会儿钻到妈妈怀里，转眼又换到爸爸和叔叔怀里，简直没个消停。龙儿偎在爷奶身边，仍在吹嘘他"翻墙"的本事，有时也羡慕地看着妹妹猴在爸爸怀里撒娇，但他本人始终不往爸爸身边凑。这对父子的关系一向比较冷淡。

贺梓舟表面高兴，心中黯然，心想龙儿凤儿毕竟是孩子啊。他们"翻墙"听到了这个消息，却没有理解其中暗含的残酷。但在欢乐的宴席上他不想煞风景，就什么也没提。过一会儿，他到屋外透气，回头看，天使也不言不语地跟来了。两人默然立着，凝望着广阔的船舱，这个时辰，船员大都回各自的卧室了，舱内像太空一样沉寂。过一会儿贺梓舟说：

"你们预言的这种尖脉冲会越来越强，对人类智慧的破坏也是超强度的，是不是？"

天使坦率地说："对，在这组脉冲的前半段，各个脉冲的峰值会越来越高,对智力的破坏很可能是毁灭性的。后半段的峰值会逐渐变弱,但恐怕那时人类已经……"

他摇摇头,没把话说完。贺梓舟苦涩地说:"不光咱们,还有地球,还有褚氏号、雁哨号和天地人船队,都逃不过啊。"天使点点头:

"是这样。但三个船队也许能幸免吧,亿龙赫航速造成的虫洞也许足够坚固。"

"天使啊,龙儿说的那种脱险办法——让诺亚号脱离虫洞,然后因概率机理而溅落在安全的时空点——我知道希望不大的。因为最可能的溅落点还是'现在'啊。"

天使平静地说:"这不是问题,很容易解决。可以设一个自动程序。即便届时船员的智力都已崩溃,飞船仍能在虫洞和大宇宙中来回切换,一直等检测到某次落到安全时空点,飞船才结束切换。这种切换的频率很快,我们计算过,也许在两三次脉冲的间隔内,飞船就能碰到一个安全的时空。"

"真的?"

"没错。"

贺梓舟叹息一声:"孩子,你骗不了我。你的眼神已经泄密了。它太'黑',我在里面看到的是灾难。"

天使平静地说:"爸,我真的没骗你。飞船确实能用这个方法沿时间轴逃离真空暴胀时段,这没有问题。你一时不能相信,是因为你还习惯于'因果论'的宇宙旧法则,不习惯'概率论'的新法则。这么说吧,即使没有尖脉冲的劫难,我们也已经准备实施这个方案。"

贺梓舟认真思考后,承认天使说的是实情。没错,他至今还活在"因果论"和"决定论"的世界里,那曾经是经典物理学的基石啊,正是这种过于强大的思想桎梏,让他不能轻易接受天使的新办法。回想起当年楚天乐预言"空间暴胀将导致智力衰退"时,人类精英们曾是如何悲怆,罗格等人甚至打算自杀,因为这种暴胀在全宇宙是通透性的,根本无处可逃。后来他们竭尽智力,才想出了"智慧保鲜"的办法——也只是在无奈中被逼出来的权宜之计,昂贵而不可靠。没想到,在"概率论"的世界里,这个宇宙性的难题会

天父地母

用如此"儿戏"的办法解决。地球自然也经历了这波尖脉冲，不知道天乐哥他们该如何应对？可惜地球无法做这种时空跳跃。他叹道：

"对，你说的应该是对的。我毕竟老了，思维僵化啦。"稍停他说，"你说'这'没有问题，言下之意是有其他麻烦？"

"对，问题是在另一面。这也是我来找你的目的，我想得到你的支持。"

贺梓舟侧身仔细看看儿子。这些年来，天使处理飞船事务时从未征求过第一代诺亚人的意见。这算不上没礼貌，因为两者的智力差距确实太大了，征求意见只会是形式，天使他们不愿玩这些虚礼。今天他破例来同爸爸谈话，要求得爸爸的支持，肯定是十一人团之中有了严重的分歧。天使的表情平静，但目光很"黑"，不过贺梓舟已经知道，那并非意味着灾难，而是某种冰冷坚硬的"决心"。他柔声说：

"说吧，儿子。"

天使冷静地说："问题是在另一面，它并非灾难，反倒是喜讯，或者说是喜讯与灾难相伴吧。爸爸你知道，按照诺亚人已经掌握的理论，如果能在'极疏真空'中进行连续激发，就有可能激发出三阶真空。人类借助二阶真空已经实现了亿龙赫飞船；如果能再借助三阶真空，人类就能一举冲破时间的囚禁，在时空中自由穿梭，成为宇宙的神祇。这是何等灿烂的前景！我不敢说它是宇宙文明的最高峰，但至少是人类智慧眼下能够眺望到的最高峰。"

他说得很动情，贺梓舟揶揄地想，这个"理性纸片人"原来也有动情的时候啊。不错，这个前景确实让人血脉偾张。他笑着点头：

"你说得不错。"

"为了夺得这个圣杯，我愿意付出任何代价。可惜，我们也知道，要想激发出三阶真空必须得有极疏真空，而后者只存在于宇宙肇始的暴胀阶段。但人类无法回到那个时刻，这座圣杯也就可望而永不可即。"

"嗯，是这样的。"

"但现在不同了！"

贺梓舟立即接上他的话头，"因为尖脉冲？"

"对，这种空间暴胀的尖脉冲非常陡峭，在其尖点瞬间能达到那种极疏真空的数量级。这个瞬间极短，很难捕捉，但只要保持飞船的连续激发，在经过几十个尖脉冲后，也许会收获到一次有效的激发，从而激发出三阶真空。不过，也许幸运女神一直不愿降临，也未可知。"

他不再讲述，留出时间让父亲思考。爸爸虽已年迈，但依然思维敏捷，对他点到即可，用不着详细描述以下的前景：让飞船一直保持激发，就有可能收获"三阶真空"的圣杯——但那时飞船上可能已经没有智慧为之庆祝了，甚至不能理解它了，几十个尖脉冲足以彻底毁坏诺亚人的智慧。而且，收获圣杯也仅仅是可能性之一，另一个可能是：飞船上的智慧之火熄灭了，但并没有换来圣杯。

这些年来，十一人团一直使用集体冥思，所以通过决议时从来没有分歧，分歧都在集体思考的过程中化解了。唯有这一次分歧严重，最终也未能通过决议。天使主张保持激发，为此宁可牺牲智慧；而歌利亚等九人坚决反对，说我们无权对宝贵的人类智慧轻抛浪掷。歌利亚说：试问，如果三阶真空（六维时空）确实诞生了，但诞生在一个没有智慧的蛮荒时空内，没有人记录它，甚至无人能理解它，然后它自生自灭，在时空中没留下任何涟漪，这样的事件有什么意义？船长雅典娜的态度比较游移，但比较倾向于后者。也就是说，十一人团如果投票，天使只能得到1.4票。天使对这些反对意见能够理解，不管谁都珍视自己的智慧，尤其是这些超级天才、这些理性大海中的弄潮儿，更是百倍千倍地珍视。即使天使何尝不如此？！但他觉得，荒芜的宇宙间之所以会进化出生命乃至智慧，上帝之所以把智慧的琼浆赐予生物，唯一的目的，就是用智慧来探索自然的奥秘！而现在，上帝宝库最后一道大门就在眼前，而且稍纵即逝！如果在这个关键时刻胆怯地退却，那要智慧又有何用？

天使安静地等待着，没有催促父亲。贺梓舟沉默了很久，问：

"没有两全其美的办法？"

"我们尽力找了，但没有找到。也许这正是上帝的本意，上帝憎恶完美。"

贺梓舟唯有苦笑。上帝确实是个心肠歹毒的老家伙，他用宇宙中最珍贵的圣杯来做诱饵，却要你用最珍贵的智慧来做祭献。这样的两难选择对于选择者实在太残酷。他沉默良久,最后才缓缓说:"孩子,我不敢答应帮你,因为我确实不知道该不该帮你。但你还是先说一说,让我怎么帮吧。"

天使简单地说:"如果我的意见通不过,我想申请公民公投。"

贺梓舟点点头,知道了他的真实意图。按照诺亚公约,只要50位诺亚公民联名,就可对某件事项进行公投。公约还规定:申请公投到实施公投之间至少间隔30天,这是为防止申请人利用民众的冲动而草率通过某项不良议案。这个谨慎的规则对天使是很有利的,有了这宝贵的30天延误,也许三阶真空已经激发出来——可是,也许诺亚人的智慧已经崩溃了!当然,对于紧急事项,船长有权做出处置,也就是说,尽管天使成功地提出了公投议案,但雅典娜可以先搁置它,先退出虫洞再来复议。这肯定是天使找他来帮忙的原因,因为如果有贺梓舟,也许再加上马柳叶,能够成为发起人,那么以两任船长的威望,雅典娜也许不会轻易搁置议案。

贺梓舟在犹豫。不是"愿不愿"帮他,而是"该不该"帮他。这座圣杯固然非常珍贵,但如果三阶真空被激发出来时诺亚号上只剩下一船活死人,包括龙儿、凤儿这样的小可爱,那时他该如何痛悔……不过也可能那时他不会痛悔了,没有足够的智慧了。

忽然一个长着黑毛的脑袋从门缝探出来,是龙儿。他很急切地招手,让爷爷单独过来。贺梓舟不知道他在搞什么鬼,但照他说的过来了。龙儿把爷爷拉到屋内,关好门,低声说:

"爷爷,支持他吧——你们的谈话我都听到了,你俩出来后,我一直在偷窥天使的思维。"

贺梓舟没想到对父亲一向冷淡的龙儿此刻会挺身而出支持父亲,他哼一声:"你爸爸发疯,你也跟着疯?这会儿倒是父子连心啊。"

龙儿撇撇嘴:"我才不会和这个纸片人连心,我不是为他,是为那座圣杯。"他目光炯炯,激情飞扬,"三阶真空、六维时空!这确实是宇宙中最珍贵的圣杯。我在天使的思维中窥见它时,它光芒灿烂,绚丽异常,我想爷爷讲过的地球上的日出就是这种场景了!为了它,我不怕变成傻瓜。或者反过来说吧,如果咱们把可能到手的圣杯轻易抛弃,换来清醒的头脑,这个头脑事后一定会清醒地自杀!"

贺梓舟仍然摇头:"你掺和什么呀,你还不到公投年龄呢。"

"没关系,我无权投票,就去当说客,至少说动两个奶奶支持天使!"稍停他说,"凤儿刚刚在脑中告诉我,她也算一份!"

既然连龙儿都支持,贺梓舟也不再犹豫。他不敢说能支持天使到什么时候,但——走一步说一步吧。他把儿子喊过来,答应做这个提案的发起人,条件是他将视尖脉冲的破坏情况而保留随时退出的权力,天使痛快地答应了。他能猜到,爸爸同意当发起人肯定是龙儿的态度起了作用,但他只是向儿子点点头,没有刻意表示感谢。他是在坚持正确的信念,用不着向谁表示感激。不过,发现儿子在这件事上以及儿子的性格特质与自己是同路人,他心中仍然涌出一股暖流。

天使很快凑够了票数,提出了"保持飞船的激发,祈祷三阶真空能够幸运诞生"的议案——"祈祷"这样的词本不该出现在政治性文件中的,但它用在这儿其实很贴切。天使不需要父母来凑票数,需要的是两位前任船长的影响。征集提案人时,龙儿凤儿到处游说,也起了一定作用。

十一人团的大多数成员表示反对,要立即中断激发,向大宇宙溅落。歌利亚就是力主的人之一,因为据数学计算,此后的尖脉冲会急剧加强,对大脑的损伤也会急剧加重。但雅典娜船长慎重思考后,没有对公投申请行使否决权。除了公公婆婆还有丈夫的影响外,毕竟这个圣杯太珍贵,她同样渴盼得到它。而且第一次尖脉冲的强度不算太高,不足以让她下这个决心。她决定暂时保持飞船的激发,也就是保持在虫洞中行进,注意观察。

就在这天下午,第二波尖脉冲抵达了诺亚号。歌利亚不幸而言中:第二波尖脉冲的强度大大加强,所有诺亚人惨遭蹂躏,飞船内一片狼藉。此刻多少光年之外的地球应该是同样的惨景吧,但依贺梓舟和马柳叶此刻的神智,已经无力顾及远方亲人了。从意识空白中醒来后,他们的心就全在凤儿身上。凤儿在船员中年纪最小,但反应最为强烈,她狂呕了很久,似乎把肝肠都吐了出来。等呕吐停止后,她的魂魄似乎已经离开了肉体,浑身软绵绵的,不语不动。奶奶把她紧紧搂在怀中，不住声地唤她，但凤儿始终是半死半活的状况，令人心碎。

所有诺亚人中，只有雅典娜和龙儿的反应最轻，也许是得益于他们"黑猩猩的体质"吧。两人忙碌地照顾着情况最糟的人，主要是年幼的孩子。等雅典娜终于抽出空来看望自己的女儿，柳叶声音喑哑地说：

"孩子们受不住，恐怕只能赶紧溅落了。你别在这儿耽误时间，赶紧召集十一人团商议吧。"

柳叶没有明言，但实际是做了表态，撤回了对天使议案的支持。贺梓舟和奥芙拉还在犹豫着。龙儿不满地看看柳叶奶奶，但没有说什么。雅典娜立即召集了一次冥思。歌利亚悲凉地说：

"立即溅落吧。如果再不行动，也许下次尖脉冲过后，咱们已经没有智慧来做出正确决断了。"

天使的神智也明显受损，向集体思维场中发出的思维脉冲明显慢了半拍。这次他没有明确反对，只是说：

"这样吧，趁着意识还清晰，我这会儿就到船长室，对电脑输入相应指令，包括溅落到大宇宙之后的自动切换程序。我把所有准备工作做好，何时船长作出中断激发的决定，只需按一下回车键就行。"雅典娜表示同意。她因为手指笨拙，对飞船的实际控制从来都是由丈夫代劳。天使退出冥思场，匆匆起身，临走前悲凉地说：

"诸位，谨慎决断啊，这座圣杯也许只有一次机会，浩渺时空中唯一的机会！我们若把它轻抛浪掷，也许这个宇宙再不会出现六维时空了！"

这番话主要是对妻子说的，他知道妻子心中还放不下这座圣杯。雅典娜说：

"好的，你先去做好准备，我们会谨慎决断。"

天使早有准备，很快在飞船主电脑中输入了相应的指令。他心事已毕，离开船长室，但没有再回到十一人团的冥思场中，而是来到亲人身边。凤儿的状态多少有些好转，偎在柳叶奶奶怀里轻声问："爸爸，是不是要向大宇宙溅落了？得溅落多少次才能落到安全时空？那个圣杯呢，决定抛弃了吗？多可惜啊，还是别放弃它了吧。"龙儿目光古怪地看着爸爸，忽然冒出一句：

"天使你不能熊包！"

天使看看儿子，苦笑不言。贺梓舟、马柳叶和奥芙拉轻轻摇头，也没有说话。他们同样不忍心放弃圣杯，但面对着可怜的凤儿和其他孩子，老人们无法硬下心肠，以孩子们的智慧甚至生命来换取那座圣杯，纵然它无比珍贵。

十人的冥思仍在进行，雅典娜努力劝说伙伴们再坚持一段时间，毕竟他们将要抛弃的是宇宙中最珍贵的圣杯！那不啻是她丈夫生命的全部意义。歌利亚送来一个愤怒的思维脉冲：

时间不等人，再犹豫不决，就没有做出决断的机会了！

——时间确实不等人。在众人的感觉中，这次冥思并没有进行多久，但也许他们受损的神智已经不能准确判断时间。没等他们得出结论，尖脉冲又来了……雅典娜从休克中慢慢苏醒，艰难地拼拢着神智。她想，一定是第三次尖脉冲来了——也许已经是第四次，第五次，而她一直处于休克中？她十分难受，大脑像被掏空了，大脑通向全身的神经元似乎都被扯得半断半连。看看周围的人，歌利亚、其他十一人团成员，都横七竖八倒在地上，痛苦地呻吟着。他们的情况显然更糟，目光中几乎没有清醒的成分。此前态度最坚决的歌利亚也表情麻木，但仍用悲凉的目光催促她。雅典娜挣扎着起身，到船内巡视，见全船都是如此，包括丈夫天使，他还抱着凤儿，凤儿的情况更糟，也包括龙儿，而龙儿和她还是诺亚人中抵抗力最强的两位。她知道不能再等了，只能立即跳出虫洞了，但愿概率之神能尽快带他们逃离苦海！天使看着她，目光愚钝而麻木。她轻声说：

"天使，我要去实施了。"

丈夫轻轻点头。

"天使，那座圣杯……只有放弃了。"

天使的面容上浮出痛苦，又点点头。只有龙儿目光阴沉，显然对众人的决定十分抵触，但他无能为力。

雅典娜回到船长室。控制台的屏幕上显示，改变飞船状态的指令程序已

天父地母

经输入完毕，只用按一下回车键即可。雅典娜在按下前又犹豫了几秒钟。她的父母是黑猩猩，她原本也会像祖先一样，以黑猩猩的心智在非洲密林中度过一生，一片密林就是她的全部世界，那时它绝不会为一座飘渺玄虚的圣杯而痛苦。但现在命运让她变成人，变成诺亚人，能够在宇宙中驰骋，甚至有可能在时间中驰骋……但这座眼看到手的圣杯就要失去了。

但不管怎样，全船人包括龙儿和凤儿的智慧和生命更重要。她是船长，得为全体船员负责，不能让诺亚人变成愚鲁的兽类。她狠狠心，按下回车键……

她惊骇地瞪大眼睛。飞船并没有停止激发，也没有跳出虫洞。屏幕上闪出一个头像，先是虚浮，然后慢慢聚拢。是丈夫天使。他目光冷漠，虽然冷漠中也显示着内心的挣扎。他面无表情地说：

"对不起，雅典娜船长。对不起，我的爸爸妈妈，龙儿凤儿和所有诺亚人。我很清楚，再经受几次尖脉冲会让我无法做出决断，只好提前做出了。我已经毁坏了飞船的手动控制，而在自动控制中加了一个128位字长的密钥，只有解开密钥才能启动我输入的程序。但密钥是随机生成的，我同样不记得它，也就是说，飞船的状态已经不能改变了……考虑到你们此时的智力也许已经毁损，我要提前警告你们：不要妄图用物理破坏的办法来中断飞船的激发。那样做是很容易的，但在物理破坏后，飞船就无法在大宇宙和虫洞状态中来回切换，而飞船如果仅仅溅落一次的话，最大可能是仍溅落在灾变时空。

"各位诺亚人，我知道自己的行为不可饶恕，我甘心接受死刑判决，那对我反倒是一个解脱。我唯一的愿望是：愿概率之神赐福给诺亚人，把珍贵的三阶真空创造出来。"

雅典娜勃然大怒！不管丈夫的动机是多么光明，他的做法太恶劣了。这是公然的叛逆，无可饶恕。他在胆大妄为地做出这个决定时，显然没把船长放在眼里，没把全船人的生死放在心里。也许他曾经有过痛苦的掂量，但"人"的因素显然抵不过那座圣杯的分量。雅典娜觉得屈辱，作为船长和妻子，她竟然对天使的密谋没有任何觉察，甚至在集体冥思中也没有觉察到天使的异常，太失职了。天使滥用了妻子的信任，而她这位颟顸无能的船长将被钉死在历史的耻辱柱上。她胸中怒火熊熊，立即回到船长室，打开密柜，取出一支电击枪和磁力手铐。这是专为历任船长配备的，以便应付非常事件，但过去几任船长都没用过。电击枪威力强大，在杀死人员时不会对船体造成损害。雅典娜召集了十一人团的其他成员，还有天使的亲人：爸爸，两个妈妈，龙儿和凤儿，一块儿到船长室，天使则是被铐来的。她冷峻地介绍了天使的恶劣行径，用电击枪指着丈夫，简单地说：

"一个小时内给我解开密钥，否则我就处决你。"

贺梓舟、马柳叶和奥芙拉尽管神思昏昏，仍然非常震惊，既为天使的胆大妄为，也为船长的冷厉无情。但贺和马曾是两任船长，知道雅典娜的处置无可非议，甚至是完全必要的。如果他俩仍是船长，也只能做同样的事。他们低头看看怀中的凤儿，在几次尖脉冲后，凤儿基本处于意识休克状态，胆怯地偎在柳叶奶奶怀里，用失神的目光茫然看着周围。唯有龙儿与众人不同，竟然哧的一声笑了，脱口喊道：

"哈，我就料到他不会放弃！……"

他忽然尴尬地住口了，意识到自己的失笑在这个场合很不合适。天使苦涩地摇摇头，说：

"你开枪吧，我确实无力解开那道密钥。"

贺梓舟觉得天使的表情很古怪。他忽然意识到：也许"这个"天使和"那个"天使已经不是一个人了。"那个"天使理性坚硬，不受感情左右，认准目标就矢志不渝地前行，根本不管身后的天翻地覆。也许早在他劝说父亲当提案发起人时，就已经做好了单干的准备。而眼前"这个"天使在经过几次尖脉冲后，其智慧、理性和自信都已经严重毁损。此刻他可能已经对自己的行为后悔，但——他确实无法解开那道随机生成的密钥，因为前一个天使已经提前斩断了后路。那边，雅典娜声音冷硬地说：

"是吗？那么我只能……天使，我是在履行船长的职责。"

天使点点头，目光苦楚地直视着妻子的手，后者已经开始扣动扳机。歌利亚忽然制止了船长：

"先不要开枪。密钥都需要两次输入，即使它是完全随机的数字，至少也要有一个备份，以便第二次输入。"

雅典娜的目光中透出了希望，严厉地看着丈夫，但天使摇摇头："我确曾抄录了一份，但在第二次输入密钥后就立即销毁了。"

雅典娜目中怒火复炽。歌利亚说："那也没关系。可以使用'记忆重现'。"

雅典娜恍然大悟。诺亚人的集体冥思中早已锤炼出了一种技艺：当十一个冥思者共同发力时，可以复现任何一个冥思者的任何一段记忆，就像电脑中删去的文件可以用某种软件来一层一层地恢复，只要硬盘没有损坏。天使在两次输入密钥时，脑海中肯定留有印迹，即使他本人已经遗忘，仍能用这个办法清晰准确地复现。当然这样做也有一个前提——需要那位拥有记忆者的全力参与。雅典娜略为考虑，垂下枪口，对大家说：

"好，我们试一试记忆重现。"她悲凉地说，"天使，你不要逼我开枪。"

这种悲凉其实比刚才的冷厉更凸显了她执行纪律的决心。天使木然点头，没有拒绝。十一人对面围坐。这是贺梓舟他们第一次近距离观察十一人团的集体冥思。冥思者盘腿而坐，双手交叉在丹田处，双目微闭，深度入定。贺梓舟跟儿辈学过冥思，虽然一直没能学会，但多少也能感受到冥思场中逸出的少量思维波。依他的感觉，这次的集体冥思比较艰难，也许是十一人的智力都已经大大受损，所以迟迟不能达到良好的调谐。不过令他欣慰的是：天使显然也在努力，和大家一样地努力，看来刚才贺梓舟的印象是对的：这个天使已经不是那个天使了，他的"坚硬理性"已经被软化了。

时间一分一秒地过去，在集体冥思的努力中，十一人逐渐恢复了状态，总算把集体冥思场建立起来了。现在，他们开始全体发力，让天使的那段记忆复现……天使走进控制室，表情坚毅，开始输入飞船的指令。他显然成竹在胸，十指翻飞，输得飞快。他确实输入了正确的指令，飞船将在中断激发并溅落到大宇宙后，自动检测这个时空节点的空间胀缩状态，一旦发现仍在暴胀期，飞船将自动激发，重新进入虫洞状态。这样反复进行，直到落到一个安全的时空节点才终止。只是，天使在正确地输入全套指令后，又设了一个密钥。密钥有128个字节，确实是完全随机生成的，但为了第二次输入指令，天使在输入的同时把它复制在一张纸片上。然后，他照着纸片上的记录，小心地进行第二次输入。电脑屏幕上显示：

输入正确，密钥已经建立。

然后，天使准备点燃这张纸片，点燃前他沉默了几分钟，显然他十分清楚，一旦纸片点燃，他就再不能回头了。他终于点燃了纸片，目光苍凉地看着它化为灰烬……

从这些记忆看，天使刚才说的都是实情。然后十一人回过头，开始强化和放大那段记忆。那些杂乱无序的符号开始在冥思场中清晰地展现：34d%#l09@f65~+59§Àμё……这些符号极度杂乱，即使在冥思场中复现后也没人能记住，雅典娜向冥思场外发了一个指令：

"龙儿快翻墙进来，把我们复现的密钥抄录下来……"她忽然改变了主意，"不，还是我自己来吧。"

她退出冥思场，然后同样用翻墙的办法窥视着冥思场中的内容，边看边抄录。她之所以改变主意，是因为她突然想到龙儿曾是爸爸的同道，这样重要的工作不能交给他干。雅典娜退出冥思场后，场内的强度有所减弱，但毕竟那段记忆已经重现过一次，第二次重现相对容易，十人的力量也就足够了。在圈外众人期盼的目光中，雅典娜手写的符号序列越来越长，大概已经有百位了，胜利在望……但意外发生了，起因是圈外的龙儿突然发难！他愤怒地喊道：

"天使你真的不要圣杯啦？虎头蛇尾的懦夫！我鄙视你！"

正在冥思场中努力恢复记忆的天使忽然一抖，然后立即中断了冥思，从思维场中退了出来。在这一瞬间，"那个"天使，理性坚硬的天使，忽然复活了。他羞愧地看着儿子，低声说：

"龙儿你骂得对。我不能放弃。"

他想走过来拥抱儿子，但想到双手被铐，就没有动，回头直视着妻子。雅典娜从丈夫平静的目光中知道，他的主意已定，绝不会再改变主意了。狂怒中她没有丝毫犹豫，照着丈夫的心脏开了枪。贺梓舟等人惊叫一声，来不及阻拦——也没理由阻拦。在几位亲人悲伤的目光中，天使表情痛楚，双手捂住胸口，慢慢倒了下去。他的身体外表没有伤口，但在电击枪的强击下，心脏区域的血管已经大面积破裂。龙儿震惊地看着慢慢倒地的父亲——他毕竟是孩子，在喊出那句话时并没有想到母亲真的会开枪。连一直躺在奶奶怀里、处于半休克状态的凤儿也被惊醒，震惊地看着父亲。

这一幕定格在所有亲人的眼中，成了一幅静景。

恰在这个时刻，又一次尖脉冲到了。它摧毁了诺亚人的神智，而那幅静景是他们所感受到的最后画面。然后——就在这个尖脉冲的尖点，三阶真空被激发出来了。

此前没人知道三阶真空是什么样子，但一旦它被激发出来，任何人都知道：这就是它。全体诺亚人的神智都被这波尖脉冲彻底毁坏了，但在一个"滴答"之后，又在三阶真空中获得了新生。通过飞船船艏的镜头，船员们目睹了三阶真空被激发的全过程。完全不同于二阶真空泡的产生，三阶真空初生时是一个小小的光团。明显是软质的，形状变幻不定。它自被激发后就颤颤巍巍地长大，随机地长出一些触手，盲目地向外突伸，就像海底的棘刺动物。触手伸出片刻之后会自动缩回，在另外的地方长出触手。有一只触手无意中触到了飞船船艏，于是它的行为突然变了！它的表现就像活物一样，抓到就再不丢手。这只触手陡然长大，变成光团的主体，沿着它刚触碰到的船艏迅速向这边扩延。它的扩延是如此迅猛，转眼之间就把半个飞船包在里面——不，这种说法不准确。不是"包"，而是一个完整凸面的向前推进。凸面与船体相互交融但互不影响。当凸面向前推进时，它的前锋与船体重合处就表现为船体此处的横剖面。由于船体各处形状不同，这个剖面快速推进时也在快速地连续变形。船员们目不转睛地看着它"吞噬"飞船，这个场面如此奇异，他们甚至忘了害怕。当剖面推进到有人的位置时，船体剖面中也显现出人体的小剖面，显示着此人的心脏肠胃等，不过被剖的人并没有任何感觉。当它推进到天使的位置时剖面明显不同，因为他的心脏部位表现为一朵巨大的血花，那是由大面积内出血造成的。天使的身体斜向立着，因为他正在倒向地面的半途中。剖面越过他的身体，越过之后，他斜立的角度也没有明显的改变。现在剖面推进到龙儿的位置，他正在奔向父亲，向前伸着双手，大张着嘴，好像在喊"爸爸"。尽管他与父亲的感情一向淡漠，但这次正是他的责骂导致父亲的横死，痛悔中父子天性复活了。剖面越过龙儿，把一个双足悬空的奔跑画面定格在众人的目光中。

剖面迅速推移到船尾，把整个飞船都包在里面，包括船艉巨大的抛物面形状的天线。诺亚号除了舷窗，大部分船体是不透明的，但奇怪的是，船员们仍能清晰地看到这个泡泡在船体外的部分，就像船体完全变透明了。

现在，整个飞船都包在三阶真空泡中了。这个泡泡的行为随之有了明显的改变。它停止了紧贴船身的推进，而是迅速膨胀，变成标准的球形。球体一旦成形后马上开始收缩，而且是带着船身一块儿收缩。透过透明的船身，船员们惊奇地发现飞船变形了，现在它像猫一样蜷着身体，以最小的占位团在这个球里。但这是向"船外"看时的景象，如果是在船内，由船艏向船艉看，它仍然是一个直直的船身。船外的蜷曲和船内的笔直形成怪异的组合，超出了人的想象，超出了物理学的框架，船员们都不敢相信自己的眼睛。贺梓舟看看雅典娜和歌利亚，看看尚未倒地、濒临死亡的天使，他们的目光中同样是震惊，看来他们此前的集体冥思虽然预言了三阶真空的产生，但并未预言到它如此奇特的行为。

三阶真空诞生了，那座圣杯到手了，它以天使的生命为祭献。但诺亚船员们没有时间来痛悔、感慨、悲伤、惊喜……这一切都是在尖脉冲的尖点发生的，也许时间只有几个"滴答"，但在三阶真空泡中，时间速率被大大延缓了……贺梓舟震惊地发现，仍然斜向而立的天使正在"湮灭"，身体逐渐虚浮。在剖面越过他之后，他体内的"血花"本来已经不可见，但随着他身体的离散化，血花也同时向体外浸润。天使附近的龙儿也正在"湮灭"，浑身黑毛的身体逐渐变得虚浮。此刻龙儿肯定感觉到了这个变化，正低头观察着自己的身体，目光中满是惊愕。其实不单是龙儿，包括贺梓舟的两位妻子、十一人团及球内所有人，包括飞船船体，甚至他本人，都在变得虚浮，逐渐透明化。贺梓舟只来得及苦笑一声：

"孩子们，老伴们，真的该说永别了……"

脑中忽然涌来光的洪流，完全淹没了他的意识。他的生命中断了。

龙儿的喊声把他唤醒。他慢慢睁开眼，看见自己仍在驾驶舱内。龙儿笑嘻嘻地看着他，龙儿的黑色体毛非常清晰，质感强烈，与他记忆中的虚景形成强烈的反差。还有一些人散布在驾驶舱内，有雅典娜、歌利亚、十一人团的其他成员、柳叶、凤儿等。他们也都恢复了清晰的实体，但奇怪的是，这些人都僵立不动，不，也有动作，但都相对缓慢，个个表情木然，目光木呆，像是被摄去魂魄的行尸。贺梓舟顿时被恐惧淹没，难道是邪恶的外星生物控制了船员们的意识？他震惊地问：

"龙儿！他们怎么啦？"

龙儿笑嘻嘻地说："爷爷你别担心，他们都好着呢。不过他们都神游体外了，正在忙着建立统一意识体呢。"

就在这一瞬间，贺梓舟忽然想起了休克前飞船内发生的事，心脏痛苦地抽紧了。天使！天使已经被船长妻子开枪击毙了！他真不知道龙儿在这样的时刻怎么还能满脸嬉笑，追究起来，正是龙儿的那句责骂送了他爸爸的命！但龙儿毕竟只是一个10岁孩子，他不愿过分苛责，让他背负上"弑父"的罪责。他努力克制着对龙儿的不满，低声问：

"你爸爸天使呢？他的遗体呢？"

龙儿仍是满脸嬉笑："你问那个理性纸片人？他死了，但也没死。所以，我不好说他现在算不算遗体。"

贺梓舟给完全搅糊涂了，怒声问："什么叫死了又没死？"

"爷爷你别生气，要跟你说清眼前是怎么回事，还真不容易，我尽量讲明白吧。是这样的，咱们现在身处在三阶真空泡内，或者说是在六维时空里……"龙儿皱着眉头，"头绪实在太多，我不知道从哪儿讲起。要不这样吧，干脆把我的整个思维传输给你。"

贺梓舟摇头："你知道我不行，早先你教过我'透明式思维'，我和你奶奶们努力过多次了，不行。"

"不，那是在三维空间，现在是在超维空间，很容易，你只管试着接收。但不要急，一点一点往深处潜。你刚才的休克，就是因为外界信息洪流过于凶猛。"

"我刚才休克了多长时间?"

龙儿笑着摇头:"不好讲。这儿的时间不再是单线结构,而是'面'的。从时间线上截取的每一个瞬间,在'面'上都可以无限拓展。你先看看我的思维再说吧。"

贺梓舟却不过他的劝说,闭上眼,开始用龙儿教过的"冥思方式"抚摸龙儿的思维,他一下子就感觉到了!龙儿的意识体是一座光的迷宫,无数光的细线包络出大脑的形状。各处明暗不均,闪烁不定。他试着进入光团,忽然轻易地有了"跃升"。光之流动变得舒缓有序,豁然之间变成他能读懂的思维……他在龙儿的思维中遨游,原来这孩子的脑海中有如此海量的信息啊,而且一大半是新增的,是有关三阶真空泡的,但这些新知识完全违犯逻辑,违犯直觉,理解起来实在困难……

龙儿轻声唤他,他怕爷爷一下子潜得太深,接受的信息量太大,从而再度导致休克。贺梓舟睁开眼,疲惫地喘息一会儿,问:

"我好像看懂了一些。在三阶真空也就是六维时空中,所有人的意识不再是孤立封闭体——不,这话不准确,它们在三维空间中仍然是封闭体,只是通过更高维度,互相建立了全息式的连通,对不对?"

"对,爷爷你真不简单,已经学会了嘛。"

但贺梓舟的心此刻仍系在天使身上,他不快地说:"但这和天使有什么关系?你爸爸究竟怎么了?"他的心忽然一抖——看见了躺在地上的儿子!天使仍躺在被"击毙"时的原处,闭着眼,表情平静,身上没有伤痕和血迹,但面庞上明明白白笼罩着死亡的气息。贺梓舟瞬时被愤怒淹没:天使分明死了,并不是"死了又没死",但此刻没有一个人陪着他,没有一个人把目光朝向他。虽然天使的死是咎由自取,但他的动机是好的,他的死亡换得如此的冷漠,实在不公平!贺梓舟听见龙儿在向远处说:"妈,爷爷醒了。"远处的雅典娜从行尸状态醒来,向这边扭过身,瞥见地上的天使,百忙中简单地说:

"醒了?你把新时空的情况讲给爷爷。介绍完,把你爸的身体处理一下。"

然后她的元神明显地"走"了,又恢复了行尸般的状态。

她对丈夫的冷漠更让贺梓舟心寒,愤怒迅速高涨,一腔怒火就要向面前的龙儿扑去。龙儿通过连通的思维敏锐地察觉到了爷爷即将到来的爆发，急忙喊：

"爷爷你别生气！不是你想的那样！快点，快接受我的思维，这样你就明白了！"

贺梓舟一顿，忽然在瞬间读懂了龙儿的思维——天使确实被狂怒的雅典娜开枪击毙了，但恰在那个瞬间，六维时空诞生了，它让所有诺亚人的思维在超维度上交融，汇成统一的思维团，而"正在死亡"的天使非常幸运，因为此刻他的思维尚未发散，也被收录到统一意识体内。所以，肉体的天使确实死了，但他的"灵魂"还活着，甚至成了统一意识体中的最强音！这不奇怪，正是他的顽固、反叛和献身，才让诺亚号飞船的激发多保持了几天，从而催生了新世界。所以，在新世界里，所有人，包括歌利亚、雅典娜，都毫不迟疑地承认了他的领导地位，统一意识体就是以他为中心建立的。

唯一的不同是：其他人在三维世界中仍保留着一具肉体，而天使仅仅剩下了思维，成了一团无根的云……尽管贺梓舟内心深处仍有驱不去的悲伤，但这些事实让他迅速平静下来，以平和的心态继续阅读着龙儿的思维。有时他也向龙儿询问：

"不用再惧怕尖脉冲了，对不对？"

"对。三阶真空泡有很强的屏蔽作用。"

"这种六维空间还能分生？"

"是的，就像地球上低级生物的芽孢繁殖。"

"它可以时空穿梭，在普通四维时空上自由移动？"

"对。这是六维时空最基本的功能。"

"也就是说，咱们能在瞬间回到地球，甚至是过去或未来的地球？"

"毫无问题。但这是以后的事，眼下天使正忙呢，要把所有船员的思维真正合为一体，"

"那各人的身体呢？"

"可以保留，但思维共用——你别为天使悲伤，那个纸片人啊，这次可赚大发了。虽然他没有保留肉体，但他的形象已经被选为统一体的代表。不过，这个古怪家伙做出一个决定,要在那个形象中永远保留那副手铐。"

作为统一意识体的代表形象但永远戴着手铐?他是想让雅典娜、歌利亚等人永远保留内心的负罪感?贺梓舟摇摇头,否定了这个念头,觉得这不会是天使的想法。只是在很久之后,他才知道天使的真实想法是什么。龙儿嬉笑着说:

"其实保留不保留肉体的也没必要,要知道,智能具有外部形体只是它的低级阶段。爷爷,我知道这牵涉到你们这代人很珍视的东西:个人的独立人格,你们不一定赞成这件事。所以爸爸让我来征求你们的意见,让凤儿征求两个奶奶的意见……噢,凤儿正告诉我,奥芙拉奶奶刚刚同意进入统一体。"

贺梓舟考虑片刻,叹息道:"当年你天乐舅爷也说过,人类终将摆脱躯体,以大一统的智能网络存在。但你舅奶鱼乐水一直坚持自己的底线,甚至不得不同丈夫分手。你柳叶奶奶也是这种观点啊,她对人的异化一直怀着很深的恐惧,当年甚至为此差点离开诺亚号,同我分手。我估计她决不会同意的。龙儿,我在这件事上的观点并不保守,但我不能把你柳叶奶奶一人留在外边。要不,我俩都留在外边,作为旧时代的象征吧。"

龙儿有点遗憾,还想再劝,天使的面容很突兀地插了进来。贺梓舟乍一看见这位"已死的人",不由悲喜交加,但更多的是震惊。他敏锐地发现,"此天使"已经非"彼天使",他已经被提升,具有了神性。他的目光平静沉稳,睿智通达,含着悲悯。他双手交叉,放在腹部,带着一副锃亮的手铐,但这丝毫不影响他的气度。那是上帝般的气度,只可意会不可言传。这就是那个"纸片人"儿子么?片刻之间他怎么会有这么大的变化?想想也不奇怪,一个人的气度与肩上的责任有关。责任让他在片刻之间凤凰涅槃,羽化提升。想想当时,天使以近乎偏执的"理性的坚硬",执拗地推行他的主张,甚至不惜成为诺亚社会的公敌。幸亏他的偏执,新世界的大门才被打开。只有非常之人才能行非常之事,现在他理当收获众人包括父母的仰视……天使平和地说:

"龙儿不必劝了,一时半会儿劝不动。爸爸,随你和柳叶妈妈的意愿吧。以后你俩改变主意,随时可以加入,加入后也能随时退出。"他略为停顿，"爸爸你的估计很准，凤儿说柳叶奶奶最终决定留在外边。你看，她过来了。"

果然，马柳叶正向这边走来。她明显脱离了行尸状态，步态轻盈，笑容生动。她走近了，很默契地挽起丈夫的右臂，目光分明在说："只有咱俩留在外边，咱们就互相陪伴吧。"贺梓舟也默契地点头。这件事既然已定，就不必谈它了。他想了想，不好意思地说：

"天使啊，既然有了时空穿梭的能力，那么能不能——我是指你们把统一意识这件大事干完之后——回地球一次？只是看一眼以求心安，不会要求你们改变什么。我知道宇宙法则中肯定隐含一项条款：不许干涉过去，否则宇宙时空就要乱套了。"

"不，偶尔做一次干涉还是可以的。爸，妈，我正打算返回一趟，因为那边的某个事件确实需要干涉。当然，不是所有历史都能修改，所以，扮演一个心如铁石的旁观者很难。爸，妈，恐怕你得做好心理准备。"

这番话隐含浓重的不祥，让两个老人的心瞬间沉了下去。但他俩很自律，没有再往下追问。天使微微点头，从他们的视野中隐去。旁边的龙儿早就急不可耐，急急地说：

"爷爷奶奶，那我就要说再见了，我要进入那个意识统一体了！"

这几乎相当于同爷奶的永别，但他的表情中没有一点儿离愁别绪，只有按捺不住的渴望。两个老人叹息一声，紧紧搂住宝贝孙子，饥渴地感受着他多毛的身体。以后很难有这样的机会了。

"好的，你快去吧。"

龙儿兴高采烈地走了。

超维空间中事件的进程都是超快的，转眼之间，那个"统一体"完成了。令贺梓舟和马柳叶多少有点儿意外的是，其他老船员全部进去了，都是在奥芙拉的劝说下。奥芙拉当然也尽力劝了丈夫和柳叶，她说，里面的妙处超越三维人类的直觉，无法用人类的语言讲清，你们只能进来后才能真切体会到。但柳叶一直笑着婉拒。各位船员在三维空间的"肉身"都保留着，但这些

"肉身"的行动越来越迟缓，就像能量耗尽的外星人，因为各人都忙于在统一意识体内的热烈生活，顾不上照顾他们的肉身。后来，这些肉身干脆都"入库封存"了，和天使的"半遗体"存放在一起。

柳叶与丈夫紧紧拥抱着，现在，两人都是对方唯一的依靠了。柳叶歉然说：

"洋洋，我不知道自己的决定是对是错，累你也留在外边。"

贺梓舟笑着说："没关系，只要你不改变主意，我就一直留在外边陪你。"

意识统一体以戴手铐的天使为其唯一的外部形象，以后，当天使陪着贺氏夫妇说话时，他俩知道这不光是天使，也是雅典娜、歌利亚、奥芙拉、龙儿、凤儿和其他船员，不过慢慢地，他们习惯了用"天使"这个单数名称来称呼他。

"天使"迅速改造了飞船，他是如何办到的——老两口儿不知道。飞船上所有已经无用的部分都悄然隐去，包括动力系统、金属氢的库存、粒子加速轨道等，只留下必要的生活设施。这是特意为他俩保留的，因为其他人已经不再需要吃饭喝水排泄。天使解释说，三阶真空泡可以看成是一个低等的单细胞生物，泡内有"活力场"，可以向寄居者提供能量。至于这种活力场能否永远保持，或者说三阶真空泡有无寿命限制，天使说他尚不清楚。

这个泡泡中的很多东西完全超越了两个"凡人"的理解能力。天使有时为他们解释，有时笑着说："等你们进来再讲吧，否则不好理解。"他俩知道这是一句外交语言，说白了就是：蟑螂的智力无法理解相对论。于是他俩干脆放开了，不再设法弄懂这些东西，打算闲适地安度晚年。

但他俩做不到真正的闲适——还在担心"那个"地球的命运。那儿当然也经历了尖脉冲，但地球是无法向新时空"溅落"的。天使曾透露过，地球面临灾难，他不得不去干涉，那无疑是顶级灾难。但究竟是什么样的灾难？这些天，地球的一切，尤其是宝天曼山中的一切都在他俩脑海中复活，爷爷贺国基、马老和天乐妈、天乐和鱼乐水、埋骨月球的康不名老人、浑身白毛的泡利先生……山中水潭里的柳叶鱼，还有人蛋岛上的蛋壳，柳叶和天乐妈为那次秘密会议编织的草蒲团……两人也甜蜜地回忆起，贺梓舟去美国费米

天父地母

加速器那次，临行前柳叶突然的一吻，那是17岁女孩的初吻……处在"新世界"的边界之外来思念地球，记忆的色彩格外鲜亮。

他们在回忆中打发日子，但能永远在回忆中打发日子吗？……天使通知他们，要带他俩回"那个时空"了。

泡泡外的场景陡然转换，黑暗中突然充溢着强光。出现了熟悉而久违的场景：金色的太阳、荒凉的月球、闪着蓝色波光和漫溢着绿色的地球。视觉的冲击过于强烈，几乎让俩人休克。天使及时加强了泡内的活力场，帮助他俩稳住心神。

天使介绍说："现在回到了地球氦闪时代刚刚结束的时刻。鱼妈妈已去世，雁哨号上的楚天乐还健在，暴胀尖脉冲已经来了，正在摧毁人类智力。它也能穿透雁哨号所处的亚光速虫洞，使它的智慧保鲜作用失效。楚天乐先生虽然及时地看到了新危险也尽早发出警告，但大局已经无可挽回地倒塌了。你们随后就能看到直观的画面。"

天使的叙述就像电影的画外音，冷静，坚硬，不带感情色彩。他们所处的泡泡也被极度简化，诺亚号飞船完全不见了，泡泡内只剩下一位巨型天使——众人意识的合体，光头、赤足、裸体，面色冷静如石像，戴着手铐。这个"最简形体"让贺马夫妇敬畏，他们想，上帝的形象也就是这样吧。

他们随后就看到了天使所说的"直观画面"。他们看到，烈士号飞船在处理完核弹后，船长褚少杰宣布要"叛逃"，忠于职守的何明坚决反对。争执中何明开枪，切断了褚的一只手臂，飞船不得不按照他的命令退出虫洞，调整程序，返回地球。但途中又一个暴胀尖脉冲来了，它穿过了烈士号虫洞的洞壁，让船员们失去意识，无法下达后续指令，烈士号一头撞向地球……10龙赫的飞船穿过地球，留下一个贯通的孔洞。地心的高温高压融化和压垮了洞壁，固态的地核化为岩浆沿孔洞凶猛地上涌，在东西半球形成两个相向的超级火山，地球在火山肆虐下惨不忍睹，而在地球毁灭前人类已经灭亡……

目睹这些惨景，两人痛苦得几乎休克。天使在耳边轻声叹息："这些灾变，无论是自然灾变还是科技造成的灾难，都是宇宙中的自然进程，时时都在发生,没办法避免。我们只能表示同情,但不应该干涉,即使我们已经具有干涉的能力。只是——爸爸妈妈,我知道地球在你们心灵中是何等分量,知道那是你们的灵魂归依之所。我不忍心让你俩变成活死人。所以我做了件违规的事,完全是为你俩做的。你们看吧。"

画面开始快退,喷出的熔岩又缩回地面下,就像魔鬼缩回到阿拉伯魔瓶。撞向地球的飞船从那个孔洞内以倒车状态返回,孔洞也随之消失。然后,飞船在距地球不远处有一个定格,随即被一个卵泡包裹,然后它就突然消失了。天使轻描淡写地说:

"好了,解决了。我把烈士号用一个三阶真空的子空间密封,撂到另一个时空了,就是烈士号船员们原打算要去的地方,褚爷爷所在的息壤星。"

梓舟和柳叶十分欣喜,欣喜中夹着伤感。两人喃喃地说:"谢谢啦,孩子,我们永远忘不了你为我们做的事,为地球人做的事。"又说,"孩子,当年几乎所有人都反对你激发三阶真空,多亏你没有听从。"

天使淡淡一笑,没有接这个话头,继续说:"爸妈,我违心地干涉了一次,改变了一个最关键的事件,但不能再这样干了。所以,雁哨号就只能任由它……你们愿意看看它最后的结局吗?你们可以不看。"

两人狠狠心说:"不,我们要看。"

于是他们看到了雁哨号。暴胀尖脉冲导致了这艘飞船的方向错误,它竟然正对着太阳飞去,而恰在这时,一次脑震使船员们失去了意识,无法改变航向。百岁的楚天乐因为处在动态密真空中,还保持着清醒。他与伊莱娜女士告别后,毅然启动了他对飞船的终极控制。飞船停止激发后瞬间静止,而两人所处的金属球仍保持着0.7龙赫的速度,瞬间扯断了同飞船相连的横杆,以这个速度向太阳飞去。横杆扯断时给了两个金属球一个微弱的横向力,方向指向中心,于是,在投入太阳之前,两个球体,连同其中的楚和伊莱娜,先来了一个壮丽的太空之吻,化为炫目的强光……随后,雁哨号也在太阳重力下缓缓加速,坠入太阳……

在观看这些画面的过程中,贺马二人也被赋予洞悉幽微的天眼。他们不仅能看到雁哨号坠向太阳的宏观画面,也能看到金属球内那两颗头颅的表情,甚至能摸到他们的思维。令人欣慰的是，哥哥和伊莱娜慷慨赴死前一直保持着明朗的心情，还有一个颇为浪漫的告别，他们此生无憾了，连九泉下的鱼乐水嫂嫂也会为之欣慰……天使的选择是对的，他救了烈士号，避免了人类文明的毁灭；他没有救雁哨号，是因为这场不幸不致影响大局。天使的处事确如上帝般冷静，作为父母，两人在感慨中掺杂着敬畏。

他们这会儿才意识到，天使为什么要在自己的形象中保留那副手铐。那是一个隐喻，象征着一个有无限神力的神的自我束缚，象征着他的自律。

太阳系内几个突然事件都结束了，它恢复了平常的状态，还要亿万年地运转下去。天使冷静地说：

"爸妈，在离开地球前，我想最后一次征求你们的意见：你们以后准备怎么过，是打算并入统一意识，还是仍保持独立？如果是后者，我倒建议你们留在地球，这个对你们而言最亲切的地方。正巧楚先生不幸去世后，地球也需要增设一个新雁哨，就由你们俩担任吧。不过，你们也不要因这个职责而影响内心的选择，雁哨另选他人也行的，我已经有了一个好的人选：一位很年轻的科学家靳逸飞，他在25岁那年就独立得出有关三阶真空的理论架构，很不简单。你们考虑一下，给我个回答。"

两人认真考虑一会儿，贺梓舟笑着说：

"我看，雁哨的责任就留给那位年轻人吧。俺俩老了，有点儿婆婆妈妈，无论从理智上感情上都承担不起了。因为那不仅是雁哨，更像是上帝，"他开玩笑地说。"虽然是在你这个元上帝之下的次级上帝。只是，"他转向妻子，"柳叶你不要勉强，我知道你的心结。你如果不想进入统一意识，我还留在外边陪你。如果这样决定的话，咱们就留在地球上。"

柳叶笑着说："我已经改变主意，进去就进去吧，毕竟统一意识体中有咱们的凤儿龙儿，有奥芙拉这些老姊妹，还有——咱们这个冷血的儿子。从他最近的处事来看，这小子外表冷血，内心还是挺热乎的。天使你说对不对？不过，你已经有了上帝的身份，咱们这样说你就显得亵渎了。"

贺梓舟说："你真把这个意识体当成儿子了？不，它虽然是天使，也是咱那个浑身黑毛的媳妇，是歌利亚和奥芙拉，是龙儿和凤儿，是1000名船员。

喂，你们大家，谢谢你们啦。"

两人笑着看天使。天使没有接爸妈的话头，很客观地说：

"我得讲明一点，免得爸妈期望过高。这些天来，统一意识已经彻底完成，所有个人意识的差别已经基本消除。你们进来后，不大可能找到天使、雅典娜、歌利亚、龙儿、凤儿、奥芙拉的特定意识。爸爸说得对，我这会儿的话，也是'我们'的话。"

贺梓舟笑着向妻子摊开双手，柳叶强辩道：

"你这段话中称呼了爸妈，说明这会儿就是你在说话，我的儿子！"

天使平和地笑笑，没有和她争辩。他开始处理善后事宜……在太阳系、地球、中国、北方一个大溶洞内，疲惫的靳家人刚刚进入睡眠，他们饱受脑震的蹂躏，心智已经接近崩溃，曾经是超级天才的靳逸飞，此刻的心智同傻子哥哥相差无几。他们凭着求生本能，离开城市来到这里，但前边路该如何走，他们已经不能清醒地思考。就在这时，一个无形的泡泡落到了这个山洞里，以靳逸飞为球心，把众人保护在其中。泡泡初现时充盈着圣洁的白光，但白光并不外泄，都在球壁处中止，于是在黑暗中显出一个边界清晰的光球。球心处的白光更强，它包容着靳逸飞，有如宇宙之卵。球内的活力场浸润了每个人的身心，以润物无声的方式影响着他们的大脑。但此刻靳家人并不知道这一点，他们仍在恐惧中昏昏沉沉地入睡。被选作雁哨的靳逸飞同样在熟睡，他是在"梦境"中看到了白色光团中的神，听到了神的托付。

天使做完这件事，带着他的六维时空离开。那两个原名贺梓舟和马柳叶的实体此时已经不存在了，他们的意识已并入统一意识中。但两个新加入的思维团还暂时保持着独立，此刻正在好奇而惶惑地向周围摸索，在浑茫中努力倾听和叩问。

第十一章　息壤星之蛋房

耶耶说：

我的卵生息子们，你们要记着啊：

永远随身带着匕首和火镰。

永远记住我教的算术和方块字。

15岁后男人和女人要干播种的事，多生孩子。

——《亚斯白勺书·蛋房纪事》

今天是大伙儿的集体生日，按照惯例，负责分发食物的小鱼儿头人给每人多发了一个狮子头。生日这天不用到蛋房外去生存，也不用学习识字和算数，就在家里玩，想怎么玩就怎么玩。伙伴们高兴极了，围着小鱼儿齐声尖叫。

蛋房里原有330个孩子，这两年在蛋房外生存时死了62个，现在还余268个。其中有九个兄姐，今年都是13岁，包括这一届的头人小鱼儿，上一届的头人阿褚，白皮肤红头发的机灵鬼亚斯，黑皮肤的萨布里，红脸蛋的索朗丹增，黄皮肤的大川良子，鹰钩鼻的优素福，金发的娜塔莎，矮个子的次郎……每个兄姐手下带着大约30个弟妹，弟妹们都是11岁。耶耶说过，九个兄姐是从冰中醒过来的，都是同一天苏醒；所有弟妹则是从蛋中孵出来的，都是同一年孵出但日期各不相同。不过这么多生日耶耶我也记求不住，干脆把所有人的生日都定成同一天了。

今年的生日还正好赶上另外一个节日——耶耶的复苏日。耶耶一般是躺在冰冻室中睡觉，每当长月、仲月和幺月中最大的长月变圆时，机器就会自动唤醒他，今天早上，圆圆的长月已经爬上了蛋房房顶的正中心。

耶耶是所有人的耶耶，他的头发是奇怪的白色，脸上有深深的皱纹和一道很深的疤，耶耶说："这不奇怪，你们变老时头发也会变白的。"耶耶个头不比小鱼儿高多少，但很粗壮。耶耶不睡觉时每天都给大家教有趣的知识，讲有趣的事。他教大伙儿算数，写方块字。他告诉大伙儿时间是咋分的：每年是三日，每日288小时，每小时60分钟，每分钟60秒。可他又说，息壤星的时间太他妈搞怪，一年和一日的时间差不多，实在不好用。于是他把10年合成一岁，孩子们的年龄都是按岁来算的。他又把一日分成12天，每天24小时。这12天中有六天是白天，每天要吃一顿饭；有六天是晚上，不吃饭只睡觉。

他说：真正的人不是从蛋中孵化而是妈妈从胯下生出来的，生下来之后不是吃狮子头而是吃奶。他说：凡是真正的妈妈胸前有一对"妈妈"，正规的说法是乳房，能流出又甜又稠的白白的奶汁，小孩儿都是吃奶汁长大的。你说这有多稀奇。蛋房的孩子都没吃过奶汁，只吃"狮子头"，圆圆的，有拳头那么大，又香又甜，每天一颗，是狮子头机生产出来的。

还有比奶汁更稀奇的事呢。耶耶说大伙中的女孩子，就是树叶裙下没长鸡鸡的孩子长大了都会做"妈妈"，胸前的小豆豆会变大，肚子里会怀上孩子，288天后孩子会生出来，那时乳房就会自动流出奶汁让孩子喝。这真是怪极了，小孩子怎么会钻到肚子里呢？小豆豆又怎么会变大呢？从那时起，女孩子们老琢磨自己的小豆豆长大没长大，或者趴在女伴的肚子上听听有没有小孩子。耶耶笑大伙儿太性急，他说这都是长大后才会有的事。

还有男孩子们，他们也会生孩子吗？耶耶说不会，他们肚子里不会生孩子，胸前的小豆豆也不会变大。不过必须有他们，女孩子才会生孩子，所以他们叫做爸爸。可是，为什么必须有他们，女孩子才会生孩子呢？耶耶说，他们能在女孩子肚里种上一颗种子，有种子才能发芽。"不过你们不必着急着弄懂这件事，长大后就知道了，到15岁后自然而然就知道了。可是你们一定要记住我的话！记住女孩子长大后要让男孩子种上种子，然后生小孩，用'妈妈'喂他长大；小孩长大还要再种种子，再生儿女，一代一代传下去！你们记住了吗？"

那时大伙儿齐声喊："记住了！"回答的声音非常洪亮，耶耶很高兴，咧着嘴笑。可是他又叹息着说："不过呢，你们的孩子也许会从肚子里生出来，也许会从蛋壳中孵出来。究竟是哪样我不敢确定，你们长大再看吧。"

当时亚斯问了一个怪问题："耶耶，你说男孩胸前的小豆豆不会长大，不会流出奶汁，那我们干吗长出小豆豆啊，那不是浪费嘛。"这下把耶耶问愣了，他摇摇脑袋说，"你他娘的尽问这些精灵捣怪的问题，我不知道。"耶耶什么都知道，这是他第一次被问住，所以大伙儿都很佩服亚斯。

不过那次也许小鱼儿问的才是最关键的问题。"耶耶，"她轻声问，"那么我们有爸爸妈妈吗？他们为啥一直不来看我们？"

耶耶背过身，透过透明墙壁看着很远的地方，好久好久才回答。他的声音中有一种很怪的东西。"你们当然有爸爸妈妈。他们的星球遭了大难，费了好大劲儿把你们送到这儿，巴着你们在新家园能活下去，传宗接代。耶耶我逼着你们去蛋房外生存，就是为了这个。所以，你们得使出吃奶的劲儿，早点学会在蛋房外生存。"大家说，听见了，不过回答得很不整齐。阿褚还挤眉弄眼地捣蛋：

"吃奶的劲是多大啊，俺们都没吃过。"

大伙哄地笑了，用笑声来掩盖心中的惧意。

大家都害怕"出去生存"。

孩子们住在蛋房里，有时耶耶叫它飞船。一个拉长的巨蛋竖在地上，周围是透明的墙壁。墙壁是双层的，中间夹着几列圆圈。立陡的墙壁直直地向上伸展，伸到眼睛几乎看不到的高度后慢慢向里倾斜，形成圆球状屋顶，墙壁和屋顶浑然一体，没有任何接缝。红色的阳光顺着透明的屋顶和墙壁流淌，让蛋房内每一寸地方都沐浴在红光中。但墙壁外面不同，那里是阴森森的世界，长着高大浓密的植物。最常见的是大叶树，粗壮的主干一直伸展到天空，下粗上细，从根部直到树梢都长着硕大的墨绿色叶子。大叶树的空隙中长着暗红色的蛇藤，光溜溜的，小小的鳞状叶子，它们顺着大叶树蜿蜒，到顶端后就脱离大叶树，高高地昂起脑袋，等到与另一根蛇藤碰上，互相扭结着再往上长，所以它们总是比大叶树还高。从远处的山上看，大叶树的墨绿色中到处昂着暗红色的脑袋。大叶树和蛇藤蛮横地挤迫着蛋房，擦着墙壁或吸附在墙壁上，几乎把墙壁遮满了。

有时你会看见有一节蛇藤忽然晃动起来，那不是蛇藤，而是双口蛇蚓。双口蛇蚓的身体也是暗红色，用一张嘴吸附住树干，身体可以自由地屈伸；用另一张嘴吃大叶树的叶子。等到附近的树叶吃光，再用刚才吃东西这张嘴吸附在地上，腾出另一张嘴向前吃过去，身体就这样一屈一拱地往前走。偶尔还能看到鳄龙，长得又凶恶又傻相，用它们锐利的长牙来啃蛋房的透明墙壁，啃不动，悻悻地离开。

蛋房很高，用力仰起头才能看到屋顶。其实透明的屋顶是看不清楚的，可是能感觉到它。因为只有白色的云朵才能飘到尖顶的中央。如果是那种会下雨的黑云，最多只能爬到尖顶的周边。这时可有趣啦，黑沉沉的云层从四周挤着屋顶，似乎把屋顶挤小了，只有中央部分是一小块儿透明的蓝天和轻飘飘的白云。下雨时，汹涌的水流从屋顶边缘漫下来，再顺着直立的墙壁向下流，就像是挂了一圈水帘。但头顶仍有一小块儿地方阳光明媚。球顶的地方有几个很大的方块字，勉强能看清笔画，可是谁都不认识，连教大伙儿认字的耶耶也没认出来。还是亚斯最聪明，有一天他说："是不是咱们从屋里往外看，这些字就是反的？"他比着这些字描到一张纸上，再反过来看，果然认出了，是"号士烈"。耶耶说该反过来念："烈士号，应该是飞船的名字。"他高兴地拍拍亚斯的脑袋，说："你个红头发崽子真聪明！三百个娃娃中你第一聪明！"大伙儿也佩服亚斯。

奇怪的是，蛋房明明是一个拉得很长的蛋形，可是如果走出蛋房再回头看它，它就变低了，缩成一个标准的圆球，甚至比大叶树还低。蛋房的巨大底座——耶耶说它叫什么船尾天线——也似乎变软了，变成球体一样的弧度，很严密地贴在无形的球壁上。为什么在蛋房内外看蛋房的样子会不一样？连耶耶也不知道，他说这件事真他妈"搞怪"。

蛋房紧傍着一座孤零零的山包，一个鸟蛋形的湖泊，耶耶给它们起的名字是"坟山"和"人蛋湖"。这儿是大伙儿经常玩耍的地方，因为离蛋房很近，在"缺氧"发作前能及时撤回家。人蛋湖边是茂密的草地。山上有大叶树林，茂密的枝叶遮蔽了天日。鼠子在阴暗的树荫下钻来钻去，也爬到枝干上啃大叶果，在蛋房内就能看到一双双贼亮的小眼睛。湖里只有一种鱼，指头那么长，圆圆的身子，大伙儿叫它白条儿鱼。耶耶说，在你们生下来前，故土的三圣——比耶耶还聪明的三个人，耶耶常常提到他们——曾派飞船在这个星球播下很多植物，很多动物，包括天上飞的几百种鸟。但很可惜，它们没过几代都绝种了，如今只剩下大叶树、节节草、鼠子、双口蛇蚓、白条儿鱼、屎壳郎、鳄龙、吃草的鼠牛、凶恶的鼠虎等，用10个手指头加10个脚趾头就能数过来。孩子们感到很可惜，特别是可惜那些能在天上飞的鸟儿，它们怎么能在天上飞呢？那多自在呀，大伙儿想破头皮，也想不出鸟在天上飞的景象。阿褚至今不相信这件事，他说耶耶逗咱们玩的，你们这些傻扁就当真了——可耶耶从没说过谎话。那么一定是耶耶看花眼了，把天上飘的树叶什么的看成活物了。

吃了狮子头，阿褚急着分拨儿打仗。耶耶曾定过选头人的四条标准：

出蛋房生存的时间最长；

打仗游戏中赢得最多；

识字最多，算数算得最好；

犯错最少。

阿褚在头两条中常常排行第一，而在后两条中常常排行老末。所以他最惦记玩打仗游戏。小鱼儿悄悄对他说："你忘了耶耶今天要复苏？"阿褚难为情地摸摸后脑勺，吆喝大伙儿跟着小鱼儿来到冷冻室。小鱼儿守在门口，检查每人腰间是否带着火镰和匕首，这是为大伙儿好。"永远随身带着火镰和匕首"是耶耶定的戒律，谁如果忘了，耶耶就会毫不留情地用电鞭惩罚。电鞭太可怕了，耶耶轻易不用它，但是凡挨过电鞭的人，即使像蛮勇的阿褚、索朗丹增、优素福，以后看见电鞭也会不自觉地发抖。

大伙儿蹑手蹑脚地进屋，像往常那样跪在棺室周围，悄悄打量着透明棺里的耶耶。只有小鱼儿立在旁边，因为掀开棺盖是头人的职责。110息壤年来大伙儿都长高了，长大了 11 岁，可是耶耶的样子还是一点儿没变：粗短身材，白头发，胡子拉碴，满脸皱纹中横着一道刀疤。他没有像大伙一样穿着树叶裙，因为树叶裙一冻就会变脆破碎；而是穿着一种怪模怪样的、被称做"衣服"和"裤子"的东西。那支人人畏惧的电鞭也在棺室里，就在他的右手边。

大伙儿等了一会儿，棺室的红灯自动亮了，里面发出轻微的嗡嗡声。那张毫无生气的面孔慢慢变得红润，然后，似乎有一道灵光漫过那张面孔，它突然就变得生动了。眼睛慢慢睁开，先是茫然回顾，很快就有了"精气神"。小鱼儿赶紧把棺盖掀开。耶耶慢慢坐起来，看看掀盖子的小鱼儿，然后把目光转到地上跪着的阿褚，讥讽地说：

"阿褚你个不争气的东西，这么快就下台了？"他转向大伙儿和小鱼儿，"你们做得对。小鱼儿，你比他更适合当头人。"

阿褚不服气，恼怒地哼一声。不过他很怕耶耶，没敢顶嘴。

九个兄姐中次郎最精明，他知道虽然耶耶骂阿褚最多，还用电鞭抽过他，实际上心底里最喜欢阿褚。耶耶说他喜欢所有孩子，但实际最喜欢的是三个兄姐。第一个当然是小鱼儿，因为"她天生讨人待见"，不管兄姐还是弟妹们都喜欢她。第二个喜欢的是亚斯，这个白皮肤红头发的小子最聪明，识字最多，点子最多。第三个最喜欢的是阿褚，因为他长得最像耶耶，脾气也"对路数"。要不是他犯的错最多，耶耶最喜欢的指不定是他呢。次郎笑嘻嘻地说：

"耶耶，这次选头人我可是选的阿褚。所有人中他最勇敢。"

索朗丹增也说："我也选的他。每次出蛋房生存时就他的小队跑得最远。"

大川良子小声说："可是，就他小队里的弟妹死得最多，特别是小宝。"

其他兄姐都没吭声。良子说得对，虽然阿褚很勇敢，出蛋房后敢跑得最远，但他的小队中死的人最多。要知道，他带的人可都是他当头人那阵儿亲自挑选的，是 300 个弟妹中最强壮的！大家这次没选他还有一个重要原因：上一次出蛋房生存时他的小队没按时回来。大家等了又等，六个白天都过去了，可怕的夜晚要来了，他们还是没回来。大伙儿急死了，想唤醒耶耶，但唤醒耶耶是头人的权力，偏偏阿褚就是那届的头人！小鱼儿等不及，想豁上犯错把耶耶唤醒。这时阿褚和队员垂头丧气地回来了——又少了三个人。而且他们的表情非常古怪，除了阿褚，其他弟妹都低着头，不大敢直视别人。问阿褚，他说没什么事，就是迷了路，有三个人憋死了。不过小鱼儿很快就从一位弟妹那儿问出了真相。原来他们迷路了，两个人被憋死。又找不到食物，眼看都要饿死。阿褚率大家包围了一条鳄龙，想杀死它。但鳄龙逃跑了，逃跑时还咬死了小宝。没办法，阿褚把小宝的肉分给大伙儿吃，这样他们才熬了过来。大家都不愿意吃伙伴的肉，但快饿死的人没有别的选择。

当然，耶耶没说过死人的肉不能吃。耶耶醒来后知道了这件事，并没有责罚阿褚，只是叹息着说，为了活下去而不得不干的事，都是可以原谅的，而且阿褚这次熬过了六个白天的"缺氧"，只憋死两个人，真是不容易。这不是责备，差不多算是赞扬了。但不管怎样，大家心中都有点说不清道不明的东西，所以下次选头人时，阿褚的票一下子少了许多。

"吃同伴"这件事总有一种"邪恶"的味道，人们一般都避讳提它。这会儿大川良子提到这件事，小鱼儿赶紧笑着岔开了：

"耶耶，其实我选的也是阿褚，他真的很勇敢，很能吃苦，每次缺氧昏迷后都是他第一个清醒。"

小鱼儿无意中提到另一个邪恶的词：缺氧。用耶耶的话，是"操蛋老天爷干的缺德事"。大伙儿，尤其是年幼的弟妹们，听见这个词都不由得打个寒战。孩子们其实都不愿窝在蛋房里，都想到外面的大世界去玩耍，去找食物。只是——大世界里有"缺氧"！每次出蛋房后不久，孩子们就喘不过气，头昏，想呕吐，憋得最难受时大小便都会失禁，再严重就会死去。每次出外生存后，即使回到蛋房，很长时间脑袋都是木的，连走路都不利索。这个看不见的魔鬼无处可躲，除非回到蛋房。蛋房里从来没有缺氧，一定是耶耶的神力罩着它。

自从耶耶逼大伙儿去蛋房外"生存锻炼"，至今已经五岁也就是50息壤年了，但大家还是不行，受不了缺氧这个魔鬼。可是，耶耶不管你受得了受不了，过一段时间就把大伙儿往外赶。他说，"你们得学会在缺氧的大天地里生存,不能一辈子活在蛋房里!"而且,他让大家在外面停留的时间越来越长,在连续经受几天缺氧后,都会有弟妹死去,这些年已经死了几十个弟妹了。但耶耶一点儿也不松口。

可是就连他也不敢让大伙儿出去超过半日也就是六个白天。他知道缺氧的厉害,自己是从不出蛋房的,如果必须出去就要穿上一身奇怪的衣服,连脑袋也要罩住。想来他的法力只能局限在蛋房内。这会儿小鱼儿看见大伙儿的表情,有点后悔提到缺氧,忙转了话题:

"耶耶,你睡这么久肯定饿了,赶快吃狮子头吧。"

耶耶一口气吃了五颗狮子头,吃饭时问亚斯:"亚斯,你个红头发小崽子,我睡觉时你教大伙儿识字了吗?"

亚斯骄傲地说:"教了,还是每天三个字。"

耶耶有一本叫做"字典"的宝书,上面有那么多的方块字,像天上的星星一样多。方块字下面标有曲里拐弯的怪字母,耶耶说它们是"辣丁拼音",能用来读出每个字的音。耶耶说他年轻时也学过这玩意儿,现在全他妈忘求了。可是亚斯确实聪明,那时耶耶已经教了几百个字,亚斯按这些字的读音反过来琢磨拼音,竟然琢磨懂了!以后他就能利用"辣丁拼音"读出所有的字了!他甚至还发现,耶耶教过的字有些读错了。耶耶很高兴,也有点难为情,以后就把"宝书"交亚斯保管,教大伙儿识字的事也全部交给他。亚斯很珍爱这本书,向耶耶讨来防雨的布,把它妥妥地包好。耶耶还给他一个硬皮的小本本,300 个孩子中只给过他一人,让他把蛋房里每日发生的大事记下来。亚斯非常珍惜,也用防雨的布严严地包好,还在封面工工整整地写上自己的名字。这会儿耶耶问:

"你教了,他们都能记住不?"

亚斯为难地看看阿褚、索朗丹增等人,嘿嘿地笑着,没有回答。蛋房的孩子中有十几个最头疼学识字,学了也记不住,阿褚就是其中一个。耶耶为此狠狠责罚过他们,但责罚也不顶用,后来耶耶也懒得管了。这会儿耶耶讥讽地横一眼提心吊胆的阿褚,伸了伸懒腰说:

"不用说,阿褚你又是老末,对不?耶耶我今天刚醒来,心情好,不用电鞭抽你了，下次给我用心一点！好了，小崽子们，都玩去吧。小鱼儿，咱们的新头人，你陪我去控制室检查一下。"

控制室在蛋房的半腰，得沿着嵌在墙壁上的梯子爬上去。爬梯时小鱼儿注意到，耶耶的步伐迟缓多了。耶耶上次复苏时说过，只算醒着的时间，扣除在冷冻室里睡着的时间，他已经80岁了，不定哪天就要上天堂了。现在他这样衰弱，会不会那一天真的快来了？小鱼儿暗暗难过。她舍不得耶耶离开这儿去天堂，哪怕天堂是个很好的地方。如果没了耶耶，她该咋当头人啊，她能带好267个孩子吗？

一路上小鱼儿感觉到，身后的耶耶似乎总盯着她，盯得她的后背热辣辣的。小鱼儿扭回头，撒娇地说：

"耶耶，你干吗老盯着我？"

耶耶轻叹一声："小鱼儿，你越长越像一个女人，我在故土的一位老朋友。"

小鱼儿敏感地问："她……是我的妈妈吗？还有……你是阿褚的爸爸吗？大家都说阿褚和你长得最像。"

"都不是。我倒盼着是，但不可能。"他叹息一声，自言自语，"不可能，第一批卵生人中应该没有乐之有成员的机因。"小鱼儿问什么是"乐之有"和"机因"，但耶耶摇摇头说，"你不必问，这是没用的知识。"

这是耶耶的口头禅："这个问题不要问了，它是没用的知识，说了你们也听不懂，懂了将来也会忘记。"蛋房中有很多模样怪怪的很精致的"机器"，但耶耶从来不讲它们的名字和用处，说那是没用的知识。可他自己老忍不住提一种叫"电脑"的东西，说它里面装着多得要命的知识，一万辈子都学不完用不完。可他提了之后又会说：

"电脑也是没用的知识，你们不要问。电脑里都是蝇文，我不认得。"他笑着说，"我原来认得一些蝇文，飞船上天前突击学的，谁知道睡一觉全他妈给忘求啦！"

所以这会儿小鱼儿也就不再追问。他们到了控制室，这儿有做狮子头的机器,还有一些奇形怪状的机器,都是管什么"生态封闭循环"用的。每个机器旁边都有铭牌,写着机器的名字。铭牌上是两种文字,耶耶只教其中的方块字。另一种曲里拐弯的文字,就是耶耶不认得的蝇文。

耶耶爬梯子累了,进控制室后坐在地上喘气。小鱼儿亲热地趴在他的膝盖上,头贴在耶耶的胸膛上,听着他急促的心跳声。耶耶好长时间没说话,用手指梳着小鱼儿的一头乱发,理顺后还不停手,一下一下地摩挲着。小鱼儿能真切感受到他的疼爱,不由得仰起头,亲了耶耶的脸蛋。耶耶从来不亲人的,这会儿也亲亲她的额头,叹息着说:

"小鱼儿,你是个好孩子,是个好头人,就是心软了一点儿。"

小鱼儿想说"阿褚心很硬,适合当头人",但想到被阿褚吃掉的小宝,这句话就没说出口。她岔开话题,说:

"耶耶,我已经会操作狮子头机了,很熟练了。是不是再教我操作别的机器,比如什么生态循环机?"

耶耶说:"那个不必学,不是有用的知识。你还是给我讲一讲,我睡觉期间发生过什么新鲜事吧。"

小鱼儿确实有一件"新鲜事"要问,只是有点儿害羞,其实为啥害羞她自己都弄不明白,但就是不好开口。她鼓足勇气问:

"耶耶,是有一件新鲜事。前几天,我尿便便的地方忽然流了好多血。可是我没受伤,也一点儿都不疼,怎么会流血呢?"

耶耶惊奇地看看她,看来对如何回答有点为难,咕哝着:"妈的,这种娘儿们的事也得老子管。"然后笑着说:

"小鱼儿,别担心,这叫'月经',每月来一次。女孩子长到12岁都会有的。这不是坏事,反倒是好事,大大的好事。看来乔治那鬼东西鼓捣出卵生人时,没把这个本事给弄丢。"

小鱼儿似懂非懂,问:"乔治是谁?是你说的三圣吗?"

"不是。他也是个最聪明的人,但比三圣还差一点儿。"

"你说那个'月惊'每月来一次,每月是多少?和三个月亮有关吗?"

耶耶嗨了一声,敲敲自己的脑袋:"耶耶老糊涂了,息壤星上不讲月份。"

他摇摇头说,"人们说月经时间和月亮圆缺有关,可息壤星上三个月亮,它该跟谁走?小鱼儿,你甭管什么是月份。只用记住月经是28天到30天来一次,就行了。月经来时用洁净的大叶花绒擦干净,不要见凉水。还有,把耶耶这些话也告诉其他女孩子,她们也会有月经的。"

"好的。那男孩子呢?他们没有月经吗?"

"没有。男孩子再大一点,会有别的东西流出来,也是从尿便便的地方。你甭管了。"

然后他沉默了,沉默一会儿开始自言自语:"我得多活几年。一定得多活几年。娃儿们需要知道的东西多着哩。"

小鱼儿发现,近来耶耶常常自言自语,是不是人老了都是这样?耶耶这番话让她难过,心中有一种沉重的预感:也许耶耶再次睡觉后就不会醒来了。她又岔开话题:

"耶耶,最近我在做狮子头时,发现附近有个红灯老是一闪一闪的,这是咋回事?它过去不闪。"

"是吗?是哪个红灯?指给我看。"

小鱼儿把耶耶从地上拉起来,两人走过去,小鱼儿指认了曾经闪烁的那个红灯,不过这会儿它并没有闪烁。耶耶说:

"我得想办法查查原因,你去玩儿吧。"小鱼儿说,她留这儿帮忙吧,但耶耶拒绝了。"不,用不着你帮忙,你去吧。"

休息时,孩子们照例要在蛋房的角落里逮鼠子烤着吃。狮子头很好吃,可是每天吃每天吃也腻了,小鱼儿刚走近孩子群就有人喊她,是阿褚,他正向这边跑来,他的手下站成一排等着。

大川良子附在小鱼儿耳边说:"他肯定又找咱们玩土人和野人打仗,别答应他!"阿褚来了,讨好地笑着:

"鱼姐姐,咱们还玩土人打野人吧,行不?要不,给你多分几个人,让你赢一次,行不?"

小鱼儿摇头拒绝了:"不,我们今天不想玩打仗。"

阿褚力气很大，手底下还有几个力气最大的男孩，像恰恰、泰森、吉布森等，都是他当头人时挑给自己的，所以分拨儿打仗他老赢。除了常常跟他一拨儿的次郎和索朗丹增，其余像大川良子、娜塔莎、优素福、萨布里、亚斯都不愿同他玩打仗。阿褚央求着：

"好鱼姐姐，再玩一次吧，求求你啦。"

小鱼儿总是心软，阿褚可怜巴巴的样子让她无法拒绝。忽然她心中一动，想出一个主意："好，我答应和你玩打仗。可是，你不在乎我多找几个人吧。"

阿褚高兴了，慷慨地说："不在乎！不在乎！你在我的手下挑选吧。"

小鱼儿笑着说："不用挑你的人，你去准备吧。"他兴高采烈地跑了。大川良子担心地悄声说："小鱼姐，咱们打不过他，只要一打赢，他又狂啦。"

小鱼儿知道阿褚的毛病，不管这会儿他说得多好，一打赢他就狂得没边儿，变着法子折磨俘虏，让俘虏驮着胜利者爬着走路，让你当苦力，扒掉你的树叶裙子画黑屁股，这都是游戏规则允许的。小鱼儿说："良子你别担心，今天咱们一定要赢！你先带咱俩的弟妹做准备，我去找人。"

娜塔莎、优素福、亚斯和萨布里等正带着手下捉鼠子，小鱼儿跑过去喊住他："喂，今天别逮鼠子了，咱们合成一伙儿，跟阿褚打仗吧。"四人还有些犹豫，小鱼儿鼓动他们："你们别怕打输嘛，今天咱们合起来，一定把他打败，教训教训他！"

亚斯想想，点头答应。亚斯平时是最不爱打仗的，老躲在僻静处在本上记东西。这次他难得地答应，其他几人更不用说。他们共同商量了打仗的方案。这边，良子已带手下做好准备，拾了很多小石子当武器，装在每人的猎袋里。猎袋里也装着匕首和火镰，但玩耍时匕首是不能当武器的。

小鱼儿和大川良子领着手下来到蛋房大厅中央，做好准备。小鱼儿给大伙儿鼓劲："不要怕，我安排了埋伏，今天一定能打败他们。"

按照规则，"野人们"做好准备后，小鱼儿就派大嗓门的孔茨站到土台上喊："凶恶的土人哪，你们快来吧！"阿褚、次郎、索朗丹增他们怪声叫着跑过来。等他们近到十几步远时，这边的石子像雨点般飞过去，有几十个土人被砸中脑袋甚至眼睛，哎哟哎哟地喊，可土人们非常蛮勇，脚下一点不停。

这边几个伙伴开始发慌，小鱼儿大声喊："都别怕，和他们拼！援兵马上就到！"大伙儿冲过去，和阿褚的手下扭作一团。

阿褚没想到这次对手如此拼命，他的野性也越发高涨，狂吼着："杀死野人！杀死野人！"混战一场后，土人一方毕竟有力气，人数也多，把所有野人都摔倒了。阿褚把小鱼儿摔倒，用左肘压着她的胸脯，右手把带鞘的匕首压在她的喉咙上，得意地说：

"降不降？降不降？"

按平常的规矩，这时野人该投降了。不投降就会被"杀死"，那么，这一日你不能再参加任何游戏。但小鱼儿高声喊着："不投降！"小鱼儿猛地把他掀下去。这时后边一阵凶猛的杀声，萨布里、亚斯、娜塔莎、优素福等带领四队人赶到，俩人收拾一个，很快把他们全降服了。优素福、亚斯和萨布里把最为蛮勇的阿褚摔在地上，用带鞘匕首压着他的喉咙，兴高采烈地喊：

"降不降？降不降？"

阿褚从惊呆中醒过神，狂怒地喊："不算数！你们喊来这么多帮手！"

小鱼儿笑道："你不是说不在乎我们人多吗？你说话不算数吗？"

阿褚狂怒地甩开两人，恶狠狠地从鞘中拔出匕首："不服，我就是不服！"他疯狂地挥着匕首攻击，优素福和萨布里猝不及防，胳臂都被深深地划伤，鲜血凶猛地涌出来。两人被真正激怒了，因为游戏规则是不允许匕首出鞘的。他们也拔出匕首恶狠狠地吼：

"想拼命吗？来吧！"

双方的愤怒都被点燃，每人都掏出匕首。七八个人执刀围攻阿褚，他疯狂地回击着，但身上已经有了两道血口。同他一拨的次朗和索朗丹增想帮他，但这件事阿褚实在不占理，所以两人只好垂着头立在一边。小鱼儿厉声喝止，见喝止不住，干脆扑过去用身体护住阿褚。优素福等人勉强来得及收住匕首，没把小鱼儿刺伤。阿褚两眼通红，像鳄龙一样咻咻地喘息着。小鱼儿笑着说：

"阿褚，不许耍赖，大伙儿会笑话你的。快投降吧，我们不会骑俘虏，不会扒掉俘虏的树叶裙画黑屁股。我们只在屁股上轻轻抽一下。"

阿褚犹豫一会儿，悻悻地收起匕首，低下脑袋服输了。小鱼儿用匕首砍下一根细树枝,让良子在每个俘虏屁股上轻轻抽一下,宣布游戏结束,然后用嚼碎的树叶为几个伤者止血。次郎、索朗丹增,还有他们手下的恰恰、吉布森等人没料到惩罚这样轻,难为情地傻笑着——他们赢时可从没轻饶过俘虏。阿褚还在咕哝着:"你们约这么多帮手,我就是不服。"不过大伙儿都没理他。

红红的太阳升到头顶,把头顶的红月亮淹没了,只有地平线附近还隐约看见两个小月亮。索朗问:"下边咱们玩什么?"黑皮肤的萨布里逗阿褚:"打仗我还没过瘾呢,再玩一次,行不?"阿褚恼火地转过身,给他一个脊背。小鱼儿想了想,轻声说:

"让弟妹们自个玩儿去吧,你们八个陪我坐一会,行不?"

八个兄姐都和小鱼儿要好,包括凡事逞强的阿褚。于是他们吩咐弟妹们自个儿玩,八人陪小鱼儿散步,一直走到蛋房的墙壁,对着外边的坟山和人蛋湖,背对背地团坐在地上。大川良子问小鱼儿:"你今天是不是有心事?"小鱼儿叹息着:

"没有心事。只是我今天发现耶耶真的老了,也许他下次再睡觉就不会醒了。"

阿褚不在意:"耶耶早就说过,人老了都会死的。"

"你说得对,可是我还是难过。"

亚斯说:"你不能光难过,得赶紧学会操作蛋房内的所有机器。好在宝书上的字我都会念了,加减乘除也都会了,不用耶耶教了。"

阿褚说:"我和小鱼儿已经会操作狮子头机,还得学会操作那个啥子生态循环机,耶耶说,就是因为它在工作,蛋房内才不缺氧。"

"我今天提过想学,可耶耶不让学,说这是用不着的知识。"

大伙儿都不相信。这知识怎么会没用?应该是最有用的啊。蛋房能隔绝可怕的、外面无处不在的缺氧,这当然是依赖耶耶的神力。可他们一向知道,耶耶的所有神力都是通过某种机器来实现的。亚斯说:

"咱们都想想,耶耶还有哪些本领咱们必须得学。"

小鱼儿说:"对,亚斯说得对,我得考虑考虑需要学啥,以防万一……"

天父地母

"得学会使用电鞭!"阿褚应声回答。说完后他见大家都在看他，便咕哝道："学会了也是小鱼儿用，除非咱们选出新头人。"

小鱼儿说："亚斯你最聪明，你想想还得学啥。"

亚斯想了想："你已经会操作狮子头机，可你得问清耶耶，它会永远吐狮子头吗？我总觉得，它里面的东西会用完的。"

小鱼儿过去从没想过这件事，总是以为——只要有耶耶在——所有机器都会永远工作下去。她认真地说："你说得对，我要问清楚。"

亚斯犹豫着说："最好再问问，咱们的爹妈啥时候来看望咱们。"他说完就摇头，"这个问题不问也罢，我觉得耶耶也不知道。"

过去有人问过耶耶，耶耶总说："等你们学会在蛋房外生存，爹妈就会来的。"这明显是搪塞话，也许他真的不知道。小鱼儿说：

"行，不问这个问题。好的，咱们玩去吧。"

他们玩了一会儿，红太阳已经很低了，三个红月亮依次升起。在粉红色的暮霭中，伙伴们排成一队，从耶耶手里接过今天的狮子头。耶耶发狮子头时是他最和蔼的时候，而手执电鞭逼大伙出蛋房是他最凶恶的时候。他挨个摸大伙儿的头顶，问大家今天干了什么，过得高兴吗。伙伴们笑嘻嘻地围着他，同他亲热一会儿。但细心的小鱼儿发现，今天耶耶虽然也在微笑，但眼睛深处有一种很冷硬的东西。他用这种很冷硬的眼光看着远处，跟大伙儿说话时也显得心不在焉。

小鱼儿帮他发狮子头。轮到阿褚来领时，耶耶看看他，讥讽地问："今天玩土人和野人打仗，你小子第一次被打败了，是不是？"

阿褚恼怒地梗着脖子不回答，小鱼儿打圆场说："开始阿褚占上风，我们人多，才把他打败了。"

耶耶点点头："小鱼儿，你是个有本事的头人。"他讥讽地瞪着阿褚，"你小子不要不服气。不管多少人，不管用什么招数，能打赢就是一切。你有本事，下次也多拉几队人到你那边。"

阿褚不服气，但无话可说，他知道比不上小鱼儿的人缘。

狮子头分完了，大伙儿香甜地吃着。耶耶说："吃完了都不要走，耶耶有重要的事情要告诉大家。"268个伙伴都聚过来，笑嘻嘻地等着，268双眼睛在粉红色的月光下闪亮。唯有小鱼儿的心忽然沉下去，她不知道耶耶要说的"重要事情"是什么，但有一种不祥的预感。耶耶的目光扫过每个人，冷硬地说：

"你们中最小的人已经过了11岁生日，已经是大孩子了。从明天起你们要离开蛋房，每三日回来一次。这三日每人只发三颗狮子头，其余食物自己寻找。"他又说："听清了没？我说的是三日，也就是36个白天加夜晚。"

大伙儿都傻了，慢慢转动着脑袋，看着前后左右的伙伴。耶耶一定是开玩笑，不会真把他的孩子们赶出去三日。三日！一个息壤年！36个白天和夜晚！毫无疑问，连续经受三日缺氧，没一个人能扛得住。再说只有三颗狮子头，饿也饿死了。耶耶，你干吗要用这么可怕的玩笑来吓唬我们呢。可是，耶耶的声音更加严厉：

"记住是三日！明天早上六点整，太阳出来前全部出去，到第四日早上六点整再回来，早一分钟我也不会开门。"

阿褚狂怒地喊："三日后我们会死光的！谁想去谁去，反正我不出去！"

耶耶冷冰冰地说："你想尝尝电鞭的滋味吗？"他抽出腰间的电鞭向阿褚走去。阿褚挺起胸膛与耶耶对抗，但他的身体分明在发抖。小鱼儿急忙跳起来护住阿褚，悲哀地看着耶耶，想起刚才有过的不祥预感，觉得某种灾难是命中注定的。小鱼儿悲哀地盯着耶耶的眼睛，低声说：

"耶耶，我们听你的吩咐，可是——三日！36个白天和夜晚！"

耶耶垂下鞭子，叹息一声："孩子们，我不想逼你们，可是你们必须尽快学会在蛋房外生存，否则就来不及了。"

蛋房的墙壁上嵌有成排成排的房间，足够每人单独占一间，可大伙儿总爱聚在蛋房的大厅里睡觉。今晚大伙儿聚得更紧，身体挨着身体，头顶着头。大伙儿都害怕，睁大眼睛不睡觉。两个小月亮升到天顶，偶尔有一只小鼠子从暗处跑过去。小鱼儿属下的朴顺姬忽然把头钻到她的腋下，嘤嘤地哭了：

"鱼姐姐，我害怕。"

小鱼儿只能劝道："不要怕，怕也没有用。耶耶说得对，既然能熬过半日缺氧，就能熬过三日。既然操蛋老天爷让这儿缺氧，咱们就得忍受。咱们一定得学会在野外生存，不能永远躲在蛋房里。"阿褚怒声说："不出去，咱们都不出去！"萨布里接口："可是，耶耶的电鞭……"阿褚咬着牙说：

"小鱼儿你是头人，有机会接近它。偷过来！再用它……"

大伙儿都打一个寒噤。耶耶在他们心中至高无上，和耶耶尊敬的"三圣"差不多，在此之前，从没人想过要反抗耶耶，更不敢想用电鞭抽他。阿褚这句话让大家胆战心惊。很多人仰头看着小鱼儿，小鱼儿知道他们在等自己发话，咬咬牙说：

"阿褚你不许胡说八道！咱们该听耶耶的话，他是为咱们好。"

阿褚怒冲冲地啐一口，离开人群单独睡去了。大伙儿都睁着眼，很久才睡着。

早上六点前大家都醒了，外边是很好的晴天，红色的朝霞在天边燃烧，蓝色的天空晶莹澄澈，几朵较低的白云飘到蛋房处受阻，擦着蛋房壁绕行过去。有一段时间大伙儿几乎忘了昨晚的事。这么美好的日子，那种事不会发生的。可是，耶耶在大厅里等着大伙儿，提一篮狮子头，腰里挂着电鞭。他严厉地喊：

"快来领狮子头，每人三颗，领完就出去！"

大伙儿悲哀地过去，默默地领了狮子头，装在猎袋里。耶耶驱赶着大家来到门口。墙外，黏糊糊的墨绿仍在紧紧地箍着透明的墙壁，似乎在等着吞噬出去的人。耶耶把门打开了，一只小鼠子越过人群，嗖地出门，消失在墨绿的草荫中。小鱼儿怜悯地想，它这么着急地逃离蛋房，逃离神力的庇护，实在太傻了。它不知道外边有什么在等着它啊。

所有伙伴哀求地看着耶耶，祈盼他在最后一刻改变主意。可是不，他脸上冷冰冰的，非常严厉。小鱼儿只好带头跨过密封门，伙伴们跟在后边。最后的孔茨出来后，密封门唰地关闭了。

由于每天进出，门外已被踩出一个小小的空场，大伙儿茫然待在这个空场里，不知道下一步该往哪儿走。小鱼儿把其他八位兄姐拢到一块儿，简单地商量一会儿。小鱼儿说："没退路了，只能往前走。这次生存，最重要的事情是寻找食物，否则三颗狮子头是坚持不了 36 个白天夜晚的。要捉鼠子、双口蛇蚓、白条儿鱼。人蛋湖里的白条儿鱼太少，远不够 268 人的口粮，必须向远处走。而且九个小队要分散，但又不能离得太远，紧急情况下用敲击树干的办法来联系。"

其他八位兄姐都同意，商量了具体的办法，然后分成三队，小鱼儿、大川良子和优素福一队，萨布里、亚斯和娜塔莎一队，阿褚、索朗丹增和次郎一队。大家要分头出发了，但都舍不得走。他们都知道今天的生存不比往日，等到重新回这儿聚齐时，不知道会少多少人。看看蛋房，耶耶仍立在那里，满面怒容，看来对大伙儿的磨蹭已经忍到了极限。小鱼儿狠狠心说：

"不能耽误了，马上出发！"

忽然朴顺姬嘶声喊着："我……受不……了啦……"

她痛苦地抓着头发，慢慢倒下去。小鱼儿赶紧俯下身察看。朴顺姬的面孔青紫，眼珠凸出，极度的恐惧充溢在瞳孔里。这是怎么回事？缺氧虽然痛苦但并不会立即致命。也许朴顺姬今天只是因为极度恐惧？几个人急急喊着："顺姬，快吸气！大口吸气！"

没有用。她的面色越来越紫，眼神已开始蒙眬。小鱼儿急忙跑到密封门前，用力拍着："快开门！快开门！顺姬要死啦！耶耶，快开门！"伙伴中最能忍受缺氧的阿褚和索朗把顺姬举到门边，高声喊着，可是那边没有动静。透明墙壁对面的耶耶像石像一样立着，冷冷地看着外边的孩子们。孩子们喊着，哭着，忽然，一股臭气冲出来，是顺姬的屎尿失禁了。她的身体慢慢变冷，一双眼睛仍然圆睁着。

门还是没有开。

伙伴们立在顺姬的尸体旁垂泪，没人哭出声。大家知道耶耶已经铁了心，不会来救助和抚慰。顺姬死了，不是因行路中的意外而死，不是死于鳄龙之口，而是直接死于缺氧。她再也不能活过来了。蛋房通体透明，充溢着明亮

天父地母

温暖的红光,衬着这红色的背景,墙壁那边的耶耶一动不动。蛋房,家,耶耶,这些字眼从懂事起就种在所有人心里,是那样亲切。可是今天它们一下子变得冰冷坚硬,冷酷无情。小鱼儿忍着泪说:

"耶耶的决定不会更改的。走吧,到森林里去吧。"她尽力安慰大家,"顺姬肯定是因为过度紧张而死的,咱们不要怕。咱们都知道,缺氧很痛苦,但短时间不会要人命。"

亚斯忽然喊了一声:"对,这会儿咱们都不怕了!你们看,咱们这会儿都不怕了!"

大伙忽然意识到,刚才只顾紧张,只顾为顺姬着急,一时把缺氧忘了。一旦忘了,它就没那么可怕了——不,它仍然很可怕,让人憋得难受。但至少大家这会儿还都活着。

大家都勉强点头。虽然头昏,想呕吐,四肢乏力,但至少不会像顺姬那样死去了,她肯定是因为过于紧张,是耶耶的决定把她吓住了。确认这一点后,恐惧没那么入骨了。大川良子轻声问小鱼儿:"顺姬怎么办?"

顺姬怎么办?耶耶说过,人死后一定得埋掉或者烧掉,这样死者的灵魂才能远离痛苦,飞到彩云缭绕、仙果累累的天堂。不过这时她发现,透明墙壁后的耶耶在向他们用力挥手,便说:

"耶耶说他帮咱们处理,咱们走吧。"

她取下顺姬的猎袋,挎在肩上,离开这儿向森林中走去。

大叶树和蛇藤互相缠绕,森林里十分拥挤和黑暗,几乎没法走动。三支队伍拉开一定距离,用匕首边砍边走。分手前小鱼儿不放心,又特意向大伙儿交代:

"现在不是玩游戏,知道吗?不是玩游戏!谁在森林中丢失就会死去,再也活不过来了!"

大伙儿看看她,眼神中是驱不散的惧意。只有阿褚不大在乎,不耐烦地大声说:"知道了,当然不是玩游戏!"

密林中很难走,六个白天过去,大伙儿在森林里才走了大约十里地。这中间缺氧仍使他们难受得要死,但再没人死去。太阳快落了,下面将是漫长的六个黑夜。小鱼儿用敲树干的方法收拢了其他两支队伍。大家砍出一片小空场,又砍来枝叶铺在地下。红月亮开始升起来,这是每天吃第六餐的时刻,大家从猎袋中掏出圆圆的狮子头,几乎所有人都只有这最后一颗了。小鱼儿舍不得吃,犹豫一会儿,用匕首把狮子头分成三份儿,吃掉一份,其余小心地装回猎袋。这一块狮子头太小了,吃完后更是勾起肚子里的饥火,真想把剩下的两块一口吞掉。不过,她终于战胜了诱惑。她的手下也都学她把狮子头分成三份,可是有不少人没忍住,又悄悄把剩下的两块吃了。小鱼儿叹口气,没有责骂他们。

往常的出蛋房生存都是当日返回,所以这是第一次在蛋房之外过夜。在蛋房里睡觉时,大家知道蛋房和耶耶在护着他们,为他们遮挡缺氧,为他们提供狮子头,万一受伤还有医药,有什么难题可以找耶耶。可是,忽然之间,这些依靠全没了!笼罩大家的,是无边的黑暗。尽管很疲乏,还是惴惴地睡不着,越睡不着越觉得肚里饿。良子忽然触触小鱼儿:"你看!"

借着从树叶缝隙中透出来的月光,小鱼儿看见十几条双口蛇蚓分布在周围。白天,当大伙儿闹腾着砍树开路时,它们都惊跑了,现在又好奇地聚过来。它们把两只嘴巴吸附在地上,身子弯成弧形,安静地听着宿营地的动静。阿褚附在小鱼儿耳边说:"明天捉双口蛇蚓吃吧,我曾吃过一条小蛇崽,肉发苦,不过还算能吃。"

小鱼儿问:"能逮住吗?双口蛇蚓没眼睛,可耳朵很灵。还有它们的大嘴巴和利牙,咬一口可不得了。"阿褚说:"想办法吧,一定能逮住的。"身边有窸窣的声音,是孔茨在翻身,他仰起头惊叫道:"这么多双口蛇蚓!"双口蛇蚓被他的喊声惊动,四散逃走,身体一屈一拱,一屈一拱,很快消失在密林中。

黑夜中缺氧更重,耶耶曾说过,这是因为晚上植物也要吸氧气,所以大气中本来就少的氧气更不够用。大家脑袋昏沉沉的,有人呕吐了。但晚上人们不活动,虽然缺氧,还不至于要命。终于熬到天亮,阳光透过茂密的枝叶射下来，显得十分微弱。林中阴冷潮湿，伙伴们个个缩紧身体，挤成一团。阿褚紧靠着小鱼儿的脊背，一只手臂还搭在她的身上。小鱼儿挪开他的手臂，坐起身。顺着昨天开出的路，隐约能看见蛋房，那儿，早晨的阳光充满密封的空间，透明的墙壁和屋顶闪着红光。小鱼儿呆呆地望着，忘了对耶耶的恼怒，巴不得马上回到他身边。

但她知道，不到第四日早上他不会开门的，哪怕他的孩子们全死在门外。想到这里，小鱼儿第一次生出对耶耶的怨恨。

小鱼儿喊醒大家，说："今天得赶紧找食物，好多人已经把狮子头吃光了，还有12个白天和12个夜晚呢。我和良子、娜塔莎领三个队去采果实，阿褚你带六个队去捉双口蛇蚓，只要能捉住一条就够我们吃两日的。"大伙儿同意小鱼儿的安排，分头出发。

森林中只有大叶树和蛇藤，枝叶都不能吃，又苦又涩，小鱼儿尝了几次，都忍不住吐出来。好在这个季节大叶果已经基本熟了，树的半腰挂着一嘟噜一嘟噜的圆球，小鱼儿让大伙儿等着，自己向树上爬去。大叶树树干很粗，没法抱着树干攀爬，好在这种树从根部就有分杈，她蹬着树杈，小心地向上爬。缺氧使她的四肢酥软，每爬一步都要使出很大的力气。她越爬越高，下面的同伴被树叶遮住了。斜刺里伸来一支蛇藤，围着大叶树盘旋上升，她抓住蛇藤喘息一会儿，再往上爬。现在，一串串圆圆的果实悬在脸前，她在蛇藤上盘住腿，抽出匕首砍下一串，小心地尝尝。大叶果还没熟透，味道既涩又苦，但勉强能吃。她贪馋地吃了几颗，觉得肚子里的饥火没那么炽烈了。

她喊伙伴："注意，我要扔大叶果了！"然后砍下果实，瞅着树叶缝隙扔下去。过一会儿，听见树底下高兴的喊声，他们已尝到大叶果的味道了。一棵大叶树有几十串果实，够一个小队的人吃一日的。

她顺着蛇藤往下溜，大口喘息着。有两串大叶果卡在树杈上，她努力探着身子把它们取下来。下面的伙伴们仰脸看着他们的头人。快到树下小鱼儿实在没力气了，手一松，顺着树干溜下去，结结实实地摔在地上，晕了过去。等她从昏晕中醒来，听见伙伴们焦急地喊："鱼姐姐，鱼姐姐！姐姐你总算醒啦。"

小鱼儿撑起身子，伙伴们团团围在身边。她问："大叶果好吃吗？"大伙儿摇着头说,"比狮子头差远啦,不过总算能吃吧。"她说,"你们都去采摘,给其他六队人准备口粮。阿褚他们不一定能捉到双口蛇蚓呢。"

到下午,每人的猎袋都塞满了。也许是只顾干活,连缺氧似乎也能忍受了。小鱼儿带伙伴选一块稀疏干燥的地方,砍来枝叶铺出一个窝铺,然后让孔茨去喊其他队回来。孔茨爬到一棵大树上,用匕首拍着树干,高声吆喝:

"伙伴——回来哟——大叶果——备好喽——"

过了半个小时,那几队从密林中钻出来,个个疲惫不堪,垂头丧气,手里空空的。小鱼儿知道他们今天又失败了,怕他们难过,忙笑着迎过去。阿褚烦闷地说,"没一点儿收获,双口蛇蚓太机警,稍有动静它们就逃得不见影。"他们转了一天,只围住一条双口蛇蚓,但在最后当口又让它逃跑了。次郎骂着:"这些瞎眼的东西,比明眼鼠子还鬼灵呢。"

小鱼儿安慰他们:"不要紧,我们采了好多大叶果,足够你们吃啦。"孔茨把大叶果分成九份,每队一份。阿褚、索朗他们都饿坏了,大口大口地吃着。小鱼儿仰着头想心事,刚才阿褚讲双口蛇蚓这么机灵,勾起她隐隐的担心。等他们吃完,她把阿褚、索朗、亚斯、次郎叫到一边,小声问:"你们还看到别的什么野兽吗?"他们说:"没看见,小鱼姐你在担心什么?"小鱼儿说:

"是我瞎猜呗。我想双口蛇蚓这么警惕,大概它们有危险的敌人。鳄龙虽然厉害,但它们比较笨,也大多在树林外活动。"四人的脸色也变了,"不管怎么样,以后咱们得更加小心。"

大家都乏透了,早早睡下。不过一直睡不安稳,胸口像压着大石头,骨头缝里又困又疼。小鱼儿梦见朴顺姬来了,用力把她推醒,恐惧地指着外边,喉咙里嘶声响着,却喊不出来。远处的黑暗中有双绿荧荧的眼睛,在悄悄逼近——小鱼儿猛然坐起身,梦境散了,朴顺姬和绿眼睛都消失了。

她想起可怜的顺姬,泪水不由涌出来。

身边有动静,是阿褚,他也没睡着,枕着双臂想心事。小鱼儿说,"阿褚,我刚才梦见了顺姬。"阿褚闷声说:

"小鱼姐,你不该护着耶耶。我看他是疯了,想把咱们都逼死。真该把他赶……"

身边的次郎听见了，也说："对，真该把他……然后让阿褚哥当耶耶！小鱼姐你俩合着当耶耶！"

小鱼儿苦笑着："我不是护他。你能降住他吗？即使你能降住他，你能管理蛋房吗？能管理那个'生态封闭循环系统'吗？没有它，蛋房只怕是不能隔绝缺氧了。"

阿褚和次郎不吭声了。

"再说，我也不相信耶耶是在害我们。他把咱们几百人养大，多不容易呀，干吗要害咱们呢？他是想逼咱们早点学会在蛋房外生存。"

阿褚肯定不服气，不过没有反驳。但小鱼儿忽然想起顺姬憋死时，透明墙内耶耶那冷冰冰的面容，不禁打一个寒战。即使为了逼我们早点学会生存，也不该这么冷酷啊。也许他真的疯了……小鱼儿赶紧驱走这个想法，问阿褚：

"阿褚，你记得耶耶说过的'故土'吗？那儿非常美好，有金色的太阳，比咱们的红太阳更亮；有一个月亮，是银白色的。天上有鸟，地上有鲜艳的花，植物都是鲜绿的，不像我们这儿颜色发暗。那儿有长着乳房的妈妈，还有不长乳房可同样亲孩子的爸爸。人们会坐着大鸟上天，会潜到海底，能摘星星……而且没有操蛋老天爷弄出来的缺氧，不用每天窝在蛋房里。耶耶说，等咱们学会在蛋房外生存，就让咱们回故土。我真想早点回去！"

娜塔莎、良子他们都醒了，向往地听着小鱼儿的话。阿褚却刻薄地说："全他妈屁话，都是耶耶哄咱们的。故土这么好，他为啥带着咱们逃到这儿来？他说过故土有灾难，说不定比这儿的缺氧更厉害哩。"

亚斯也同意："对，耶耶说过，那儿天塌了。"

小鱼儿知道阿褚心里烦，故意使别劲，而且——他和亚斯说的也不无道理。耶耶确实说过故土有灾难，而且，"学会生存"和"回故土"，两者似乎并没联系——那么美好的故土，又不缺氧，干吗要先学会在蛋房外生存啊——便笑笑说："你不信，我信。睡吧，也许等咱们学会生存，真正的爸妈就会来接咱们。那该多美呀。"

第二日，大伙儿照样分头去采大叶果和捉双口蛇蚓。中午，就是第三个白天结束的时候，阿褚他们回来了，比昨天更疲惫，更丧气。他们发疯般地跑了半日，很多人身上都挂着血痕，可是依然两手空空。好强的阿褚简直没脸吃分给他的大叶果，脸色阴沉，眼中喷着怒火，他的手下都胆怯地躲着他。小鱼儿心中十分担心，如果捉不到双口蛇蚓，单单大叶果毕竟填不饱肚子，常常吃完就饿，老拉稀。267张嘴呀。不过小鱼儿把担心藏到心底，高高兴兴地说：

"快吃吧，说不定下午就能吃到烤蛇肉了！"

亚斯避开阿褚，低声对小鱼儿说："我看不能再这样蛮干，必须把人员安排好，从四面包抄才行。还有，每人砍一棵长长的树杈，举在前边，既容易叉住蛇蚓，又可以保护自己。"他苦笑着说，"昨日我就给阿褚提过，他不听。"

小鱼儿觉得这是好主意，就和阿褚等商量，按亚斯说的办法，九个小队集体行动，采用大包抄的办法，由阿褚统一指挥，亚斯当副指挥。这次阿褚没再反对。下午他们很幸运，终于捉到一条双口蛇蚓，但没人想到搏斗是那样惨烈。

阿褚把九队人马撒成大网，每人朝前握着一个树杈，朝一个预定的地方慢慢包抄。常常瞥见一条双口蛇蚓在枝叶缝隙里一闪，迅即消失了。不过不要紧，亚斯、索朗、次郎他们在各个方向等着呢。大伙儿不停地敲打树干，也听到周围各个方向高亢的敲击声。包围圈慢慢缩小，忽然听到了剧烈的扑通扑通声，夹杂着刺耳的吱吱尖叫，让人头皮发麻。阿褚厉声催促着大家加快往前赶。他拨开前面的树叶，忽然呆住了。

前边一个小空场里有一条巨大的双口蛇蚓，身体有人腰那么粗，有三四个人那么长，这么巨大的双口蛇蚓大伙儿是头次见到。但这会儿它正在垂死挣扎，身上到处是伤口，暗蓝色的血液染红了好大一片空地。它疯狂地摆动着两个脑袋，动作敏捷地向外逃跑，可是每次都被一个更快的黑影截回来。大伙儿看清那个黑影，那是只——巨鼠！不是蛋房内的小鼠子，它的身体比人还大，尖嘴，粗硬的胡须，一双圆眼睛闪着阴冷的光。虽然它这么巨大，但它的相貌分明是鼠子，亚斯紧张地说：

"我知道了,这就是耶耶说过的鼠虎!是鼠子在几万年间变成的。"

耶耶说过,森林中有吃肉的鼠虎、鼠狼,有吃树叶和青草的鼠牛、鼠马,但孩子们是第一次见到鼠虎。鼠虎看见了人群,但根本不屑理会,仍旧蹲伏在那儿,守着双口蛇蚓逃跑的路。双口蛇蚓只要向外一窜,它马上以更快的速度扑上去,在蛇身上撕下一块肉,再退回原处,一边等待一边慢条斯理地咀嚼。它的速度、力量和狡猾都远远高于双口蛇蚓,所以双口蛇蚓根本没有逃生的机会。阿褚紧张地对小鱼儿低声说:

"咱们把鼠虎赶走,把蛇蚓抢过来,行不?这么大个儿的蛇蚓,足够咱们吃啦。"

小鱼儿担心地望望阴险强悍的鼠虎,小声说:"打得过它吗?"阿褚说,"我们二三百人呢,一定打得过!"双口蛇蚓终于耗尽了力气,瘫在地上抽搐着,巨鼠踱过去,开始正式享用它的美餐。它是那么傲慢,根本不把四周的人群放在眼里。

各个方向的敲击声越来越近,亚斯他们都露出头,是进攻的时候了。这时,一件意外的小事促使人们下了决心。一只小鼠子这时溜过来,东嗅嗅西嗅嗅,看来是想分点食物。这是只普通的鼠子,也许就是两日前才从蛋房里逃出的那只。但鼠虎一点不怜惜它的"堂兄弟",闪电般扑过来,一口咬住小鼠子,咔咔嚓嚓地嚼起来。这种对同类的残忍激怒了阿褚,他大声吼道:"打呀!打呀!亚斯,索朗,萨布里,快打呀!"二百多人冲过去,树杈朝前,团团围住鼠虎。鼠虎的小眼睛里这时露出一丝胆怯,但并不示弱。它放下食物,吱吱怒叫着,转着圈与人群对抗。忽然它向一个方向扑过去,敏捷地闪过树杈,一口咬住孔茨的右臂,孔茨惨叫一声,匕首掉在地上。它把孔茨扑倒,狠狠地咬住他的脖子。小鱼儿嘶声叫着跑过去,阿褚比她更快,怒吼着扑过去,把匕首用力扎到鼠虎背上。索朗他们也扑上去,经过一场剧烈的搏斗,鼠虎逃走了,背上还插着那把匕首,血迹淌了一路。

小鱼儿把孔茨抱到怀里,他的喉咙上有几个深深的牙印,向外淌着鲜血。小鱼儿用手捂住伤口,哭喊着:"孔茨!孔茨!"孔茨慢慢睁开无神的眼睛,想笑一下,可是牵动了伤口,他又晕过去。

那条巨大的双口蛇蚓躺在地上抽搐，足够全队人一日的口粮。但小鱼儿一点儿也不快乐。阿褚刚才也受伤了，左臂上两排牙印。大伙儿砍下枝叶铺好窝铺，把孔茨抬过去，安顿他睡好。萨布里领人捡树枝，索朗带人切割蛇肉。生火费了很大的劲儿，尽管每人都能熟练地使用火镰，但这儿的树叶都带着潮气。不过，火总算生起来了，大伙儿用匕首挑着蛇肉烤熟。每人都饿极了，蛇肉虽然有股怪味道，但个个吃得津津有味。

小鱼儿把最好的一串肉烤熟送给孔茨，他艰难地咀嚼着，轻声说："小鱼姐，我很快会好的……我很快会好的，对吗？"

小鱼儿忍着泪说："对，你很快会好的。"

阿褚闷闷地守着孔茨，小鱼儿知道他心里难过。他没有杀死鼠虎，宝贵的匕首也让鼠虎带走了。小鱼儿从猎袋里摸出顺姬的匕首递给他，安慰道："阿褚，今天多亏你救了孔茨，又逮住这么大的双口蛇蚓。去，烤肉去吧。"

亚斯抽出一根带余烬的木棒，对阿褚说："阿褚你能忍住疼不？要是能，我就用火炭烙你的伤口，耶耶说过这能防止化脓。"

阿褚答应了，咬着牙，抱着受伤的右臂。亚斯把火炭烙上去，皮肤滋滋地冒烟。女孩子们都不敢看，连亚斯的手都在发抖。但阿褚咬着牙一动不动，一直到伤口处都烧成了黑痂。阿褚的伤治疗完了，小鱼儿问亚斯：

"给孔茨也治治，行不？"

亚斯苦楚地摇头，低声说："我早就看过了，不行，他的伤口太深，又伤在喉咙，没法烙。"

深夜，孔茨开始发烧，身体像在着火，他喃喃地喊着："水，水。"可是密林中没有水。大川良子和娜塔莎把剩下的大叶果挤碎，挤出那么一点点汁液，摸索着滴到孔茨嘴里。周围是深深的黑暗，黑得就像大地已经消失，只剩下人的身体浮在半空中。夜里缺氧加重，不过可能是太疲劳了、太紧张了，大家的症状反倒轻一些，没人呕吐。

大家顺着来路向后看，已经太远了，看不到蛋房，那个总是充盈着红光的温馨的蛋房。黑夜是那样漫长，他们就像在黑暗中沉呀沉呀，总沉不到底。

孔茨折腾一夜，好容易才睡着。大家也疲惫不堪地睡去。

天父地母

醒来时天光已经大亮，红色的阳光透过密林，在地上洒下一个个光斑。小鱼儿一醒来就去看孔茨，盼望着这一觉之后他会好转。可是没有，他的病更重了，身体烫人，眼睛紧闭，再喊也没有反应。小鱼儿恐惧地想，一定是鼠虎把什么细菌传给他了，耶耶曾说过，土里、水里和空气里到处都有细菌，谁也看不见，但它能使人得病。她赶紧检查阿褚的伤情，阿褚左臂红肿发热，但比孔茨轻得多，也许亚斯的火烙起了作用。小鱼儿对大家说：

"今天是第三日，食物已经够吃了，我们开始返回吧。但愿……"

但愿耶耶能提前放大家进蛋房，用他神奇的药片为孔茨和阿褚治病。但小鱼儿知道这是空想，耶耶的话从没有更改过。她督促着几个兄姐把蛇肉分给各人，装在猎袋里，索朗、优素福、吉布森几个力气大的男孩轮流背孔茨，267人的队伍缓慢地返回。

有了来时开辟的路，回程容易多了。太阳快落时大家赶到蛋房，几个女孩抢先跑过去，用力拍门："耶耶，孔茨快死了，阿褚也受伤了，快开门吧。"她们带着哭声喊着，但门内没一点儿声响，连耶耶的身影也没出现。

小伙伴们跑回来，哭着告诉小鱼儿："耶耶不开门！"小鱼儿悲哀地注视着大门，连愤怒的力气都没了。实际上她早料到这种结果，但她那时仍抱着万分之一的希望。伙伴们问她怎么办？索朗、萨布里、优素福、次郎等人怒气冲冲，更不用说阿褚了，他两眼冒火，几乎能把密封门烧穿。小鱼儿疲倦地说：

"在这儿休息吧，收拾好睡觉的窝铺，等到明天早上吧。"

伙伴们恨恨地散开。有了这几天的经验，一切都有条不紊地进行。蛇肉烤好了，但孔茨紧咬嘴唇，再劝也不吃。小鱼儿想起猎袋里还有朴顺姬留下的狮子头，掏出来放到孔茨嘴边，柔声劝道："吃点吧，这是狮子头啊。"孔茨大概听见了她的话，慢慢张开嘴，小鱼把狮子头掰碎，慢慢塞进他嘴里。他艰难地嚼着，把一个狮子头吃完。

大伙儿在黑夜和缺氧中煎熬着。凌晨，孔茨咽下最后一口气。他在濒死中喘息时，阿褚冲到密封门前，用匕首狠狠地砍着门，暴怒地吼道：

"快开门！你这个狠心的老东西，快开门！"

透明的密封门十分坚硬,匕首在上面滑来滑去,没留下一点刻痕。小鱼儿和大川良子跑去,好好歹歹把他拉回来。

孔茨咽气了,永远不再受苦了。他脸上罩着死亡的黑气,但也十分安详。所有小伙伴都没有睡,默默团坐在尸体周围。经受三日缺氧的蹂躏,大家目光都是木呆呆的,但分明有仇恨在其中燃烧。阿褚忽然把小鱼儿拉到一边,避开众人,清晰地说:

"我要杀了他。"

小鱼儿担心地看看门那边——不知道耶耶能否听到外边的谈话——小心地说:"可是,他是我们的耶耶呀,而且,他有电鞭。"

阿褚带着恶毒的得意说:"他可不是杀不死的神。他老了,经常得睡觉,几乎爬不动梯子,也不敢出蛋房。只要想法偷走他的电鞭,我一个人就能宰了他。"

他用锋利的目光盯着小鱼儿,分明是在说:"你是头人,最容易接近他,你得把电鞭偷过来。"小鱼儿苦叹着垂下目光。她真不愿相信耶耶是在害他的孩子,他是为我们好,是逼我们早点学会生存……可是,他竟然忍心让朴顺姬和孔茨死在眼前,这是无法为他辩解的。小鱼儿再次叹息着,附在阿褚耳边说:

"不许轻举妄动!等我学会控制室的一切,你再……听见了吗?"

阿褚高兴了,用力点头。

密封门缓缓打开,嗤嗤的气流声响起来,听见耶耶大声吩咐:"进来吧,把孔茨的尸体留在外面,用树枝掩埋好。"

原来他一直在观察着孔茨的死亡!就在这一刻,小鱼儿心中对他的最后一点依恋咔嚓一声断了。她取下孔茨的猎袋,指挥大家掩埋了尸体,然后把仇恨咬到牙关后,随大家进门。耶耶在门口迎接大家,小鱼儿说:

"耶耶,我没带好大家,死了两个伙伴。不过我们已学会采大叶果和逮双口蛇蚓了。"

耶耶亲切地说:"你们干得不错。更重要的是,你们已经经受了三日缺氧，没有再憋死的，这我就放心啦。干得不错！不要难过，死人的事是免不了的。阿褚，过来，我为你上药。你的伤口用火烙过了，是谁帮你治的伤，是亚斯？亚斯你干得不错。"

阿褚微笑着过去，顺从地敷药，吃药，还天真地问："耶耶，吃了这药，我就不会像孔茨那样死去了，对吧。"

"对，你很快就会好了。"

"谢谢你，耶耶，要是孔茨昨晚能吃到药片，该多好啊。"

他话里的恶毒太明显了，每人都听得出来，但耶耶装着没听懂，为阿褚涂完药，接着对每人做了身体检查，凡有外伤的都敷上药。分发狮子头时他宣布："你们在蛋房里好好休养三日，三日后还要出去生存，这次生存期为——九日！"九日，三个息壤年，108个白天和夜晚！刚刚缓和下来的空气马上凝固了。伙伴们你看看我，我看看你，目光中尽是惧怕和仇恨。阿褚很"天真"地问：

"耶耶，这次是九日，下次是几日？"

"下次你们就肯定完全学会生存了，不用限时间了。"

"耶耶，这次我们出去268个人，回来266个。你猜猜，下次回来会是几个人？下下次呢？"

耶耶仍假装没听出他话中的恶毒，平静地说："我的娃崽们很能干，已经适应外面了，我敢说下次回来还是266个人，一个也不少。"

"谢谢你的吉祥话，耶耶。"

吃过狮子头，大伙儿像往常一样玩耍，谁也不提这事。晚上睡觉时，阿褚挤到小鱼儿身边睡下，但没有交谈，一直瞪着蛋房顶之上的星空。两个红月亮上来了，给人群盖上一层红色的柔光。等别人睡熟后，阿褚摸到小鱼儿的手，掰开，在手心慢慢划着。一撇，一捺，一横，一竖，一撇，最后是狠狠的一捺。杀！他要把杀死耶耶的想法付诸行动！他严厉地看着小鱼儿，等她回答。

小鱼儿真不知道该怎么办。耶耶这些天的残忍已激起她强烈的敌意，但耶耶的形象仍保留着过去的温暖。他抚养一群孩子，给他们制造狮子头，教他们识字，算算术，为他们治病，给他们讲很多故土的事。小鱼儿不敢想象自己会杀他。这不光涉及对他的感情，还涉及内心深处一个不甚明确的看法：耶耶代表着故土、神灵和希望，他一死，这条纤细的联系就全断了！

阿褚看出小鱼儿的犹豫，生气地在她手心划一个惊叹号。小鱼儿知道他决心已定，不会更改，而且他不是一个人，他代表着索朗丹增、萨布里、次郎、恰恰等，甚至还有一些女孩子。小鱼儿心里激烈地斗争着，拉过阿褚的手写道：

"等我一日。"

阿褚理解了，点点头，翻过身。两人就这样不声不响地看着夜空，想着各自的心事。深夜，小鱼儿已蒙眬入睡，有一只手摸摸索索地把她惊醒。是阿褚，他把小鱼儿的手握到他手心里，然后慢慢凑过来，亲亲她的嘴唇。很奇怪，一团火焰忽然烧遍小鱼儿的全身，麻酥酥的快感从嘴唇射向大脑。此前她亲过耶耶，但那次亲吻和这次根本不同。她几乎没有考虑，嘴唇自动凑过去，阿褚猛地搂住她，发疯地亲起来，还用力揉搓她胸前刚刚开始长大的小豆豆，那儿也有麻酥酥的感觉通向全身。

在一阵阵快乐的震颤中，小鱼儿想，"也许这就是耶耶讲过的男人的播种？也许阿褚吻过我以后，我肚子里就会长出一个小孩，而阿褚就是他的爸爸？"这个想法让小鱼儿既欢喜也很惶然，她下意识地把阿褚从怀中推出去。阿褚服从了，翻过身睡觉，但他仍紧紧拉着小鱼儿的右手。她抽了两次没抽出来，也就由它了。周围伙伴都在熟睡，只有次郎好像看到了两人的亲热，正半抬着身体，不错眼珠地盯着这边。与小鱼儿的眼光对上后，他立即躺下，扭过身去睡觉。醒着的还有亚斯，也在笑嘻嘻地观看。也许他只是觉得新鲜，明天他就会把这件新鲜事记到他的那个本子里吧。

过一会儿小鱼儿去撒尿，听见旁边有窸窸窣窣的声音。原来次郎也来了，在她旁边站着撒尿。蛋房的孩子长到10岁时，耶耶曾告诫过，他们长大了，以后男孩女孩屙尿时应互相避开。大家不知道为啥要互相避开，但都照耶耶的话做了，所以次郎这次是犯了戒。不过小鱼儿没怎么在意，也没有责怪他。

她整理好树叶裙，起身要走，次郎忽然低声说：

"鱼姐姐，阿褚要杀死耶耶？"

小鱼儿大吃一惊："次郎你胡说什么！"

"我没有胡说。我看见他在你手心里写字。我能猜出他写的什么。"

小鱼儿的口气软了一些。"不许胡说。他什么也没写。"

"我不会对别人说的，我也恨……不说了。鱼姐姐，我还看见阿褚在亲你。我也想亲你。"

小鱼儿略略犹豫。她刚刚同一个男孩亲吻过，那个感觉很甜蜜，很想再来一次。而且在耶耶定的戒律中，从没说女孩只能同一个男孩亲吻。次郎没等她的同意，粗鲁地抱住她，亲她的嘴唇，也揉搓着她胸前的小豆豆。小鱼儿也回吻着，再次感到快乐的震颤，只是——远远比不上她第一次亲吻的感觉。过一会儿她把次郎推开，说：

"好了，回去睡觉吧。记着，那件事不要胡说，对任何人都不能乱说。"

"我知道。但我建议你们忍一忍，反正隔段时间耶耶就要进入冷冻，那时再杀他绝对保险。我跟阿褚提过，他不同意，说等不及，吵到最后还跟我翻脸。你劝劝他。"

小鱼儿的心抖颤一下。刚才虽然心中不忍，但她差不多已经同意了阿褚的计划。不过，即使如此，她也不敢想象趁耶耶冬眠时下手，这样有点太……卑鄙。阿褚不同意次郎的建议，大概是同样的心理吧。小鱼儿忽然对次郎有了敌意，冷冷地说：

"我也不会同意。"

次郎不屑地撇撇嘴，不再理她。他们回到原位置睡下。第二天早上醒来，小鱼儿发现自己的手还在阿褚的掌中。因为有了昨天的亲吻，她觉得和阿褚更亲密了。她小心地抽出右手，阿褚醒了，马上又抓住她的手，在手心中重写了昨天的字：杀！他是在提醒小鱼儿：不要忘了昨晚的许诺。

小鱼儿没有回应。她看见次郎仍半抬着身体，注意地盯着这边。

伙伴们开始分拨玩耍，毕竟是孩子啊，他们要抓紧在蛋房的时间玩个尽兴。但小鱼儿觉得自己长大了，作为大伙儿的头人，一份沉甸甸的责任压在她的身上，这份责任让她大了20岁。

她昨晚要阿褚等她一日，她想趁这一日劝劝耶耶，或者……把电鞭偷过来。她爬到控制室，敲门时免不了内疚。在所有孩子中，耶耶最疼爱她、阿褚和亚斯，现在她要利用这份偏爱去害耶耶！耶耶打开门，询问地看看她，小鱼儿忙说：

"耶耶，我想对你谈一件事，不想让别人知道。"

耶耶点点头，让她进屋，把门关上。控制室里尽是硬邦邦的东西，非常坚硬和精致，有很多小小的红灯绿灯在闪亮，有很多粗管道通到外边，几台机器蜷伏在地上。后窗开着，有一架单筒望远镜，那是耶耶常用的宝贝，他用它来看故土。耶耶慈爱地看着小鱼儿——令她痛苦的是，耶耶，这位残忍地逼他们出蛋房、眼瞅着两个伙伴死亡都不开门的耶耶，此时的慈爱里看不出一点虚假。耶耶问：

"小鱼儿，有啥事？"

"耶耶，有两个疑问在我心中很久很久了，早就想找你问问。"

"什么疑问？"

"耶耶，蛋房为啥能隔绝缺氧？还有，从里面看它是个长家伙，但为啥一走出蛋房再回头看，它就变成圆滚滚的？好像有一个看不见的泡泡把它箍圆了。"

小鱼儿充满期待地看着耶耶。她提这两个问题原本是想转移耶耶的注意力，以便找机会展开她的行动——偷电鞭，但这两个问题真的把她吸引住了，因为它们本来就埋在心底。耶耶静静地看着小鱼儿，很久没有回答，后来他说：

"小鱼儿真的长大了，能够思考了。你不必问蛋房为啥隔绝缺氧，这是没用的知识。你只用知道，外面的缺氧会变的，也许得一千年，一万年，总有一天就不缺了，就像故土那样。至于蛋房从外面看为啥会变圆，我也不知道，只能说那是神力。"

"好吧，"小鱼儿忽然想起另一个问题，"耶耶，你常常说，女孩长大得生孩子，生孩子前需要男孩在她肚子里播下一颗种子。昨天阿褚突然亲了我，揉我的小豆豆。亲我时，我身体内有一种很奇妙的感觉。这是不是就是你说的播种？"

耶耶惊奇地看着小鱼儿，灿烂的笑容在他脸上慢慢漾开。他说："是吗？他亲了你？你是不是也亲了他？"

"嗯。"

"亲了以后感觉很快活，还想再亲，是不是？"

"是的。"

"他是第一个亲你的男孩？"

"嗯，这之后次郎也亲过。"

耶耶哈哈大笑："好，好，我还一直担心卵生崽子们把这本事忘了呢。阿褚这小子行，是第一个睡醒的。我再也不用担心了。"他笑过后才回答小鱼儿的问题。"这还不是我说的'播种'，但只要你们知道亲嘴，这事儿就快了。至于究竟咋样播种，你们再大点，自己就知道了。"

不知怎的，小鱼儿有些害羞。她想转移话题，指着望远镜问，"耶耶，你每天看星星，看故土，再给我讲一点故土的知识吧。"

"这些知识对你们用处不大。世上知识太多了，我只能讲最有用的。不过，你想听，今天我就讲一点。"

小鱼儿照旧依偎在他膝上，听他不紧不慢地讲着。耶耶说，"你看天上全是星星，其实故土从远处看也是星星。那儿的一岁是息壤年的十倍，可是一天很短，只有24小时，12天才赶上这儿的一日。那儿有四季，也就是天气会变冷变热，每年轮一遍，不像这儿全年只有春秋两个季节。那儿曾住着很多很多人，多得像息壤星上的大叶树林。人们一代一代地活着。可是有一天，操蛋老天爷忽然打了个尿颤，于是天塌了，故土活不下去了，就把你们送到这儿来了。原来送的是500万颗人蛋，但最后只孵出你们这300多人。"耶耶指着透明舱壁外的坟山说：

"知道那座坟山下埋的什么吗？是所有未孵化的人蛋，或孵化后就死去的崽子们。不是我埋的，那时我还在冬眠。是谁干的我也弄不清楚，就说它是神干的吧,一个远方来的好心肠的神。神可怜它们,把它们收集起来,埋成了这座坟山。造山时要用很多土,于是就挖出来这个人蛋湖。神干完这件事就走了,没有留下姓名。"

小鱼儿第一次听说这些情况。兄姐弟妹们原来有500多万人!她无法想象那是多大的数,反正大得不得了,比天上的星星都多。可是,500多万只剩下300多,又减为266人,这太悲惨。她看着透明舱壁外的坟山,大伙儿曾经玩耍的地方,想到他们脚下踩的是500万的卵和死人骨头,禁不住泪水汹涌。

耶耶讲着讲着,变成了自言自语,声音中透着苦恼。他说:"我来息壤星多少年了?该有几万年了吧。我最早一次醒来时,息壤星上还是地老天荒,只长着苔藓地衣。以后几次醒来,才有了草,有了树,有了动物。几万年了,故土早该来人的,三圣答应过要派'保姆团队'进驻,可是一直没来。莫非故土真的完蛋了?"

小鱼儿从没听过耶耶用这样的声音说话。耶耶是他们的神,他们的保护人。耶耶什么都知道,什么都会干。原来耶耶也很可怜啊。但耶耶说的话中还有一些脉络她理不清,比如"故土"究竟是什么地方,比如耶耶怎么知道坟山下埋有尸骨。她想问清,但耶耶的声音越来越低,最后竟然变成了鼾声。

耶耶睡着了,不是在冰冻室里的长觉,而是像大伙儿一样的睡觉。阿褚说得对,耶耶老了,一日不睡几次就扛不过去。小鱼儿悄悄起身,她没气力把睡着的耶耶放到床上,便把他平放到地毯上,盖上被子。耶耶没有醒,他片刻不离身的电鞭也掉落在身边,可以轻易地偷走——乍然起了这个念头,小鱼儿不由浑身一震。她恨耶耶,特别是,这次他要逼大伙儿出蛋房生存九日,肯定又有几个伙伴会死在外边。但要反抗耶耶——特别是听了耶耶刚才的话之后,她下不了这个狠心。

她在矛盾中煎熬,最终也没偷走电鞭。她悄悄出门,把门带上,下去找同伴了。

晚上,阿褚悄悄拉上小鱼儿去蛋房边,向舱壁上爬去。今天月色不好,一路上磕磕碰碰，走得相当艰难。终于到了。他领着小鱼儿走进一个六角形的密室，阴影中已经有七个伙伴，小鱼儿贴近他们的脸，辨认出是索朗、萨布里、优素福、亚斯、次郎、娜塔莎和良子。也就是说，九个兄姐全在这儿了。小鱼儿的心开始往下沉，知道这次秘密聚会意味着什么。

阿褚是发起人。他坚决地说："咱们再也不能忍了，该动手了。要不，等耶耶再把咱们赶出去九日，说不定有多少人死在外边，说不定这回死的是你，是我。"

大家都看着小鱼儿，小鱼儿知道大伙儿一向喜欢她，选她当头人。现在她才知道，这副担子对一个13岁的、"软心肠"的女孩子是太重了。小鱼儿难过地说：

"阿褚，难道没有别的路可走吗？今天耶耶还给我讲了很多故土的事，甚至靠在我身上睡着了，一点也没有疑心。如果他死了，咱们就永远不知道故土的事了。"

阿褚粗鲁地骂道："扯淡！知道故土有啥用处，不当吃也不当喝，该缺氧憋死照样得憋死。"他敏感地问，"你说他睡着了，干吗不趁机把电鞭偷过来？"

小鱼儿脸色通红，低下头，不知道如何解释。阿褚看起来十分恼火，瞪着小鱼儿，想说几句重话，这时良子难过地说："我也不忍心。耶耶把咱们带大，给咱们管理蛋房……"

优素福愤怒地说："你忘了朴顺姬和孔茨是咋死的！"

索朗丹增也说："我实在不能忍受了！"

次郎也说："我也是！"

连一向最沉稳的亚斯也说："我尊敬耶耶，是他教会咱们识字，算数，做狮子头。我甚至相信，他逼咱们出外生存是为咱们好……但他这一段逼得太急了，逼得不合情理，我看耶耶怕是疯了。"

阿褚摆摆手制住他们，问我："小鱼姐，你说咋办？你能劝动耶耶，不再赶咱们出去吗？"

小鱼儿犹豫着，想到朴顺姬和孔茨濒死时耶耶的无情，知道自己很难劝动他。想起这些,她心中的仇恨也烧旺了。她咬着牙说:"好吧,再等我一日,如果后日早上出蛋房前我劝不动他,你们就……"

阿褚一拳砸在石壁上:"好,就这么定了!"

那晚他们仍睡在蛋房大厅。小鱼儿很晚没睡着。阿褚照旧躺在她身边,也没睡着。他一直拉着小鱼儿的一只手,但今天晚上没有亲她。他们都瞪大眼睛看着蛋房屋顶,看月光在那儿涂抹的淡红色。小鱼儿努力考虑着明天如何说服耶耶,但心中没有一点把握。她悲哀地想,那个结局恐怕是不可避免的,从此他们就要过没有耶耶的日子了……蒙眬中她觉得似乎有人离开人群,多半是去撒尿。似乎是次郎,接着是亚斯。再后来,握着她的那只手抽回去,阿褚也离开了。但他们离开的时间太长,明显超过了大小便的时间。慢慢地,小鱼儿心中积累起不祥的预感,觉得什么事要发生。她悄悄起身,去寻找他们。

找了很久没找到,晨色微露时才发现两个人影,是阿褚和亚斯。小鱼儿迎过去,想问他们在干什么。但她立即发现,阿褚的脸色铁青,眼睛中透着凶光,肯定是发生了什么可怕的事。在小鱼儿的盯视下,阿褚声音嘶哑地说:

"是次郎这狗日的,我没想到他……他昨晚对亚斯说,咱俩都是傻子,不采纳他的好建议,凭这俩傻头头斗不过耶耶,不如把宝押在耶耶身上。亚斯警告我要盯紧他,果然,他半夜想去耶耶那儿告密。"

小鱼儿声音颤抖地问:"次郎这会儿在哪儿?"

两人都不回答,但小鱼儿已经发现阿褚身上有血迹,亚斯身上也有。她走过去,强行打开阿褚的猎袋,掏出匕首。没错,匕首上血迹更多,还没有变干。其实不必看匕首,单凭两人的脸色就能猜出他们干了什么。小鱼儿心中有什么东西嘣的一下断了。这是蛋房姊妹们中第一次出现杀人事件。关于杀人,还有吃人肉,耶耶曾说过不少让人摸不着头脑的话。他多次说,杀人和吃人肉都是天下最大的恶事,绝不能干。但当年阿褚小队吃人肉之后,耶耶却说,凡是为了活着而不得不干的事,都可以原谅。那么,这次的杀人呢?这算不算"为了活着而不得不干的事"?阿褚眼光凶狠,闷声说:

"对，我们把他杀了，藏到一间密室里。这家伙太卑鄙，嘴上一套心中一套。我过去瞎了眼，还跟他要好。"

亚斯还保持着镇静，简单地说："我早知道他是个坏坯，但他说的其实有道理，想对付耶耶，就不能蛮干。"

阿褚说："小鱼姐，没退路了。次郎的死瞒不住耶耶，等他赶咱们出蛋房时，肯定会查人数。"

小鱼儿忽然想到阿褚那天的亲嘴，想起当时次郎的眼光，还有之后次郎的亲吻。她觉得，次郎的告密不光是因为"押宝"，也许与"男女"有关？她心中乱糟糟的，苦声叹道：

"阿褚啊阿褚！……好吧，我明日去把电鞭偷过来。但我是头人，没有我允许，你不能动耶耶一个指头。反正电鞭偷过来后，咱们就能降服住他了。阿褚，你听见没有？"

她厉声问。阿褚略一思索，痛快地答应。

第二日，小鱼儿努力捶硬自己的心。她要劝耶耶别赶大家出蛋房，至少不要赶出去这么长时间。如果劝不动——肯定劝不动，那就想办法偷走电鞭。电鞭偷走后肯定是一场恶斗。虽然她严令阿褚不能伤害耶耶，但局势大乱时没人控制得住。她实在不忍心这样，但阿褚说得对，已经没有退路了。等耶耶发现次郎被杀，一切都晚了。

不过，没等她最后下定决心去找耶耶，耶耶就把她喊去了。耶耶独坐在控制室，显得比平时虚弱，脸色不好，心情也不佳。小鱼儿想，也许他也不愿赶大伙儿出去？……她很想还像过去那样，趴在他的膝盖上。但今天心中有鬼胎，她觉得没脸再这样做。耶耶说：

"小鱼儿，来，还趴我腿上。"

小鱼儿过去了，假在耶耶怀里。

"小鱼儿，明日你们就要出去了。"

小鱼儿悲苦地仰头看看耶耶。耶耶，你仍要赶我们出去吗？她知道耶耶是劝不转的，但仍最后一次劝说：

"耶耶，不要赶我们出去那么长时间，好吗？顺姬和孔茨死了，下回死的人会更多。我知道你是为我们好，是想让我们赶快学会在外面生存。但也得慢慢来，不能太快。行吗？"

耶耶平静地说："不行，一定要加快。"

他的话非常决绝，没有任何回旋余地。小鱼儿望着他，泪水一下子盈满眼眶。"耶耶，从你说出这句话后，我们就成为敌人了！"她心里说。耶耶一直看着远处，没看见她的眼泪，淡然说："记住，当头人就得心硬！这样的话以后不要再说。"

小鱼儿只好沉默。她苦涩地想，下边我就该设法偷电鞭了。但她绝对想不到耶耶会说出下边的话。耶耶说：

"这次出去九日，日子肯定很艰难。估计有人会忍受不住，甚至会造反，比如——阿褚那横小子。小鱼儿，你是个好头人，就是心太软。这样吧，我把电鞭给你，你带着出去，这样就没人敢反抗了。来，我教你使用方法。"

小鱼儿很震惊，瞪着耶耶，不敢相信自己的耳朵。她的泪水再次涌出。耶耶还是这样信任她，她却参与了反对耶耶的密谋，这让她的心像刀割一样痛。耶耶斥责她：

"不要哭哭啼啼的，哪像个头人的样儿？当头人，必须镇得住才行！"耶耶把电鞭交给她，教会使用方法，然后郑重交代，"记着，必须时刻看管好你的电鞭，把它看成你的眼珠，你的命！"

小鱼儿含泪接过电鞭。忽然有急促的敲门声，有人在门外喊，是娜塔莎的声音：

"耶耶，快，阿褚和次郎在大厅用匕首打架，阿褚被杀死了！"

小鱼儿震惊地蹿起来："谁死了？是次郎还是阿褚？"

娜塔莎哭着说："我太慌张，没看清。应该是次郎杀死了阿褚。"

小鱼儿惊呆了。这么说，昨晚阿褚可能没把次郎杀死，次郎苏醒过来后悄悄摸过来，袭击了阿褚……耶耶劈手夺过小鱼儿手中的电鞭，急忙顺着舱壁往下爬。危急之中，力量似乎又回到他身上，并没有步履蹒跚的样子。小鱼儿和娜塔莎紧紧跟在后边。三人跑到大厅。那儿乱糟糟的，所有孩子都在这儿，人群中没有发现次郎，倒是索朗握着出鞘的匕首，脸上和身上血迹斑斑。地上躺着一个人，是阿褚，身上也有血。耶耶怒吼着："住手！住手！"挥舞着电鞭冲过去。人群立即散开，等他走过去，人群又飞快地在他身后合拢。

耶耶焦灼地俯下身，检查阿褚的伤情。就在这时，小鱼儿忽然闻到诡异的气息，扭过头，见索朗、亚斯和娜塔莎面色诡异，一刹那间什么都明白了。她想大声喊："耶耶快回来，他们要杀死你！"可是，想起她对大伙儿的承诺，想想耶耶的残忍，她又喊不出来。

就在她犹豫的片刻间，地下的"死人"忽然暴喝一声，一个打挺坐起来，把手中的匕首敏捷地插在耶耶心口，随即一个翻身，滚出圈外。耶耶在震惊中踉跄一下，站住了，似乎不解地盯着面前的阿褚，再看看自己胸前的匕首，又回头看看神色痛疚的小鱼儿，手中的电鞭掉落在地上。

所有弟妹呆若木鸡。他们并不知道这件密谋，这会儿看到一向敬畏的耶耶被阿褚刺杀，完全惊呆了。阿褚面色惨白，盯着兀自站着的耶耶，一时也不知道往下该怎么做。耶耶忽然狂吼一声，嗖地拔出胸前的匕首，然后以惊人的敏捷一转身，抓住离他最近的索朗丹增。索朗还没来得及反抗，就被一刀割断了喉咙。索朗喉咙里咯咯地响，鲜血迸射，用最后气力扼住颈部，歪歪倒倒地走几步，轰然倒在地上。等小鱼儿从索朗鲜血淋淋的尸体上收回震惊的目光，耶耶已经把阿褚抓住，左臂勒住阿褚的脖子，右手的匕首向他心口插去。到了这时，小鱼儿才反应过来，凄惨地高喊：

"耶耶！……"

耶耶身上一抖，硬生生地收住了匕首。他看看小鱼儿，怒容慢慢冷却，眼睛里有说不清道不明的东西。最终，他痛苦地叹息一声，把阿褚用力推倒在地。阿褚用手护着喉咙，剧烈地咳嗽着，脸色渐渐复原。亚斯、优素福几个兄姐护着他，手握匕首蓄势以待，又惧又怒地瞪着耶耶。耶耶悲怆地呆立着，胸口的血往下滴落。然后他扔掉滴血的匕首，头也不回地走出人群，向控制室方向走去。走前他喑哑地说：

"小鱼儿过来。"

耶耶走了。阿褚他们疑虑地看着小鱼儿。小鱼儿知道，她与其他兄姐之间的信任已经有裂缝了。"我该咋办？在已经势不两立的两者之间，我该咋办？"她想了想，走到阿褚身边，轻轻抚摸他被勒伤的喉咙，低声说：

"相信我，等我回来。好吗？"

阿褚的喉咙还没办法讲话，他咳着，点点头。

小鱼儿拾起电鞭，紧赶几步，赶上耶耶。小鱼儿已经猜到，今天这场计划巧妙的暗杀，应该是阿褚下的决心，亚斯出的主意。亚斯同样是耶耶最喜欢的孩子，现在连他也铁心反对耶耶了。耶耶在刚才的搏斗中已经用尽了力气，这会儿行走不稳，边走边用撕下的衣服堵伤口。小鱼儿扶着他，无法排解深重的负罪感，因为她是谋害耶耶的同谋！但她又觉得，阿褚对耶耶的反抗是正当的，是被逼无奈。耶耶的身体越来越重，几乎靠在小鱼儿身上。他们艰难地走近舱壁，原想去控制室，但那儿太高，便去了冷冻室。进去之后，耶耶马上顺墙溜下去，坐在地上。他摇摇手指，示意小鱼儿关上门，取来止血药和绷带。小鱼儿尽快取回，让耶耶服了止血的白药，又为他包扎伤口。

做这些事时小鱼儿一直不敢直视耶耶，她怕耶耶追问："你事先知道他们的密谋，对吗？你这两天在控制室来回打探，就是为杀死我做准备，对吗？"但耶耶什么也没问，因为——他肯定什么都猜到了。等小鱼儿忙完，耶耶示意她坐在自己旁边。他喘息一会儿，平静地说：

"我的职责到头了。"他重复着，"我的职责到头了。现在我要交代后事，你要一件件记清。"

小鱼儿言不由衷地安慰："耶耶你不会死，你很快会好的。"

耶耶怒冲冲地说："没时间再说废话！听好，我要交代了。你要记住，记牢，30岁50岁都不能忘，一辈子几辈子都不能忘。"

小鱼儿感受到这些话的分量，用力点头。耶耶喘息着说：

"第一件事，你们都是我从一个叫地球的故土带来的，太阳系中一颗蓝色的星球，这个名字你要记牢。故土的爸妈原答应要来看你们。但几万年过去了，他们没来，估计那儿遭了大难，不能来了。以后你们只能靠自己。"

天父地母

小鱼儿悲哀地看着耶耶，一生的心理依靠被无情地割断。她的心中越来越凉，血液结成冰，冰在喀喀嚓嚓地碎裂。他们是一群无根的孩子，父母的种族可能已经灭绝。现在，只有二三百个孩子被孤零零地扔在这儿，照顾他们的只有一位年迈的耶耶——连他也活不长了。这些事实太可怕，就像一座慢慢向你倒过来的大山，很慢很慢，可是你又根本动不了，无法逃离。小鱼儿哭着喊：

"耶耶你不要说了，耶耶你不会死的！"

他厉声说："听着！我还没有说完。知道为什么逼你们到蛋房外面去吗？那天你说狮子头机上有红灯闪烁，我检查时发现，蛋房的能量马上就要用完了，维持不了几日了。能量用完——这一直是我最担心的事，没有能量，就不能生产狮子头，也不能制造氧气了。"

小鱼儿悲伤地看着耶耶，"原来耶耶的残忍是为了我们啊。事态这样紧急，他知道只有彻底斩断后路，我们才能没有依恋地向前走。耶耶，我们错怪你了，你为什么不早点告诉我们呢？"小鱼儿握着耶耶冰凉的手，泪水汹涌地流着。

耶耶平静地说："我的职责已经到头了，本来还能让你们再回来休息一次，再给你们做几次狮子头。现在……小鱼儿，忘掉这儿，领着他们出去闯吧。"

"耶耶，我们要和你在一起！……我们带你一块儿出去！"

耶耶苦笑："不行，耶耶太老了，没那个力气了，又受了重伤……孩子，有件事得请你谅解。"

"耶耶，你尽管说。"

"小鱼儿，这些年我一直在观察你，你心眼好，有威信，会成为一个好头人，只是……以后的局势太艰难，你的心太软，应付不了。小鱼儿，我想把头人的位置给另一个人。"

"是……谁？"

小鱼儿明知道耶耶指的是谁，但还是不敢相信，不相信耶耶会把头人位置交给阿褚，那个刚把匕首插到他胸膛的凶手。耶耶点点头：

"对，就是你想的那个人，阿褚。那个畜生心狠手辣，笃定能应付以后的艰难日子。他捅了我一刀，我反倒放心了。他连耶耶都敢捅，有这样的狠劲儿，再加上你的威信和亚斯的鬼聪明，以后还有啥坎儿过不去？亚斯这个小王八蛋，把聪明用到杀耶耶上了。不过那个计策确实巧妙，骗得我溜溜地掉进陷阱里。"耶耶的嘴角甚至绽出一丝笑容。"但阿褚也有太多毛病，只有他一人不行。小鱼儿，你要帮他聚住人心，这是你的长处。长大后同他结婚，齐心协力带着这个部落活下去。呶，电鞭给你，你转交给阿褚。我不想再见那个畜生。"

小鱼儿知道没有退路，啜泣着接过电鞭，缠在腰里。耶耶满意地闭上眼。过一会，他睁开眼说："还有几句话你们也要记住。"

"我们一定记住，说吧。"

"不要忘了我教你们的算术和方块字。让亚斯把这事扛起来，把部落里该记的事随时记下来，把你们的根儿留在心里。蛋房里还有不少纸笔，你们都带上，够用三五十年了。至于以后……你们再想办法吧。"

"我记住了，不要忘了算术和方块字，不要忘了部落走过的路。"

"永远随身带着匕首和火镰，不管外面多难，有这两样家什就能保命。"

"记住了，永远随身带着匕首和火镰。"

"等你们到 15 岁，女孩就要让男孩播种，多生孩子。"

"我记住了，到 15 岁，女孩让男孩播种，多生孩子。"

"好了，该说的话我说完了。小鱼儿啊，我独自在息壤星上待了几万岁，照顾你们 11 岁，真的累了，以后不要来打扰我。你走吧。"见小鱼儿舍不得走，他转为厉声，"走吧！"

小鱼儿含泪退出去。她走到门边时，耶耶忽然睁开眼，补充一句："告诉那个小王八蛋，电鞭的能量是有限的，所以——每天拎着，但不要轻易使用。"

他又闭上眼。

小鱼儿退出控制室，怒火在胸中膨胀。耶耶说不要轻易使用电鞭，但她今天要大开杀戒。她走出蛋房，伙伴们都聚在空场里，茫然地等待着。他们不知道耶耶会怎样惩罚他们，不知道他们的小鱼姐会站在哪一边。当他们看到小鱼姐手中的电鞭和她脸上的怒容时，目光同时变暗了。小鱼儿走到人群前，恶狠狠地吼道：

"凡领头参与今天密谋的，给我站出来！"

惊慌和沉默。少顷，阿褚、亚斯、优素福、娜塔莎勇敢地走出来，脸上挂着冷笑，挂着蔑视。剩下的人提心吊胆地看着电鞭，但他们的感情分明站在阿褚一边。小鱼儿没有解释，对优素福和娜塔莎每人抽了一鞭，对亚斯抽了两鞭。他们倒在地上，痛苦地抽搐着，但没有求饶。小鱼儿拎着电鞭向阿褚走来，此刻阿褚目光中的恶毒和仇恨是那样炽烈，似乎一个火星就能点着。小鱼儿闷声不响地扬起鞭子，一鞭，两鞭，三鞭……五鞭。阿褚在地上打滚，抽搐，喉咙里发出非人的声音。伙伴们都闭上眼，不敢看他的惨象。

小鱼儿住手了，喊："大川良子，过来！"良子惊慌地走出队列，小鱼儿把电鞭交给她，命令："抽我！也是五鞭！"

"不，不……"良子摆着手，惊慌地后退。小鱼儿厉声说："快！"

她的面容非常可怕，良子不敢违抗，胆怯地接过电鞭，狠下心向小鱼儿抽来。小鱼儿永远忘不了电鞭触身时的痛苦，浑身的筋脉都皱成一团，千万根钢针扎着每一处肌肉和骨髓。良子恐惧地瞪大眼睛，不敢再抽，小鱼儿咬着牙喊："快抽！这是我应得的，谁让我们谋害耶耶呢。"

五鞭抽完了。娜塔莎和良子哭着把小鱼儿扶起来。阿褚他们也都起来了，围着小鱼儿，目光中不再是仇恨，而是迷惑和胆怯。小鱼儿叹口气，放软声音，悲愤地说：

"都过来吧，都过来，我把耶耶的话全都转告你们。我们都是瞎眼的混蛋！"

半小时后，身缠电鞭的阿褚带着小鱼儿和其他兄姐走进冷冻室。耶耶已经不在原来的地方了，大家焦急地寻找，原来他已经躺进那个棺室，棺盖也盖好了。棺盖盖上后棺室是自动冷却的，现在他的面容已经冻结。脸上没有笑容，但也没有愤怒，只有心事已毕的平静。阿褚跪在耶耶前面，其他人跪在他身后。耶耶闭着眼,一动也不动。阿褚轻声唤他,唤了七八声,但他没一点反应。从他能自己走到冷冻棺室来看,也许那一刀并不致命。但他不想再见阿褚和众人,他的心已经被伤透了。最后阿褚不再唤了,跪在地上一字一句地说:

"耶耶,谢谢你不杀我,还让我当头人。我决不辜负你的信任。我要带领大家立即离开蛋房,把剩余的能量全留给你用。这样,兴许你能多坚持几年。请你睡吧,安心地睡吧。我们会常来看你,告诉你部落的情况。等俺们站稳脚跟,就会回到蛋房,请你重生。耶耶,再见。"

小鱼儿也一字一句地说:"耶耶,我记住你的话,我会帮阿褚带好弟妹,会让他播种,多生孩子。"

亚斯说:"耶耶,我会遵照你的吩咐,永远记住算术和方块字。把部落经历的事都记下,回来讲给你听。"

耶耶没有动静。

大家最后一次向他行礼,悄悄退出去。阿褚和小鱼儿检查了所有人的匕首和火镰。亚斯带走了蛋房内的纸张、铅笔和其他有用的东西,把它们用防水布仔细包好,背在身上。按说走前应该再做一点狮子头带上的,但为了尽量多留点能量,他们没有做。小鱼儿留在最后,关闭了蛋房除冷冻室外所有地方的能源。他们赶到密封门处,用人力打开。把索朗和次郎的尸首移到蛋房外,仍用树叶掩埋。等264个人都走出来,又用人力把它复原。其实关门没有什么用处,蛋房的生态封闭循环关闭后,这儿将成为一个豪华安静的坟墓。

大家留恋地望着蛋房。正是傍晚,红太阳和三个红月亮在天上相会,共同照射着晶莹透明的房顶,使它充盈着温馨的金红。它仍具有那件奇特的本领,在内部看来是长蛋形的蛋房现在又变成了圆球,巨大的船尾天线蜷曲在无形的球内。从这点看,至少到此刻为止,蛋房的"神力"还保存着。但大家要离开了,再没有蛋房屏蔽缺氧,没有狮子头,没有医药,没有一个耶耶每日等他们回家。但大家知道,蛋房永远是众人心里的家。

阿褚让小鱼儿站在队首,带伙伴复诵耶耶留下的训诫:

"永远不要丢失匕首和火镰。"

"永远不要丢失匕首和火镰。"

"永远记住算数的方法和记载历史的方块字。"

"永远记住算数的方法和记载历史的方块字。"

"15岁后男女要干播种的事，多生孩子。"

"15岁后男女要干播种的事，多生孩子。"

第四条是阿褚、小鱼儿和亚斯商量后添加的："每人一生中必须回蛋房一次，朝拜耶耶。"

"每人一生中必须回蛋房一次，朝拜耶耶。"

阿褚说："两年后七个兄姐就15岁了，咱们要首先播种，生下孩子。可惜兄姐中男的多女的少，这样吧，我和小鱼儿生下第一个孩子，亚斯和小鱼儿生下第二个。其他兄姐也这么做。你们还有要说的吗？"

"没有了。听你的吩咐，阿褚头人。"

"耶耶说过，小鱼儿是你们的副头人。"

"我们也听你的吩咐，小鱼儿头人。"

阿褚对亚斯说："算术、识字和记录的事就托付给你啦。"

亚斯背着一大捆纸张和纸笔，简短地说："我会尽心。"

"那好，出发吧。"

小鱼儿说："等一下，还有一件事。耶耶说，坟山下埋着几百万死去的兄弟姊妹。走前咱们同他们也告个别。"

264个孩子隔着人蛋湖向坟山行礼。

"耶耶说，万一在别处发现有活下来的卵生崽子，叫咱们尽量友好相处，尽量不要互相残杀。咱们都要记住。"

"记住了。"

一行人最后一次向蛋房叩拜，然后列队向密林走去，把耶耶一个人留在寂静的蛋房里。

第十二章　密　谋

耶耶说：

我的卵生崽子们啊，我把很多连我也弄求不懂的神奇知识保存在蛋房里，哪天你们看懂了，你们就有福了，你们就能脱去凡胎，变成法力无边的神灵了。

——《亚斯白勺书·蛋房纪事》

　　天朝世俗之皇禹丁五世来到物学家妮儿所在的皇家观星台前，下了鼠马，把缰绳交给侍卫长押述。押述按惯例率领侍卫们停下，守在门口，只有禹丁一人笑吟吟地进去。他的鼠马不愿离开主人，撒娇地用它的尖嘴和两排硬须蹭着禹丁的腿，押述捧出麦豆喂它。十几个光身人百姓很快聚过来，笑嘻嘻地围观着，交头接耳地议论着，侍卫们则眼观鼻鼻观心，浑然不为所动。百姓们对皇家的风流韵事有天生的好奇，何况世皇与妮儿的私情早就是公开的秘密，上至教皇莫可七世和世皇后婉非，下至贩夫走卒，个个都知道。这不奇怪，皇家观星台大门口经常停着的一队膘肥体健的御用鼠马，还有一队剽悍的御林军，就是两人关系的活告示。而且，无论是尊贵的禹丁五世，还是美貌睿智的物学家妮儿，对这一点从不刻意避讳。

　　天朝皇家观星台在王城的边缘，离教皇皇宫和世皇皇宫的距离差不多，它本来就是两家王室共同拥有的。观星台原来只是一座露天的高台，在这代物学家们发明了望远镜之后，禹丁五世慷慨出资，把观星台改建成一座宏伟的穹顶式建筑，配有活动观察窗。此外还修建了不少辅助房屋，包括物学家们聚会的学术大厅，当然也包括他和妮儿的小小爱巢。现在，这儿已经成了最有名望的学术中心，而妮儿又是这个中心的中心。妮儿并非只具有美貌，她的天才和物学造诣是物学界公认的。尽管她的男女同事们对她的性关系稍有腹诽,他们在私下议论时,谨慎地避免使用像放荡、淫乱这类贬义过重的词,但却公认她是物学一个新时代的代表。

禹丁五世从祖辈那儿继承了一个昌盛的中央王国,疆域广大,而且王国的疆域像水面上的油渍一样不停地向四方扩散。周边那些不开化的部落纷纷要求内附。要求内附的理由很充足,他们说自己同样是耶耶的子孙,同样使用着由第三使徒亚斯传下来的方块字,只不过仅限最常用的百十个,其余的字都被他们的祖先遗失了。但禹丁五世登基以来一直耽于玩乐,对那些要求内附的上书一概置之不理,原因是——麻烦。

在观星台院内碰到了妮儿的学生苏辛,后者早早垂手避在一旁,含笑行注目礼。禹丁登基前曾在妮儿门下学过十年,与苏辛当过三年同学。苏辛比他小10岁,两人关系不错。苏辛和妮儿老师一样,也是出身卑贱的光身人。虽然禹丁和苏欣辛地位悬殊,但只要是私下见面,他从不让苏辛大礼跪拜。

禹丁笑着问:"要离开?今晚不陪老师观察天文?"

苏辛说:"老师让我离开的。"略顿后他加了一句,"据我猜测,老师今天想同你好好聊一聊。"

苏辛走了,他的话点燃了年轻世皇心头的火焰,恐怕还有肉体上的火焰。禹丁加快脚步,兴冲冲地走进观星台。禹丁今年35岁,风流倜傥;物学家妮儿与他同岁,风流美貌,既是他的老师,也是他的情人。今天她仍像惯常那样穿着极为暴露和宽松的衣服,俯在望远镜前观星,赤裸的后背上披着红色的月光。妮儿老师多年来都是如此,她说,只有赤身沐浴在星光和月光中,让每一个毛孔都与大自然息息相通,才能更好地激发灵感。她的所有学生早就习惯了她近乎半裸的衣着。

禹丁走到她身后,把那具精灵一般的漂亮胴体紧紧搂住。光身人妮儿虽然出身卑贱,但其美貌是社交界公认的,身体曲线迷人,一双美眸勾魂摄魄。但最令所有卵生人贵妇嫉妒的,还是她波涛汹涌的胸脯。神圣的朝丹天耶把人分为高贵的卵生人和卑贱的光身人。卵生人生下来就能走路,也不须吃奶。所以,卵生人贵妇的乳房小巧玲珑,和男性差不多,绝不像光身人妇人那样粗蠢臃肿——偏偏这种粗蠢臃肿的东西最能吸引所有男人的眼睛,包括卵生人男人的眼睛!妮儿一向是社交界的宠儿,每个高贵的卵生人男子都会忘记她的卑贱出身。这一点实在令卵生人贵妇们心理失衡,但她们无可奈何。

此刻,在情人的搂抱、揉搓和亲吻下,妮儿仍气定神闲地观察着星星,甚至没有回头。她曼声说:

"先把你腰间的匕首和火镰去掉,硌着我了。"按照教规,匕首和火镰是每个息壤人须臾不能离身的武器和工具,不过在贵族中它们已经变成袖珍化的精美首饰。禹丁解去挂有二者的玉带,重新抱住情人的乳胸。妮儿唇边挂着浅笑,调侃地说:

"可怜的男人啊,你们的眼睛如果少在女人胸脯上停留,也许会在物学上做出更大成就。"

禹丁笑着自嘲:"这没办法。当宇宙主宰、伟大的朝丹天耶委托耶耶造人时,就在男人体内埋下了炽热的情欲。据我所知,即使年届七十的尊贵的教皇大人,对你的美貌也并非无动于衷。"

妮儿回过头微微一笑:"你说对了。诗人何汉说我的目光'能点燃教廷的帷墙',太夸张了,这句诗也许献给教皇更合适。我每次朝觐教皇时,他的目光能把我的衣服点燃。"

禹丁笑着加了一句:"所以,你在朝觐教皇时一向穿最暴露的时装。"

"没错,我没有钱财奉献给教廷,只有奉献美色啦。"

两人大笑。妮儿停止了观察,把头仰靠在情人的肩上:"哎,我正准备告知你一个重要的信息。我的观测和计算表明,在40年后……"她摇摇头,"我一向不喜欢用息壤年来计时,总觉得它太快了,不符合自然和人生的固有节律,我还是用《亚斯白勺书》上规定的'岁'吧。在四岁之后,将会出现邪恶的'三月食日'现象。"她笑着说,"当然,物学家认为它是正常的自然现象,只是比较罕见而已,说它邪恶只是教廷和百姓的说法。不过,你作为世俗之皇,也许得提前做一些准备,预防民众中出现动荡。"

"能推算出准确时间吗?"

"毫无问题。只要承认息壤星围绕太阳转动而三个月亮围绕息壤星转动,那么计算这样的天象并非难事。当然，尽管我教授过你日心说，但你在公开场合从来不敢承认它，因为你得顺从教廷的观点：我们所在的大地才是宇宙不动的中心。"妮儿笑着说，语气中有微微的讽刺。

禹丁不以为忤，笑着说："但我也一再对外申明，你的太阳中心说是一种非常有用的、可以简化运算的数学假定。既然它只是一个假定，教廷和皇室就没有必要干涉你在课堂上讲授。这种两全其美的结果难道不好吗？"

妮儿轻叹道："好的，很好。其实我非常赞赏你的聪明和开明。我的同事们都说，有你这样一位开明的世皇，再加上那位相对宽厚的教皇，是这代物学家的福分。"

"谢谢啦，交往这么多年，难得听见你一次褒扬。"禹丁的搂抱加大了力度。"也谢谢你预报的重要信息。我早就说过，我的妮儿是我最好的智囊。这个天象发生之前请你再验算一次，给我一个准确日期，我会提前公布，那样就不会有什么风波了。至于现在，我的妮儿，物学话题或政治话题是不是该暂告一段落了？"

妮儿不会放过每一个讥笑他的机会："可怜的男人啊，你们的智慧并不比女人差，可惜它总是被性欲淹没，难怪男人总是在物学殿堂上缺位。"她回过身搂住情人，目光炯炯地说："不过听你的，咱们先把物学话题放开吧。我今天正要告诉你一件重要决定，和男女之事有关的决定。"

禹丁嬉笑着："是否和你我有关？快讲快讲，我已经等不及了。"

"你知道我曾发誓终生独身，因为我已经把爱情献给了深奥的物学。但教规规定，每个有生育能力的妇人必须生育，我当然不能例外。所以，虽然我不需要丈夫，但我想找个好男人来提供一颗种子。"

禹丁的身体有刹那的僵硬。当然，能同妮儿有儿女是他的夙愿。问题是，卵生人和光身人交媾的后代笃定是胎生，从来没有例外。虽然在皇家条例甚至教规中，都未禁止卵生人男子找光身人女子寻欢作乐，但一旦以非卵生方式生下后代，那就只能作为卑贱的光身人，这点是从不含糊的，即使其父亲是皇室成员也不能例外。那么，他能忍心自己的儿女一生受人歧视吗？而且，贵为世俗之皇却有卑贱的后代，于他的声名也很不利，会给教廷留下不小的把柄。这些年来，尽管他同妮儿非常恩爱，但世事洞明的妮儿清楚他的难处，从不提及生育的事，而他也同样回避。所以，今天妮儿突兀的要求让他措手不及。睿智的妮儿当然清楚情人的心理，平静地说：

"至于这个孩子的未来，我已经有了妥善的筹划。你当然知道，光身人蒙教皇特恩可以抬籍为卵生人，其后代也享受同样的荫庇。我过去从不屑于做这件事，但为了咱俩的孩子，为了你的名声，我愿意违心地去求教皇。"

禹丁沉吟着。"我知道教皇很宠爱你，但蒙特恩之人必须对教廷有大的功勋。所以，这件事并不好办，即使……"

妮儿大笑："即使我与他有肌肤之亲？禹丁，我的情人，不要嫉妒。我虽然只是你的情人，没有责任为你守节，但也不打算用肉体到老教皇那儿换取特恩，更不说那位道德高洁的老人也不会同意。告诉你吧，我已经有了一个很好的筹划，打算为教廷立下一个不世的功勋——同时也是物学上的功勋，甚至还是对世俗皇室的功勋，可谓一箭三蝠！不过，这件事说来话头比较长，你说吧，是先把这件事讨论完呢，还是先干你垂涎的那件事？"

"当然是第二件！"禹丁笑着抱起那具艳色逼人的身体，来到观星台中特意分隔出的一间密室。这儿尽管简陋一点，但一向是两人的爱巢。他能感受到怀中身体的火热。虽然妮儿一向爱取笑他"雄兽般的肉欲"，其实她的情欲并不亚于禹丁。此刻，妮儿用双臂紧紧搂着他，同样情欲汹涌了。

一个小时后，两人身心舒泰，紧紧拥抱着躺在床上，聆听着对方的心跳。这会儿，透过观星台的槽形观察窗，神圣的伊甸星系正在头顶。该星系中一颗橙黄色中等亮星即是《亚斯白勺书》中说的"父星"，据说是神圣的朝丹天耶的居所，而天耶之子，耶耶，以及他的三名使徒——在《亚斯白勺书》中又称兄姐，同样来自那颗星星，所以它一向被教徒们作为圣星来崇拜。禹丁仰面躺着，盯着父星，随意地吟哦道：

"神圣的父星啊，你何时失去了璀璨的蓝色？"

这是一首著名古诗《天问》中的一句。《亚斯白勺书》中明确说父星是蓝色的，有如水波之色，但实际看到的父星却是橙黄色的。在无神论者对《亚斯白勺书》的诘难中，这是常提到的一个错误，而宗教界从来没能做出有力的解释。有一种假说，指父星也有季节，在耶耶离开父星数万岁之后，它已经由春入秋，一如息壤星上春天的墨绿变成秋天的枯黄。但这明显不是一个好的解释，因为天界诸星从没有这种随季节变色的例子。妮儿听情人吟了这句诗，曼声说：

"禹丁，其实这个问题我已经有了答案。"

"真的？"

"真的。我得到了一本最古版本的《亚斯白勺书》，与当今教廷的正式刊行本有所不同。书中并非说耶耶和三个使徒及其他兄姐来自父星，而是说他们来自父星的第三行星。那版《亚斯白勺书》还透露，这个'第三星'上有大量的水。这么一来，答案就非常明显了：所谓'蓝星即父星'的说法只是《亚斯白勺书》流传中的衍改。蓝星并非父星本身，而是父星的第三个行星，一个遍布蓝水的星球。可惜，我的望远镜能力太弱，还无法从父星系中分辨出这些行星。"

禹丁沉吟着："这倒是个合乎情理的解释。但为什么教廷要删改古版《亚斯白勺书》……"他忽有所悟，不再说了。

妮儿笑道："我想你已经悟出教廷的动机了。如果父星有了绕它旋转的行星，那么物学界早就提出的'日心说'岂不有了直观的例证？教廷就难以自圆其说了。"

禹丁笑而不言。他曾跟着妮儿治学十年，十年中，他的宗教信仰已经被妮儿老师戳了不少破洞，甚至被基本颠覆了。但作为世俗之皇，他的皇冠是教皇戴上的，所以他历来言辞谨慎，从不表示任何对教会法定观点的质疑，即使是对最亲近的妮儿也是如此。而且两人一向有默契，当禹丁笑而不言时，妮儿也会适时地转移话题，不让场面太尴尬。但今天妮儿没有中止，她半仰起身，盯着情人的眼睛，认真地说：

"我的禹丁，这正是我想为教廷所立的功勋。"

禹丁笑着摇头："什么功勋？你想说服教廷接受它一向厌恶的日心说吗？你今天的思维跳跃太快了，我赶不上你的思路。"

妮儿讪笑着："思维迟钝的男人啊，难怪你只能当世俗之皇而不能当物学家，因为世皇这个职位不需要高智商。来，我慢慢告诉你。"

她偎在情人怀里，抚摸着情人的胸膛，似乎随意地说下去。但她要谈的话题绝非随意，这是一个很大的计划，有相当的凶险，她已经筹谋很久了，今天，此刻，就要走出第一步。她很清楚，一旦她走出这一步，就不容回头了。她说：

"你知道，我是彻底的无神论者，一向鄙薄《亚斯白勺书》，认为它凌乱悖误，矛盾百出；语言更是粗鄙俚俗，不可卒读。"

"我知道。幸亏你一向把这些观点严格局限于学堂中，局限于学术讨论中，所以教廷虽然听到不少风声，但至今没有为难你。"

"那是因为有一个宠爱纵容我的老教皇，更因为我有一个尊贵的情人，所以，想找我麻烦的人多少有顾忌吧。"妮儿抓住时机笑着恭维了情人，"但近年来我觉得，如果换一个角度来看《亚斯白勺书》，尤其是它的前两章《蛋房纪事》和《出蛋房记》，竟然能从中搜捡到不少物学的金沙。"

"是吗？"

"是的，而且很多。随便举一个例子：《亚斯白勺书》中用相当的篇幅，对息壤星的动物植物做了详细的命名。我曾嘲笑《亚斯白勺书》的作者是越俎代庖，抢了博物学的衣钵。但你不妨看看这些命名。所有的有乳动物中，有小小的鼠子、大个的鼠牛鼠马、食肉的鼠狼鼠虎、天上飞的鼠蝠……为什么都有一个'鼠'字？"

"我想没什么高深的寓意。鼠子是自然界数量最多的动物，可以作为有乳动物的代表，所以把其他生物的命名都加上'鼠'字，借以表示它们的属类。"

"但也许是另一种可能：耶耶和九个兄姐初到息壤星时，只带来鼠子这一种有乳动物，其他种类都是由它分化出来的？它们的相貌有太多的雷同，都有小眼、尖嘴和硬须。我说过，一种进化成熟的动物一旦来到物种的真空，就会在短时间内迅速分化，占领各个生态位。"

禹丁笑着说："又在推销你的生物演化论？你不觉得这样的假设过于大胆

么？你一向提倡严谨治学。"

"所以，我想去证明它！"

"怎么证明？挖掘万年前的动物尸骨？据我所知，你已经尝试过，但没有什么发现。"

"不，这次我先去证明《亚斯白勺书》中最容易证明的内容。"

"是吗？愿闻其详。"

《亚斯白勺书》中说，耶耶带着九名兄姐和300多名弟妹逃到息壤星，此举违背了神的意愿，朝丹天耶在怒火中曾对他们施以严酷的天罚。幸亏一位远方的隐名的神赐予一座蛋房，可以隔绝天罚。它高大巍峨，下雨时阴云只能到蛋房的腰部。《亚斯白勺书》中还说，当七名兄姐带着257名弟妹最终离开蛋房时，耶耶独自留在蛋房内长眠，等待万岁之后的复生。教廷说蛋房是真实存在的，它就隐藏在那道'长崖'西边的原始密林中。既然如此——既然蛋房有确定的方位又是如此高大，我想它应该很容易找到，只需要越过'长崖'的阻隔。"

"长崖"是一道南北走向的大断层，长达数千里，壁立如削，基本隔断了东西的交通。天朝的西边边界到此终止，长崖之西都是蛮夷之地。不过，虽然有这道长崖的阻隔，零星的人员往来还是有的。也就是说，教廷如果有心派一个考察队，长崖并非不可逾越的障碍。

禹丁默然，心中揣摩着妮儿的用意。她说的都是事实，但教廷中从未有人提议去验证蛋房的存在。至于其原因，对教廷来说是难以启齿的——如果蛋房果真像《亚斯白勺书》中描写的高入云天，那它肯定不会被原始密林遮蔽，但迄今未止从没人看到过。再说，如果说蛋房圣地在长崖西边，那也就是说，天朝的国祚是从蛮夷之地开始的，这也颇为犯忌。所以，教徒们总是把《亚斯白勺书》中有关蛋房的内容看成是寓言，是不可实证的。妮儿说去验证它，说白了恐怕是想去证伪它。禹丁不快地说：

"妮儿，难道你放弃了一向的谨慎，想公开对教廷扯起反旗吗？"

怀中的妮儿完全知道他为什么这样责问，笑着吻他："哪里哪里！你误解我了，我过去对这种传说嗤之以鼻，但现在我改变了想法，真的想去证实它。

知道我为什么改变吗？我刚才提到过那本古版《亚斯白勺书》，其中有这么一节内容，它说蛋房十分巍峨，在蛋房内看下雨，房顶总留有一片阳光。尤其是阴雨天的拂晓和黄昏，蛋房顶被鲜红的霞光照耀，美得有如仙景！还有，这么高大巍峨的蛋房，但一走出去再回头看，它就变软了，团在一个无形的圆球内，被大叶树和蛇藤所遮蔽。这样真切的描述，非身历其境者很难写出来，我倾向于相信它。"

禹丁不免哂笑："是怎样的神力能让巍峨的蛋房团起身躯？当今世界上最聪明的物学家也相信这样的神话？"

怀中的妮儿把他稍稍推离，定定地看着他："我确实无法解释，但问题的关键不是我能否解释，而是它是否确实存在。如果它确实存在，那么，物学家必须尝试去解释它，而且是用物学的逻辑来解释，而不是归结为神力。"

禹丁再次默然。到这个时候，他已经知道了妮儿的决心。她心目中显然已经有了一个庞大的计划，会尽一切力量来推行它，今天和自己的谈话就是她迈出的第一步。他熟知妮儿的为人，她从来不随便说话，不是一个半途而废的人。但这个计划暗含着许多政治上的凶险，比如——耶耶的出身。

当年，禹丁求学时，妮儿老师曾同学生们有过一次"纯粹假设性"的讨论。妮儿老师说，虽然今天社会中卵生人无比高贵而光身人无比卑贱，但在初民时代可能并非如此，因为尊贵的耶耶很可能就是光身人。证据是——《亚斯白勺书》中多次记录着耶耶对子民的昵称：我的卵生崽子们。妮儿老师说：

"你们想过没有，这种称呼其实暗示耶耶与孩子们的出身不同？比如，他为什么不称呼'我的两腿崽子'，或者'我的两眼崽子'？道理很简单，因为他和他的崽子们都是两只腿和两只眼。耶耶强调'卵生'，恰恰是强调崽子们与他的相异之处。"

那时的禹丁已经觉察到这个话题的凶险，不想老师继续下去，立即站起来说："老师，这种纯粹架空的推理太不可靠。这不是物学讨论，只是玄学的冥想。我建议抛开这个话题。"

当时妮儿笑道："你说得非常对，我刚才说的只是不可靠的间接推理。但我也有过硬的证据。比如，孵化期为两岁的卵生人不需要吃奶，也没有胎盘，为什么卵生人同样有乳房和肚脐？虽然它们要小一号。对此只有一种解释：光身人才是息壤人的原始配置，而卵生人只是它的一种变型。还有，大家都知道，如果尊贵的卵生人和卑贱的光身人交媾，其后代无一例外地会是胎生方式，这说明，两种生殖方式相比，后一种是更强大的本能。"

禹丁勃然大怒："妮儿老师你太过分了！我不允许再谈论这个话题！"

当时满堂愕然。妮儿老师的课堂一向享有充分的学术自由，禹丁的表现相当失态。他虽然只是一名学生，却也是皇长子，所以他的反对有足够的分量。同学们虽然不服，但大都噤声。只有苏辛气愤地站起来想指责他，但妮儿老师轻轻摇头制止了苏辛。其后，妮儿老师真的不再提这个观点。

禹丁虽然觉得对老师失礼，但并不内疚。他的干涉其实是对老师的爱护，那时他和妮儿之间已经有了私情。妮儿因物学上的睿智和过人的美貌，一直被世俗皇室宠爱，教廷也对她相当宽容。但是，如果她越过某条红线，那么，无论是她在物学界的赫赫名声还是她勾魂摄魄的眼睛，都不能救她。妮儿老师对禹丁的心意其实也是清楚的，所以从未怪罪他的那次失礼。

现在她在推行一个巨大的计划，以她的睿智，她当然不会不考虑到这个计划的所有结果——比如，发现了蛋房，还发现了蛋房中长眠的耶耶，发现耶耶长着大号的肚脐……教廷对寻找蛋房从不挂心，恐怕正是因为这个说不出口的原因……禹丁把妮儿从怀中推开，冷酷地说：

"妮儿，也许你的主要目标并非发现蛋房，而是想确证耶耶是光身人？你想在普天之下掀起一波血雨腥风？妮儿你不要忘了，我虽然是一个百依百顺的情人，但我首先是世俗之皇。"

这句话中蕴含着浓重的杀气。妮儿并不着慌，微微一笑，起身，开始穿衣服，也示意情人把衣服穿上。"禹丁，我尊贵的陛下，我怎么会忘记你的身份呢。所以嘛，让我们穿上代表各人身份的衣着，再进行以下的谈话吧，那样的气氛更正式一些。"

禹丁摸不透她的心思，但按她说的做了。两人穿好衣服，走出卧室，坐在一张书桌前。在红色的月光中，妮儿从书桌上拿过一本摊开的书，让禹丁看摊开的一页：

"这就是那本最古版本的《亚斯白勺书》。你看这一节。"

禹丁在月色中辨认着那段文字：

耶耶说：

我的卵生崽子们啊，我把很多连我也弄求不懂的神奇知识保存在蛋房里，哪天你们看懂了，你们就有福了，你们就能脱去凡胎，变成法力无边的神灵了。

她说："我皇，我的情人，耶耶说的神奇知识是巫术或法术吗？教廷认为是这样的，但我觉得更可能是物学知识。也就是说，这位带着卵生崽子从蓝星来到息壤星的耶耶并非神人，而是一位杰出的物学家。他说的礼物肯定是海量的知识，可以让息壤人在短时间内跃升数百岁乃至数千岁。禹丁，你对这个前景难道不向往吗？我知道你是向往的，你的内心与我相通，你了解物学进步对社会的意义。"禹丁默然未答，她继续说，"我皇，你说得对。如果发现蛋房，确实有可能顺便发现某些有杀伤力的事实，比如确认耶耶是光身人——但主要是对教廷的杀伤力。对皇室来说，反倒可以借势而上，把权力揽过来，以你的强力统治，开启一个物学昌明的新时代。你意下如何？"

这段言论是公然的谋反，禹丁十分震惊和震怒，但妮儿抢先说，"我皇，在发怒之前，先请你回答下面三个问题。"她停下来，直视着禹丁的眼睛，问："第一，如果某种信仰建立在谎言基础上，它能千秋万代地传下去吗？第二，物学能够永远被监禁在宗教的监狱中吗？第三，"她更加重了语气，"你是想做开辟一代盛世的伟大君王，还是想让你的后人永远从教皇手中乞讨皇冠？"她微微一笑，"别人说你是个耽于玩乐的嬉君，那不是真的你。比如，你一直对蛮夷部落的内附要求置之不理，并非你嫌麻烦，而是一种聪明的避嫌。你不想让你的国土扩张太猛，赶上和超过教廷的势力范围，惹得教皇对你出手。我说得对不对？禹丁啊，请你记住，如果我能看透你的内心，教皇就更能看透了。"

这番话有效化解了禹丁的怒气，而且其内蕴的分量使他大为震动。他一向知道妮儿不是凡人，但他还是没料到妮儿有如此的胆略，竟然不动声色地策划了一场对教廷的全面战争。禹丁师从妮儿十年，对物学的信仰是他的本心，而对宗教的信仰只是保护色。现在，妮儿为他指出了一条光明的路，虽然途中也有极大的凶险，但预期的收获更大，值得做一次尝试，否则他真的愧对妮儿的勇气。只是——他也对一向亲昵的妮儿有了畏惧之心。妮儿一向颇得老教皇的宠爱。尽管那位老人世事洞明，目光敏锐，肯定也想不到妮儿会有这样的密谋吧。妮儿端详着禹丁的表情，长叹一声：

"我和你谈这桩密谋，说来颇对不起一向宠我的老教皇。但我不能因为感激他，就听任物学永远被宗教所监禁，也不想永远在他面前扮演一位女弄臣。不过我事先向你请求一个恩惠：如果你夺取了教廷的权力，请善待这位开明慈和的老人。"

妮儿这番话又使他的畏惧加深了一层——显然，妮儿完全洞察自己刚才的心理活动。禹丁长久地思考着，妮儿不言不语地等待着。禹丁最后做出了决断，但把这个决定深藏在内心中。他微微一笑，转为公事公办的口气：

"妮儿老师，你想以物学手段来证明《亚斯白勺书》的正确，我对此很赞赏。"

妮儿知道这种"官方表态"的内涵，也给出了"庄重回应"："对，我想为教廷立下一件不世功勋。"

"这是件好事，我想你当然会征得教皇的同意。再说，蛋房所在区域在天朝疆域之外，教廷的势力还多少能达到那儿。所以你想去那里，教皇的许可是必需的。"

"对，我已经向教皇提出求见，教皇让我明天去。"

"如果教廷同意你的考察，他肯定会派得力教士与你同行。"

"是这样的，我也很乐意。"

"如果教廷同意，依照惯例，教皇会敦促我准备必要的物资和随行人员。我会遵奉教廷的指示努力筹备。我可以派30名精锐的士兵，就让你熟悉的押述带队。"

"那太好了，谢了，我慷慨的陛下。"

"但你知道的，这些士兵只能听从随行教士的指挥，我是没办法遥控的。我只能在行前向押述下达一个私人命令：无论在什么情况下都要保全你的性命。"

妮儿当然能听懂他的潜台词："如果教廷识破了你的真实意图，或者你因某种原因与教廷闹翻，这就是我能为你做的最后的事了。"妮儿笑着点头："我知道的。谢谢你为我做的一切，我的爱。"

第二天，妮儿应约来到教皇所住的耶耶宫。她带着学生苏辛，而苏辛吃力地背着一个硕大的背囊，内中装着此次表演所需要的道具。这差不多成了惯例，每次教皇召她进宫觐见，总让她带来某件物学的新鲜玩意儿，或表演某个物学的小杂耍。这已成了教皇的爱好，而妮儿也很愿意配合。妮儿认为，凭着这些小杂耍，可以使教皇对物学最新进展保持着了解，也可借此化解教廷对物学的敌意。比如几年前，她曾把新发明的望远镜送给教皇一架，教皇笑纳了，以后望远镜在社会上的推广就没有碰到大的阻力。否则，难保某个宗教狂热分子不会以某种古怪理由，比如不许卑贱的光身人窥视神的住所，来阻挠它的使用。这次，她更是精心准备了一次更刺激的表演。

耶耶宫是按照《亚斯白勺书》中所描绘的蛋房所建，巍峨的球顶高高耸立。此时正是每天教皇接受信徒朝拜的时刻，满头银发的莫可七世站在塔楼的窗户里，含笑向信徒们施福。宫殿前广场里聚集着数以万计的信徒，他们俯伏在地，虔诚地跪拜，吟哦着《亚斯白勺书》上的经文。他们大都是衣着褴褛的光身人，也有衣着华丽的卵生人贵族。数万人的诵经声汇成低沉的声浪，隆隆地卷过广场。它反过来震击着每个信徒的心房，让他们更为亢奋，使他们泪流满面。每个信徒都带着息壤人必带的匕首和火镰，在起立跪拜中两者常常发生撞击，汇成清亮的金属声浪。妮儿和苏辛也悄悄过去，加入朝拜的人群。

物学家妮儿也是历史学家，对几千岁来教廷的罪恶和黑暗知之甚详。她知道在这座巍峨壮观的宫殿之下埋着多少冤魂，藏着多少丑恶。但公平地说，

天父地母

近百岁来，耶耶教已经逐渐变得开明了，特别是莫可七世登基以来，大力提倡仁慈、包容、行善、谦卑，大力鼓励和资助艺术，对物学的发展也相当宽容，只要物学发现不影响到宗教的根基。他还尽力推行一夫一妻制——这件事其实有违教规。因为，依《亚斯白勺书》的记载，耶耶只关心女人多生孩子，从未限制一夫多妻或一妻多夫。虽然阻力很大，莫可七世仍坚决地推行着。

不过依妮儿的看法，教皇在推行这件事时更重视女性贞节观，而对卵生男人的纵欲相对宽纵，对此她难免有腹诽。

妮儿多次蒙教皇召见，对这位年届七十的老人印象颇佳。但她在精心制订针对教廷的阴谋时并无内疚。她没有想颠覆教廷，只是想削弱它，让它不再以僵死的教规来桎梏物学的发展，不再干涉日心说、生物演化论和电学。宗教应该缩回到教堂中，干它应该干的事——净化人的灵魂。这对社会、对物学，甚至对教廷的长远利益而言，都是好事。所以，她对禹丁说她要为教廷立下一件"绝世功勋"，也算不上是谎言。

朝拜仪式结束，教皇照例在内庭接见她。虽然耶耶宫不可能全部用透明材料建造，《亚斯白勺书》说蛋房是通体透明的，但在球顶处还是尽可能多地设置了透明天窗，使幽深的宫殿内时刻沐浴着一方阳光。妮儿像往常那样除去外衣，以一袭最性感的晚装来觐见。以她的说法：智慧和美色是她唯一能贡献给教皇的礼物，而且教皇陛下对这两个礼物绝不讨厌。接近内庭时，远远听见明亮的七弦琴声，是教廷乐师梅普在演奏，教廷诗人何汉为他击节。在场的还有宗教甄别所的执法尼微教士，此人是个狂热的信徒，妮儿与他的关系一向颇不融洽。正在奏琴的梅普远远瞥见妮儿进来，立即转换了乐曲，旋律由庄重沉稳转为缠绵谐谑。听到这首乐曲，在场的何汉，甚至教皇，都会意地微笑了。只有尼微厌恶地皱着眉，但鉴于教皇的反应，他也不敢表现得太过火。

才气过人的诗人何汉也是著名的风流浪子，自然和同样风流的妮儿有过缠绵。在情火熊熊燃烧时，他为妮儿赋过不少艳诗，从"圣洁妖娆的雪山双峰"唱到"黑草丛中神秘的生命之门"。这些艳诗广为流传，但流传最广的是这一首：

> 你的目光能点燃教廷的帷墙，
> 能屏蔽三个月亮的光芒；
> 能烧沸七十岁男人的血液，
> 使他的那话儿坚硬如枪。

从教廷到宫廷到民间，这首艳诗几乎无人不知。梅普干脆把它谱成歌曲，使其流传更广。现在他弹奏的就是这一首。

虽然谁都知道诗句中的"七十岁男人"是暗指哪位，也有尼微这样的狂热教士为此义愤填膺，但教皇本人倒是一笑了之。这位老人自律甚严，比如他虽然喜爱美貌可人的妮儿，有多次私人性质的接见，但在接见时从来都有人作陪，何汉、梅普和尼微都是经常的陪客。用妮儿的调侃，教皇是"醉心赏花而从不折花"。由于他的自律，他有足够的道德优势对那首艳诗付之一笑。

在缠绵谐谑的旋律中，她和苏辛行了跪拜礼，吻了教皇的手。教皇让她平身，用目光仔细刷过她的全身，从面庞，到裸露的双肩，曳地的长裙，裙衩中隐现的玉腿，镂花皮鞋中纤巧的双足。她也随身带着匕首和火镰，但就连这两者也比别人的精致，更像是女性的环佩而不是武器工具。妮儿像惯常那样，从容地微笑着，承受着老人目光的烧灼。良久，教皇叹息一声：

"妮儿，你真是一个迷人的尤物啊。"

今天这句赞语多少越出了教皇的身份，妮儿立刻应和道："谢谢陛下的褒扬！社交界公认，对女人的美貌而言陛下是最高雅的鉴赏家。如果陛下允许，我会把你的赞语刻成金字，拿到社交场合去炫耀。"

教皇笑道："以我的年纪而言，还是免了吧。但你的容貌确实迷人，连我都为之心动，何况那位血气方刚的世俗之皇。"

妮儿笑着说："那是位饕餮之徒，只会匆匆填饱肚子，哪里会像陛下这样细细品赏。"

教皇大笑："是吗？太可惜了，不过不要紧，等他到我这个年纪，就会有细细品赏的耐心和情趣了。说吧，今天你来教廷，有什么新鲜把戏吗？"

"当然有，今天的表演应该比平常的更刺激。苏辛你准备吧。"

苏辛起身，从硕大的背囊中取出各种器具，开始做准备。妮儿则撒娇地说：

"但今天表演前我要预先请求陛下的赦免——如果我的表演被人认为亵渎了教会。"

教皇平淡地说："不要装模作样啦。你恐怕算不上胆小谨慎的人，据我所知，你平时并非没说过渎神的话。但只要局限在你的教室，而不是向民众宣扬，我何时计较过？"

"我知道我知道，我一向衷心感激陛下的宽仁，但我今天仍然要预先请求陛下的赦免，因为以下的表演将涉及《亚斯白勺书》中最重要的一种神器——'电鞭'。陛下，我对这件神器毫无不敬，恰恰相反，我的表演正是歌颂它的威力。但为了避免某些教士过于敏锐的联想，我还是想预先获得陛下的赦免。"

旁边的尼微皱起眉头，他知道妮儿这番话是针对谁的。教皇，包括旁边的何汉和梅普也都心如明镜。教皇看看尼微，微微一笑：

"好的，如果你坚持，那我就答应吧。我谨在此宣布：无论你今天的表演有无不妥，我都赦免你。"

妮儿再次拜谢。"谢谢陛下的仁慈。"

那边苏辛已经做好了准备。那些东西从外观上看，与《亚斯白勺书》中的神鞭毫无共通之处：简易支架上支着一个圆滚滚的桶状物，外形粗糙，上边缠满了铜线。桶状物的中空处嵌着一个内筒，上面也缠满了铜线。内筒两端都有外伸轴，支在外筒端面的支承环上。其中一端外伸轴通过一对大小齿轮连着一个曲柄，此刻苏辛正在试着转动，原来内筒是可以旋转的。从外筒端部还引出两条铜线，其中一条接着一根铁钎，铁钎插入地下；另一条连着一根鞭子。鞭柄是木质的，中空，铜线通过中空部分，从另一端伸出，并垂下约两臂长，成为鞭身。鞭身实际是由几十根细铜线组成的线束，金光闪烁。鞭柄做得相当考究，握手部缠着银灰色的鼠狼皮，其余部分镂有精细的刻花。在场的人疑惑地看着这些玩意儿，最后把目光定在鞭子上——无疑，今天的主角就是它了，只有它才与"电鞭"有某种相似处。至于那些粗糙臃肿的圆筒是干什么用的？不知道。教皇认真地观看着，等着妮儿的解释。妮儿笑着说：

"恭读《亚斯白勺书》时，我常常觉得《蛋房纪事》最后一部分最为动人：蛋房内的孩子们不理解耶耶的严厉，竟然共同策划谋杀'我们地上的父'。这是息壤人的原罪，永远种在息壤人的心灵深处。后来，第二使徒小鱼儿知道了真情，痛悔悲愤中用耶耶赠给她的电鞭，狠狠处罚了谋杀的策划者阿褚、亚斯等人，也惩罚了自己，完成了灵魂的升华。然后她奉耶耶的命令，拥立阿褚为第一头人，率领孩子们告别处于假死状态的耶耶，走出了蛋房……这个故事人所周知，我就不多说了。我只想问：每个息壤人都从《亚斯白勺书》中熟知电鞭。它的名称用了'闪电'中的电字，无疑与云中的闪电有某种共同的本质。但闪电从本质上说又是什么？……"

尼微粗暴地打断她："闪电是朝丹天耶的造物，用来惩罚那些不信教的罪人，非凡人俗子所能理会，尤其是……"

他想说"尤其是卑贱的光身人"，但考虑到教皇对妮儿的宠爱，勉强把后半句咽下了。妮儿看看教皇，老人面色如常。她知道教皇的表情实际是说："你说你的，不必理会他。"于是妮儿继续说：

"对，闪电是朝丹天耶的神圣造物，而物学家的工作就是用凡人能听懂的理论来诠释朝丹天耶的伟大。物学家们刚刚发现，电鞭和闪电的威力都来自一种神秘的物质：电粒子，它存在于所有物体的深层结构中，但被牢牢锁闭，一般不会逸出，我们看不见也摸不着。不过，如果能用某种设备打开牢狱，把它们释放出来，就会表现出无比的威力。"

尼微冷嘲："你要释放什么电粒子，就用你带来的那个粗蠢玩意儿？"

妮儿应声道："正是如此！你说的粗蠢玩意儿我称之为释电器，它的功能就是要打碎物质深层结构对电粒子的锁闭。当然，我还远远达不到耶耶的神力，他能用一根小巧的电鞭来做这件事，而我们不得不用这么大的释电器才能近似模拟它的功能。我们期望到某一天也能达到耶耶的神力，但那一定是多少年后的事情。"

尼微对这句"渎神的话"勃然大怒，严厉的斥骂正要出口，教皇熟知他的脾性，立即用温和的一瞥止住了他。妮儿说：

"但不管怎样，物学家们已经走出了第一步，可以部分再现电鞭的威力。为了庆祝这艰难的一步，也为了表达对圣书的崇敬，今天我想用一出颂神的戏剧来表现它。不知陛下是否恩准？"教皇笑着点点头。"那么，我想请在场的人——教皇除外——都扮演一个角色。尼微教士扮演第一使徒阿褚，乐师扮演第三使徒亚斯，诗人要女扮男装，扮演大川良子，而我扮演第二使徒小鱼儿。在这幕剧中，我将抽阿褚五鞭，抽亚斯两鞭，请良子抽我五鞭。"她看看尼微，微带讽刺地说，"我知道尼微教士一向不信我——一个卑贱的光身女人——的任何一句话，所以特意请尼微教士担任角色，这样做的好处是，请尊贵的教士亲身体会电鞭的威力，否则他会怀疑其他受罚者只是做戏。"

尼微冷着脸想拒绝，不愿与这位不敬神的光身人女子打交道。但他想了想，痛快地点头答应：

"好的。我今天就亲身尝尝'你的电鞭'的威力。"他用重音念出"你的电鞭"四个字。

"我有一个冒昧的请求：请求每个演员赤脚，也褪下一支袖子。因为电鞭的威力虽然很大，但必须直接接触皮肤才能表现。我猜想连耶耶本人的电鞭也是如此，因为初民时代的人们都是半裸的，只穿一条树叶裙。"

她本人率先做了，褪下一只袖子，踢掉鞋子。何汉和梅普用目光询问教皇后，痛快地照做了，走入场中。尼微不大情愿，但最终也照做了。妮儿的这番铺垫引起了教皇的兴趣，他向前俯着身体，好奇地看着。妮儿命令苏辛启动释电器，苏辛立即全力摇动曲柄，释电器的内筒越转越快，很快变成了一团光影。妮儿拿起电鞭，走入场中，悲愤地仰面向天……

物学家妮儿也是一位颇有天分的演员，在一瞬间进入剧情。她回到蛋房时代，进入第二使徒小鱼儿的内心。阿褚他们刚刚策划了对耶耶的暗杀，而自己对此是默认的。现在耶耶奄奄一息，而她刚刚得知，耶耶的严厉是迫不得已，因为蛋房的能量马上就要告罄了。他们暗杀耶耶，犯了十恶中的弑父大罪，马上就要受到报应：他们将不得不走出蛋房，不再能逃避缺氧，也没有了狮子头，没有了医药，没有一个耶耶在家里等着他们……她凄厉悲愤地高喊：

"凡领头参与今天密谋的，给我站出来，我要用耶耶的电鞭惩罚你们！"

惊慌和沉默。少顷，阿褚、亚斯走出来，脸上挂着冷笑，挂着蔑视——但内心对电鞭也有恐惧。小鱼儿恶狠狠地举起鞭子，忽然改变了主意。她痛悔地说：

"既然我默认了这次密谋，就该首先接受惩罚。大川良子，过来！"良子迟疑地走过来，小鱼儿把电鞭交给她，命令：

"抽我五鞭！"良子摆着手，惊慌地后退。小鱼儿厉声说，"快！"

她的面容非常可怕，良子不敢违抗，胆怯地接过电鞭，狠下心向小鱼儿抽来。小鱼儿永远忘不了电鞭触身时的痛苦，浑身的筋脉都皱成一团，千万根钢针扎着每一处肌肉和骨髓。她倒在地上，每一鞭都带来一次猛烈的抽搐。良子迟疑着，不敢再抽，小鱼儿咬着牙喊：

"快抽！这是我应得的，谁让我们谋害耶耶呢。"

扮演良子的何汉当然不忍心真的鞭抽自己的情人，刚才他只是用鞭子轻轻扫过妮儿的身体。但他没料到，这轻轻的一扫竟然有如此威力。他不忍心再抽，但在妮儿的催促下，狠下心，抽完了这五鞭。舞台外的苏辛同样不忍心看老师受苦，摇曲柄时一直紧闭双眼。御座上的教皇也很动容，他看出妮儿的痛苦是真的，并非是做戏。他克制着感情，继续观看。五鞭之后，妮儿在地上喘息一会儿，挣扎着站起来，从良子手中要回电鞭，声音冷硬地说：

"现在轮到你们了！"

她对梅普抽了两鞭，这样的鞭数在《亚斯白勺书》上有明确记载。梅普也倒在地上，痛苦地抽搐着。小鱼儿拎着电鞭向尼微走来，声音嘶哑地说：

"你是密谋的头领，我要抽你五鞭。准备接受惩罚吧！"

此刻尼微的目光十分复杂，有恐惧，他看到了妮儿和梅普的痛苦，那肯定不是作假，也有恨意——他想妮儿今天是借机报复。谁都不知道他到底是怎么想的，也许他不想让一位卑贱的光身人对他作威作福，反正当妮儿扬起的鞭子开始落下时，他突然出手去抢夺鞭子。这个动作超出了剧本的情节，让周围人吃惊。真正震惊的是妮儿，她立即嘶声喝道：

"不要抓！……"

但已经来不及了。尼微抓到了鞭子，强大的电流顿时把他击倒在地。其他受罚者都是被一抽而过，痛苦是瞬时的。而这次尼微抓牢了鞭身，电流使他的手部肌肉收缩，把鞭子抓得更牢。在电流的持续冲击下，他的身躯在地上猛烈地弹动，喉咙里发出非人的声音。周围人惊呆了，好在妮儿临危不乱，反应神速，用衣服包着手，一把扯断了鞭柄后的电线。此时苏辛也停止了转动曲柄。尼微的身躯这才停止了弹动。妮儿忙冲过去，把他扶起来，其他人包括教皇也都赶快上前察看。妮儿看清他并无大碍，长出了一口气，抬头安慰大家：

"不要紧，不要紧。陛下请放心。电鞭虽然威力惊人，但它的神力都是缘于电粒子，只要一断电就不会再伤人。尼微教士休息片刻就会复原，不会有后遗症……尼微教士啊，你怎么想起来去抓电鞭？按《亚斯白勺书》的记载，连蛮勇过人的阿褚也不敢这样。"尼微已经基本恢复，脸上的肌肉不再抽搐，但目光十分羞怒，充满仇恨。妮儿笑着说，"按照《亚斯白勺书》的记载，应该抽阿褚五鞭。但刚才这一鞭抽得太实在，尼微教士应该充分领教了电鞭的威力，下面四鞭就免了吧。"

尼微已经基本恢复，恶狠狠地瞪了妮儿一眼。他甚至不愿与这个"邪恶的光身女人"离得太近，便一瘸一拐走出圈子。教皇踱步过来，好奇地端详着电鞭，但谨慎地不去碰它。妮儿笑着说，电鞭已经断电，可以放心触摸的，于是教皇小心地捧起它，仔细观察着，问：

"你说它的威力缘于电粒子，那么，那些电粒子此刻在那里？它们——会用完吗？"

"它们已经回到原处，在物质很深的内部，但被重新锁闭了。它们不会用完，只要释电器开动，被锁闭的电粒子会再次被释放，永远循环不已，就像流向大海的河水会变成水汽上天，然后返回河流上游化作雨水。"

教皇仔细观察了很久。他刚才亲眼看见了电鞭的威力，而且肯定不是因为鞭抽之力，几次鞭抽都用力很轻，只是鞭梢从受罚者身上一滑而过，心中已经信服了妮儿的说法，即：《亚斯白勺书》中那只电鞭的神力就是缘于所谓的电粒子，它们看不见摸不着，平时被锁闭在物质的深层结构中，需要用那台形状奇怪的释电器才能放出来。换句话说，耶耶的无边神力，恐怕正是因为他掌握了释放电粒子的方法。当然这个想法无法说出来，它未免有点儿……渎神。最终教皇笑着说：

"我不相信耶耶的电鞭同你们的方法有什么关联，不过我承认，你的电鞭也很厉害的。关于这点，我想尼微教士的体会最深，是不是？"他回头笑着问尼微，巧妙地把众人的注意力引到这个"丑角"身上。众人都笑了，尼微阴着脸不作声。"但是妮儿，你的电粒子有什么实际用处吗？"

妮儿摇摇头："眼下我也不敢确认，只有一些猜想。我相信，电粒子的释放是自然神秘之门的一次洞开，是朝丹天耶对息壤人的慷慨恩赐，它肯定会带来一个无比辉煌的新时代。"

她的话蕴含着激情，但在场众人除苏辛外都没有什么共鸣。教皇笑着说：

"好的，谢谢你今天的有趣表演。但请你记住，有些话只能局限在你的教室和我这里，不可以对民众讲的。"他没有明言，但妮儿清楚他的意思——不要宣扬神圣电鞭的威力是缘于电粒子。"现在可以告诉我，今天你来求见有什么愿望？"

妮儿向苏辛挥挥手，后者收拾好东西，向教皇行礼后退出。教皇见妮儿仍未开口，体贴地问：

"需要诗人、乐师和尼微回避吗？如果需要，今天我可以破例允许。"

"啊，不需要的，他们尽管旁听，想把我的话编成歌曲也无妨。陛下，我想求一个大的恩典。"

"请讲。"

"陛下，你知道我痴爱那位地位尊贵的情人。虽然我此生坚持独身，还是想为他生育儿女，这也是教规赋予女性的义务。但我不忍心让他有一个身份卑贱的光身人儿女。"

教皇微微摇头："妮儿，就个人意愿来说我很乐意帮你。但你知道，教廷的抬籍特恩是十分严格的，蒙恩的人必须对教廷立下足以服众的功勋。"

"这正是我的愿望！"妮儿扬声说，"我正打算为教廷立下一桩大的功勋。"

教皇与诗人和乐师交换目光，微笑道："是吗？说说看。"

"经过对历史的梳理，我已经实现了从物学到宗教的回归。我认为，《亚斯白勺书》中的记载，尤其是《蛋房纪事》和《出蛋房记》的记载是真实的。在长崖隔断的西方边陲、某一片人迹罕至的密林内，肯定藏着《亚斯白勺书》中所描述的蛋房；而耶耶本人就长眠在蛋房内，等待着信徒去唤醒。陛下，我准备用一生时间来找到它，即使不幸在蛮荒之地丧生，我也无怨无悔。"

教皇平静地盯着妮儿，温和的目光中暗藏犀利。妮儿知道教皇世事洞明，早就熟知自己对宗教的不恭，当然不会相信她这番忠诚表白。他肯定能猜到，自己想寻找蛋房只是出于考古学和物学的热情。但他没理由拒绝自己的要求。毕竟，作为忠诚的信徒，他不能怀疑《亚斯白勺书》的记载。那么，找到蛋房应该是他的职责，物学和宗教在这儿殊途同归。妮儿又进一步说：

"陛下，能原谅我的直率吗？"

"请讲。"

"陛下，每人都熟知《亚斯白勺书》中的四条戒律：永远不要丢失匕首和火镰——息壤人一直在做；永远记住算数的方法和记载历史的文字——人们一直在做；15 岁就行播种之事，多生孩子——也在做，只是生育年龄有所推迟；每人一生中必须回蛋房一次，朝拜耶耶——唯有这一条没能做到。并非信徒们不虔诚，而是因为蛋房的具体所在已经在时间之河中迷失。我们只知道它在长崖之西的密林中，只是坚持了每天向西方的朝拜。但是，如果能找到蛋房，那么每个信徒就能践行第四条戒律了。当我们离开人世去天堂服侍耶耶时，就会更加无憾。"

她以殷切的目光看着教皇。这是一条更为坚实的理由，相信教皇无法拒绝。教皇久久沉吟着，目光平静。良久他说：

"妮儿，我很赞赏你对教廷的忠诚。这很好。你是一位了不起的物学家，但没有敬畏的物学是很可怕的。希望你继续保持对朝丹天耶的敬畏。"

妮儿虔诚地点头，但心中有点忐忑，她知道自己无论如何算不上对宗教有敬畏的人，教皇对此心知肚明，所以这番勉励实际是在敲打她。教皇又说：

"相信你刚才在晨祷的现场看到了信徒们的虔诚。对朝丹天耶的信仰是息壤社会的基石，它承载着社会的稳定、民众的衣食，甚至物学的发展。我知道你会珍惜它的。"

妮儿在心中反诘：但这种虔诚建立在愚昧之上啊。口中却说："是的，我会牢记陛下的教诲。我想找到蛋房，也正是为了这个目的。"

但她在心中已经开始失望，听教皇的话意，恐怕是在婉拒自己的要求。她没想到教皇忽然转了口气：

"至于你的计划，教廷会大力支持的。我将派尼微教士同你一块儿前往。"

妮儿十分惊喜。当然她不喜欢与尼微同行，这家伙是一个顽固的教旨主义者，熟知妮儿对宗教的不恭，一向对她抱有很深的成见。但妮儿无可选择，教皇能同意她的计划已经是万幸了。她惊喜地说：

"谢谢陛下！我一定不辜负你的期望。"她突然说，"陛下我能吻吻你吗？今天我太高兴了，情不能禁啊。"

教皇笑着伸开双手，妮儿扑过去，搂住他的脖子，把火热的双唇贴在皱纹纵横的脸上。那个瞬间，她甚至享受到了父女的亲情。教皇轻轻把她推开，笑着说：

"你能忍受旅途的艰辛吗？至少你的漂亮时装是穿不成了。"

"我知道，我能忍受。等我探险回来，一定会变成容貌枯槁的老妇。所以嘛，请陛下一定要记住我今天的美貌。"

"当然，我会记住。我会颁布谕令给你那位情人，让他为你准备人员和物资。不过，"他笑着问妮儿，"也许你可以直接指使他，并不需要我的谕令？"

"啊不，当然需要！我的魅力怎么能同你的谕令相比啊。"

"好啦，你可以跪安了。希望你成功，如果你真的找到了蛋房，我就有理由说服教廷，为你抬籍。"

"谢谢陛下，我一定尽力。"她向教皇行了大礼，笑着同诗人和乐师再见，她请乐师和诗人关注她的考察，为她的成功写一首颂歌。她也友好地同尼微道了别，祝愿两人在旅途中相处愉快。尼微满面阴云，对她的示好只是冷淡地点点头，但这丝毫未影响妮儿的兴致。

一日半之后，也就是半个息壤年之后。息壤星的一日过于漫长，而一年过于短暂，世俗之皇禹丁五世遵照教皇的谕令，为这次宗教上的寻根之旅准备了充足的物资，由十头个头剽悍的鼠牛驮运。另外备有四匹体形飘逸的鼠马，作为教士尼微、侍卫官押述、医官成吉和妮儿的坐骑。这对光身人妮儿是很大的恩宠，至于同为光身人的苏辛就只能步行了。禹丁在御林军中选了30名最精锐的步兵，作为旅途的护卫。物资中包括一顶专为妮儿制作的帐篷，分内外两间，外间将让押述居住。长崖之西是蛮荒之地，既有鳄龙、鼠狼、鼠虎等猛兽，也有强盗和野蛮的土人，这样可随时保证妮儿的安全。看到这顶精心制作的帐篷，妮儿不由得感激情人的细心周到。

探险队将首先乘船，全部旅程有一半能走水路，然后就得弃船登岸了。

出发前一天晚上，禹丁来到妮儿的天文台，两人一夜缱绻，恋恋难舍。禹丁说：

"妮儿，按说我明天该去送行……"

"不，你不要去。你在心中为我送行就行啦。"

这趟旅途将十分艰难，吉凶难料。但更大的风险是政治上的。尽管此行奉有教廷谕令，但如果找到蛋房，而且真的发现了某些对教廷比较致命的事实，那么结局如何，仍然难以逆料。所以两人商定，不让世俗皇室在这件事上涉入过深，提供物资和护卫只是奉教廷谕令，这样一旦局势有变，禹丁有较大的转圜余地。因为前途难料，也许这是两人最后一次见面，所以，在亢奋的性爱中涌动着感伤的暗流。"禹丁，我的爱人。等我回来吧。如果我能回来，一定为你至少生一个儿女。"

"你一定会回来的。"

禹丁怀着歉疚和感伤，把情人紧紧搂在怀里。

第二天早上，在王城码头，船队已经准备妥当，即将启程。教廷派了何汉和梅普来送行，仍是梅普奏琴，何汉击节，琴声时而热烈，时而苍凉。皇室也派了一位内侍做代表。太阳刚刚升起，微弱的红光洒在宽阔的河面上，极目望去，河道两边尽是墨绿色的大叶树林，一直向上游延伸。14头牲畜已经在船上安顿好了，此时不安地喷着鼻息，用它们的小眼睛望着主人。30名士兵甲胄鲜明。妮儿也脱去了她的时装，穿了一套小号的军服，这种衣服结实耐用，适宜旅途生活。不过她的美貌是军服掩盖不了的，她明月般的脸庞、阳光般的双眸，令士兵们不敢逼视。这些士兵全部是光身人，天性自卑，只敢悄悄地看她的背影。卵生人出身的医官成吉就不同，他总是摆着一副鉴赏家的派头，笑眯眯地盯着妮儿看，目光简直能把她的军服剥去。队伍中只有尼微教士对妮儿的美貌免疫，他总是表情阴沉，对妮儿的笑脸和温语视若无睹。

　　船队启程前，尼微让全队人在甲板上集合，态度严厉地说：

　　"这次考察是奉教廷的谕旨，我是教廷的全权代表。行程中的日常事务由押述和妮儿决定，但各种事项的最终决定权在我手中。现在，请押述侍卫官和妮儿……"他顿了一下，才为妮儿加上尊称，"……妮儿女士确认我的话。"

　　押述看看妮儿，对队伍说："我会遵从教廷代表尼微教士的命令。"

　　妮儿也爽快地表态："没说的，尼微教士是考察队的最高首领！"她的学生苏辛不满地看看尼微，没有吭声。

　　尼微满意地点点头："请送行的使者下船，船队启航。"

　　船队离开码头，缓缓向西方逆流而上。妮儿立在船艉向何汉、梅普等挥别，很久之后还能听见顺河面飘来的琴声。

第十三章　发　现

　　20个息壤年在旅途中匆匆流过，出发时妮儿35岁，现在已经37岁了。关于计时系统，《亚斯白勺书》中有明确的硬性的规定：60秒为一分，60分为一时，24时为一天，12天为一日，3日为一年，10年为一岁。何以如此计时，妮儿早就思考过。在这个系统中，"日"和"年"是"实单位"，分别对应着息壤星的自转和公转。而"天"和"岁"为"虚单位"，与天文现象并无任何对应。那么，为什么要设这两个虚的时间单位？一般人从不考虑，只是习惯成自然地执行圣书的规定。而妮儿断定，这两个虚的时间单位应该来自蓝星，它们寄托着耶耶对故土的依恋。

　　考察队早就弃船登岸，也离开了禹丁王国的疆域，但仍在教廷的势力范围内。这里是化外之地，地老天荒，人烟寂寥。考察队越向前走，野人的语言越是难懂，好在他们都使用同样的方块字，尽管他们只认得最简单的百十个字，交流起来并不算太困难。而且所有野人也都随身带着匕首和火镰，自称是耶耶的子孙。看来，《亚斯白勺书》的记载是正确的。

　　尽管这些野人们尚未走出蒙昧，但对"耶耶的人马"很尊重，从没人敢来打劫，反倒常有人来献上贡品，妮儿也给予更丰厚的回赠。有些胆小的野人只敢夜里悄悄送来贡品，妮儿就把回赠品留在原地。

　　著名的"长崖"到了。

　　一条长长的断层壁立如削，向南北无限延展。它高约百米，由于过于陡峭，崖壁上很少有树木，裸露着浅红色的岩层，夹在断崖之上和断崖之下的墨绿色林木中，非常显眼。断壁上面有细细的飞瀑流下，激起满天水雾，即使在晴天也散射着迷人的光晕。这道长崖是大自然的鬼斧神工，也在圣书

《出蛋房记》上有记载。据说，耶耶的子孙走出蛋房后一直向东走，大约三千年后走到这道长崖，此时已经形成七个支派。但在这儿，各个支派发生了严重的分歧。有的支派不想再走，因为穿越断层过于艰难，生死难料；而且一旦下去，无法确保能再回来，也就无法再朝拜蛋房了。有的支派仍坚持前进，因为立在断崖顶向下望去，东边是广袤的平原，明显是生存的福地。最后有三个支派继续前行，用长绳一个个缒下断崖。其他四个支派打道而回。

继续东进的三个支派在进入草原之后，由于土地肥沃，气候适宜，便开始了圣书上讲过的农耕生活，从此有了爆炸性的发展，直到建立起今天的天朝。"跨越长崖"这个历史分界点大概发生在四千岁之前。留在断崖之西的四个支派从此失去了踪迹。妮儿猜想，这些族群肯定还存在，只不过发展较慢，至今仍是未识教化的土人。

妮儿让考察队先在断层下驻扎，她与押述、苏辛、一位当地的通译及三个士兵去探路。长崖东西之间一直有小规模商业交流，所以跨越长崖的秘道肯定是有的，据推测就在附近。可惜这儿人迹罕至，无法找土人探问路径。他们沿着断层往北，披荆斩棘，艰难地推进。第二天，苏辛突然喊：

"妮儿老师你看！"

前边地势较为平坦，有六处十几米高的圆锥形土堆，显然并非自然之物。"坟墓？"妮儿猜想。不过她想不大可能。从大小看，如果它们是坟墓，必然是巫王或帝王的陵墓群，但这儿不像曾有过繁荣的国度或部落。答案很快就有了。苏辛带士兵挖开土堆，里面竟然全部是骨头！只是时间久远，骨头已经风化，互相粘连。土堆外有薄薄一层浮土，是风力堆集而成的。妮儿仔细检查骨骸，发觉大部分属于大型哺乳动物，如鼠牛、鼠羊、鼠马，甚至有少量的鼠狼和鼠虎。粗略估算，每处土堆的骨骸都对应着数万只动物，那么，总共六个土堆，对应的动物应该在 50 万只以上。

对妮儿的估算结果，押述和苏辛都非常震惊：什么人造成了这样超大规模的屠杀？当然，它们是在漫长的时间长河中累积而成的，从骨骸风化的程度看，这场屠杀应开始于至少数百岁甚至上千岁之前。

他们依次考察，发觉骨堆的年代越来越近。在最后一处骨堆的最上层，骨骸竟然是新鲜的，大概在几个息壤年之内。六处骨堆的排列大致与断崖平行，妮儿揣摸着，对它们的由来有了初步的猜想。当晚他们住在骨堆附近。第二天拂晓，忽然听到遥远的喊叫声，声音是从断崖之上传过来的，听来应在百人左右。押述立即让士兵做好战斗准备，妮儿和苏辛也都执刀在手。

喊叫声越来越近，夹着动物惊恐的嘶鸣。苍茫的晨色中，断崖上有火光向这边迫近。很快听到动物杂乱的奔跑声，紧接着，一只黑影从断崖上窜出，沿抛物线向地上坠落，伴着兽类的惨叫，听起来像是鼠牛，然后是重物坠地的闷响。这是第一只牺牲者，其后是一只又一只黑影，一声又一声惨叫，一声又一声闷响。等"跳崖"的队伍结束，断崖上边出现了火把的光亮。火光之下，隐约是骑着鼠马的人影。妮儿说：

"看见了吧，这就是那些骨骸堆的由来——这一定是这个部族流传久远的捕猎诀窍，从数百岁前就开始应用了。他们以三面包围把兽群赶向断崖，让它们在惊惶逃命中慌不择路，跳下断崖，然后围猎者就会赶到断崖下，来一次丰盛的篝火聚餐。"她笑着对押述说，"你不必再担心寻找通过断崖的秘道了。一定有，而且就在附近——否则这些打猎者岂不是白忙活了？"

押述恍然大悟，对妮儿的敏捷思维十分佩服。这时，上边发现了下边有人，立即掀起一波喧嚣，不少人向下边指点着，然后是恐吓性的吼叫。最后，几只羽箭从崖顶射来，扎在妮儿前面不远的草地上。押述忙去保护妮儿，妮儿笑着说：

"用不着，他们只是担心咱们把猎物抢走。"

她干脆往前走几步，对着崖顶挥手，指指猎物，再使劲摇手。不知道上边是否明白了她的意思，反正喧嚣声没有了，也不再有羽箭射来。稍过一会儿，崖顶的人影全部消失了。妮儿笑着对押述说：

"准备迎接客人吧——不，应该是主人，这堆猎物的主人。"

她让苏辛带士兵把摔死的鼠牛集中在一块儿，总共有30多只。这对一个百人部落来讲，确实是极为丰盛的大餐。妮儿还让押述准备了两件礼物：一把精美的佩刀，一具小巧的弩箭。然后是耐心的等待。

妮儿的估计不错，第一个白天刚刚结束，他们就听到了急迫的马蹄声。

很快，40 多名骑者鞭着鼠马急急赶来，手持弓箭和长刀，把妮儿这拨人包围起来。来者都赤着上身，穿着兽皮裙和皮靴。押述不免有些担心——怕这些粗鲁的土人不分青红皂白就开杀戒。妮儿笑着劝他放心，派通译上前沟通。

少顷通译返回，尴尬地说，对方的语言一点儿也不懂。他们一定是来自长崖之西的偏远地带。妮儿并不着慌，干脆自己走上前，使用万邦通用的肢体语言——指指那 30 多只死兽，再指指自己，然后摇手。又让苏辛捧着早就备好的礼品送过去。对方首领是一位四十岁左右的剽悍男子，理解了对方的善意，立即让手下收起刀枪。他接过佩刀和弩箭，对这两份礼物十分喜爱。他当即慷慨地指指死兽，愿与来者分享。

妮儿笑着让手下接过一只鼠牛崽，示意其他的不再需要。她想要的是越过长崖的秘道，但这件事表达起来要困难一些。妮儿忽有所悟，让苏辛拿出纸笔，写道：

"你认字不？"

那位首领仔细看看纸上的字，为难地抓着后脑勺。但他反应敏捷，立即让一位骑者拿着这张纸，飞马向来路跑去。妮儿立即放心了，知道这个部落里肯定有识字的人。首领让手下下马，开始分割兽肉，准备火堆，也热情地邀妮儿等一块儿参加聚餐。妮儿要在这儿等那位识字人赶到，也就痛快地答应了邀请。

虽然语言不通，但双方热热闹闹地开始了这场聚餐，双方的疑忌已经消除，气氛十分友好。每人都吃得肚饱肠圆后，那位传信者领着一位老人匆匆骑马赶来。这位老人应该是位祭司，穿着兽衣，戴着兽皮帽，眼窝深陷，目光深邃。他抵达后，与首领匆匆交谈几句，就与妮儿开始了笔谈。他果然使用同样的方块字，而且相当熟练。他写道：

"你们是耶耶的子孙？"

他的字写得恭恭正正，妮儿识读起来毫无困难。她接着写道："对，我们是耶耶的子孙。"

"我们也是啊。"

老人从怀中掏出一个兽皮包，细心地打开。妮儿从他庄重的动作，猜出包内一定是极珍贵的东西。原来是一个硬皮本，已经磨损得很厉害，纸页发黄，显然有年头了。妮儿扫一眼封面，心脏几乎停跳——封面上赫然写着：《亚斯白勺书》！字迹非常稚拙，肯定是初学者的笔迹。其实，它更为合理的读法是：亚斯的书！只是其中"的"字写得太散，变成了"白勺"。

关于《亚斯白勺书》名字的由来，宗教界曾有过认真的讨论。"亚斯"当是第三使徒的名字，这一点从无疑义；至于"白勺"究竟从何而来，宗教学者们多有争论，对其赋予了各种精深的含义，不过一直没有取得共识。但没人会想到它只是因为书写者书法的稚拙！妮儿虽然一直以物学家的分析能力对《亚斯白勺书》探幽寻微，但也从没有想到这一点。她想这也不奇怪，对于所有息壤人来说，"白勺书"是从小就每日吟诵的一个词语，早就刻印在血脉和记忆中，形成了强大的思维惯性，因而没人会从"低级错误"这个角度对其进行质疑。

老人小心地掀开发黄变脆的纸张，第一页上是同样稚拙的字迹：

耶耶给我这个本子，让我把蛋房的事记下来。

现版《亚斯白勺书》的开头是：

耶耶赠我纸笔，命我记录蛋房之事。

意义同前者完全相同，只是表述上更为圆熟。

就从这匆匆一瞥之中，妮儿已经确认这是善本真迹，而且也引发很多联想。比如，按照天朝流行的《亚斯白勺书》的记载，当时越过长崖的三个支派是阿褚、小鱼儿和亚斯的直系后裔，携带着耶耶子孙最重要的典籍。但这个说法现在值得怀疑了，因为至少在长崖之西同样留有亚斯的直系子孙，否则他们不会持有这么珍贵的真本。其实从逻辑上讲这种情况更为可信。当时是群婚制，《亚斯白勺书》上明确记载着第二使徒小鱼儿曾为阿褚、亚斯和萨布里生育过儿女。所以，经过若干代群婚之后，已经没有所谓某某某的直系后裔了，那时的支派只是一种社会组织形式，并非依据血缘。但每一支派都会自认为是"正统"，这是很自然的事。

妮儿虽然从来不是虔诚的信徒，但此刻也俯伏在地，虔诚地向这件宝物行礼。她的虔诚感动了老祭司、首领和众骑者，瞬间之内，他们已经把妮儿等认成"自家人"了。

妮儿请求老人在此留驻一天，以便她能把"亚斯的书"通览一遍，这位老祭司爽快地答应。本来妮儿还为探问秘道而踌躇，她担心，这是对方赖以捕猎甚至是赖以生存的秘密，也许不会轻易告人。但此刻既然已经是自家人，而且妮儿他们是为了探寻蛋房遗迹，对方也就痛快地答应了，首领还答应亲自为他们带路。

妮儿让押述去把队伍带过来，她自己在这儿停留了一个白天，把那本宝贵的真迹通览一遍，并做了抄录。书中记载的都是蛋房的日常生活，但即使再平庸琐碎的记载，在7000岁后也成了珍贵的史料。

在与老祭司切磋的过程中，妮儿还有一个惊喜的发现，原来对方的语言也是能听懂的，它与书面文字仍然基本相符，只是读音漂变得比较厉害。不过，由于方块字的极度稳定性，与之保持基本一致的口语也不可能变化太大，其语言主干也是稳定的。捅破这层窗纸后，再去辨听对方的语言就不是太困难了。

第三个白天，妮儿的人马与老祭司及众人告别，后者要对吃不完的兽肉进行分割腌制，暂时不能离开。那位叫丹卓的首领独自为妮儿带路。几个小时后，他把考察队带到秘道的进口，它藏在灌木和藤蔓之中。秘道原来是一条地下暗河，洞径不大，但足以容鼠马通过，过于狭窄的地段有人工开凿的痕迹。水量也不是太大，大部分路段可以涉水而过。越走洞子越黑，丹卓点起了事先备好的火把。

中间有一段路必须游过去，丹卓脱光衣服，盘在头顶，骑在鼠马背上，把火把高高举起，率先下水了。不久他游到对岸，高声呼唤着这边。押述询问地看看妮儿，虽然他相信妮儿不会在意，但毕竟男女有别。妮儿笑着让士兵们照样进行，于是30个士兵，还有苏辛、成吉、尼微，都脱光衣服盘在头顶，或骑着鼠马，或游泳，络绎过去了。最后是妮儿，押述在她之后保护着。

游到对岸，押述背朝妮儿，以身体做遮挡，让妮儿穿上衣服。当然，仅靠一具身体是遮不全的，丹卓看到了裸体的妮儿，惊得眼珠子都掉下来了。他自嘲地喊：

"我真是个瞎子！原来这位穿军服的小个子是女人！我一直在嘀咕，哪有这么漂亮的男人。"

妮儿半听半猜地听懂了他的话，笑着回应："承蒙夸奖。"她在丹卓目光的烧灼下穿好了衣服，忽然想起一个重要问题，她不想让尼微听见，便低声问：

"丹卓酋长，如果不犯忌的话，我想问你一件事。"

丹卓笑呵呵地说："没啥犯忌的，你尽管问。"

"在你的部落里，是不是大部分都是光身人？我刚看见你的部下全都是大肚脐，包括你。"

"什么光身人……喔，我明白了，你是说喂奶人。对，我的部落大部分是喂奶人，只有少量的卵生人。"他补充道，"据祭司的记载，从前卵生人比较多，以后越来越少。"

"噢，是这样啊。"

妮儿与押述对望，押述对这个过于敏感的事没有发表意见。妮儿想，丹卓部落中对光身人的命名——喂奶人——其实更为准确，说出了两种人类的实质区别。而且他说的"卵生人越来越少"的情况也在情理之中，因为估计这个部落没有限制两种人的通婚，那么，两种人通婚的结果就是后代全部是光身人（喂奶人），一如在天朝的情况。丹卓部落现在还有少量卵生人恐怕只是因为偶尔的返祖现象。这更证实了她过去的猜想——光身人才是息壤人的"原始配置"，对光身人的歧视是完全没道理的。

身为卵生人的押述没有说话，但他分明也理会到了这件事的含意。

那位性格粗莽的丹卓一点儿不耽误时间，直截了当地说："喂，妮儿你有男人没？要是没有，我会带着一百匹鼠马的聘礼去迎娶你。"

妮儿温婉地说："谢谢啦，你的情意让我感动。我没有结婚，但天朝那位世皇禹丁是我的情人。"

丹卓悻悻地说:"那个家伙倒好福气。不过,看来他不知道该咋珍惜,他该和你马上结婚。"

以后的旅程中,他一直闷声不响。尼微看出来他的情绪低落,有点担心,担心这位蛮人首领在后悔为陌生人带路,他悄悄向押述询问。押述笑着说明了原因——是向妮儿求婚未果——尼微这才放心。他虽然一向对妮儿有敌意,这会儿也对妮儿"战无不胜的魅力"有了新感受。

以后的洞中道路不再有水,向上的角度加大,人工开凿的痕迹也更多。两个白天后,丹卓把他们带出了山洞,前边是莽莽苍苍的大叶林。丹卓说他也不知道蛋房的具体所在,据故老传说它在最西边,太阳落下的地方,距这儿至少还有十个息壤年的路程。妮儿真挚地谢了他,说:

"丹卓酋长,如果你要求,我们会为你的秘道保密。但我想其实用不着,这儿很快就会成为长崖东西的交通要道,我会让天朝的教廷和皇室颁给你誓书铁券,让你的部落永远做这个关口的主人,向过往商旅征税。你们将得到丰厚的收入。"

这位酋长爽快地答应了。他作为酋长不能离开族人太久,在这儿同考察队告别了。临走前他说:

"妮儿,同我抱一抱。"

妮儿笑着走过去,同他紧紧拥抱。拥抱中丹卓附耳说:"你在天朝万一有啥不如意,就来找我!在秘道这儿等我就行,这儿长年有我的眼线。"

妮儿真诚地谢过他,同他告别。

考察队已经深入到林海之中。这儿是绝对的无人区,暗绿色的大叶树林遮天蔽日,暗红色的蛇藤在大叶树上缠绕,把寄生根插到大叶树干上。蛇藤盘旋向上,直到超过大叶树顶,向天空昂着暗红色的蛇头。阴暗的林中有鬼鬼祟祟的林鼠、在枝叶中轻松滑行的鼠蝠、面目狰狞的鼠狼,长着毒牙的鳄龙,身体庞大的双口蛇蚓。士兵们在密林中砍出通路,与鼠狼和鳄龙搏斗,艰难地向禁区中心推进。由于押述的机警和谨慎,也由于成吉的高明医技,考察队至今没有减员。30名士兵一直保持着高昂的斗志,这就多半归功于妮儿了，她以女人的细心和温存，有效地凝聚了军心。

当然，最主要的原因恐怕还是她施予的性爱。在禹丁特意为妮儿制作的隔间帐篷中，妮儿床上常常少不了一个男人，大部分时间是押述，有时是成吉，不过妮儿也周到地把机会分给每一个士兵，尤其是其中最辛苦最能干的。妮儿认为这既是遵从耶耶的教诲，也是遵从大自然的天条。《亚斯白勺书》记载，第二使徒小鱼儿为阿褚、亚斯、萨布里等多名男性使徒生育了儿女。而生物演化论阐明，雌雄生物都有四处留情、寻找最优基因的本能，并把它化为两性交合的快感。既然这是神意和天意，妮儿干吗要压抑自己的欲望，何况它还能带来某些世俗的利益？

考察队中除了妮儿的学生苏辛，就只有尼微教士未曾与她一亲芳泽。有天晚上，医官成吉在她枕边说：

"妮儿，我要提醒你一句。30个性饥渴的士兵是很危险的，你已经有效地化解了它；但独独撇下一个性饥渴的男人甚至更危险，你得设法化解它。"

妮儿当然知道他指的是谁，笑着说："谢谢啦，我倒是很愿意化解它。但也许那位高贵的卵生男人不愿屈尊俯就一个卑贱的光身女人呢。"

成吉笑着摇头："一般来说，任何一个卵生男人都愿意为你这样的尤物把什么鬼出身抛到脑后，但那个目光阴沉的家伙……我吃不准。"

"不管怎样，我试试吧。"

第二日下午，考察队在一座孤山旁边发现了一个狭长的林中小湖，决定在这儿休整半天。士兵们牵着鼠牛和鼠马来湖边饮水，让它们在湖中洗浴。士兵们也赤条条地下了水，高声笑闹嬉戏。成吉和苏辛也下湖洗浴去了。妮儿来到湖的另一端，尽情洗浴一番，把浸透汗臭味的军服洗了，换上女式睡衣。她拎上湿衣准备离开小湖时，瞥见押述立在不远的一个高台上，衣着整齐，手执武器，警惕地巡视着四周。妮儿知道，整个旅途中，押述时刻把她置于自己的视野中，她感激地朝那边喊：

"押述！我要回去了，你也洗浴吧。"

"不忙，我先送你回去。"

妮儿忽然看见尼微就坐在不远处的湖岸上，他刚刚洗浴过，已经穿戴整齐,正在梳理着披散的长发。她说:"不用送了,我去见见咱们那位'最高'。"

这是她私下里对尼微的戏称。押述笑笑,目送她离开,下水洗浴去了。妮儿来到尼微身后,笑着打招呼:

"尼微教士,能让我在这儿坐一会儿吗?"

尼微扭头看一眼,目光中有刹那的震惊。今天的妮儿焕然一新,与往常穿肮脏军服的"假男人"大大不同。她洗去了一身征尘,恢复了满月般的容貌,皮肤润泽,黑亮的长发瀑布般垂在身后,一身薄薄的白色睡衣裹着高耸的胸脯,而她的目光……不管它能否点燃教廷的帷墙,但至少能烧沸一个男人的血液。不过他很快强使自己平静,冷淡地说:

"那是你的自由。"

妮儿把湿衣放到草地上,在尼微身边坐下,直截了当地说:"尼微教士,虽然当今教皇反对婚外性关系,但《亚斯白勺书》中并无此项戒律。《亚斯白勺书》《出蛋房记》中明确记载,当阿褚和小鱼儿等带着二百多弟妹走出蛋房后,小鱼儿曾为阿褚、亚斯、萨布里等多名男性使徒生了儿女。不光小鱼儿,其他女人也是这样。《亚斯白勺书》还透露,神圣的耶耶在年轻时,在他的故土蓝星,也有多个妻子,甚至有更多的性经历。"

尼微冷冷地说:"没错,《亚斯白勺书》中是这样记载的。"

"而咱们的考察队只有我一位女性。按照《亚斯白勺书》的教诲,我有责任也愿意向每个男人奉送性爱。尊贵的尼微教士,如果你不在意我的光身人出身的话,我的帐篷大门随时向你敞开。只是——我觉得教士似乎一直对我有某种成见。"

尼微在月光中看看她,冷淡地说:"我对你没有成见。但我记得教皇说过一句话:没有敬畏的物学家是可怕的。"

妮儿笑着反驳:"我怎么没有敬畏?我敬畏大自然,敬畏星空,敬畏大自然赋予息壤人的天性。"

"对,但拜物教徒妮儿从不敬畏道德。"

妮儿没有想到尼微会说出这样……深刻的话,她想了想,坦率承认:"对,道德只是尘世中的临时约定,而生存是永久有效的天条。生存大于道德。"

"也就是说，如果考察队困在密林中快要全部饿死时，我们可以心安理得地分食一位美女的肉体？"尼微平静地问，但话语深处含着极度的锋芒。

"是的。实际上，《亚斯白勺书》中正有这样的记载：当年，耶耶门下第一使徒阿褚就在极度困境中分食过伙伴的身体，第二使徒小鱼儿曾对此表示过反感，但耶耶并没有责罚阿褚。"

尼微勃然大怒："胡说！《亚斯白勺书》中从来没有这样的记载，这只是悖逆之人的歪曲！"

妮儿微微摇头，没有反驳。《亚斯白勺书》中关于这件事有记载，但很含糊，妮儿认为这是记述者、第三使徒亚斯有意使用虚笔来为尊长讳，但宗教界则认为此事完全是子虚乌有。这件事是争不出结果的，而且她今天来，并不是想非难尼微的信仰，便和气地说：

"好啦，我承认《亚斯白勺书》对这件事的记载确实很含糊，也许你的理解是对的。而且，尽管我认可'生存第一'，我本人并不想被别人分食，哪怕吃我的人是一位尊贵的教士。"她怕这个玩笑激怒尼微，连忙说，"不说了不说了，这个玩笑本身就隐含着邪恶，尊贵的尼微教士不会欣赏它的。"

尼微尖刻地说："妮儿，尽管你对教皇曲意逢迎，但我知道在你内心里从来没有宗教的位置，其实，连教皇陛下也十分清楚你的内心。不过，正如物学家爱说的一句话：存在即合理。那么，宗教的存在难道不是一种合理？"

妮儿惊讶地扭头看看尼微，这一刹那中对尼微的印象有了改变。原来，这个目光阴沉的教士并不像她认为的那样干瘪无味，其实也是个有见解的人。妮儿心中确实没有宗教的位置，但尼微的话让她有了一个新视角，一个顿悟：在她心目中，耶耶教会一直是黑暗愚昧丑恶的代名词。但它既然能天长地久地存在，赢得万千信众的虔诚信仰，甚至能显著地自我净化，难道没有历史的合理性？她真诚地说：

"尊贵的尼微教士，你的诘问确实有分量，我会认真思考的。天色不早了，我们回帐篷休息吧。教士，我的邀请仍然有效：如果你不在意我的卑微出身，那么我的帐篷门始终向你敞开。"

她站起身，准备去拿草地上的湿衣，尼微突然拉住她："我更愿意伴着美景和美女度过良宵。来，让我抱着你。"

月光中他的目光明亮而灼热。妮儿略略犹豫后，顺从地扑入他的怀中，但心中有些嘀咕。她触到了一具肌肉张紧的男性身体。两人肌肤相接处，她能感受到对方肌肉的战栗，但那不像是通常的性兴奋，而更像是某种防御或抗拒。她忽然明白了——尼微并非想同她来一场欢爱，而是来一场贴身肉搏，以教徒的自制力来对抗女性的诱惑力，最终战胜一个不信神的荡妇。

妮儿心中颇为恼火，生出一个恶作剧的念头——既然这样，那就让他经受一场煎熬吧。她佯做不懂尼微的居心，腻在他的怀里，热烈地吻他，揉搓他，冷眼旁观他在高涨的欲火中勉力坚持。但令她佩服的是，这个男人在这场贴身肉搏中居然熬住了，甚至逐渐平静下来，肌肉的张力也逐渐卸去，最后竟达到一种入定的状态。到了这会儿妮儿只有认输，打算结束这场肉搏战了。她对这个意志力坚定的家伙甚至有了某种敬意。既然认输那就撤退吧，押述不会放心她留在野地，此刻肯定躲在暗地里监视着，她不忍心让押述一夜无眠。但——就这么躺在一个无欲望的男人怀里也是从未有过的经历，她不由得放松了自己，竟然不知不觉睡着了。

息壤星黑夜长达100个小时。妮儿睡得很熟，只是遵照某个冥冥中的节律，每隔八个小时会醒一次，警惕地看看四周，随即再度进入沉睡。她在蒙眬中感觉到，那个抱着她的男人已经很疲乏了，有时轻轻挪动一下，以便稍微缓解一下酸麻的肌肉。妮儿恶意地想：既然是你挑起这场战斗，那就活该受罪。但半夜的一次短醒中她终于忍不住了，恼声说：

"尼微，我承认你赢了。不必煎熬了，来，咱俩换换位，你趴在我腿上睡吧。"

尼微有些犹豫，如果趴在妮儿怀里睡觉，似乎就不是彻底的胜利，但60个小时的僵坐实在超出了耐力的极限，他没有坚持，顺从地换了位，趴在妮儿的腿上，很快入睡。妮儿也进入浅睡，任一些不连贯的念头在脑海中滑过……这个永远裹着黑色教袍的男人其实也蛮强健的……他赢了，自己也不算全输，相信经过这一夜，他再看自己时，那双一向冰冷的目光中总会有一丝涟漪吧……《亚斯白勺书》中说，第一使徒阿褚在13岁那年第一次吻了小鱼儿，小

天父地母

鱼儿曾为此惶惑，向耶耶求问。耶耶说这是好事啊！卵生崽子总算长大了，睡醒了。这会儿阿褚似乎就躺在小鱼儿怀里，而耶耶在不远处默默观看……

这个感觉越来越强烈：年迈的、脸上有刀疤的耶耶就在不远处飘浮着，默默地观看。他是在看阿褚和小鱼儿，还是尼微和妮儿？……妮儿豁然醒来，看见三个红色月亮仍散布在天穹上，但高高的天顶有了一抹红光。已经凌晨了，旭日还在地平线之下，湖对岸仍是黑黝黝的密林，完全隔断了东方的晨曦，五个小时后，晨曦才会逐渐驱走黑暗，让红光从枝叶缝隙中艰难地渗过来……不过，为什么密林中有一处已经透出红光？虽然很微弱，但分明是一团红光。

妮儿在蒙眬中随意地想着，又滑入浅睡。她梦见阿褚、小鱼儿及众人睡在蛋房里。《亚斯白勺书》中说，蛋房从内部看非常巍峨，下雨时蛋房最高处总会留有一片蓝天，红色的阳光从那里洒到蛋房内。早晨也是一样，当蛋房四周还被密林遮蔽时，房顶有一处会首先被阳光照射，让蛋房内部提前沐浴着红光……妮儿忽然惊悚一下，完全清醒了。定睛望去，刚才看见红光的地方依然漫溢着红光，而且更浓了。她环视着月光和晨曦下的小湖，还有湖对岸的那座孤山，心中突然一震，失声喊了出来："这不就是《亚斯白勺书》中记载的坟山和人蛋湖吗？"关于蛋房附近的坟山和人蛋湖，每个息壤人都在《亚斯白勺书》中读过千百遍，但——也许是因为它们过于神圣，以至于亲眼看到这座平凡的小山和普通的小湖时，竟然没有立即认出来！她急忙摇醒怀中的尼微，高声喊：

"尼微，红光！是蛋房的红光！蛋房就在那里！还有，这就是《亚斯白勺书》中记载的坟山和人蛋湖！"她朝远处喊，"押述，你是不是在附近？赶紧过来！"

尼微立即醒了，顺着妮儿的指向，惊愕地盯着那片红光，也重新打量着眼前的小湖和孤山。他在片刻中认可了妮儿的推断，也陷入狂喜之中。亢奋中妮儿紧紧抱住尼微，给了他一个热吻，而尼微也下意识地给了热烈的回应……不过他马上醒悟了，粗鲁地把妮儿从怀中推开。不过妮儿并不生气，她知道尼微此刻的抗拒是假的，是一个教士的理性决定，而刚才下意识的回吻才是他的本心。

一直待在附近的押述也跑来了,后边还跟着妮儿的学生苏辛,两人惊喜地盯着黑暗中的那团红光,也重新打量着孤山和人蛋湖,一时不敢相信胜利就在面前。妮儿下令:

"押述,你快集合士兵,朝有红光的那个方向搜索,我先去了,苏辛你跟着我!"

她脱去衣服,盘在头顶,跳入湖中,向红光的方向游过去。苏辛紧紧跟着。身后押述吹响了骨号。

蛋房果然在密林中。一个圆滚滚的球体,被大叶树和蛇藤遮蔽和盘绕着。墙壁是透明的,向外漫溢着红光。《亚斯白勺书》上的记载是对的,朝蛋房打眼一看,就会生出一个强烈的印象——这个球形蛋房本身并非球形,而是被某个看不见的球面挤压所成。蛋房外的一些部分,像它的底座——圣书中还记载了它的奇怪的别名:船尾天线——向上翻卷着,紧紧地贴合着那个无形的球面,看起来很柔软。但用手摸摸,它分明是坚硬的金属。

他们小心地前行,走进了那个无形的球面。眼睛只要一越过球面,视野立即有了奇怪的变化。这幢从外面看圆滚滚的、并不高大的蛋房,从内部看立即变得十分巍峨,墙壁近乎无限地向上延伸,顶部浸泡在红色阳光中,蛋房内的红光就是从那儿来的。要想看到顶部,你得努力向上仰着头。但只要向外一侧身,眼睛滑出那个无形的球面,蛋房就立即缩起身子,重新变回那个并不高大的、被藤叶遮蔽的球形。两者形成了完全割裂的画面,令你无法相信自己的眼睛。苏辛看得目瞪口呆,喃喃地说:

"老师,我从不相信神力,可是你看这幢奇特的蛋房,任何一种物学原理都无法解释它啊。"

妮儿温和地说:"也许明天的物学原理能够解释。苏辛,先去寻找房门吧。"

他们很快找到了房门,门边有一个圆形的轮子,显然是开启装置。苏辛试着去开启,妮儿赶忙制止了他:

"不要动!——等尼微教士赶到,共同开启吧。"

苏辛理解老师的用心，捺下性子等着。

不久，尼微、押述、成吉和30名兵士都赶来了，他们同样目瞪口呆地看着眼前的奇景。尽管蛋房的奇异早就耳熟能详，但当书中的文字变成真实的场景，仍然令人震惊、震撼、难以置信。尼微有时也把震惊的目光从蛋房转向妮儿。无疑，发现蛋房的第一功应记在她身上，这让尼微第一次对妮儿产生了惧意。耶耶教的最高圣地竟然被一个不信神的光身人女子发现，也让尼微很郁闷。妮儿迎着他的目光，恭敬地说：

"尼微教士，房门就在这儿，请你下令开启吧。"

尼微心绪复杂——尽管妮儿态度恭敬，但尼微总觉得她的恭敬中暗含嘲讽——定了定神，下令开启房门。

房门很难开启，四个士兵用尽了气力，才让房门开启了一条细缝。立即响起尖锐的呼啸声。妮儿注意观察，是蛋房外的气体向内流动，看来蛋房内的气压较低。不过二者相差不会太大，随着门的开启，啸声很快变小，房门的开启也变得轻松了。

尼微率众人在门外跪拜，请求耶耶原谅凡人来打扰他的清静。尼微回过头，见妮儿也刚刚跪下，唯独苏辛直撅撅地立在那里。尼微正要愤怒地呵斥，苏辛看见了，机灵地说：

"尼微教士，耶耶怎么会怪咱们来打扰清静呢，我们正是遵从他的圣谕啊。他曾说过：'我的卵生崽子们，我把很多连我也弄求不懂的神奇知识保存在蛋房里，一旦你们看懂了，你们就有福了，你们就能脱去凡胎，变成法力无边的神灵了。'所以，今天他看见咱们，一定会很高兴。"

虽然尼微觉得这并非他的由衷之言，但无法斥责，只好隐忍。他回过身，带众人轻轻举步，进入蛋房。视野中所有东西都美轮美奂，神力天成，令人惊叹和敬畏。墙壁薄而透明，浑然一体，看不出任何接茬。墙壁上有供人攀登的梯子。房内的很多物件不知道是干什么用的，只知道它们都异常精致，没有一点儿瑕疵。物件上刻着奇怪的文字，这些文字之下写着熟悉的方块字，比如"控制室""轮机间"等，显然都是手写的。据《亚斯白勺书》记载，蛋房已经存在数万岁（数十万息壤年），但漫长的时间没有在蛋房上及蛋房内部留下一丝沧桑。人群中敬畏感最强烈的也许是妮儿和苏辛。在信徒眼里，眼前的一切都是神物，是神力所造就，只用把敬畏献给神就一了百了了。但妮儿和苏辛相信眼前的一切都是物学和技术的功劳。那么，这该是何等先进的物学和技术啊。蛋房晶莹剔透，高与天齐，浑然天成，显然是一次性的制造。那么，它使用的是什么材料？是什么样的工艺能一次性地制造出这么一个巨物来？实在难以想象。

而且，这座蛋房造型奇特，显然不是普通意义上的房屋。《亚斯白勺书》中曾用过这样的称呼：飞船。顾名思义，飞船应该是天上飞的船吧，不，不是在息壤星的天空飞，而应是从那颗蓝星飞向息壤星。如果是这样，那么蛋房奇特的形貌就好解释了：它的封闭船体是为了隔绝真空，保住供人们呼吸的空气；双层透明外壳之间的奇怪线圈，应该是飞船前进的动力。飞船上部写着"控制室"的地方，当然是控制飞船飞行的地方。还有很多地方她看不懂，无法猜出它们的实际用途，但这不奇怪，高度发展的技术和魔法无异。

最初的亢奋过后，妮儿迅速冷静下来。她觉得，应该劝动尼微，命令众人暂时撤出蛋房，免得不小心破坏了蛋房的原貌。然后由她、苏辛当然也少不了尼微，对蛋房进行谨慎的考察，逐个地块，逐个房间地进行。想来尼微不会反对吧……就在这时，医官成吉高声喊：

"耶耶！那是耶耶的圣体！"

妮儿浑身一震，顺着成吉的指向看去。在一个半敞的隔间内果然是耶耶的圣体，因为他脸上的刀疤在《亚斯白勺书》中有明确的记载，是他最明显的特征。他穿一身黑衣，仰睡在一把长椅上，并非《亚斯白勺书》中所说的睡在"冰冻棺室"中。妮儿一直认为，冰冻是长久保存耶耶圣体的唯一办法，所以看到耶耶被这样敞开放置，十分震惊不解。他的身体状态良好，雪白的长发和长须披散在脑后和胸前，脸色保持着红润。但他显然处于"死亡状态"，因为他的面容僵硬，看不出活人的灵性。他旁边的桌子上放着一本书，是《亚斯白勺书》。妮儿一眼看出，这就是她不久前发现的那个最古老版本，距今有5000息壤年（500岁）。如果它真的成书于500岁前，那么，很有可能，在那个时刻蛋房曾同尘世有过一次交流,或者有凡人进入过蛋房,更有可能是耶耶曾离开蛋房到过世间。

尼微率领众人趋步上前,很远就跪下,狂热地对耶耶朝拜。妮儿也热泪盈眶俯伏在地。刚才,在蛋房之外她也参加了众人的朝拜,但那只是不想惹恼尼微,是策略上的权宜之计;此刻她的跪拜是响应内心的呼唤,是对一位人类先祖和物学家的敬仰。苏辛也跪下了,他也是响应同样的内心呼唤吧。但他的内心对未知的探索欲一定更为强烈,因为他在众人的跪拜中忽然跪行上前,吻了耶耶的脚背,又吻了耶耶的双手。在他亲吻的同时,似乎无意中用小指勾起了耶耶的衣角。

思维敏捷的妮儿一刹那间猜出了学生的用意,立即把目光盯住那儿,不由浑身一震。医官成吉也是个目光敏锐的家伙,一瞥中看到了耶耶露出的肚脐,目光中显然也有一次猛烈的震动。尼微的方位看不到那儿,但他疑惑地看看贸然上前的苏辛,再回头看看妮儿和成吉的奇怪眼色,也许猜到了什么,立即愤怒地吼道:

"滚开!你这个卑贱的光身人,不信神的家伙,不许你亵渎耶耶的圣体!"

众士兵愕然。他们认为苏辛对耶耶的尊崇不算罪过,不理解尼微的怒气从何而来。而且他们也都是光身人,自然不会喜欢尼微对光身人的咒骂。妮儿反应敏捷,立即用和解的语调说:

"苏辛快退下!尼微教士,请你原谅,他是因为对耶耶狂热的爱才忘了分寸。我想,因为他的虔诚,耶耶不会在乎他的光身人出身。"

她巧妙地忽略了尼微对"不信神"的指责,而把重点引向"光身人",因为——30名士兵都是同样的出身。尼微不愿惹起众怒,虽然很愤怒,但没有再说。只有成吉迅速扫妮儿一眼,表情复杂。成吉虽是卵生人,但脾气随和,放浪形骸,平时并不注重两种人的贵贱之分。只是——刚才,就在苏辛"无意间"勾起耶耶的衣角时,成吉已经瞥见耶耶的肚脐,是光身人的大肚脐,而非卵生人的小肚脐。那么,也许正像妮儿曾猜测过的,朝丹天耶的儿子,伟大的耶耶竟然是光身人?这个发现太凶险,无法预料它会激起什么样的凶风恶浪。而且显然刚才苏辛绝非无意为之，他背后的策划者当然是他的老师妮儿。成吉一时不知该如何做，只好保持沉默，沉默中对妮儿师生滋生了怒意和惧意。

苏辛顺从地退下，与老师交换着富有深意的目光。尼微再次向耶耶跪拜，然后起身，对押述和成吉说：

"《亚斯白勺书》中记载了第一使徒阿褚离开蛋房时的誓言：'等耶耶的后代变得强大时，将返回蛋房，请耶耶重生。'我临行前奉教皇谕令，一旦发现耶耶的圣体，立即设法运回王城，由教皇主持耶耶的重生仪式。押述，成吉，咱们商量一下该怎么办。"

他有意忽略了妮儿。在他看来，妮儿只是教廷雇用的旅途向导。在发现蛋房之后，这个向导已经没有用处了。押述听出了尼微的话意，悄悄看看妮儿。一路上的接触，他知道妮儿聪明博识，她的意见大半是对的。妮儿当然也听出了尼微的话意，本来不想说话，但想了想，还是委婉地说：

"教皇的谕令一定要执行。只是，尼微教士，行前应慎重考虑。我总觉得，耶耶的圣体能保存数万岁之久，除了他自身的神力，似乎也与这座蛋房有关。你们不妨仔细观察一下蛋房内的物件，像这本《亚斯白勺书》、耶耶的衣服、蛋房内的所有物品，等等，全都崭新完好，一点儿不像经过万岁时间的洗礼。如果贸然把耶耶的圣体移出蛋房，万一……没人担得起这个责任。"

尼微冷冷地说："那么，你想扛着这座蛋房回王城吗？"

妮儿回话时仍然语调温婉，但温婉中藏着讥讽："我当然扛不动它。但如果耶耶真的不能离开蛋房，那么请教皇来这儿主持仪式也是可以的。教皇虽然年迈，肯定愿意为耶耶而辛苦一次。"

尼微一时哑口。押述小心地说："妮儿老师的谨慎是对的，这件事最好考虑周全。"成吉虽然已经对妮儿存有戒心，但作为医师，也认为妮儿的谨慎是对的。他委婉地说："从容决定吧，耶耶的移驾不宜仓促。"

尼微只好表示同意，令士兵暂时撤出蛋房。他还特别下令，行事莽撞的苏辛必须出去，蛋房内只留下他、成吉、押述和妮儿，商量以后的行动。苏辛当然不愿意离开这儿，恼火地瞪着尼微，但妮儿用眼神示意他顺从。苏辛气鼓鼓地随着兵士出去了。

众人离开，妮儿来到耶耶面前，再一次虔诚地合掌致敬。

自己的预言被证实了，耶耶的存在终于被确认，但他肯定不是《亚斯白勺书》中尤其是后边章节中所描绘的神灵，而是一个伟大的物学家，或者是一个伟大的飞船船长，他把息壤人的种子从蓝星带来，撒到了息壤星上。而且，一如她此前的推断，耶耶并非高贵的卵生人，而是像她一样的光身人。这丝毫不影响她的敬畏，反倒使她觉得更亲近。只是，今天各种见闻如海啸般涌来，她一时还难以理出头绪。比如，为什么蛋房从内部和外部观察截然不同？耶耶为什么不在冰冻的棺室中？是什么保持着蛋房内东西的完好？苏辛说得对，这众多奇迹简直无法用物学的理性来解释……

有时她甚至觉得，放弃理性，接受对朝丹天耶的绝对信仰，其实是最省力的，那样可以把一切都归结于"神力"，而神的行为是不需要解释的。但她不会这样做，她还会继续艰难地思考和探索……她的思索太投入，偶然回头，发现尼微、成吉和押述都不见了，他们到哪儿去了？四周没有一个人，她忽然起了一个强烈的念头：想趁这个机会再掀起耶耶的衣角，确认他是不是大肚脐，刚才一瞥之间看得不是太清晰。虽然这样做对大神耶耶有点儿亵渎，但如果耶耶真的是一位物学家，他绝不会怪罪自己的孜孜求真……正在这时，忽然有低声问：

"你——是——妮儿？"

声音比较含混，没有明确的方位。语调也相当怪异，但意思应该不会错。她惊愕地四顾，周围没有人。然后又是那个声音，这回清晰多了：

"是我——在问你，你是妮儿吗？"

妮儿立即低声回答："我是妮儿。请问你是……"

"你是一位科学家？"

妮儿一时没有反应过来："什么科学家？……对，我是一位科学家，我们称之为物学家。"她已经大半猜到了说话人的身份，心中狂跳不已。"您是……"

对方长叹一声："我在息壤人中寻找一位聪明的科学家，找一个能同我交谈的人，找得好苦啊。找了数千岁，总算找到一个。妮儿啊，告诉你吧，我是耶耶。"

妮儿大喜，泪水盈满眼眶。定睛观察耶耶的身体，它仍处在僵死状态。那么，是他的"元神"在同自己对话？她问：

"你是伟大的耶耶？是息壤人的播种者？"

"对，是我把卵生崽子们带到了息壤星。"

"你还活着？"这个问题说出口，她突然意识到不妥：它实际否定了耶耶神的身份，而把他当成肉胎凡体了。耶耶说：

"耶耶大神与天地同寿，当然活着！"

妮儿赶快低头敛眉，考虑如何补救自己的失言。但耶耶忽然呵呵地笑了："算了，不说这些废话了。好不容易见到一个科学家，我不用装神弄鬼了。对，我还算是活着，虽然离死也不远了。这事比较复杂，以后再说。眼下有一件关紧事要优先处理。告诉你吧，尼微正想要杀你呢。"

"尼微要杀我，为什么？"

耶耶微微一笑："理由嘛倒是很充足，因为你那位学生胆大妄为，看到了最不该看到的东西。呶，那边的情况你亲自看吧。"

耶耶神力无比，妮儿眼前一晃，立即透视到了墙后的图景：尼微等三人在一个密闭的房间内密谈。妮儿的第一反应是把自己藏起来，但显然那三人看不到她，于是她站着不动，悄悄地听下去。尼微厉声说：

"成吉，刚才你看到了什么？如实告诉我！"

成吉垂下目光，勉强地说："刚才那位不信神的苏辛勾起了耶耶的衣角——我想他恐怕是有意干的，是出自他老师妮儿的授意——我看到耶耶是大肚脐。苏辛和妮儿肯定也都看到了。"

押述刚才没看到这个场景，所以大为震惊。尼微咬着牙问："成吉医师，你看清了？"

成吉叹息一声："你尽可相信一个医生的眼睛。"

尼微阴郁地沉默片刻，阴森地说："那么，只有采取断然措施了。押述，你立即杀了妮儿和苏辛。"他看看震惊的押述和成吉，厉声说，"你们当然知道，这个消息一旦泄露会导致什么后果。"

成吉不忍心妮儿送命，但知道尼微的决定是对的。先不说以后，就眼前而言，如果30名光身人出身的士兵知道这个消息，恐怕就会转而效忠妮儿了。押述非常为难，嗫嚅着说：

"尼微教士，这样做……"

"押述，我知道你与妮儿的亲密关系。但你不要忘了，我是考察队的最高指挥！"

押述被逼得无路可走，只好和盘托出实情："对，我会谨遵你的任何命令，除了这一件——临行前世俗之皇对我下过密令，在任何情况下都要保证妮儿的生命安全。尼微教士，我可以杀了苏辛，逮捕妮儿，等回到王城再做处置，你看行不行？"

尼微勃然大怒，从怀中掏出一个金牌，杀气腾腾地说：

"押述你敢违抗吗？我有教皇亲颁的圣杀令！"

成吉和押述吃了一惊，圣杀令是教廷最极端的手段，轻易不用，莫可七世任教皇以来就从未用过。这次他既然把圣杀令金牌授予尼微，可见其对蛋房秘密的重视程度。旁观的妮儿同样吃惊，她想起宽厚慈爱的老教皇，想起自己同他拥抱时感受到的父女之情……但这位慈和的老人，在关乎教会生死的大事上，却是如此冷酷……押述看见金牌，不免嗒然若丧，他知道，如果再抗命，连世俗之皇也会受牵连，甚至为此丢掉皇冠。他只好说：

"我无法违抗圣杀令，遵命就是。"尼微满意地点头……

透视场景被抹去。"看吧，他们马上就要来杀你了。"耶耶笑着安抚妮儿，"不必惊慌，有耶耶呢。"

"耶耶我不怕。有耶耶呢。"

"来，我教你该怎么做。"

三人向这边走来，押述的佩刀已经出鞘。妮儿笑吟吟地迎着押述的目光："押述，你要奉尼微的命令来杀我吗？"

尼微吃一惊，没想到妮儿已经猜到内情，但他仍用严厉的目光督促押述执行。成吉心疼地看着自己的情人。他不忍心看妮儿身首异处，但他无能为力——而且说到底，尼微的担忧并没有错，那个消息一旦公开，势必引发一场血雨腥风。押述痛苦地看着妮儿，他一向敬畏这个女人，何况还有几年的床笫之欢。他沉闷地说：

"对不起，妮儿，我不敢违抗圣杀令。我没能保护你，没能完成世皇的嘱托，我会随后自杀，以死抵罪。"

妮儿轻松地笑着："你真是个傻瓜，不能违抗圣杀令，你先自杀不就得了？"

押述一愣，心想这也是一条路，虽然他自杀后尼微仍然不会放过妮儿，至少自己的手上不用沾染血腥了。尼微看出押述的动摇，气急败坏地喝道：

"押述，你敢自杀！你若自杀也是违抗圣杀令！"

押述左右为难，妮儿忽然朗声大笑："押述你个傻宝，用不着自杀！我是和你开玩笑的。押述，还有成吉，你们都放心，他杀不了我的。就在刚才，耶耶和我谈了话，任命我当你们的头领，以后，就连尼微也得听我的命令。"

尼微冷笑："没人相信……"

"我会让你相信的。押述，耶耶刚告诉我，《亚斯白勺书》上多次记载过的电鞭就在那边的冷冻棺室中，请你取来。"

押述习惯性地看看尼微，但未等他许可，就向妮儿指的方向跑去。少顷，他果然捧着一件东西急匆匆地过来，脸色惊喜不定。它肯定就是《亚斯白勺书》中多次提到的神物电鞭，木柄有一肘长，上边有精致的刻花，捏手部位异常光滑；鞭身由柔软的铜丝编结而成，金光闪烁。当年，第二使徒小鱼儿正是用它狠狠惩罚了行谋逆之事的阿褚等人……妮儿嘲讽地说：

"尊贵的尼微教士，为了让你心服口服，请你先用它抽我一鞭，看电鞭是否会听从你的命令。"她脱下鞋子，解开上衣，露出一只胳膊，"你已经知道，电鞭施刑时要脱去衣服。来吧。"

尼微已经被妮儿的气势所压倒，但此刻困兽犹斗，咬咬牙，取过电鞭，恶狠狠地向妮儿抽了一鞭。电鞭在妮儿的膀上留下一条红印，但也仅此而已。妮儿冷笑着说：

"你在给我挠痒吗？电鞭的威力在圣书上是述之甚详的，看来它不听你的话。拿来吧，让我试试。"

她从尼微手中劈手夺过鞭子，按耶耶教的方法打开了秘密开关。此刻妮儿的脸色十分狞厉，恶狠狠地说：

"尼微，你这个心肠恶毒的家伙，竟然想杀我和苏辛灭口！耶耶说，你未得圣令，胆敢在神圣的蛋房中开杀戒，命我严厉地惩处你！"

她对尼微裸露的颈部抽了一鞭。尼微立即瘫倒在地，身体痉挛着，喉咙里发出非人的声音。妮儿扬鞭要再抽，但犹豫了，最终没能抽下去。她想起昨晚与尼微的相处，那时尼微用超强的自制力抵挡住了异性的诱惑，那样的自制力令她钦佩；也想起尼微与她的哲理讨论，尼微说：宗教既然存在，就说明它是合理的。这句话确实给了她一个新的视角。尼微虽然行事狠毒，但站在他的角度，倒也不算十恶不赦。或者说，他的恶是为了信仰，是群体之恶而非个人之恶。妮儿冷冷地说：

"尼微，我本可以处死你。但耶耶说，你只要宣布效忠于我，就可以赦免。"

局面突然转折，尼微虽然心中不服，但不敢抵抗。无论是因为眼前高悬的电鞭，还是因为耶耶的谕令，他都只有服从。这会儿他已经相信，这个光身人女子确实得到了耶耶的谕令。他挣扎着起来，向妮儿行了跪拜礼。

妮儿把冷冷的目光转向成吉。成吉明白这是要他也表示效忠，虽然有点不情愿——他一时还接受不了这场风云突变，光身人片刻之间获得尊贵身份！但既然连耶耶也是光身人，看来天要大变了，谁也挡不住的。于是他明智地做出抉择，敛手行礼，向妮儿表示了服从。押述一向与妮儿亲近，刚才不得不杀妮儿，心如刀割，事态能如此变化他当然高兴，便心甘情愿地行了礼。

妮儿发现苏辛在门口张望，看来是对蛋房内的事态进程不放心。妮儿招手让他进来，把电鞭交给他，说：

"你和押述、尼微、成吉出去，向众人宣布，耶耶已经任命我为考察队的最高长官。"

苏辛惊喜莫名。耶耶的任命？耶耶还活着？他迷惑地看看耶耶的"遗体"，它仍然僵硬地躺在那里。不过，眼下不是追根寻底的时候，他得协助老师赶紧控制住局势。于是他兴高采烈地接过电鞭。妮儿说：

"你们出去吧,把蛋房门关上,耶耶说要同我长谈一次。"她低声对苏辛说,"估计电鞭能量不多,不要轻易使用。另外,暂不要透露耶耶是光身人。"

苏辛喜滋滋地点头答应,"押"着尼微等人,到蛋房外去了。

妮儿回到耶耶身旁,心潮翻滚,心中有千言万语但不知从何说起。眼前的耶耶仍僵硬地躺着,但她分明感觉到,另一个耶耶——耶耶的元神?灵识?灵魂?——在天上飘浮,在含笑看着她,他的慈爱伸手可掬。妮儿甜蜜地叹息着,说:

"耶耶,我真不知道该从哪句话问起。首先向你问安吧。我已经知道你还活着,但我更愿看到你真正重生。"

耶耶笑着说:"对,我还活着。蛋房内有一个五维空间泡在护着我,它是一个活力场,把我弄成了数万岁不死的老妖精。"

妮儿艰难地追赶着他的话意:"五维空间泡?活力场?"

"你别追问啥叫五维空间,啥叫活力场,其实我也弄求不懂。我只知道在五维空间里,我的灵魂能离开身体活动,能站在高位看凡间。这不难,我教教你,你也能学会。我还知道,活力场能护佑场内的所有活物和死物,而且不需要能量。可惜啊,当年我不知道这一点,发现蛋房能量快用完时,逼着阿褚和小鱼儿他们离开蛋房,让他们白白受了那么多罪,死了不少人。这是我最后悔的事。不过,反正他们最终把血脉传下来了,把我教的方块字传下来了,干得不错。能有这样的结果,多受点罪,也不算啥。"

"你说的受罪,就是《亚斯白勺书》中记载的缺氧?是伟大的天父朝丹天耶一怒之下施予蓝星人和息壤人的绝罚?"

"对,也不对。蓝星人受到的惩罚是天塌,息壤人受到的惩罚才是缺氧。其实后来嘛蓝星人的天没有塌,息壤星的缺氧也慢慢不缺了。但这个朝丹天耶是从哪儿蹦出来的?我上次醒来,在500岁前的《亚斯白勺书》中忽然见到了这个名字,还说我是他的儿子,这是咋弄的?我可从没这个了不起的爹。"

天父地母

妮儿不由失笑："耶耶啊，这问题该我问你才对啊。考察《亚斯白勺书》的衍变，朝丹天耶的名字倒是很早就有，但关于他的记载就那么几条，说他是宇宙间最高主宰，是你的父亲。曾因宇宙众生信仰崩溃，一怒之下将绝罚施予蓝星人。说你无法违背天父的旨意，只能偷偷带卵生人逃到息壤星来。不过朝丹天耶仁慈为怀，最后还是免除了尘世众生的罪孽，把绝罚取消了。耶耶，我对朝丹天耶的由来一直潜心弄求，但一直弄求不懂。"

耶耶沉默良久，苦苦思索，忽然爆出一阵大笑。他笑得惊天动地，气喘吁吁，以致妮儿总觉得那个僵硬的"耶耶"也躺不住了，马上会捧腹坐起。妮儿不知他的笑从何而来，有点儿困惑。耶耶笑足笑够，才说：

"我明白了，明白了。这样简单的事，上次醒来时我竟然没想通，真是傻子一个。是这样的，据天乐说——他是我最佩服的蓝星上的一个科学家，有关情况以后慢慢告诉你——天塌是因为空间的胀缩，是宇宙诞生时留到今天的一个什么波，就像上帝打了一次尿颤。用我的话，是操蛋老天爷故意使坏，存心让凡人受罪。操蛋是句粗话，是我这种粗人爱说的口头禅，不该让你这样的读书人听，会脏了你耳朵。我估摸着，一定是亚斯那小子把我这句话记下了，写到书上了，又写成了白字。"

妮儿真是啼笑皆非！万万想不到，宇宙之王，伟大的天父、耶耶的父亲，尊贵的朝丹天耶，原来只是"操蛋老天爷"的转音！她虽然一向自诩思想放达，天马无羁，没有任何道德上和宗教上的禁忌，但不是亲耳听耶耶说出，打死她也想不到这儿。认真想一想，"朝丹天耶"的出现，恐怕并非仅仅因为亚斯写了白字，而更多是宗教的需要。宗教需要一个"通天彻地、法力无边"的神，而播种者耶耶的形象太"实"，不适宜立为最高神，于是"朝丹天耶"就应运而生了。

耶耶又笑了一阵，然后忍住笑说："顺便说一句，刚才你老说'弄求'什么的，我听着别扭得很。这个词是从《亚斯白勺书》中搬来的吧？那也是我常说的粗话，读书人不该说。我估摸着你说的'弄求'，应该是'研究'的意思，对不？"

妮儿也忍俊不禁，笑着说："没关系，再粗俗的话从耶耶嘴里说出来，也是金口玉言，大雅之语。这个词息壤人已经用惯了，不好改了，我们就把它当成你说的'研究'吧。可是耶耶，你干吗老说自己是粗人，我想，你应该是那个时代的英雄，是最伟大的物学家，不，科学家。"

耶耶笑着说："说起英雄，耶耶我吹一句牛，我算得上一个草莽英雄吧，这辈子干成了一件大事，把卵生崽子从地球送到息壤星了。但你说的科学家什么的，我可绝对不是。那些大脑袋科学家，像楚天乐、泡利、亚历克斯、贺梓舟，甚至包括姬人锐、鱼乐水这些半瓶子科学家，都是聪明绝顶，紫微星下凡，我给他们提鞋也不配。我年轻时信过神灵，老了改信科学，因为科学能带来许多实实在在的东西，比神仙的法术还奇妙，像卵生人、超光速飞船、亿倍光速飞船、又硬又结实的透明球……多了去了。"他忽然转为严肃，"闲话先不要扯，今天捞稠的说。妮儿，你打算怎么办？"

妮儿虽然思维敏捷，也有点儿反应不过来："什么怎么办？"

"妮儿，我一见就喜欢你。看见你就想起蓝星上的鱼乐水，还有蛋房里的小鱼儿。你就像我的小孙女儿。最让我高兴的是，你是当今最聪明的科学家，是我找了千百年的人。我刚才说过，我一辈子啥都不信，到老却信了科学，科技比任何神灵的法术都强。我知道今天的息壤星上有教皇，有世俗之皇，那都是些狗屁。要是权力掌握在科学家手里，这个星球的发展会快上千百倍。我的蛋房里有电脑，电脑里有你们一万岁也用不尽的知识，可惜都是英文，就是蓝星上最通用的文字，我没学过，一个词也弄求不懂。不过不要紧，里面肯定有中英文字典，用你的聪明脑瓜研究一下，弄求一下，肯定就懂了，能翻译过来了。那样，息壤星的科技能一下子窜它几千年。我说的这些，你有没有兴趣？"

他描绘的前景让妮儿热血沸腾："当然！"

"想这样干也容易，既然我是《亚斯白勺书》中的耶耶，名头响得很，干吗不利用一下。我可以重生一次，陪你到王城去，把教皇、世俗之皇什么的都免了，让你当皇帝，科学教皇！你掌着天下权力，想怎么发展科学就怎么发展。这样多痛快，连地球上，我是说蓝星上，也从没有这样的好时候！乐之友最兴盛的时候，科学家也得看联合国那些政客的脸色！你说行不行？行，咱们说干就干，迅雷不及掩耳，免得教皇他们省过劲儿，暗地里使绊子。"

妮儿如饮醍醐！她一向是心高气盛的人，也从不怯于玩弄权术。只是，由于出身卑贱，不得不捺住性子在掌权者之间周旋。她曾寄望于找到蛋房，以此强化世皇的权力，再利用她和世皇的情人关系来推进科学发展。但现在耶耶说，让她直接当教皇！如果真能实现，那就太"痛快"了。她略微考虑一会儿，痛快地答应：

"好！我听耶耶的，我愿意做一个科学的教皇。不过，世俗之皇倒不妨保留，让他替我处理世俗杂务，我才能静下心来弄求科学。"

"也行。我知道这个人不错，是你的学生，也是你的情人——是你几百个情人中最适合当丈夫的一位，对不对？"

妮儿笑着承认："对。我一向坚持独身，但如果我真的当了科学教皇，也许会同他正式结婚。"

耶耶显然犹豫了一会儿。"妮儿啊，有句话本来不想说的，还是说了吧。虽然我这辈子睡过的女人不下几百个，光正式老婆就有五个，按说没资格劝你。不过，还是希望你结婚后，改一改乱找情人的习惯。我不说那是恶事，反正也不是好事，是我这种臭男人才能干的。你要能改了，就更像我刚才说的鱼乐水了，我会更疼你。"

"可是，《亚斯白勺书》中说，小鱼儿也为几个男人生了孩子啊。还有，依照生物演化论，一夫一妻制并不利于物种的优化。"

"你这些道理兴许是对的。在蛋房时代，只操心着能不能传下血脉，我确实没……"

但妮儿已经乖巧地改口："耶耶你不必解释了，不管怎样，既然耶耶说了，我一定按耶耶说的去做。"

耶耶很欣慰。"好的，好的，这件事的是是非非，从道理上我说不赢。只是我想让你在耶耶心中更干净一些。"

妮儿很感动，从耶耶的话里，她确实感受到真正的慈爱。她忽然想到一件重要的事："可是耶耶，你怎么能到王城去？不能让你离开五维空间泡或活力场的保护啊。"

耶耶不在意地说:"这没问题。的确,我这熬了几万岁的身体确实不敢离开这个活力场。你们初进蛋房时,尼微说要迎我回王城,你马上想到蛋房可能对我有保护作用。告诉你吧,从那时起我就看中了你,我对你的聪明很赞赏。不过我现在告诉你,我离开蛋房没问题的。知道为啥不?"妮儿努力思索,最后还是摇头。"保护我的并非蛋房,而是五维空间泡。这个泡泡不是与蛋房固结在一起的,而是随我移动的。"

"随你——移动?"

"哈哈,就是这样!开始我也不知道这一点,后来才揣摸出来。你想嘛,没这个随我移动的泡泡,我咋能知道长崖之东的事?"他事先截住妮儿的追问,"你甭往深处问,深处的道理我也弄求不懂。"

妮儿虽然心中痒痒的,也只好不问了。她迫切想知道有关五维空间泡的一切,因为从现有的科学原理,甚至以可以预测到的科学原理,都完全不能解释这些。不过,眼下不是潜心弄求的时候。眼下最重要的是耶耶倡议的政治变革。想要成功,几乎是以两人之力来对抗整个社会,纵然有"耶耶"的光环,也是成败难料。兵贵神速,耶耶说最好今天就出发。现在她要集合众人,宣布这个决定。不过,在走之前,她问了最后一个关键问题:

"耶耶,我从来不承认卵生人和光身人有贵贱之分。不过,到底两者是什么关系?从生物演化论的角度不好解释。"

"这不奇怪,因为它不是老天爷定的规矩,而是蓝星上大脑袋科学家玩的新花样。蓝星人都是胎生的,就是你们说的光身人或喂奶人。后来,蓝星人发现太阳系附近的天要塌,叫什么'局部空间塌陷'。为了把人类种子送往外星球,科学家们专门研制了卵生人,它们更容易在蛮荒星球生存——我就是为此捐赠了所有财产。后来我带到息壤星的娃娃都是卵生的。但兴许几十亿年形成的本能更强大一些,卵生人的后代有一半多恢复了胎生。这么着,息壤星上就有了两种人。至于后来卵生人咋个成了贵族,光身人咋个成了贱民,我也弄求不清。人分贵贱也就几百岁时间,那段时间我正好在睡觉。"

妮儿深深点头:"原来是这样啊。看来我的见解是对的,两种人没有贵贱之分。硬要分的话,反倒是光身人是息壤人之根啊。"

"你说得不错，没有贵贱之分。所以——你登上王位后尽可好好对待光身人，但也绝不能亏待我的卵生崽子。"

妮儿笑了："这点耶耶尽管放心。好的，耶耶你先休息吧，我要出去宣布了。"

蛋房外一直保持着沉默，但沉默下是惶惑和躁动，连 14 头鼠牛和鼠马都在不安地喷着鼻息，用蹄子刨着地。现在，在 30 个兵士上面有了三个权力中心：曾是"最高"的尼微教士，但显然他已经被剥夺了权力，从蛋房出来后就显得气丧神沮；还有士兵们的顶头上司押述；以及地位卑微但此刻手中握着电鞭的苏辛——那可是《亚斯白勺书》中多次提到的神物！至于苏辛的老师妮儿，那位聪明的科学家，曾温暖过每个士兵的漂亮女人，此刻留在蛋房中，在同耶耶长谈。她会给大家带来什么消息？士兵们焦灼地等待着。

蛋房门终于开了，妮儿走出来，满脸光辉。妮儿的美貌曾让每个士兵迷醉，此刻，某种无形的气场让她的美貌更为灿烂。在这一刻，连思维最迟钝的士兵也感觉到，这不是从前那个虽然美貌聪明但出身卑贱的光身人女人了，她已经羽化，成为高贵的女神。妮儿走近人群，所到之处都激起一片骚动。妮儿让大家安静，以甜美的声音宣布：

"我亲爱的士兵们，我亲爱的押述、成吉、尼微和苏辛，耶耶虽然还没有正式重生，但他的元神一直醒着，同我交谈了很久。他任命我为你们的最高头领。我们要恭送耶耶的圣体去王城，在那里举行耶耶的重生仪式。在耶耶来到息壤星的千岁万年中，一个神力无比的泡泡一直在护佑着他。当他的圣体移驾王城时，这个泡泡也将随他同行。所以，一会儿，当耶耶的圣体移出蛋房时，你们将看到一个最壮观的神迹。你们不必惊慌，尽管以虔诚的心灵去感受它吧。"

这篇讲话是她精心准备的。她强调了即将出现的神迹，是为了让士兵和押述、尼微等人对她彻底臣服。然后，在她的指挥下，押述、苏辛、成吉、尼微等忙碌着，为耶耶准备了一个舒适的担架，做好出发的准备。苏辛舍不得就这么离开蛋房，因为蛋房内有许多物学的奇迹，是物学的直观教具，可以说,其中的每一个小物件都蕴藏着无数的物学和技术秘密。甚至蛋房本身很可能就是一艘真正的飞船。他走近妮儿,指着蛋房悄声问:

"就这么走了?"

妮儿笑着安抚:"只是暂时离开。耶耶说,这里有浩如烟海的物学信息,一旦弄懂它,能让息壤人的物学技术水平跃升千岁万岁。"她低声说,"别急,等我当了教皇后,会派你来长驻这里,负责信息的破译。"

这番话让苏辛惊喜万分,尤其是那个秘密——妮儿将成为教皇!他不再多说,兴冲冲地忙碌去了。

两个小时后,妮儿、押述、成吉、尼微庄重地抬着耶耶的圣体,缓缓走出蛋房。耶耶平静地躺在担架上,须发如雪,面容平静,脸上带着那道长长的刀疤。士兵们不约而同地跪倒一片,向神圣的耶耶虔诚朝拜。然后四个士兵从护灵人手中接过担架,开始行路。密林中虽然已经开了路,也只能步行,30个士兵将轮流换班。等走出密林,交上水路,就轻松了。

随着担架离开蛋房,妮儿预言的神迹果然开始显现。在蛋房外部,似乎有一个无形的弧形从房体上滑过,所到之处蛋房完全割裂。弧形之内保持原状,蛋房仍然蜷曲着,被大叶树和蛇藤遮蔽。但弧形之外,蛋房猛然伸展了身躯,向高天伸去,迅速升高的房顶驱走了层云,沐浴着阳光。等弧形完全离开蛋房,蛋房也整体恢复了巍峨的身姿,恰如在蛋房内部观看的形状。

这样的神迹让所有人无比敬畏,他们俯伏在地,向恢复巍峨身姿的蛋房虔诚礼拜。

第十四章 凶　日

队伍一路兼程前进。因为来程时已经开辟了道路，回程的时间将大大缩短，估计三息壤年内就可完成，换算成耶耶习惯的地球时间，就是百天之内。晚间休息时，妮儿把耶耶的圣体安放在她的特制隔间帐篷的里间，她在外间陪伴。尼微自从目睹了蛋房突然长高的神迹后，已经对妮儿彻底敬服。夜里他会在耶耶的帐篷外长跪，向耶耶和妮儿谢罪，也期望能分享到耶耶的神恩。虽然耶耶的身体没有苏醒，但尼微经常听到帐篷内妮儿的笑语声。笑语声彻夜不断，那是她同耶耶的元神在长谈。

白天行路时，妮儿常把耶耶的话转述给大家。比如，耶耶说，光身人和卵生人都来自蓝星，即《亚斯白勺书》中所说的父星星系的第三颗星星，两种人都是朝丹天耶和耶耶的儿女。可是教会把两种人分出贵贱，这违背了耶耶的意愿，让他很生气。不过经过妮儿的解劝，他已经原谅了，只是严令息壤人以后不能重犯！这个消息让所有光身人欣喜若狂，而押述、成吉和尼微这几个卵生人也相对平静地接受了这个变化。

耶耶还说，他在蛋房里保存着一部天书，其中包括无数神奇的咒语和法术。能看懂天书的就能享受朝丹天耶无边的恩宠。平民百姓也将享受王公贵族的富足，还会变得像物学家一样聪明。这样的前景同样让所有人欣喜若狂——只是内心中难免抱有一丝怀疑。

一年之后，队伍离开密林，仍从那个秘道越过长崖。丹卓酋长和老祭司目睹了耶耶的圣体，对妮儿及她所代表的天朝更是彻底臣服。他们决定举族内附，托妮儿带去了要求内附的请愿书。

不久交上水路，考察队乘船前行。妮儿让苏辛乘一条小船先走。苏辛带着两封信，一封是给教皇的，以尼微的名义书写：

> 神圣的朝丹天耶之子大神耶耶选中的世间牧人，尊敬的教皇陛下：
>
> 　　蒙你的福荫，考察队已经顺利地发现了圣蛋房，确如《亚斯白勺书》所言，它的外观低矮而内观无比巍峨，只有神力才能造成如此奇景。凡目睹奇景的人无不虔诚拜伏，颂扬朝丹天耶的大能。更可喜的是，我们有幸发现了耶耶大神的圣体。大神虽然处于休眠状态，但他的元神已经同物学家妮儿进行过交流。耶耶大神许诺，他将在陛下的教堂中重生，并依《亚斯白勺书》中所言，给他的子民以无比的恩惠。他还说，他喜爱妮儿，将在重生后收养她为圣孙女。
>
> 　　遵照你的谕令，我们已经恭奉耶耶大神的圣体向王城返回，估计队伍将在该送信人到达的数十日内回到王城。顺便禀报一点，在耶耶大神的圣体离开时，圣蛋房突然拔地而起，耸入云天，所有队员都亲历目睹了这一神迹，无不对耶耶的神力感到敬畏。
>
> 　　恭祝圣安。
>
> 你忠顺的仆人　尼微敬上

信文是妮儿拟定的，信中没有提及耶耶是"大肚脐的光身人"，也没有提及他任命妮儿为考察队的首领。她不想在返回前造成不必要的动荡。但信中也透露了必要的信息——唯有妮儿能同耶耶交流，耶耶还将收养她为圣孙女，这一点会使教廷对妮儿另眼相看，为以后的变革预造一些声势。

另一封信是妮儿手写的，嘱咐苏辛秘密交给禹丁五世。

> 尊敬的世皇陛下，我的禹丁，我的爱人：
>
> 　　我们已经发现了蛋房和耶耶的圣体，并恭奉着圣体返回。回到王城后耶耶将重生，并显示一项伟大的神迹。我的爱，行前我说过的打算：以一项殊世功勋为我抬籍从而能为你生育儿女，现在已经不是问题了。因为，神圣的耶耶确实是"大肚脐的光身人"，他重

生后肯定会颁布诏令，抹平两种人的差别，关于这一点请暂时保密。而且耶耶十分喜爱我，收我为他的义孙女，还将为我在教廷安排一个合适的位置。

但耶耶有一个要求，要求我们结为正式夫妻，他说，你我的婚姻将成为教廷和世俗皇室的坚固纽带。他和莫可七世一样，是主张一夫一妻制的，尽管圣书中记载他有多名妻子。不过，鉴于你已经册立皇后的事实，并不反对为原皇后保留名分。

相信你会非常欣喜地遵奉耶耶的圣令。那么，我的爱，请提前做一点准备，送我一个最盛大的婚礼吧。不过要秘密准备，毕竟我在教廷的新职位还没成为现实呢。

吻你。

你的爱人　妮儿

在这封信中她把该说的情况基本都说了，不能明说的也做了暗示。只是没明白说出她的"新职位"将是——教皇。在向教廷夺权的斗争中，禹丁是她的盟友，但他不会喜欢一个势力更大的新教皇。这一点只有先造成既成事实，再让他接受了。想来到那时禹丁会接受的，因为妮儿从内心说并不想揽权，只要能让物学技术超速发展，其他事务性的权力全都交给禹丁吧，这样妮儿才能心无旁骛，专注于学术弄求上。

离王城越来越近了。妮儿和耶耶乘一条船，船上没有别人，只有押述在舱外护卫。晚间休息时，妮儿和耶耶的元神长久地交谈着。回王城后要实行如此重大、如此剧烈的变革，虽然有重生的耶耶压阵，还是需要显示某种神迹才能服众，比如——让高大的教堂像蛋房一样缩到随耶耶而来的五维空间泡中。妮儿提到这个设想时，耶耶难为情地承认，对这个五维空间泡，准确地说是六维时空泡，他其实一点儿也不懂。摸索了数万息壤年，还是玩不转，时灵时不灵。比如，在眼下的旅途中，那个空间泡为什么没把路过的高山给团到泡泡中？不清楚。所以，他不敢说到王城后肯定能显现这件神迹。

耶耶倒是可以显示电鞭的威力，但这玩意儿的"神通"比较低档，不足以服众，特别是妮儿已经向教皇表演过一次，并直言它的威力来自电粒子，这其实已经解构了它的神秘性。耶耶并不具备其他神力，比如用闪电把忤逆者烧死。只有一件事他是拿得准的，而且已经玩熟了，那就是站在高维空间中观察某人的意识。虽然意识封闭在各人的头颅内，但对于站在高维空间的观察者来说，那就像一个四周密闭但屋顶敞开的密室，从高处观察毫不困难。所以，在向老教皇夺权的关键时刻，如果谁有异心，他可以看得清清楚楚。但这样的神迹虽然很有用，但不够直观，起不到震慑作用。

在几次讨论后，妮儿真正确认了——伟大的耶耶确实是个凡人。虽然他是息壤人的播种者，是先知，随身带着一个不知从何而来的神奇泡泡，活了几万岁，但他本人并无任何神通。耶耶对他的"非神身份"毫无隐瞒，还常常说自己是粗人，一向佩服像妮儿这样的聪明科学家，相信妮儿一定会想出妙法的。妮儿很感激他对自己的绝对信任，从心理上放弃了对耶耶的依靠，自己把担子挑起来了。

有一天，沉思着的妮儿忽然喊："有了！可以显示一次天文上的神迹！我怎么把这件事给忘了？时间很巧，路上抓紧一点，咱们到达王城的那天正好赶上！"

"什么天文神迹？"

妮儿告诉耶耶，她早在考察队出发之前就已推算出来，几岁后将有一次三月食日的现象。这种现象非常罕见，教廷一向认为是大凶之兆。历史上，出现这种天象的时候也常常伴着人间的动乱，如教皇被弑、战争、灾疫等。虽然选择这个凶日让耶耶重生并不合适，但如果提前做出预言，也许能巧妙地反用这个凶日，作为对教廷的震慑。她说了自己的设想，耶耶对此完全赞成。他关心的是另一件事：

"这件事你算得准？不会玩砸？"

妮儿笑着摇头："不会玩砸，我有十成的把握。出发前我曾向禹丁预言过，他也像你一样要求我绝对准确，所以我做了最严格的复核。耶耶，星体的运行是精确的、万岁不变的，只要你懂得足够的数学知识，它永远不会让你失望。"

耶耶由衷地夸奖："我就是佩服你们这些大脑袋科学家，天上星星的事也能推算出来，真是神了。还是我说过的那句话，信这个教那个教，都不如信科学教最实惠，能见到实打实的奇迹。不过，我的好孙女，耶耶我也吹一句牛吧：虽然我是个大老粗，对科学弄求不懂，没啥知识，但息壤人的算术和方块字可全是我传授的，我当了息壤人的八十万禁军总教头！"

"什么金军总教头？——噢，我知道了，是所有息壤人的老师，对不？"

"对，刨根算起来，所有息壤人都是我的学生，包括你！"

妮儿笑着点头："没错！你是所有息壤科学家的太老师！"

"而且，要是咱们的计划成功，就会把息壤星的科技一下子提升几千岁。那时我就是科学的祖师爷，楚天乐、姬人锐、鱼乐水也比不上我的功劳！你说是不是？"

这些天来，妮儿已经熟知耶耶的脾性。耶耶性格童真，自傲中杂着自卑，喜欢听人夸奖。她当然会满足耶耶的这一点小小的喜好。"是！当然是！肯定是！"

耶耶得意地哈哈大笑。

船队加紧赶路，也精心计划着时间，以确保正好在那个凶日到达王城。这天，上游一艘小船箭驰而来，停靠在妮儿乘的大船上，苏辛跳上来，避开众人后匆匆说：

"妮儿老师，世皇陛下让我捎来口信。他说一切遵照信中所嘱，只是让我尽快赶来提醒你：眼看就到了三月食日的凶日，怕你因旅途忙碌忘了。他叮嘱，耶耶重生的喜日务必避开那一天。"

妮儿微笑着说："苏辛你尽快返回，捎去我的口信。谢谢他的提醒，我没有忘，但耶耶恰恰决定就在那天重生。"

苏辛稍愣，多少猜到老师的用意。他没有深问，同老师再见，乘小船急速返回。妮儿想了想，让押述把尼微和成吉唤过来。三人进了船舱，对耶耶的圣体行过礼。妮儿说：

"是耶耶吩咐我请你们来的。你们遵照《亚斯白勺书》的教诲，发现了蛋房，迎回了圣体，为教廷立下赫赫功劳。"三人连忙辞谢，说这是他们应尽的本分。妮儿继续说,"耶耶说,尼微教士忠诚勤勉有才干,应予重用,耶耶重生后,将建议教皇任命尼微为教廷总管。"

尼微吃了一惊,但略略犹豫后,很干脆地表示了感谢:"谢谢耶耶大神,也感谢妮儿老师。我将不辜负耶耶的信任。"

这是向妮儿表示了忠心。妮儿说:"成吉医生,耶耶建议你任御医总管。"成吉也干脆地表示了感谢。妮儿笑着说,"至于押述,耶耶说很想让你当教廷卫戍统领。但你是世皇的人,得首先征得世皇的同意。"

押述真诚地表示感谢:"谢谢耶耶,谢谢妮儿老师。无论世皇如何决定,我都乐意服从。"

三人离开后,耶耶笑着说:"好,干得漂亮。妮儿,现在你已经有自己的嫡系人马了。"

妮儿笑着说:"都是借助耶耶你的威望啊。"

三月食日将在今日的中午开始,从初食到三个月亮全部食既需要近两个小时。考察队清晨离开船只,两个白天后到达王城城外,教皇和世皇已经候在这里,举行郊迎大典。远远看到郊迎的仪仗时,妮儿、尼微、押述、成吉四人从士兵手中接过担架,恭谨地抬着前行。担架上,耶耶安静地躺着,面色如生,胸前放着那本古版本的《亚斯白勺书》。妮儿今天脱下军装,换回漂亮的女装,裸露着迷人的肩部和背部。肃穆渺远的教廷音乐奏响了,教皇在前,世皇随后,其后左边列着教廷诸位执事,右边列着朝廷百官,夹道跪迎耶耶的圣体。教皇莫可七世看到妮儿是第一护灵人,不免对尼微不满。他虽然一向宠爱睿智美貌的妮儿,也从信中知道了耶耶对她的喜爱,但她毕竟是光身人,即使可以当护灵人,也不该是第一人,第一人应该是教廷代表。他责备地看看妮儿身边的尼微,尼微用目光向他示意。在这种场合无法深度交流,但尼微的意思是明白的:这位出身卑贱的光身人能做第一护灵人,不是他的决定,而是出自耶耶的圣意。教皇默认了,隆重地行礼,令手下把圣体从担架移到香车上。

他身后的世皇禹丁五世也隆重地行了大礼。起身时与妮儿会意地交换目光,没有说话。

一个小时后,耶耶的圣体被请出来,安放在教堂大厅的御榻上,阳光透过透明穹顶洒在他身上。对以下的程式如何进行,教皇有些惶惑,须知对有千岁历史的教廷来说,尽管对礼仪有严谨而全面的规定,但耶耶重生大典却是第一次!没人知道该如何唤醒耶耶。他悄悄唤过尼微和成吉询问,两人摇摇头说:

"陛下,我们也不清楚,一切都是妮儿同耶耶的元神直接交流和商定。但据妮儿老师说,耶耶的重生是自主的,一点儿不需外人的助力。"

此时,耶耶安详地睡着,妮儿在他榻前瞑目肃立,口中喃喃,似乎在用灵识同耶耶交流。高大的教堂大厅里鸦雀无声。尽管教廷诸贵对光身人出身的妮儿心怀轻视,但他们不得不承认,立在耶耶身边的妮儿已经具有无比的威严。妮儿把眼睛睁开了,没有说话,似有所待。少顷,苏辛和教廷的司星官匆匆跑进来,司星官在教皇前跪下,气喘吁吁地说:

"陛下,《亚斯白勺书》中描绘过的奇景真的复现了!从外面看,高大的教堂已经蜷缩在一个无形的球内!"

大厅里的人都听到了司星官的禀报,不由抬头观看。不,没有变化,教堂从内部看仍一如既往,高高的穹顶仍是那样巍峨。但司星官当然不会浪言,也就是说,教堂的内部景观和外部景观已经割裂,一如《亚斯白勺书》中对蛋房的描绘,这真是惊人的神迹。所有人,包括教皇和世皇,都露出深深的敬畏之色。妮儿声色不动,但内心长舒了一口气:她和耶耶当时不敢期望这个"神迹"肯定出现,但它最终还是出现了,这是一个好兆头,使她的计划得到一个额外的助力。她同耶耶无声地交流后,高声宣布:

"请诸位静默,耶耶要重生了!"

大厅内极度肃静,几千双眼睛盯在耶耶的圣体上。在这当口上,最紧张的当属妮儿。在场众人中只有她和苏辛知道耶耶并非神灵而是肉胎凡身,她不知道一觉睡了百岁的老人能否顺利重生。好,他醒了!耶耶的眼睑颤动着,慢慢睁开,先把目光聚集在妮儿身上,唇边绽出笑意:

"我认出——你是妮儿。来——扶耶耶起来。"

他的声音微弱，时断时续。语调比较怪异，但人们都听得懂。妮儿热泪盈眶，赶紧上前扶着他慢慢坐起来，靠在软垫上。厅内众人，包括教皇和世皇，听到耶耶醒后第一个唤的是妮儿，对妮儿在耶耶前的特殊地位再无怀疑。耶耶的目光扫过前排的诸人，在教皇身上停住。他微笑着说：

"你是——莫可七世。我知道，你——干得不错。"教皇趋步上前，恭谨地行了大礼。耶耶的说话开始变得流畅。"你品德高洁，对百姓宽厚，还全力推进一夫一妻婚姻，我很赞赏。只是，"他的脸色冷下来，"教廷把子民分成高贵的卵生人和卑贱的光身人，让我不高兴。两种人都是我的娃崽，为啥亲一边疏一边？"这番突如其来的责备让教皇很是震惊，但更令他震惊的还在后边，"莫可你知道不知道，你的耶耶，还有神圣的朝丹天耶，也都是光身人？"

全场震惊。能够走进教堂大厅参加典礼的，除了妮儿、苏辛和少量侍卫外，全部都是卵生人。这些贵族代代相传，已经把卵生人的尊贵看得天经地义。他们绝对想不到重生的耶耶会指责这件事，而且——耶耶本人就是光身人！在震惊的沉默中，尼微趋前在教皇耳边低语：耶耶说的是真的，他和成吉都亲眼见过耶耶是大肚脐。这更让教皇无语。耶耶说：

"朝丹天耶对此更不高兴。不过，这是前代留下的坏习俗，责任不能让你一人扛。以后再说吧。"他把目光转到禹丁五世身上："来，你过来。我知道你是禹丁五世，你这一任世皇干得也不错，不打仗，不折腾老百姓，让他们有饭吃。"

世皇忙趋前行礼，担心耶耶也会在夸奖之后转为斥责，比如耽于嬉乐，疏忽政务，但耶耶没有。其实人群中最担心的是——妮儿。近来的接触中她已经非常了解耶耶，正如他自称的，他是个"粗人"，性格草莽，不一定玩得转政治博弈。虽然对耶耶重生后该说些什么，他俩已经仔细筹划过，但她仍担心耶耶会说出什么漏风的话。不过，就眼前情形来看，耶耶的表演相当不错。关键是他有一种不言而威的气势，令众人在无形中就被慑服。这种气势是他在数万岁人生中修炼出来的，这种阅历普天下唯他独有，连教皇也无法企及。妮儿轻声说：

"耶耶刚重生,不要多说话。请进点流食,休息一会儿。"

教皇忙令人呈上早就备好的流食。耶耶靠在软垫上慢慢呷着,不在意地扫视着人群。他的目光落到哪儿,哪儿的众人就恭谨地垂下目光。他的目光向上扫视,那儿是透明的穹顶,太阳高悬在中天,正当亭午时分。耶耶忽然一愣,盯着太阳仔细观察,良久之后他收回目光,苦笑道:

"莫可啊,你可真为我的重生选了一个好时辰。"他指指天上,"马上就会有一次三月食日了。"

满场皆惊。息壤星有三个月亮,日食是很常见的天象,但三月食日这种天象极为罕见,被普遍认为是凶兆。教皇偏偏选中这个时辰请耶耶重生,确实犯了大不敬罪。但这个日期并非莫可所选择,而是根据考察队的日程而随机决定的,如果说责任,只能由妮儿来承担。但——耶耶已经把话撂前边了,谁敢与耶耶争辩?而且由谁来负责倒是小事,眼下众人更为担心的是:故老相传,这个凶兆一定会带来灾难。果真如此,会是什么样的泼天灾难?耶耶看看大家,平和地说:

"星体的运行归朝丹天耶管,我也没力量改变。不过你们不必担心,幸亏我正好醒了,就由我来做一次禳解吧,朝丹天耶总会给我面子的。"

他闭上眼睛,不再说话,肯定是在用灵识与朝丹天耶沟通,众人忐忑不安地等待着,尤其是教皇。没人知道,此刻众人中最忐忑的正是耶耶本人。他对科学非常信服,但对息壤星眼下的科学水平还没数。妮儿推算的时间真的准确吗?如果不准确,三月食日不出现,他也准备了应急方案——宣布三月食日的天象已经被他禳解,当然,这样的空口白话,效果会大打折扣。心中忐忑的还有世皇,密谋的知情者。他事先已经知道了这个天象的准确时间,所以耶耶此刻的言行肯定是演戏,至于效果如何,就要看妮儿的计算是否准确了。

大厅内是坟墓般的死寂,是上千个惨白的面孔和上千双恐惧的眼睛。在沉重的氛围中,耶耶忽然心中一喜——日食果然开始了。红色的太阳缺了一块,然后是两个缺口,三个缺口。黑影向太阳中心推进,慢慢把大半个太阳吞食,白天迅速变成了黄昏。教堂高大的穹顶下栖息着很多鼠蝠,它们以为黑夜到了，叽叽地飞出来，在人们头顶盘旋，这更增添了恐怖的气氛。众人把希望寄托在耶耶身上。在千双目光的聚焦中，他喃喃地念诵着什么，口唇微动，频率越来越快。当太阳只剩下不连贯的弧线时，人们的恐惧也到了顶点，这时耶耶开口了：

"孩子们，不用担心了。日食将很快结束，朝丹天耶已经许诺，尽管他没取消三月食日，但它不会带来灾难。"

大厅内是千人如释重负的吁气声。多亏耶耶的禳解，虽然遇上千岁一见的凶兆，但灾难将与息壤人擦身而过。但耶耶不让大家有工夫喘气，紧接着说：

"我刚才说过，莫可七世这任教皇干得不错，只是未能善待光身人，惹朝丹天耶不高兴。莫可啊，你年纪大了，该放下担子歇一歇了。我建议你任终身名誉教皇，永远享受子民的敬仰，朝丹天耶也会喜欢。莫可七世，你的意见呢？"

他目光炯炯地看着教皇，脸上的刀疤似乎变得狞厉。众人震惊无措。事发突然，教皇当然不会心甘情愿地退位。但他不敢反抗。这是神圣的耶耶当面说的，金口玉言，还是朝丹天耶的意见。何况上天正以凶相示警，如果他反抗，继之而来的恐怕是血光之灾。他略微思索，平静地说：

"耶耶既然作出圣断，莫可必当服从。只是容教廷挑选……"

"至于新教皇，就由妮儿担任吧。朝丹天耶说，该由一个光身人担任教皇了，这是对数百岁以来光身人所受苦难的补偿。但是妮儿，"他转向妮儿厉声说，"你登基后必须平等对待卵生人和光身人！不许干涉两种人通婚！还有，卵生人的财产不许剥夺！"

在场的卵生人贵族绝对想不到，耶耶会任命一个光身人女人来当教皇，极度震惊中开始滋生愤懑。但没人敢公开反对。因为此前已经有了足够的铺垫——大家知道妮儿甚得耶耶的喜爱，被耶耶收养为圣孙女；知道朝丹天耶和耶耶都是光身人。还有，"三月食日"的凶恶天象还在头上，如果此时忤逆耶耶，也许太阳永远不会出来了。在众人的惶惑迟疑中，尼微、押述、成吉、苏辛齐齐向妮儿跪下，齐声说：

"我们拥戴妮儿为新教皇!"

耶耶把严厉的目光转到世皇身上。禹丁此时的震惊不在教皇之下,内心中激烈搏斗着。他虽然事先参与了妮儿的密谋,但并不知道妮儿会任新教皇。现在,他头上仍将有一个教皇,甚至是权力更大的教皇,这个前景他当然不会喜欢。这时,妮儿声音朗朗地说:

"我在耶耶面前发誓:如果我任教皇,必善待卵生人和光身人。还有,我将把精力用在物学弄求上,教廷事务和世俗事务将全部交世皇代管。"

禹丁知道妮儿这是在向他表态。虽然口头上的表态并不可靠,但在这种局势下也不容他做出别的选择,于是他在心中叹息一声,也上前跪拜:

"禹丁谨遵耶耶的圣训,拥戴妮儿为新教皇!"

禹丁表示拥戴后,大局基本已经决定。世俗之皇虽然由教皇加冕,但现任的世皇握着世俗权力,包括军队,在眼下局势中有足够的分量。耶耶撇下老教皇,对众人厉声说:

"在场众人都来向新教皇参拜!"

场内众人被耶耶慑服,顺从地向妮儿参拜。至此大局已定,妮儿走向莫可七世,低声说:

"陛下,我谨向你发誓,必尊敬和善待你,善待卵生人,也善待所有信众。"

莫可世事洞明,到此刻已完全理清了事情的脉络,知道他落入了一个事先准备的精致陷阱。但反抗是无用的,关键是——这明显是耶耶本人的意愿。要想改变,除非否定耶耶本人,但那也意味着把耶耶教的合法性连根拔除了。甚至这还是朝丹天耶的意愿,否则,不可能正好在今天以"三月食日"的天象来示警。数千岁来神圣的耶耶一直活在《亚斯白勺书》中,今日重生后却与教会一向不大喜欢的物学家联手,这是他绝对想不到的。也许——妮儿从前的推理是对的?莫可曾听过密报,说妮儿在她的课堂上说,她认真弄求了《亚斯白勺书》,发现耶耶很可能并非神灵,而是蓝星的物学家,是他指挥飞船把息壤人播撒到这个星球上。这种荒诞说法当然是亵渎神灵,但妮儿没有对外散布自己的观点,依照惯例,宽厚的莫可没有降罪于他。莫可当然熟读

《亚斯白勺书》，只是从前是戴着宗教的有色眼镜。现在，如果换用另一种眼镜，那么,《亚斯白勺书》中诸多记载的确可以有另一种解释。否则，你就没法解释神圣耶耶对物学家妮儿如此的偏爱！

莫可对这个陷阱的设计者不能不佩服，各个步骤环环相扣，一步紧一步，令对方根本来不及反抗。耶耶刚才还令新教皇推行一条新政：允许卵生人和光身人通婚，这个改变虽然眼下看不出效果，但从长远看，其实是卵生人的灭顶之灾。据历史记载，息壤星人卵生人曾占多数，后来光身人逐渐增多，现在已经两倍于卵生人。原因很简单——无法严禁卵生人男人去找大胸脯的光身人女人寻欢作乐，但一旦他们有了后代，百分之百都是光身人，这就导致光身人的数量缓慢地、无可逆转地增加。如果再放行两种人的通婚，那卵生人的比例会更快地下降。他敏锐地提前看到了这个危险，但无法可想。可以说，卵生人的统治本来就是沙砌的塔楼，只要有人抽走一块基石，它的坍塌就无法避免了。他苦笑着低声道：

"妮儿，我相信你的誓言。我知道你心地仁厚，所以嘛，一点儿也不担心自己的晚年。非常庆幸啊，教廷过去一直被丑陋的老男人占领，从现在起总算有了一个年轻美貌的女教皇。我现在担心的是——教堂的帷墙不会被你的目光点燃吧。"

妮儿暗暗佩服这个"老男人"，在这样的时刻还有心调侃。她笑着说："谢谢你对我容貌的夸奖。我力求我今后的功绩也能得到你的赞誉。"

"但是妮儿，我的新教皇，我能问你一句话吗？"

"请讲。"

"我猜你孜孜努力来夺得权力，并非为了权力本身，而是想发展你的物学，发展你的生物演化论、日心说和唯物论，是也不是？"

"没错。它们是宇宙的真理，不应在宗教的桎梏下枯萎。我的旧教皇，你不认为教廷过去滥用权力压制它们的发展是错误的吗？公平地说，在诸任教皇中，你对物学是最宽厚的，但也仅限于把物学家当作弄臣。"

在妮儿犀利的反诘之下，莫可七世无话可说。他机敏地转换了角度："我从未干涉物学弄求，只限制它们对宗教信仰的毒害。妮儿，我过去对你说过一句话：没有敬畏的物学是可怕的。妮儿，你有敬畏吗？"

"我当时已经回答过：我敬畏大自然。"

莫可七世轻轻摇头："不，这种敬畏太空泛，大有即大无。我想知道的是，你是否把这种大敬畏转化为人生中的小敬畏。比如，你这次精心编织了一个陷阱，让我，恐怕还有你忠心的情人禹丁，都掉了进去。在编织陷阱时，你有敬畏吗？"

妮儿对他的喋喋不休开始不耐烦，怒声说："我有！我的敬畏就是：虽然不惧玩弄权术，但它必须服从一个纯洁的目的，我的作为要符合息壤人的长远利益！"

看到新任教皇发怒，莫可七世立即低下眉眼，表示服从。但他狡黠地瞄她一眼，低声说：

"妮儿啊，我赢了。"

妮儿一震，知道莫可七世的潜台词是："你已经开始用权力来压制我的说话自由，所以在这场辩论中是我赢了。"不，他的潜台词还不至此。他的赢是因为戳到了自己的痛处，因为，在这场夺权斗争中，妮儿考虑的只是取胜，确实没有任何道德或亲情上的顾虑，比如说，在把世皇与自己的男女之爱也用做工具时，她从来没有犹豫。此时，在她对旧教皇的恼怒之中也掺杂着敬佩，这个老绅士在权力斗争中一败涂地，但精神上并未被打垮，还保持着令人不能小觑的尊严。

耶耶唤了她一声。那是在提醒她，大局初定，此刻不能分心，不能被老教皇的铁口利牙搅乱心神。妮儿不再理莫可七世，回到耶耶榻前，面向众人宣布了几项任命：任命尼微为教廷总管，成吉为御医总管，两人拜领了。然后她笑着问禹丁：

"尊敬的世皇，这些年来我已经离不开押述的护卫了。能否请你割爱，让押述做我的卫戍统领？可以让教廷卫队统领李比洛接任押述的职位。"

在这样的场合禹丁没有拒绝的余地，何况让押述掌握教廷军权，总比一个陌生人来干要好，便慷慨地同意了。妮儿宣布了对押述的任命，笑着说：

"押述，向你的老主人告别，从此把忠诚献给我吧。"

押述过去向老主人行了大礼，然后回来，向新主人庄重行礼，宣誓效忠。妮儿继续宣布：

"耶耶告诉我，蛋房中藏有知识的宝库，十辈子都学不完。这是最宝贵的财富，当然必须掌握在尊贵的教会手中。我宣布从今天起建立教会物学院，不，教会科学院，耶耶说这个名字更好。我本人兼任院长，由苏辛任副院长，所有教会神职人员均自动转为科学院成员。你们要用毕生精力破译这些知识，并将它们服务于人类。耶耶说，如果做到这些，那么息壤人就会具有神的力量，能飞上九天，潜入深海；能轻易与万里之外通话，能看到遥远的星体；能吃到神灵们才有资格享用的美食，能用医药永远赶走病魔……耶耶，你是这样说的吗？"

耶耶笑着点头："我是这样说的，但你转述的太少太少，那只是科学法力的万分之一、百万分之一。我的娃崽们啊，你们曾信仰耶耶教，崇拜伟大的操蛋……朝丹天耶和他的儿子耶耶。今天我坦白告诉你们，其实你们错了，你们信仰的是树枝而不是树根。因为你们的耶耶信奉的是科学。科学最实在，不玩虚的，能给所有人带来真正的实惠，比耶耶教管用。以后耶耶教干脆改称科学教，好不好？"

妮儿一愣。这番话属于耶耶的临场发挥了，超出了此前的策划范围，并且有点过头。她连忙机巧地转圜："耶耶虚怀若谷，更令我们钦敬。但耶耶教的名字不能改，我们仍然崇拜伟大的朝丹天耶和他的儿子耶耶。"

妮儿考虑到这次的夺权太过轻易，也许宗教势力在日久醒悟后会凶猛地反扑。到时候该如何反制？要知道，耶耶虽然重生，会全力护佑她，但耶耶并没有无边神力，不能举手横扫千军——那样的神器是有的，但目前还睡在蛋房的电脑内。至于她与世皇的政治结盟乃至婚姻结盟，也不是完全可靠。所以，至少在当前的局势下，必须继续把耶耶供奉在神位上。

大厅众人都被妮儿和耶耶描绘的前景所迷醉，人们山呼万岁，伏地叩拜。在众人喃喃的赞颂声中，妮儿听到一个沉稳的声音，是老教皇。他说：

"妮儿陛下，我的新教皇，我也能参加教会科学院吗？"他笑着说，"虽然我年迈脑衰，但我会用十倍的努力来弥补它。"

妮儿知道这是莫可七世的隐晦反抗，他想弄懂科学，这样才能从内部反对它。但妮儿完全不担心，她相信科学的力量，只要莫可七世沉浸于科学典籍，他就会比照出《亚斯白勺书》的粗陋俚俗、前后矛盾，甚至建立起像她一样的信仰。她热烈地说：

"再好不过了。前皇陛下，我会在科学院为你安排一个尊贵的职位……"

"不，谢了，我不需要任何职位。我将是一个最普通也最勤勉的学生。"

妮儿笑着说："好的，恭敬不如从命。但今天你得担任一个职位——看哪，日食已经结束了。有了耶耶的襀解，息壤人必将安然无事。在这个欣喜的时刻我还想宣布一则喜讯：我和禹丁五世将借耶耶重生的喜庆举行婚礼，这是教会和世俗皇室的联姻，是卵生人和光身人的联姻，它定会带来息壤星的千岁和平。前皇陛下，耶耶已经答应做主婚人，我和禹丁想请你当证婚人。"她说，"尊敬的前皇陛下，你一向不顾卵生贵族的反对，大力推行一夫一妻制，耶耶说他很赞赏。但我和禹丁的婚姻无法遵照它，因为历史情况，我将和原皇后婉非并列为后。对不起了，这是特殊情况，请你通融。"

她走近禹丁，笑着偎在禹丁的怀抱里。禹丁则心情复杂。没错，两人的婚姻，以及对原皇后的安排，都是预先秘密商定过的。但这位看起来小鸟依人的妮儿在执行中过于强势，连婚礼日期都由她代为宣布。这令禹丁不快，但也无法反对。事情走到这一步，他比妮儿更需要这桩婚姻，何况这一切都是出自耶耶的主意，谁敢忤逆耶耶大神的圣意？禹丁是个聪明人，不会因心中的小小芥蒂而影响政治大局，便笑着搂紧妮儿，默认了她的安排。

刚才莫可七世已经知道自己落入了精致的陷阱，但到这会儿才真正知道，陷阱是何等精致。原来，连女教皇与世皇的联姻都早已策划好了。如果二人真正联手，那他们的权力就稳如磐石了。他在心中长叹一声。他还没有死心，想凭借多年的威望做"最后一搏"，但成功的希望越来越渺茫了。他温和地说：

"没关系，一夫一妻制尚未严格执行，何况是这样的特殊情况。耶耶，我很荣幸做他们的证婚人。"

妮儿在人群中找到两位熟人：诗人和乐师，便笑着说："还有你们两位，一定得参加我们的婚礼。"

乐师高兴地答应了，但诗人的态度令妮儿意外，他冷淡地说："尊贵的新教皇，这是命令还是邀请？"

"当然是邀请。"

"那我就要告罪了。我马上就要离开教廷，离开王城，不能参加你们的婚礼了。至于我离开的原因也不妨告诉你——文学和音乐马上就要死亡了，被扫地出门了，既然这样，倒不如及早离去。"

妮儿定定地看着他，这位曾经的情人，曾咏叹过"你的目光能点燃教廷的帷墙"的诗人，叹息道：

"怎么会呢？新教皇怎么会把文学和音乐扫地出门？何汉，我还期望你为我写一首新诗呢，我也不在乎诗里是否有'让那话儿坚硬如枪'的调侃。诗人，你对我的误解竟然这么深吗？"

诗人摇摇头："不，我不是针对迷人的妮儿，而是针对一位物学家教皇。我记得老教皇说过一句很深刻的话：没有敬畏的物学是可怕的。我想补充一句：没有敬畏就没有文学和音乐。"

"是吗？这真不像风流浪子何汉说的话。"妮儿淡淡地讥刺，"你那首'坚硬如枪'的诗里也有敬畏？"

"对，有对男女性本能的敬畏，对男女之爱的敬畏。如果像你的生物演化论所说，男女之爱只是大自然为保证生物繁衍而发展出的技术措施，那我的诗心就死了。"

"是吗？那太遗憾了。可是，我不能为了保护你的诗心就叛逆物学真理。动植物的性确实是大自然为维持生物繁衍而进化出的技术措施，只是人类把它诗意化了。诗意化并非坏事，你尽可为它描绘七彩外衣，但外衣并不代表本质。诗人，那我就不挽留你了，请到大自然中自由地行走，为你心中的敬畏感而歌唱吧。我觉得，对你而言这是最好的生活。"

诗人过来对莫可七世行礼。他虽然是教廷御用诗人，但一直享受"进殿不拜"的特权。这会儿他仍是长揖为礼，庄重地说：

"陛下，我要走了，要到田野中流浪，为昆虫畜兽的性爱而歌唱，为七彩的云霞而歌唱。我也会让一位开明仁爱而蒙受不公命运的教皇永远活在我的诗里。"

莫可七世微笑着回礼："诗人，你只用为大自然歌唱就行啦，再见。"他不想让诗人因为"政治"而获罪，这句话是隐晦的善意规劝。

诗人与老教皇告了别，完全不理睬新教皇及御榻上的耶耶，扬长而去。忽然殿上一声沉喝："站住！"是耶耶。他冷厉地说，"你这个大胆的家伙，竟敢对耶耶不敬？"

就在耶耶怒喝之前老教皇已经心中凛然，诗人的举动确属对耶耶的大不敬，这是死罪。他正在想办法为诗人缓颊，耶耶已经高声喊："来呀，妮儿，用电鞭鞭这小子，鞭到他对新教皇服软为止。他若一直不服软，就鞭死他！"

诗人面色苍白，但强自镇静，倨傲地挺立着。妮儿知道耶耶是想杀人立威。她不忍心诗人送命，一边从苏辛手中接过电鞭，一边用目光频频向耶耶求情，但耶耶浑似未见。两名侍卫过来，剥下诗人的上衣和鞋子，妮儿举起了电鞭，但目光还在向耶耶求情。耶耶阴森森地问诗人：

"小子，你服不服？快向新教皇跪拜！"

诗人此时肝胆碎裂。圣书中描述的电鞭随耶耶来到凡间，而自己成了第一个牺牲品，这真是"不世之遇"啊。但他横下心，冷笑一声，抬眼望天。耶耶暴怒地喝道：

"鞭死他——谁敢为他求情，照样处置！"

妮儿在心中悲叹一声，知道诗人今天恐怕难以幸免了。她狠心抽了一鞭，诗人立即倒地，浑身抽搐。妮儿再度扬起鞭子，脑中飞快地想着对策，她想恐怕只有世皇还能劝动耶耶，便用目光向世皇示意。世皇看到了，略微犹豫，趋步上前对耶耶耳语一会儿。耶耶一直脸色阴沉，最终勉强点点头。世皇走过来，俯下身对诗人低语。不料诗人竟然高声喊：

"莫再叨叨了，一死何惧！"

满座皆惊，知道诗人这回肯定没命了，众人都看着耶耶。耶耶面色冷厉，起身向诗人走去。地上的诗人虽然已经横了心，此刻也难免惊惧，他已经尝到了电鞭的威力，不知道神力无比的耶耶会如何折磨他，叫他求死不能……但局势出乎所有人的意料，耶耶忽然放声大笑，指着地下的诗人说：

"这臭小子！有点臭脾气，倒蛮合我的脾胃。禹丁啊，看在你的面子上我不杀他，让他快滚，莫要留在这儿惹我生气，也冲了婚礼的喜庆。"

然后他心平气和地回到御榻。禹丁心中感激，知道耶耶大神是当着众人的面，把一个莫大的人情送给他了。他拉起诗人，低声笑骂：

"你个不知天高地厚的家伙，快滚快滚！"

局面急转直下，幸免一死的诗人倒愣住了。他被世皇用力拽着，脚步踉跄地离开。出门时他忽然挣脱世皇，回身朝御榻方向跑来！众人的心再度提起，不知道这个疯诗人又要耍什么疯。但诗人的举止出人意料，他忽然跪下，心甘情愿地向耶耶行了大礼，又转过身，向新教皇妮儿行了大礼。妮儿忙把他搀扶起来，四目相对，都在对方眼中看到了往日的情意……诗人长笑一声，扬长而去。

耶耶笑微微地看着诗人离去，目光中带着几分赞赏。

教堂大厅中原是一片血雨腥风，但风雨转瞬即逝，化为艳阳普照，和风习习。老教皇心中感慨，对耶耶的行事多了几分敬服。还有一个想法是——恐怕大势真的不可逆转了。旁观耶耶包括妮儿的行事，心思周密，智计过人，既有雷霆手段，又有慈悲心肠，尽管他们是用宫廷政变的手段上来的，但肯定能把握住局势，收服人心。莫可七世自认是一个好教皇，在位十一岁推行了不少善政，四海宾服，但现在看来，新教皇应该也不会差吧——只要她不在发展物学上走火入魔。莫可七世在心中长叹一声，彻底放下了"他日或可复位"的念头。

该进行婚礼了。虽然当天就举行两皇的大婚未免仓促，但今天是耶耶大神复生的日子，又是耶耶亲自促成的婚事，所以教廷和皇室众人也都觉得顺理成章。婚礼进行前，妮儿让耶耶先到一个房间休息。侍从伺候耶耶沐浴，穿上妮儿为他准备的新衣。耶耶的身体四肢已经完全恢复，在屋里精力充沛地走来走去。人们常说"伟人只可远观"，确实不错。神圣的耶耶现在只是一个低矮粗胖的老头，白发飘拂，脸上有一道丑陋的刀疤，走路一蹲一蹲的，不是尊贵者应该有的从容步伐。但妮儿对他有发自内心的崇敬。正因为他不是神力无比的神祇，而只是一位所知有限的凡人，他那波澜壮阔、丰富多彩的一生才更令人敬佩。

浴后进了餐，妮儿、禹丁和莫可作陪。这是耶耶复生后第一顿正式的饭，教廷御厨自然用尽了解数。耶耶已经恢复了好胃口，吃得风卷残云，口中却不停地贬损：

"这就是教廷的美味佳肴？可怜的莫可，看你都吃的啥东西啊。真留恋我年轻时在蓝星上吃的大碗扯面，可惜再也吃不到了。"

陪客们都不知道什么是"达宛车面"，想来是蓝星上有名的美味吧。妮儿笑着说："怎么吃不到？你教我怎么做，我亲手做给你。"

"教也不行。我虽然把麦子带到了息壤星，但这儿的麦面已经不是蓝星上的味道啦。"

饭桌上禹丁向妮儿请示："陛下，婚礼中你穿什么衣服？我此前为你备了婚纱，但现在你已经登基，恐怕穿帝服更合适。"

莫可不由看禹丁一眼——既然禹丁已经提前准备了婚纱，看来他也是宫廷政变的参与者，这一点不必怀疑了。不过，莫可微讽地想，那时这位参与者也许不知道，他将娶回来一位新教皇吧。莫可说：

"对，应该穿帝服。来不及的话，我倒有一套刚刚完工的新帝服。我与妮儿身高差别不大，应该能用。"他开了一个玩笑，"除非你想把帝服改为裙装，毕竟你是耶耶教廷中第一位女教皇。"

妮儿立即说："谢谢前皇陛下的慷慨。但今天我就穿禹丁准备的婚纱就行，今天我想忘了我教皇的身份，只记着我是世皇的妻子。至于今后教皇的帝服改不改裙装，我想用不着。我说过，我以后的第一要务仍是物学弄求，教廷事务和世俗事务一并交禹丁为我打理，所以嘛，我坐在御座上的时间不会太多的。"

莫可看看世皇，笑而不言。禹丁当然不会相信妮儿这番话，但知道妮儿这是在向自己示好，再度给自己吃定心丸，便笑着说："但职责在身，那个座位你必须得坐。"他也开了一个玩笑，"我觉得还是得正式设计一种女性帝服。因为——你若还想穿当年那种半裸的时装，只怕是没这个福分了。"

众人都会意地笑了，大家都知道当年妮儿的癖好——爱穿很节约衣料的衣服，所谓"让每个毛孔都与大自然相通"。妮儿不置可否，一笑而罢。她说：

"禹丁啊，请你记住，以后，凡是在私下场合，你我都要以名字相称。'陛下'那样的官称太严肃，在饭桌上听见会影响食欲，在卧室听见会影响性欲。"

满座大笑，禹丁说："好的，遵命就是。妮儿，有件事恐怕这会儿就得定一下，今晚的新房……"

他谨慎地点到为止。他已经在世俗皇宫为妮儿秘密准备了新房，但对于妮儿的新身份来说，是否去那里住，他不敢草率决定。莫可看看他，暗暗赞赏他的心窍玲珑。这个看似简单的事，实际牵涉到很多政治的考量，甚至政治上的风险。教皇与世皇通婚是从未有过的事，没人知道它该适用什么样的礼仪。不过，如果让妮儿随夫君回世俗皇宫，则难免会给人以"主次颠倒"的印象。何况妮儿初登大位，又是以非正常的手段登基，纵然有耶耶大神的全力支持，新教皇的行止也该万分谨慎。更何况，莫可冷冷地想，也许新教皇对自己的夫君也不敢完全信任哩。妮儿还未回答，耶耶不在意地说：

"新教皇刚登基，忙得脚不沾地，新房就设在教廷吧。莫可啊，你是主人，你为他们安排。"

他早就对妮儿交代过，婚礼之后要住在耶耶宫中。如此剧烈的权力交替，教廷肯定会有人意欲反抗。他们住在这儿，也就是让那个"泡泡"保留在这儿，耶耶可以通过高维空间，洞悉所有人的内心。至于世俗皇室那边估计不会有反抗，更何况世皇本人也要留在耶耶宫。莫可虽然不知道这些内情，但从耶耶的决定也猜出了大半。他笑着说：

"我已经不是主人啦。既然有了新教皇，我应该马上离开这儿，我的寝宫就用做新房吧。"

耶耶点头："也好！妮儿，禹丁，你们就领受老教皇的好意吧。不过莫可你先别离开。告诉你吧，蓝星的时间是 24 小时为一天，我虽然到息壤星已经数万岁，至今还不能完全适应这么漫长的夜晚，让我一觉睡七八十个小时，能把我急死。莫可，今晚你得辛苦一点，陪我说说话。明天我让禹丁为你安排好新的住处，你再搬走。至于耶耶我还是要回蛋房的，回蛋房前这段时间打算和你一直住在一块儿——以后我不想再掺和那俩皇帝的事。你是退位的教皇，我也差不多是退位的耶耶，咱俩肯定能聊到一块儿。禹丁，你安排的住处可得让俺俩满意。"

禹丁干脆地答应。莫可也笑着说："那是我的荣幸。"但他知道，自己的身份恐怕不是耶耶尊贵的布衣之友，而是——人质。耶耶大神和妮儿在攫取权力时一步一个脚印，但至少他们还给自己留足了面子，莫可已经知恩了。

耶耶说他还不适应息壤星漫长的一日，但这种长的日时也自有好处，能让他们在一日之内从容地准备婚礼。莫可召集了教廷的左右执事、司库、司礼等一众官员，让他们全力准备婚礼和新房。很多官员还不能接受教廷的巨变，对莫可的突然被迫退位内心不服，更对光身人女人当新教皇强烈不满。但——重生的耶耶大神就坐镇在那里，用他犀利的目光扫视着众人，谁敢有二心？那位不怕死的诗人的例子摆在那里。虽然耶耶在最后关头饶恕了大不敬的诗人，但其他人可不敢再企盼同样的幸运。再说，连莫可七世本人也不得不接受这个变动，甚至为新教皇准备婚礼和新房，其他人又能怎样？他们只有在心中暗叹，顺从地开始忙碌。

另一件大事是教廷卫队的接收。这对押述来说并非难事。过去，作为世俗皇室的卫队统领，他与教廷卫队接触甚多，对卫队统领李比洛、千人长、百人长甚至一些十人长都很熟悉。教廷卫队和世皇卫队都有同样的弊端：光身人军人即使再能干、再忠心，也只能干到十人长的低级职位，只有一位光身人盖吉凭卓越的才干当上了百人长，而百人长以上的职位都由卵生贵族占据。偏偏卵生贵族中愿意当军人的不多，他们更愿干其他不那么辛苦也更加逍遥自在的活计，这就决定了卵生人军官大多数是庸才，像押述和李比洛这样的精干军官是极少数。这样的弊端押述早就清楚，但积弊已深，而且是缘于一种无法改变的现实，不可能有解决办法。可现在呢，一夕之间，耶耶给出了解决办法。

押述同李比洛去办理交接。路上李比洛讥刺地说：

"恭喜你啊押述统领。你带头向新教皇表了忠心，从此将是那位光身人女教皇的第一近臣了。"

这番话内蕴恶毒，不光是说押述善于投机，也隐指押述与新教皇的肉体关系。押述平静地说："这是命运吧，当世皇派我去干那个苦差事——担任考察队的卫队首领时，这个命运就决定了，我没得选择。咱们都知道新教皇是谁一手扶上去的。如果不服，除非……"李比洛顿时汗流浃背。押述说得不错。如果有人想反抗，除非反抗耶耶大神本人。谁有这个胆量？连在心中想一想都是死罪。押述接着说，"新教皇让我当教廷卫队统领，我说谨遵圣命，但要对原统领李比洛做出满意安排，我个人建议他换任世皇的卫队统领。新教皇和世皇都给了我这个面子。"

李比洛羞愧无地："押述兄弟，哥哥刚才说话太混账，你别跟我这样的混人一般见识。我记住兄弟的恩情。"

"咱弟兄多年交情，说这些就生分了。记住，咱俩互相帮忙，稳住两个皇室的大局，也就保住了咱俩的前程，甚至是保住了咱俩的身家性命。老哥你千万记住我的话！"

李比洛凛然点头："哥哥记住了。"

到了教廷卫队驻地，李比洛集合了全部人员，厉声宣布：

"耶耶大神重生后册立了新教皇，新教皇命我与押述统领的职务互换。我请求弟兄们服从新统领。谁对新统领忠心，就是给我面子；谁要跟押述统领过不去，就是和我李比洛过不去！现在请押述统领训话。"

押述目光威严地扫视众人，语气平和地宣布："耶耶大神重生后发布的第一条谕令就是：对卵生人和光身人一视同仁，从此光身人在职务上的升迁再没有任何限制。所以，所有出身光身人的弟兄，只要有本事，你们就可劲儿干吧。"

队伍中一片欢呼声——当然，都是士兵和十人长。卵生人军官则面面相觑。押述又干脆地宣布了任命，把一大批光身人的十人长提升为副百人长、副千人长，光身人出身的百人长盖吉提升为千人长。这回没有欢呼，但所有被提升者都目现异彩，而卵生人军官则目光阴郁。押述说：

"耶耶大神的谕令中有一条：不得剥夺卵生人的财产。我自作主张加一条：至少在五年之内，不得免去卵生人军官的官职。我本人就是卵生人啊，希望我的光身人部下能谅解我这点私心。但我不敢保证五年后这个命令还有效。所以，我的卵生人部下，如果想保住你们的职位，那就得从此振作精神，干出个样儿来。"他的态度转为严厉，"坦率地说，我，还有李比洛统领，早就知道，你们中好多人算不上是合格的军官。你们得记住，过去那种养尊处优、混吃混喝的日子已经到头了。谁敢消极怠工，贻误圣命，我能饶得了你，新教皇饶不了你；新教皇饶得了你，耶耶大神饶不了你，大神可是神目如电！"

他的威严慑服了众人，尤其是卵生人军官。然后他的态度转为霁和："我相信兄弟们，无论是卵生人还是光身人，都会干好的。现在，成越和盖吉，"他点了两位千人长，其中成越是卵生人军官中比较能干的一位。"你们负责安排好两皇新婚之日的巡逻，这是本统领履职后下派的第一件任务，相信你们会干好，我就不插手了。"

李比洛对新统领的手段衷心佩服，也有点汗颜。他与部下告别，押述陪他到世俗皇室卫队驻地办交接。这边有世皇的谕令，交接相对容易。交接之后押述立即回到耶耶宫，他毕竟放心不下。检查之后他放心了，两位千人长代行统领之权，已经把皇宫的守卫安排得井井有条，一向懒散的卵生人军官也打起了精神。押述口头嘉奖了两位军官，又向妮儿教皇做了禀报。

婚礼的筹备很迅速，到了当日的第五个白天，盛大的婚礼在耶耶宫大厅中举行。这是从未有过的两皇的婚礼，又有耶耶大神的亲临，可以说是万年唯有的盛事。此前，为了迎接耶耶大神的复生，教廷诸贵和皇室百官已经基本汇集于此，所以婚礼就不必另发请帖了。只是这场婚礼太过突然，各人来不及准备礼物，妮儿和禹丁干脆谢绝了所有贺礼。只有皇后婉非早有准备，送来了贺礼，新婚夫妇笑纳了。婚礼中允许普通百姓进入耶耶宫，于是他们有幸目睹了耶耶大神的圣容——纵然从外表看他只是个貌不惊人的矮胖老头，脸上还有一道深深的刀疤，但他身上散发着无形的威严和神性。虔诚的信徒们络绎而入，膝行上前，轮流接受耶耶的施福。但朝觐人数实在太多，于是耶耶大神不得不借助高维空间展现神迹：在某个瞬间，所有人都感受到耶耶的手放在他们的额头，于是在万众赞颂声中结束了对耶耶的朝觐。

新郎穿着威严的帝服，潇洒倜傥，如玉树临风。但还是新娘最吸引众人目光，她身着绯红色婚纱，面庞明艳照人，笑容宛如春风，胸前波涛汹涌。夫妇俩向众人挥手，接受了众人的欢呼和致礼。今天耶耶亲自任主婚人，但他其实一直斜卧在御榻上，笑眯眯地看着众人，婚礼进程实际由教廷司礼主持。他引导新人拜了天与地，拜了神圣的朝丹天耶和耶耶大神，与以往所有的婚礼不同，只有今天耶耶是以肉身出现！他也引导了夫妻对拜，但很聪明地抛弃了最后一道仪式：新娘向丈夫叩拜。虽然这是传统的习俗，但今日的新娘是教皇，教皇是不能向世皇叩拜的。他做对了，因为无论主婚人、证婚人还是一对新人，乃至来宾，都对这个仪式的缺位没有任何反应。

然后是一项古老的仪式：夫妇交换火镰和匕首，同时交换鲜血。两位新人先交换了火镰，再用自己的匕首割破了指尖，滴在对方的脉门上，随后把沾着自己鲜血的匕首互换。这个仪式中不需要新人致辞，但妮儿深深地注目着禹丁，低声说：

"禹丁，我的夫君，我把自己的性命交给你了。"

纵然是在新婚的亢奋中，禹丁心中还是泛出一波谐谑：教皇妻子这番话未免太谦虚了吧，实际上倒过来说倒差不多。当然这点谐谑是不能外露的，他庄重地说：

"妮儿，我的教皇和妻子，我会把忠诚和爱情一并献给你。"

妮儿微微一笑，与丈夫亲吻。禹丁没想到，随之而来的新婚之夜中，妮儿还会继续这个话题。

太阳已经西落，三个月亮中的仲月先出来，挂在东边天空。婚礼结束，新人送客人离开，按惯例要接受每个客人的祝福。由于客人多，这个过程会延续很长时间，耶耶对老教皇说：

天父地母

"咱们两个老家伙可以提前离开了。你给我安排的房间呢，走，领我去休息。"

教廷左执事领他们到客房，耶耶让他把两张床安排在一间屋里，他要与老教皇好好聊一夜。左执事态度恭谨地照办，伺候耶耶上了床，然后富有含意地看看老教皇，老教皇照样用目光制止了他。左执事悄然退出。

耶耶已经很安逸地躺在床上，双手枕在脑后。莫可却不知道该怎么办，虽然是耶耶大神邀他共眠，但摊手摊脚睡在耶耶面前，总免不了有渎神的味道。莫可已经干了多年的教皇，平时只习惯信徒们诚惶诚恐的目光、手足无措的举止，没有想到自己也会这样。当然，睡在床上的耶耶身上并未笼罩着神性和神光，只是一个相貌普通——他不敢说丑陋——的肉身凡人，但在万千信众中笼罩着神性和神光的耶耶，如果回到日常生活圈子中，也是这样的肉身凡人啊。耶耶看出了他的心情，哈哈一笑：

"睡下，睡下，你肯定也累了，咱们躺着好聊天。莫可，今天你不是前教皇，我也不是大神耶耶。咱们是两个活了一大把年纪、看破世道的老家伙，难得有缘聚到一块儿，说说心里话。快躺下，再给我玩那些虚礼我就要发火了！"

莫可笑着说："那我就恭敬不如从命了。"他也确实累了，便舒适地躺在床上，当然，仍用"目视礼"看着邻床的耶耶。耶耶指指门外，夸奖道：

"你那个左执事不错，对你很忠心。我知道，尽管是耶耶我亲自立的新教皇，他还是为你抱不平，两次瞅机会问你该咋办，说他一切听你吩咐。"莫可心中陡然一惊。左执事确实曾两次对他耳语过这句话，包括刚才，莫可都立即制止了他。严格说这是谋逆之罪，左执事的性命怕是保不住了，自己也难逃厄运。但耶耶似乎浑不在意，"莫可我可没监视你。不过，我有天眼天耳，至少耶耶宫范围里的任何事情，我想不知道都不行。"他呵呵一笑，"莫可啊，你别担心，我不会怪罪他的。我说过，总的说你是个好教皇，但我急着让孙女当教皇，对你很不公平。你，还有你的手下，心中有点怨恨是正常的。你坦白说，是不是有怨恨？你不要把话藏着掖着。我明白说吧，你把心里话藏得再严，我的天耳也能听见。"

既然是这样,莫可也就不隐瞒了:"好,谨遵耶耶的吩咐,今天我向耶耶披肝沥胆。我的确有点怨恨,但看了耶耶和新教皇的行事,我已经敬服了。我相信,这位光身人的新教皇肯定能很快站稳脚跟。大势已经不可逆转,我不会策划复辟,让我忠心的手下送命。我只求妮儿教皇善待卵生人,我想这点应该没问题。还有,只要妮儿不在物学弄求……科学弄求上走火入魔,对这一点我可没有把握。"

耶耶大笑:"我的前教皇啊,你知道不,我为啥急煎煎地要立妮儿为教皇?不是因为她是我的干孙女,不是因为她是个漂亮女人,恰恰因为她是个一流的科学家,因为她信科学信得真诚!耶耶我今天给你透底吧,我重生之时正好赶上三月食日的天象,那件事儿一点儿不怪你,是妮儿精心安排的,以便借这个凶日震慑众人。莫可,耶耶给你玩了点阴谋,你别记恨我。但三月食日的准确时刻是妮儿算出来的,使用的是教廷认作异端邪说的日心说和万有引力学说。好,现在咱们比一比,你信奉耶耶教,说天体运行是神圣朝丹天耶的职权,但你无法预知三月食日的时间;妮儿信奉物学,能预知这些天象的时刻。你说说,谁的信仰更好一些?"

莫可无言以对。如果单单是这个例证还不足以说服他,他不会因某种"奇技淫巧"的偶然取胜而动摇他对宗教根深蒂固的信仰,但今天说这话的是——耶耶!正是他信仰的主体,是朝丹天耶的儿子,朝丹天耶指派的牧人,息壤人地上的父!莫非真如妮儿所说,耶耶并非神灵,而是一个来自圣星的物学家?莫可70年的信仰坚硬如山,但耶耶这番话已经把这座山震出了一条长长的裂缝。他沉默无语。

"莫可,你信仰《亚斯白勺书》,《亚斯白勺书》上的许多记载,尤其是前两章《蛋房纪事》和《出蛋房记》上的记载都是正确的。卵生人是耶耶我用飞船从圣星上带来的,飞船是科学,你说它是神力也未尝不可。也是耶耶我在蛋房里把一群卵生崽子带到十二三岁,后来,蛋房的能量快要耗尽时,为了让他们活下去,我狠心把他们全赶了出去。其实蛋房的神力还保存着,让我活了这么多年。莫可,你给我背诵那段话,就是有关蛋房知识的。"

莫可流利地背诵:"我的卵生崽子们,我把很多连我也弄求不懂的神奇知识保存在蛋房里,哪天你们看懂了,你们就有福了,你们就能脱去凡胎,变成法力无边的神灵了。"

耶耶半仰起身盯着他,尖刻地问:"背得不错,一字不差。但你信不信?你肯定说:信。既然信,为什么千岁以来,没有一任教皇去找这些知识?你是做得最好的,派了一个考察队,但也只是去找蛋房和耶耶的肉身。甚至还让尼微随身带着圣杀令,一旦考察队发现的事实太危险,就要杀人灭口。这是对耶耶的忠心吗?是一个耶耶教徒该行的善事吗?"

莫可面红耳赤,甚至汗流浃背!自从耶耶重生并突然让他退位后,他当然是满心愤懑,只是慑于耶耶的神威而勉强压制。后来,目睹耶耶和新教皇的行事,他的愤懑有所减弱,但内心仍然不服,只能无奈地冷眼旁观。只有耶耶这番话一下子抽空了他的精神支柱,让他从精神上一溃千里。他羞愧无言。

耶耶哈哈一笑:"莫可啊,你也不必太自责。知道你的信仰很诚心,心诚者难免走火入魔。你办那些事都是为了耶耶教着想,若是耶耶我处在你的位置,肯定比你做得还绝。那一页就翻过去了,咱们从头开始。告诉你……"耶耶忽然停止,精神入定,片刻后叹道:

"我说过,耶耶宫内发生的一切事,我不想知道都不行。你那位左执事这会儿正在和一位千人长密谋,想干点谋反勾当。我已经告诉妮儿,通知他俩自己滚到这儿来,领受耶耶的处罚。"

莫可对两人的命运只有长叹,但也无可奈何。耶耶随即抛开这件事,继续说:

"莫可,卵生人光身人都是我的崽子,我万里迢迢地带到息壤星,当然是想让你们过好日子。《亚斯白勺书》中那条记载是真的,蛋房里的确保存有连我也弄求不懂的神奇知识,你们要是弄懂了,就有福了,就能成神了,可以长寿千岁,可以到星星中去遨游,可以有天目天耳,甚至可以也像我一样,把血脉后代播撒到其他星星上去。这些本领,你说是物学技术也行,说是神力法术也行。我早就急着把它传给我的傻崽子们,可惜学会这些本事也得有起码的悟性。我找了一代又一代,直到见了妮儿,才见到了要找的人。她是当今一流的物学家,虽然和蛋房中那些知识相比,她知道的连零头都算不上。

可至少说，依她的悟性，她知道该如何学这些东西。莫可啊，我为啥急煎煎地把一个不错的老教皇撑下台，把一个光身人，还是女人，硬扶上台当教皇，你知道是啥原因了吧。"

他含笑看着莫可。莫可心中波澜汹涌。凭一位多年教皇的历练，他相信今天听到的都是肺腑之言，是历史的真貌。原来《亚斯白勺书》上的记载确实可以从另外一个角度来看。其实让耶耶教的信徒，包括他，转换视角也不是太困难的事。现在，耶耶仍是一个法力无边的神祇，是息壤人的父亲，他用神力把息壤人从蓝星带来，播撒到息壤星上——只不过，他的神力不是超自然的、虚无缥缈的，而是通过物化的手段，仅此而已。过去教会说，信徒们可以通过虔信、苦修、接受天启等手段超凡入圣，现在则可以用学习知识、发展物化手段来同样达到。显然后者更容易，更可靠。

一生的信仰竟然被他信仰的主体——耶耶大神——亲手粉碎，他不由喟然长叹。当然，他也没有彻底宾服。以70岁人生的沧桑，他总觉得耶耶大神的做法有点——太硬、太躁、太急。他用强大的神力，利用耶耶大神的威望，硬生生地截住了一条大河的流水，又让它反向而流，这样陡峭的剧变，难免会造成堤毁人亡。这些话他藏在心里，不愿冲撞耶耶。可是他这会儿忘了，耶耶是有天眼天耳的。耶耶说：

"你在心里说，我的做法太硬太急，用句蓝星的话就是拔苗助长。我告诉你，拔苗助长当然是不行的，但蛋房知识库里确实有一万种让庄稼加速生长的办法，都是蓝星人用熟了的。你们要是学会，至少能让田里收成增加十倍。所以嘛，转弯陡一点也没关系，以后会顺当的。"

莫可笑着同意："好的，莫可谨受教。反正我已经加入了教会科学院，我的余生都会花在对科学的弄求上了。"

那边的回答是雷一般的鼾声。

莫可不敢入睡。耶耶大神说他还习惯于"蓝星节律"，每八个小时睡眠后就会醒来，要莫可陪他聊天，莫可只好保持清醒，以求不在大神醒来时失礼。虽然听着他如雷的鼾声，看着他脸上的刀疤，很难把这个矮胖老头——莫可

天父地母

不敢加上"粗俗"这样的贬义词——同信徒心目中罩着神圣光环的耶耶大神联系起来，但莫可世事洞明，思维清晰，断定这绝不是冒牌货。他是真耶耶，他近乎鄙琐的肉体散发着无形的威严。

耶耶睡得很香，莫可枕着双臂想心事，不知道耶耶熟睡中能否洞察他的思维？正如刚才说的，耶耶硬生生地截断了息壤社会之河的流向，甚至让它反向流淌，不知道此举会引起什么样的后果。也许，耶耶描绘的一个用物学手段造就的天堂世界这种前景确实值得追求？它的美妙甚至超过了信徒心目中的天堂，如果真是这样，没人会在意它是来自耶耶的超自然神力，还是来自物学和技术。但莫可心中，在最深的地方，一直有恐惧和警惕，一个声音低声地、不停息地喊着，不要掉进去，那是魔鬼的诱惑……

外边有人叩门。莫可怕惊动耶耶神，连忙出去。原来是两名卫士押着左执事和一位千人长来了，来接受耶耶的惩罚。两人都被牢牢绑着，神态极为狼狈，更浸透着恐惧。他们不敢设想神力无边的耶耶会怎样处罚自己。见到是老教皇出来，他们的恐惧中迸出一丝希望，但莫可只有苦笑。他的身份半是清客，半是人质，没有资格为两人求情的。忽然听耶耶说：

"不用打搅我的睡眠，你来处置吧。"

莫可愕然四顾。耶耶当然没有在身边。那么，是自己的幻觉？不像。但无论如何，他不敢凭"脑中的声音"来行动，否则等耶耶醒来后他该如何交代？他听见耶耶咯咯地笑了：

"没错，是我在说话。我在睡觉，也能借助高维空间对你说话。你自己处置吧。告诉他们，耶耶我只饶这一次。"

莫可不再怀疑，对卫士说："松开绑绳吧。"卫士尴尬地看着前教皇，不敢听他的命令，但也不好意思拒绝。莫可温声说："是耶耶的意思，他正在屋里睡觉。"他转身对两个犯人说，"耶耶说，他只饶恕你们这一次。左执事，千人长，我谢谢你们对我的忠心，但不要以卵击石了。耶耶神目如电，对你们的秘密策划全都清楚。"

卫士们信服了莫可是奉命行事，解开了二人的绑绳。两人向莫可叩谢，也隔着房门向屋内的耶耶叩谢，心灰意冷地离开。

在由教皇寝宫改成的新房内,一对老情人尽情享受了作为夫妻的初夜。在情热中,禹丁一直命令自己保持着清醒。怀中的妮儿已经不是当年的光身人物学家了,而是地位尊贵、智计殊绝的教皇。他相信妮儿仍挚爱自己,但既然她已经置身于权力场中,权力和利害肯定会重于爱情。当然,眼下两人的利害是一致的,但这种盟友关系很容易就会转为敌人……妮儿在他耳边说:

"禹丁,我的爱人。今天我不满意啊,你的表现比当年那个疯狂的情人差劲多了。"

禹丁笑着否认:"怎么可能呢,我仍是那个吃不饱的情人。"

妮儿微微一笑:"不是的。你有很重的心事。"禹丁一惊,一时不知道该如何回答。妮儿搂紧了他,很干脆地说,"禹丁啊,我的性命从此就交给你了。"

这句话是第二次说了,禹丁不知该如何作答。妮儿松开拥抱,让两人放松地睡好。然后双眼平视屋顶,语气舒缓地说:

"禹丁,这句话是我的肺腑之言。耶耶一手策划了这次剧烈的权力更替,虽然很顺利,但失去利益者在痛定之后,必定会拼死反扑,即使耶耶的威望也不足以制止它。当然,我并非不相信自己的才干,如果我一心一意地当这个教皇,相信能稳住局面的。但我的心用不到当教皇上,我离不开我的科学弄求。禹丁,也许别人不会相信我的话,你曾是我的学生,你会相信的。"

禹丁心中突然来了一波强震。这波强震震碎了他近年已经习惯的政治铠甲,十几年前的禹丁又复活了。这个青年禹丁相信妮儿的话不是权谋,而是真心。曾记得十几岁前妮儿老师有一次在课堂上说:"……你们已经学了光的折射定律。光在经过不同介质时,为什么不走直线,而要选择这么一条折线呢?因为它恰恰是所有路线中费时最短的一条,而且是唯一的!为什么如此?我们只能说,这就是自然规律。但为什么自然界不是乱七八糟而是蕴含极为精巧的秩序的?这种秩序在任何空间和时间中都是普适的,并且是唯一的。为什么?我真愿意相信是一位有无限神力的朝丹天耶安排了这一切。只是,我觉得这个解释太肤浅,太幼稚,不足以表现我深切的敬畏。所以,我的学生们，把你们的全部生命都献给物学吧，因为在物学中，我们能得到更虔诚的信仰。这是理性的信仰，而不是盲目的信仰！"

妮儿老师的激情布道曾让学生热血沸腾，很多学生也确实终生献身于物学，像苏辛就是。可惜自己的福缘较浅，关键是他有皇家身份，无法逃避应负的家族责任。所以他最终走进了皇家宫室，而退出了物学殿堂。现在，突然复活的青年禹丁认真听下去。

"禹丁啊，我说过，我当上教皇后仍会潜心科学弄求，教廷事务和世俗事务都将交给你。你肯定认为这是空头许诺，不，这是真的。它甚至不是许诺，而是乞求。我乞求你接过这个重担，而我马上就要陪耶耶回蛋房，用十几岁甚至一生的时间，去尝试打开他说的那个神奇的知识宝库。禹丁，我知道我今后将面临的凶险。如果我不在这个位子上，耶耶也放松对凡间的监督，原教会势力很容易会复辟，而我将死无葬身之地。甚至别人说还存在以下可能：我的夫君不甘于做傀儡，也会发动政变，干脆把教皇世皇合一。我深知这些凶险，但我仍然无法舍弃科学弄求。所以，我只有把我的性命完全托付于你。禹丁，你愿意接过这个担子吗？"

她赤身坐起，目光炯炯地盯着夫君。禹丁疼惜地把她揽入怀中，真诚地说："我愿意。我会永远忠于我的教皇，忠于我的爱情。妮儿，全身心干你想干的事吧，我会尽一切力量保护你。"

妮儿感激地吻他。"谢谢，谢谢。我太自私，把干净事留给自己，把肮脏事留给你。从此我可以远离权术机谋，专心我的科学弄求了。"

"好的，男人就该干这些肮脏事。以后我如果要到你身边，会先沐浴一番，不让你沾上污秽。"他开了一个玩笑，随之叹道，"可惜，你远在西方密林中的蛋房，以后咱们很难见面。"

"也许读懂那个知识宝库后，科学家很快会造出耶耶称为飞机的东西，从蛋房那儿回王城只需几个小时。"

"但愿吧。"

那夜夫妻两人一直在深谈，妮儿把有关内情和盘托给禹丁。她说，耶耶并非与天同寿的神祇，他能活到今天是因为早期的冷冻和此后的五维空间泡

（六维时空泡）。但即使如此，他的醒来也只能是短暂的，间断的。像这次长时间的醒来和劳神劳力，必然会影响耶耶的寿命。所以她想让耶耶干完最必要的事情后，尽快回蛋房内入睡。耶耶也并非神力无边。他表现出的"神力"都是借助于科学，但他本人不是科学家，甚至是一个知识很少的粗人。这个粗人以他仅有的几百个方块字、小学算术的知识，把息壤人领到了今天，也真难为他了。但尽管他是个粗人，毕竟来自一个曾有极高科技水平的蓝星社会，他所知道的任何零星知识，甚至是道听途说，对于今天的息壤科学界来说，都是无比珍贵的天启……

"禹丁你不妨听听以下的概念：世界上最快的是光速。如果有一艘半光速飞船，从飞船上向外射一道光，光的行进仍然是原来的速度，不会变为1.5倍光速。要想超过光速必须用另外的办法，即从真空中挖洞，它甚至能达到亿倍光速。这些概念你能理解吗？"

禹丁知道她说的并非字面上的理解而是理论层面的理解，认真考虑后说："不能理解。"

"我同样不理解。耶耶也只是听说过这些东西，对深层面的东西一概不知。他只知道，前者属于一种叫'相对论'的理论，后者则属于一种三态真空理论。禹丁，如果耶耶的转述无误，那么，这两个理论一定是非常高深的、整体性的，足够息壤科学家们潜心弄求几百岁。"

"对，你说得没错。"

"其实我眼下最关心的，是那些比较实的信息。比如，咱们的科学家已经发明了实用的释电器，但不知道什么叫交流电。而耶耶说过，蓝星人实际使用的都是220伏电压的交流电而不是直流电。啥叫交流电？为啥要用交流电？电压是啥概念？深的东西耶耶完全不知道。他只知道一些零碎信息。我们得靠耶耶提供的一点点碎兽皮，拼出原来的整兽，当然难度很大，但毕竟好于从零开始。所以，耶耶的片言只语都是非常宝贵的，也许咱们多听一句，科学弄求就能节约十岁；少听一句，就会浪费十岁。禹丁，现在你知道我为什么这么急迫了吧。已经老迈的耶耶能陪我的时间是有限的。"

"妮儿，我非常理解。从明天起，你就干你自己的事吧，你留下的脏活我全包了。"

"我的禹丁，衷心感谢你啊。"

禹丁笑了："妮儿，这是咱们做情人以来，我所听过的最为真挚浓烈的感谢。我也谢谢了。"

没有回音。看看妮儿，原来已经入睡。而且睡得很香，很安心，鼻息绵绵细细。经过了勾心斗角的一天，她真是累了，而现在她已经知道，可以放心地靠到丈夫身上了。禹丁怜惜地看着她，在心中许诺要全力保护她。

这时已经过了午夜。在"度日如年"和"岁月匆匆"的息壤星，离黎明还有较长的时间，但毕竟它已经快来到了。

第十五章　朝拜蛋房

新教皇登基和两皇新婚之后，社会开始加速运转。妮儿教皇忙于组织教廷所有成员也即教会科学院的所有成员，来一趟蛋房之旅。大多数人兴高采烈，毕竟，"一生中要朝拜蛋房一次"是《亚斯白勺书》上的明文记载，是信徒的义务和荣幸。这代人有幸目睹了耶耶神的圣容，如果再能目睹蛋房的辉煌，那真是莫大的幸运。当然，鉴于这次教皇更替过于突兀，也有一些人有隐忧和惧意，或许这次旅行只是想来一次政治上的大清洗？甚至是肉体上的大清洗？……这些暗流没有成为主流，除了耶耶神的威望，也缘于老教皇的态度。他虽然被逼退位，仍主动要求参加教会科学院，并且平静地参与了朝圣之旅的准备工作。

对于教廷和世俗皇室的其他事务，妮儿教皇确实全部交给了禹丁。禹丁召集亲信智囊商量了几次后，来耶耶宫，要求密会妮儿，说有一件大事要请她酌定。他走进朝堂时见到的是一片乱糟糟的景象，几十个年轻人呈圆圈状围坐在地板上，大概都是妮儿的学生，禹丁只认得其中最年长的苏辛。尊贵的教皇妮儿也在队列中，今天她没穿帝服，而是换上了她惯常穿的那种半裸式时装。人群中心放着一架粗糙的、形状古怪的机器，禹丁从未见过。但他毕竟是师从过妮儿的，一下子就猜到：这就是妮儿去蛋房考察前曾对教皇表演过的那种"释电器"，尼微还曾为此大吃苦头呢。妮儿与学生们正在热烈地讨论着，讨论得很投入，以致没注意到来求见的禹丁。禹丁没有打扰她，悄悄旁听着。过了一会儿，他大致理出了讨论的脉络。妮儿说，从耶耶来到息壤星到现在的数十万年间，蛋房的活力一直保持着，直到现在。但那是缘于"高维空间泡的活力"，与蛋房内的能量是两码事。耶耶说，蛋房内的能量已经告罄，最后一次使用是给电鞭充电。现在，为了让"储存着神奇知识的电脑"恢复运转，必须给它喂养食物，也就是持续不断的供电。好在息壤人已经发明了释电器，现在所需要的就是把原理型的释电器迅速发展成实用型的。这本来也许需要数十岁时间，但现在必须把这个过程加快十倍。苏辛插了一句：

"问题是，即使原理我们也没彻底弄懂。这些天，听耶耶说过几个艰深的概念：电流的相、电压、整流、变压……非常可惜，耶耶对这些概念也只是一知半解，甚至可以说是完全不懂。"

年轻学生们互相交换着眼色——他们还不习惯听到对耶耶大神的"贬低"。禹丁则听得皱着眉头。他毕竟远离课堂太久，这些新名词中，只有"电压"的意思他能猜到，"电流的相""整流""变压"等则如听天书。苏辛继续说：

"不妨做个类比，天朝的医生们几年前曾发明过输血术，对大出血伤员进行输血抢救。结果，确实有成功的例子，但更多的情况下反而加速了伤员的死亡。"

妮儿说："我和耶耶闲谈过输血术，他说是因为血型！人大致分四种血型，同种血型的可以输血，不同血型之间有某种匹配关系，但具体情况耶耶也说不清。不过，最重要的是他提及了血型这个重要概念，其他的就好办了。我已经将这个概念转告了医学界，相信输血术不久就会起死回生。关于电的问题同样如此，尽管耶耶只是给出了几个概念，也对咱们的弄求大有帮助。"她补充道，"呵，对了。耶耶说的一些常用语和我们的不同，建议全部按他说的改！这样，以后吸收蓝星知识时会更顺畅一些，比如：物学改为科学，弄求改为研究，释电器改为发电机，等等。苏辛你随后列出一个详细清单。"

苏辛答应后说："妮儿老师，我担心的是：那台电脑所需要的电流有血型吗？会不会因血型不对造成电脑的死亡？蛋房的主电脑只有一台，不容出现闪失。"

妮儿点头："你的担心很对。并非血型，而是电压、电流这些参数。至于是交流直流，虽然估计是后者，但也得做出严格的结论。我的学生们，千头万绪啊。为了能来一个立定跳远，在短时间内跨过数十岁甚至数百岁的进程，各位必须把吃奶的劲儿都用上!"

学生中有人下意识地垂下目光,这部分人都是过去的卵生贵族,没有吃过奶。在他们的习俗中,这是句非常粗俗的话。但一向机敏的妮儿今天太投入,没有注意到自己的口误。今天的讨论结束,学生们抬着释电器——不,发电机离开。妮儿仍沉浸在刚才的思绪中,低着头努力思索。禹丁仍未打搅,默默地等待着。他能感受到妮儿体内的张力,感受到她内心的焦灼。他感慨地想,难怪妮儿急着把所有权力转交给自己,像妮儿这样醉心于科学研究的人,确实无心旁骛啊。

妮儿抬头看见禹丁,这才想起他求见的事,"禹丁,你要见我?"

"对,有件大事必须向你请示。"

妮儿不耐烦地皱起眉头:"禹丁,我说过全部放手,你要我说第二次吗?"

"不,我的妮儿教皇,这次的决策过于重大,必须由你点头。其余的事务我不会来烦你的。"

"那好,你讲吧。"

禹丁已经做了充分的准备,言简意赅地叙述了一个宏大的设想。他说,在去蛋房前的密谋中,两人商定的意见是架空教会,让世俗皇室成为唯一的权力中心,这样才能心无旁骛地发展物学和技术。现在情况变了,妮儿做了教皇,原来的设想也就失去了意义。但禹丁深入思考后,还是想把原来的意见落实。这是为妮儿百年之后考虑。谁能保证每个教皇和世皇都是开明的?天上只有一个太阳,地上也只需要一个皇权。否则,总有一天会演变为两个权力中心的倾轧、争斗、决裂甚至战争。

两皇合一后,不称教皇也不称世皇,而改称为"帝皇"。帝皇为世袭制。妮儿将是第一任女帝皇,但不参与具体政务,禹丁以"皇夫"的名义摄政。帝皇之下保留原世俗朝廷的官吏机构,管理整个王国;而教廷的实职全部撤销,今后只管科学和神学。教廷卫队和世皇卫队也将合一。这是个非常大的变革,只有在眼下耶耶在世、教皇妮儿愿意放弃权力、教廷成员被集体转入教会科学院的特殊历史条件下才有可能和平交接,不致引起一场血雨腥风。可以说,这是历史给予息壤人的唯一机会。

妮儿认真听着，既惊且喜。禹丁的设想很宏大，很深刻，确实是一场非常剧烈的变革，甚至超过了此前的教皇更替。这种想法也许会被认为是对新教皇的阴谋——在新的权力结构下，女帝皇被真正架空了。所以，提出这个设想的禹丁冒着很大的风险。但他是为国家的长远着想。他敢于提出来，表明他确实已经和自己肝胆相照。妮儿赞赏地点头：

"不错的设想，说下去。"

禹丁说，新王朝的帝王谱系将从妮儿开始，那么，第二任帝皇自然应是妮儿的子女，或者说是妮儿和禹丁的子女。这么着，妮儿就应该早日生育才行，应该生育后再去蛋房进行科学研究，因为她一陷进去就不好拔足了。这场变革中有两件头疼的事是：一是对原皇后婉非的安置。原来是一个世皇并列两位皇后，婉非迫于形势，还算大度地认可了。但现在是一个女帝皇一个皇夫，婉非该放到哪儿？二是禹丁和婉非皇后的长子此前已被立为世子，现在只能废去。所以，对新变革最强烈的反抗恐怕并非来自教会，而是来自世俗皇室，来自以婉非家族为代表的外戚们。但只要妮儿定下大政，这些麻烦禹丁都会硬着头皮去解决。

禹丁说完了，安静地等着，他知道对这件事做出决断不是易事。妮儿紧锁眉头，紧张地思索着，密室内只有两人的呼吸声。良久，妮儿舒展了眉头，笑着说：

"禹丁啊，我很赞赏你。你不是在做傀儡，确实把世皇的责任真正担起来了，否则你也提不出这个设想。还有，你敢于向我提出，说明你确实与我肝胆相照。"

禹丁微笑着点头。

"说说我的意见。第一，我同意当女帝皇——其实保留世皇制，我仅作为皇后，也是可以的，但那样的话，教会系的人就会过于失势。如果由一位帝皇来任教会科学院的院长，他们从心理上不会有失落感。所以，还是依你的意见，我当第一任女帝皇吧。第二，我建议让你的世子认我为母，仍是新帝皇的世子。禹丁啊，我曾答应为你生育儿女，现在要食言了。时间太紧。耶耶并非不死之身，那个泡泡对他的保护也是有限的。我总觉得，老人家陪着咱们折腾了这一阵，对他的寿命是很不利的。我得趁着耶耶健在，尽量多抢救一些知识。再说，我若有儿女，婉非的族人们不会放心的。"禹丁想说话，妮儿抢先说，"禹丁你别劝我，我想得开。虽然每一个女人都想有自己的儿女，但我对血缘的事并不太看重，事业可以大于血缘。如果这样安排，你说的'最强烈的反抗'就会转变为最强烈的助力。"

禹丁知道妮儿的分析是对的，便叹道："只是苦了你了。"

"用你的爱情和忠诚来补偿吧，而我的自我补偿就是科学上的成功。第三，说说对婉非的安排。我想，只要世子的地位能被保证，她对失去皇后之位不会太在意，至少不会有强烈的反抗。还可以为她专设一个'世子生母'的名分。这个名分很尊贵，与帝皇姐妹相称。如何？"

"好的。这样，最大的难题就解决了。只是，苦了你了。"

"不苦。你能把一切俗务担在身上，让我全身心投入到科学研究中，那就是我的甜蜜。"

"何时实行？我建议在你离开王城去蛋房前就实施。咱们来一个突然宣布，你随即登基，然后你立即带着教会科学院的全部人员离开。这样，即使有反抗，也能消弭在萌芽之中。"

"可以，当然，首先要征得耶耶的认可。"

两人突然在脑中听到了耶耶的话："我一直在听着哩。行，就这样干，这种'一个皇室'的制度好，绝了后患。在蓝星上，我是指我生活的那个国家，历史上一直是这样的。禹丁，你小子行啊，胆子大，心里有板眼，对妮儿忠诚。耶耶我没看错你。"

妮儿想起刚才曾"当面"谈到耶耶的寿命有限，怕老人心中不好过，便笑着说："耶耶你得保重身体，多陪我们几年。"

"没事没事，耶耶我离死还早着哩。对了，妮儿你还是可以要儿女的，在蛋房里秘密养大，研究科学，等天下已定，再让他们回王城。不，这样不好，"他自己把这个建议否定了，"只要一回王城就免不了那些乌七八糟、争权夺利的事，你想避都避不开。对了，要不这样，妮儿你的后代干脆定为'科学家族'，地位仅在帝皇家族之下，但千秋万代只允许做学问，谁想改行得先除籍。这个家族永远受耶耶神庇护，哪怕天下大乱，杀人如割草，谁敢动科学家族一根头发，耶耶就先灭了他。对，这个主意好！这么着，妮儿你的后代只用做那些干净事，又能永享安全，还能保证科学的血脉永不中断，一箭三雕啊。你俩说行不行？"

妮儿感激耶耶大神的关心。虽说这个建议有可商榷之处，她的后代不可能每人都适合做学问或愿意做学问，但总的说比较稳妥。如果是这样，那她在离开王城去蛋房前，需要先怀上孕。她笑着说：

"谢谢耶耶，我照你的话做。"禹丁也很乐意，这个方法既能留下他和妮儿的血脉，又不致影响皇后婉非和世子的地位，两全其美，便痛快地应允，并衷心夸奖道：

"耶耶你真厉害，能想出这么棒的主意。"

耶耶对自己的智谋可以说非常得意，哈哈大笑着从二人意识中隐去。

"二皇合一"的变革非常巨大，可以说震裂了整个社会的根基，但其进展相对顺利。正如禹丁所分析的，上有耶耶大神的许可，有女教皇的全力支持，按说她才最该担心被架空！皇后婉非也成了促进变革的强劲动力，再加上世皇本人，四者拧成一股绳，教会势力即使有反对，也不足以阻挡大局了。不过禹丁仍很谨慎，在公开宣布前召集耶耶、妮儿和老教皇莫可，四人会面，来了一次深度的沟通。耶耶阐释了这个设想后，莫可沉默良久，叹道：

"耶耶，这些天我重读了《亚斯白勺书》，是尽量换一种视角来重读。我发现，耶耶教会实际直接传承于三使徒中的第三使徒亚斯，他是耶耶你指定的'记录历史者'和'传授文字者'，并不具有世俗权力。"

"对，是这样。后来咋弄出来个耶耶教，连我也不清楚。那些年我多半在蛋房里睡觉。不过我看《亚斯白勺书》中记载的很多话确实是我说过的，也就认可了，扮演了圣书中说的耶耶。当然，很多话记到圣书中之后或多或少都变味了。"

"你当时把世俗权力交给了七兄姐中的阿褚和小鱼儿，而禹丁皇室直接传承于他们。"

耶耶笑着说:"对,你说得没错。我本来想把权力交给小鱼儿,那妮子最合我的意。可那时是蛮荒时代,野性的阿褚更适合当头儿。"

莫可叹道:"既是这样,让禹丁皇室重新握有全部世俗权力,让教会恢复原来的学术职责,应该更符合耶耶你的圣意。我无话可说。请耶耶和妮儿帝皇、禹丁皇夫放心,我不会反对的。"

耶耶向妮儿和禹丁使了个眼色——通过高维空间,他能看出莫可说的是真心话。耶耶说:"很好,莫可你很不错。妮儿,禹丁,我们让莫可受屈了,以后一定要给他足够的补偿。老褚我——耶耶我办事讲究个公平。"

妮儿和禹丁认真地答应。莫可付之一笑,他已经看破红尘,无欲无求,不需要什么补偿了。妮儿说:

"耶耶,俗务已毕,我得抓紧时间再问一些有关电的细节,去蛋房前我们必须做好准备。禹丁,这些事你不必参与,去忙你的吧。"禹丁走了。妮儿转向莫可,"前皇陛下,不,我以后称你莫可爷爷吧,这样更亲热一些。"

"好的,我早就不是什么陛下了。"

"莫可爷爷,你可以离开,也可以留下旁听。"

"我留下吧,既然我也加入了教会科学院,就要尽快融入其中啊。"

耶耶在这样的场合常常有些怵,有些尴尬。他来自一个科技高度发达的蓝星社会,但他本身是一个粗人,只懂江湖规矩和如何赚钱,对科技知识懂得不多。当他步入上流社会后已经是功成名就,凡牵涉到科技知识的细节都有人帮他打理,用不着他操心。即使在蛋房里照管孩子那个时段,他也只是一个粗通各种机器操作的保姆。但妮儿把他当成知识的宝库,老盯着他问个不休,问得他很难堪。妮儿深知他的心理,忙安慰他:

"耶耶,你不要担心自己不懂科学。毕竟你来自一个科学高度发达的星球,你随便回忆到的知识都对我大有帮助,说不定你的一句话,能让息壤社会跃升百岁!所以嘛,请耶耶你尽量回忆,能想起什么就说什么,能说到哪个深度就说到哪个深度。"

耶耶苦着脸说:"我怕自己记忆不准,领你们把路走歪了啊。"

妮儿笑着说:"你只管大胆说,是对是错由我来筛选,错了由我负责,和你无关。"

于是妮儿开始了"穷追不舍"的探问。莫可努力旁听着，以他的知识水平和年龄来说，理解这些艰涩的术语确实很困难，他不知道自己是否听懂了。以下是他能记住的：

蓝星用电分直流电和交流电。交流电就是电流方向随时改变的电，工业上都用它，而家用电器包括电脑都是把交流转为直流来使用。工业用交流电的频率都是 50 赫，赫这个单位是什么耶耶不清楚，可能是指它的方向每秒变 50 次。

交流电有三相电和两相电。三相电的电压是 380 伏，两相电的电压是 220 伏。也有些国家用 110 伏。

这儿牵涉到电压的概念：直观来说，电压就是电的压力，就像是从一个水罐底部向外喷水，罐内水面越高，底部喷水就喷得越远。电往远处输送的话常用高压电，比如 50 万千伏，这是为了降低途中的损耗。不过电压越高就越危险，高压电能把一个人瞬间烧焦。

蓝星人也常用干电池或电瓶，这样电器就不必拖着一根通往电源的导线。但电池储存的电能不多，用不了多长时间。干电池的电压一般是 1.5 伏，也有 3 伏到 9 伏的。原来最常用的是锌电池，后来常用锂电池。早期的汽车全部用蓄电池来起动，蓄电池单节电压一般为 6 伏。

"耶耶，关于电压的细节我要多问几句，它关乎着蛋房电脑的安全。你说电压的单位是伏，这个单位是如何定的？有多高？"

耶耶难为情地说："我一点儿都不知道。"

妮儿换一个问法："那么你说，工业常用电是 220 伏，它有多高？比如说，对人的危险性？"

"它能击死人，但只要你穿着干燥的鞋子，或站在干燥的地上，一般不会被击死，但会让你狠狠地疼那么一下，甚至在手上烧出焦痕。"

妮儿思索着："我相信息壤人的身体和蓝星人没太大区别，这是我这会儿能想到的，两个星球唯一有可比性的东西。这么着，'伏'这个单位的高低就有一个范围了，我们会用实验来尽量缩小它。还有，蛋房，也就是飞船系统内，你说过是用直流电，对不对？"

"对。"

"多少伏？"

"这个我知道。老飞船是用28伏，我所在的褚氏号是100伏。但你见到的蛋房是烈士号飞船，是我上天之后的新型号，我不清楚它用多高的电压。"

"太好了，有这样的参数，对确定电压单位很有帮助。"

耶耶受到鼓舞，忽然又想起来一点知识："对了，有一个参数不知道对你们有没有用。我到矿井里参观过，矿井都是用36伏直流电，这个电压叫安全电压，哪怕洞里潮湿跑电也打不死人。"

妮儿高兴地说："怎么没用？太有用了。耶耶我说嘛，你偶尔回想起的任何细节都是有用的，否则，也许息壤科学家们得在黑暗中多摸索几岁几十岁。"

……

这样的问话持续了很久，有时妮儿陷入沉思，沉思很久后才问下一个问题；有时耶耶连续对几个问题都说不知道，开始显得难为情，于是妮儿就完全换一个角度问。旁听的莫可觉得妮儿就像一个先天的盲人，从来没有见过一棵大树的形状，而且无法靠近触摸它，只好一点一点求问于另一人——偏偏他所求问的也是一个半瞎之人，对那棵树只有模糊的记忆。他想妮儿真不容易啊，就凭这些不连贯不精确的东西，去拼拢出这棵大树的整体轮廓，这是何等艰难的思维跋涉。不过妮儿不觉得苦，她已经全身心投入，甚至陶醉于其中。莫可这会儿突然理解了，一夕之间被拥到教皇高位的妮儿怎么舍得断然放弃权力，而回到科学研究的领域来……耶耶忽然变了口气，严厉地警告妮儿：

"妮儿，你可不许拿自己的身体去试验电压。你对息壤人太有用，容不得闪失。"

妮儿想辩解，但随即想到，处在这个神奇的泡泡内，她的思维对耶耶是透明的，便难为情地看看莫可，娇声说：

"我知道啦，知道啦。耶耶你可管得真宽！"

天父地母

几天后，禹丁带着皇后婉非来耶耶宫。禹丁说过不再拿世俗之事烦妮儿，但这次求见是应婉非的再三恳求。禹丁进宫后发现，耶耶宫的朝觐大厅已经变成了一个乱糟糟的大工场，几十个年轻人，显然都是妮儿的学生，正排成长队，合力蹬着脚下的踏板。踏板则通过曲柄的连动，驱动着一台机器。那是妮儿发明的释电器，按耶耶的叫法是发电机。不过这是一台新型号的，个头大多了，也更为精致。机器的轴心处引出两条电线，一条通过铁钎插入地中，一根通过一个叫做可调变压器的盒装物连在类似电鞭的玩意儿上。不过这根电鞭没有软的鞭身，而是从中空木柄中伸出一根硬的铜棒，带着很尖锐的尖头。

这些禹丁都见过，婉非则是第一次目睹，十分新奇。苏辛看见了世皇，忙过来迎接。他看见皇后疑问的眼神，就主动解释说：这是为蛋房的电脑准备的"食物"。那台电脑尽管是神奇的神物，装着蓝星上所有的、比天空更广博的知识，可以让息壤人一夕之间提升为神，但电脑只有供给电流才会苏醒。可惜耶耶也不知道该喂电脑什么样的电流，具体说就是多高的电压，他们今天就是在做试验。等试验成功，大队人马就要带着这台发电机出发去蛋房，队员包括耶耶、妮儿教皇、苏辛和妮儿老师的所有学生，包括所有教廷成员，连教廷总管尼微、御医总管成吉、卫戍统领押述也要同去。

发电机前站着五个男人，个个只穿短裤，裸着结实的肌肉。妮儿正在同他们拥抱，低声说着什么。苏辛说这些都是妮儿的学生，是自愿来做敢死队员，因为试验很可能有生命危险。"妮儿教皇甚至想亲自去当试验者，但耶耶神提前发现了她的想法，坚决制止了。其实我也提过要求，可惜妮儿老师没答应。好，试验马上就要开始，我是指挥。是否先向妮儿老师通报你们来了？"

禹下悄悄说："不必，我们就在后边观看，等试验完再见教皇。"

苏辛指挥着开始试验。第一名被试者吉根做好了准备，虽然他已经抱着赴死的决心，但紧张是免不了的。妮儿盯着他，目光中含着敬佩和悲悯。几十名学生开始努力踏动踏板，苏辛把变压器调到一档，把铜棒的棒尖慢慢接近地上的铁钎,忽然一声轻微的爆裂,一道紫色的光芒从棒尖射向铁钎。苏辛收回铜棒,把棒尖轻轻触到吉根的手背。吉根的手臂忽然抖动一下,脸上显出痛苦的神色。

苏辛看看老师,老师示意继续。于是苏辛把电压调到第二档。这次的紫芒更强,吉根的抽搐也更甚。电压一档一档地提高,周围的人越来越紧张,踏踏板的众人也都把头扭向这边。电压提高到第九档时,紫色电芒已经非常明亮。当棒尖接触到吉根时,吉根惨叫一声,身体猛地弹射出去,重重地摔倒在地上。妮儿和医官成吉急忙扑过去,抱起那具还在痉挛的身体,焦急地呼唤着。好长时间后,吉根才恢复意识。妮儿说:

"可以了,就把这个电压初定为220伏。再对其他四人重复一遍,求出一个中值。"

医官把吉根扶到一边,第二名裸着上身的试验者走过来。

试验做完了。五名试验者有一位心脏停跳,幸亏被抢救过来。妮儿其实早就看见了禹丁,但把试验做完后才走过来。禹丁说:

"我不想再打扰你的,但婉非一定要来面谢,感谢你对世子和世子生母的安排。后来我想,帝皇大典前你还是该见她一次,就带她来了。"

妮儿知道禹丁是对的。尽管她已经彻底放权,丝毫不想被俗务分心,但只要她坐在帝皇的位置上,有些俗务仍是不得不干的。她笑道:

"怎么会是打扰呢。世子生母与帝皇以姐妹相称,你这么说就太见外了。"

她把婉非拥到怀里。拥抱中婉非感到对方饱满富有弹性的胸部,不由暗自叹息。作为一个平胸脯的卵生女人,她十分清楚这样的"大胸脯"对男人的吸引力;不过,卵生女人一向把它看成是"淫荡",看成"低等人"的象征,以求在心理上保持平衡。但是,自从神圣的耶耶神宣布两种人一律平等后,过去的心理平衡就在一夕之间被打破了。她叹道:

"教皇陛下,我的好妹妹,你真漂亮,既漂亮又性感。说句心里话,我真遗憾自己不是大胸脯的光身人啊。"

妮儿没料到她的第一句话会是这么"女人式"的,便笑着说:"我倒宁可胸前没有这对儿累赘，那样我研究科学肯定会跑得快些。"

"教皇陛下，感谢你对世子和我的周到安排……"

"咱们姊妹就不要说客气话了。婉非姐姐，我很快就要去蛋房，也许十年二十年后才会回来。禹丁就托付给你啦，他肩上的担子很重，你尽量替他分担一些。"

"好的，这是我该做的。好妹妹，我衷心希望在皇族身边永远有一个强大的科学家族陪伴，这样两只脚站立，才能站得更稳。所以嘛，"她笑着说，"你去蛋房前抓紧一点儿，一定要怀上禹丁的孩子。"

"好的，我尽量不让姐姐失望。姐姐，关于科学家族永不得干政的律令，会在帝皇登基时同时宣布。我还要把它刻成碑文，向天下公示，让后人永远铭记。"

她是给婉非一个定心丸。婉非感激地说："我知道，我知道。感谢耶耶神和陛下，你们的用心实在周到。"

两人扯了一会儿闲话，谈得亲亲热热。但妮儿内心中清楚，这种亲热是礼仪性的，多少透着假，与她同耶耶、禹丁、押述、成吉甚至诗人何汉的关系本质不同。会见结束，禹丁与婉非一同离去。妮儿脑中忽然出现耶耶的声音：

"妮儿，我的好孙女，婉非还是不放心啊，她是担心身后之事，怕哪一代的科学家族篡权。近来那些外戚老向她叨咕这些事，你心里得有数。"

"我知道。"妮儿笑着说。

"不过这都是小事。只要蛋房电脑被你打开，里面的知识被破译，那就像天河泄下的洪水，尘世间什么样的小纷扰都会被冲走了。"

"是的，我也知道，我会始终把它当成第一要务，不让任何事干扰它。耶耶，我去蛋房时，你就留在耶耶宫吧。我不想你再颠沛。再说，王城里波谲云诡，也得你老人家坐镇。"

"不，王城有禹丁就行了，这小子会对你忠心的——这也正是他本人的利益。至于耶耶我嘛，想要孙女儿一直陪着我。自打小鱼儿离开我，我已经孤独几千岁啦。"

这样的安排带点老人的任性，但妮儿能理解。她在意识中扑入耶耶怀中，仰脸看着他。"好，那你回蛋房吧，孙女儿也想陪你啊。但你回蛋房后一定要入睡，不到关键时刻我不会唤醒你。耶耶，我想你能多陪我一些时间，甚至在我之后，多陪息壤人一些时间。"

"行，耶耶答应你。耶耶我离伸腿早着哩。"

"两皇合一"的事情紧锣密鼓地进行。这次的庆典要远为隆重。上次的教皇更替带着政变的性质，所以一切从快从简。这次，由教廷司礼官和世俗皇室司礼官共同商定，安排了盛大的典礼。典礼之后即是蛋房第二次考察队的送行，同样是一次盛大的典礼。第二次考察队和第一次也完全不可同日而语，成员达2000多人，组成了一个壮观的船队。世皇还下令组织了开路的先遣队，由押述带领提前出发了，以便在考察队离船登岸后的陆路好走一些。正式官道的修建也即将铺开，以后蛋房到王城的交通将不再是难事，蛋房区域将建成陪都。丹卓的部族已经正式内附，他们眼下的任务是拓宽那条秘道，使其成为官道的一部分。

帝皇登基庆典将在耶耶宫举行。从政治上考虑，典礼放在世皇宫更为合适。但过去由于礼制所限，世皇宫的规模远小于耶耶宫。扩建世皇宫既来不及，也难以做到，因为禹丁已经把全部财力都投到王城至蛋房官道的修建上，及蛋房考察队的经费上。这两者都不是小数目。于是，借助于耶耶的威望，妮儿做出了一个大胆的决定：以耶耶宫改做帝皇宫，而原来的世皇宫改为教会科学院，把原教廷和世俗皇室的住处来个大对调。教会系统的人肯定是不满的，好在有耶耶坐镇，而教廷人员全部要去蛋房，至少十岁内不会回王城。所以抵触嘛是免不了的，但未出现强烈的反抗。

登基大典如期举行了。

数十万也许有上百万百姓聚在耶耶宫周围，填满了这儿每一寸空间。据耶耶大神和新帝皇说，他们很想让百姓都能进宫参加庆典，只是宫内实在挤不下太多的人，但耶耶大神和新帝皇将在典礼结束后到各处巡视一番，每个百姓都能有幸亲睹圣容。朝拜者大都是光身人，少量是卵生人，不过耶耶大神和教皇已经消除了二者的分别。他们每隔一个时辰就要伏地跪拜，吟哦声汇成了连天的巨浪。这种感情上的波涛又反过来震击着众人的心房，大多数人热泪盈眶。

耶耶宫内也有数千人，大都是教廷诸贵、皇室百官和其他社会上流人士。他们个个身着盛装和官服，列队肃立，向上仰望着。丹墀上今天分为里外两进，用金丝帷幕分开。里间坐着耶耶大神，身着华贵的圣服——没有哪个司礼官知道耶耶的圣服该是什么样式，他们只有比照着教皇的帝服和世皇的御服设计了圣服，反正让它比前两者更华贵辉煌便是了。身材矮胖的耶耶被裹在硬邦邦的圣服中，浑身不自在，几乎难以忍受，但今天是孙女儿的好日子，再难受他也心甘情愿地忍着。他头上还戴着一顶更为华贵的圣冕，金丝的冕旒垂在面前。这是司礼官的良苦用心，为的是挡住他脸上那道不太雅致的刀疤。

他侧边坐着前教皇莫可，今天穿着便服。他是作为耶耶神的布衣之交来参加典礼的。所以，虽然是一身简朴的布衣，其地位也足够尊贵。莫可心中暗暗感激妮儿的周到用心。虽然眼见自己住了十几年的耶耶宫就要更换主人被世俗皇室占据了，但他也叹息着认命了。

身着新式帝服的妮儿在司礼官的导引和宫女的簇拥下，缓缓走过来。新帝服的设计也参照了教皇帝服、世皇御服、皇后后服，但更多地表现了妮儿的口味。妮儿不想让帝服的神圣庄重压抑了她的美貌，所以设计中尽可能地保留女性的味道：低胸长裙，腰身玲珑。妮儿仪态万方，乳胸半露，青丝飘逸，由女官搀扶着跪下，向帘后的耶耶行了大礼。司礼官高声赞颂着：

"神圣的朝丹天耶是星空、大地和万物的创造者。耶耶大神是天耶之子、世间的牧人、万民的主宰，今天奉天耶之命降临凡间。耶耶我的神，请把你尊贵的右手放在新帝皇的额头。你把剑、火和鞭子授予她，代你管理万邦和万民……"

金帘内的耶耶神俯身向前，把匕首、火镰和电鞭交与新帝皇，用手触触她的额头，低声说了几句，妮儿微笑着点头。没人听得见他说的话，连坐在

附近的前教皇也没听见。那一定是耶耶神对凡尘之皇最重要、最机密的嘱托,是关于治理万邦万民的金匮秘策。但实际上耶耶说的是:

"妮儿,这些亚斯的子孙在哪儿学的马屁精功夫?我教亚斯认字时可没教这些。你听那些又臭又长的闲屁,我最腻歪。"

妮儿笑着低声调侃他:"对,耶耶你只说过'操蛋老天爷'——不过,这句话在今天的场合不宜说出来吧。"

耶耶想放声大笑,总算忍住了,低声说:"你说得对,咱们就使劲绷着,继续听吧。"

司礼官继续赞颂:"尊贵的前皇陛下,耶耶大神尊贵的布衣之交,请把你的祝福赐给新的帝皇。"

莫可起身,也用右手触触妮儿的额头:"祝福你帝业永固。"

妮儿笑着说:"谢谢!莫可爷爷你能否再加一句?祝新王朝科学昌盛。"

"好的,也祝新王朝科学昌盛。"

随后,司礼官导引妮儿坐在帘前的御座上。禹丁趋前跪下,新帝皇把手中的匕首、火镰和鞭子转交予他,朗声吟唱:

"我把耶耶神赐予的剑、火和鞭子授予你,我的皇夫,命你代我管理万邦和万民。"

禹丁跪领后高声吟唱:"我诚惶诚恐地接过帝皇的剑、火与鞭子,禹丁决不辜负帝皇的信任。"

司礼官引皇后婉非和世子平桑趋前跪下,跪在禹丁的身边。妮儿吟唱着:"遵耶耶神的圣命,我以平桑为亲子,并立其为帝皇世子。此后帝皇的谱系将自平桑而延续,万世不易。我和皇夫的后裔将成为科学家族,永远从事科学研究,不得从政。"

11岁的世子平桑朗声宣布:"我谨代表帝皇家族起誓:永远善待科学家族。科学家族将永远享受皇室的供养,也享受皇室的尊荣。"

三人再拜谢恩,妮儿亲手扶起三人,把禹丁安顿到御座左侧的皇夫座位上,把婉非安排在右侧的世子生母座位上,世子则立在自己身后。

其后是几项必要的任命。因为押述、尼微、成吉都要随妮儿去蛋房,禹丁任命了新皇室总管、卫戍统领和御医总管。随后妮儿起身对帘内说：

"耶耶，莫可爷爷，咱们该出发了。"

"好的，咱们走。妮儿呀，先让我把这身硬邦邦的衣服换掉，耶耶我难受死了。"

妮儿笑着哄他："耶耶再稍忍一会儿，你还得接受万民的朝拜呢。等到船上，马上给你换衣服，行不？"

一队彪悍的鼠马驮着耶耶、帝皇妮儿、前教皇、教会科学院副院长苏辛、医官成吉等穿过王城，向河边码头出发，皇夫等为他们送行。他们先在王城内绕行一周，接受了百姓们的朝拜。耶耶骑的鼠马上有轿室，百姓们只能通过轿门上垂着的珠帘窥见圣容，这也足以让信徒们欢声雷动。新帝皇、皇夫和前教皇频频向众人挥手，欢呼声同样震天动地。鼠马队之后是一支2000多人的步行队伍，是教会科学院的全体成员，包括妮儿的所有学生和原教廷的所有执事。两种人的衣着不同，后者都穿着黑色的修行服，表情也不同。前者个个兴高采烈，眉飞色舞；后者则难免有些惶然。

还有一点必须记述的事实：当耶耶大神缓步走出耶耶宫时，万千双眼睛都聚焦在宫殿的尖顶上。自打耶耶入住耶耶宫，宫殿就团在一个奇妙的球形内。众人都知道，这是因为耶耶随身带着一个神奇的泡泡，它能让宫殿变形，也能让泡泡内的人延缓衰老。现在，这个神迹应该会反向呈现吧。果然，一道无形的弧线慢慢滑过宫殿，滑过之处，屋顶陡然升高，恢复了原状，与仍在泡泡内的屋顶形成了陡峭的断层。随着弧线滑过，原先断裂的地方忽然接合了，断层也移向前边。等弧线全部滑过后，耶耶宫完全恢复了原来巍峨的形貌。这样的神迹令目睹者不由自主地俯伏在地。

禹丁、婉非、世子平桑等送行到几十里外的码头。船队已经做好了出发的准备。没等禹丁等人同耶耶告别，他已经急急地上了船。妮儿忍住笑对禹丁说：

"禹丁你别见怪。耶耶是急着上船换衣服，那身硬邦邦的圣服让他难受死了。"

禹丁已经熟知耶耶的秉性，也就一笑了之，过来与前教皇和妮儿告别。妮儿笑着低声说：

"禹丁啊，种子应该发芽了。"

禹丁稍一愣，悟出妮儿是说她有了怀孕的征象，不由得喜出望外。妮儿平静地说：

"暂且保密吧。等世子平桑站稳脚跟后再宣布。"

禹丁知道她的用心。王国有这么两个平行的尊贵家族，纵然已经明令其中的科学家族不得从政，但世事复杂，不是所有人都放心的。他答应了，又再三交代：

"你一定要多保重！我知道，你一陷进科学研究中，就会把什么都忘啦。"

"放心。我能忘了自己，但不会忘了胎儿。"

两人依依惜别，因为这一别很可能就是十岁。禹丁正尽速修建王城到蛋房的驿道，也许十岁后他会乘着车马来蛋房。婉非和平桑也来最后告别。

考察队员都已经上船，妮儿等人也要走上栈桥，这时送行者中忽然钻出一个人，衣衫褴褛，但举止潇洒，神清气朗。他趋步上前，对妮儿和前教皇长揖不拜，含笑而立。原来是诗人何汉。妮儿笑问：

"是何汉啊，你不是在田野中流浪，为昆虫禽兽的性爱而歌唱吗？"

"对，我歌唱了，但我还想歌唱另外的美丽，歌唱圣洁妖娆的雪山双峰和能点燃教廷帷墙的明亮目光。我更想歌唱《亚斯白勺书》中神圣的蛋房，不管它是用神力造就，还是如你所说来自物化的力量。"

高傲的诗人实际是在请求加入考察队。妮儿爽快地说："好啊，那就来吧，这只船队上不会在乎多一个铺位。我知道你生性洒脱，没有长性，哪天你厌烦了蛋房内的生活，我就派士兵把你送出密林。"她看看诗人的穿戴，揶揄地说，"不过你上船前最好彻底洗一洗，换一身新衣服。我怕你在田野中为昆虫的性爱歌唱时，某些爱咬人的小家伙在你的衣服里繁衍了后代。"

诗人笑着答应，立即甩脱衣服，赤条条地跳入水中。妮儿上了船，吩咐士兵给诗人送去一套新衣。等诗人被拉上船，妮儿宣布开船。岸上鼓乐齐鸣，万人挥手送别，船队缓缓消失在夹河的密林中。

第十六章　耶耶之死

帝皇妮儿离开王城去蛋房已经 10 岁了。这 10 岁中，皇夫禹丁除了正常的政务外，把主要精力投入蛋房驿道的修建上。他抽调了 60 万丁夫，也花费了国家大部分的岁入，以致影响了国人的生活。10 岁前，当一直活在天堂和《亚斯白勺书》中的耶耶神突然降临人世时，万千民众尤其是被免除贱民身份的光身人，都为之欢呼雀跃。但 10 岁过去了，耶耶所许诺的那种"神的生活"并没有出现，反倒是日子过得更紧巴一些，于是怨气开始悄悄滋生。尤其是卵生人贵族，虽然耶耶明令不许剥夺他们的财产，但是，光身人地位的提升实际意味着卵生人地位的下降，看着往日的贱民今天不再俯首帖耳，心中难免有失落。

这些怨言越来越聒噪，传到了世子之母和世子耳朵里，当然也传到禹丁耳朵里，但禹丁丝毫不为所动。世子平桑已经 21 岁，这天求见父皇，委婉地请父亲爱惜民力，不能为了帝皇妮儿而自毁皇室基业。禹丁冷冷地说：

"是你母亲让你来的？"

"是的，但也是我的意思。"

"你恐怕不是为民请命，而是为外戚贵族们请命吧。"

平桑从容地说："我首先是为了我的父母。"

禹丁沉默良久，叹道："桑儿，这些年我太忙，忽略了对你的教育，以致你受母亲的影响太深。好在你还年轻，还来得及接受新东西。今天咱们父子两个来一次倾心交谈。告诉你吧，我全力建造通往蛋房的驿道，不光是为了对帝皇妮儿的许诺，也是为了我自己在青年时期种下的情结。我给你看一样东西。"他让随侍到书房拿来一样东西，是木制的一件圆锥体。他问儿子：

"你知道不知道，用平面去截这样的圆锥体，会得到什么图形？"平桑摇头,禹丁摇头叹道,"你不知道不奇怪,皇家老师是不教这些的,但妮儿老师教,这就是她当时讲课时用过的一件教具。那年她21岁,我也21岁,正是你这样的年龄。"他动手去拆圆锥体,原来它是能分开的,用不同角度的平面把锥体剖开,剖分后的截面分别呈圆形、椭圆形、抛物线形和双曲线形。"妮儿老师说,天体运动的轨迹恰恰是这些圆锥曲线,比如,有的天体轨道近乎圆形,大多数是椭圆形,有的彗星轨道接近抛物线形。记得当年我突然得知这些知识后,内心有一种深深的震撼:《亚斯白勺书》上说,天体的运动由神圣的朝丹天耶亲自管理,连耶耶大神都无力改变。但为什么天体运动轨迹恰和圆锥曲线暗合?是朝丹天耶用无边神力让天体遵守这种精巧的秩序?妮儿老师说,没有神。上述的暗合其实非常简单,仅仅是因为数学上的相似——圆锥曲线是二次指数曲线;而天体的运行轨道是引力造成的,引力与距离平方成正比。所以,'平方'关系是上述一切事物的精髓,是它们本质上的联系。那时我对这种大自然的精巧秩序感到震撼,特意把这件教具要来当纪念。桑儿,你能从心灵上感觉到这种震撼吗?"

平桑认真地思考着,轻轻点头。

"桑儿,自从师从妮儿,从她那儿知道了这一类简单而奇妙的机理之后,再回头看《亚斯白勺书》,觉得上面全是废话。我登基之后,俗事繁杂,把内心的灵性几乎淹没了。但耶耶的出现又让这种灵性突然复活。因为耶耶亲口说,他不是神,而是来自蓝星的一位播种者。他在蛋房里留下很多连他也不懂的知识,一旦息壤人弄懂了,就有福了,就能变成神灵了。现在,你该知道我为什么全力修建蛋房驿道了吧。我相信,只要妮儿老师能打开蛋房的知识宝库,也就是打开那个叫'电脑'的东西,就能得到星空一样广博的知识。据我估计,驿道修成的时候,也差不多是妮儿老师成功的时候。那时,无数神奇的机器就会沿着修好的驿道源源不断地流向王城,息壤人会进入神的世界。"

平桑目现异彩,但又不敢完全相信。禹丁凝视着他,瞬间下了决心:

"桑儿,我不能再耽误你了,决定马上把你送到蛋房,跟着妮儿妈妈学习科学知识。去了以后你可以在心中进行对比,看妮儿母亲和婉非母亲两人中谁的话更合理。不要怕苦，不要怕枯燥。你如果能真正走进去，就会沉醉其中。知道尼微教士吗？他曾是一位最狂热的信徒，如今他仍是一个狂热的信徒，只不过改信了科学教。"

"好的，我遵照父皇的安排。我什么时候去？"

"等我把政务安排一下，亲自送你去吧，我也想亲眼看看那边的进展。"

——也想看看妮儿。密林深处的蛋房难以联系，他无法及时得知妮儿的情况。她是否已经累成形貌枯槁的老妇，还是保持着当年的美艳？禹丁痛苦地思念着她，从心灵到肉体。

世子生母婉非对丈夫的安排有些疑虑，怕桑儿在蛋房里待的时间太久，会真的变成妮儿帝皇的儿子而疏远生母。但她想这一关是躲不过的，儿子要成为帝皇，就必须熟悉蛋房的一切，与耶耶建立亲密关系。她没有表示反对，亲自为丈夫和儿子准备了行装。

三个白天之后，一队御用鼠马在驿道上奔驰。为了加快速度，禹丁这次弃用了所有仪仗，只带着一队卫士，全部骑马。新修的驿道宽敞平整，道路两边新增了不少小城镇，驿道上商队络绎不绝。20天后马队到了驿道尽头，这儿已经深入"圣林"，离蛋房还有三四天的路程，但这一段路也是整个驿道工程中最难的，估计还需要三四岁才能修通。禹丁在这儿休整了一晚，召见了驿道督造，仔细询问了进度和困难，督造一一做了禀报。督造即那位酋长丹卓，他先期完成了秘道的拓宽，干得很成功，再加上在长崖之西修造驿道免不了和土人部落打交道，禹丁干脆任命他为整个驿道的督造。正事谈完，丹卓兴奋地说：

"陛下，我们在这儿见过蛋房！肯定是蛋房的一次显灵。"他怕禹丁不信，加重语气说，"不会看错的，所有人都看见了！"

禹丁和儿子都觉得很新奇，详细询问了情况。丹卓说，蛋房仅在某天早晨出现过，形貌非常清晰，蛋房尖顶的高度远远超过树梢。但半个时辰后它就突然消失了，以后再没出现过。禹丁心中纳闷。据妮儿说，蛋房的高度超过林木，按说在密林外就能看见的。但是，当那个永远随耶耶移动的泡泡把蛋房包在其中时，蛋房从外部看就会变矮，隐在密林之后。现在，耶耶回蛋房了，那么蛋房应该是包在泡泡之内，林外怎么能看见呢？是耶耶有意让蛋房显露真容吗？

明天就要进入密林，行走将会很艰难，一行人草草梳洗后，早早安息了。这儿条件简陋，禹丁和儿子睡在一顶帐篷里。平桑睡下后仍放不下蛋房，好奇地问：

"父皇，妮儿妈妈说，蛋房实际是一艘飞船，但那个神奇的泡泡呢？它是什么东西？"

禹丁摇头。"据你妮儿妈妈说，那是一个五维空间泡，或者说是一个六维时空泡，可以大大延缓泡内物体的衰老，无论是活物还是死物。不过，它究竟是什么东西，怎么来的，另外还有什么神奇的功能，连你妮儿妈妈和耶耶大神也不清楚。他们说，那应该是远远超过蓝星科技水平的造物。时间不早了，睡吧。"

平桑不再说话，但睡不着。他毕竟是年轻人，已经对蛋房、蓝星等产生了兴趣。外面忽然一阵熙攘，少顷，督造丹卓在帐外求见，然后带着两个衣衫褴褛的人进来。为首那人笑着向禹丁行礼，是苏辛！虽然衣衫褴褛面庞黑瘦，但十岁未见，他的面容上并没有多少岁月的痕迹，这肯定是得益于蛋房的神力。另一人是年轻人，应该是他的学生。禹丁狂喜地扶他平身，拍着他的肩膀：

"苏辛！你怎么在这儿？是要回王城吗？"

苏辛也向世子行了礼，喘息着说："对，我是想回王城见陛下，有重要事项向陛下禀报，并邀你去蛋房看我们的进展。没想到在这儿巧遇。密林中的路真难走啊，好在快修通了。"

禹丁让他坐下，喝点水，喘息片刻。苏辛兴奋地说："陛下，蛋房电脑，也就是烈士号飞船的主电脑终于安全打开了！它还保持着完好！十岁的辛苦摸索啊，我们是一步三回头，生怕我们输入的电流把它烧坏，那就万死不足赎罪了。"

"你们已经能够看到电脑里的内容？"

"对！但我们只是试运转，准备等你去蛋房后再正式运转。"

"耶耶大神说，电脑里都是连他也弄求不懂的英文。"

苏辛笑着，轻松地说："我们也曾为此发愁，虽然电脑里有汉英字典，但翻译工作太浩繁。但没想到太容易了，电脑里有转换功能，只用点一下，立即能把英文转换成咱们熟悉的方块字。"

"太好了！那么，妮儿——我是说帝皇陛下派你回王城……"

苏辛避开丹卓，对禹丁使了个眼色。禹丁省悟，令丹卓为两人准备饭菜和两套衣服，并带苏辛的随从去洗浴。丹卓带上那个年轻人，喜滋滋地出去了。禹丁说：

"说吧，蛋房内出了什么大事？"

苏辛明显十分为难，但仍在使眼色。禹丁省悟，平和地说："桑儿，你去陪那个年轻人，问清楚去蛋房的路径。"

世子知道这是让他避开，恼怒地看一眼苏辛，出去了。苏辛不安地说："得罪世子了，但妮儿老师……帝皇陛下只让我向你一人禀报。"

"没关系，世子这儿我来解释，你说吧。"

苏辛语气沉重地说："蛋房内一切都好，研究进展顺利，教会人士也都完成了心态上的转变，前教皇莫可与我们处得很好。只是……耶耶的情况不好，妮儿老师担心他余日不多。那个神奇的六维时空泡也变得不稳定，有时，蛋房的尖顶会从泡泡中钻出来。"

禹丁立即说："督造刚刚对我说，他们在这儿见过一次蛋房！尖顶浮在树梢之上，半个时辰后蛋房又消失了。"

"是吗？那更验证了我们的观察。妮儿老师说，可能是蛋房的失稳造成了耶耶的急剧衰老，也可能是耶耶的身体恶化造成了蛋房的失稳。可惜，这个泡泡太神奇，甚至远超蓝星的科学水平，据妮儿老师猜想，即使电脑内容完全破译，也找不到有关泡泡的内容。换句话说，对耶耶的不幸我们无能为力。陛下，妮儿老师……帝皇陛下让我一定亲自面见你，请你预做准备。她怕万一耶耶不幸去世，会引起大的动荡。"

禹丁点点头。他知道，十岁前皇位的两次更替，还有光身人地位的提升,都是过于剧烈的变革,难免在卵生人贵族中和教会人士中种下不满和敌意;此后,修蛋房驿道过于耗费民力,又激起民众的不满。这些都算不了什么,因为——这都是耶耶神亲口发的旨意,或者是《亚斯白勺书》规定的义务,谁敢对耶耶神不敬?更何况是面对一个"活着"的耶耶?但如果某一天人们得知耶耶并非万能的神灵,同样会死亡,那时,深藏的不满也许就会浮出水面,甚至转变为激烈的反抗。

好在电脑已经安全打开,如果其中"星空一样广博"的科学知识能够迅速转变成人人得以享用的实惠,或人人敬畏的威慑,那就会化解不满,仍旧保持天下太平。他对苏辛说:

"不必细说了,赶快休息,明天提早赶路。详细情况路上再说也来得及。"

"好的,不过有件事情还是提前说吧。陛下,你的儿子已经九岁了。"禹丁大喜。原来妮儿走前说的"种子可能已发芽"是真的!十岁来,蛋房和王城也通过几次音讯,而妮儿竟把这件大事瞒着他!苏辛忙笑着解释,"请不要埋怨妮儿老师瞒着你。她是有意的。她说,你不知道才是最好的保密。"

"好的,我不埋怨她。孩子叫什么名字?"

"云桑。他一直跟着我学习。我相信他会成为一位好科学家,成为科学家族的睿智始祖。"

禹丁笑着摇头,"这个喜讯怕是要让我今晚失眠了。不过,我还是很高兴你提前告诉了我。"

"我把这边的情况告诉妮儿老师吧。"他笑着看禹丁,"陛下不用惊奇,我们已经造出了远距离通讯器,叫做电报机。电脑里记述的神奇玩意儿太多了,包括电话、传真、量子通讯器等。但依眼下的工艺水平,只能造出电报机。"

他让丹卓把自己的行李拿来,从中拿出一个玩意儿,个头不大,带着揿钮,用电线连着电瓶。苏辛拉出天线,用食指按着揿钮,电报机滴滴答答地响着。他用电报通知蛋房,已经在密林外巧遇皇夫禹丁,一日内就能返回。不一会儿对方回电,一条纸带从电报机自动流出,上面显示着一道道长划和短划。周围人好奇地看着这些长划和短划,不知道它们是干什么的。苏辛熟练地把长短划翻译成数字,四行一组,又掏出一个电码本,把每四个数字翻译成一个方块字，然后抬头说：

"蛋房说：'收到电文，盼皇夫早日抵达。'"

周围人敬畏地看着这个不起眼的小东西，尤其是年轻的平桑和丹卓的女儿成羽。苏辛说，电报机就留这儿了，以后可以和蛋房直接联系。电瓶的电足够用一岁，此后蛋房会送出来一台发电机，可以随时给电瓶充电。至于电报机的使用很简单，找个心灵手巧的识字的年轻人，一个时辰就能学会。成羽立即喊：

"我来学！爹爹，我来学吧。皇夫陛下，让我来学吧。苏辛院长，让我来学吧。"

她的迫切把大家逗笑了。禹丁笑着答应。苏辛不想耽误禹丁休息，拿出电码本，让成羽拿上电报机，到别的帐篷去了。世子平桑殷切地看着爸爸，他也想去。禹丁笑着点头，于是平桑欢天喜地地跟着出去了，一直到快天亮时才回来。

第二日拂晓，他们在密林中看到了蛋房。从外面看，它仍然蜷缩在无形的球内，看到这一点，苏辛长长地松一口气——妮儿老师已经确认，耶耶和泡泡有着某种神秘的联系，现在泡泡安然无恙，那么耶耶很可能也安然无恙。

蜷缩在泡泡内的蛋房看来不算高大，被大叶树遮蔽着。但奇怪的是它仍然能接受树梢上的阳光，充盈着绯红色的温馨光芒。蛋房内的人看见了他们，一个人急急地跑出来迎接，是卫戍统领押述。他说：

"世皇陛下……皇夫陛下，我们接电报后已经做好准备，今天将正式开启蛋房电脑，就等你们了。"

他领着一行人匆匆进了蛋房，所有人都聚集在大厅中，喜悦地欢迎他们。禹丁一路上和熟人打着招呼，医官成吉、教士尼微……诗人何汉也在其中，他笑着向禹丁行礼，低声说：

"谢谢世皇陛下当年的救命之恩。"

禹丁笑着摇手："不用谢我，当年耶耶根本没打算杀你。何汉，这些年又写了很多诗篇吧，是歌颂圣洁妖娆的雪山双峰，还是昆虫的性爱？"

"不，我在歌颂蛋房，歌颂电脑，歌颂大自然精巧的秩序，歌颂科学的神奇。我也讴歌这座坟山所蕴含的苍凉悲壮。"他用手遥指蛋房外的小山，"你知道吗？耶耶带到息壤星的人蛋共500万枚，大部分未孵化或孵化后夭折，它们都被'神'收集后埋在坟山下。成活的卵生人只有300多名，息壤人就是这300多名幸存者的后代。"

这个消息禹丁是第一次听说，感到震惊和怆然。"是这样啊，等我闲暇时，把你的新诗让我看看。"

"那是我的荣幸。陛下，你会看到，那个写绮靡艳诗的何汉已经死了，现在，我的诗从骨子里都浸透着雄豪和苍凉。这才是我的传世之作。"

"对，我相信。"

帝皇妮儿，他的妻子，在大厅中央含笑等他。尽管这十岁来她一定极度忙碌，但有泡泡的滋润，她仍显得青春靓丽。前教皇莫可立在她旁边。禹丁急步走过去向妮儿请安，但妮儿示意他先向旁边的耶耶行礼。耶耶半睡在一张活动床上，目光仍然明亮，但面容消瘦枯干。禹丁第一眼就看出，正如苏辛所说，耶耶"情况不妙"，他的精力似乎已经被榨干了，现在是在燃烧他剩余的生命。禹丁上前叩拜，耶耶笑着让他平身，说了几句，声音微弱。在妮儿示意下，禹丁凑近耶耶侧耳倾听。耶耶在说：

"禹丁，很高兴还能见你一面。你不错，对妮儿很忠心，在外边吃了不少苦，受了不少难。好在你没白忙活，电脑已经开启，我在圣书中许诺的'知识宝库'已经打开，以后你们的日子就好过了。我的心也算尽到了，死也能闭眼了。"

禹丁心中愀然，斟酌着如何回答，妮儿忙笑着安慰："耶耶你是这段时间太累了，休息一段就会恢复的。耶耶我们可离不了你，不说别的，单说打开电脑这件事，没有你说的有关电压、直流电、安全电压那些零碎知识，我们也干不成。"

耶耶自负地说："这倒不假。耶耶我在蓝星虽然是个粗人，但我拼尽家财，把卵生人送到息壤星，又在这儿陪了我的崽子们几万岁，总算把你们带进了高科技时代的大门口，不，已经迈过了门槛。要说我的功劳，连楚天乐、姬人锐和鱼乐水都比不上。"

妮儿对禹丁解释,"耶耶说的这三人,都是蓝星灾变时代的科学伟人,也即《亚斯白勺书》中所说的'三圣'。"她俯身对耶耶说,"对,耶耶你的功劳谁都比不上,你永远是息壤人的大神,伟大的科学大神!"

耶耶纵声大笑——只是精神上的大笑,实际他的笑声微弱。他说:"禹丁,你和妮儿、莫可还有你儿子说几句话,赶快开启电脑吧。我都等不及了。"

禹丁和妮儿匆匆说了几句,妮儿把九岁的云桑推到父亲身边,云桑平静地喊了"父王"。这是他从未见过的儿子,来蛋房前甚至不知道他的存在。禹丁欣喜地把孩子抱起来,心头酸堵。妮儿则把禹丁身后的平桑拉过来,搂在怀里,说:

"皇儿,和你弟弟好好相处,你们都有很多东西可以教给对方,你教弟弟外面的处事经验,他教你科学知识。"

云桑对哥哥说:"母皇对我说过,我将是科学家族的开启者,但我和我的家族永远不得干政。"

他的表态让禹丁很欣慰,笑着点头。平桑在皇宫中生活时,一向对妮儿存在隐隐的敌意,那是受母亲婉非和诸位重臣的潜移默化。但在这些天内,这些敌意已经开始悄然融化。他真诚地说:

"对,我要向弟弟学科学知识。母皇,在来的路上,苏辛已经教我和成羽学会了用电报机。"

"很好,很好。你说的成羽是谁?"

苏辛在旁解释:"是酋长丹卓的女儿,是个很好的姑娘。"

"好的,好的。但你得做好吃苦的准备,电脑中的知识太多太多,连我都担心被知识的洪流淹死。"

禹丁和莫可也匆匆寒暄几句,莫可说电脑已经试着开启过几次,是使用二维模式;今天是正式运转,将使用三维模式。莫可说,他,还有所有的教士们,都被蛋房内的科学奇迹所震撼。这种奇迹和神迹没有什么区别。虽然已经知道耶耶是肉胎凡身,但他仍然是信徒心目中的神祇,甚至妮儿,这个曾被他在潜意识中轻视的、大胸脯的美貌女子,现在也让他敬畏。

今天是电脑正式开启的日子,没有时间寒暄。那边苏辛已经做好了准备,在等着妮儿的命令。妮儿低声请示了耶耶,说:

"开启吧。"

苏辛庄重地按下一个电钮,立时大厅被强光淹没。现在显示的是电脑的屏保画面,不过不是二维的,而是三维的激光全息图像。这是耶耶的母星——蓝星的全景,一颗美丽的星球,伴着金黄色的太阳和银色的月亮。星球的大部分表面是蔚蓝色的海洋,少部分是陆地,被绿色覆盖,绿色中嵌着美轮美奂的城市。当你盯着某处细看时,这部分图像会迅速放大,一级一级地深入,显示无穷的细节。轨道上有卫星,大气平流层中有往来的巨型客机,海面上有巨大的海轮。城市中的建筑都是透明的,以球形结构为主。透明的墙壁后是穿着华美、动作优雅的人,外貌和息壤人非常相似,但蓝星女性都有高耸的胸脯,所以和光身人更为相似。但他们具有一种特殊的、只可意会的优雅或神性,是息壤人比不上的。有一个地方矗立着高大的飞船,模样和蛋房完全一样。妮儿对禹丁解释说:

"这个屏保画面是蓝星的真实图景,时间段应该是灾变之后的科技大爆炸时期。但据电脑显示的资料,在这之后应该有一个更大的灾变,即智力崩溃期,蓝星的文明可能被中断。可惜对于这些,电脑语焉不详,那时烈士号已经离开蓝星了。"

蛋房内的人之前已经见过二维的画面,所以尽管震撼,但还算平静。而禹丁及手下,尤其是世子平桑,则几乎被震得休克。众人在圣书中都读过耶耶关于蓝星的描述,现在它们变成了直观的画面,不,是实物。这些激光全息图景虽然是空的,你可以径直穿过它;但它又是那样逼真,你可以从各个侧面观看,可以把它放大,也可以走进去细窥内部的景物。

半躺的耶耶此时目光泫然。妮儿一直在注意他的情绪波动,这时忙偎过去,温声说:"耶耶,我知道你想家了。这是你的故园啊。"

耶耶深深叹息着:"是啊,这是我的老家,我离开它已经数万岁了,真想它啊。鱼乐水、昌昌他们曾说,地球人会经常来看望我。但直到今天,除了逃难来的烈士号,其他人一直没来。所以,"他悲凉地摇头,"那儿的情况肯定不妙。"

"耶耶,知识宝库打开后,息壤人也会很快造出飞船的。等忙过这几天,你就安心休息吧,睡它几百年,等你再醒来后,说不定就能乘飞船回家了。"

耶耶尽管虚弱,仍然乐哈哈地说:"好的,我等着。若是我等不及就死了,等飞船造好后,记着把我的尸首送回老家。"

妮儿庄容说:"好的,我们一定不会忘记。"她对苏辛说,"播放那一段吧,烈士号船长的临别留言,让皇夫陛下也看看。"

苏辛做了转换。现在,蓝星场景消失,转换成呈直立状态的烈士号飞船——就是这座蛋房,但它并非处于密林中,而是立于一片蛮荒寂寥的史前世界。激光全息图景的飞船完全是蛋房的形状,所以给人的视觉印象是虚实两个蛋房套合在一起。上千个穿白色衣服、光头赤足的人立在大厅中,就像是真的在与息壤人面对面谈话。为首的三个人,其中一个男人个头矮小,只有一只胳臂,而且伤口显然还未痊愈。他表情痛楚,但也许那痛楚并非来自肉体,而是来自心灵。他身边还有一男一女,同样是表情惨然。为首的人开始说话,说的是大家听不懂的语言。耶耶懊丧地说:

"看,是我听不懂的英语。其实我当年在冷冻舱自动苏醒后,也打开过电脑。当时他说的是汉语。我大略听了一遍,正要仔细听,不知道把哪儿点错了,就变成英语了。我折腾很久也没恢复。"

苏辛笑着说:"耶耶别担心,很容易。"他用手指在全息影像的某个方框中点了一下,立即换成大家都能听懂的语言:

> 我的卵生人兄弟们,还有卵生人的守护者褚贵福老人。我是烈士号飞船的船长褚少杰,我旁边是飞船督察何明、飞船科学官苏拉,还有600名船员……

耶耶高兴地吆喝起来:"哈哈,中国话!苏辛你是咋鼓捣的?就这么个小诀窍,难了我几千岁!要是那时就换成我能听懂的中国话,我的卵生崽子们能少受多少苦啊。"

他的兴奋发自内心，也带着孩子气，引得在场诸人哄堂大笑。但妮儿在开怀大笑的同时，心中也有浓重的苦涩。从这件小事上也可看出，一个年迈的"粗人"独处异星，把一群卵生崽子拉扯大，是何等不易。耶耶说得不错，如果他当时就懂得语言转换这个"小诀窍"，能从电脑中及时查询知识，他的卵生崽子就会少受许多苦。可以说，息壤人的文明进步也许会提前一千岁。但历史就是历史，历史就是由这样的错误和偶然所构成。耶耶又说：

"快点，继续听。我记得这个船长说他是我曾孙，但我没听清，以后再也听不成了。"

苏辛继续播放：

需要说明一点：我是褚老的曾孙……

耶耶纵声大笑："是真的！我没听错！知道不？这件事让我牵挂了几千岁，没一点办法去打听。行，我的曾孙子好样的。继续播，继续播。"

我们就要离开这里了，临走前求得神的允许，给你们留下这段告别辞。

有关地球几次灾变的情况在电脑中有详细记录，我就不多说了。不久前，我指挥烈士号把地球的核弹，一种人类自相残杀的武器，送到太空中销毁。销毁之后，我原想驾驶烈士号来息壤星，照顾曾祖和卵生人，但在飞船督察何明的逼迫之下被迫返回地球。返回途中，我们遭遇了一次脑震即空间暴胀尖脉冲，船员们全部昏迷，以致飞船径直撞向地球。由于烈士号的虫洞飞行方式，地球不幸被我们毁灭。

电脑同步播出了这样的全息图景：烈士号以 10 龙赫的速度一头扎进地球。并没有天崩地裂、烟柱入云的场景。虫洞状态的飞船安静地钻进地层，只在地面上留下一个直径数百米的孔洞。飞船入地后毫无停滞，瞬间就从地

天父地母

球对面钻出,形成了一个贯穿地球的狭长的孔洞。孔洞的光滑洞壁尽管有极大的强度,但毕竟抵抗不了地球内核的高压和高温。它最终溃塌,形成地球历史上最大的火山爆发,东西半球各有一个喷发口。火红的岩浆烟云喷到数万米高度,急剧地改变着地球的面貌,改变着地表的温度,也破坏了大气层。地球上的生命疯狂地向南北极逃亡,但高热和毒瘴很快就追上了他们。

数百天后,喷发势头终于减弱了,这是因为地球内核已经出现了空洞,外核部分的岩浆开始向地心坠落。而已经喷出的巨量物质堆积在喷口附近,超出了原地质结构的承重极限。于是,灾变的第二阶段开始,可怕的地震加上剧烈的大地陷,代替火山在地球上肆虐,但这时地球上已经没有可以感知痛苦的生命了……

与地球的相撞并不影响烈士号的行进,它轻松地穿过地球后,仍然继续着原来的行程,直到褚少杰率先从脑震的打击中苏醒,急忙中止了激发,飞船才停下来。他们怀着惊惧的心情,回过头来对地球进行考察。他们看到了自己的罪责,又经历了一次心灵上的脑震:那个蓝色的水球已经不见了,留下的是一个被岩浆和黑烟淹没的地狱。等他们的意识恢复得足够清醒,那个"一根筋"的飞船督察何明,此次灾变的最大罪人,拾起地上的激光枪,对着自己按下扳机;飞船船长、性格草莽处事冲动的褚少杰,此次灾变的第二罪人,用仅剩的一只胳臂对自己脑袋按下扳机。然后是飞船科学官苏拉,她处理危机的方法是完全正确的,但在特殊的情况下,恰恰是她直接导致了这场悲剧……

褚少杰的声音仍然响着,蛋房内每个听众都能感受到他啮心啮肝的痛苦:

我们毁了地球,万死不足以赎罪。幸亏神出手干涉,回到烈士号撞击地球前那一刻,改变了历史。具体的情况我们一无所知,等我们醒来后,飞船已经降落在息壤星上,而船内安放着曾祖和九个卵生幼儿的冷冻装置,还有几百颗未孵化的人蛋。神只告诉我们,他拯救了地球,但违犯了天条。他说,宇宙中的任何灾变,包括自然灾变和科技所引发的人为灾变,都属于宇宙的自然进程。唯有利用六维时空泡去逆时序改变历史，这是反自然的罪行。他不能再次犯罪，不能让我们留在这个不属于我们的时空内。

曾祖，我不忍心离开你，但我没法选择。我不知道神要带我们到何处去，也许他是要我们抛弃肉体，把所有人的意识并为一体。曾祖，卵生人兄弟们，在我们的恳求下，神同意把飞船留给你们安身。飞船主电脑内有极其海量的知识，也一并留给你们。但愿你们能早日冲出蒙昧，有足够的智力接受这个馈赠，那样的话，你们还将延续蓝星文明。愿曾祖长寿，永别了！

图景倏然消失，然后是长长的空镜头。在空镜头中人们能感受到深长的悲凉。妮儿低声对禹丁说：

"你能感受到空画面中的悲凉吗？我总觉得，那位神尽管没有露面，但这正是他的感情流露。至于这位神祇的身份，据我猜想，极大可能是蓝星人的后人，是科技神化后的后人类。你看，他虽然说逆时序改变自然进程是罪行，但仍然出手救了地球，又给息壤人留下蛋房尤其是蛋房内的电脑，甚至还留下一个具有活力场的泡泡，让耶耶能生存数万岁。从这些迹象看，他肯定是蓝星人的后人。"

耶耶在低声说话，妮儿忙俯耳过去。耶耶在说："我很高兴，蛋房原来是我曾孙留给我的，真是我的好曾孙。"

妮儿对莫可说："前教皇陛下，请你带大家做一次感恩祈祷吧，感谢我们的拯救者，可以说，尽管他们也是肉胎凡体，但他们就是我们的神。"

莫可略微思索，率众人跪下，虔诚地进行了感恩祈祷。他对例行的祈祷辞做了一些改变，妮儿觉得这些改变很机敏，也很贴切。只是，莫可仍把朝丹天耶放在被感恩诸神的首位，朝丹天耶的真实来历，妮儿从未向众人透露，现在妮儿心中啼笑皆非。但她也和众人一样虔诚地叩拜，随着莫可念诵了感恩辞：

神圣的朝丹天耶，你创造了宇宙、日月众星和大地，并管理着它们的运行；

天父地母

　　神圣的耶耶，你是朝丹天耶在世间的化身，是息壤人的播撒者、引领者和守护者；

　　无名的神，你拯救了耶耶神的祖庭，又把蛋房送到息壤星来；

　　耶耶的曾孙，你也是我们的神。你把自己的居所慷慨地留给我们；

　　尊贵的诸神，息壤人永世铭记神的恩德，传诵神的尊荣。

　　蛋房内众人，不管他们曾是尊贵的修士，抑或是出身低微的光身人士兵，都虔诚地做了祈祷。妮儿学生中不少人比如苏辛在内心中对圣书及书中诸神多有不敬，但今天他们在祈祷时也怀着虔诚的感恩之心。耶耶仍然半睡在活动床上，静静地听着众人对诸神包括他本人的感恩，表情很是欣慰。

　　感恩祈祷结束，妮儿立即回到了原来的身份——理性的、干练的女科学家。她说：

　　"下边就要打开耶耶及诸神留给我们的知识宝库了。耶耶啊，在这个关头，我们还得依靠你的睿智。此前我和苏辛已经浏览过电脑内的知识之树，它实在过于巍峨和浩瀚。我甚至觉得，整个宇宙都无法容纳它们。这棵知识巨树从主干到每个枝干、每个细枝、每片树叶、每片树叶上的细胞，都可以无穷地向深处延伸，而且越向深层延伸其知识量越大，几乎是无穷的。我简直无法想象，蓝星人怎么能积累出如此浩瀚的知识。在它面前，我只能感到晕眩，无处下手。咱们的蛋房内有650台终端，每台终端可以安排三个人轮班，总共有1950人可以同时学习。我大致估算了一下，即使这样也至少需要100岁，才能对所有知识粗粗浏览一遍。然后才能编辑分类，复制成书籍并向众人分发。这样长的时间肯定是不行的。耶耶，我们还得麻烦你，请你再辛苦一次，为我们指出这棵巨树上最实用、我们最急需的内容。"

　　耶耶招手让妮儿俯耳过去。悄声说："妮儿你这是为难我啊。你知道我在蓝星是个粗人，对科学技术一窍不通，我知道的那点儿家底，已经全倒给你啦，连点渣都没剩。"

妮儿也悄声说:"耶耶你过分谦虚了。即使你真的是个粗人,我也绝对相信你无与伦比的直觉,相信你宝贵的人生经验。你看,你随便说出的有关电压、安全电压、干电池电压的那些知识,虽然很零碎,但在开启电脑中就起了很大作用。"

耶耶迟疑地说:"那好吧,你们把巨树打开,看看我能说出啥意见不。"

妮儿下令,苏辛打开了电脑资料库。一棵通天巨树出现在众人眼前。巨树与蛋房等高,枝丫树叶充满了蛋房的所有空间。主干连着一级分支,再分出二级分支、三级分支、四级分支……直到细枝和树叶。细看它们都是文字组成的,是大家陌生的英文。苏辛照样做了转换,英文立即转换成人们熟悉的方块字。在每一级分支的开始处,分别标着信息的分类。妮儿从第一级分支开始,一根根地指着这些树枝,向耶耶念出分类的名字:

"这是哲学宗教类,这是社会科学总论类,这是政治法律类,这是军事类,然后是经济类,文化科学教育体育类,语言文字类,文学类,艺术类,历史地理类,自然科学总论类,数理科学和化学类,天文学和地球科学类,生物科学类,医药卫生类,农业科学类,工业技术类,交通运输类,航空航天类,环境科学和安全科学类,综合性图书类。以上这21棵树枝是第一级分支,每棵树枝上又有众多二级分支,三级分支,一层层延伸。"

耶耶咕哝道:"听得我头都大了。妮儿,你……"

"耶耶,你别急,耐心听下去。以天文学和地球科学类为例,它的二级分支包括:天文学和地球科学总论,天文学,测绘学,地球物理化学,地质学,大气科学,气象学,自然地理学,海洋学。再以工业技术类为例,它的二级分支有:金属学及金属工艺,矿业工程,石油及天然气,冶金,总论复分,一般工业技术,机械仪表,武器工业,能源及动力工程,原子能技术,电工技术,化学工业,自动化技术,轻工业,手工业。耶耶,这些分类名称,我大部分能明白它代表的是什么,或大致能猜出它的意思,也有些不好猜测的,如'石油及天然气'就完全不知道是什么东西。它是一种矿物?但为什么不归在矿业工程里面,而要单独成章?至于到第三级分支之后,很多东西就更难理解了。"

"妮儿呀,我已经说过,我对科技一窍不通。不过你说的石油天然气我倒是知道，那是蓝星地下的一种矿产，可以提炼成汽油柴油，刚才在蓝星全息图像上看到的飞机、汽车和轮船，都是烧这些玩意儿才能开动，它们对蓝星人曾经非常重要，可能因此才单独成章。不过在我离开地球前已经差不多用光了。听说石油是远古时代的动植物的尸体埋在地下变成的，息壤星有动植物的历史太短，地下肯定没这玩意儿。"

妮儿非常兴奋："耶耶，你真了不起！你知道你随便说出的几句话有多大价值吗？既然息壤星上没有石油天然气，我们就可以完全忽略这个领域的知识。所以，你这一句话，已经为我们至少节约了十个人50岁的时间！"

妮儿真诚的夸奖让耶耶绽出笑容："这么说，我的话还多少有点用？"

"太有用了，非常有用！耶耶，从现在开始，请你耐心听我念这些知识的分类，从第一级分支一直念到第二级、第三级、第四级。凡是你认为重要的，我们会重点研究；你不了解的，我们先粗粗浏览一遍，再决定是否认真研究；你认为没用处的，我们将把它们搁置，从而把力量集中到最重要的领域。耶耶，你只管大胆说，一定会帮我们大忙的——但你不能太累。觉得累了咱们就休息，反正这不是一天半天能完成的。"

耶耶被妮儿鼓起了劲头："好，那你就念吧。"

"好，我开始按顺序念。第一级分支的第一大类是哲学宗教类，它的二级分支有：经典理论，哲学，伦理学，宗教，心理学，逻辑学，美学。我再念它们的第三级分级。哲学的第三级分级有：哲学总论，哲学理论，世界哲学，美洲哲学，亚洲哲学，欧洲哲学，非洲哲学，思维科学……"

耶耶打断了她："不用念了。我完全不懂哲学，但我知道哲学都是些玄天虚地的事情，说什么白马不是马啦，兔子永远赶不上乌龟啦。我在蓝星的朋友圈中也有几个哲学家，都是些吃饭不知道饥饱、睡觉不知道颠倒的书呆子。依我看，这些东西一点儿不学，也误不了种庄稼生孩子。就是学，也可以推迟到100岁后再开始。"

妮儿果断地说："谢谢耶耶的意见。苏辛，把哲学这一大类知识完全关闭。"

苏辛在激光全息虚拟键盘上进行了操作，标着哲学的一根粗粗的树枝忽然变暗，虚化，消失。不过它只是被关闭而不是被"砍掉"，所以它的消失对全树的稳定性没有影响。妮儿估算了一下这棵树枝的分量，笑着说：

"好啊耶耶，你又为我至少节约了 20 个人 60 岁的工作量。谢谢了。"她真诚的感谢让耶耶的勇气又增添了一点。妮儿说："我再往下念。伦理学。它的第三级分支有……"

"不用念了，伦理这玩意儿肯定少不了，要不天下就要大乱了。不过大难临头时，伦理什么的都可以抛一边去。蓝星有不少远古神话说，要是世上只剩下亲兄妹，他们也得乱伦，结婚生孩子。我带到息壤星的人蛋里，有一些就是拿婴儿的细胞转化成精子卵子再受精，都是大脑袋科学家们鼓捣的，肯定不合伦理。所以嘛，这些东西你们斟酌着学吧。"

"那就先少放几个人，粗粗地浏览一遍。"妮儿略略考虑，"先放三个人吧。以下是宗教类。宗教类的第三级分支有：宗教总论，对宗教的分析研究，宗教理论及概况，神话与原始宗教，佛教，基督教，伊斯兰教，其他宗教，术数与迷信……"

"也不用念了。耶耶我一辈子不信神不信鬼，不信耶稣佛爷玉皇大帝太上老君。我五个老婆信三种教，都说自己信的是真神，别人信的是伪神，你说该信谁的？这部分内容也都关闭吧——不，干脆删掉，一点不留，省得有谁一不小心掉进去，那会让他痴迷的。"

妮儿本身也是无神论者，笑着同意了，下令苏辛把宗教类知识全部删除。在场的众人中，以前教皇莫可为首，包括教会科学院的人员，都有点茫然。虽然耶耶让删掉的是蓝星的宗教，对他们来说是异教，但耶耶对宗教所流露出的轻蔑仍然刺痛了他们的内心。莫可犹豫片刻后说：

"耶耶，帝皇，能否听我一句建议？这些知识暂时关闭即可，不要删掉吧。"

耶耶笑着说："莫可啊，有咱们的《亚斯白勺书》还不够用？告诉你，蓝星上的宗教可没有一个信仰朝丹天耶的，都应该算作伪教。所以，还是删掉为好，省得把咱耶耶教的人心搞乱。尼微你说是不是？我知道，你已经粗粗浏览过这部分。"

尼微无言。电脑试开启时，由于自己的教士身份，他当然对宗教类知识更有兴趣，便提前重点浏览了宗教分类的内容。浏览后有一个强烈感觉：蓝星上的宗教比耶耶教要远为精致和厚重。比如，那位名叫耶和华的神，他的根是深深扎在历史和时间中的，他的形象浸透了蓝星人半部历史。相比之下，耶耶教中的"朝丹天耶"则近乎儿戏，他就像浮在息壤历史的水面上的油珠，用手拂掉就是了，对历史不会有什么影响。尼微曾是虔诚的耶耶教信徒，他的信仰被妮儿显示的科学奇迹动摇了，但最致命的一击并非科学，而是这些蓝星宗教的知识。这些知识该不该删掉？删掉是否可惜？但不管怎么说，这些"远为精致和厚重"的宗教知识，同科学仍是相抵触的。他点头同意：

"删掉吧。"

莫可无奈地摇摇头，没法再坚持自己的意见。妮儿向苏辛示意，后者果断地进行了删除操作。这一根粗大的树枝忽然断掉，重重地落在地上，激起了沉重的声响。它落地后，知识巨树明显向另一方倾斜。但某种程序自动起作用，另一方的树枝向这边移过来，填充了空白，知识巨树又恢复了平衡，抖颤的枝叶恢复了平静。

妮儿继续念着哲学宗教类的第二级分支：心理学，逻辑学，美学。这些部分耶耶说他都不懂，不敢说有用没用，只是可以肯定，对息壤人说这不是太急迫的知识，可以给一个比喻：饿肚子的人是不用看的，也没心看。等吃饱肚子、有闲暇睡午觉的时候再去看它也不迟。妮儿按照耶耶的意见做了适当安排。

妮儿继续往下念：社会科学总论类，政治法律类，等等。耶耶都发表了自己的看法，妮儿也毫不犹豫地遵照了耶耶的意见。她的处理态度让耶耶越来越自信，发表起意见来不再有顾忌。旁观的禹丁觉得，也许妮儿在浏览过知识库内容后，对各部分内容的有用与否已经心中有数，今天她只是借耶耶神的威望来执行自己心中的决定？但这样做有一个前提，那就是耶耶和妮儿的看法大部分暗合。这完全可能，因为就连禹丁的意见也基本和二人暗合，凡是二人说不重要的知识，禹丁确实也觉得不重要。在场众人中，只有莫可及一些原信徒心中不豫，耶耶和妮儿毫不怜惜地删掉所有宗教类知识的举动让他们有些寒心——尽管对于耶耶教徒来说，删掉的都是伪经。

知识巨树最下面的三根粗枝或被隐去,或被砍掉,使巨树显得更为挺拔。妮儿欣喜地说:"耶耶,你已经为科学院节约了300人50岁的工作量,我们谁都比不上你的贡献。请继续吧,下边是军事类知识。"她念了军事类知识的第二级分支。耶耶第一次表示了热情的肯定:

"军事类知识很有用,得好好学。息壤人虽说都是我带来的崽子,日后也肯定会分成几国,你征我战,乱个不休。只有学会军事类知识,还有后边的武器类知识,才能让你们的王国强大,统一全息壤星。虽说打仗就要杀人,被杀的也都是我的崽子,但这是天意,由不得人。妮儿,这部分得好好学。"

"好的,我安排100个人来学它。耶耶你累了吧,休息一会儿再继续。"

妮儿让人送来饮食,耶耶啜了几口,说:"我不累,继续吧。"妮儿一项一项地念,耶耶逐个表示了自己的意见,妮儿完全遵照耶耶的意见处理,没有一次表示异议。下面轮到文学类,众人中的诗人何汉立即竖起了耳朵。耶耶说:

"别看我是个粗人,也知道文学是个好东西,无论啥时候都离不了。这部分你们得好好学。不过话说回来,对文学也不能太痴迷。我在蓝星时,有一个很有学问的朋友曾说过,蓝星上文学最兴盛最普及的时代是中国的宋朝,那时的随便一个碑刻传到后代都值一辆豪车,随便一件官窑瓷器传到后代都值一座商品楼。结果,人人都会作诗的宋国打不过不识字的金国和元国,连皇帝也被逮去折磨死,或者被大臣背着跳海。所以嘛,对这类知识你们得掂量着学,比如在咱们蛋房内,有一个何汉是好事,要是人人都是何汉,那就肯定乱套。"

妮儿衷心赞叹:"耶耶的话都是真知灼见啊。耶耶你再不要说自己是粗人,即使再粗贱的石头,经历了数万岁的人生,也都修炼成宝石了。"她安排了10个人来学习文学类知识,以何汉为首。何汉心中有些茫然。他的一生是为诗歌而活的,内心中把文学尤其是诗歌看成世上最神圣的东西。但耶耶对文学先褒后贬,着实伤了他的自尊心——偏偏耶耶的观点无法反驳,他只好保持沉默。

耶耶今天的精神不错,中间短休了几次,一直坚持了漫长的息壤星的白天,这对仍习惯于24小时节律的耶耶是颇为不易的。到傍晚,他已经对知识库中所有一级分支、二级分支发表了自己的意见,有些最为实用的知识,像医药卫生类、农业科学类、工业技术类、武器类、交通工具类、建筑类、航空航天类,甚至深入到了三级分支、四级分支的内容。妮儿完全按照他的意见做了或重或轻的安排,而苏辛也把妮儿安排的权重表现在巨树上。于是,巨树下部的枝干都消失或变细,而顶部偏于实用的知识则大大扩展,使巨树显得更为高大峻拔,当然也显得有点头重脚轻。妮儿欣喜地说:

"耶耶,你为科学院节约了一半以上的工作量,又为息壤人立了一次大功。以后你要以休息为主了。从明天起你就入睡吧,等我们什么时候又遇到难处,或者息壤星有了明显的提升,我们再唤醒你。"

"好的。我说过,能把你们领到知识宝库的门口,打开大门,甚至迈过门槛,我的心已经尽到了。就是死也能闭眼了。"

妮儿笑着说:"耶耶大神是不会死的。"

耶耶笑着摇头,但没有反驳。他转向禹丁:"禹丁,你已经亲眼看了知识宝库的开启,早点回王城吧。这些知识要想变成实实在在的东西,恐怕还得20岁。只要熬过这20岁,你的日子就好过了。眼下你还得多费心,小心把握着王城的大局。再者,努力把最后这段路修通。"

禹丁很干脆地说:"耶耶尽管放心。"

耶耶长舒一口气。"我真的放心啦。妮儿,我听你的,真要去睡它一个长觉。我实在累了。"

"耶耶你放心睡吧,我这就把你送回内室。"妮儿柔声说,亲自推着活动床向内室走。耶耶忽然想起一件事,让妮儿暂停,招手唤过莫可,歉然说:

"莫可,我老了,想在闭眼前把后事安排好。因为时间太紧,难免有些事干得太糙、太硬,对不住你。莫可你别生耶耶的气。"

莫可笑着摇头:"哪里,耶耶我怎么会生你的气呢。"

"妮儿,你们一定要好好对待莫可。等你们造出汽车啦轮船啦飞机啦这些新奇玩意儿,得让莫可第一个享用。"

妮儿说:"一定。耶耶你放心。"她看看莫可,两人都笑着,但心中愀然。听耶耶的口气,似乎是在交代后事了。莫可确实曾对耶耶有腹诽,当时是敢怒而不敢言。但这些天来，尽管对耶耶和妮儿的行事并非完全赞同，但耶耶的粗率透明已经博得了他的好感。

莫可同耶耶道了再见，目送着妮儿推着他进入内室。

当晚，妮儿抛弃一切公务，和禹丁皇夫、平桑世子、云桑儿共度了一晚。蛋房内诸事顺遂，让妮儿很欣喜。也许最让妮儿欣喜的是世子平桑的态度。平桑一直生活在皇后婉非及外戚旧臣的影响下，一向对妮儿有隐隐的敌意，至少是戒心吧。但他来蛋房之后，目睹科学所造就的神迹，已经彻底融入其中了。毕竟是年轻人，容易接受新事物。当然，最本质的原因是：科学本身具有无与伦比的震撼力，一旦你用心灵感受到科学的美妙，对它的信仰就是终生不易了。

平桑与云桑虽然是第一次见面，但一见面就成了真正的兄弟，这也许缘于血缘，但更多是缘于共同的爱好。平桑坚决要留在蛋房，作为一个科学院的普通成员来整理电脑中的知识。妮儿和禹丁答应了，但要他自己修书一封，给婉非皇后解释清楚。至于以后平桑侧重从事的科目，妮儿要他自己挑选一项。云桑悄悄对哥哥说：

"选武器类！这个最好玩！"

刚才的兄弟闲聊中，此前已经浏览过电脑部分内容的云桑讲了很多军事和武器类的知识。蓝星上的武器已经发展到了极高水准，不说飞机坦克航母核潜艇这些巨无霸了，就连一些简单武器，像连发弩箭、自动手枪、微冲、小型激光枪，在息壤星上都算得上神器。男孩子天生好武，平桑也被完全吸引住了。他笑着向母皇说：

"我听弟弟的，侧重武器类和军事类吧。"

妮儿说："好的，依你。作为将来的帝皇，这些知识也确实非常有用。"

兄弟俩手牵着手到别的房间了，肯定是一夜不睡，抵足长谈。这边妮儿和禹丁也没有耽误，立即尽情缠绵一番。事毕，妮儿笑着说：

"禹丁，我是久旱逢甘霖啊。"

禹丁知道她是在说：她离开禹丁来蛋房后一直没有性爱。禹丁在做情人时素知妮儿生性风流，四处撒播情爱，他自己也是同样的生性。但妮儿自从见到耶耶后有了大变。说来好笑，据耶耶的说法，他年轻时也是风流成性，妻妾成群，但从内心又把这视为邪恶之事。所以，当他年迈之后，或者说坐上耶耶神的位置后，反倒大力褒扬男女之间的忠贞。妮儿能压抑本性，变成贞节妇人，多半是想讨耶耶的欢心。

当然，从禹丁本人来说，他也更希望如此——希望妮儿只睡在他一人怀里。

两人相拥着，把话题转到国家大事上。妮儿说，知识宝库已经顺利开启，当科学的威力显现之后，王国将无比强大，很快就能统一整个星球，无人能够争锋。在这之前，大概需要20岁的时间，电脑中的知识才能转化成实物，并大量印刷向民众普及。在这之前，禹丁应在民众中，包括原来的光身人贱民中，大力普及识字，为新时代做好准备。普及识字要做很多事，比如按人口比例有计划地布点建校，运用国家的财力来补贴贫穷家庭，强制学龄儿童上学，在青年人中强制扫盲、培养英语人才等。这样肯定会影响到贵族的利益，所以，对于坐在摄政位置的禹丁来说，近20岁是比较艰难的一段路，只要走过去就是坦途了。她在蛋房里也会尽量加快进度，在逐级整理信息的同时，尽早推出一些实用的东西，像炼钢技术、钢质工具、农业机械、电报机、电话、简单的电动机械等。这些看得见摸得着的进步可以大大缓解禹丁面临的困难。

妮儿目光宏伟，思维清晰，平静而自信，禹丁衷心敬服。他叹道："妮儿呀，看来今生我只能当你的学生了。"

妮儿笑着，用了当年的一句调侃："那是因为你把过多的目光盯在女人的胸脯上。"

禹丁笑着摇头："不，不，在10岁前确实是这样，但现在这已经不是原因了。国事牵心，哪有那个情趣啊。"

妮儿疼惜地端详着丈夫，他的面容确实显得苍老多了。"禹丁，我的皇夫，真的辛苦你了。"她把禹丁拥在怀里。

禹丁不放心王城那边，第二日早上就准备返回。世子平桑留下了。他给母后写了一封激情洋溢的信，说明他是自己决定留下来的。押述久在蛋房，该探家了，就陪着禹丁一块儿回王城。妮儿为他们配备了一台电报机，这样就可在旅途中和蛋房联系。电瓶中的电量足够用到旅途结束，至于长远的充电问题，那还得等蛋房诸人把发电机定型并大量生产之后，才能彻底解决。

耶耶已经进入长睡，禹丁不想打扰他，未同他辞行。行前他让妮儿陪着祭拜了坟山。500万颗人蛋，被耶耶千辛万苦带到息壤星，却都早早夭折，无声无息地埋在这座山下，他们的血脉繁衍也被齐齐斩断，这让幸存者衷心感叹活着之不易。

要离开坟山时，有两人忽然赶来，要和他们同行。一位是前教皇莫可，他说自己老了，脑瓜儿不行了，昨晚想想，还是把学习机会让给年轻人吧，至于他，该回家安度晚年了。一位是诗人何汉，他笑着说，几年中他已经尽情歌颂了蛋房、电脑、大自然的精巧秩序和科学的奇妙，现在还是想回到田野中，歌颂昆虫禽兽的性爱。妮儿知道他们突然离开的真正原因——昨天对电脑中各门类知识的处置未必合二人的意——就没有怎么劝阻，只是让手下给两位牵来了两匹鼠马，准备了足够的食物和金钱，又与二人谆谆地道了别。

禹丁一行与妮儿、两个皇儿等送行者依依告别，骑着鼠马走入密林。现在天仍未明，密林中光线晦暗。回头看蛋房，仍蜷缩在无形的球内，被高大的大叶树所遮蔽，但它仍很奇怪地接受着高空的霞光，让蛋房充盈着温馨的绯红。一路上押述喋喋地说着，来蛋房这么多年，他有太多的新鲜事要告诉旧主人。他尤其讲了很多耶耶的逸事，这位《亚斯白勺书》上歌颂的大神，息壤人的守护者和牧人，神圣朝丹天耶的儿子，已经还原成了一个肉体凡胎的真人。他性格粗率，甚至有点小孩儿脾气，时不时会说点漏风的话，而妮儿帝皇会机敏地为他补漏。莫可和何汉一路比较寡言，这时莫可突然问道：

"押述，在蛋房这么多年，我从来没听耶耶主动提过朝丹天耶，妮儿帝皇也从来不主动提。是不是这样？"

押述忽然噤口，犹豫良久后勉强说："是的，我也没听耶耶和帝皇提起过。"

何汉笑着："押述，你吞吞吐吐的，好像有什么瞒着我们？"

押述立时满脸通红，但仍然坚决否认。此后他没了谈兴，一直沉默着。

天父地母

他心中确实藏有秘密。有一次他曾偶然听到耶耶和妮儿的私下谈话，内容涉及朝丹天耶。但对这位神圣的天耶，宇宙及万物的创造者，两人似乎都语带调侃。好像耶耶还说，朝丹天耶的圣名其实牵涉到一句蓝星男人爱说的粗话。尽管押述是个武人，但粗中有细，大事面前不糊涂，他知道这样的大秘密只能烂在自己肚子里，绝不能让第四人知道，哪怕是他的旧主人禹丁。

前边有士兵的喧哗，可能是遇到了猛兽，押述前去察看。禹丁对莫可说："前教皇陛下，耶耶曾向你道歉，其实我也该道歉。"

莫可笑着连连摇手："莫要这样说，莫要折杀我。皇夫陛下啊，过去的事都已经过去了。而且我知道，一个全新时代很快就会来到，没人挡得住。像我这样的老泥鳅，肯定会被新时代的洪水抛到岸上，依靠飞溅的水沫来苟延残喘。你说对不对，诗人？"

诗人简略地说："对，挡不住。"

"只是——耶耶和妮儿帝皇的步子迈得太急了啊，不知道别人怎样，反正我是追不上了，也不想再追了。"他笑着补充，"一个前朝遗老的牢骚，你莫当回事。"

诗人轻叹："是啊，我也追不上了。"

禹丁一笑了之。以后他们就扯一些闲话，不再提这个话题。

他们在密林中行了六个白天，已经离蛋房很远了。太阳开始西落，隐到密林之后。三个月亮中的仲月已经在东方露头。忽然在队伍后方有某种变化，虽然没什么声响或震动，他们都凭直觉感觉到了，齐刷刷地回头观望。原来，早就隐在密林之后的蛋房忽然出现在视野中。它伸高了身躯，房顶高高地越过林梢，插入云层。晚霞撒在透明的尖顶，让整个蛋房充盈着红光。禹丁、莫可、何汉、押述都震惊地呆看着，心中有不祥的预感。蛋房突然挣脱泡泡的束缚，说明泡泡可能破了，或者离去了，或者失效了。但人们都知道，蛋房和耶耶的性灵之间有神秘的联系。禹丁突然想到：

"押述，把电报机拿出来，发一封电报，问耶耶的安好！"

他没把话说透，但其他人都知道他的真正用意。押述立即取出电报机，连好电瓶，架好天线。但要发报时却找不到电码本，找遍行囊也找不到。押述忽然想起，昨晚世子平桑曾把电码本要去学习，可能是忘了归还。押述只能苦笑。缺了电码本，电报机就成了废物，即使收到对方的电报也无法翻译。禹丁虽然气恼，也无法可想，便说：

"算了，等到走出密林吧。督造丹卓那儿有电码本，他女儿成羽肯定对电报机使用已经非常熟练，到那儿就可以听到消息了。"

三日后他们走出密林。这条路已经很安全。这些年来，人来人往，密林中的猛兽早就远离了这条路线。而土人们更是对"耶耶的人马"彻底敬服，从不来搅扰。密林外的筑路队伍发现了他们，赶快向督造报信。丹卓和女儿成羽匆匆赶来迎接皇夫，行礼已毕，禹丁问他有没有收到蛋房的电报，丹卓说没有。禹丁多少放了心。没有收到电报，说明蛋房内应该没有大的变化。成羽失望地问，平桑世子怎么没回来。得知平桑将长期留在蛋房，便缠着父亲，说她也要去蛋房。禹丁看出这姑娘对平桑的情意，便笑着替她父亲做主，答应了，让丹卓嗣后派人送成羽过去。成羽欢天喜地地谢了恩。

忽然何汉指着来路，震惊地说：

"你们看！"

禹丁、莫可、押述和丹卓也都看见了，那座蛋房，三天前脱离了泡泡的束缚，一直高耸云外，此刻正被泡泡重新吞噬。随着球形边界的推进，蛋房被割裂，边界之后的部分消失不见，只余下残缺的半边耸立在天空，看起来十分怪异。没有多久，整个蛋房完全消失。众人都长长地出了一口气，放下心来。泡泡既然没离开蛋房，那说明耶耶安然无恙。押述失口说：

"没事了，没事了，我还以为耶耶……"他笑着，把后半句话咽了进去。

禹丁一行离开后耶耶就进入了长睡，此后的几次正餐他都没有醒。妮儿此前经历过耶耶的长睡，所以没把它当回事，只是交代侍女们不要打扰他的睡眠。直到蛋房外面的守卫匆匆跑进来报告，说蛋房突然长高了，那个无形的泡泡已经消失了！这时妮儿才感觉到不对劲。她立即赶到内室，轻声呼唤耶耶，没有回音。用手摇他，没有动静。用手试试鼻息，已经气息全无。

妮儿怔怔地看着面容安详的耶耶，不相信他这次是真正的长眠。他就这么走了？离开了他守护数万岁的"卵生崽子们"，离开了已经拉开大幕的科学时代，甚至不和他的孙女告个别？当然，妮儿对"耶耶神也会死亡"早有心理准备。她知道，这个六维时空泡尽管神奇无比，但绝不会是出自神力，而是高度发达的科技。但"自然之物"都有寿命，都会死亡，这是宇宙中最硬的天条，谁也变不了，不管是息壤人信奉的朝丹天耶，还是蓝星人信奉的耶和华都不能改变。所以，蛋房会死，耶耶也会死，毕竟他已经是数万岁的老人了。

但尽管如此，耶耶的"不告而别"仍然大大出乎妮儿的意料。这只能解释为：耶耶带息壤人找到了科学殿堂，而且已经"打开了大门，迈过了门槛"，于是耶耶抱了数万岁的心劲一下子放松了，他的精神之火也就随之熄灭了。

妮儿安排成吉尽快查询电脑资料，看能不能找到什么医疗办法，但心中其实不抱希望。原因很简单——蓝星人的科技还远远达不到让人活数万岁的水平。她则放弃所有事务陪着耶耶，拉着耶耶的手，唤他，同他说话，但耶耶一直没有反应。妮儿感到入骨的孤独和悲伤。一个新时代刚刚开始，前边还有无数的凶险。她真希望身后有一位耶耶为她撑腰，哪怕他也只是凡胎肉身，甚至如他常自贬的，是一个没有什么知识的粗人。

悲伤之中她也在考虑耶耶的后事，作为帝皇她不得不考虑。耶耶的死亡会在信徒中造成剧烈的动荡。想瞒住这个消息并不难，因为耶耶过去就经常进入长睡。但妮儿不想隐瞒。是耶耶把息壤人领进了科学时代，也就亲手打破了人们对神的崇拜，妮儿不想走回头路。她想在民众中还原耶耶的真实身份——一个伟人，息壤人的引领者、守护者和牧人，但也是凡胎肉身，同样有生老病死。当然，暂时不适宜为耶耶举行葬礼，因为连她也拿不准耶耶是否还会醒来。但不管怎样，她不想让老人无声无息地离去。那就为耶耶举行一次"送别"仪式吧。

三日后，耶耶没有醒来，蛋房之上也一直没有那个泡泡。这个消息在蛋房内慢慢传开，众人都疑虑地看着妮儿。妮儿苦笑着想，此前她没打算向众人隐瞒耶耶的噩耗，原来即使想瞒也瞒不住啊。众人都知道了耶耶的生命之火和"泡泡"有关，也学会了按"科学的思维"来思考问题。于是妮儿坦率地对众人宣布：耶耶从开启电脑的忙碌之后一直长睡不醒。他可能还会醒来，但考虑到那个神奇的泡泡已经消失，他也可能不会再醒来。众人悲伤地接受了这个消息。

妮儿举行了隆重的"送别"仪式。耶耶安详地睡在水晶棺中，蛋房内众人含泪向他叩拜。九岁的云桑痛哭失声。他的幼年童年都是和耶耶一起度过的，耶耶不是神，而是他最亲的爷爷。平桑也悲痛万分，虽然他与耶耶接触不多，但他知道，是耶耶亲手打开了天堂的大门。尼微肩膀抽动着，伏地不起。他已经从耶耶教的信徒转变成科学教的信徒，但他对耶耶本人的敬畏则丝毫未变。一身素服的妮儿跪在最前边，在心中默默感念耶耶的功绩：他把生命包括卵生人撒播在息壤星上，把一个本来为期数十亿岁的生命进化过程浓缩到数万岁之内；尤其是，他又亲手打开了知识的宝库，把一段本来为期千岁的文明进程缩短到数十岁之内。虽然他不是神，只是一个"肉胎凡体的人"，但这只会更凸显他的伟大。

"耶耶，你累了，请安息吧。"

送别典礼就要结束了。一个守卫匆匆进来，对帝皇附耳低语：从外边看蛋房又团起了身躯，那个泡泡又回来了！妮儿一愣，继之以无比的惊喜。也许耶耶并没有死？她起身看水晶棺，果然，耶耶的睫毛微微抖动着，慢慢睁开眼睛。妮儿喊一声：

"耶耶！"

然后她就哽住了，示意手下打开棺盖，医官成吉扶耶耶坐起身。耶耶从长睡中聚拢神智，扫一眼跪拜的众人，回头看看妮儿。妮儿难过地说：

"耶耶对不起，我以为你已经……所以让大家来给你送别。"

耶耶脸上浮出笑意，爽朗地说："干吗说对不起？耶耶我生来爱热闹，你让大伙都来送我，我很高兴。妮儿啊，我真的累了，确实打算长睡不醒了，可是忽然想起一件至关重要的大事，不得不强打精神，赶回来一趟。"

妮儿顿时泪流满面！她能想象，当这位数万岁老人的意识就要在混沌中弥散时，忽然想起一件未了之事，那时他该是何等焦躁；他把已经弥散的意识重新凝聚起来，又是何等艰难；这会儿耶耶神采奕奕，大概就是人们常说的回光返照吧……她低声说：

"耶耶你尽管吩咐。"

"妮儿，我已经对你讲过蓝星人遭遇的那个空间孤立波，先来的是暴缩波，它能让人变聪明；接着是暴胀波，它能让人变傻，无药可救。科学家昌昌还说过，那个孤立波每十万地球年左右会出现一次，全宇宙同步，没一处能幸免。可是——从那时到现在有多长时间了？好像差不多就是这个数了。你得在电脑中查个准确时间。"

云桑立即说："耶耶我查过电脑记录！它在断电前的记录是 92200 岁地球年，这个时间点大概就是你把卵生崽子们赶出蛋房不久；以后没有准确记录，估计应该是七千多岁吧。两者加起来应该正好是十万岁。"

耶耶怜悯地看着妮儿和众人，安慰道："昌昌说的那个十万年周期只是估算，不太准确。不过……"

妮儿知道他没说出的话是："不过，留给你们的时间反正不会太多了。"那一刻，妮儿感到没顶的悲凉。息壤星的自然进程和文明进程被耶耶百倍地缩短了，息壤人的智慧刚刚开启，可是——马上会赶上那个邪恶的空间暴胀，智慧之火会再度熄灭！虽然电脑里有高度发达的蓝星科技，但正如耶耶的猜想，连蓝星人都未能逃过那场灾难。她不想让耶耶过于担心，便说：

"谢谢耶耶的提醒，总会有办法的。"她叹息着，"从现在起，我们要更快地吸收转化电脑中的知识，一分一秒也不敢耽误。好在暴缩波在前，在它带来智力暴胀后，我们能干得更快一些。"她想了想，补充道，"所以——再次感谢耶耶，幸亏你为我们挑选了最急迫有用的知识。"

耶耶安然地笑了："行了，把这件大事交代完，耶耶就彻底心安了，我要休息了。妮儿，平桑，云桑，跟耶耶再见。"

众人心绪复杂地同他告别。看来他确实困乏到了极点，没等告别完就闭上了眼睛。在那一瞬间，妮儿凭直觉猜到，耶耶真正入睡了，再也不会醒了。当他的意识扶摇直上、散入太空后，那个一直依附在他身上的神奇泡泡也会离去，而且——这次恐怕是一去不回了。不过，耶耶确实累了，应该休息了，那就让他安息吧。妮儿领着两个皇儿和众人再度向耶耶叩拜，在心中同他道了永别。

第十七章 洞 洞

> 耶耶是息壤人的撒播者和引领人,是泽被万代的科学大神。耶耶在仙逝后曾短暂复活,向妮儿先皇预告了下一轮劫难。劫难将吹灭全宇宙的智慧之火,无一处可以幸免。唯一的办法是——沿时间轴逃离。
>
> ——《亚斯白勺书·使徒列传妮儿篇》

"刚刚,芳芳,看吧,这就是伟大的楚天乐先生使用过的、做出楚—马发现的天文望远镜,36英寸牛顿式反射镜,上上个世纪淘汰下来的旧设备。"乐之友的天文学家斯可里说。今天将发生日偏食,斯可里来这座小型天文台准备拍摄一些资料,两个孩子缠着要来,斯可里自然不会拒绝。这俩可爱的小家伙是所有乐之友成员的心肝。男孩小刚七岁,女孩小芳六岁,都是靳逸飞的孙辈,但一个属于青云那一支,一个属于君兰那一支。

两个孩子是第一次来天文台,饶有兴趣地打量着这架黑不溜秋的旧机器,芳芳喊:"呀,这么旧!"刚刚也说:"呀,这么个破玩意儿!"斯可里笑着说:"能用这么个破设备做出伟大的发现,所以楚先生才伟大呀。他乘坐的雁哨号后来失事坠入太阳,他的死也无比壮丽。"他又说,"你们的爷爷靳逸飞也很伟大,他带领乐之友走过40年的智慧崩溃期,为全世界留下了不灭的智慧火种。好在这个灾难过去了,已经过去八年了。"

刚刚说:"我爷爷常说,他比楚先生差远啦!我爷爷说他只是运气好,被神选中做第二任雁哨,还赐给他一个神奇的泡泡。"

芳芳说:"不是的,爷爷说赠送泡泡的那人不是神,而是一个最厉害的科学家。他觉得那人不像是外星人,更像是地球人的后裔,也许是来自10万年后。"

斯可里叹道："对，你爷爷说得对。但这样的科学家和神灵也差不多了。孩子们啊，斯可里伯伯不算笨蛋，是乐之友的首席天文学家。但以我的智力和知识结构，根本无法理解这个神奇的泡泡。"

他的话中蕴含着苍凉，孩子们都感觉到了。刚刚安慰他："伯伯别难过，这个泡泡太神奇，也许连楚天乐先生也不懂呢。对了，楚爷爷也犯过大错，他预言了为期124年的空间暴缩孤立波，预言对了；他还预言了同样的暴胀孤立波，结果预言错了。斯可里伯伯，我说得对不对？"

"对，后来实际发生的，不是他预言的平缓曲线，而是成组的暴胀尖脉冲，这样的尖脉冲对人类智慧的摧残更为凶狠。好在它的时间短，没有124年，只有短短40年。"

"伯伯，这个我们知道。"

斯可里看着两个笑嘻嘻的小家伙，心有所感。他俩是幸运的，生下来时灾难已经过去了；乐之友的300人是幸运的，在空间暴胀的40年内，一直有神奇的泡泡保护着，保持着正常的智力；人类是幸运的，虽然遭受了40年的劫难，毕竟时间较短，还没有造成不可修复的智力摧残。何况还有一处不灭的智慧火种引导人类文明迅速康复，所以还不算大伤元气。尖脉冲过去八年，社会已经基本恢复正常。他想，两个小家伙不会懂得他的感叹，他们没有亲身经历过，也就不知道那场劫难的可怕。他摇摇头赶走这些思绪，对孩子们说：

"日偏食马上就开始，我要工作了，你们自己玩一会儿吧。"

他打开屋顶的槽形观察窗，调整好高速摄像机，加上滤光镜，准备拍照。他想在月亮掩食的过程中精确测量太阳的参数，看能不能发现什么异常——经历过空间的暴缩及暴胀之后，恒星本身会不会有什么变化？这对天文学家是个全新的课题。两个孩子很懂事，知道这会儿不能打扰伯伯，便自己躲到一边，做观察日食的准备。

不久，日食开始了，一个黑色的弧形逐步自西向东向太阳慢慢推进。芳芳用墨镜安静地观看，刚刚则用望远镜在纸上投射出一个缺了半边的太阳。这次日食从初亏、食既、食甚、生光到复圆预计有近五分钟。现在快要进入食甚阶段，黑色的月盘遮蔽了大半个太阳，阳光已经减弱大半，可以看见太阳周围的日冕，斯可里听见芳芳轻声喊：

"伯伯，伯伯。"斯可里正忙，警告性地对她摇摇手指，不让她这会儿打扰。芳芳略略犹豫，反而提高了声音：

"伯伯，你来看，月亮上为什么有一个奇怪的洞洞？刚刚哥也看见了。"

洞洞？斯可里有点啼笑皆非。月亮上只有环形山，没有洞洞。就是月亮上有洞洞，也不可能在38万千米之外用肉眼看见吧。但看着两个孩子期待的眼神，斯可里只好暂时放下仪器，按照芳芳指的方向看了一眼。他立即愣了，黑色的月盘上果然有一个明亮的光点，不，还是芳芳说得更准确，那应该是一个贯穿月球的长洞，它能透过月球之后的阳光，所以显示为光点。他认真观看着，现在，随着黑色月盘的推进，太阳变得更暗了，而那个光点也更明亮了。然后光点开始变暗，但直到日食结束前它一直隐约可见。

太阳复圆后，光点看不到了。斯可里立即调出刚才拍摄的图像，没错，在月盘差不多中心处，即汽海之下，确实有一个明亮的光洞。从月盘相对太阳移动时"光洞"的光度变化可以看出，这个孔洞的方向大致沿地球到月亮的径向，也就是说，大致垂直于人们经常看到的月盘面，即月亮永远对着地球的那个盘面。斯可里的脑海中滑过一个想法：从方位估计，孔洞的另一端也许就在月球背面的中心，正好穿过嵌着泡利、康不名等三人遗体的那个"大碗"。

"月亮上有一个贯穿的空洞"，这事虽然匪夷所思，但斯可里还是轻易接受了它，原因很简单——诺亚号曾在大角星上穿出同样的空洞，甚至造成了大角星的崩塌。好在月球不是气态的大角星，甚至不是有沸腾岩浆的地球。月球从结构上说分为月壳、月幔和月核，其中月核是1000开氏度的软流圈，即使有孔洞穿过也不会造成爆发。

这个孔洞最有可能是虫洞式飞船的穿越造成的。问题是，孔洞是哪艘飞船造成的？什么时候？应该不会是最近，因为灾变以来，地球已经48年没有起飞过虫洞式飞船。但如果说月亮上有一个孔洞而人类在48年内没有发现，那也说不通。尽管此前是灾变时代，但至少在乐之友这儿有一个不灭的智慧火堆，一直保持着对星空的观察。

他迅速调出过去的资料，很快验证了这个想法。没错，孔洞是最近才出现的，最远不会超过一个星期。那么，造成这个3400千米长洞的是哪艘虫洞式飞船？是地球曾经放飞的诺亚号或天、地、人三个船队？不太可能，它们都安排有174年的不间断飞行，不会在短短50年内就返回地球的。那么，是48年前突然失踪的烈士号？还是偶然路过的外星飞船？

他紧张地思索着，内心中有不祥的预感。这是因为——长洞的方向。它基本垂直于对着地球的月面，或者说顺着地球到月球的径向，那就不大可能是处于盲飞状态的飞船无意中撞出来的，否则它很可能会接着撞上地球。他高强度地思索着，很久才意识到，两个孩子正眼巴巴地看着他，等着他的回答。他不想自己的忧思影响孩子，就抹去愁云，笑着说：

"没错，是个洞洞。你们俩太了不起了，做出了一个重要的发现！我马上向各天文台通报。我要把它命名为刚刚—芳芳发现。"

两个孩子眉开眼笑，刚刚谦虚地说："是芳芳最先看到的，也有伯伯的功劳！应该命名为斯可里—刚刚—芳芳发现！"

"莫让我脸红啦。不是你俩，说不定我复查拍摄资料时会忽略掉这个光点。"他并非瞎谦虚。这个光点太'不合常理'，而越是技术纯熟的观察者，在快速浏览时越容易下意识地剔去这类"明显的坏点"。"好，现在我要通知了。"

斯可里没有耽误，立即打电话通知了乐之友总部和世界上已经恢复联系的天文台。那时没人能想到，这个小小的光点预告了地球面临的新劫难——甚至算不上是预告，而是即时性的宣告。

第十八章　血　仇

乐之友总部的面貌依旧，三幢主建筑并肩而立，包括螺旋形的科学院大楼、金字塔形的工程院大楼和圆柱形的基金会大楼。不过在视觉上，高耸的基金会大楼蜷缩在一个无形的泡泡内，显得比另两幢大楼低多了。正是依靠这个神奇泡泡的保护，近千名乐之友成员熬过了那个为期40年的劫难。它像一个大蜂巢，而蜂王靳逸飞住在蜂巢的正中心。为了护住所有成员，48年来他确实像一只从不出巢的蜂王，基本没离开过自己的房间，从25岁的年轻人一直待到73岁的白头翁。

不过，劫难过去了，今天蜂王准备离巢了。乐之友现任的基金会会长柳芭、科学院院长冀天星、工程院院长比耶夫，正在他的房间里与他话别。他们都是40岁上下的年轻人。一头金发的柳芭叹道：

"靳先生，你走得太早了，人类社会还未恢复正常呢。"

须发皆白的靳逸飞摇摇头："不，不早，甚至有点晚了。空间暴胀的尖脉冲已经消失近八年，我，还有依附于我的这个泡泡，已经没有用处了。文明正在复苏，但各国政府及联合国都已经崩溃，乐之友不得不扮演世界政府的角色。但客观地说，我是一个学究式的人，喜欢一杯清茶独自冥想，根本不适合干烦琐的行政工作。这个重担就由你们年轻人来挑吧。你们的青云阿姨和君兰阿姨已经提前回山了，两个小孙子也去了，正在山里盼着我呢。"

他指的是楚天乐原来的山居，那儿在鱼乐水去世后空了很久，现在是靳逸飞的新家。他见三个年轻人有点黯然，便笑着说：

"虽然乐之友得管理全世界，但其实也不难。人类还算幸运啊，40年的智力崩溃期毕竟比较短，没有像咱们担心的那样造成人类大减员，或者让民众兽性化；而且它让各国的政府、军队都基本瘫痪了，只剩下乐之友这一个政治中心,你们可以在一张白纸上随意描画新图。对了,还有一个有利条件,我们的前辈促成了核武器和重武器的彻底销毁,让世界变得干净多了。希望你们能以此为契机,让战争这个魔鬼永远从人类文明中消失,让理性完胜兽性。"他笑着补充了一句,"希望科学院的那个武器研究所永远休眠。"

世界范围内销毁核武器和重武器时,前辈们谨慎地组建了一个武器研究所,位于离这里最近的宛市郊区,负责保管各种武器的资料,也保存了一些轻武器的样本。这是个图书馆和博物馆性质的机构,只有到必要时才会解除"休眠状态"。科学院院长冀天星代替三人回答:

"好的,我们一定做到。"

"还有一件事。鱼前辈去世前,把她的回忆录《百年拾贝》埋到了她的坟墓中,打算留给返回地球的楚前辈。但楚前辈也牺牲了,现在该如何处置它?你们考虑一下。"

"好的。"

"其实,就让它留在原处,留给我们的后人,也许是更好的选择。你们考虑吧。"他转了话题,"你们都知道我为什么急着退休,我想在余年中尽量窥探泡泡的秘密。这种六维时空泡完全超越了人类科技的水平,48年前我就开始了对它的研究,有一些进展,但进展不大,我真不敢期望余生中有什么收获,但尽力吧——趁着它还存在。一旦我死了,也许它会从这个三维世界中消失。"

众所周知,这个神奇的泡泡是"神"赐予靳逸飞的,一直依附于他本人,随他而移动。所以,如果靳去世,没人敢断言它会继续存在。这也就是说,这项研究必须在靳的生前完成突破,否则,人类只能与这种"神级科技"擦肩而过了。靳逸飞安慰他们:

"也可能做出突破的。我已经基本确定,它就是我早年研究过的'三阶真空'。我已经挑了两个得力助手,32岁的褚文姬和17岁的小罗格。你们知道,这项研究恐怕得打持久战,我想尽量拉大研究人员的年龄梯度。"

这两人都是乐之友圈子内的,柳芭他们都熟悉。褚文姬是褚贵福的曾曾孙女,小罗格是物理学家罗格的曾孙,两人都是有名的聪明脑瓜。靳逸飞笑着补充：

"但我对褚文姬有一个硬性要求：想当我的助手，每天花在梳妆打扮上的时间不能超过十分钟！"

三位院长（会长）都会意地笑了，知道靳的这句玩笑话从何而来。褚贵福是历代乐之友人心目中的伟人，但坦率地说，这位伟人的尊容相当难看，即使去掉脸上那道刀疤也是如此。令人大跌眼镜的是，褚的曾孙女却是有名的美人，在乐之友的千人范围内是挂头牌的。并不是说她与曾祖父不像，不，从她的眉眼中，你分明能看到褚贵福的影子。但相似的五官组合在一起，却成就了与曾祖父完全不同的风貌。她的美是"雅"之美，自然之美，明朗之美，端庄妩媚中蕴含着性感和风情。她是工程院院长比耶夫的手下，比耶夫笑着问：

"她答应这个条件了吗？"

"何止是答应。她反问我：'你哪天见过我花费十分钟来描眉涂唇？'你别说，她真把我问住了。我真的回忆不起来她什么时候梳妆打扮过，好像她的精致与生俱来。"

三人，尤其是比耶夫，认真想了想，笑着承认靳老这句话是对的。

他们又谈了一些事项。尽管劫难刚过，百废待兴，但人类社会元气未伤，很快就会恢复正常，甚至很快就会迈进姬前辈描绘过的光明的太空时代。地球上，乐之友附近区域的交通和通讯已恢复正常，其他各地、各大陆也基本恢复。乐之友去年就安排了对坠落在黄河滩上的那艘亿龙赫飞船凌波号的修复，已经基本完工，近日就要复飞。它将是人类重启太空时代的先驱。其处女航打算去G星，去看望那儿的褚贵福老人和他的卵生崽子们，并对他们做出妥善安排。顺便在太阳系20光年的区域内巡视一遍，看能否找到失踪的烈士号。至于诺亚号和天、地、人三个船队，目前仍处于那个为期174年的连续盲飞阶段，肯定无法取得联系，只有等以后了。还有，灾变时代乐之友派往世界各地的点火者，有不少已经去世，像洛威尔、靳强夫妇和大壮、青云父母等，有些失去联系，像铁子。乐之友已经派人去为死者迁葬并寻找失踪者，靳强夫妇这样的老辈人肯定愿意魂归故土吧。

三人同老人依依告别。虽然舍不得让靳前辈离开，但他说得对，对"泡泡"的研究更为急迫。靳逸飞交代他们，一会儿他走时三人就不要再来送行了，别弄得生离死别似的。那幢山居离这儿也就十分钟航程，他会经常回来。

三人离开后，靳逸飞打电话唤来了褚文姬和小罗格，两人很快从楼下跑来了，小罗格亲热地挽着文姬姐姐的胳膊。文姬的确漂亮，青丝飘逸，曲线玲珑，走路富有弹性。尽管她刚刚生育过，还在哺乳期，但体型恢复得很好，只是乳胸显得更为高耸。她笑微微地看着靳伯伯，黑亮的双眸像两口深潭。小罗格也是个金发帅小伙，个头已经长足了，但身量还没长足，略显单薄。靳逸飞问：

"给呱呱断奶啦？"

文姬笑着点头，心中泛起一波酸楚。她是信奉自然哺乳的，她觉得，每天为呱呱哺乳实在是一种享受，呱呱用力吮吸着，吸得她的几根血管发困、发胀，有一种麻酥酥的快感。呱呱总是一边吮吸，一边用小手摸着乳房，仰着头，静静地看着妈妈，时时绽出一波微笑。呱呱真是个听话的孩子，在给呱呱断奶时，她没有大哭大闹，不过她可怜兮兮的低声哭泣让她揪心地疼。为了给靳伯伯当助手，她只得把呱呱留给爷奶，真舍不得啊。

"咱们现在就要进山了，舍得离开呱呱吗？"

"你放心，我会把每天想她的时间限制在十分钟之内。"文姬没有正面回答，只是开了一个玩笑——这是针对靳伯伯开过的那个玩笑。靳逸飞笑了，把目光转向小罗格，小罗格先开口问：

"靳爷爷，据说你离开基金会大楼、泡泡也随之离开时，从外面看大楼会突然长高，是不是这样？我还从来没见过这种奇景呢。"

他对这事充满好奇和期盼。这48年来靳逸飞离开大楼的时间屈指可数，所以17岁的小罗格没见过这个场面也属正常。靳逸飞点点头："是这样的。至于为什么会如此——不知道。这个六维时空泡有太多的秘密等着咱们去勘破。比如，为什么它能隔绝空间暴胀的尖脉冲，却不隔绝无线电波？这些秘密太深奥，超过今天人类的科学水平，所以，很可能咱们的努力不会有回报。你们两个要有心理准备。"

褚文姬干脆地说:"用句当年君兰阿姨说过的话:愿赌服输。能跟着你研究这个泡泡是我们的荣幸,不会后悔的。伯伯咱们走吧,空中自行车我已经备好了。"

两人一边一个,挽住老人的左右臂。靳逸飞用苍凉的目光向这儿告别。它代表了一个艰难的时代,代表着他一生经历的大部,难免割舍不下。当然,能离开这座生活了48年的牢房,卸下肩上的重担,回归他喜爱的学究式生活中,也让他充满期盼。就在这时电话响了,是刚刚和芳芳。两人在屏幕上眉飞色舞地喊:

"爷爷!我们有了重大的发现!斯可里—芳芳—刚刚发现!月亮上有个洞洞!贯穿整个月球!"

这个消息确实很突兀,三人都不由一愣。那边,斯可里很快从孩子手里要过电话,简洁地说:

"靳先生,月球上确实有一个贯通的长洞,观察日食时两个孩子发现的。我回查了近来的资料,它出现的时间不会超过一个星期。长洞的方向大致垂直于我们平时见的月盘,即沿着地球到月球的径向,这个方向比较蹊跷,不大像某艘虫洞式飞船在盲飞状态下无意中撞出来的,所以——比较蹊跷。"他用重音重复了这一句。"这些情况已经向乐之友总部做了报告,也向国家天文台做了通报。柳芭会长让我第一时间告诉你。"

与两个孩子的兴奋截然不同,他眉间锁着深深的忧色。靳逸飞敏锐地悟出他的担忧——从洞的方位看,那只闯祸的飞船完全该随之撞上地球的。地球很幸运地没被撞上,但这也预示着另一种可能——这个长洞并非无意中撞出来的,而是来自一次掌控精准的行动。

这艘虫洞式飞船是从哪里来的?失踪48年的烈士号?还是外星飞船?外星飞船的目的?善,抑或是恶?此刻它在哪儿?……这些成串的问题一时不会有答案,要想勘破秘密,肯定得到月球上去实地考察一趟,特别是去月球背面考察。靳逸飞果断地说:

"请你和国家天文台严密观察,也通知世界各地凡是已经恢复工作的天文台。我现在就去凌波号修复工地,督促他们尽快做好起飞的准备。一旦接到乐之友的指令，我就乘凌波号去月球上实地考察。"

那边刚刚和芳芳喊："爷爷，我也去！我也去！"

"不行，这是很严肃急迫的事，你们别捣乱。你们快回家，告诉两个奶奶，我暂时不回家了。文姬，小罗格，咱们走吧，到凌波号那儿去。"

凌波号在郑州附近的黄河边，离这儿有400千米，文姬建议："伯伯，去那儿比较远，是不是换乘小蜜蜂？"

空中自行车以金属氢为动力，续行里程是没问题的，但速度较慢，赶到黄河边得一个多小时。靳逸飞想了想，说："慢就慢点吧。乐之友现在也只有两艘完好的小蜜蜂，还是留给他们。眼下的局面，很可能他们用得上。"

三人到楼顶坐上空中自行车，飞上蓝天。这个变故没有影响到小罗格，他的注意力还是集中在那个"奇景"上。他紧张地注视着身后，忽然兴奋地叫着：

"靳爷爷，文姬姐姐，大楼真的长高了！太神奇了！可是，看不见泡泡随咱们离开啊。"

身后，一个无形的球面无声地划过大楼，球面之后的大楼突然拔地而起。这个场面褚文姬见过两次，不是太惊奇。她笑看着小罗格的忘形，简单地解释道："泡泡一般是不可见的。"回头看，靳伯伯仍陷于深深的忧思中，与小罗格的兴奋形成鲜明的反差。靳逸飞忽然说：

"文姬，小夏今天上班吧，你挂通他的电话。"

文姬丈夫夏天风是武器研究所的所长。文姬常取笑他选择了一个古董职业，就像中国古代传说中的"屠龙之技"，永远没有使用的机会。因此，"天风啊，你尽可在那儿作南郭先生，不会有人揭穿你的。"丈夫对她的取笑总是一笑置之。这会儿她要通了电话，递给靳伯伯，后者简洁地说：

"小夏，我是靳逸飞。你马上把所有完好的武器样本做好实战准备，充足能量或备好弹药。至于原因你不必问，先把它看成是一次战备检查吧。"

文姬惊异地看着靳伯伯。想来电话那边的天风也同样惊异吧，不过那边没有犹豫，痛快地答应：

"好，我即刻办。"

文姬对靳伯伯的警惕不太理解。月球上的一个孔洞如果确实是虫洞式飞船撞出来的，应该预示着喜讯才对啊，比如，也许它预示着烈士号的出现，这无疑是喜讯；或者意味着外星飞船的到访，这同样是地球人盼望已久的事。它说明，地球人不再是茫茫宇宙中唯一的生命之花。不妨做个换位比较，如果诺亚号和天、地、人船队历经亿万光年的旅途后终于找到了一个文明星球，而那个文明种族的"雁哨"却下令准备武器？未免太煞风景了吧。

不久她知道，她当时的想法是何等浅薄。

一个小时后，前边出现了千里黄河，黄河滩上某处成了大工地，滩地被平整，新建起了水泥基座。两台巨大的塔吊正在收回长臂，而凌波号已经被调整为船艏朝上的起飞状态。文姬此前知道，失事的凌波号是头朝下扎进地里的，船员都已牺牲。当时如何失事已经无法得知，也许是在执行乐之友总部的"把虫洞式飞船去功能化"指令时发生意外。好在凌波号虽然坠地，坚固的机身还保持完好，现在它已经恢复功能，算是为地球保存了唯一的亿龙赫飞船。

褚文姬用机上通话器同地面联络上，准备降落。正在这时，通话器屏幕忽然变亮，出现了柳芭会长的头像。甚至在她说话前，文姬已经从她严峻的神色看出形势的严重。柳芭匆匆地说：

"靳先生，那个洞中刚刚飞出来七艘飞船，显然是外星飞船！原来那个孔洞是飞船的机库门！机库应在月球内部——不，既然孔洞是贯通的，机库应在月球背面！"

这个消息让人震惊。如果外星飞船早就到了月球背部，却一直没有试图同地球建立联络，那么只能怀疑他们的来意了。靳逸飞立即问："什么样的飞船？联系没？"

"应该是离子驱动的飞船，望远镜能够看见蓝色的喷焰。它们正朝地球飞来，速度很快，应该接近千分之一光速，大约半个小时后就能进入地球轨道。国家天文台已经用各种语言呼叫，但没有回音。"

褚文姬奇怪地自语："离子驱动？那它们如何跨过太空……"她忽然噤声，知道了答案。如果这七艘飞船是常规动力，那么它们只可能是虫洞式星际飞船的子飞船，而它们的母船，或母船队，此刻正悄悄泊在月球背后。再往下推想，最大可能是——这是一次用心险恶、计划周密、保密严格的入侵。褚文姬不愿相信也不敢相信，但看看靳伯伯铁青的脸色，显然已经做了最坏的设想。

她顿时感到无比的寒意。小罗格也看懂了面临的局势，面色惊惧地沉默了。靳逸飞对柳芭说：

"我没有征得你们同意，已经让武器所做好实战准备。"他苦笑着，"只有一些轻武器，起不到什么作用。你说想发全球性的战争警报？你让我考虑一下。"

他挂了电话。此刻空中自行车已经悬停在降落场地的上空，正对着地下那个红色的十字。有人在场地之外向上做手势，示意可以降落。但褚文姬没有降落，静静地悬停着，也没有催促靳伯伯下达降落的指令。果然，在短时间的思考之后，靳伯伯说：

"通知地下，不降落了——这会儿去月球已经没有必要了。"

褚文姬通知了地下。靳逸飞要过通话器问："陈指挥，凌波号上天，最快还需要多长时间？"他没有通知月球上的变故，只是说，"有一个紧急情况。"

下面略微考虑，说："靳先生，最快在四个小时之内。"

"尽快做起飞的准备，等总部的通知。"

"好的。"

靳逸飞并非想让飞船去月球，而是考虑万一袭击发生，飞船应能随时起飞比较安全。他对文姬说立即返回总部，文姬照办了。然后，靳逸飞要通了乐之友总部的电话：

"柳芭，情况不明，战争警报先不要发。没用，地球现在完全处于不设防状态，根本无法组织抵抗。全世界的民众也足够分散，没必要通知他们进一步疏散。我只想让你办一件事：请立即通知乐之友所有成员，尽快返回基金会大楼。我也正在返回。眼下我只能抱着一点可怜的幻想——这个泡泡既然能屏蔽空间暴胀尖脉冲和一般的爆炸波，但愿它对外星人的武器也有效。对了，请通知我的家人也立即回那儿，顺路捎上小褚的公婆和女儿呱呱，他们住在总部北边。"他长叹一声，补充道，"事变太突然了，再加上地球的现状，我们没有其他可用的手段。"

屏幕上的柳芭点点头——她的目光中含着怎样的苦重啊。"我派小蜜蜂去接你。"

"不必折腾了，省不了多少时间。"

空中自行车以最高速度返回。途中柳芭一直保持着电话的畅通，随时报告局势的进展。现在，七艘飞船已经进入地球的高轨道，忽然消失。由于地球上不少天文台还未恢复工作，它们可能是进入了观察死角。其后有20分钟没有新进展。这段时间内靳逸飞一直沉默着，只是苦涩地自语了一句：

"我真该死，咱们出发时应该乘小蜜蜂。"

其后的多少年中，褚文姬才逐渐理会到伯伯这句话中含着怎样苦重的自责。这一个小决定至少能改变数百名乐之友成员的命运——也许还会改变人类的命运。

快到总部时柳芭通报说，七艘离子式飞船仍然匿踪，但几家天文台发现了三颗低轨道卫星，已经确认它们不是人类在灾变前遗留下来的卫星，而是新出现的。这三颗卫星个头很小，其轨道有的平行于赤道，有的是大角度的极地卫星。据斯可里推测肯定不止这三颗，也许有数十颗以组成低轨道卫星网，正如地球上曾出现过的由77颗卫星组成的铱星系统。所以，显然"他们"是在投放通信卫星，组建全球性的通信网络。等网络建成，外星使臣就要出现了，也许是来送最后通牒。几分钟后柳芭再次通报，发现的小卫星已经增加到13颗。

总部已经能看见了，侧向飞来一架同型号的空中自行车，此时差不多与他们并行。透明的车厢内，几个人正在高兴地向这边挥手，文姬认出了几个人：君兰阿姨、青云阿姨、刚刚和芳芳，还有——她的呱呱。呱呱奶奶举着她，把小脸蛋贴在窗户上，呱呱还不会挥手，估计也看不见这边车内的妈妈，不过她一直在笑，笑得很甜。两架空中自行车都来到了基金会大楼的楼顶，楼顶有不少人在迎接，打头的是柳芭会长。文姬示意那边先降落，因为这边降落后，泡泡会把大楼重新箍成圆球。虽然只是视觉上的错觉，但说不定会影响到那架空中自行车的降落。

那架空中自行车降落了，乘客跳下来，更加起劲地向这边挥手。文姬在天上盘旋着，等待降落的那架腾开位置，也不时向下边挥挥手。降落位置腾出来了，文姬飞过去，准备降落。她回头交代靳伯伯和小罗格抓好扶手，伯伯点点头。文姬在匆匆一瞥中看到，他的表情焦灼而苦重。

然后，历史在这儿停摆。

事后，褚文姬努力回想当时的感受。当时好像有某种冲击波，在她的脑海中搅起了轻微的涟漪。但肯定很轻微，几乎没有感觉。所以，当她在降落过程中偶然扫视到下面的人群时，完全惊呆了。他们都在地上踉跄，捂着脑袋或胸脯。几秒钟后人们已经全部跌倒，或仰面或俯身，横七竖八，四肢痉挛，每人的体态都充满着痛苦的张力。那一瞬间褚文姬脑中滑过的画面是新疆沙漠中枯死的胡杨林，那些死后千年不倒千年不腐的枯树努力向天空伸着虬曲的枝丫，同样充满着痛苦的张力。事后她回忆不起来当时是否听到尖叫声，好像没有，也许众人的喊声尚未出来，就哽在喉咙中了。但也许是幻觉，她耳边独独回荡着呱呱尖利的哭声，哭到一半便戛然而止，这个印象多少年后仍然清晰。

当时，她在极度震惊中完全可能失去控制，让空中自行车一头撞向地面。但她知道靳伯伯，人类的雁哨，就在车上，她不能因情绪失控而让靳丧生，那她就万死莫赎了。她用意识深处残存的力量努力控制好飞车，平稳地降落，然后飞快地打开车门，准备跳下去奔向她的呱呱——但她随之想到了车上的雁哨，想到了小罗格，便回头嘶哑地说：

"伯伯，罗格，快下车！"

伯伯脸色惨白，一动不动，似乎已经精神休克。褚文姬非常焦灼，伸手去拉他，就在这时，伯伯一口鲜血狂喷而出，溅满了一扇窗户。文姬震惊地看着伯伯死白的面容，在一瞬间清醒地意识到：靳伯伯，这位人类曾经的雁哨，其生命之火肯定要熄灭了，没有希望了。她哭着喊："伯伯！伯伯！"小罗格也在喊:"爷爷!靳爷爷!"没有回声。文姬弯下腰,努力抱起他的身体,摇摇晃晃地踏上地面。惊呆的小罗格此时也清醒了,忙从空中自行车上跳下,过来帮她。

两人抬着靳逸飞的身体,文姬泪眼模糊地在人群中寻找着。地下的人显然都已经是尸体,个个面目扭曲,七窍流血。他们是在瞬间死亡的,那一瞬间的痛苦凝固在他们的脸上、四肢上和身体上,甚至凝固在空气中。她找到了婆婆,婆婆是同样的姿态,身下压着一个小小的同样扭曲的身体。她要过去,把婆婆和呱呱抱起来,唤醒她们……靳伯伯在拉她,焦灼地看着她,目光中充满了疚悔、自责、焦灼甚至乞求。他声音微弱地说:

"不会有幸存者……快藏……可能很快就来……"

他指指天上。文姬愤怒地甚至是狂怒地瞪着靳伯伯,他竟然让自己置女儿于不顾,只顾自己逃命?……但靳伯伯乞求的目光让她明白:靳是对的,眼下只能先藏起来。她朝那个方向最后痛楚地看了一眼,和小罗格抬着靳逸飞迅速下楼。电梯口的数字还在闪亮,说明刚才那波不知道是用什么武器展开的袭击对电力供应没有影响。但文姬片刻中做出决定,不使用电梯,也许外星强盗能轻易接收到电梯工作所产生的电信号?他们抬着靳伯伯沉重的身体,一层层地奔下40多层的楼梯。中途休息时,文姬掩在窗帘后面悄悄向天上窥探,不禁打了一个寒战。外星飞船果然已经出现了,此刻正悬停在上空。她看见了三艘,也许没看见的还有。七艘敌舰中至少有三艘集中在这儿,看来敌人已经清楚了解地球的情况,把乐之友总部作为袭击的重点。所以,靳伯伯刚才的谨慎完全正确,他的急智令人敬服。

"我的呱呱和婆婆啊……"只有到天黑以后再上楼顶去察看了。

他们来到地下室,这里布满了管道,也同其他大楼相通。为了保险,两人架着靳伯伯,顺着隧道急急向前走,来到另一幢大楼下边的地下室里,找了个隐秘地方藏身。喘息稍定,文姬想检查靳伯伯的身体状况,被他粗暴地制止了。他面色惨白,但目光像岩浆一样红热。声音微弱,但思维清晰说话流畅,看来从楼上下来这一段时间内他已经思考成熟。他说:

"我不行了,别为我浪费时间……这是一次用心险恶计划周密的袭击,是想彻底'清空地球的生态位',然后由外星人入住地球……肯定是利用刚才建立的卫星网,全球同步袭击,不会有人幸存,甚至高等动物也会灭绝……文姬,小罗格,一定要活下去!再难也要活下去!"

靳伯伯的阴暗估计甚至比刚才目睹的残酷场景更让人心碎,他们含泪点头。靳逸飞说:

"不要管我,快走!我没有多长时间了,我死后泡泡大半也会离去,不能再保护你们了。"两人哭着摇头,靳逸飞厉声喝道:"快走!快……"他急怒攻心,又是一口鲜血狂喷而出。褚文姬知道他的决心不可挽回,便哭着说:

"伯伯,我们听你的。"她拉着小罗格站起来,小罗格在抗拒,不愿抛下伤者,她低声说,"先离开,晚上再回来。"小罗格顺从了。

她庄重地向伯伯鞠躬,准备离开。靳逸飞苦重地说:

"这就对了……我是个不合格的雁哨,死后无颜见楚前辈啊。"这句话中蕴含的苦重让两人泪如泉涌!然后,他用奇怪的目光扫视两人,说了最后一句话,"把人类的血脉传下去。"

文姬心如刀割,知道这位雁哨最后一句话是什么意思——他估计在这次残忍阴险的突袭中,除了受泡泡保护的这三人,地球上已经没有幸存者。那么,这最后的一男一女将是人类繁衍的唯一希望。小罗格一向思维敏捷,虽然涉世尚浅,应该也能体悟到靳爷爷最后这句话的含义吧。文姬苦涩地说:

"伯伯放心。如果……我们会这样做的。"

靳逸飞点点头,安心地闭上眼睛,挥手让他们赶快离开。文姬强拉着小罗格,忍痛离开了靳伯伯。他们顺着管道来到泵站,在树林的掩护下离开乐之友总部,藏到附近的树林中。他们的离开非常及时,刚刚离开,空中就射来一波密集的白光,然后是惊天动地的爆炸声,乐之友总部的三幢大楼,连同院内的住宅楼,那些坚固异常的类中子材质的建筑,在一瞬间被夷为平地。东北方向的天际同时亮起了闪电,文姬突然意识到,从方位看,那应是对凌波号的攻击。外星人不会为人类留下一条逃生飞船的。

小罗格震惊地看着倾倒的大楼,回头呆呆地看着文姬姐姐:"靳爷爷……我的父母……呱呱……"

褚文姬痛楚地把小罗格搂到怀里。这次她没有流泪，眼泪已经被仇恨烧干了。靳伯伯的自责是对的，他不是个合格的雁哨，没能机敏地应对这场突然袭击。外星人的武器不知道是什么类型，很可能是超强的次声波或粒子武器，外星入侵者放飞的众多卫星应该是粒子或次声波发生器。从事态进程看，靳伯伯的神奇泡泡显然对其有屏蔽作用。如果他在知道"月球有孔洞"的消息后留在乐之友总部坐镇指挥，或者乘着小蜜蜂及时赶回来，也许还能保护几百个人，那形势就大不一样。现在地球上恐怕没有第三个幸存者了。最大的损失还是靳伯伯的死，他死之后，那个神奇的泡泡肯定也消失了，人类将失去唯一的庇护所。局势如此绝望，作为人类的雁哨，他肯定死不瞑目啊。但靳伯伯毕竟比她要机警，他在最后关头的果断救了她和小罗格。

天上的飞船离开了。她搂着小罗格的肩头坐在树林里，等着天黑。心中锯割般的痛苦慢慢麻木了，转化为浓烈的仇恨，浓得要炸开胸膛。靳伯伯、婆婆、呱呱、柳芭、冀天星、比耶夫、君兰、青云……她的亲人，乐之友的全部精英，乐之友圈内的熟人，都在她眼前死去。她想起上两代乐之友的领袖们曾大力促成了世界上所有重武器包括洲际导弹、激光武器、核武器等的销毁。如果他们的在天之灵知道今天，不知道该是怎样的痛悔欲绝？当然，这次袭击太突然，人类又刚刚从灾变中复苏，即使那些武器保存下来，也可能来不及使用。但不管如何，正是那时对武器的彻底销毁，让人类在精神上也解除了武装。

那么，就由她和小罗格担起70亿地球死者的担子，向外星畜生复仇吧。

她担心今天的剧变让小罗格精神崩溃，毕竟他只是个17岁的孩子啊。但她估计错了。刚才的剧变确实曾让小罗格濒于崩溃，但他很快挣扎出来，站稳了脚跟。他从文姬怀中抬起头，冷酷地说：

"文姬姐姐，咱们要报仇。"

褚文姬欣慰地点头，再度搂住他的肩头。

黄昏时分，他们摸回了乐之友总部。即使靳先生和亲人都已经死去，他俩也要看到遗体才能安心。但是无法看到了。院内一片狼藉，尸体都埋在废墟中，不要说当时留在楼顶的亲人尸体无法找到，就连靳伯伯最后藏身的地下室也被堵死，无法下去。两人痛楚地扫视了院内的情形，决绝地转身离开。

他们先到了离总部不远的一个小镇，文姬的家就在这儿。尽管已经在基金会大楼楼顶见过一次死亡场景，眼前的一切仍然怵目惊心。小镇的人全死光了，横七竖八倒了一地，从倒地的方位看，他们在灾祸降临的瞬间都是向外跑的，但没有跑几步便力竭倒地，身后都拖着一长串血迹。所有尸首都扭曲着，表情狰狞，七窍流血，那一瞬间的极度痛苦真切地、永远地记录了下来。

文姬和小罗格都想呕吐，文姬强忍着，在尸首之间辨认。这是邻居刘妈，这是漂亮姑娘小奚，这是幽默开朗的葛大叔……他们的眼睛大都睁着，死不瞑目啊。在院里她还发现一只死猫、几只死耗子，这点特别使她震惊，因为据说耗子是哺乳动物中生命力最顽强的，如果连耗子也死了，那么所有哺乳动物恐怕都难以幸免。只有苍蝇未受摧残，它们在尸体上亢奋地嗡嗡叫着，飞上飞下，为这个死人场增添了一丝活气。

夕阳快下山了，西天布满绚丽的火烧云。金红色的彩云流淌着，迅速变幻着形状。天道无情，它不知道地球的生灵已经全变成了冤魂，仍旧日落日升，云飞云停。

文姬强迫自己忘掉这一切，尽快进入新的角色——一个冷血女杀手，带着一个少年杀手，向外星畜生复仇。但这些魔鬼究竟是什么样子？它们是气态人还是能量人？什么武器能杀死它们？眼下文姬还没有一点眉目。

她带上小罗格回到自己家。家里空荡荡的，电停了，看来刚才乐之友的大爆炸毁坏了这一带的电力线路，其他一切照旧。墙上的照片含笑看着她，百叶窗在微风中轻轻摆动，看着这一切，很难想象这儿曾有过一番浩劫。她取下全家福镜框，公婆笑得那么慈祥，丈夫脉脉地看着她，周岁的呱呱瞪着圆溜溜的眼睛，好奇地看着外部世界。她的胳膊又白又嫩，胖得像藕节，一根手指含在小嘴里。文姬定定地看着，泪水模糊了视线，眼前幻化出另一种景象：婆婆在空中自行车的窗户里向她招手，呱呱的脸贴在窗户上……人们在濒死的痛苦中挣扎，婆婆徒劳地把孙女护到身下；面目扭曲的尸体；白得耀眼的火光……小罗格在推她，轻声唤她。她擦擦眼泪，珍重地取下几张照片，用纸包好，小心地塞到一个背囊里。

在冰箱里找到几瓶罐头食品，文姬打开两盒罐头，给小罗格一罐。他们机械地咀嚼着罐装牛肉，开始筹谋着明天的行动。文姬准备先到不远处的武器所，同丈夫道声永别，再搜罗一些合适的武器。小罗格闷声吃完饭，抬起头清晰地说：

"文姬姐姐。我是男子汉，以后我保护你。"

听着这句不脱稚气的"男子汉话语"，文姬既欣慰又酸楚，感动地拍拍小罗格的肩膀。她知道从说这句话起，这个男孩已经变成男人了，因为他知道自己可能是地球上唯一的男人了。文姬说：

"你是好样的，姐姐相信你。"

门外忽然传来汽车行驶声，两人的神经猛然被扎醒——还有活人！他们曾以为这个世界已没有活人了，但还有人开汽车！文姬立即起身，向门外跑去，小罗格也同时向外跑。但在最后关头，警觉像呼吸一样起作用了——是谁在开汽车？虽然文姬不大相信会是外星人开地球人的汽车，但她还是要观察一下。小罗格与她心意相通，此刻也警觉地停住了脚步。两人走到窗前，从窗帘侧向外窥视。

一辆黑色的大福特径直开进院内，停下车，车门打开，一只脚踏到地面上——褚文姬心脏猛然抽紧，下意识中紧紧抓住小罗格的手臂，长指甲陷入他的肉中，但小罗格忍着没有动。那只脚，或那只脚上穿的鞋子是金属制的，看起来十分笨重，发着银色的金属光泽。接着，一个外星人走出车门，外形颇似人类，但全身都是金属的，头上无发，脸部由几十块钢铁组元组成，钢铁眼窝深陷着，一双没有理性的眼睛冷漠地扫视着四周。

外星人在院中稍作停留，快步向屋内走来。它身高近两米，脚步声十分沉重。它是否发现了屋内的两人？褚文姬拉着小罗格迅速退到厨房，每人拎起一把锋利的厨刀，这把刀不会对外星人造成威胁，但至少可以用来自杀！然后两人迅速藏身到一个橱柜中，努力平息着心跳，透过橱柜上的百叶窗向外观察。

天父地母

伴着铿然的脚步声，外星人走进来了，用冷漠的眼睛扫视一周。他此时抓着两具尸体。毫不费力，强劲的手指轻易戳进尸体内。它转身出去了，走出橱柜内两人的视线。听见两声闷响，可能它把尸体扔到地上了。然后脚步声又返回。

原来它在做尸体清理工作。外星人在突袭的当天就开始尸体清理，行动真快啊。很快，附近的七八具尸体都被扔到院子里。其后大约五六分钟没有响声，褚文姬溜到窗户前向外窥视，见十几具尸体在院子中央堆成一堆，上面洒着白色粉末。那个外星人正从汽车里拎出一支沉重的枪支，它单手执枪，对着尸体扣动扳机，一道耀眼的白光撕破暮色，尸体堆立即爆出明亮的火光，熊熊燃烧起来。

不知道它在尸体上洒的是什么燃烧剂，燃烧十分猛烈，白色的光芒照亮了方圆百米。外星人没有多停，返回车内，汽车迅速驶离火堆，开出小镇。等褚文姬和小罗格来到院里时，尸首已经燃尽，仅在地下留下一堆灰白色的余烬。那辆汽车已经不见了，远处的夜空被照亮，几十团白亮的火焰此起彼伏。应该是外星畜生在集体出动，对这一带进行清理。

两人立在那堆尸灰前默哀。尸首被火化了，褚文姬的邻居们也算有了归宿。然后，一个疑问浮出文姬的脑海。刚才那个外星人来去匆匆，她又是躲在暗处偷窥，没看清楚，但有一点是没有疑问的，那就是它太"像"人。它有四肢、躯干、头颅，是否有五官不太清楚，但至少有一双眼睛和一只嘴巴。而且，从头颅、躯干和四肢的比例来看，也与人类酷似。褚文姬知道一条规律：人类总是按照自己的模样去创造神灵、魔鬼和外星人。这么说，这些外星外星人的制造者，那些外星畜生，竟然与人类高度相像？！

这是不可能的，依理性的推理，在两个互相隔绝的星球上，沿着独立的进化之路，竟然进化出面貌形态如此接近的两种"人类"，这种可能性基本不存在。

那么——所谓的外星侵略是地球上某个阴谋集团玩的把戏？褚文姬立即摇头，否定了这个臆想。经过了40年的智力崩溃，地球上没人能组织这样的阴谋。何况，在此前的"氦闪时代"，人类的利他主义得到空前的加强，根本没有这类疯子赖以存活的土壤。

她的心情十分阴郁。这是个难解的谜,不知道在她生前能否解开。她思考时小罗格默默地看着她,这会儿说:

"文姬姐姐,咱们得赶快弄到武器。"

他是急于向凶手复仇啊。褚文姬点头答应。

灯忽然亮了,外面的建筑物也亮起一扇扇窗户。这当然不是开始吃晚饭的人类,而是外星人恢复了电力供应,他们的行动真是高效啊。他们用某种武器杀死所有地球人,接管了完好无损的人类社会的物质基础,如意算盘打得真精啊。

电扇在转,空调在响,电脑和电视屏幕也亮了。那场灾难造成时间上的一个中断,现在它们又接续上了。褚文姬拿起电话,电话指示灯开始闪亮,耳机里有了熟悉的嗡嗡声,电话网也恢复正常了。褚文姬很想向丈夫那儿打一个电话看有没有活人,但最终克制住了。如果外星人掌握了电话网,他们会很容易查出这个电话的来源,也许两分钟后外星人的军队就会把这儿包围。不能莽撞,她要好好保住自己和小罗格的生命,要拿它多换几个外星魔鬼。

她开始为今后的战斗做准备。首先当然是武器。丈夫的武器研究所虽没有重武器,只保留图纸,但所有轻武器都保留有样品,而且靳先生已经让那儿做好实战准备。褚文姬相信,在那儿一定能找到足以杀死外星人的激光枪或射线枪。对,先去那儿,顺便确认丈夫的生死,虽然她已经不抱希望。

她在屋里搜索着,准备着两人的作战背囊。食物和饮水没有多带,因为这两种东西短时间内不会缺乏。她把两把厨刀分别装进背囊,在找到武器前可能有用,还有一捆尼龙绳,一支电筒,两支打火机,亲人尤其是呱呱的照片,一个日记本。她要把最后的日子记下来,然后……留给谁呢?

作战背囊准备好,她想让两人都洗个澡,换身衣服。罗格有点不大情愿——对于一个急迫的复仇者来说,洗澡应该是不急之务吧。文姬温声说:

"洗洗吧,恐怕以后就没机会了。"

小罗格看看她,默默地点头,她想为小罗格准备衣服,但丈夫个矮,他的衣服肯定不适合——她忽然悟到,所有居家都没了主人,可以自由取用。

她带着小罗格到了邻居葛家，在陌生的衣柜里找到一身适合小罗格的衣服，又在葛家的浴池里放了水，让小罗格去洗。她回到自己家去洗。

她是十分珍惜自身羽毛和小巢的女性，卧室布置得十分雅致和妩媚，化妆间里，摆着唇膏、指甲油、眉笔、睫毛夹、发钳，衣橱里有漂亮的文胸、内裤、丝袜和大开领的丝质睡衣。她穿上浴衣来到镜前，擦去镜面上的水汽，端详着自己，心中酸苦。从本质上说，女性化妆是为他人的，是为了留住丈夫、异性和同性的目光。但从今往后她为谁化妆？为谁美丽？地球上也许只剩下小罗格一个异性，也许某一天，她不得不和这位比她小一半的异性共同繁衍后代，但那更多是一种义务，而不是鲜艳的爱情。

不过她仍然像往常一样化了淡妆，而且，在满当当的作战背囊里，她还是塞了两身精致的文胸和内裤。

夜里，一闭上眼，呱呱、丈夫和公婆父母的身影就在虚空中隐现。她强迫自己忘掉这些，赶紧入睡。明天就要开始复仇生涯，一秒钟的反应迟钝就会害她和小罗格丧命，他们必须保持最好的竞技状态。于是，她强行关闭了痛苦的思念，准备入睡。但突然想到小罗格，便来到隔间察看。小罗格果然也大睁着眼，仰卧在床上。文姬说：

"睡吧。养足精神。别忘了，你说过要保护我的。"

小罗格点点头，很快入睡了。文姬回到自己的卧室，也随之入睡。

第二天凌晨，晨光初显时，褚文姬把小罗格唤醒。这会儿天光朦胧，但刚好能辨认道路，不用开汽车大灯，此时行走不易被外星人发现。两人拎着背囊上了车，她飞快地开着。一个小时后，他们到了市郊，离武器研究所已经不远了。拐过一个街角，忽然发现远处有汽车灯光！她急忙刹住车，停靠在路边，把车内的仪表灯也熄灭。刚刚做完这些动作，那辆车飞快地掠过这儿，车内灯光明亮，外星人的金属躯体闪闪发光，显然是外星人在巡逻。褚文姬同小罗格互相看看，庆幸自己没有被发现，此后她开得更小心了。

武器研究所的情景和她家一样，外星人还没来清理过，十几具尸首横七竖八摆了一地。每个死者都像是拎着武器在向门外跑，即使死前的痛苦也没能让他们松手。靠墙的武器架上摆放着一排轻武器，都擦拭得明光锃亮，弹药盘或能量盒也都已就位。研究所人员已经应靳先生的要求做好战斗准备，可惜没能用上。

她找到了丈夫夏天风，同样扭曲的面孔，同样凝着血迹的五官，双眼圆睁着，弯腰曲背，似乎仍蓄力待发。文姬把丈夫揽入怀里，为他合上双眼，又撕下衣角耐心地为他揩去血迹。血早已凝结了，擦起来十分困难，她小心地擦着。

再不会有人轻吻她的额头，把她揽入怀抱中了。再不会有人在耳边轻轻说"我爱你"，在睡梦中轻轻揉搓她的乳房。她想起自己和丈夫对面坐在床上，脚掌对着脚掌，光屁股的小女儿在大人的四条腿中转着圈爬，一边咯咯地笑。这些情景像利刃一样搅着她的心。

小罗格体贴地把她拉起来，自己代她为遗体整容。他细心地擦去死者嘴角的血迹。阳光从窗户里投进来，照着死者痛苦扭曲的面容。文姬小心地掰开丈夫的右手，拎起那支枪。虽说女人生来不爱舞刀弄枪，但被丈夫耳濡目染，她也知道不少枪械的知识。她知道这种枪是激光枪马丁2号，每个弹药盒可以击发10次，射程两千米，在1000米内能射穿10毫米厚的钢板。估计这支枪的威力足以对付外星外星人了，除非他们是不死之身。

枪上已装好弹药盒，另外10个弹药盒装在丈夫身后的子弹带中。褚文姬取下子弹带，围在自己腰间。小罗格也寻到一枝同样的枪，两人都试着开了一枪，耀眼的红光很利索地洞穿了铁门，两人放心了。

丈夫和他同事的遗体该如何处理？文姬想了想，决定留给外星人的焚尸队。她想，丈夫不会怪罪自己这样做的。

忽然院外有汽车声！两人拎着枪，迅速闪到厨房，仍旧钻到橱柜内。同样沉重的脚步声，同样的躯体，同样的刻板动作。屋内的尸体都拖出去了，外星人还到各个房间检查一番。这儿与普通民宅明显不同，靠墙的枪架上摆满了武器，按说这肯定会引起搜索者的注意，但那家伙似乎并不在意。褚文姬冷冷地想，也许这家伙是一个低级别的外星人，只会执行"焚毁尸体"这一道指令？她和小罗格把枪口慢慢顺正，轻轻地扳开保险。脚步声走向厨房，从百叶窗缝里能看见一双闪着金属光泽的脚，不过外星人没有打开橱柜，脚步声又渐渐远去。

两人闪到窗前窥视。外星人的行动确实是程式化的，此刻又在向尸体上撒白色粉末。然后返回车内，拎出激光枪，点燃焚尸的大火。外星人对着这堆大火又看了两分钟，钢铁组元组成的面孔十分冷漠，没有一丝表情。外星人准备离去了，这当口两人已经悄悄瞄准了外星人的胸膛，两个光点在他左胸上重合。文姬犹豫着，不知道这儿是不是外星人的致命处，但她凭直觉做出决断：既然外星人与人类这么酷似，没理由认为这儿不是心脏。她向小罗格示意，两人同时扳动枪机，两道耀眼的光束破空而去，在外星人的左胸汇聚，訇然一声，外星人胸前炸开一个碗口大的洞。外星人吼叫一声，枪身在空中划一个弧形，瞄准敌方位置开火，但此时他的身体已慢慢向后仰倒，那束死光也随着在空中划着弧形，所到之处，墙壁、树干和尸体都被切割。外星人沉重地跌在地上，那支枪射完了能量，仍直撅撅地朝向天空。

两人扣着扳机，互相掩护着，小心地走近外星人。外星人已经死了，钢铁眼窝里的眼睛还睁着，无神地望着天空，钢铁组元的面孔是惊愕的表情。胸口有一个大洞，露出一些粉红色的类似肌肉的东西。褚文姬冷笑着想，这些残忍暴虐、杀人如草芥的家伙，原来也是肉体凡胎，并非不死之身啊。小罗格也冷酷地看着那个大洞，他是第一次杀人，但开过这一枪，也就迈过了一道心理的门槛。何况——杀这些外星畜生算不上"杀人"。

褚文姬想把外星人的尸首藏起来，以免打草惊蛇，便示意小罗格，两人放下激光枪，攥着外星人的脚踝用力拖拉，但根本不行，这具钢铁身体重过千斤，超过一个女人加一个17岁男孩的体力。两人只好放弃，任由他留在原地。

大火熄灭了，丈夫的遗体已经化为骨灰。她向那堆骨灰洒泪告别，两人匆匆离开这儿。他们没有开车，白天开车太危险了。两人顺着住宅区内的小路，借着树林的掩护，迅速溜到另一幢大楼，开始寻找下一个猎物。

褚文姬和小罗格，地球上唯一留下的男人和女人，就这样开始了他们的复仇生涯。到处是人去室空的楼房，食物很充足，弹药也很充足，两人随身带的弹匣足够杀死100个敌人，用完之后还可以回到武器研究所去取。后来他们借夜色回到武器所，用汽车装运了足够的弹匣，分散藏到城市的各处，做好记号，这样补给弹药更为方便。还有一点对他们很有利：他们知道到哪儿去设伏。只要发现哪儿的尸体未清理，就可以埋伏下来，守株待兔。

天气渐渐热了，未清理的尸体已经腐烂，城市里到处弥漫着令人作呕的异味，外星人加快了他们的清理工作，到处是焚烧死尸的大火。在火堆旁边，两人又杀死了八个外星人。他们的行动越来越熟练和自信。为了节约弹药，小罗格建议以后由他一人开枪，文姬做预备队，文姬答应了。所以其后杀死的八个外星人都是小罗格开的枪，都是一枪毙命，子弹落点都是心脏或头部。他们已经确认外星人并非外星人，而是"人"的身体穿着钢铁的外壳，而且，外壳中的身体确实同人类很相像，胸部炸裂后有鲜血和肌肉，头部炸裂后可以看见白花花的脑浆。每次行动后，小罗格都要走近尸体来确认是否已经毙命，检查后他会高兴地向文姬姐姐打一个响指。

他们的心都被仇恨淬硬了。

已经暗杀了九个外星人，按说该引起占领军的警觉了，但好像外星人很迟钝，他们照旧忙碌着，在各地清理尸体，并没有采取大搜捕。这使褚文姬大惑不解。开始她以为这是敌方假装松懈以引他们上钩，后来发现并非如此。褚文姬想，这种现象恐怕只有一个原因：被杀的士兵们是用高科技手段大量制造的廉价的消耗品或易损件，所以，十几个甚至百八十个非战斗减员，只要统计数据在正常损耗率之内，就不会引起上层的注意。对，肯定是这样的，这是一个极端轻视生命的种族。褚文姬把自己的想法告诉了小罗格，小罗格低声咒骂：

"这些该死的畜生。"

一个星期过去了，他们杀死的外星人已经上升到18名，现在他们每杀死一个，小罗格就在他的枪托上细心地刻上一道细线。灾难刚来临时褚文姬曾经担心，一个17岁孩子可能难以承受这种残酷的命运，她对身体纤弱的小罗格充满怜悯。但她错了，小罗格比她更快地适应了现实，成了一个心如铁石的杀手。在后来的开枪中，他不再射击敌人的心脏，而是瞄着敌人的一只眼睛，直接炸裂敌人的脑袋。而且他养成了一种习惯：总是等到敌人已经注意到那束瞄准激光、面露惊惧时才迅速开枪。褚文姬能猜到他为什么这样做——虽然依敌我双方的悬殊实力，他们只能以暗杀的方式复仇，但小罗格仍想让死者在死前品尝到恐惧和绝望！这种方法比较危险，如果碰上一个足够敏捷的敌人，对方也许会抢先开枪。褚文姬劝小罗格不要这样做，他答应了，但下次开枪时照旧如此。褚文姬真正发了火，狠狠地训斥了他，小罗格才不情愿地照办了。此后他仍是瞄准眼睛开枪，但不再留下那个小小的时间差。

小罗格现在变得很寡言，全部身心都浸在复仇之中。如果哪天顺利地杀了几个敌人，晚上他会抱着武器睡得很香甜；如果哪天没能得手，晚上他就睡不安稳，烦躁地翻来覆去。

附近的人类尸体已经被清理完了，不能再用老的伏击办法。不过他们已经发现，外星人的踪迹现在集中在市中心医院，他们似乎在那里建什么东西。两个复仇者开始一栋楼房一栋楼房地向市中心医院靠近，在这个过程中又杀死两个外星人。到了中心医院，两人发现这儿正矗立起一座A字铁塔，已经建起近百米，大约20个外星人在塔上忙碌，到处是电焊的弧光。巨大的塔式起重机缓缓转动着铁臂，把建筑材料送上去。已经建成的塔身方方正正，毫无美感，甚至可以说十分丑陋。塔的顶部有两样东西交叉，显然是外星人的图腾，其中一样明显是刀剑匕首之类的东西，另一样呈长条形，不知道是什么玩意儿。

很久之后褚文姬才知道，这是外星人的凯旋门，他们以此来庆祝对地球的占领，同时向他们的大神谢恩。这种丑陋的纪念物大概是这个高科技野蛮种族唯一的审美情趣了。

几天来的成功袭击使两人的胆子越来越大，虽然是白天，他们还是借着建筑物的掩护向铁塔逼近。他们潜入与铁塔紧邻的一家工厂，悄悄攀上工厂中央的大水塔，两人分别找一个位置架好枪支。那群钢铁蚂蚁还在忙忙碌碌，干得十分敬业,十分投入,配合协调,就像一台精巧的机器。两人仔细寻找着猎物,褚文姬发现一个外星人离同伴较远,便把枪口瞄准他,扣下扳机。一道强光一闪即没,那个外星人双手一扬,从塔上摔下去,隐隐能听到凄厉的呼声。小罗格与她心气相通,在她开枪的同时也开了一枪,另一个离群的外星人双手一扬,倒在脚手架上。

两个外星人的跌落没引起任何反应,没人去察看和救护伤员,塔上的工作节奏丝毫未减慢。褚文姬感到意外,她想,在阳光下,敌人未发觉激光枪光束倒是可能的,但同伴失手跌下,至少也得去救护啊!他们真的如此轻视生命?她这会儿没心思去仔细揣摩,瞄准另一个开了第二枪。又是一声惨叫,那人从塔上跌下,重重地摔在地上。塔上的工作似乎迟滞了半秒,但随即又恢复正常。

褚文姬愤怒地想,这真是一个残忍的种族,它们不但对地球人残忍冷酷,即使同伴的性命也视如草芥。小罗格瞄准塔式起重机的操作者,带着快意扣下扳机。操作者身子一仰,靠在驾驶室的墙壁上,慢慢倾倒。起重铁臂继续转动,吊着的重物碰弯了铁塔的构件,把另一个外星人撞得飞了起来,摔死在地面。

这时,铁塔上其余的外星人似乎得到了什么号令,同时向水塔这边转过身,望远镜中能看到它们冷酷的目光。褚文姬和小罗格敏锐地发现了指挥者,同样是一个身着钢铁外壳的家伙,但那具外壳是金黄色的,与其他人的银白色明显不同。两人迅速向那人瞄准,开火。褚文姬瞄准的是胸部,但激光枪击中后,仅在那个部位激起了强烈的反光,并没有像过去那样訇然炸裂。这种金黄色外壳竟然能抵挡激光枪的射击!小罗格瞄准的是眼睛,但对方的头盔忽然落下一个面罩,挡住了小罗格的这一击。然后,那个外星人显然下达了命令,数十名银白色的外星人同时从铁塔上往下爬,动作十分敏捷。两人知道情况不妙,疾速爬下水塔,闪身到一个车间。这时天上已响起轰鸣声,几十架从外形看显然是地球的飞机包抄过来,行列中有一架形状特异的外星飞行器。在这艘飞行器的指挥下,飞机轮流向水塔开火,塔身很快迸飞,蓄水从半空中汹汹地倾倒下来。

手持武器的外星人也已赶来，不过它们并没有进入工厂，都在铁篱外虎视眈眈地守候。水塔轰然倒塌后，飞机开始以饱和火力分区域轰炸工厂，看来他们懒得搜捕，想以饱和轰炸的方式消灭区域内所有活物。眼看着爆炸点向这边逼近，褚文姬急中生智，拉着小罗格逃出车间，找到一个下水道的铁盖。她用力掀开铁盖，先把小罗格推进去，然后自己钻进去。

身后是轰隆隆的巨响，红光从下水道口射进来，灼热的气浪追赶着他们。两人急急地、磕磕碰碰地向前爬。下水道很宽敞，弥漫着工业废水的刺鼻气味。身后的红光远去了，他们进入黑暗之中，不时有窨井透出光亮，勉强照出前面的道路。

后边轰然一声，下水道倒塌了，堵死了。现在已后退无路，两人便一门心思向前摸索。下水道内的微光越来越弱，已经难以辨清方向。小罗格停下来，问褚文姬向哪儿走？褚文姬也不知道。眼前的管道就像迷宫，也许会把他们困死在迷宫内。忽然她的脚面感到水的流动，感到了水的流向。她欣喜地说：

"顺着水流走！总能走到河边。"

小罗格欣喜地点点头。褚文姬示意他侧身，与他换了位，自己走在前边探路。她干脆脱了鞋子，时刻用脚掌试着水的流向。管道内污水不多，这是因为城市已经停止活动，没有什么生活污水，所以下水道内一直保持着足够的空气，使他们不至于窒息。

两人在管道里走啊，走啊，不知道走了多长时间。他们已经精疲力竭了，手中的枪支重如千斤，但两人始终紧紧握住它。两人又饿又渴，小罗格的背囊丢失了，褚文姬的背囊还在，但背囊中的食物和饮水不知什么时候掉落了。脚下有水，可惜不能喝。水流的声音百般诱惑着他们，他们几次想趴下去喝两口，但最终克制住了。

小罗格毕竟是个孩子，看他走路的样子已经坚持不住了。褚文姬等着他赶上，伸手要夺过他的枪支。没想到小罗格勃然大怒：

"什么话！我是男人！把你的枪给我。"

他是真的气怒，褚文姬只好松了手。当然，她的枪最终没给小罗格，那样真会把他压垮的。令文姬欣慰的是，有了这么个小插曲，小罗格重新鼓起了力量，走路的速度明显加快了。强烈的求生欲望支撑着两人，他们艰难地向前走。方向显然没错，因为管道变粗了，脚下的水越来越深，水面浸到腰部，浸到胸部，无法再走了。两人把枪支斜挎在身后，双手划水，用脚尖点地，半游半走地前行。水声越来越响，水流越来越急，褚文姬在拐角处稳住身子，探头向前查看。前面，污水已经充塞管道，没有可呼吸的空间了。但前边隐隐传来亮光，传来水流的跌落声，应该是到了河边。反正已后退无路了，褚文姬示意小罗格，两人都再度理好枪支，褚文姬拴紧背囊，两人深吸一口气，褚文姬在前，小罗格在后，同时向水中潜去。水流推着他们向前走，20秒钟，40秒钟，一分钟，褚文姬已经感觉到呼吸困难，一朵黑云慢慢罩住她的意识，她只是模模糊糊感觉到小罗格还在身后。就在她快要绝望的时候，眼前忽然一亮，她随即跌落下去。

她急忙浮出水面，回头等待着。还好，小罗格的脑袋也很快在她胁下钻出来，两人狂喜地拥在一起。这儿并不是河流，而是一个巨大的池子，四周池壁高高耸立，圈出四方形的蓝天。一道铁扶梯从水下一直延伸到壁顶。褚文姬猛烈地喘息着，手足并用爬上扶梯，再把小罗格拉上来。等两人都接触到坚实的地面，心神一松，便伏在地下沉沉睡去。

繁星在天上闪烁，流云在弦月旁流淌，夜空高旷，晚风在私语。褚文姬艰难地睁开眼睛，拼拢自己的意识。她是在哪儿？她睡在一座高高的墙壁上，小罗格枕着她的腿。不远处就是墙壁的边缘，睡梦里如果他俩翻个身，此刻已变成冤魂了。她心中一凛，腿脚发软，忙抓住身旁的铁栏，把小罗格拉近，拥在怀里。

枪支在腋下，硌得那儿生疼，她艰难地挪动着麻木的身体，把枪支顺到前边。小罗格仍在熟睡，枪支也压在身下，她用了很大劲，才帮他把枪支顺到上边。浑身都疼，骨头像碎成千百块。周围是黑黝黝的建筑物，只有几扇窗户倾泻出雪亮的灯光。她原以为那儿可能有活人，但没有人声，没有人的活动。她悟出，那些灯光是因为无人照管才一直亮着。

天父地母

她已经知道这是哪儿：城市东南部紧挨河流的污水处理厂，面前是污水沉淀池。城市污水先在这里沉淀，随后通过生物净化和机械净化，把清水排到河里去。这儿的工作是全自动的，所以虽然人员已经死光，工作程序仍旧进行着。

曙光渐现。她不敢留在外面，以免被外星飞行器发现。便唤醒小罗格，两人相互搀扶着走过天桥，经过密如蛛网的管道，来到污水处理厂的中央控制室。宽敞的控制室内，各种仪表灯仍在闪亮。但没有人，也没有尸体。室外有一堆他们已经见过多次的白色灰烬，说明这里已被外星人清理过了。他们走进员工休息室，在卫生间的大镜子中看到自己：浑身脏污，头发锈成一团，衣服破烂不堪，两眼充满红丝，面容疲惫麻木。褚文姬苦笑一声，尽管已饥肠辘辘，但她对小罗格说：

"先梳洗一下，再找食物吧。"

身上的衣服已不能再穿，背囊里的备用衣服也皱成一团，两人在屋子里找到了两身合体的工作衣，各自找一个卫生间洗浴一番。尽管是粗制的工衣，但站在镜前再度观察自己时，褚文姬的感觉多少好受一些。

小罗格也恢复成原来的金发帅小伙。两人在厨房里找到罐头食物和饮料，狼吞虎咽地吃饱，然后在值班床上沉沉睡去。这一觉她睡得很沉，醒来时已是下午。年轻人的瞌睡要大一些，小罗格仍在熟睡。这儿是郊外，邻近河边，几只不知名的水鸟在高高的树梢上鸣啭着，飞上飞下。它们羽毛是翠绿色的，头顶有一片丹红，美得像一只精灵。褚文姬贪馋地看着，竟然感动得热泪盈眶。这两天他们基本没有见过生灵，除了外星人和偶尔见到的昆虫，就只有尸体了。人的尸体，猫、狗、耗子和鸟类的尸体。外星人看来是想完全清空生态位，包括清空地球的动物，然后把外星的连人带动物一并搬到地球。今天见到几只活的水鸟，说明外星人的灭绝行动并不彻底。

多少天来，今天休息得最充分。再加上这几只生机勃勃的小鸟，让褚文姬的心境明朗多了，唤醒了强烈的求生欲望。她盘腿坐在床上，入神地思考着。这些天她没有见到一个活人，靳伯伯临去世前也说，很可能在这次险恶的袭击中不会有其他幸存者。但这几只小鸟多少唤起一点希望。要知道，乐之友总部附近区域是占领者剿灭的重点，所以没有一个幸存者。但在世界上其他荒僻角落里呢？至少说，在没有确认之前，她不应该完全放弃希望。

她也想到了呱呱，想到了丈夫。这些天来她一直用复仇欲望压制对亲人的思念，这会儿思念之情又从冰层之下渗出。这种思念非常灼人，非常沉重，甚至让她呼吸困难。她狠狠心，把思念先抛到一边。眼下不是沉湎于悲痛的时候，她要为今后做出规划。

她想得太投入了，等她回过神，见小罗格早就醒来，同样盘腿坐在床上，正在枪托上刻线，他是在记录昨天的战果。他刻得十分专心，刻完后对文姬姐姐说：

"24个，整整两打。可惜那个金黄色外壳的家伙没能杀死，他肯定是高层人物。"

褚文姬心中凄然。复仇已经成了小罗格生命的全部，这当然是对的，在这场最残忍的种族灭绝之后，唯有的两个幸免者当然要全力复仇。但她想到，一个17岁的孩子蜕变成杀人机器，而且终有一天被杀，这种前景并不令人鼓舞。不能再这样下去了，比报仇更重要的是活下去。她认真地说：

"小罗格，今后怎么办？咱俩好好商量一下。"

小罗格只说了两个字："报仇。"

褚文姬摇摇头："外星人太多，杀不完的。而且据我感觉，我们杀的士兵都是可以大量繁殖的消耗品，杀的再多，也击不中敌方的要害。现在最重要的是活下去！躲到荒凉的山区、沙漠或极地，努力活下去，即使外星人控制了整个地球，总会留下一些生存空隙。"

小罗格摇摇头："文姬姐姐，那样的苟活没有意思。"

"对，没意思，也很难。我知道你的想法，就是尽量多杀几个外星畜生，直到咱们被外星人杀死，这样最痛快。不过，这正是那些杂种最想要的结局。"

最后这句话让小罗格受到震动，沉默了。文姬盯着他的眼睛，一字一句地说："再难也要活下去！这正是几代乐之友常说的一句话。要学会像原始人那样活着，像老鼠、蚂蚁那样活着。也许等外星人完全控制地球后，咱们活着会很难，越来越难，那就走一步说一步吧。乐之友还有一句话：先走起来再找路！"

小罗格从小生活在乐之友圈子里，这两句话同样对他有特殊的力量，他认真想了想，点点头："好，我听姐姐的。暂时放弃复仇，先活下去。"

褚文姬很欣慰，拉过小罗格的手，轻轻抚摸着。他们不仅要活下去，还要把地球人的血脉传下去。褚文姬不是生物学家，不敢说能学会克隆技术，那么只能依靠自然生育了。这也就是说，如果找不到其他幸存者，他们就是现代的亚当和夏娃。对这个身材单薄的男孩来说，"丈夫"和"父亲"的担子有点太重，但没办法，必须让他担起来。她说：

"靳先生去世前说，让咱们把地球人的血脉传下去。小罗格，不知道你是不是做好了心理准备。'丈夫'和'父亲'这两个担子对你来说太重了。"

小罗格默默地看着她，从她手心中抽出自己的手，把"文姬姐姐"搂到怀里。他平静地说："别担心，我能担得起来的，我的肩膀很快就会长得足够壮实。"他顽皮地笑了，"文姬姐姐，你不要把我看成小孩子。其实，漂亮的文姬姐姐早就是我心里的偶像了。所以你放心，这个男孩很快就会变成男人。"

褚文姬很欣慰，侧身吻了他，小罗格回以更热烈的长吻。

两人大致商量了今后的打算。他们要离开这儿，到某个荒僻的地方安顿下来，生儿育女。同时努力寻找其他幸存者。他们不会忘记复仇，但这件事只能向后推一推，等他们找到足够有效的复仇方式。在这样的灾难时刻，前边的路是黑的，不可能做出明晰的规划，只能大致定出方向，先走起来再找路。

商定之后，两人在污水处理厂各个房间里搜集生活必需品。先在门外找到一辆越野性能较好的城市猎人牌吉普，砸碎车玻璃，意外地发现点火钥匙插在那儿，这使他们省去不少工夫。两人把搜集到的罐头、饮料、衣物、工具一趟一趟往车上搬，还找来几只塑料桶，把其他汽车的汽油都抽出来，放到这辆车上备用。文姬原来的背囊已经湿透，她把其中的照片等杂物移到新背囊中。

搜索时褚文姬发现一间女性的居室，室主人一定是位时尚女子，因为屋内到处是昂贵的法国香水、唇膏、薄如蝉翼的名牌文胸和内裤、连裤丝袜、半透明的睡衣和时尚的裙装。褚文姬比了比，衣服很合身。她在梳妆镜中看看身上不合体的男式工衣，犹豫一会儿，最终把它们脱下，换上了这位不知名女子的漂亮裙装。换装后她出来见了小罗格，后者的眼睛突然睁大，喃喃地说：

"我的天，你真美。"

文姬半是得意半是伤感地笑了。从本质上讲，女人是为异性而美丽。现在，即使世界上只剩下一个半大男人，她也要为他而美丽。

两人决定仍在凌晨出发，因为行路时不敢开汽车大灯，也不能在白天，只有借凌晨或黄昏时悄悄走一段，到白天就隐蔽起来，晚上再接着走。这天晚上，两人第一次睡到一起。褚文姬不愿再耽误时间——谁知道明天是什么命运在等着他们？谁知道明天两人会不会在逃命中走散？她要尽早在体内种下一颗种子。至于在逃亡途中能否保住腹中的儿女，儿女如何长大，长大后如何婚配，现在都心中无数，那是以后再考虑的事。

没有月光，他们也不敢开灯，文姬已经上了床，小罗格正在脱衣服。他脱得比较慢，也许对他来说，一时还无法完成从"弟弟"到"丈夫"的转变。文姬耐心地等着，枕着双臂想着心事。小罗格终于上床了，把文姬拥在怀里，他的动作明显显得生疏。文姬笑着把他拉到自己身上。就在这时，文姬眼前忽然浮出一个画面：是那个穿金黄色外壳的外星人，他的面罩尚未放下来之前，褚文姬曾在望远镜中对他有过一瞥，有过一次远远的对视。那双眼睛和人类完全一样，但目光中浸透了冷酷、阴险、冰冷、坚硬这类东西。想到这儿，褚文姬忽然推开小罗格，坐起身来。罗格轻声问：

"怎么了？"

"我想到了那个金黄色外壳的外星畜生。小罗格，这会儿我有个直觉，我觉得那家伙在轰炸了那座工厂后不会罢休。也许他会顺着下水道，追到污水处理厂来赶尽杀绝。"

小罗格不大信服她的估计，"他会这样做吗？"

天父地母

"我想还是做最坏的打算，尽早离开这里。"

小罗格略有些犹豫："没有月亮，开车看不见路。"

"我知道，那就一人领路，摸索着开吧。"

小罗格虽然不大相信她的直觉，但爽快地说："好，听你的。"

两人迅速穿好衣服，出门上了车。褚文姬在前边摸索着找路，指引着小罗格开车，用爬行一般的慢速前进。一个小时后，他们走了大概两千米，污水处理厂的建筑已经留到后边，贴在天幕上。前边交上了公路，虽然天黑，但也勉强可见。小罗格让褚文姬上车，准备把速度加快一点。文姬刚上车，他忽然猛打方向盘，开下公路，把汽车隐到一棵树下。几乎同时，褚文姬也发现了夜幕上的那处蓝光，一艘外星飞行器幽灵般地出现，飞向污水处理厂。不，不是一艘，而是七艘，它们成圆形悬停，把污水处理厂包在中间。但它们并没有开火，而是静静地悬停着。

文姬在心中赞赏小罗格的敏锐反应，而小罗格也在心中赞赏文姬姐的惊人直觉。两人藏在树下，悄悄观察着。忽然，远处似乎有什么动静，似乎是低沉的咆哮声。向声源方向极目看去，有小小的红光时时闪亮。红光越来越近，褚文姬忽然悟到是怎么回事：

"是污水管道！外星人一定在所有污水管道里撒了燃烧剂！"

她的猜想没错。外星人从那座工厂开始，在所有污水管道中撒了燃烧剂，可能就是他们用来焚尸的白色粉末，燃烧剂肯定是漂在水面上的，随着水流前行和燃烧，一直推进到污水处理厂，这样可确保这一片污水管网中不会留下一个活物。没有多久，污水处理厂的上空忽然被火光照红了，一定是火焰的锋面到了污水处理厂，那个庞大的沉淀池此刻完全被火焰笼罩。直到此刻，天上的七艘外星飞行器才同时凶猛地开火，污水处理厂的建筑很快完全倒塌，激起一片沉重的声响。但天上的火力仍不见减弱，又对那片残垣断壁轰炸了很久。

外星飞行器终于停止了射击，编队离开了。污水处理厂的大火也慢慢熄灭。两人望着重归黑暗的那片地方，不免后怕。从这件事上他们也悟出了外星人的性格特质，他们不喜欢做比较细致的工作，比如派军人悄悄搜查污水处理厂；而喜欢用最简单的方法把事情做到极致，比如他们对那座工厂和污水处理厂的过饱和轰炸，根本不考虑成本。

他们把汽车开出污水处理厂的大门，停下来向人类世界告别。他们的心地一片空明，要活！活下去，再寻找希望！越野车拣着乡间土路一路向西北开去，那儿是深山区。两人担心在无遮无掩的路上开车，会被外星人发现，后来见没什么动静，也就放心了，也许，外星人还未能掌握地球人类的所有信息系统，比如天上的探测卫星。

两人换班，开了整整两天，没有看过地图，只管往最荒僻的地方开。途中也有穿越高速公路的时候，他们发现高速路上已经有了少量的车辆。车辆是人类的，驾驶员则肯定是外星人。但这些车辆只在高速路上出现，一般公路上一辆也没有。看来，外星人正利用地球人的高速通道在进行"点—线"布局，先把各大城市和交通要道控制住。

汽油表指到了零，他们下车加了油，吃了一点食物，又继续开行。越野车再次进入山区，在坎坷不平的山道上颠簸。忽然小罗格又一次猛打方向，把汽车隐在一道石坎后面，向褚文姬指指天上。天上有一架外星人的飞行器，飞得很低，速度也很慢，应该是充氦飞艇之类的玩意儿。飞艇投下一个又一个圆球。圆球弹性很好，落到地面上后先弹跳几下，然后哗然崩开，每个球里都有成百个小动物惊慌地四散而逃。也有一些向这边逃来，它们撞见了这辆汽车，尤其是车中的两人，大都惊慌地收住脚步，用圆圆的小眼睛瞪着他们，用尖鼻子嗅一嗅，然后绕开汽车逃向林中。褚文姬喃喃地说：

"这些外星畜生！他们已经在播撒本星球的动物了！"

"文姬姐你发现没，它们和地球的老鼠很像。"

文姬点点头，不知为什么，这一点让她心中不安。

夜色沉下来，他们不敢开大灯，便借着朦胧的月光向前摸索。晚上他们宿在一个水潭边的一棵大树下。两人太累了，枕着激光枪，很快沉沉睡去。褚文姬做了一些杂乱的梦，梦见丈夫和呱呱都没有死，但她已经有了新丈夫——17岁的小罗格，这让她很内疚。她躺在产床上，撕心裂肺的痛苦之后，

天父地母

一个可爱的婴儿躺在身边,这是她和小罗格的儿子。呱呱来了,口齿不清地唤着弟弟,她冷峻地想,如果世界上只剩下这同母异父的姊弟二人,也许他们不得不做夫妻?这个选择太艰难了,她想从梦境中逃脱……

她醒了,发觉小罗格睡在自己的怀抱里。她轻轻抽出胳臂,小罗格醒了,探头吻吻她,又闭上眼睛。晨色熹微,面前是陡峭的山崖,茂密的树木。汽车停在一条满布鹅卵石的干涸河道上,侧后方是一个水潭,不大,却极深,清冽的潭水汇出重重的绿色,十几只小鱼在潭水中游玩,倏然不见。

眼前的美景驱散梦中的沉重,她到水潭边伸展双臂,来了几次深呼吸。清冽的潭水在引诱着她。两天的奔波使她风尘仆仆,胸前腋下都是腻腻的,于是,她到汽车里取出盥洗用具,仍随身带着激光枪和匕首,来到潭边,脱了衣服,在清冽的潭水中洗去征尘。远远望去,小罗格已经醒了,此刻靠着树干坐着,贪馋地看着她的裸体——又有点难为情,他还没有完全习惯从弟弟到丈夫的身份转变。褚文姬忽然发现一只螃蟹从石下爬出来,不慌不忙地在石面上横行。文姬用脚趾悄悄摁下去,摁住了蟹背,螃蟹惊慌失措地举起两只大钳胡乱挥舞。她松开脚趾,螃蟹飞快地逃掉了,在水中留下一串水泡。褚文姬不由绽出一丝笑意,这是灾难来临后她的第一次微笑。

潭水太凉了,不敢待的时间太长。文姬走到浅处,赤身立在山风中。晨风吹干了身体,她上了岸,穿上文胸,内裤,准备唤小罗格也来洗一洗。这儿足够荒僻,但也有零星的农田,她考虑可以把家安在这里——忽然她有一种悚然的感觉,她的直觉在哗哗地警告。此时她面向罗格,但好像有人在盯着她的后背,冰凉的目光所到之处,她的皮肤微微战栗。她镇静着自己,用眼角的余光向身后看。果然有两个外星畜生!站在干河道的对岸,金黄色的外壳,身躯比她见过的外星人略矮一些,一男一女,女的外壳胸部有两个凸起,所以一眼就辨出性别,他们身后的空地上,停着一架外形奇特的飞行器。

外星人没有动,只是冷酷地默默注视。褚文姬心中凄然,知道死神已经来了。迅速向那棵大树扫一眼,小罗格很机警,已经不在那儿了。他此刻应该藏在树后,激光枪的保险已经打开,正在瞄准敌人。但没用的。昨天他们已经见识过这种金黄色的外壳,它肯定是外星人高层人士专用的外壳,可以抵挡激光枪的射击。她不慌不忙地穿好衣服,把匕首悄悄别到腰中。她掠掠头发,走回水潭,伸展双臂,似乎为眼前的美景而忘情,大声向旷野呼叫着。不过她喊的是:

"小罗格——不许露面——这种外壳打不穿——留着你宝贵的生命——"

她是用中文喊的,她担心外星人懂英语,外星人入侵前显然已经充分了解地球的信息。在乐之友的圈子中英语是通用语,但像罗格这样的年轻人都能说简单的汉语。她喊完话,忽然一个箭步向激光枪扑去,把枪支拎起来,在空中打一个旋把枪口顺正,向着两个外星人开火。果然如她所料,激光射在他们身上,激起了光的爆炸,但两个外星人纹丝不动。也有光束越过他们射向后边的树林,所到之处,大树拦腰截断,轰轰隆隆地倒下来。等这个能量盒打光,男外星人以不可思议的敏捷一步跨过十几米,劈手夺过激光枪,狞笑着,把枪支慢慢地拧成一个麻花,摔在她的面前。褚文姬从腰间摸出那把尖刀,明知这件武器对外星人是无效的,但她仍拼死向外星人的眼睛扎去。外星人用胳臂轻轻一格,刀刃在金属躯体上砍出一溜火花。她苦笑着停止搏斗,忽然反手一刀,向脖子上抹去。

但她未能如愿,男外星人敏捷地托住她的刀锋,夺过来,远远扔到潭水里,溅出一片水花。然后又冷漠地注视着她。褚文姬觉得自己成了猫爪下的幼鼠,没有一点反抗的余地。她叹口气,转过身,纵身向潭中跃去。

这回是女外星人拦住她,女外星人伸出一只手,扼住褚文姬的脖子,轻松地把她举离了地面。褚文姬觉得黑云渐渐漫过意识,在濒死的痛苦中她在心中念叨着:"小罗格,听我的话,不要露面,快点逃走……"

就在这时,她突然发现一个红点落在男外星人的眼睛上,不,是面罩上,外星人的面罩已经在红点袭来的瞬间疾速落下了。然后强激光射在面罩上,引起一波光的爆炸,但面罩显然没有损坏。她痛苦地想,小罗格还是没听她的话啊。不过在这种情况下他不可能逃的,他在尽一个男人的职责。也好,那就和他一道共赴黄泉吧。

男外星人在回击的同时向女伴喝了一声,褚文姬颈部的压力突然放松。她努力向小罗格那儿投去最后一瞥。刚才那波光的爆炸使她暂时致盲,所以她不敢肯定她所见的是真实场景还是她的想象。她看见小罗格平端着激光枪向这边射击，但一道炫目的蓝光向小罗格射去，轰然一声，小罗格的腰部完全被炸飞，而上半身在向下坠落的过程中仍保持着射击的姿势。他的表情忽然变得惊愕而痛楚，应该是腹部的剧痛传递到了大脑……不管这是真实场景还是幻象，反正它超过了褚文姬的心理承受能力。尽管她颈部的压力已经放松，但她的意识仍然迅速坠入黑暗。在意识完全陷落之前，她感觉到自己绵软的身体被夹起来，走向外星飞行器。

第十九章 真　相

离乐之友总部最近的宛市现在是G星人的临时首都，52层的银河大厦是占领军的总部，平桑诺瓦，又称帝皇平桑五世，住在大厦的顶层。透过透明的墙壁，他每天看着A字塔逐日加高，追上和超过了银河大厦的顶层，它最终将要成为本地的最高建筑。这是G星人的习俗，或者称作他们的宗教。每占领一个地方，都要修建一座在本地高度最高的纪念塔。塔的形状原先是不同的，每个部族各有其独特的塔形，比如A字塔是平桑部族的标志。100岁前在G星上的"最后的战争"中，各种纪念塔频繁地毁了又建，建了又毁，直到A字塔最终布满G星时，平桑诺瓦的祖父平桑三世胜利了，兼并了其他部族，组成了奉他为帝皇的G星大联盟。

平桑五世来到地球已经10天，乘着皇家飞行器看遍了地球的建筑，它们都是美轮美奂的杰作，精致、典雅、动感，即使是外行也能体会到它们的精妙。而眼前这座A字塔却十分粗糙和丑陋，乌黑的钢铁桁架，蠢笨的造型，简直令他反胃。地球上已经有300座以上的都市驻有G星人，而凡驻有G星人的都市都在兴建A字塔，临时首都这座A字塔是最高的。平桑诺瓦厌恶这种做法，但他没有阻止。即使贵为帝王，他也不能不顺应习俗。

这次G星人占领地球并非谋定的计划，而是在副皇云桑四世提供了那个至关重要的情报之后临时决定的。但占领行动十分顺利。母飞船停留在月球背面时，地球佬没有发现；G星人用虫洞式飞船凿通月球时，地球佬可能发现了，但没有采取什么行动。77颗低轨道卫星携带着"死神啸声"依次入轨时，地球人仍没有反击。在那个瞬间，平桑诺瓦甚至猜想，地球佬是不是在布置险恶的陷阱？直到死神啸声发出后，全部地球人在一瞬间痛苦地死去，他才确信地球佬根本无力反击。

天父地母

G星的皇家档案库中载有地球人的历史，当然是早期历史。曾经有过一段时间，数万件核武器及太空武器耀武扬威地布满地球。后来，在上一个周期的宇宙灾变中，地球人把所有武器都销毁了，地球成了完全不设防的星球。他对这段记载不敢完全相信——哪有这样愚蠢透顶的种族，竟然会白白丢弃世上最宝贵的财富？结果竟然是真的！看来，这些养尊处优的地球佬已失去年轻民族的强悍和血性，酸腐不堪，他们活该有这个下场。

从军事角度看，这次长途奔袭取得彻底的胜利。在77台"死神啸声"同时咆哮之后，地球上连一只哺乳动物也没能幸免，活下来的只是少量的低等动物，如爬行动物、鸟类、昆虫、鱼类等。后来，当各种迹象表明还有两个地球佬活着并在频频复仇时，他感到十分惊异。不过，这件事也顺利解决了，是皇儿波波的功劳。

御前会议的成员不多，帝皇平桑诺瓦及帝后果利加，副皇云桑吉达（云桑四世），掌玺令齐格吉，中书令葛玉成，侍卫长刚里斯。其中，帝后和侍卫长常常不发表意见，所以实际参加者只有四人。葛玉成出身于卑贱的工蜂族，但凭个人才能升到高位，是帝皇的得力助手。

中书令报告了近日的进展。他说，已经清理出300座地球城市，包括宛市、纽约、莫斯科、东京、新德里……其他城市和乡村由于人手不够，只有任那儿的尸体腐烂分解。不过占领军战士都注射了预防针，至今无一人生病。占领军共89万人，只有24人死于那两个地球佬的袭击，而且都是工蜂族，这远远低于在G星内战中的正常损耗率。

平桑诺瓦下令："把89万人平均分到300座城市。迅速繁殖工蜂族，要求五年之内繁殖到8000万人。当然，工蜂族的强化繁衍只是暂时措施，非工蜂族也必须尽快繁衍，填补这个短期的空缺。有生育权的女贵族都要大力生育，每年至少生育一个。"

"遵旨。"

他看看帝后，帝后果利加说："对，我也要生育。"

他向云桑副皇侧过身，微笑着说："叔父，这次的全胜你是第一功。我真不知道该如何奖赏叔父，按说，只有把帝皇这个位置让给你，才能配得上你的功劳,可惜我不敢违背先皇的遗训。"他开玩笑地说。但这个玩笑内含危险性,作为帝皇他可以说,其他人是不敢凑趣的。云桑四世冷傲地沉默着,显然默认了帝皇所说的"第一功"。"叔父,请你尽快接管地球人的资料,熟悉地球人的一切,我们过去的资料有很多缺项,比如电视中那是在干什么?为什么懦弱腐化的地球佬这时这么狂热?"

侍卫们打开电视,调出一个画面。一群人在疯狂地用脚争一个球,满场观众狂热地欢呼。副皇平淡地说:

"这叫足球比赛,是一种地球佬所谓的'体育运动'。"

"什么叫体育?为什么我们的资料中从来没有?"

副皇摇摇头:"你说得不对,其实蛋房时期的电脑中就有完整的相关资料,只不过'体育类'知识被先皇关闭了,以后一直关闭着。"

"是这样啊。不管怎样,你要尽快熟悉地球上的一切。"

副皇简单地说:"这正是我的职责。"

议题讨论完了,帝后叹道:"可惜,母星的人不能知道咱们的胜利了。"

除了舰队的89万人,其余的G星人仍留在母星,也就是留在灾变时空。那儿由叔皇平桑多贝监国,副皇的妻子不愿离开故土,也带着儿女留在那里。他们肯定日夜牵挂着亲人的消息,但他们不可能知道了。沉默良久后帝皇才说:

"是的,不能知道了。"

中书令恭敬地对帝后说:"帝后,是你儿子杀死了那个男地球佬,还活捉了唯一的女地球佬,他为帝皇立下了赫赫功劳。"

帝后的钢铁面孔上堆出微笑:"那天波波非要乘我的飞行器出去玩耍,还有他的女友吉吉。他们俩天天吵闹,又难以分离,我想清静,就让他们去了。没料到在一座山潭边正好撞上了那两个地球佬。"

"是帝皇和帝后的洪福。"

平桑诺瓦问侍卫长:"女地球佬押来了吗?你领我去看看。"

"押来了,就关在下一层。"

副皇突然说:"陛下,你不是说要奖赏我的功劳吗?那就把女地球佬奖给我吧。我想弄清几件事，比如，为什么唯独他俩逃过了死神啸声。"

帝皇痛快地答应了："好的，这个奖赏太微不足道了。不过，她是波波的俘虏，此刻归波波所有，我得先告诉他一声。"

牢房门前站着双岗。守卫打开门，宽敞的屋内只有正中央放着一张床。犯人睡在床上，昏迷不醒。她穿着裙子，露出白皙光滑、筋腱分明的小腿和润泽的背部，胸部非常丰满，黑发较乱，但仍显得黑亮柔软。赤着双脚，脚掌呈粉红色，双手戴着一副锃亮的手铐。

平桑诺瓦目不转睛地盯着她。从资料中得知，这种裙装正是地球女人爱穿的服饰。在尚武刚勇的G星人中，这种过于性感的服饰是受唾弃的。G星人的美在于强悍、勇武、钢铁的光泽、钢铁的力量。不过，当他真正目睹一具地球女人的胴体时，不由泛出一种非常复杂的感情。那是由基因深处冒出的火焰，烧热了他的血液。

侍卫长刚里斯说："就是她，还有那个年轻的男地球佬，杀死了24个G星士兵。我们已检查过卫星照片资料，从第一次袭击，一直到最后一次，都是他俩干的。我们曾对他们藏身的工厂，还有他们可能藏身的污水处理厂，进行了饱和轰炸，把两处地方彻底夷为平地，不知道他们怎么逃了出来。"

刚里斯的声音没有一点感情，不过帝皇能听出他对这个女人的钦敬。G星人是尊敬强者的。他说："皇子是在她洗澡时把她擒住的。"

平桑诺瓦严厉地说："是突然袭击？"G星人精于军事上的突袭，但鄙弃男人对女人的突袭。

"不，皇子一直等她穿上衣服才出手。"他说，"实际上她非常柔弱，不堪一击。"

平桑诺瓦向前走了一步，俯下身去，用钢铁手指摸摸她的手臂、小腿和乳胸。女人的皮肤十分光滑，肌肉富有弹性，手指修长，皮肤上有柔细的毳毛，胸部高耸。这是个十分性感十分精致的女人，在她身上，帝皇看到了G星女人所没有的东西，也激起了心中说不清道不明的情绪。他想，他刚才对副皇的许诺可能不好实现，波波不会轻易放弃这个漂亮玩具的。

地球女人的眼睛紧闭着,很长的睫毛盖着眼睑,眉峰微蹙,锁着深深的痛苦。平桑诺瓦又摸摸她的面颊,回头简短地命令:

"让她活下去!"

"是,陛下。"

他带着侍卫长离开牢房。

褚文姬早就清醒了。当她目睹小罗格丧命时,她的精神也休克了。她很想让生命就此熄灭,从此结束这种没有亮色的复仇,陪小罗格到另一个世界。但就在意识沉沦的瞬间,她忽然感到一阵强烈的不安。在她昏迷期间,这种不安一直藏在意识的最深处,轻轻搏动着,在唤她醒来。

她醒了,不过假装昏迷,侧耳听着旁边的动静。在确定旁边没人时她微微睁眼观察。她显然被带到外星人的指挥部,是一个很常见的办公环境,似乎楼层很高,窗外只能看到蓝天白云。右边窗户可看到一个丑陋的铁塔,应该是她最后一次袭击时见到的那座 A 字铁塔吧,现在又升高了不少,可能已经封顶。

她闭上眼睛,大脑飞速运转。昏迷前的不安是什么缘由?不是对地球人悲惨命运的不安,那个结局她已经麻木了。那么是什么呢?应该是男外星人的那句话。当时他制止女外星人扼死自己时喊了一声,声调很古怪,但其中似乎藏着某种她很熟悉的东西。但究竟是什么,她竭尽全力也想不出来。

开始有外星人到牢房参观她,她仍假装昏迷,有时透过眼缝偷窥。逮捕她的两个外星人也来过两次,他们很好辨认,其钢铁外壳与一般外星人不同,不是银白色,而是典雅高贵的金黄色,而且做工远为精致,显然这两个家伙的地位很高。次后进来的一个外星人显然地位也很高,也是精致的金黄色钢铁外壳,守卫对他很恭敬。这人还掰开了她的眼皮,于是两人有了一次对视。不过,褚文姬装出昏迷者的茫然眼神,不知道能否骗过那人。在这茫然的一瞥中,她看到了一双冷静的或者说冷酷的目光。她凭直觉猜到,这人很可能就是她和罗格在水塔上看到过的、两人开枪没能打死的那个家伙。那家伙冷静地观察了她很久,无声地离开了。

最后来的显然是最高首领，这可以从守卫更加恭敬的态度和随从的众多判断出来。他观看了很长时间，用她听过几次的怪腔调叽里咕噜说着什么。还伸手摸了她的手臂、小腿、胸部和面颊。那时，褚文姬用最大的毅力控制住生理的厌恶感，没有跳起来躲避。

但在听这些人说话时，她的不安感再次苏醒。这是种陌生的语言，声调古里古怪，但某种似曾相识的感觉却顽固地敲击着她的意识。是发音？音调？节奏？她不知道，她努力辨认和揣摩，没有结果。

但不管怎样，这种奇特的熟悉感越来越浓。直到那位最高首领说话后，这个谜团才解开。最高首领说话较慢，很威严，发音最为典雅。他临走下了一道命令，褚文姬忽然从中辨认出两个熟悉的词：

她。活下去。

他说的是汉语！他们说的都是汉语！只是发音十分古怪。一旦这层窗户纸捅破，她的辨识能力就大大提高。褚文姬一生生活在乐之友总部，在这儿英语是工作语言和生活语言，但毕竟她生活在中国人家庭，汉语还是比较熟悉的。她轻易听懂了随从的回话：

"是，陛下。"

褚文姬感到极度震惊，这些外星畜生怎么可能说汉语？即使这些外星人在进攻地球前做过长期谋划，学习过地球人的语言，他们学的也应该是英语。而且在这种纯外星人对话的场合，也不会使用地球语言吧？！

想不通。说不通。她心中的不安感却越来越浓。她凭直觉猜到，这个事实的背后也许是某种比"人类被灭绝"更可怕的事实。

高强度的思考使她脑袋发木，她无意中睁开眼睛。有人在说话，而且她也听懂了。那人是在说：

"她醒了。"

她一眼认出这是俘虏她的那个男外星人，穿着金黄色的精致外壳。褚文姬是第一次在这么近的距离内正眼观察一个外星畜生。他的脑袋是光的，脸部由几十块钢铁组元组成，但也有眼耳鼻口，深陷的眼窝里是和人类相近的眼白和黑色瞳仁。他说话时，口部的钢铁组元有规律地动作着。他的身体很强悍，但身高稍矮，大约一米六七，四肢十分强壮，关于这一点，在昏迷前的搏斗中褚文姬已深有体会了。钢铁四肢的行动非常灵活、敏捷和准确，但多少带着机器的僵硬死板，缺少人类那种只可意会的优雅。这是一个罪该万死的凶手，不管他说什么语言，褚文姬的仇恨都不会减弱。

她目中喷着怒火，但外星人没有昨天的敌意，显得比较平静，面部的钢铁组元甚至拼出类似欣喜的表情。他招招手，守卫拎来一大筐地球食品，大多是各种罐头、方便面、饼干等。他指指食品说："食——物——你——吃。"

他说得非常缓慢，显然是想让褚文姬听懂。这次褚文姬没有任何疑问了，他说的确实是汉语，只是声调相当古怪，就像是番僧念经。褚文姬腹中饥火炎炎，可能至少一天一夜没进食喝水了，她不清楚自己昏迷了多久，但她不准备吃这种嗟来之食。她目光冰凉地盯着对方，不说话，也不动弹。外星人再次重复道："你——吃。"他看懂她的蔑视，怒气说来就来：

"快吃！不吃——杀死！"

钢铁面孔拼出怒冲冲的表情。褚文姬鄙夷地想，对于以绝食求死的人，杀死是一个威胁吗？想来这个蠢脑瓜理解不了这一点。其实，死亡是自己最好的归宿，那就让他赶快杀死她吧，也许还能在黄泉路上赶上小罗格，赶上丈夫和呱呱。她伸手取过一罐啤酒，拉开铝环。外星人的怒容马上消失了，甚至露出得意的笑容。这时，褚文姬把啤酒猛地泼到他的眼睛上。

外星人被激怒了，他呀呀怪叫着，伸出一只手卡住褚文姬的脖子，轻而易举地把她举起来。文姬呼吸困难，眼前发黑，像上次那样意识迅速飞散……但她没有死。那个外星人松了手，把她扔到地上。他的怒气无处发泄，呀呀怪叫着，周围所有物品都成了他的出气筒。床被劈烂，墙壁也被他的钢铁拳头杵出一个大洞。他一路咆哮着离开牢房。

褚文姬坐在地上，用手抚着脖子，艰难地喘息着。她知道这些外星人都是残忍暴虐的魔鬼，原想他在被激怒后会立即下杀手的，没料到他会中途改变主意。牢门又开了，一个女外星人走进来。褚文姬认出她是刚才那个男外星人的同伴，那天在湖边就是她差一点扼死自己。女外星人冷漠地注视着她，目光一遍又一遍地刮过她的全身。褚文姬被看烦了，抓起一个啤酒罐砸到女外星人脸上,铮的一声,碰出金属声响。但女外星人没一点反应,仍然冷漠地注视着。

很久,她悄然离去。

食品撒得满地都是。饥火在文姬胃里凶猛地燃烧,但她已决定绝食求死,追随自己的亲人。她闭上眼睛,不再看这些摆在眼前的诱惑。这些天的遭遇使她的身心极度疲惫,尽管饥火正炽,她仍靠在墙上沉沉睡去。亿万地球人的冤魂在她梦中奔走呼号,搅得她睡不安稳。

在 52 层顶楼,平桑诺瓦正和他的家人吃饭,其实,吃饭不过是一个古老的仪式,是一种宗教式的行为。因为,早在几十岁之前 G 星人已摒弃自然食物而改用能量合剂。一小瓶能量合剂可以应付一日的能量需求,而喝完它只用五秒钟的时间。

平桑五世和帝后果利加已经喝完了,但皇子波波却迟迟不喝。平桑诺瓦不解地看着儿子:今天是怎么啦?往日波波十分厌倦这种仪式,常常把能量合剂往嘴里一倒便离开饭桌。波波看到父王的问询,以桀骜不驯的目光与父王对视。平桑诺瓦平静地说:

"你有话就说吧。"

"父皇,是我捕获了那只地球母兽,唯一的一个地球佬俘虏。"

平桑诺瓦微微一笑:"那不是因为你能干,纯粹是侥幸。不过,那的确是事实。"

"我要求奖励。"

"好的,你要什么奖励?"

"我要这只地球母兽做我的奴隶。这是祖先留下的规矩。"

平桑诺瓦摇摇头:"没错,这是 G 星人的习俗。但副皇陛下此前要求了同样的奖赏,他的战功远非你能比。何况,他要这个母兽是为了科学研究。"

"我知道,我知道他提出了这个要求。可是,即使他贵为副皇,也不能违犯祖先的规矩吧。再说,他不就是想弄清地球母兽为什么没有被杀死吗?我可以帮他弄清。"

平桑诺瓦不想对儿子强行下令。他想，波波这是一时心血来潮，等他的热劲儿过去后再说吧。"行，先留你那儿吧，但不能杀死她。既然神给我们留下一个俘虏，那就让她活下去。"

"放心，我不会杀她，我对她很感兴趣。我还有第二个要求。"

帝皇皱皱眉头，帝后看看丈夫，柔声说："你说吧。"

"为了不让母兽饿死，我找了不少地球的食物。我想知道地球佬到底吃的什么东西，所以我想尝一尝。"

平桑诺瓦紧皱眉头。到地球前，基于中书令的建议，他颁布了一条法令，严禁G星人袭用地球人的生活方式。副皇也同意中书令的意见，他说，地球佬的生活方式是腐败，是堕落，是醉生梦死。如果不加制止，它会把G星人很快腐蚀掉。不妨看一看地球的历史吧，比如——中国人，他们的生活方式和文化曾腐蚀了羌人、匈奴人、鲜卑人、女真人、蒙古人和满族人，让一个个骁勇善战的强悍民族变成了只会遛狗斗鸟、吟诗作赋的纨绔子弟。所以要严禁！

平桑诺瓦不大知道地球的历史，他只会打仗和杀人。但他相信云桑吉达，他的科学副皇，他对蛋房电脑中的资料，包括其中被关闭的资料，都很熟悉。所以他痛痛快快地批准了副皇拟就的法令。可现在该怎么回答儿子的要求？虽然他对儿子不苟言笑，其实心里还是很溺爱的。他不好直接同意，便看看帝后，帝后立即说：

"仅此一次！"

波波立即从身后拎过来一只小袋，里面装有品种繁多的罐头，罐头上全是熟悉的方块字，什么"五香驴肉""道口烧鸡""南京桂花鸭"之类，波波狡猾地说："我已经吃过了，吉吉也尝过了，我今天拿来请父王和母后尝一尝。"

平桑诺瓦不想让儿子难堪，便夹了一块五香驴肉在口中咀嚼，帝后也挑了两样尝尝。他们没尝出什么味道，便摇摇头，表示要结束这顿饭。波波把剩下的食品大口吃完。"非常美味！"他大声说："你们再尝一次就能品味到了！"

波波和吉吉在游玩途中遇到一场暴雨，暴雨实在太大了，没办法观察道路，他们只好暂停飞行。

两人蜷在飞行器内，粗大的雨柱敲击着透明罩盖，在周围地面上打出一片水花，雷声隆隆，紫色的闪电从黑云中直劈地下。他们好奇地看着这场暴雨，G星上从没有这样突然而来的暴雨，那儿的下雨和复晴都是慢吞吞的，没有如此迅猛的气势。暴雨的结束也非常迅猛。转瞬之间黑云飞走了，天空恢复了澄澈的蓝色，几朵白云悠悠飘来，太阳又以火辣辣的热度照射着大地。被暴雨洗刷过的树木分外碧绿。波波重新升空，在低空沿着地形曲线灵活地上下翻飞。

波波自从来到地球后，一直驾着飞行器四处游玩。有时他不带吉吉，但大多数时间是两人一道。他对地球上的奇异风景很感兴趣，这里有蓝天，有更明亮的太阳，有各种树木，还有飞鸟和昆虫、鱼类。这些风景和G星大不相同，但他觉得，地球上的鲜绿比母星的暗绿更为悦目。

吉吉忽然惊奇地说："那是什么？"随着吉吉的指向，他看到天上扯起一个半圆，赤橙黄绿青蓝紫依次排列。半圆很大，通天彻地，既大气又精妙。波波不知道这是什么玩意儿，应该是一种自然现象吧。他努力回忆从副皇那儿学来的关于地球的知识，没找到有关资料。但它确实很漂亮，太漂亮了，两人目不转睛地盯着。波波忽然说：

"那只地球母兽应该知道，回去问她！"

吉吉说："不，咱们朝它飞过去，看能不能抓住它。"她指着那个半圆说。

波波已经调转机头踏上归程："不，我要回去。母兽三四天没吃东西了，我不许她死。"

吉吉暗暗气恼，她早就看出波波对女俘房有非同寻常的兴趣。这个女地球佬年纪不小了，但她身上有某种很特别的东西，能牢牢吸住所有男人的眼球。而她的未婚夫波波也可以说已经越过男孩的年龄，变成男人了。所以，他"非同寻常的兴趣"中有某些值得担心的成分。但她没有反对，顺从地跟他回家。

整整一天时间没人来这间牢房，守卫守在门口，从不向内张望。褚文姬绝食四天三夜了，已经十分虚弱。男外星人带来的食物、饮料抛撒一地，褚文姬闭眼不看，顽强地抵制着它们的诱惑。她盼着死神快来带走她的生命，不愿意在外星魔鬼的囚禁中苟延残喘。

那个男外星人又来了，守卫跟在他后边，带来更多的食物。有熏鱼罐头，真空包装的烧鸡，八宝粥，梨，西瓜等。守卫把食物堆在她身边，悄悄退出去。褚文姬冷漠地转过脸，知道男外星人又要劝她吃饭。但这次男外星人不由分说把褚文姬从床上扯起来，又扯到窗边，他的神力根本无法抵挡，他指着窗外急切地问：

"那是什么？"

他指的是东边天空上一弯彩虹。衬着湛蓝的天空，这具阿波罗神弓显得神妙非凡。褚文姬不由扭头看看男外星人，他的钢铁面孔还是那样令人憎厌，但钢铁眼窝里的眸子中分明是孩子般的好奇。褚文姬不想理睬他，但不知为什么她还是回答了：

"这是虹，只能在雨后复晴的时候出现。"她用汉语说道，"你们也能欣赏它的美丽？你们这群只会杀戮的野兽！"

男外星人忙不迭地点头，他可能没听懂最后一句咒骂，又把褚文姬扯回床边，指着那堆食物说：

"饭——你——吃，快吃。"

他巴巴地望着她，目光像家犬一样愚鲁，钢铁组元甚至拼凑出巴巴的笑容——如果这能称作笑容的话。看见褚文姬没有动作，他急切地重复着：

"吃——四天——没吃饭。"

褚文姬忽然受到触动。在此之前她一直认为，这个外星人让她吃饭，只是为了留一个活的战利品，留一个研究的对象，看来事实并非如此。也许他是对一个孤苦伶仃的地球女俘虏生出怜悯之情。一道亮光划过她的脑海，她当然不会接受他的怜悯，但这两件事——男外星人以央求的态度让她吃饭，还有他对彩虹的孩子般的好奇——似乎蕴有某种值得思索的东西，某种可以利用的机会。她忽然改变主意，不想即刻就死，死是最容易做的事，而她应该活下去，至少要弄清这些会说汉语的外星人的来历，弄清地球人还有没有幸存者。她取过一瓶牛肉罐头,拉开封盖,大口大口地吃起来。男外星人显然没料到她会轻易改变主意,立即变得兴高采烈,围着她转来转去,盯着她的嘴巴傻笑,只差没有摇尾巴了。

褚文姬冷眼看着他那鄙俗的动作,觉得十分悲哀。看吧,就是这些粗鲁鄙俗的外星畜生灭亡了高雅睿智的地球人,成了胜利者。历史太不公平了!——不过,既然说到历史,她倒想起历史上有很多类似的事例,像希克索人灭了古埃及,多里安人灭了希腊,蒙古灭了南宋。历史的主干就是野蛮人书写的呀。

她吃完了,静等着下一步,而那个外星畜生确实没让她久等。他几乎是急不可待地打开了文姬的手铐,说:

"脱——快脱——我看。"

血液一下子冲上文姬的头顶。她从被捕后就做了最坏的打算,就是没想到外星人中也有色狼!其实这不奇怪,既然外星人的钢铁外壳和地球人如此相像,那么他们也可能和地球人有相同的性欲和性习俗,否则他们不会在钢铁外壳上分出男女。外星人看出她的反抗,立即露出怒容,伸手来扯褚文姬的衣服,不耐烦地说:

"脱——脱!"

褚文姬闪开了,不愿他的脏爪子碰到自己,但她知道反抗是无用的。这些外星人的神力她已领教过了,他们可以轻易制服一头大象或举起一辆汽车。在这当儿,文姬愤恨地想:"好吧,让你们这群丑东西看看地球女人的胴体,让你们看吧!"

她痛快地脱下裙装,脱下半透明的文胸,脱下精致的内裤。现在她昂首立在中午的阳光下,乳胸挺立,柔发蓬松,腰凹和臀部拼出美妙的曲线,光滑细腻的皮肤闪闪发光,脖颈细长,小腹平坦,腿部肌肉坚实,筋腱分明。波波贪婪地盯着她的胸部,盯着半圆的乳房和挺立的乳头,看得如痴如醉。自从在湖边见到这个地球女人的裸体,他就念念不忘。这是从基因深处泛出的本能,是自然界最强大的力量。他慢慢向褚文姬靠近,钢铁爪子慢慢伸向那对乳房……就在文姬反抗之前,一道黑影从牢房外闪进来。黑影的动作太快，褚文姬只听见她的怒吼，辨出她是常和波波在一块儿的女外星人，随之一只强劲的铁手扼住她的颈部，使她的意识迅速坠入黑暗……脖子上的压力猛然一松，她艰难地呛咳着，从半昏迷中苏醒。她看见两个外星人像恶狼一样怒目相向，刚才肯定是波波把她从女外星人的手里救出来，在两人的争斗中，女外星人肯定吃了亏。两个外星人僵持了很久，在喉咙深处咆哮着，然后，女外星人狂怒地跑了，周围的物品都成了她的出气筒，一路上尽是嘎嘎吱吱的破裂声。

是男外星人救了她，但这丝毫不能减弱她的仇恨，她冷冷地盯着他，看他还会做出什么丑恶的举动。但他并没有什么举动，只是专注地盯着褚文姬的乳胸，目不转瞬地盯着。他的手又想凑过来抚摸，但中途停止了，然后……

此后的事态发展完全超过文姬的心理承受能力。男外星人缩回手，两手交叉着伸到他本人的左右腋下，同时按了一下，他的身躯，不，是他的外壳慢慢裂开，先是头部裂开，露出另一副面孔，然后整个身躯裂开，另一个完整的较小身体从外壳中滑出来。

那是一个十五六岁的男孩，身高不足一米六，与粗壮强悍的机器身体形成鲜明的反差。男孩比较瘦弱，四肢纤细，头颅硕大，额头很高，两只眼睛特别大，皮肤苍白，散发着某种怪味。但他分明是人形，不，分明是一个地球人！男孩看看文姬，再比比自己，再看看，再比比，他的表情变得很困惑，甚至很有点儿羞愧，他不再是狰狞强悍的外星魔鬼了，而是一个浑身脏污、柔弱自卑的人类孤儿。

从机器外壳裂开的刹那，褚文姬的心脏突然停跳，似乎在嘎嘎地碎裂。多日的困惑解开了：为什么这些外星畜生的钢铁外壳颇类人形，为什么他们的钢铁怪脸能做出人的表情，为什么他们的枪支甚至手铐都是地球上曾经有过的样式，为什么他们撒放的动物酷似地球上的老鼠，为什么他们能说汉语……原来，他们虽然是从外星来的，但肯定是人类的后代或侧支！褚文姬不禁想起人类向外放飞的褚氏号、诺亚号、雁哨号和天、地、人三个船队，也许这些外星杂种是某艘飞船中船员的后代？不可能。他们中飞出地球最早的是褚氏号,距今也不会超过150年,不可能有如此巨大的异化。那么,他们又是什么人的后代?商朝的箕子?秦朝的徐福?更不可能,那时可没有飞船和高科技。是更早的已经灭绝的史前人类?同样不可能,即使真的存在一支科技发达的史前人类,也不会使用现代汉语!

所有的谜眼下都无解。唯一已经弄清的是:这些外星人的钢铁外壳实际是一种体力增强器,一种伺服机械。机器外壳中有强大的能源,能把穿戴者的动作成正比地强化。这算不上什么新鲜玩意儿,在地球上,20世纪中期就发明了。只不过这项发明在地球科技史上只是一朵转瞬即逝的小浪花,始终没能形成大气候。倒是与体力增强器相仿的远距离操纵机械手得到长足发展,至于机器外壳——谁愿意每天穿戴一副丑陋僵硬、令人难受的外壳呢。

褚文姬十分困惑,心绪异常繁乱。不过,就在那具男孩躯体从机器外壳滑出的一瞬间,褚文姬在电光石火间已悟出历史的主要梗概。她至少能确定,这些面貌体形与地球人酷似并使用汉语的外星人肯定与地球人有渊源,他们肯定是地球人的后裔或侧支。

她的血液在刹那间被仇恨烧沸。从前她当然仇恨他们,但那是人类对兽类的仇恨;现在她突然得知,是人类失散多年的儿女忽然回来杀死家人!地球上70亿死不瞑目的冤魂啊。狂怒中她猛扑过去,扼住了外星人的喉咙,虽然她明知自己根本不是他的对手……

但她想错了,失去外壳的外星人十分虚弱,根本没有还手之力。他在褚文姬的手中挣扎着,很快两眼翻白,身体软绵绵地垂下来。牢门开了,一道黑影闪电般扑过来,是女外星人,后边跟着一个守卫,文姬被揪住头发扔到墙角,脑袋撞在水泥墙上,失去了知觉。

等她醒来时,男外星人已经不见了,连同他的外壳。不过文姬很清楚他没有死,因为,就在自己被女外星人揪住之前,一种奇怪的感情忽然涌来,使她停止了用力。在她的手指之下,那个羸弱的身体太像一个人类的男孩,一个失去母亲照料的瘦小的孤儿,她无法下手杀死这样一个孩子。虽然明知道这是农夫的仁慈,但心中泛出的一念之仁还是让她放松了手指。这会儿后悔也来不及了，她在心中咒骂自己纯粹是一个废物。

女外星人吉吉冲进来时后边跟着守卫。但文姬醒来时，守卫已经退回去了，屋里只余下吉吉，正虎视眈眈地盯着她。褚文姬筋疲力尽，已经倦于仇恨，她挣扎着起来，理理头发，声音嘶哑地说：

"快把我杀死吧，你这条母狼，为什么不动手？快来呀。"

吉吉没有动手，围着文姬转一圈，又转一圈，专注地盯着文姬。即使这个女俘赤身裸体，憔悴衰弱，但仍保持着一种尊严，一种光辉，令你不由得产生敬畏。她浑圆的乳房饱满坚挺，白嫩的皮肤下是淡蓝色的血管，暗红色的乳头骄傲地挺立着。看着这一切，吉吉心中一个遥远的前生之梦忽然苏醒。每个婴儿呱呱坠地混沌未开时，都具备寻找乳头和吮吸的本能，这种本能不用通过父母传授，是基因密码通过种种机制转化而来，所以它是人类最牢固的潜记忆。G星人已经用能量合剂代替了自然哺乳，G星女人的乳房在机器外壳的禁锢下已趋于退化。但基因的力量是最强大的，褚文姬母性的裸体唤醒了吉吉早已湮灭的潜记忆：妈妈的温暖，睡前的咿呀，富有弹性的乳房，甘甜的乳汁……

吉吉呆立着，不知道该怎么办。她以G星人的野性狂热地爱着波波皇子，当然不允许别人抢走他。这段时间她早已觉察到，波波对这位地球女俘虏有一种奇特的关切，而且肯定含有性的因素，是男人对女人的关切。因此她一直怀着强烈的嫉妒，不错眼珠地盯着这只地球母兽。不过这时嫉妒心退潮了，代之以对那具美丽躯体的崇拜。

吉吉犹豫地抬起双手，也像波波那样，在自己左右腋同时按了一下。她的外壳也裂开了，露出一个发育不良的身体，苍白羸弱，散发着难闻的气味。耳郭和鼻梁在外壳的长期压迫下显得平板，头发纠结。她的身体还没发育成熟，显不出女性的丰腰肥臀，但胸前已有两团小小的凸起。这是一个十四五岁的刚成年的女孩。

那具彪悍的钢铁外壳分成两半扑倒在地上。吉吉穿惯了外壳，很不习惯裸体站立。她怕冷似的缩着肩膀，来回倒着脚，巴巴地望着褚文姬。文姬发现，女外星人的目光中不再有兽性和残忍，而是艳羡、敬畏、迷茫，甚至羞愧。她苍白的小手胆怯地伸过来，慢慢触到文姬丰满的乳房，一道电波顺着乳头神经射过来，文姬不由得哆嗦一下，但没有躲避，也没有反抗——女外星人的行为显然不含"性"的因素，也许此前那个外星男孩也是如此？无疑，这些G星畜生已经兽性化了，半机器化了，但至少他们还知道地球女人的胴体是美的，女人的乳房——更确切地说是母亲的乳房，对他们还有冥冥的感召力。他们也知道为自己在机器外壳禁锢中的丑陋身体而羞愧。这个女外星人表现出的嫉妒心十分兽性，但至少它是以男女之爱为基础的。

这么说，他们身上还有未泯灭的人性。

褚文姬的脑中忽然电光一闪。

这次外星畜生对地球人取得了完胜，虽然有许多具体的技术原因，但从哲理角度来概括则只用一句话：凶恶强悍的兽性战胜了美好但脆弱的人性。这正是历史的规律，历史的悖论。人类各族群在文明提升途中都会逐渐以人性代替兽性，但很不幸，人性化的族群常常被兽性族群所摧毁。想想蒙古铁骑对中亚人和南人的屠杀，满清人对汉族人的"扬州十日""嘉定惨屠"；想想白人对黑人、印第安人和澳洲土人的屠杀；想想那些足够屠杀全人类几次的核武器！那么，既然这些外星畜生内心深处还残留着人性，也许这是上天有意留下的阿喀琉斯之踵，是上天留给她的机会。

文姬为这个想法……作呕，利用外星人的人性来战胜它们——这不符合文姬的内心。但……想想那些身体扭曲的人类尸体，想起横死的女儿和丈夫、急怒中吐血而亡的靳先生、被炸成两截的小罗格……仇恨立即把血液烧沸，眼前阵阵发黑。她已经做过一次迂腐的农夫，不会再做第二次。

那么，赶快扔掉内心中的迂腐，接过这个天赐的机会吧。

吉吉不习惯于没有外壳，瘦弱的裸体在秋凉中瑟瑟发抖。但她忍耐着，巴巴地看着文姬。她期望着什么？恐怕她自己也不清楚，不过，显然是想和文姬建立起另一层次的交流。文姬迅速思考着，一个计划逐渐在心中成型，她慢慢伸过手，去抚摸吉吉的头发。在她缓缓伸手时，吉吉像头狼崽子那样紧张地乍着颈毛，等到文姬把手按上去，她浑身一激灵，似乎要立即蹿跳起来，但她强制住自己，没有动作。文姬轻轻抚摸着她的脏发，缓缓地问：

"你——叫什么名字？"

女外星人听懂了她的话。"吉吉，杜芝吉。"

"那个男孩呢？"

"波波，平桑波，他是平桑五世的皇子。"

褚文姬比划着，缓缓地说："吉吉，我知道你喜欢波波，知道你想变得和我一样漂亮，让波波永远喜欢你，对吗？"

吉吉狂喜地点头。

"也许，你还想做母亲，让一个胖乎乎的孩子噙着你的乳头入睡？"

吉吉犹豫片刻，点点头。

"那好，我可以教你。现在你去洗澡。听得懂我的话吗？洗澡，沐浴，清洗掉身上的臭味，让头发变得光亮柔软。我会教你穿人类的衣服，穿女人的时装。时装你懂吗？就是最新样式的女人衣服，女人的衣服决不会一成不变的。还要教你使用香水和唇膏，教你保养皮肤，保养乳房。你很快就会变漂亮的。但你首先要下决心，永远抛弃这具钢铁外壳。"

吉吉似乎听懂了她的话，至少听懂大意。她扭头看看地上的钢铁外壳，显然不愿意抛弃它，因为从幼年开始它就成了身体的一部分。文姬知道她的心理，仍坚决地说：

"去吧，和波波商量一下。我还会教你们地球人的礼仪，地球人的风度，但你们不能穿着机器外壳去学这些，机器外壳与这些东西是水火不相容的。究竟怎么办——你和波波决定吧。"

她不再理会吉吉，径自回到床上坐下。

吉吉穿上外壳走了。文姬悄悄观看了她穿外壳的办法，很容易，把两半壳体合上，啪的一声，它就开始工作了，与其主人合为一体。吉吉走后很长时间没有返回。这些天，褚文姬恢复了正常进食，默默等待着。两天后，牢门忽然打开，守卫探进头，语调生硬地说：

"你——出来。"

她走出牢房时，守卫全部撤走了。屋内空荡荡的。这间住宅的原主人显然是一位书画家,屋内布置古色古香,很有文人情趣。正厅中挂着花鸟鱼虫四扇屏,博古架上摆列很多古玩,屏风旁放着将近两人高的青瓷花瓶。在卧室的合影相上,祖孙三代人其乐融融地笑着。书画间里有许多已完成的书画,书案上用白铜镇纸压着一张宣纸,纸上只写了两个大字:空明,落款只写了一半。墙上挂着七八种中国乐器,有横笛、琵琶、二胡、古筝……褚文姬仿佛看到相片上那位白须飘飘的老人在挥毫作画,他的脸上浮着恬然的、与世无争的笑容。

可惜,这种文人雅趣永远成为历史了。她怅然取下一把二胡,调弦试音。二胡很不错,音质清亮优美,她坐下来,随手拉出一串乐音,这是《光明行》的旋律,于是她静下心来,从头演奏二胡名家刘天华的这首曲子。

她听见钢铁的脚步声,眼角余光看到波波和吉吉进来,立在她的身后静静地听着。褚文姬拉得很投入,一直把曲子拉完。转回头,看见两人非常惊奇地盯着她手中的二胡。波波问:

"这是——什么?"

"二胡,一种中国乐器。你们的星球上没有乐器?"

"有,但只有一种,是七弦琴。"

"那么体育呢?打篮球,踢足球,跳高,赛跑,划船……"

两人摇着头。褚文姬以怜悯的目光看着他们,轻声叹息道:"我可以慢慢教你们的,很快你们就会知道,世界上有许多事情远比杀人高尚和愉快。不过你们首先要脱下这具铁壳,你们做出决定了吗?"

波波和吉吉肯定已商量过了,他们没有犹豫,同时伸手在左右腋下按了一下,机器外壳分成两半,带着沉重的声响落到地上。现在她面前是两个裸体的少男少女,瘦弱污秽。他们怯生生地站着,不过并非对裸体的羞怯,恐怕他们从来没有这个概念;而是乍然失去外壳的软弱感和无助感。他们巴巴地望着文姬,等候她的吩咐。

褚文姬领他们来到卫生间,这套别墅是双卫生间,都有浴盆,她让两人每人使用一个。她在浴盆里放了热水,又把香皂、洗发液、沐浴液、洗澡巾找出来,耐心地告诉他们使用的方法。做这一切时,痛楚和仇恨啃啮着她的心，因为这令她回忆起为呱呱洗澡的场景。

两人照她的吩咐，胆怯地跨进浴盆，淹没在氤氲的水汽中。褚文姬在两个浴盆之间来回走动，教他们如何洗浴，交代他俩要多泡一会儿，把身上的老灰泡软，两人都听话地躺到水里，闭上眼睛。安顿好两人后，文姬迅速闪到客厅，仔细倾听，外面没有动静。显然这位皇子有足够的权威，把守卫全部撤走了。她把两个卫生间的房门轻轻关严，免得里边听到客厅的动静。两套机器外壳堆在地上，波波的身高与她相近，她悄悄穿上了波波的机器外壳，把两半合拢。啪的一声，外壳"活了"，开始模拟和强化她的动作。她试着走路和活动两手。很好，这种伺服机械性能出色，她的动作被放大和强化后仍然流畅自然。她没有敢多耽误，也像波波那样两手交叉，同时按一下左右腋下，机器外壳刷地分开，委顿在地上。

她确信自己可以使用机器外壳了，便悄悄推开卫生间的门。波波仍舒服地仰卧在水中，只露出脑袋。文姬微笑着过去，帮他洗头，洗脸，洗脖项和耳后。波波很享受地闭着眼睛。

然后，文姬用细长的手指轻柔地、不为人觉察地在他颈部寻找左右颈动脉窦。她摸到了。没错，他确实是人类，也和地球人一样有两个颈动脉窦。只用在这两处轻轻按压一会儿，这个外星畜生就会在快乐的震颤中死去，按压颈动脉窦能阻断通往大脑的血流，而且在死亡前会激起极度的快感。然后再到另一个卫生间，用同样方法杀死那只外星母兽。她对外星人已有了很深的了解，知道在机器外壳中是相当羸弱的肉体。知道了这一点，也就有很多办法和机会来消灭他们。这会儿守卫已经撤去，她可以穿上波波的外壳，带上他俩的武器从容逃跑，继续自己的复仇事业；甚至可以借这具外壳的掩护，在外星人的中心巢穴里大开杀戒，杀死他们的帝皇和副皇……

波波很享受这样的洗浴，睁开眼，笑嘻嘻地仰望一眼文姬，又舒服地闭上眼睛。文姬掩饰了心中的紧张，也回了一个微笑，然后手指上开始用力。浴盆中赤裸的波波显得更为瘦削柔弱，但她这回不会手软，不会再滥施农夫的仁慈。她按了一会儿，手指下的波波没有任何动静，也许此刻他已经休克了，再按几分钟就是死亡——但就在此刻，一波可恨的怜悯心又涌上来。这个外星畜生太像一个人类的小男孩，一个瘦弱无助的小家伙，脖颈细长，对自己毫无戒心，她实在不忍心掐死他——褚文姬，你这个该死的废物，还想再做一次农夫吗？她在心中狠狠地咒骂自己，手指继续用力。但是不行，她的手指就是按不下去，大脑发出的指令在手指这儿硬是被切断了。

她的心在极度矛盾中被撕裂。脑海中闪着被害亲人的影子，小女儿、丈夫、邻居、靳前辈、小罗格……眼前的波波和吉吉甚至是杀死小罗格的直接凶手！她必须向凶手复仇，否则自己都鄙视自己……但她就是下不了手。她是在利用这两个外星孩子已经复苏的人性来实施谋杀，这种做法未免太卑鄙……但在生死血仇中，小小的卑鄙是应该被原谅的……

她不知道自己在矛盾中煎熬了多长时间。她忽然惊醒，下意识地在波波额头上拍了一下。如果颈动脉窦按压时间过长，死亡过程就不可逆转了，在她没有做出最后决定之前，必须先把波波唤醒……就在这时她忽然明白，自己实际已经做出了最后决定。她不可能再回头了，不会用这种卑鄙办法杀死波波和吉吉，那与她的内心完全相违背。

波波醒了，陶醉在因脑部短暂缺氧而带来的快感中，他的目光显得蒙眬而迷醉，口齿不清地低声说："嬷嬷，我睡着了？有多长时间？这一觉真舒服啊。"

他似乎喊的是"嬷嬷"，褚文姬不知道在G星人的"汉语"中这个称呼的具体含义，但应该是尊称，这是错不了的。这是波波在神情恍惚中无意喊出来的，但也许这样更能凸显他的感情取向。文姬苦叹一声，知道自己在听见这声"嬷嬷"后，无论如何不会再对他下手了。

她强迫自己冷静下来。她想，这些G星人是人类的直系血亲，是留存人类文明的最后希望啊。她当然恨他们的残忍暴虐，但是……想想地球上的人类吧，人类史就是一部血与火的历史，是同类相食同类相残的历史。人类在艰难的发展中终于获得自我约束的力量。核武器被销毁了，所有武器被彻底销毁了。人类终于克服兽性，获得理智。不过这也是二百年前才达到的。这些残暴的G星人……不就相当于几百年前的人类吗？

想想这些，文姬的仇恨没有那么强烈了。她想，这些人性尚未彻底泯灭的 G 星人，总有一天也会告别兽性的。褚文姬长叹一声，最终放弃了自己的复仇计划。毕竟，这两个兽性十足的年轻 G 星人已显露向善之心，爱美之心，自己要做的不是杀死他们，而是教化——尽管她知道教化比杀人更为困难。这也是一种复仇，更高层次的复仇。

就在这个瞬间，褚文姬断然做出这个新的决定。说到底，这是她内心的呼唤，本我的呼唤，她无法违背。她低头对波波说：

"你刚才睡着了。等我一下。"

她到居室原主人的衣柜里为两人找到尺码合适的衣服，给吉吉预备的是一件露背连衣裙，一双漂亮的中跟皮凉鞋，精致的内裤和文胸；为波波准备的是一双网球鞋，白色运动裤，T 恤衫。两人都洗完了，连身子也不知道擦，湿淋淋地来到客厅，等着文姬的下一步安排。文姬让他们先回各自的卫生间，她去帮他们穿戴齐毕，然后两人再见面。

她的主意是对的，当波波和吉吉看到焕然一新的对方时，眼中都露出惊喜的表情。他们穿着衣服还很不习惯，动作显得拘束，但无论如何，这和洗浴前那两具单薄僵硬的躯体不可同日而语。现在，少男少女的性器官都被掩盖住了，但这种掩盖反倒更能引起神秘的想象。褚文姬拍拍手，把他们的注意力唤回：

"好，我不想耽误时间，马上就开始我们的教程。第一课是教你们走路——像地球男人女人那样优雅地走路；随后教你们健美操，使你们的身体变得强健而优美。我还会教你们乐器，教你们各种知识……现在我们开始吧。"

第二十章 美 丽

转眼两年过去了，G星人在地球牢牢扎下根。他们完全掌握了原来的电力系统、交通系统、网络系统，当然也包括最重要的食物生产系统。不过他们对食物生产系统做了改造，那些现代化的食品加工厂不再生产火腿、牛肉罐头、三明治、苏打饼干、可口可乐等，而是纯一色地生产能量合剂。与息壤星相比，地球太富饶了，生产的能量合剂足够300亿G星人食用，所以自从在地球安家之后，工蜂族便以几何级数爆炸般地增殖。

不过，一种颓废、无所事事的风气迅速蔓延开来。在决定突袭地球之前，G星人曾做了最坏的打算，想想资料中所显示的地球上的导弹发射井、太空激光武器和电磁炮吧。他们曾打算把战争进行10岁，打算死去十分之九的战士。但没想到地球人会如此不堪一击。现在他们有什么可干的？敌人已全部消失了，自动化生产线源源不断地送出能量合剂，而他们一天只能喝一瓶，如此而已。他们还能干什么？那具强健的机器外壳还有什么用？

不过，G星人很快找到了寄托——酒。原来世界上还有这么美妙的东西，可以让人忘掉一切烦恼，沉浸在虚幻的神奇境界中。酗酒之风在G星人中迅速传开，茅台、五粮液、二锅头、法国威士忌、雪利酒、青岛啤酒……街上到处是步履不稳的行人，地上横着拎着酒瓶的醉汉。

还有些G星人则是寻找另一种寄托。他们大多是贵族子弟，是波波的朋友和伙伴。他们看到褚文姬的魅力，看到波波和吉吉在形体上、风度上无形的变化——天哪，原来女人还能有如此的魅力啊。于是他们也逐渐加入褚文姬的学生队伍，学着波波尊称她为"嬷嬷"。他们大都舍不得完全丢弃钢铁外壳，不过他们很识趣地把外壳留在褚文姬的门外，穿着地球人的服装走进教室。褚文姬对此佯装不知道。

紧张的教学对褚文姬也是一种麻醉，可以让她少想失去的亲人。有时她会陷于深深的怀疑和自责，不知道自己的所作所为是不是背叛。她所尽力教化的是些什么人？个个是双手沾满地球人鲜血的刽子手啊，不过她总是能克服这种怀疑和自责，她相信自己干的是唯一正确的事，她要使这些杀人狂脱胎换骨，延续地球文明。

但她无法排除心中的孤寂。她常常想起一位与自己同名的古人蔡文姬，她在战乱中陷身于匈奴人中，有家难回，被毡衣褐，食膻闻腥。蔡文姬是著名文学家蔡邕的女儿，本人也具有极高的文学修养，这和匈奴社会的野蛮构成强烈的反差。在痛苦中麻木不算痛苦，在痛苦中能自省才是真正的痛苦啊。蔡文姬把有家难回的悲愤凝于她的名作《胡笳十八拍》中，昭示于后人。

文姬想，比起蔡文姬来，她要更为不幸。蔡文姬身边还是人类，而她周围的G星人几乎不能称作同类。在对他们授课时，她总是不能排除心中的仇恨，有时，她会把一片杀气带到乐曲中。她在这种极度矛盾的心境中煎熬着。

春天来了。褚文姬停止授课三天，让学生们放假，她带着波波和吉吉去郊外春游。田野里生机盎然，杨柳枝头是新生的嫩叶，桃花夭夭，梨花赛雪，无人耕种的田野里铺着绿色的麦苗，麦苗是去年散落在地的麦粒长出来的，显得杂乱无章。燕子也已归来，在没有主人的空宅里衔泥做窝。路过一片松林时，褚文姬忽然急喊刹车。开车的波波迅速刹住车，她跳下车，在松枝间搜索着，很久才怅然回到车上。刚才她似乎看见一只松鼠在树间探头，但下车后没找到，也许是她看花了眼，也许它是被惊跑了。如果她没看错，那它就是死神啸声袭击后唯一存活的哺乳动物。

不过山间林中已经有了很多哺乳动物，是G星人播撒在地球上的鼠子、鼠羊、鼠牛等，它们都是草食动物。据说G星人也播撒了少量食肉动物，如鼠狼、鼠虎和鳄龙，但褚文姬还没有见过。但总的说，大自然在这次浩劫后开始恢复元气了。

天父地母

　　山路上行车不多，偶然见几辆车停在路边，一些醉醺醺的钢铁外壳的G星人卧在汽车旁。还见过一辆汽车中有一对不穿外壳的男女，他们是褚文姬的学生，也是来春游的——现在褚文姬的一举一动都是他们模仿的对象。不过他们没来打扰老师，远远地开到另一条岔路上。

　　后来三人发现，一辆汽车始终跟在后边，波波放慢速度，等那辆车追上来。驾车人是中书令葛玉成，穿着钢铁外壳，目光冰冷地盯着这边。他这会儿也放慢车速，与波波的车保持着一定距离，不过他似乎一点儿不在意波波发现他的跟踪。

　　褚文姬疑惑地看看波波，波波不在乎地说："是葛玉成，他一直反对我和吉吉跟你学习。"

　　"他今天来干什么？"

　　"不管它，他的地位再尊贵也只是一个工蜂族，敢找麻烦我就……"

　　他想起褚文姬不喜欢听粗野的话，把后三个字咽到肚里。

　　他们来到山中一块平地，绿草如茵，洒满不知名的小黄花和小紫花，蝴蝶和野蜂在花丛间穿行。波波和吉吉把车上的食物、桌布搬了下来。看着他们的背影，褚文姬不禁感叹道，少年人是幸福的，他们具有可塑性。仅仅两年的时间，波波和吉吉从形体上已完全摆脱外星人的僵硬，他俩衣着光鲜，动作潇洒轻盈。尤其是吉吉，长发柔滑光亮，胸脯也变得丰满，很难把她同两年前那个野性十足的女外星人连在一起。

　　中书令葛玉成也把汽车停在旁边，下了车，叉开双腿坐在草地上，虎视眈眈地盯着这边。波波和吉吉没有理睬他，从车上搬下来简便炊具。虽然今天是野餐，但褚文姬准备得十分丰盛，各种佐料、配菜满满摆了一地。她对波波和吉吉说：

　　"你们去玩吧，我来准备午饭。"

　　两个孩子笑嘻嘻地跑走了，褚文姬点燃炉灶，开始炒菜。她干得十分专心，一点也不去注意几米之外那个叉着双腿的家伙。她在绿茵上铺好桌布，把一盘一盘炒好的菜摆放上去，菜香向四周弥漫。然后她喊孩子们回来吃饭。

　　"真香！"波波和吉吉喊着，急不可待地伸手去抓菜。褚文姬止住他们，让吉吉去请中书令入席。吉吉去了，但葛玉成冷漠地摇摇头，从怀中取出一瓶能量合剂一饮而尽，然后仍目光冰冷地盯着这边。吉吉走过来，恼怒地说：

"不要理他，那是个老顽固，决不会改变食谱的。"

文姬递过去筷子，两个孩子大吃大嚼，说："真香！这些菜都叫什么名字？"文姬介绍说，这一盘是糖醋鲤鱼，这一盘是爆炒羊肉——可惜用的羊肉是罐头肉，如果用鲜肉才好吃呢，只是地球上的羊都在那次袭击中丧生了，也许以后我会学会用鼠羊的肉来做菜。她说这一盘是法国香蕈，这一盘是俄罗斯鱼子酱，都是珍贵的美味。这些菜肴与你们的能量合剂相比怎么样？你们还会喝能量合剂吗？"

波波和吉吉笑着摇头——这是真正的笑容，不是钢铁组元拼成的怪笑——说他们永远不会再喝那令人作呕的能量合剂了。

"那么，机器外壳呢，你们还会再穿吗？"

两人心虚地互相看看，没有回答。褚文姬一个月前曾发现两人偷偷穿上机器外壳，当强大的力量又回到身上时，两人都狂喜地叫喊着，用力踢墙壁，撅断铁椅，发泄着力的快感。褚文姬没有制止他们，叹息一声离开了。那两人应该能听到她的叹息。半个钟头后，脱了外壳的波波和吉吉又回到教室，闭口不提刚才的事，褚文姬也佯作不知。

在那之后，波波和吉吉没有再穿过机器外壳，他们毕竟年轻，很快就抛弃G星人的野蛮和残忍。文姬在开始教化他们时，只是一种无奈的选择，也带着从"内部瓦解敌人"的阴谋，但现在她已开始真正喜欢这两个孩子了。

野宴十分丰盛，尽管两人饕餮大嚼，餐桌上还剩下不少。波波忽然顽皮地笑着，端起一盘牛排向葛玉成走去。听见他死缠活缠，非要葛玉成尝一口，但中书令态度威严地一直拒绝。最后，波波无奈地回来，低声骂道：

"我如果穿有机器外壳，非把这根牛排捅到他喉咙里不可，这个老东西！"

吉吉怕褚文姬生气——她知道嬷嬷讨厌机器外壳这几个字——担心地看看嬷嬷。褚文姬没有生气，扭头看看阴郁恼怒的中书令，笑了起来。波波和吉吉也开心地笑了。

葛玉成知道笑声是冲着自己来的，愠怒异常。G星人，尤其是军人是不

天父地母

允许这样放肆的,他们只能规行矩步,目不斜视。他们应该喝先人造出的能量合剂,而不应该吃这些乱七八糟的东西。葛玉成是用克隆方法繁殖的工蜂族,按说没有可能位居高官,但帝皇平桑诺瓦赏识他的才干,把他从卑微的工蜂族中破格擢拔,直到有了今天。所以他对平桑帝皇感恩戴德,忠贞不贰。

他比任何人都更敏锐地看到了褚文姬的危险。不错,她只是皇子的一个女奴,是地球人唯一的幸存者,她即使有再大的力量,再深的机心,也无法让地球人和地球社会死而复生了!帝皇平桑诺瓦就是这样看的,当葛玉成向他进言,要约束波波和吉吉的行为时,帝皇付之一笑,把它看成是小孩子的胡闹。葛玉成也曾向副皇进言,那位只是说:

"稍过一段时间吧。等波波玩腻了,我会把那个地球女人要过来做研究。"

葛玉成听着几米外的笑语,怒火越来越盛。不,不能再让这个巫婆留在波波和吉吉身边,她已经悄悄改变了G星年轻人尤其是贵族青年的时尚,也许某一天,她会把所有G星战士都变成只会穿衣打扮、吃喝玩耍的废物。

葛玉成站起来,怒视着那个美貌的地球女人,上车走了。

第二天,褚文姬正在健身房里领孩子们训练,侍卫长刚里斯忽然来了。他站在大厅入口处,一言不发,盯着这群"赤身露体"的青年。青年们发现他,看见他的怒容,便一个个悄悄溜走,到更衣室换了衣服,再到门外穿上钢铁外壳,回家了。只有波波和吉吉满不在乎地留下来,跟着褚文姬把这节课做完。

三个人用毛巾擦拭着汗水,向刚里斯走去。刚里斯恼怒地转过脸,不愿意看他们半裸的身体,他们竟然不穿外壳,穿着这么短的衣服,裸露出肌肉丰满的四肢,女人露出丰满的半个胸部,在他们身上还能看到G星人的样子吗?难怪葛玉成那个老东西要向帝皇进谗言。刚里斯是帝皇的家臣,波波和吉吉是在他眼皮下长大的,他不忍心两人被盛怒的帝皇处罚,于是偷偷跑来送信。

但是很奇怪,尽管他认为褚文姬的穿戴打扮是邪恶的,仍忍不住想看。她的身躯凹凸有度,拼成美妙的曲线。她的动作轻盈妩媚,一举一动,一颦一笑都让男人动心，而且这种动心不光是肉欲的，含有更深层次的内容。刚里斯是个纯粹的武人，没有什么深刻的见地，但他无法摆脱对褚文姬的敬畏，虽然心中有怒气，礼节上仍不敢怠慢。

波波说："刚里斯，你来干什么，也想来做健身吗？"

刚里斯瞪他一眼，愠怒地说："葛玉成已经把你们告下了，帝皇勃然大怒，估计很快就会召你们进见，你知道帝皇的脾气，怒气上来时他是不会念及父子情分的。你们要赶紧想办法。"

波波眼中顿时闪出杀气："这只可恶的老工蜂！我现在就穿上外壳，赶去宰了他。"

褚文姬生气地喊："波波！"

"嬷嬷，没关系的，尽管他是中书令，但出身是工蜂族。皇子杀死工蜂族是不会抵命的，最多受一点处罚。"

文姬痛心地说："你忘了我的话？你还想穿上外壳？在我心目中没有什么工蜂，杀人都是罪恶！"

波波怒气未消，但顺从地停住了。刚里斯再次交代："快想办法！"他不能在这儿多停，匆匆离去，吉吉走近褚文姬，低声说：

"嬷嬷，让我们穿上外壳，万一有什么情况能保护你。"

波波说："对，穿上外壳，我和吉吉保护你！"

四只眼睛望着褚文姬，等她的吩咐，褚文姬沉思片刻，嘴角绽出微笑：

"不，不必，不要穿外壳，相反，要穿上最漂亮的衣服，打扮好，用最好的风度去见你们的帝皇！"

波波和吉吉很担心，他们知道父皇暴戾的性格，也许这次的公开顶撞会让三人都送命。但既然文姬嬷嬷已经决定，他们自然要听从，G星人是从不珍惜生命的。

三人梳洗打扮，换好衣服，帝皇派来的侍卫也到了。侍卫宣读了诏令，又悄悄对波波说，帝后让转告他们，这次见帝皇一定要穿上外壳。波波威严地说："知道了，你先回去复命，我们马上就到。"

侍卫走后，褚文姬请波波稍待一会儿，她走进自己的卧室，在一张全家

合影前点上一束香。青烟袅袅上升,屋内弥漫着浓烈的异香。波波和吉吉跟进来,不解地盯着那束香,褚文姬低声解释:

"这是地球人悼念死者的礼节。我的家人,还有我尊敬的靳前辈、最后陪伴我的小罗格,都去世快两周年了,我不知道周年那天我能否回来,所以把纪念提前。"

她说得很平静,她的悲伤已经磨钝,没有尖锐的刺痛。波波和吉吉互相看看,赧然垂下目光。两年前,G星人的突袭得手后,他们像所有G星人一样兴高采烈,那时他们从没想到,70亿地球人的死亡是很痛苦的事。现在他们感到内疚,但两人拙于世故,不知道该如何安慰褚文姬,只有尴尬地沉默着。

褚文姬看到他们的赧然,心中涌起一股暖流。看来她的决定没有错,至少在波波和吉吉身上,已显示出人性复苏的迹象。她抛掉悲伤,对两个孩子说:

"走吧。"

帝皇平桑诺瓦跟前仍是御前会议的老班子,只有副皇不在家,他这会儿在月球基地。帝后果利加担心地看着盛怒的丈夫,不知道那只老工蜂进了什么谗言,但显然丈夫十分震怒。说实在话,她对波波和吉吉也很不满,来到地球两年来,他们完全被那个地球女人迷住了。他们公然脱掉外壳,穿着奇形怪状的地球佬的衣服;他们不再服用能量合剂,而是吃那些名堂繁多的地球佬的饭菜。他们甚至不常回到母亲身边,却一天天泡在那个地球女人的住处。但尽管不满,波波毕竟是她的独子,刚才她暗地嘱咐侍卫给波波传了话,现在她担心地等待着。

波波和吉吉来了,帝后惊慌地发现,他们不仅没穿外壳,反倒穿着更为光鲜的地球佬的衣服。波波穿着浅色长裤,紧袖绣花衬衣,吉吉穿着背带式短裙,皮凉鞋,两人手拉手含笑走进来。帝后无法形容他们的步态,但她不得不承认,这种步态很轻巧,很有弹性,很好看,与G星人那威武而僵硬的钢铁步伐完全不同。

这么多天来,她第一次以全新的眼光仔细观察波波和吉吉,发现两人的体格变化了，头发蓬松光洁，胸部和胳膊变得丰满。甚至连他们的目光也变了，变得灵活了，聪敏了，没有了 G 星人的死板和阴沉。

在他们之后是那个地球女人，她穿着一件洁白的露背晚礼服，衣裙曳地，面含微笑，走起路来就像在水面上漂浮。她的乳胸十分丰满，把衣服顶得胀鼓鼓的。纵然以一个女人的眼光，她也品味出了褚文姬绝顶的美貌。褚文姬紧紧吸引着帝皇、掌玺令、侍卫长的眼光——甚至中书令也逃不脱她的吸引，不过他用仇恨把这种吸引力抵消了。

平桑五世阴沉沉地盯着褚文姬，褚文姬则坦然地迎住他的目光，屋内气氛紧张。很久，平桑诺瓦才冷冰冰地问：

"是你教唆皇子和吉吉不穿钢铁外壳？"

褚文姬平静地说："对，他们有这么漂亮的体形，为什么要禁锢在钢铁外壳中呢。我想，你们在 G 星的祖先也不穿外壳吧。"

"你一直在教他们学一些乌七八糟的地球佬的东西？"

"我在教他们学很多东西，至于是不是乌七八糟——陛下可以让皇子和吉吉演奏乐器、唱歌、做健美操，然后再给出评价。"

平桑诺瓦沉默了很久，突然问："你想让他们变成彻头彻尾的地球佬——以此来实现你的复仇？"

波波和吉吉的心猛地悬起来：这话说得够重了，足以作为杀人的理由。但褚文姬并没显出惊恐，她悲凉地说：

"两年前，我的亲人和亿万地球人在一夕之间死于非命。为此，我曾杀死 24 名 G 星人为他们报仇，如果可能，我会杀死所有的 G 星人，包括你们这些元凶。但后来我的想法变了，我想，让 G 星人脱离野蛮，继承地球文明，才是我最该做的事，毕竟你们和地球人有渊源啊。"

波波知道这些话肯定会惹恼父王，紧张地观察着。帝皇冷着脸沉默了很久，忽然换了话题：

"你还教唆波波和吉吉食用乌七八糟的地球食品？"

褚文姬微微笑了，知道胜利已经在望："对，那是些非常美味、非常丰富多彩的食品。我相信只要你们尝一尝，就会厌弃刻板的能量合剂。地球上

天父地母

一位古人说过，夫人情不能止者，圣人弗禁。你们为什么要禁止人们口腹的享受和精神上的享受呢。"她挑战般地说："请陛下允许我为大家做一顿饭菜，大家吃完后再做结论吧。"

满屋的人为她的话感到吃惊，他们想帝皇马上要勃然大怒了。但帝皇只是沉默着，很久才说："好，你去做吧！"

满座皆惊，褚文姬则欣慰地笑了，知道自己的策略已经胜利。今天她并不是没一点把握地冒险，在此之前，她已经知道波波曾让父王吃过地球的食品，而这位帝皇并没有激烈地反对；还有，早在帝皇与她在牢房见面时，褚文姬就从他的目光里看出了对美的爱慕。所以她知道平桑诺瓦并不是一个顽固透顶的家伙，应该说还是比较开明的。

帝皇派侍卫去褚文姬家里取来各种食品原料和佐料，褚文姬换下礼服，开始到厨房里掌厨。在准备饭菜时她交代波波和吉吉为大家演奏乐器，两个孩子都很有音乐天分，仅仅学习两年时间，乐器演奏已初入门巷。褚文姬在厨房里忙碌时，能听到波波的笛子独奏《鹧鸪飞》；吉吉的小提琴独奏《梁祝》。他们的演奏还不流畅，时有凝滞之处，但足以让人享受到音乐的美感。

她很快炒了十几盘菜，由于原料全部取自罐头，菜肴的色香味难免打点折扣，但总的说来还算琳琅满目，有鱼香肉丝、蟹羹、枸杞竹笋、松仁玉米、回锅蹄髈、葱爆三样、扣三鲜等。侍卫临时找来一个大饭桌，把菜摆上去。褚文姬从厨房出来时，见厅堂里紧张的气氛已消除，波波和吉吉依偎在帝后的钢铁身躯旁，正讲解着各种乐器的名称，而帝皇、帝后乃至掌玺令、侍卫长都很感兴趣地听着，只有中书令十分恼怒——那个钢铁面孔上的怒容看起来真滑稽！但他也无可奈何。

褚文姬为波波和吉吉发了筷子，为其他人发了刀叉勺子，笑着请大家进餐。大家都没有动手，而是盯着帝皇，等着他发话。终于，帝皇用叉子叉起一片竹笋，放在嘴里慢慢嚼着，面孔上没有什么表情。帝后、掌玺令和侍卫长也都拿起了刀叉，只有中书令脸色阴沉地干坐着。吃了一会儿，波波调皮地问父王：

"父皇，褚嬷嬷炒的菜好吃吗？"

帝皇哼了一声，没有回答，把注意力引向中书令："葛玉成，你也吃！"

中书令犟着脖子说："我决不吃地球佬的食物！"

帝皇的脸色慢慢变阴："你敢违抗我的命令？"

"我宁可违抗你的命令，也不愿坏了祖先的规矩！"

周围的人为他捏一把汗，帝皇怪异地笑笑，说："好，我成全你。来人！"

两个钢铁侍卫应声赶到，把中书令夹在中间。眼看饭场就要变成杀人场，褚文姬皱着眉头向帝皇转过脸。尽管讨厌中书令，她也不想这家伙为一顿饭丢掉脑袋。但帝皇已经下令了，不过这个命令是那么匪夷所思：

"撬开他的嘴巴，把饭菜往里面塞！"

两个侍卫兴高采烈地执行命令。中书令和他们同属于工蜂族，但素来眼睛朝天，不讨人喜欢，所以他们很乐意干这件事。他们起劲地撬开他的嘴巴，胡乱抓起菜肴往里硬塞，把中书令弄得狼狈不堪。中书令大声喊："别塞了，我吃！我吃！"侍卫住手了，中书令义愤填膺地喊道：

"我吃！坏了祖宗规矩，罪不在我！"

他恼怒地闭上眼睛，把菜肴胡乱往嘴里填。平桑五世哈哈大笑，周围人也都笑了。

饭毕，帝皇命令两个侍卫随中书令回家，要监督他食用地球佬的食物至少三天，不吃就照样处理。然后，他像是随随便便地宣布了一条诏令：

"从今天起，不再限制G星人食用地球食物，也不再禁止G星人脱去外壳，毕竟战争已结束了，我的子民该轻松一点了。这只是恢复祖先的传统，要知道，G星人穿外壳、喝能量合剂只是几十岁前开始的。"

褚文姬望着帝皇，感触万千。她知道这道命令的意义，G星人幸而有了这么一位开明的君主，今后一定会慢慢脱离野蛮，接受丰富多彩的地球文明。她已经确信，G星人肯定能在地球把根扎牢了，对此，她不知该高兴还是悲伤。

第二十一章　理性的决定

又是一年过去了。褚文姬已经从内心深处放弃了"杀戮式的复仇"，而全身心地实施"教化式的复仇"。她已经在 G 星人社会中站稳了脚跟，便开始寻找那个"终极问题"的答案：

——这些外星人到底和人类有什么样的渊源？！

这个问题一直深深困扰着她。从 G 星人的身体，到他们使用的方块字和语言来看，毫无疑问他们是地球人的后裔或侧支，甚至和中国人有更深的联系。但从身体、语言尤其是思想诸方面的异化来看，他们也绝不是褚氏号、诺亚号等飞船船员的后代，短短的一百多年不可能积累出这样深的异化。后来，褚文姬从 G 星人所信奉的"耶耶教"的圣书——《亚斯白勺书》——中找到了一些线索。这本圣书说，G 星人来自父星的第三星，一颗蓝色的星球，这无疑是指地球。圣书说，为了逃避朝丹天耶的惩罚，G 星人地上的父，耶耶，带着他的孩子逃到了 G 星。他在一座蛋房里熬过了十万年岁月，直到他的子孙们繁衍昌盛才含笑离去。

这些记载应该半为神话半为史实。文姬在其中抓到了关键的信息：十万年。

这个数字应该是可信的，否则就无法解释 G 星人与地球人的异化与疏离。而且，这个数字正好对应了一则地球人类中关于史前文明的飘渺传说。传说在十万年前，在亚特兰蒂斯大陆上有一个科技昌盛的大西国，后来因未知的原因灭绝了。也许这个传说是变形的历史，其主干是真实的：地球上确实有一个史前的昌盛文明，因为"朝丹天耶"的惩罚——某种天文或地质灾变，最有可能的是前一轮的宇宙暴缩暴胀而灭绝，灭绝前他们勉力向外星派遣了少量的移民飞船。但这件事并非发生在所谓亚特兰蒂斯，而是在神州大陆。

留在神州的史前人类并没有完全灭绝，少量后裔熬过了那场浩劫，演变为华夏部族，而且在这段灭绝——复生的剧烈动荡中，其语言文字还顽强地保持着。由于方块字的极端稳定性，十万年后分处两个星球的两个侧支：G星人和地球上的中国人，虽然已经有了显著的异化，但还保留着文化上的某种延续性……

这种解释仍然相当牵强，但在各种能够想得到的解释中，这是唯一勉强说得通的。褚文姬从心底说并不信服，但后来她才知道，在这种显然牵强的解释中，竟然也埋有合理的内核。

她仍在努力寻找真正的答案。她的寻找在暗地里进行，连波波和吉吉也瞒着。既然决定实施"教化式的复仇"，她不想让两个孩子无谓地产生戒心。她有某种直觉，也许有一人能给出真正的答案——G星人的"副皇"，所谓科学家族的掌门人，那个寡言少语、表情冰冷的家伙。

在第一次御前会议时，立了"第一大功"的副皇云桑吉达曾经向帝皇讨赏：要得到那个女地球佬以进行科学研究，弄清她为什么逃过了死神啸声的魔爪。但皇子波波拒绝了。此后，副皇再没有提过这件事。这三年来他太忙了，大半时间驻在月球背面的飞船基地。占领地球后第一要务是防止虫洞式飞船的日常航行对太阳和地球造成灾难，此外还要对太阳系周围环境进行考察，开辟和规范近地太空航线。这些工作是为了开启一个崭新的太空时代，从某种意义上说，他是在继续地球人姬人锐未能成功的事业。

但波波并没忘记副皇的讨赏，多次向褚嬷嬷表示担心。他说副皇城府很深，智谋殊绝，而且言出如山，从没有中途而废的。副皇和帝皇都是皇家血脉，甚至副皇的血统更为尊贵。由于这样的历史渊源，帝皇一向对副皇礼让三分，从未拒绝过副皇的请求。所以，如果副皇再次提出请求……波波又反过来安慰嬷嬷：

"也许没事的。我已经拒绝过，副皇总要照顾帝皇世子的面子吧。"

褚文姬笑笑，没有说什么。

副皇从月球基地返回了。他客气地通知波波，请波波派手下把褚文姬送到副皇宫,他要向这位地球人询问一件事,问完就送她返回。波波阴着脸,把这件事通知了嬷嬷。褚文姬惊奇地发现,波波和吉吉都穿上了钢铁外壳,两人的腰间还都挎着威力强大的袖珍型粒子枪。她皱着眉头问:

"你们这是干什么?要保护我?这样做太孩子气了。脱掉!"

在她的严词命令下,波波和吉吉只好脱掉了外壳,放下了武器,但坚持要陪她一块儿去,文姬答应了。三人来到副皇宫。副皇也穿着金黄色的钢铁外壳,他对波波和吉吉的不请自来没有说什么,平静地请二位入座。两人见嬷嬷站着,不肯入座,副皇说:

"噢,我忘了,这位女俘已经有了新的职位,是你们的老师。老师未入座前学生当然不能入座的。"他的语气很平静,波波听不出他是否暗含讥讽。"那就请你们的老师先入座吧。"

褚文姬没有推让,微笑着就座,两个孩子也在她下面入座。三人坐定后,副皇很长时间没有说话,两个孩子心中七上八下,不知道这老家伙在搞什么鬼。他们偷眼瞄一瞄嬷嬷,见她气定神闲,耐心地等待着副皇开口,两个孩子也安静下来。

副皇终于开口了,但他询问的事完全出人意料。他说:

"褚文姬,你被俘时曾经带着一个背囊,但波波没有注意到,任它留在林中。对吧。"

褚文姬想了想,点点头。不用说,做事缜密的副皇曾派手下去搜查了这个地方,发现了她的背囊。

"我在背囊中发现了这张照片,他是谁?"

副皇的手下送过来一张照片,首先入眼的是脸庞上那道显眼的刀疤。这是她的曾祖褚贵福,人类中的一个伟人,氦闪时代的开创人之一。褚文姬在最后那次回家与家人永别时,带上了亲人的照片,也包括这位曾祖的照片。看到曾祖的照片,呱呱和丈夫的面容再次浮现在脑海,突然袭来的仇恨使她呼吸困难。她强使自己平静,说:

"是我的曾祖,褚贵福。他在一百多年前乘一艘飞船离开了地球。"

副皇点点头:"对,我想应该是你的先人。"他突兀地说,"走,我让你看一样东西。波波，吉吉，你们愿意的话也可以跟着。"

他带三人出了门，一架飞行器已经在院里做好了起飞准备。四人登机，副皇亲自驾驶。他们要去的地方不远，十几分钟后，他们到达一处山区，副皇熟练地辨着路，飞行器在一处山腰降落。副皇领他们下来，熟门熟路地找到一个山洞，带头进去。山洞比较深，大致呈水平走向。他们向里走了大约20分钟，到了尽头，昏暗的光线中能看到凹凸不平的洞壁。到这时为止，褚文姬满腹疑虑，不知道副皇这位科学家族的掌门人，究竟要让她看什么。副皇面对洞壁仔细观察着，在几块凸石上按某种规律敲击着，然后——石壁无声地向两边滑开，柔和而明亮的白光立即溢出来，照亮了昏暗的山洞。石门后露出一个显然人工打造的通道，通道呈完美的圆形。副皇回头做个手势，带头向里走。褚文姬观察石门的滑道，见那扇石门至少有一米厚。她回头疑惑地看看波波，波波示意她跟着副皇走——波波已经知道下面将看到什么，几年前他曾跟父皇和副皇来过这儿。

向前走了大约百米。沿路光滑的石壁上散发着柔和明亮的荧光，所以行走并不困难。然后，圆形通道通向一个巨大的蛋形大厅。大厅正中央放着一副华贵精美的蛋形双层水晶棺，散发着柔和的微光。副皇面对水晶棺站立，跪下，恭敬地行了叩拜大礼。波波也拉着吉吉同样行了礼。褚文姬则惊异地瞪大了眼睛，紧紧盯着棺内的死者。死者身体矮胖，满头白发，脸上横着一道深深的刀疤。她马上认出了：那是她从未谋面的曾祖，一位草莽出身的商界枭雄。他在后半生中拼尽家财、带着500万人蛋逃向太空，成为乐之友心目中的伟人。但没人知道他竟然已经返回地球了，如今安然躺在这个离乐之友总部不远的山洞里，躺在华贵的水晶棺中，或者说是庄严的神龛中。

褚文姬是经受过大生大死的人，已经心如枯井了，但今天的见闻仍超过她的承受能力。她血液上冲，脑袋嗡嗡作响，呼吸困难。洞内其他三人都没说话，静静地看着她。褚文姬已经大致猜出了事情的来龙去脉。看波波和吉吉的神情，他们应该也猜到了吧。面前躺着的是自己的曾祖，按说自己也该叩拜的，但因为一个明显的心结，褚文姬只是冷冷地站着，泪水无声地从眼中滚落，直到最后也没有行礼。

天父地母

　　三个 G 星人向水晶棺中的死者告别，带褚文姬离开山洞，关闭好秘门，然后返回。返回途中四人都没说话。飞行器飞到王城时，褚文姬抬头对副皇说：

　　"到波波家吧。陛下，等你告诉我真相后，我也会让你看一样东西。"

　　副皇点点头，改变了方向，在波波家降落。

　　"副皇陛下，请讲吧。我知道你今天会告诉我所有真相。"褚文姬平静地说。她刚刚已经盥洗过，补了被泪水冲花的妆容，平静了情绪。四人围坐在客厅内。

　　副皇点点头。"第一件真相，你的曾祖是 G 星人的播撒者，守护者，是我们的耶耶大神。如果按耶耶教的教义，他还是神圣朝丹天耶的儿子，但这一点在你面前就不用讲了。"

　　"对，我已经猜到了。他当时以全部家财资助建造了褚氏号飞船，又以 78 岁高龄毅然远赴太空，带着十三位幼儿和 500 万人蛋。看来他成功了，最终在息壤星上留下了后代。"

　　"对，他先在蛋房里长眠了九万年，直到 G 星的生物圈初步建立后才醒来——圣书中记载的蛋房实际是地球的另一艘飞船烈士号，至于烈士号究竟是怎么到的息壤星，又怎么成为蛋房，其中的脉络我们还没有完全搞清，但肯定与一位隐名的神灵有关。"

　　褚文姬悲凉地叹息着："原来烈士号落脚到这儿了，靳先生，即地球的第二任雁哨，去世前还操心着如何寻找它呢。"

　　"耶耶在蛋房中养大了九名兄姐，即你说的十三位幼儿中的九名；还有近 300 名卵生人，这是 500 万人蛋孵化后的幸存者。在蛋房能量用完之前，他让三位兄姐，阿褚、小鱼儿和亚斯，带着 260 多名卵生儿走出蛋房，只留下他在蛋房中长眠。那些娃崽们在蛮荒世界艰难地活了下来，古老的传说变成了耶耶教的教义，而耶耶也就变成了所有 G 星人的耶耶。这段 G 星人类史在《亚斯白勺书》中有不大连贯的记载，推测它有七八千岁——我说的'岁'即地球年。G 星人的纪年一直是以地球年为准。"

褚文姬倾听着，努力记住副皇说的每一句话。

"上面说的杂有传说的成分，以下叙述的就是信史了。120岁前，G星人中杰出的女科学家妮儿，在教皇和帝皇的支持下进行考察，重新找到了蛋房，唤醒了耶耶。而耶耶重生后立即推进了非常剧烈的改革，把教权和帝权合一，以妮儿为第一任帝皇，以便全力发展科学，所以他称妮儿是科学皇帝。又助妮儿重新开启了蛋房中的电脑，使G星人的科技水平瞬间跃升千岁。"

褚文姬平静地说："于是你们有了能横跨星系的飞船，和威力无比的武器，比如这次你们偷袭时使用的'死神啸声'。"

副皇当然听出了她话中暗含的尖刻，但不为所动，径自说下去："是的。耶耶虽然自称是粗人，但他以无与伦比的直觉，为G星人指出了发展科学最快捷的通道。他删去了很多无用的知识，像宗教类、哲学类，像石油与天然气工业部分，煤炭工业部分，为刚从蒙昧中走出来的G星人节约了巨量的时间。所以，尽管他是肉体凡胎，没有太深的知识，我们仍尊他为神，一位科学大神，其功绩盖世无双，前无古人后边也不会有来者。"

褚文姬点点头："我真为这样的曾祖骄傲。"

"他的功劳还不止这些。他这次醒来后，因为过度辛劳，不久就仙逝。但甚至在'死亡'之后他还强行聚拢魂魄，返回尘世，向妮儿先皇提供了一条最重要的信息：这个宇宙会周期性地出现暴胀孤立波和暴缩孤立波，而且按时间推算它又该来了。"副皇看看褚文姬，解释说，"耶耶离开地球时还不知道这个消息，是他在旅途中被第二次唤醒时，天马号上诸人告诉他的。我由衷地敬佩耶耶，他虽然自称没有知识，弄不懂什么暴胀暴缩孤立波，但他却能下意识地筛除无用信息，牢牢记住最关键的内容。"

"他确实是一个伟人。敌我双方都尊他为伟人。"

副皇再次感受到她话中所含的尖刻，仍然佯做不知。"这条信息的重要性怎么评价都不算过分。因为在他去世后不久，G星人就观察到了附近星体的蓝移，然后是一个为时124年的智力暴胀期。G星人紧紧抓住这个暴胀期，在几十年内完全消化了蛋房电脑中的知识，让科技大大地前进一步，可以说达到了神的境界。"

天父地母

"伟大的耶耶啊,连我也要对他五体投地了。"

"为了躲开随后的智力崩溃期,也就是空间尖脉冲期,G星人造出亿龙赫飞船,打算来一个为期百年的连续飞行,这也就是地球上曾经有过的'智慧保鲜'方法。在进行连续飞行之前,我们先顺路把耶耶的圣体送回故土安葬,这一直是耶耶的心愿。"

"对,你们完成了耶耶的心愿,真是他的孝顺子孙。不过,陛下你先稍停,我一直有个疑问。据地球第一任雁哨楚天乐先辈的推算,这种空间孤立波的波间距是大约十万年一次。但上一次孤立波刚刚过去百十年,"她默算一下,"准确地说,暴缩孤立波的周期为124年,褚氏号在第46年那年上天。随后的暴胀尖脉冲周期为40年,后者12年前结束。这些时间合起来,褚氏号上天至今总共也不过130年啊。你们怎么就能赶上十万年后的第二次胀缩?还有,你们自称是褚贵福撒播到息壤星的卵生人,但那是个没有生命的蛮荒星球,虽然撒播了地球生命进行快速生命化,怎么着也要几万年啊,你们怎么会在一百多年内就繁荣昌盛、乘着亿龙赫飞船返回母星?这点疑问折磨了我好久,一直想不通,陛下能为我解疑吗?"

副皇怜悯地看看她:"你想不通吗?其实应该能想通,因为据我查阅,地球佬——地球人已经做出了同样的发现。那就是:二阶真空的概率关系。"

褚文姬呆住了。这个疑问曾折磨了她很久,以至于她一直不敢相信这些外星人是地球人的后代。但这个问题的真相只是一层窗纸,一点就破。对这个问题,她此前那个"牵强的解释",其主干竟然是对的,只需把亚特兰蒂斯换到G星就行。虽然有漫长的间隔,但由于方块字的极端稳定性,仍在G星人和地球人之间保留了某些文化的延续性。她也悟到,她的俘虏生涯中备受优待,并不完全是波波皇子的因素,而是G星皇室早就知道了她与耶耶的渊源。她苍凉地说:

"我真是个笨蛋啊,早该想到了,原来你们真是那批卵生人的后裔啊。那么我再复述一下事件的脉络,你看是否正确:从你们的耶耶逃到息壤星,完成生命的撒播,到他最后一次醒来时,正好十万年。你们得益于耶耶的事先警告,借智力暴胀期极度发展了科技,然后造出亿龙赫飞船,开始为期百年的智慧保鲜飞行。正式飞行之前，你们顺路把耶耶的圣体送回故土。由 G 星到地球只是二十光年的短途旅行，对于亿龙赫飞船而言，一天就能到达。但由于不可控的二阶真空概率关系，当为期一天的虫洞飞行结束、你们的船队溅落到大宇宙后，你们发现，竟然回到了十万年前！"

副皇点点头，"完全正确。按逻辑推断，这么短的虫洞飞行绝不可能造成这么大的落点偏差，但概率是不讲理的。仅仅一天的虫洞飞行啊，但时间跨距是十万年，你知道这对我们的舰队意味着什么吗？意味着我们永远无法回到 G 星了，我们已经没有根了。"

褚文姬从他的话音中听出浓重的怅惘，但在她此时的心境下，无法"设身处地"地体会这群外星畜生的伤感。她冷冷地说：

"真是天佑恶人啊，上天赐予你们最好的机遇。因为即使你们以百年连续飞行躲过了尖脉冲，但概率之神不一定让你们落到何时。现在，正好是一个新周期的开端，一个最佳时刻。何况又正好位于地球，由于血统的渊源，地球环境肯定适合 G 星人的体质。于是，你们决定不走了，对不对？"

谈话已经进行到最为锯割感情的部分，副皇能够感受到褚文姬心中被强力压抑的像岩浆一样的愤怒，但他仍平静地说："是这样的。"

"那你们把耶耶的遗体送回来时，为什么不明白告诉地球人？我们会张开双臂欢迎远方的游子。为什么先是偷偷摸摸安顿遗体，然后又策划一次彻底的灭绝？副皇陛下，事情已经过去了，不可挽回了，我问这些没有别的意思，只是想知道真情。"

副皇冷静地说："你们真的会欢迎 G 星人吗？天马号第二次唤醒耶耶时，鱼乐水曾暗示过地球人不大欢迎这些卵生崽子回地球。耶耶当时还曾生气地说：'怎么，我的崽子低人一等？'这些都记录在蛋房电脑中，相信地球也有同样的记录。"

褚文姬未接触过这件史实，无法回答。依逻辑推断，也许这是真的，因为乐之友在人蛋岛做孵化实验时就曾严格保密，保密原因就是怕民众不能接受卵生人出现在地球。副皇继续问：

"另外，息壤船队的船员是 89 万人，并携带着数十亿 G 星人的受精卵。

地球人会欢迎它们全都回到地球?"

褚文姬无言。确实,如果地球人事先知道所有的详情,恐怕不会同意游子归家的,那意味着一次彻底的换血,一次彻底的"腾空生态位",否则地球人容不下两种人类。她刻薄地说:

"对,你说得不错,这么多人,估计地球人不会爽快同意的。于是你们的灭绝行动就有了最充足最正当的理由。为了生存嘛,为了生存的任何行为都是天然合理的。"

"褚嬷嬷,"这是副皇第一次使用这个称呼。他冷静地说:"我想你不会是在说反话,因为,生存第一,确实是符合进化论的天条。违犯天条的人是要被神惩罚的。我这些天查阅了乐之友的档案,发现乐之友的前辈,像姬人锐、楚天乐、马士奇、阿比卡尔等人,恰恰都说过类似的话。"

褚文姬再度无言。她胸中的怒火和仇恨正像岩浆一样搏动,马上就要冲破禁闭,来一个总爆发。但副皇云桑四世,这位科学家族的掌门人,用他冷静的理性筑成坚固的岩层,让她的怒火找不到突破口。她强使自己平静,过了一会,说:

"尽管对我来说很艰难,咱们还是把这场谈话进行到底吧。我再理一理这件事的脉络。你们送回耶耶圣体时没有通知地球人,是一次秘密行动。"

"对,我们初次回地球时使用的是隐形飞船。至于秘密行事的原因我可以告诉你:那时我们并不知道回到了十万年前,也就是地球的'现在',所以我们以为,G星人与地球人分流后各自进化了十万年,相当于隔着20万年的进化距离,已经没有什么亲缘关系了。我们不想在这儿当不受欢迎的远客,想把耶耶安葬在故土之后就悄悄离开。"

"但在安葬的过程中,你们意外地发现,原来地球刚刚经历过智力崩溃期,远没有电脑资料中说的那样强大,这是上天赐给你们的机会?"

副皇傲然说:"错了!你太小看G星人了。我们的武力不惧怕任何种族,何况是软弱酸腐、自毁武力的地球人。即使地球人在武力最鼎盛的时期,我们也足以荡平你们。所以,这不是影响我们决策的因素。真正的因素是时间点。智慧保鲜飞行在脱离虫洞飞行时,无法自主选择时间落点,甚至有可能落到宇宙肇始或宇宙末日。所以，能恰巧落在某个空间胀缩周期的开端，确实是天赐的机遇，对我们非常有诱惑力。"

褚文姬沉默了很久，她是在强使自己平静，否则她甚至无法流畅地说话。她疲倦地说："其后的细节就不必讲了，我能大致把这副七巧板拼拢了。陛下啊，有一点你错了，两种人类并非20万年的距离，而是只有一万多年的距离。这点你现在知道吗？"

副皇点点头："对，是这样的，现在我们已经认识到这一点了。息壤星的生物演化虽然已经经历十万岁，但那是对低等动植物而言。G星人的进化则是从蛋房时间才开始的，距今只有不足8000岁。至于地球人，你们距离两种人类的分流只有一百多年。所以你是对的，两种人类在进化途中的分流，合起来不足一万岁。"

褚文姬叹息着："事情过去了，也就不提它了。你们不必为这一点——你们灭绝的是与你们血缘很近的亲人——而内疚。现在，我问最后一个问题，可以吗？"

"请讲。"

"这个历史事件的最关键点——你们在结束仅仅一天的虫洞飞行后，时间落点并非你们的'现在'，而是你们的'十万年前'——这个最关键的信息究竟是谁发现的？"她没有等副皇回答就说，"我猜想肯定是你。你当时亲自潜入地球，参加了对耶耶的秘密安葬。在此期间你敏锐地发现了地球的某些异常，然后用无与伦比的理性分析能力，断定了你们所处的时间点。这个结论过于离奇，除了智力超绝的科学副皇，别人的智力钻不出这个迷宫。也就是说，你为G星人顺利接管地球立了第一大功，对不对？"

她的评价与帝皇的赞誉正好吻合，不过副皇没有矜夸帝皇的赞誉，只是简单地说："是。对时间点的准确判定最终以宇宙背景辐射为准，不过，是我首先想到了这种可能。"

褚文姬赞道："那么，你对G星人的贡献绝不比耶耶小，是一个可与耶耶比肩的伟人了。陛下，有一个非常冒昧的请求——我能否看看这位伟人的真身？自从我有幸见到副皇陛下，你一直穿着这具外壳。其他人，不说波波、吉吉、刚里斯，甚至帝皇、帝后，我都见过他们脱下外壳、穿普通衣服的样子。噢，对了，还有一位也一直未见真身，中书令葛玉成。"

　　副皇平静地说："没什么冒昧的，倒是我要冒昧了，因为外壳里边是一具裸体。"他双手交叉，在左右胁之下同时按了一下，那具金黄色的钢铁外壳哗然裂开，委顿于地。裸体的副皇冷静地站立着。相比波波和吉吉当初的裸体，副皇的裸体要好一些，不那么苍白干瘪，也没有难闻的味道。看来这位"有壳生物"还是比较爱惜自身的。褚文姬默默地看着他，这个与自己仅有一万年进化差距的息壤男人。差距并不明显，一万年远不足以造成物种分流。可以肯定的是，如果两种人类交配，肯定会顺利诞生杂交的后代。不妨做个比较，地球人的四大人种在分流数万年后也还是同类，能够婚配，这是后来人类抿平种族界限的最重要的前提。副皇冷静地承受着她的目光，同时也在冷静地评价着她逼人的美貌。他知道在道出真相后，褚文姬此刻胸中翻滚的绝不是异性的爱慕，而是刻骨的仇恨。这种仇恨也是正常的，不足为奇。

　　褚文姬认真地端详了很久，才声音沙哑地说："副皇陛下，从耶耶安葬地回来时我说过，也想让你看一样东西。请看。"她迅速从身后抽出波波那柄袖珍型粒子枪，对准了对方的心脏，这是刚才盥洗时她预先藏在腰间的，她骗副皇脱下外壳，也正是为了开枪时更保险。在这个刹那，理性清晰的"科学副皇"的目光是刹那的空白。一直躲在门口关注着这边动静的波波大叫一声：

　　"嬷嬷千万冷静！……"他悔之无及。一年来，尽管与褚嬷嬷很亲近，但起码的防范意识还是有的，他从来没有给她接触枪支的机会。但今天情况特殊，为了保护嬷嬷他带来了这支枪，又被嬷嬷强令取下，然后立即去副皇宫，去耶耶的安葬地，忙乱中把武器忘了。他想扑过去制止，但褚文姬已经果断地扣下扳机。一声爆响，一团亮光，副皇的胸前出现一个贯通的空洞。副皇低头看一眼空洞，又抬起目光看褚文姬，一副不敢相信的神情，随之轰然一声倒在地上。波波扑过去，从后边抱住嬷嬷的双臂。但褚文姬已经把枪扔到地上，平静地看着血泊中的副皇，一副心愿已毕的样子。

　　波波大声唤外面的吉吉。他和褚文姬都没料到，副皇的侍卫突然出现，甚至在吉吉之前就冲了进来。更奇怪的是，他们竟然对凶手不管不问，只是用军刀迅速切下副皇的头颅，浸在他们带来的液氮桶内。文姬盯着这颗头颅，"他"闭着眼，微微蹙眉，似乎是在低头沉思。又十秒钟后，帝皇也来了。他皱着眉头看着眼前的乱象，看看液氮中露出的副皇头颅，对褚文姬摇摇头：

"你是个没有理性的女人。"他讥讽地说，"你干吗不对着副皇的脑袋开枪？那样你就真能报仇了。现在，很遗憾地告诉你，副皇七天之内就会痊愈的。G星人的重要人士都备有'B角'，即他的克隆体，可以方便地更换器官。当然，副皇这次不是更换器官，而不得不更换整个躯体了。"

褚文姬绝望了，异常迅速地扑向地上那支粒子枪，准备朝副皇脑袋再来一枪。但帝皇的反应比她快多了，抬脚一踢，把粒子枪踢飞，厉声说：

"好了，不要再胡闹了！来人，把这个疯婆子关起来，等副皇痊愈后再处理。把皇子也关七天禁闭，这次他犯了失职罪，让这个疯婆子偷了他的枪。还有，快把副皇的脑袋送医院吧。"

褚文姬和波波被关在相邻的两间牢房。监禁不是太严，两人可以隔墙聊天。吉吉常来探望，为他们带来亲手做的食物，说一些外边的消息。她说，副皇的换躯手术已经完成，正在顺利康复，褚文姬对此只有长叹。她又说，文姬嬷嬷开枪的瞬间，副皇已经用"B脑"即脑内嵌入的电子芯片，及时对他的警卫和帝皇告了警，难怪他们来得如此快捷。G星人的皇室成员都备有"B角"，但只有科学家族的人才配有"B脑"。吉吉和波波在闲聊中也难免流露出担心。这个胆大包天的嬷嬷，竟敢行刺地位尊贵的副皇！尽管他们对嬷嬷的大开杀戒非常不满，但还是想尽量保住她的性命。吉吉说她已经托刚里斯等人向帝皇求情，据刚里斯说，帝皇并没有露出要处死褚文姬的想法，反倒说过，作为唯一幸存的地球人，褚的仇恨可以理解。再加上她是耶耶的曾孙女，所以还是有希望获得赦免的。波波脱口而出：

"就怕副皇祭出圣杀令啊。"

两人都缄口了。之后他们向褚文姬讲了"圣杀令"的来由。圣杀令原是教会的一种制度，圣杀令一出，则其目标必死无疑。后来两皇合一后，仍维持了这个制度，颁布圣杀令的权力归帝皇所有。但科学家族有大恩于皇室，所以其每个掌门人即平时所称的副皇在一生中也有三次颁布圣杀令的权力，仅仅不能针对帝皇本人。这位差点做鬼的副皇肯定对褚文姬恨之入骨，如果他祭出圣杀令，那么即使帝皇有意宽纵也是不可能的。褚文姬安慰两位学生不要为她担心。她平静地说：

"波波，吉吉，你们难道不知道，那才是我的彻底解脱啊。"

两个孩子眼眶红了。

虽然这次暗杀没有得手，但褚文姬觉得心愿已毕，不管怎样她已经尽了力，也释放了心中的仇恨，否则郁结在心中的狂怒会爆炸的。晚上她仰躺地牢床上，枕着双臂，梳理着一生。知道有关G星人入侵的这些真情后，她对自己的曾祖褚贵福，那个脸上有刀疤的老家伙非常不满，甚至可以说是仇恨。她已经悟出，G星人的野蛮、对武力的迷恋、军事科技的畸形发展，也许根子在这位耶耶身上。这位没有知识的粗人对G星人有大功德，因而具有极高的威望，以至于他那些可笑的意见都成了神的旨意。正是耶耶对电脑知识的粗暴删减，造成了息壤社会的知识结构大失衡。此后的智力暴胀和灾变临头又极度放大了这种失衡，这才造就了一个极端尚武、军事科技畸形发展的种族，也生出了"科学副皇"这样理性清晰但没有人性的怪物。

但最让她心死如灰的倒不是这些，而在于：如果平静下来，设身处地地站在对方角度上想一想，竟然觉得一切都是合理的！

比如褚贵福，他拼尽家财，把卵生崽子送到息壤星；在蛋房把他们艰难养大；又苦苦熬到G星人智慧初启，可以接受科学知识了，就帮助他们打开了蛋房电脑；又在妮儿的苦苦哀求下，尽一个粗人的所能，为后人指出最有用的知识。甚至在"死后"还迫使自己短暂苏醒，通报了那个重要信息……如果为他的一生做一个梳理，他已经在他的能力之内做到了极致，可以说是功勋卓绝！

再比如这位"科学副皇"，他遵从先人的遗训，放弃皇位，致力于科学研究；他完成了耶耶的心愿，万里迢迢把耶耶的遗体送回故土；他极其敏锐地发现了时间落点的误差，为G星人抓住了这个万载难逢的机遇；而且他对地球人的分析是对的，如果地球人知道数十亿外星人——哪怕他们是地球人的直系后代——将要入住地球，绝对不会同意的，必将誓死抵抗，所以他协助帝皇组织了一次极为成功的突袭……为他的一生做一个梳理，他所做的一切都符合本能，符合 G 星人的最大利益，同样是功勋卓绝！

这些天来，褚文姬对自己进行了最严厉的良心拷问：如果她，或者楚天乐、姬人锐、鱼乐水、靳逸飞这些先贤，处在副皇的位置，他们会怎么做？会不会在权衡"利益"和"良心"之后，做出和副皇一样的决定？真的不好说。也许自己和鱼前辈下不了这个狠心，但姬人锐、阿比卡尔等肯定会的，楚天乐和靳逸飞也多半会。

想到这里她心如锯割，因为她的愤怒和仇恨曾是非常正当的，正义的，但现在她痛苦地发现，其"正当"的力度好像减弱了。

监禁已经七天，那位更换身躯的副皇陛下应该已经完全康复、身轻体健了吧。这些天，除了吉吉，没有任何人来探监，守卫也老是躲在视线之外，似乎 G 星人已经把这俩犯人忘掉了。第七天晚上，帝皇意外地来探监。他直接来到褚文姬的牢房，随从搬来了椅子，帝皇坐下，吩咐狱卒把关在隔壁的波波带过来。褚文姬坐在牢床上没有起身，平静地直视着帝皇，随后进来的波波则面色苍白地盯着父亲——他担心父亲带来了副皇颁布的圣杀令。帝皇冷冷地盯视着褚文姬，说：

"你是个没有理性的女人——但有血性。我欣赏你。"

说完沉默。波波的脸色更加苍白，他担心下一句是："但我无法阻挡圣杀令。"褚文姬则神色如常。在瘆人的沉默中，帝皇忽然说：

"上次副皇侍卫和我及时赶到现场，是副皇用 B 脑通知的。但在通知之后他又紧急地加了一句：不得杀死凶手。"褚文姬和波波都大为震惊，这才恍然悟到，当时侍卫们赶到时，为什么没有去首先"击毙凶手"而仅是抢救副皇的头颅。回想一下当时的场景，这个补充命令应该是在褚文姬开枪之后而副皇尚未休克的极短瞬间发出的！这件事实让褚文姬心绪复杂，也用另一种目光来看待副皇这个人。帝皇接着说，"副皇已经痊愈，他让我转告你：他饶恕你。"

波波立即目现异彩！他绝对料不到父皇带来的是这样一个好消息！褚文姬微微摇头，冷淡地说：

"请陛下转告那个人，我不需要……"

帝皇截断了她的话："他让我转告的第二句话：请你饶恕他。"

褚文姬这次才感到真正的震惊，瞠目看着帝皇，久久没有回答。帝皇随便地说："我这位皇叔马上就来了，你是什么回答，请当面告诉他吧。"

帝皇起身走了，示意波波也跟他走。牢房中只剩下褚文姬一个人，她不语不动，连思维好像也停止了。很长时间后，外边有脚步声，但不是那种带金属尾音的橐橐声。副皇步伐随意地进来，没有穿那具金黄色的钢铁外壳，而是简单的长裤和白色衬衫，黑色皮鞋，都是地球人的服装。他面色平静，手中拎着一把袖珍型粒子枪，很可能是褚文姬用过的那把，进来后就随意撂在褚文姬的牢床上。他则走到牢房中心，在那张椅子上坐定，平静而沉默地看着褚文姬。

那把枪离褚文姬很近，伸手就能捞到。有了上次的教训，这次可以正对脑袋开火了，那样笃定能杀死他，因为G星人还没有发展出"思维转移"的技术。而且褚文姬凭直觉猜到，这把枪并非空枪，并非是用来做诱饵的。她愣了片刻，伸手去抓枪，但副皇仍然一动不动。褚文姬拎起枪，打开保险，声音沙哑地说：

"你把衣服脱下来。"

副皇看看她，站起来脱下上衣，顺手扔在地上。然后他开始解裤带，但中途停止了，问："你是指上衣吧。"

褚文姬没有回答，副皇也不再脱裤子，重新坐下。他新换的身躯很漂亮，皮肤光滑，肤色红润，肌肉虽不算太雄健，至少也是肌腱分明。脖子上应该有一道接缝，但不大明显，仅能看到上下肤色略有差异。褚文姬目光沧桑地看着他，从外表上看，他确实与地球人没有太大区别——甚至说同样的语言，使用同样的方块字！但他们与地球人也明显不同。比如，G星人的"B角"和"B脑"技术，这在地球科技鼎盛的乐之友时代是很容易实现的，只是因为伦理的桎梏而一直锁闭着，但G星人显然没有这些伦理上的负担，

413

所以——他们是最终的胜利者。良久她叹息一声，在地上拾起那件上衣，对着它狠狠扣下扳机。正如褚文姬所料，它并非空枪。在耀眼的光芒中，那件衣服很快消失，变成飞舞的小火花。之后，褚文姬把用完能量的粒子枪扔到地上。

两人对视着。片刻后，副皇对外喊一声，波波和吉吉欢天喜地地跑进来，吉吉捧着一套洁白的新衣服，不由分说为嬷嬷更衣。更衣时连内衣也要换，但副皇根本没打算回避，而是安静地旁观着。新衣服很华贵，显然出自皇家做工，是为她特制的。更衣已毕，波波和吉吉簇拥着嬷嬷往外走，说帝皇陛下要为她接风，副皇陛下等全部参加。褚文姬在当下的心态中不想去参加什么皇家宴席，她只想回家，把自己单独关到屋里，在心中把眼泪流尽。但她知道这是推托不掉的，只好随孩子们的意。一行人离开天牢，副皇也跟在后面。

这是次小型的宴会，参加者有帝皇、帝后、副皇、中书令、掌玺令、刚里斯、波波和吉吉。他们大多没穿钢铁外壳，除了今日当值的刚里斯，就剩下坚决不脱外壳的中书令了。褚文姬知道这肯定是帝皇的决定，也知道这意味着什么，繁乱的心绪中渗出欣慰。饭桌上摆的也不再是能量合剂，而是地球人风味的丰富菜肴，甚至有地球人的各种酒类。今天虽然是为"出狱"的褚文姬接风，但大家都闭口不提褚文姬行刺及副皇换躯的事，仿佛那两件事从未发生过。杯觥交错中，帝皇说：

"吃饭时顺便开一次御前会议吧。"他指指褚文姬和波波，"你们两个从此也是御前会议的正式成员。"

褚文姬惊异地看看他，但没有说什么。吉吉小心地问："陛下，你要开会，我是不是需要回避？"

帝皇笑着摇头："今天既然已经来了，不必回避了。今天要商量两件大事，都是副皇提议的，副皇你说。"

副皇开始讲述。第一件大事是要"封闭G星"。由于概率之神的作弄，"智慧保鲜"舰队落到了十万年前，从而使母星所在的时空处于一种非自然的、危险的不稳定状态——如果此时这边派人去那边，最大可能是降落在"十万年前"的息壤星。那么，他们对那儿的任何干涉，都会经过十万年的放大而影响到十万年后"那个"母星的命运——甚至可能影响舰队自身的命运。这看似是不可能发生的悖论，但既然舰队的"非自然"的时间落点已经成为事实，那其后的悖论也有可能发生。为了避免它，必须做一些补救工作，即严格封闭G星，十万年后才能重新开放。那儿离地球只有20光年，在即将到来的太空时代它属于地球的"一日交通圈"，但在今后的旅游、商务、科考、军事等活动中，一定要严格避开G星系。为了万无一失，将宣布G星系为圣禁区，并祭出"圣杀令"，凡胆敢擅入或误入禁区的人，包括外星人，一律杀无赦。

这样的考虑很超前，也很必要，但褚文姬不免摇头——这个决定中仍带着G星人一贯的血腥。当然，考虑到几十亿人乃至整个种族的命运，这种血腥也有其必要性。否则一艘旅游飞船可能因失事而坠落在息壤星上，并演化成十万年后生物的大洗牌。

其他人都同意这个决定。副皇开始讲第二件大事。他说，伟大的耶耶曾对蛋房电脑内的知识进行过圣裁，删掉和关闭了不少门类的知识，只留下最有用的精粹部分，G星人这才赶在智力崩溃前实现了科技突破并成功移民，耶耶厥功甚伟。不过，现在非常时期已经过去，G星人将在地球从容发展，形成"新地球人"。在这种情况下，耶耶的圣裁不再适用，有一些知识恐怕得适当解禁。即使是耶耶当时断然删除的门类，恐怕也需要重新考虑。至于已删除的信息如何恢复，这点不必担心，有乐之友总部的电脑可以互相补充，那儿整理保存了地球人的所有知识。"褚嬷嬷，"他向褚文姬转过身，这是他第二次使用这个称呼，"你在地球人社会中生活了30多年，对地球的知识树肯定熟悉。能否请你来做顾问，帮我们决定这件事？就像耶耶做妮儿先皇的顾问一样。这是帝皇和我的希望，希望褚嬷嬷能答应。"

褚文姬陷于内心的挣扎。她真不愿意帮助这些人，这些与她有血海深仇的外星畜生。不过，在经历了这次刺杀事件后，她又回归到开始的决定——还是要帮助这些人，地球人的直系后代，帮他们摆脱兽性，继承人类文明，实施她"教化式的复仇"。她最终点了点头。

"好极了！饭后我就打开电脑，向嬷嬷展示这棵经过删削的知识树。"

饭后他们来到大厅，副皇打开电脑，以三维模式展示了这棵知识树。这显然不是一棵发育良好的树，底部枝干被大量删削，显得空落落的。即使那些耶耶虽未删除但不太看重的门类，如文学艺术、体育音乐等，在智力暴胀而且急于逃命的那个时间段中，实际也受到知识界的漠视，基本萎缩了。而顶部的某些侧枝，如军事类、武器类、航空航天类、工业技术类、农业技术类、生物科学类尤其是基因工程类等却异常繁茂，显得大树头重脚轻，形态畸形。褚文姬让副皇调出删改前的原貌，副皇照做了，把删除部分以虚像显示。现在，知识树明显恢复了平衡，尤其是底部增加了很多枝干。当然，那些原本异常繁茂的部分则逊色不少。帝后、副皇等人耐心地等着"褚嬷嬷"发表意见。褚文姬说：

"说一件地球人的史实吧。近代史上有一个著名的武器科学家诺贝尔，因发现威力强大的炸药而积累了巨大的财富，后来他用全部遗产资助科学研究，这就是赫赫有名的诺贝尔奖。你们知道他在发明炸药的过程中，非常重要的一个改进是什么吗？炸药威力强大但不稳定，在使用中容易意外爆炸，这个难题很长时间难以解决。后来他发明用硅藻土作稳定剂，这才完善了这种炸药，从此可以广泛地用于工业和军事。"她说了这么一件看似无关的史实，然后说，"至于这棵知识树，我看不必逐项决定了，全部恢复原状吧，尤其宗教、伦理、文学艺术、体育美术等等。这些东西也许并不能增强科学技术的威力，甚至有时会弱化它。但这些都是炸药中的硅藻土，是一个社会不可或缺的稳定剂。否则，要不了多久，没有了外敌的'新地球人'会在内部来一次猛烈的爆炸。"她苦涩地说，"按说，那才是我最好的复仇。"

众人无言。副皇看着帝皇，等待他的决定。良久，帝皇说："就依褚嬷嬷的意见，全部恢复吧。"他用一个玩笑来冲淡现场的冷肃，"想来耶耶不会责骂我们忤逆，要知道，这个意见是由耶耶的嫡亲曾孙女提出来的。我的科学副皇，你的意见呢？"

副皇平静地说："陛下英明。"

他与帝皇和褚文姬平静地交换目光。褚文姬带着感伤地想：从今天起，"新地球人"的新时代真正开始了——而且是在自己的助力之下。

第二十二章　婚　变

又是一年过去了。褚文姬捅开的小小蚁穴已经变成滔滔洪流。几乎所有年轻的G星人——应该称作新地球人——都脱去钢铁外壳，穿着地球人的时装，吃着地球人的食物，唱着地球人的歌曲，玩着地球人的体育活动，实施着地球人的社交礼节。在一切方面，他们都如饥似渴地向地球人学习。褚文姬知道这并非由她的一己之力所造成，而是因为地球文化的力量。与G星人畸形发展的文化相比，地球文化博大、优雅、精致、深邃、均衡，它的诱惑力是无法抵挡的。

当然，褚文姬本人大大加速了这个过程。

副皇复原了蛋房电脑资料库中被删削和关闭的部分，但新地球人更喜欢直接从地球信息库中去学习。在书籍、音像资料不足以说明的地方，他们也常常请教褚文姬。褚文姬笑谑地说，自己成了八十万禁军总教头。一般来说，G星人的问题还没难住过她，因为这些问题都是常识性的东西，偏重于人文方面，他们在硬科技方面的实力要高于褚文姬。

褚文姬太忙了，以至于忘掉悲伤，亲人死亡的第四个纪念日在平静的气氛中度过。新地球人已经完全接管了地球，各地的统计资料逐日报来。从已经上报的情况看，这次突袭后地球人确实没有第三个幸存者，也就是说，在小罗格不幸牺牲后，褚文姬是唯一的幸存者了。哺乳动物全部灭绝，鸟类大部灭绝，其他如鱼类及低等动物则基本不受影响。从息壤星带来的鼠子、鼠牛、鼠羊、鼠马、鼠狼、鼠虎、鼠蝠、鳄龙等迅速繁衍，填补了原来哺乳动物的空白，唯有双口蛇蚓在引入地球后不久就灭绝了。地球景色上最明显的变化，就是黑色的鼠蝠无论白天黑夜都在天上盘旋，代替了原来羽毛鲜艳的各种鸟类，给地球涂上了异星的色彩。

帝皇给褚文姬专门建了宫室,名字就叫"嬷嬷宫"。波波和吉吉基本是常住这儿。除了他俩,副皇云桑吉达是这儿最常见的客人。副皇来这儿有充足理由——向嬷嬷咨询有关地球文明的事务。开始时确实如此,他高强度地询问着有关的问题,努力消化,以便改进他作为"科学副皇"的知识结构。他也弄清了那个问题——为什么文姬等人能逃过死神啸声的袭击,原来也是得力于那种神奇的六维时空泡,就像蛋房时代的那个泡泡一样。只是,G星上的泡泡,还有地球上的泡泡,都已经匿踪不见,无法展开对它的研究。

后来他的提问少多了,但待在这儿的时间并不减少。反正他是独身一人,回自己的宫室也没什么事情。空闲时他不爱闲聊,只是与褚文姬默然对坐。有时他仰靠在休闲椅上,瞑目听波波和吉吉弹奏乐器。他听得很享受,有时下意识地轻轻点头。波波曾劝他也学一两样乐器,他摇头拒绝了,说太晚了,太晚了啊。

帝皇也常来,理由是检查皇子的学习。有时他也像副皇那样仰靠在休闲椅上,瞑目听波波和吉吉演奏。这两人从职务上说是搭档,从亲戚关系上说是叔侄,但褚文姬发现,两人的私人关系远远说不上亲密。在御前会议上看不出这一点,因为在谈政事时不需要掺杂个人情感。但在嬷嬷宫这样的非正式场合,两人就显得"敬而远之"。后来,两人不知道怎么做出了协调,以后两人来这儿的时间是严格错开的。褚文姬相信两人不会为此做出正式协调,那就可能是随时探听着对方的行止,从而把时间错开。

这天晚上,副皇待到很晚才走。波波过来,趴在嬷嬷的膝盖上,笑着说:"嬷嬷,我想跟你说一件事,你先答应不要生气。"

褚文姬不动声色地说:"我不答应,所以你不用说了。"

波波嘿嘿笑着,撒娇耍赖地说:"你生气我也要说。嬷嬷,副皇每天走时都有点快快不乐。"

"是吗?我没看出来。"

"嬷嬷,你知道副皇的帝后留在息壤星了,或者说留在十万年后了。这儿的局势稳定后,帝皇曾几次提出要为副皇重新选后,他都婉言拒绝了。"

褚文姬不客气地制止了他:"波波你不要说了。你知道,那场灾难刚过去几年,我心上的伤口还在滴血呢,我没兴趣听这些婚姻嫁娶的事。"

她的话说得很重,波波尴尬地止住了。

晚上,波波和吉吉睡觉去了,褚文姬独自到院里,沐浴在清冷的月光中。波波是想为她撮合婚事。即使波波不说,褚文姬也早就觉察那个男人目光中的无声话语。甚至不是一个男人,而是两个——帝皇也是同样的目光。帝皇个子矮小,又黑又瘦,一双眼睛炯炯有神,充满自信。他的思维十分明晰,虽然他和褚文姬有完全不同的文化背景,但对一般问题常常有相同的结论。几次长谈后,两人已建立很深的默契。当然,G星人严格实行一夫一妻制,说来好笑,正是妻妾成群的曾祖促成了这个习俗,已经有帝后的帝皇无法再娶,但他目光中的爱意是非常明显的。

在地球人一夕之间被灭绝时,这两人在文姬心目中并非人类,而是魔鬼和野兽。相处时间长了,她认识到他们也是人,两个同样有七情六欲的男人。他们虽然来自外星却并非异类——仅仅一万年的进化距离,还远远赶不上地球上四大人种的分流时间。所以单从生物学角度上看,与G星人的婚姻完全可行。即使在人文领域中,G星人也算不上异类,虽然这是一个在外星球上重建的种族,但他们的重建始终是在耶耶的引导下,而耶耶的前身却是一个地道的中国人,是自己的长辈!但她决不会走到婚姻这一步。尽管她决定放弃仇恨,以德报怨,促使G星人接受地球文化,但这和肉体的结合是两码事。如果最后一个地球女人睡在G星男人的怀里——这事单是想想就无法忍受。

靳前辈临去世时叮嘱她和小罗格,要把地球人的血脉传下去。可惜小罗格死了,为了救她而牺牲。虽然他的牺牲过于草率,但也表现了地球上最后一个男人的尊严。回想起来,如果那次遭遇波波时,自己放弃反抗而任由他们逮捕,也许小罗格不会死?每每想到这里,她的心像锯割一般疼。当然,这种自责恐怕过于严苛:即使他不反抗,小罗格也不会听任她被俘虏,仍会拼死开枪的。但她还是无法摆脱这种自责。

这一天,侍卫长刚里斯突然造访。他穿着钢铁外壳,这说明他在轮值,因为平时他也把外壳脱去了。他的个子很魁梧,脱下外壳身高几乎没有降低。

比较年轻，是一个粗犷的方脸膛大汉。自褚文姬行刺副皇之后，他对褚文姬十分敬畏，也许仅次于对帝皇和副皇的敬畏感。他常来找褚文姬请教一些问题。这个勇猛剽悍的汉子在褚文姬面前十分腼腆，常常红着脸，垂着目光，说话显得有点慌乱。

褚文姬清楚，刚里斯的慌乱不是学生对师长的表情，而是一个年轻男人对一位成熟女子的表情，她很珍惜刚里斯的情意，但当然同样不会接受他。刚里斯今天表情紧张，急迫地说：

"褚嬷嬷，帝皇正在开御前扩大会议，没通知你参加。他突然宣布废掉帝后！"

"废掉帝后？"文姬吃惊地说，"为什么？"

刚里斯没有答话，只是看着褚文姬。文姬知道了，不由得苦笑。她没料到事态会发展到这一步。这是典型的平桑诺瓦的处事方式，他从没向褚文姬表白过爱意，但他要快刀斩乱麻地废掉帝后，然后捧着帝后的桂冠来向她求婚！这个决定甚至牵涉到两个男人的隐秘战争。副皇现在是单身，可以正大光明地谈婚论嫁；而帝皇有妻子，按照 G 星人严格的一夫一妻制，他只能寻找情人或性伙伴，他知道褚文姬决不会认可这种身份，于是他就来个快刀斩乱麻。这个决定非常鲁莽，非常危险，它肯定会挑起一场血腥的内战，而那位心如铁石的帝皇想来已经做好了最坏的准备。褚文姬苦笑着，简短地吩咐：

"快带我去御前会议，快！"

刚里斯是骑鼠马来的，还牵来另一匹鼠马，是提前为褚文姬准备的。正要出门，听到消息的波波和吉吉也从里屋出来了，波波怒容满面，要和两人一块儿去。褚文姬不想让他与父皇正面冲突，喝止了他：

"不行！你不能这会儿去。待在家里等消息吧，如果我劝不动你父皇，你再出面不迟。"

波波勉强答应，与吉吉留在嬷嬷宫中。文姬两人很快来到帝宫，骑着鼠马直接冲了进去，守卫见是刚里斯带头闯宫，没有阻拦。今天御前会议的人数扩大了，有几位老人褚文姬不熟悉，估计是几位部族长老。屋内气氛紧张得快要爆炸，褚文姬下马进去时，中书令正在侃侃而谈，反对帝皇的决定。

他之后是掌玺令。掌玺令一向比较持重，但今天的讲话比中书令更为激烈。刚里斯悄悄告诉文姬，掌玺令属于帝后的果果部族。

"我以果果部族之名，再次请求帝皇收回成命。帝后并无失德之处，突然把她废掉，却说不出任何理由，人心不服。"

平桑诺瓦冷冷地说："帝皇的决定不需要理由。我意已决，不要多说了！"

掌玺令平时老成温良，但今天像是换了一个人，他冷笑着说："帝皇废后，是为了这个地球……女人吗？"情绪激愤中他原想骂一声"地球母兽"，但其实他平时对褚文姬是十分敬重的，而且今天帝皇的决定不一定与褚有关，便临时换了词。

帝皇对他这个问题根本不睬。帝后也在座，目光中蕴含着极度的愤怒和屈辱。不过她看见褚文姬进来时，目光中并没有太多的敌意——知夫莫若妻，她心里清楚，丈夫这个鲁莽的决定绝不会是褚嬷嬷的主意。副皇今天面色平静，似乎置身事外。掌玺令双目喷火，声色俱厉地喊：

"帝皇！你是想逼果果部族的战士穿上钢铁外壳吗？"

帝皇勃然大怒，恶狠狠地说："你敢威胁我？来人！"两名穿着钢铁外壳的侍卫迅速上前，架住掌玺令的双臂。"把他架出去宰了，我叫你没有机会穿上外壳！"

掌玺令愤怒地喊："果果部族的血是不会白流的！"

帝皇恶毒地笑了，简短地吩咐："停下！就在这儿掐死他，不要让他流血。"

两个侍卫毫不犹豫地掐住他的脖子，很快他的面庞变得青紫。帝后腾地蹿了起来，但另两名侍卫迅速扑过去，阻挡住她。副皇这时才开了口：

"陛下且慢！"

帝皇恶狠狠地转向他："副皇陛下，你想当众挑战朕的权威吗？别忘了耶耶大神和妮儿先皇的遗训——科学家族永远不得干政！"副皇一时哑口，帝皇转向侍卫，"快动手！"

两名侍卫又开始用力。千钧一发之际，褚文姬高声喊："住手！"

几名侍卫都住手了，扭头看看帝皇。帝皇脸色铁青，但并没有像刚才那样发怒。侍卫们立即乖巧地退下去，因为他们从内心讲都不愿动手，不想让手上沾上重臣的鲜血。褚文姬把快要昏晕的掌玺令扶到椅子上，悲愤地说：

"你们已经杀死几十亿地球人，还不过瘾，还要自相残杀吗？"

这样的责备是众人料不到的，分量极重，把大家震住了，包括帝皇本人。褚文姬并没有去劝阻帝皇，而是先到帝后那儿，扶她坐下，换上微笑说：

"帝后，我早就想找你商量一件事。波波已跟着我学了四年，十分聪明可爱，我很喜欢他，想收他为义子，不知帝后能否开恩？"

帝后从怒火中清醒过来，明白了褚文姬这些话的含意，心怀感激地默默点头。褚文姬回头走向帝皇：

"那你就是我的义兄了。义兄，我替波波求个情，不要废掉他的母后，不要杀害他的同族长辈掌玺令，行吗？"

平桑诺瓦从她的行事看出，"封褚文姬为帝后"的打算不可能实现了——褚文姬本人绝不会同意，即使他把后冠摔到她面前。他曾为这个决定下了狠心，如果波波反对，他甚至准备废去皇子。但这一切是以"褚文姬接受"为前提的，如果他的大动作换不来褚的同意，那再坚持下去就没意思了。他是个处事果断的人，立即在心中作出决断，朝文姬点点头。

褚文姬笑容灿烂："很高兴一场误会消除了，喂，副皇陛下，掌玺令，中书令，还有你们的事情呢。波波已经21岁，是否该为他选妃了？我看吉吉就很合适。你们说，要不要在这次御前会上讨论一下？"

副皇看看她，率先点头同意。副皇比他的侄子平桑五世更为睿智，虽然他对这位异星女子心怀爱慕，但他一直很清楚，这种爱慕只能停留在精神层面上。没错，褚文姬放弃了仇恨，以全部身心促使G星人接受地球文化；但在内心最深处，她是不会忘记血海深仇的。所以，不用妄想她会睡到某个G星男人的婚床上。但尽管如此，他还是坚持着对褚文姬的精神恋爱。他已经决定，此生不再考虑迎娶新后。

掌玺令也连忙点头，心中怀着感激。侍卫长自不必说。中书令目睹着褚文姬对帝皇、副皇、掌玺令、侍卫长这四个男人的强大影响，心中不爽。他觉得这种影响中隐藏着巨大的凶险。但单就波波的婚事而言，他无法表示反对。最终他不情愿地点了头。

帝皇也点了头，下面商量大婚典礼的事。众人都扔掉了刚才的不愉快，谈得很融洽。这时侍卫禀报说波波和吉吉来了，在宫外候旨，看来他们毕竟不能安心啊。帝皇召他们进宫。两人从侍卫那儿得知，一场血腥的宫廷内斗已经被嬷嬷制止，心中十分感激。现在又得知大婚的喜讯，更是喜上加喜，吉吉尤其满面光辉。

商谈中帝后一直若有所思地盯着褚文姬。正事已毕，帝后突然说：

"褚嬷嬷啊，我告诉你一个好消息吧。你知道吗？地球人中最后一个男人，那位为了救你而被打死的小罗格，他的头颅还完好地冷冻保存着。如果为他换一个身躯，他还是能重获新生的，就如副皇陛下。"帝后披露这个消息后心中有些忐忑。帝皇和副皇一直保守着这个秘密，他们之所以保密也许有某些男人的隐秘想法。但她今天对褚文姬十分感激，决定冒着惹恼丈夫的危险，送她这个大礼。褚文姬惊喜交并，一时呆住了。"他的头颅是副皇保存的，详细情况你可以问他。"

褚文姬仍然是呆呆的表情，向副皇转过身子。副皇平静地点头认可。他当时及时赶到现场，对小罗格的头颅做了冷冻处理，原想是用于科研的。冷冻的小罗格完全可以复活，但此后一直没有实施，扪心自问，确实有某种隐秘的男人的考虑。但今天既然帝后已经把这件事捅开，他也就不再遮掩。他说：

"帝后说得没错，小罗格是可以复活的，只需用他的体细胞先克隆出一个躯体。只是比较费时间，即使用快速生长法，也得15年。其实也可使用某人现成的B角让小罗格马上复活。因为从物种的角度看，G星人和地球人完全属同一个物种。但从个体角度看，还是需要使用抗排异药物。"

帝皇说："那就用我的B角吧。战争已经结束，我短期内用不上它。把它给小罗格后，尽快为我再培育一个新B角就是了。"他看看褚文姬，"褚嬷嬷，你决定吧。"

褚文姬心潮激荡，思绪万千，一时难以回答。她想起小罗格一直视她为姐姐，但在灾难来临时，靳前辈在去世前对两人说：传下地球人的血脉……在复仇行动中，小罗格迅速成熟，变成了心如铁石的杀手，也完成了从弟弟到丈夫的转变……她依偎在那个还显单薄的男人怀抱里，但两次缠绵都被阴差阳错地截断了，没能留下小罗格的种子……

现在，原来小罗格并没有死啊，或者说，他还是可以复活的啊。褚文姬狂喜中也掺杂着伤感。帝后送的这个大礼让她面临两难选择。她当然希望小罗格能尽早复活，最好今天就能复活，这样，就能有两个真正的"地球人"互相慰藉了。如果把他的复活推到 15 年之后，她恐怕会在焦灼的等待中崩溃的。何况那时她已经年过 50，与小罗格的年龄差距太大了……但若要小罗格马上复活就得用 G 星人的 B 角，比如使用帝皇的，这让她心中腻歪。小罗格的脑袋配上帝皇的躯体，那么，她和小罗格的儿女能算"地球人的血脉"吗？……

最终她叹息一声，果断地斩断了这些无谓的忧虑。一位中国的历史学家说，中国人历来看重文化之大同，而不看重血脉之小异。这个观点今天可以推广到地球之外。她已经承认 G 星人和地球人仍属同一物种，并非异类。而且，即使她和小罗格能有"血脉纯正"的地球人后代，其后代如何婚配？那些后代早晚会淹没在 G 星人的基因大海中。既然这样，干脆就提前放弃对血脉的成见，而把注意力集中在"文化之大同"上。心中做出决断后，她问副皇：

"副皇陛下，救活已经冷冻多年的小罗格，有把握吗？"

副皇点头："有把握。这是一项已经常态化的技术。"

"那么，"她转向帝皇，"帝皇陛下，小罗格就借用你的 B 角了，可以吗？"

帝皇简单地说："我的荣幸。"褚文姬能断然抛弃"夷夏之防"，选用他的备躯做小罗格的躯体，这让他有隐隐的骄傲。褚文姬合掌向众人行礼致谢，尤其是向帝后致谢，感谢她率先捅开了这个秘密。这些年来，波波对褚嬷嬷与小罗格的关系已经知之甚详，高兴地喊：

"嬷嬷，小罗格复活后，我们想早点喝你们的喜酒！"

众人都笑着附和。这的确是喜讯。说句不好说出口的话，褚嬷嬷有了归宿，也相当于把某种危险完全排除了，来一个釜底抽薪，皆大欢喜。众人中只有副皇仍是那副喜怒不形于色的表情，他冷静地说：

"不过褚嬷嬷要事先做好心理准备。小罗格的脑袋还保存着生前的所有记忆，但不包括这几年的，他的记忆在湖边那一枪后就戛然而止了。所以，当他醒来后，也许不会轻易接受这个新世界。"

他尽量轻描淡写，但褚文姬如遭雷殛。副皇说得完全正确，这位"科学副皇"的思维确实比常人清晰，能提前看到未来的风险。小罗格是抱着血仇而死去的，当他醒来，发现他的文姬姐姐已经化敌为友，给外星畜生当老师，甚至为外星畜生们排忧解难，帮他们平定内乱……他怎么可能接受？甚至他会认为自己已经叛变，当了叛徒。褚文姬不会因为这点担心就推迟小罗格的复活，但她必须重视副皇的提醒，尽量减缓小罗格所受的思想冲击。她说：

"谢了，副皇陛下，你的提醒非常有价值，我会做一些准备的。那么，就请你们开始这件事吧。"

褚文姬已经经历过一次"换躯"手术，知道它只需七天时间。这些天她暂停了对波波和吉吉的授课，专心为小罗格的复活做准备。物质上没多少准备，只是为他精心挑选了一套衣服，就是他死前穿的那种式样，以便让他有熟悉感。也为他精心定了食谱，准备了必要的材料。好在地球的农业生产已经恢复，有了新鲜蔬菜和肉类，不必只使用罐头材料了。小罗格醒来后，她将一直在病房陪伴他，没时间下厨，但吉吉的厨艺已经有相当火候，可以代替她。剩下来就是精神方面的准备了，她要以尽可能缓慢和委婉的方式，让小罗格逐渐接受现实，从而在肉体上，也在心理上，真正死而复生。

具体的换躯手术，副皇不让她去目睹，这样可以避免不必要的感情波动，所以那些天褚文姬经常呆坐在家里，膝盖上放着为小罗格准备的衣服，双眼微闭，在思维和回忆中梳理，在痛苦和盼望之间煎熬。

第七天终于到了。

那具僵死的躯体逐渐活过来了，最明显的变化是在面部。一种无法言传的"灵性"从躯体内部浮出，慢慢振荡着，充满了整个脸庞。接着，小罗格的眼睑颤动着，睫毛抖动着，艰难地睁开了眼。迷茫的目光向四处滑动，慢慢聚焦，聚在褚文姬悲喜交并的面孔上。他的思维也在慢慢聚焦，终于拼拢了意识，音节缓慢地问：

"我……没有死？记得……"他努力仰起头想看自己的腹部，"我的肚子……被炸……一个大洞。"

褚文姬把他按回到床上，伤感地说："你没记错。但G星人把伤口修复好了，用基因技术更换了被毁坏的器官。小罗格，已经五年了啊，你被冷冻已经五年了。"

"五年？我们在……外星畜生……手中？"

褚文姬心酸地点头："对。你先喝点汤水吧，我会慢慢告诉你。"

褚文姬按了电铃，墙上一个传送口打开，送来热气腾腾的羹汤。这种送饭方式是褚文姬特意安排的，不想让小罗格过早看到外星人，以免引起情绪上的波动。她把小罗格扶起来，喂他慢慢喝了一小碗人参汤。小罗格基本恢复了，但注意力老是集中在自己胸腹部。褚文姬边喂边解释：

"你的脊髓也炸飞了，是重新桥接的。所以，你可能感觉到躯体很生疏，就像是借用了别人的身体。别着急，慢慢会习惯的。"

她不想过早地让小罗格知道真相，只能善意地欺骗他。吃完饭，她让小罗格闭上眼再休息一会儿。小罗格握着她的手，听话地闭上眼。半个小时后，小罗格睁开眼，声音清晰地说：

"文姬姐姐，我的意识已经完全恢复了，把五年来的情况都告诉我吧。你放心，我受得住。"

"好的，我会慢慢告诉你。但不要急，你的身体还很虚弱。"

以后的日子里，病房里一直仅他们两人，褚文姬照顾着小罗格吃饭、吃药，主要是抗排异药物，做康复训练，在训练的空当中逐渐把有关情况告诉他。除了"换躯手术"的真相外，其他的都是如实告知。只是尽量延缓了披露信息的速度，以便小罗格能逐渐接受。

她说，已确认地球人全部灭绝，他们是仅存的两个地球人了。连地球上的哺乳动物也全都灭绝，但由G星带来的哺乳动物如鼠子、鼠羊、鼠牛、鼠马、鼠蝠、鼠虎等已经大量繁殖，填补了这个空白。"知道它们的名字为什么都带一个鼠字吗？因为它们都是由地球带去的老鼠进化来的。曾经有很多地球动物被带到了G星,但哺乳动物中只有老鼠存活了下来,又经过约十万年的进化,分化成各种食草、食肉和杂食性动物。"

小罗格不解地望着文姬姐姐,一时想不通地球的动物何以被带到G星。忽然他想通了,露出震惊的表情。褚文姬心酸地说:

"对,正如你猜想的。这些外星人实际是地球人的后代,是褚氏号飞船送到G星上的卵生人的后代。"

小罗格的脑力已经基本恢复,敏锐地发现了其中不合逻辑的疑点,他喃喃地问:"但你说……十万年的进化?"

"对,十万年的进化。但今天你刚恢复意识,不能太累了,睡吧,明天我再接着讲。"

她熄了灯,自己也上床,把小罗格搂在怀里,轻声重复着:睡吧,睡吧,不要急,明天我接着讲。在她的安抚下,小罗格慢慢入睡了。褚文姬则一直盯着天花板,久久难以入睡。对小罗格的讲述等于是一遍又一遍地撕开她心中的伤口,把所有锯割心灵的痛苦往事再回放一遍。

第二天依旧。就这样,时断时续地,她把五年来的情况慢慢告诉了小罗格。她解释了那个"十万年"的疑点,也告诉小罗格,当她得知那位G星人的副皇,所谓科学家族的掌门人,正是灭绝地球人的第一元凶时,她再也无法抑制入骨的仇恨,用偷来的粒子枪轰开了副皇的胸膛。可惜当时她尚不了解G星人的科技水平,没有直接轰飞副皇的头颅。后来那位副皇做了器官修补手术,早就痊愈了。但有一点是她想不到的,在她开枪之后,副皇留下的最后一句话是:不要杀死凶手。"正是因为这句话,所以我还活着。还有,你知道他痊愈后说的是什么吗?他说:希望我能饶恕他。"她苦笑着用重音念出这三个字。

小罗格震惊地看着文姬姐姐,沉思着,没有说话。

她又说,后来她认识到,也许真正的罪魁不是这位副皇,而是G星人的"耶耶",即自己的曾祖褚贵福,这是乐之友心目中的伟人。他倾毕生之力和全部家财,把地球人的血脉送到了G星系中的息壤星。又守护他们十万年。耶耶临去世前帮妮儿帝皇打开了烈士号飞船的电脑,为刚脱蒙昧的G星人打开了科学宝库的大门。甚至"死后"还强使魂魄聚拢,为后人提前预警了宇宙暴胀的灾变。他上述的所作所为,只能用伟大来总括。但之后就走向了反面——他在妮儿帝皇的再三央求下,按他的感觉,对电脑中各种所谓"无用知识"进行了粗暴的删除,只留下了"硬科技",而宗教哲学道德伦理文学艺术体育音乐等或被删除或被暂时关闭,造成了 G 星人上层建筑极为畸形的发展。之后他们不幸地正赶上下一轮的宇宙暴胀暴缩,在智力暴胀的百十年中,为了尽快发展科技以逃离灾变,之前的畸形发展又被百倍地放大,连褚贵福当时裁定为"暂时关闭"或"不太重要"的知识门类也被完全弃置。在这样的文化背景和历史背景下,也就难怪会出现科学副皇这样的怪物了。这些科学怪物理性清晰,但没有任何道德伦理的禁忌,没有任何良心或怜悯心的负担。"小罗格,痛定思痛,你知道最令我痛苦的是什么吗?是我认识到这一点:G 星人特别是那位科学副皇的行事,尤其他们灭绝地球人而让 G 星人占据全部生态位的决定,也许真的符合那个种族的最大利益,是不折不扣地遵照了进化论中'生存第一'的天条!如果他们礼貌谦恭地通知地球,说他们带着数十亿后代回家,地球人绝不会'引狼入室',肯定会演变成一场两种人类的殊死战争。"

她的内心独白深深地打动了小罗格,这不奇怪,如果两人的位置互换,是小罗格活着经历了这一切,他肯定也会有同样的感情激荡,同样的反思和自省,同样的大彻大悟。

褚文姬尽量放慢授课的速度,让小罗格有充分的时间消化,也让他时时突涌的情绪激荡有一个回落的时间。一直到第七天,她才开始披露下面的事实:她已经放弃了武力的复仇,而是用地球人优雅精致的文化来感化这些野蛮人,这些地球人的直系后代,让他们放下屠刀立地成佛,延续人类文明。令人欣慰的是,从这几年来的情况看势头良好,这可能要归因于:这些 G 星人本来就是人类的后代,具备人类的所有善恶天性。此前的畸形发展只是一时的,不正常的。即使没有褚文姬的教化,他们总有一天也会回到善恶的中点,而不会一味地滥恶滥凶。褚文姬的教化只是大大加速了这一过程。她甚至讲述了帝皇和副皇对自己的情意,她说自己虽然从理性上饶恕了敌人,但决不会睡在 G 星男人的婚床上。

她非常担心小罗格不能接受这些，担心他认为文姬姐姐已经叛变，当了"汉奸"。但她欣慰地发现，小罗格相对平静地接受了这些。不能说他完全同意文姬姐姐的行事，但至少他在理性地思考，没有做出情绪化的反应。这也许归因于他"生前"对文姬姐姐绝对的信任。的确，在经历了人类灭绝的悲惨时刻，目睹了丈夫和女儿的惨死之后，只要有一点血性的人也不会向外星人卖身投靠。文姬姐姐既然这样做，一定是有道理的，是理智的决定。

小罗格在消化，在思考。他的运动机能也逐渐恢复，行走已如常人。褚文姬欣慰地也心酸地看着小罗格的大脑逐渐接管了"帝皇的身体"。这具新躯体肯定与原来的躯体有诸多差别，但小罗格这些天沉湎于哲思，没有注意到身体的异常。褚文姬盘算着，从明天起，要逐渐披露这具身体的秘密了。

这几个晚上，两人一直拥抱着睡觉，互相用体温和心灵温暖着对方。到第七天夜里，褚文姬半夜醒来，见小罗格正在温柔地脱她的内衣。褚文姬其实也盼着这一刻——但也有莫名的恐惧。她配合着脱去内衣，把小罗格搂在怀里。令她欣慰的是，性事很顺利，很销魂，褚文姬也就扔掉了最后一丝担心，在云雨后的慵懒中入睡。

她忽然觉察到身边的罗格悄悄起床了，到卫生间去，很久没有回来。再等一会儿，仍没有回来，只能听到卫生间的窸窣声。她起身去察看，小罗格已经出来了，用睡衣裹着身体。她的心忽然向无限深处下沉——罗格的眼神完全变了，是那种心死如灰的感觉。罗格冷冷地看着她，直截了当地说：

"这不是我的身体。"

褚文姬犹豫了一秒钟，决定还是先瞒着这件事。她笑着说："我说过，你换了一些器官，而且脊髓是重新桥接的，肯定会产生某种陌生感……"

"你不用瞒我，我在卫生间察看过了，这不是我的身体，整个都不是。"

褚文姬知道瞒不住了，走过去，搂住那具身体，心酸地说："罗格啊，你原来的身体已经无法修复了。你不要在意，人格载体在大脑中，我认为你仍是原来的罗格。"

在她的拥抱中，那具身体僵硬如石像。良久罗格说："既然地球人已经灭绝,那么,这是G星人的身体?"

褚文姬只能如实相告:"对。G星人的皇族都备有备躯,以便一旦需要时能及时更换。副皇也是像你一样换了备躯。后来,决定唤醒你时,帝皇把自己的备躯捐了出来。我说过,两种人类的分化只有单向的一万年,基本没有差异,最多只能算两个人种。"

小罗格沉默了。文姬把小罗格拉到床上,睡下,搂着他,温声劝慰着。她讲了"文化之大同"和"血统之小异"的观点,又说,你可以把这看成暂时的借居。然后用你的体细胞克隆出新身体,一具完全属于你的身体,到时候再做一次手术就是了。只是那个时间太长,即使用快速生长法,让新身体长到成年也需要15年。她劝了很久,小罗格一直没有说话。最后他才悲叹一声,只说了一句话:

"文姬姐姐,作为地球人中最后一个女人,你还是不了解男人啊。"

这句话说得很重,完全不是往常那种"弟弟"的身份。文姬只有苦笑。她无法再劝慰,只有含着歉疚搂紧了罗格。两人都睡不着,在沉默中任时间一秒一秒地过去。忽然褚文姬觉察到异常,她怀中那个身体有了只可意会的变化,好像卸去了某种张力,又好像变得僵硬了。文姬不想在这会儿打扰罗格,但心中的不安越来越重,最后她还是打开台灯,拉过罗格的手——忽然一股冰冷的潜流沿着她的手臂射向心脏。这分明是一个死人的手,虽然有体温,但死板僵硬,没有活力,也不会动。她俯过身,惊惧地观察小罗格的目光。他的目光倒是清醒的,但里面满盛着心死如灰。小罗格盯着她,开口说话,但气息微弱。她赶紧把耳朵贴过去。小罗格是在说:

"不要抢救……不想见他们……让我安静地死……"

文姬泪如泉涌,瞬间知道了这个无法改变的结局。罗格要死了,他用意志力关闭了大脑同身体的联系?!他厌恶这具外星人的身体,不想让大脑寄生在它上面。虽然这种纯意念的自杀看起来匪夷所思,但一个意志坚强的男人也许能做到。文姬此时清醒地知道,劝说已经无用,但不管怎样,仍要尽最后一次努力。她泪如泉涌,伏在罗格耳边说:

"我的好弟弟,好丈夫,怪我的决定。现在我把你的头颅切下,重新冷冻起来，等着你自身的克隆体，好吗？罗格，不要离开姐姐，不要离开你的妻子。不要丢下我一个人。"

罗格在回答，她把耳朵贴到罗格嘴边，听到他说："原谅我……实在太累……不要抢救……最后的尊严……"

褚文姬只有哭着点头。

两人就这样默默对视，度过了小罗格生命的最后时刻。医院一直采用24小时的监控，副皇亲自坐镇，所以他们对病房内的剧变是了然于心的，但一直没人出现。也许他们也懂得了罗格的内心，想保护最后一个地球男人最后的尊严。

五年来，褚文姬已经忘记什么是软弱和哭泣，但这会儿，她一直悲伤地哭泣着，向即将离去的弟弟和丈夫诉说着内心。她痛悔未能真切了解男人的尊严，做出了"换躯"这个鲁莽决定。她永远无法原谅自己，只能陪爱人一块儿去死。罗格的意识之火快要熄灭了，他用尽最后的气力说：

"你比我坚强……活着……做你该做的事……否则我不原谅……答应我……"

文姬哭着点头。他的脸庞上漾起最后一波笑意，完全停止了呼吸。

褚文姬把那具已经冰冷的躯体搂在怀里，不语不动，一直坐了整整一天。病房外的人们小心地保持着静默，不来打搅她。一天后，她按响了电铃，波波和吉吉在第一时刻就冲进来。两人小心地从褚文姬的怀抱中接过那具遗体，放回到床上，然后帮褚嬷嬷活动她麻木的肢体。波波小心地说：

"父皇、母后、副皇他们都在外面，可以让他们进来吗？"

褚文姬摇摇头。

"嬷嬷，你的头发全白了。"吉吉心酸地说。褚文姬不在意地侧身扫了一眼，果然自己的黑发已经洁白如雪。她只是交代一声：

"把遗体火化吧。吉吉，扶我回家。"

她回到家，把自己关到屋里，独自舔着心中的伤口。这些天只有吉吉陪着她，波波一直在外边忙什么。三天后，波波驾着一艘小蜜蜂来了，一定要带她看一样东西。他们坐小蜜蜂来到原来的乐之友总部，在一片废墟之上新出现了一座塑像。是小罗格的雕像。新地球人中还没人精通雕刻艺术，但他们用技术代替了艺术。座基上的雕像完全是那个时刻的写真：小罗格手执激光枪正在射击，但粒子枪的一击轰然炸飞了他的腹部，形成了一个贯通的空洞。肉体的痛苦还没有传到小罗格的大脑，他惊异地低头观看腹部，似乎不相信自己的眼睛……他的身体略显瘦削，本来他只有 17 岁，还是一个没有完全长开的大男孩。雕像非常逼真，这不奇怪，当时赶到现场的副皇用 B 脑摄下了图像，现在只须把图像输入到 3D 打印机就行了。

褚文姬静静地观看着，长长的白发在风中飘拂。雕像下堆满了花圈，是帝皇、副皇等人送的，至于送花圈的风俗则是副皇从资料中查出来的。褚文姬走近雕像，雕像和基座比较高，她只能摸到雕像的小腿。她轻轻地摸着，然后回头说：

"回去吧。波波，吉吉，明天你们恢复上课。"

波波和吉吉望着她泪光潋滟的眼睛，轻轻点头。

第二十三章　永　生

褚文姬在 G 星人社会中生活近 40 年，赢得社会的普遍尊重。作为御前会议的一员，她一般不大发表意见，但只要她发表意见，常常就是会议的定论。她的学生数以十万计，而"嬷嬷"成为她的专有称呼。

不过她的心境并不平静，每年的忌日，她会在亲人的灵前点上一束香，悼念自己的父母、丈夫和女儿，也悼念靳逸飞、小罗格和亿万地球人的冤魂。这时，内心深处常常出现一个声音："你以德报怨，帮助双手沾满鲜血的 G 星人脱离野蛮，进入文明时代；你帮他们避免自相残杀，在地球上牢牢站住脚跟。你的所作所为对得起亿万冤魂吗？"

她相信自己做着正确的事，但她无法消除这种自我谴责。

她还常常感到渗入骨髓的孤凄，虽然她桃李遍天下，虽然波波和吉吉一直待她如生母，虽然她与帝皇平桑诺瓦、帝后果利加、副皇云桑吉达、掌玺令齐格吉、卫队统领刚里斯都是要好的朋友，但她仍免不了这种孤寂之感。毕竟，她是唯一的地球人，而 G 星人尽管在迅速融入地球文明，毕竟他们是外来者，他们身上还带着深深的 G 星烙印。

她在这种矛盾的心境中生活着。不过，她从没懈怠过自己的工作，直到 70 岁那年她撒手人寰。

人寰，这个词儿没用错，因为在她去世前，G 星社会已基本融入地球文明。年轻人衣着入时，弹奏着刘天华、阿炳、施特劳斯、莫扎特、李斯特的琴曲，吟着李白、李贺、苏东坡、济慈、雪莱、泰戈尔、普希金的诗句。沙滩上，女郎们尽情展露她们迷人的曲线，婴儿们趴在母亲的乳房上尽情地吮吸。除了当值的军人，没人再穿那个僵硬的外壳。尤其是，占领地球初期疯狂繁衍的工蜂族几乎在一夜之间消失了，人们全都恢复了自然生殖方式。G

星人贪婪地学习地球人的一切知识，当然也包括历史。在 G 星人的历史书上，坦率地记下那个血腥的时刻，并把它视作新地球人的原罪。不要奇怪他们的变化如此之快，他们只不过是向岔路上走了一段，又回到本来的人生之路、回到褚文姬所说的人性善恶的中点罢了——甚至越过了中点，离"善"更近一些。

副皇云桑吉达从不提册立新副后的事。人人知道他为何如此，但他从不在褚文姬面前提及求婚二字。帝皇和帝后劝他选一位新副后，以便遵照耶耶的遗命，延续一支科学家族，但副皇总是笑而不言。

晚年他甚至放弃了副皇的职责，只是悠闲地陪褚文姬聊天，去各地旅游。有时他和褚文姬就那么静静地坐在院里，笑微微地对视，很久不说一句话。他在 59 岁那年走到了人生尽头。褚文姬那时已经知道，G 星人在母星时的平均寿命只有 50 岁，大概是因为那时的他们长期处于亢奋状态吧，所以 59 岁已经是高寿了。他去世前帝皇来看望他，告诉他，因为他没有留下后代，只好用他的细胞克隆一个。因为，延续和保持一个副皇家族是耶耶和妮儿先皇的遗命，平桑帝皇不敢违抗。副皇笑着，声音微弱地说：

"别费那个事了。是我有意违抗耶耶的遗命，又不是你。何况，"他调侃地说，"你为什么一定要保留这个麻烦呢，并非每个副皇都肯甘居人下，也并非每个帝皇都像你那样能干。如果一个强势副皇和一个笨蛋帝皇凑到一起，就有麻烦了。算了，索性让副皇家族断根吧。"

这番话肯定对上了帝皇内心深处的想法。他笑笑，不再提副皇继位的事，只是与他回忆往事，让他安心养病，然后告辞离开。副皇让手下唤来了褚文姬，要她陪自己到最后一刻。褚文姬爽快地答应，执着他的手，守在床边。虽然已经交往多年，但这是两人第一次肌肤相接，副皇有点受宠若惊的样子。他已经很虚弱了，大部分时间闭着眼，微弱地呼吸着。褚文姬也不说话，静静地守候着。凌晨前他醒来，绽出一丝微笑，低声说：

"好像姬前辈临死前也是这样的……鱼前辈守着他……知道我还缺什么吗？"

褚文姬知道他的意思，微笑着起身吻了他，是一个情人式的长吻。这些年来，虽然已经融入 G 星人的生活，更准确地说，是她引 G 星人走进了地球人的生活，但铭刻在心中的血仇仍然活着，使她从生理上厌恶同 G 星人尤其是 G 星男人的身体接触——这样说不准确，她并不排斥与波波的亲昵。所以准确地说，是厌恶与 G 星男人带有性意味的接触。不过，在副皇平静地迎接死亡时，她也走过了这道心理上的坎。亲吻之后，一波更强的笑意在副皇脸庞上漾开，他说：

"我赚了。"

之后他就闭上眼睛，直到停止呼吸。

副皇去世不久，帝后果利加、中书令、掌玺令、侍卫长相继去世，帝皇平桑诺瓦活得长一些，68 岁那年去世，51 岁的波波继任为平桑六世，那年褚文姬 66 岁。新皇登基后立即颁布一道诏令，封褚文姬为国母，将千秋万代享受新地球人的祭祀，先贤祠中位列于耶耶和妮儿帝皇之后，而在帝皇平桑诺瓦和副皇云桑吉达之前。她被新地球人认作始祖，是新世纪的女娲。王城中原先建造的那座 A 型纪念塔被拆除了，代之以褚文姬的汉白玉雕像。塑像这次不再是 3D 打印而是手工雕刻，执刀者是一位 20 岁的雕刻家。

褚文姬七十大寿那天，举行了这座塑像的开光典礼。

"嬷嬷，请看。"

波波和吉吉搀扶着褚文姬仰面观看。那幅似乎从天上垂下的红绸徐徐拉脱，露出了塑像的真容。第一印象是它的高大，虽然赶不上此前的 A 字塔，但观者也必须仰视。雕像以 38 年前的褚文姬为模特，也就是波波第一次在湖边见到褚文姬的那个时刻。一尊裸体的女神，乳房饱满，美极了的胴体，遥望着远方，平静的目光中微含凄凉，似乎在召唤远方的孩子。一头青丝其长过膝，垂在身体前面，挡住了她的部分裸体……只有一点与塑像的基调不大符合——她手腕上戴着一副银光闪闪的手铐。

雕像的构思是波波拟就的。他想以这种方式表示永远的愧疚。褚文姬能体会到波波的用心，她喃喃地说：

"太奢靡了……不过，我还是谢谢你们。"

"不，嬷嬷，是我们该对你感恩。"

褚文姬用目光抚摸着塑像，也可以说是抚摸着38年前的自己，开了一个玩笑："好啊，有她立在这儿陪你们，我就可以放心地告别了。"

吉吉笑着说："那可不行。波波说他准备再过两岁就退位，到时我俩还要陪着你到处玩玩呢。"

文姬笑笑，没有再说。她刚才说"告别人世"并非开玩笑，近来她感觉很不好，也许大限已经逼近。她太累了，如果离开人世，去寻找另一个世界的丈夫、呱呱和小罗格，其实也不错……波波忽然说：

"嬷嬷你看！那是什么？"

顺着他的指向，褚文姬和吉吉都发现了地平线上的异常。远处的建筑在变形，似乎被一只无形的手团成了球形。球形正向这边滚动，把前边的建筑或树木团起来，后边的则恢复原形。波波和吉吉非常惊讶，但褚文姬马上明白了是怎么回事，是泡泡，靳逸飞前辈所持有的六维时空泡。褚文姬在这个泡内生活过32年，这样的变形场景她经历过三次，足以在第一时间内认出它。转眼之间，那个无形的泡泡已经飘到跟前，停住了。这儿是空场，所以泡泡的变形作用显示不出来，但能隐约看见一个透明的球体，也许是泡泡内空气的折射作用。波波和吉吉担心这个泡泡内有古怪，立即架上嬷嬷准备逃离。褚文姬止住他们，说：

"用不着。这就是我说过的六维时空泡，甚至可能就是我居住过的那个。它曾与靳前辈固连在一起，宇宙暴胀时期全靠它保护我们。就在你们卑鄙偷袭……就在靳前辈急怒而亡之后，泡泡就消失了，38年来没有任何消息。此刻它怎么会突然出现？难道靳前辈当时并没有死？……我进去看看吧。"她想了想，对波波和吉吉说，"你们先退后，我一个人进去。"

波波努力劝止，但劝止不住，便遵照嬷嬷的命令，和吉吉一块儿后退了十米。他们目不转睛地看着褚文姬走进泡泡，所以对以下的进程看得非常清楚，却不能理解。泡泡仍是基本透明的，嬷嬷走进球形边界后，进去的身体有了明显的变形，而边界外的身体保持不变。她的身体全部进去了，也全部有了变形。但就在这时，透明的泡泡忽然变成乳白色，嬷嬷随之不见了！

天父地母

他们冲上前，焦急地喊："嬷嬷！嬷嬷！"没有应声。他们不敢贸然进入泡泡。波波拔出佩剑，小心地伸入泡泡内，佩剑进入泡泡的部分逐段消失，直到只剩下剑把。但缓缓抽出佩剑，它仍完好无损。波波考虑片刻，说：

"先不要着急，待在这儿等一会吧。"

他们尽量克制心中的焦灼，在泡泡外等待着。

褚文姬进入泡泡后感受到了异常。当年在乐之友总部，她曾在泡泡内生活了32年，那时除了物体在泡泡内外有变形外，感受不到其他异常。虽然泡泡隔绝了空间暴胀尖脉冲，保护着其中的人，但生活在其中的人们没什么感觉。此刻，她感觉到某种奇特的"扩散"，似乎她的意识在瞬间飞散，均匀地扩散到整个泡泡内。当然这只是幻觉，她的意识还圈闭在大脑内，在她的头颅内，正在高速运转着，体味着周围的不同。另一个感觉出现了：似乎某种均匀分布在泡泡内的意识在与她的意识融合。不错，是这样的，一个声音慢慢出现在她脑海里：

褚文姬……是我……我们……泡泡的主人。

褚文姬轻声问："是你吗？靳前辈？"

"不……靳逸飞耗散了……是我，曾把六维时空泡赠给靳逸飞的人。"

一个形体出现在她的脑海里，裸体，光头，面容冷静，双手戴着一副锃亮的手铐。褚文姬瞬间明白了："你是……神？靳前辈说，赠给他泡泡的神戴着手铐。"

对方微微一笑："这个称呼不妥当，不过，也无所谓。我——怎么说呢，我的主体是诺亚人，是天使、雅典娜、歌利亚、龙儿、凤儿以及他们的冥思伙伴，也是马柳叶、贺梓舟、奥芙拉等老一代……对了，也有褚少杰，以及何明、柳卉、苏拉等人。"

单单这些名字就形成了一个巨大的历史架构，显示出时间和空间的深邃，令人震惊和迷茫。但70岁的褚文姬依然思维敏捷，很快把事情的脉络理清了。她喃喃地说：

"你们是诺亚号和烈士号船员，因某种机缘成了神……这个称呼不妥，是成了神级文明,可以在时空中自由穿梭……"

"对。"

"失踪的烈士号是你们送到G星的?"

"对。此前它犯了一个错误,撞上了地球,把地球毁灭了。"

褚文姬已经从副皇那里知道这段曾经发生又被抹去的"历史":"对,我知道。你们返回到它毁灭地球之前,拯救了地球和烈士号。"

"对,我们救了地球,然后把烈士号送到了G星。"他叹息着,"不该干涉历史进程的,尤其是逆时序的干涉。但那时我们刚被提升,太年轻,容易冲动。"

"我明白了,明白了。随后烈士号成了G星的蛋房,护佑着G星人,直到十万年后……其他的脉络都能接续上了。可是……你呢?你们呢?在这一段时间,你在哪儿?"

对方微笑着说:"不好让你理解。我无时不在,无处不在。我是属于宇宙的,不仅仅与地球有关。但我的大思维中有马柳叶、贺梓舟、褚少杰、何明等人的思维团,它们很顽固,竟然至今保持着某种程度的凝聚态。由于它们的影响,我免不了要多关注地球。"

褚文姬心酸地说:"原来地球确实曾毁灭过,被你们拯救了……但在G星人灭绝人类时,你们为什么不出手干涉呢?"

对方有点歉疚,为难地说:"对,我知道这些信息,知道地球上的原住民被G星人完全灭绝,只有你和小罗格幸存,你们还殊死反抗过。但——我下面的解释恐怕会让你反感,但我还是直言吧。这次灭绝不像那次的地球毁灭,它只能划入地球人的内战范畴。G星人只是一万年后的地球人,二者并未分流。我不能干涉地球人的内战,否则要干涉的就太多了,像从非洲出来的新智人灭绝了尼安德特人、黄帝族人灭绝蚩尤族人、白人灭绝塔斯马尼亚人、白人几乎灭绝黑人、印第安人和澳洲土著人……"

这种解释的确让褚文姬反感,不,这样说太轻了,应该是心中冰凉。但她无法反驳。如果站在神的超然立场,这些理由完全合乎逻辑。想想也是这样的。对方所提及的历史上的大灭绝,对于被害者来说该是多么惨烈的经历,但在若干千年后，它们只浓缩为历史书一段平静的叙述，完全不影响历史之河的向前奔流。所以，地球人的最近这次灭绝同样只是历史之河中一小朵浪花而已。但对于褚文姬则是完全不同的——过去读历史书时，她是胜利者的后代。而今天读这段近代史时，她是被灭绝者的后代。身份不同，读来的感受当然不同。这种不同，神是无法理解的——他也是胜利者，而且是最成功的胜利者。她冷冷地说：

"你的道理很雄辩，你的决定也很理智，很冷静。既然如此，你这会儿来地球干什么？"

神歉然说："对不起，我知道你会对这些话反感，但我只是如实叙述。至于我这次来，"他苦笑道，"又是某种不该有的冲动。是小罗格自杀那件事把我召来的。"

褚文姬顿时热血冲顶！眼前霎时出现了小罗格的面容。他在与自己第一次云雨之后，发现这具男身并非自己的身体，愤而用意志力切断了大脑同身体的联系……想起他的最后几句话："作为地球上最后一个女人，你还是不了解男人啊……我实在太累了……不要抢救……最后的尊严……" 70 岁的褚文姬也在瞬间回到 37 岁，那个青春热血尚能沸腾的年龄。她痛极无语，深恨这位"神"再度撕开她心灵的伤口。她没有说话，但神能轻易探查她的意识，他歉疚地说：

"对不起，再次撕开了你心中的伤口，结疤 33 年的伤口，不过对我来说仅仅过去了一分钟，冲动之后一分钟的犹豫。但犹豫之后我仍想遵照冲动行事。也就是说，我可以再度干涉。"

他的话已经非常明白了，但也许是这个喜讯过于惊人，褚文姬过了片刻才理解他的话："你是说——重新回到 G 星人灭绝地球人之前？让所有地球人都复活？让我的呱呱、丈夫、靳逸飞等等都复活？"

"是的，不过说'复活'不准确。如果回到那个时空点，他们并没有死。我只是让地球人从那个岔路口起，走另一条路。"

当幸福过于巨大时，它就和惨痛没有什么区别。褚文姬的心灵受到重击，几乎喘不过气，觉得自己的心脏马上就要爆裂了。对方冷静地说：

"我可以干涉，但事先想征求你，最后一位地球原住民的意见。我说过，有了被干涉经历的地球人虽然算不上是'复活'，也不能说是原生态。这就像原作和赝品的区别，鲜花和假花的区别。不过，话再说回来，这也算不了什么。严格说的话，你们这一代人已经'假'过一次了，多一次也无妨。反正你考虑吧。你若同意我就出手。如果你觉得这样的干涉过于剧烈，也可来个小规模的定点干涉，比如，单单让你身边的人'复活'，像小罗格，呱呱，夏天风，靳逸飞等。我都有能力做到。"

褚文姬极度矛盾，她觉得自己被完全撕裂了：肉体被撕裂了，意识被撕裂了，连逻辑也被撕裂了。这会儿她真切体会到当上帝的难处。当你握有随意修改历史的权力时，实际上你无法做出选择，你并不愿意握有它，也许这就是这位神戴着手铐的隐喻。现在，她要对历史进行修改吗？改到哪个程度？她并不是担心小罗格和夏天风同时复活后她如何自处，对于经历过大生大死的她来说，这是小而又小的问题。最难的是：如何对付 G 星人的偷袭？仅仅回到偷袭发生之前肯定不够，那时即使提前知道，地球人也无力回天，因为所有重武器都已经销毁了。那么，回到武器被销毁之前？也不行，那时的地球人已经被和平主义浸透了，依那时的社会潮流走下去，人类还是会把武器销毁的。那么，回到地球人仍保持着强烈的兽性、几万件核武器在天上海里游弋的时代？

……

褚文姬恍然悟到，这并非仅仅是回到哪个时间点的选择，而是更为本元的选择——要不要保持人类本性中的狼性。为了防备外星人的侵略，应该保留人类的狼性。不过，即使回到"兽性蓬勃"的时代也不行，那时，恐怕人类顾不上对付外星人，而首先是自相残杀。说句刻薄话，地球人在用核武器自相残杀之前就遇到外星侵略可以算作幸事，同样是灭绝，后者至少能让爱心和集体主义辉耀那么一次。如果回到那个兽性时代，比今天这个 G 星人时代更好吗？既然如此，何如保持不变？宇宙文明史其实就是这样的轮回，野蛮嗜杀者更利于占据生存空间，从而使自身变得文明昌盛，然后会变得优雅、仁慈和文弱；直到被另一波野蛮征服，然后野蛮人再次回归善和美……

但如果不修改，那就是她杀了呱呱、丈夫、靳前辈、小罗格，杀了所有地球人……至少是在心中又亲手杀了一次。要她在两难中做出某种选择，就像用大锯锯她的心脏。她在这种地狱的酷刑中挣扎，左冲右突……最终，她喘息着，在心中极度艰难地做出了决定：

她摇摇头。

她能明显感到对方欣慰地松一口气，按说神不该有这样的情绪化反应。神说：

"你的选择是对的，我也觉得最好还是保持原样。其实我本不该让你再爬一次感情钉板，都怪马柳叶、褚少杰、何明、贺梓舟那些执拗的思维团……不说了，我要走了。临走前想送你一件小小的礼物，就是这个六维时空泡。它就是我赠给靳逸飞的那一个，现在转赠给你，永远同你固连。"

褚文姬想了想。如果没有刚才的思想锯割，她会高兴地接受这个礼物。但现在她不想再当神，哪怕是低层级的神。她委婉地拒绝了：

"谢了，但我不想收下。我太老了，也累了，不想再做一个清醒的雁哨。我不是楚天乐那样的伟人，没有他那样坚强的意志。"

神点点头："你说得也对，当你成为世界的良心和眼睛时，会看到太多的丑恶，承受太多的痛苦。那就这样吧，泡泡还是留给你，在你过世之后，它可以把你变成一个活的塑像。你将站在这个基座上，千秋万世地俯瞰着尘世。你仍然活着，但不再有意识，对人世的一切，对历史都不必承担责任。收下吧，我冒昧地打扰了你，这算是我的小小赔礼。"

褚文姬仍然没有兴趣。神说这是两全其美的办法，实际并非如此。如果你选择醒来，那你就要承担醒来的责任，准备承受醒来的痛苦；如果你选择永远沉睡，那和死亡又有什么区别？当然，这件礼物不能说没有一点儿诱惑力，毕竟这是难得的机遇……神继续说：

"如果你一直不主动醒来，那泡泡将有一个默认程序，在十万年后，也就是下一次宇宙暴缩暴胀期之前，将自动唤醒你。你醒来后何去何从，自己决定吧。"

褚文姬的神经被猛然扎了一下。十万年后，也就是G星人科技飞跃的那个时期。如果能活到那个时间，并且能飞到 G 星，她能够影响十万年前的历史吗？能够像今天这样以博大的母爱影响 G 星人从而制止 G 星人对地球人的侵略吗？

逻辑上是可以的，但她凭直觉知道，这种过于博大浩瀚的时空魔方已经超过了她的智力，超过了人类的低等智力，她玩不转。记得年轻时学过一条数学定理：对于无限的自然数列来说，自然数和偶数一样多。她对这个结论从逻辑上能够认可，你列举的任何一个偶数，都可以找到一个自然数与之对应，但从逻辑上又强烈地抵触，明明自然数是偶数的两倍嘛。所以，任何在有限范围内非常明晰的结论，一旦放到无限中就会发生质变。她刚才那些想法，看来明晰而理性的想法，一旦推延到十万年后和数十光年外，也会是同样的结果。

她只是宇宙中的一只蚂蚁，只能以上天赐给蚂蚁的小小大脑去思维，去摸索，在那个浩瀚博大的时空魔方的表面上盲目爬行，但不要奢望去玩转它，随自己的意愿把它变成清一色的排序……就在这时她突然想到一件事，便问：

"神啊，请告诉我，天、地、人三个船队的命运如何？他们的盲飞结束了吗？"

"应该没有结束，我的信息流中没有它们的信息。我还没有逆时序地观察它们。"神猜测到了褚文姬的话外之意，安慰道，"你放心，他们不大会给地球送来一场新的入侵。G 星人船队溅落到十万年前的地球，这是很小的概率；甚至 G 星人在发展科技时兽性畸形膨胀，也是概率很小的事件，是由一些偶然因素凑成的。最大的可能是：天、地、人船队在发展出神级文明后，将像我一样念念不忘地球，对祖先予以反哺。"

褚文姬在这一刻做出了决定。不是理性的决定，而只是一个决定。"对，我相信你说的话。不管怎样，我决定接受你的礼物。谢谢了。"

神似乎对她的决定更为感激。"好！很高兴你做出这个决定。"

"而且，不必等到我过世了，反正有你的礼物，生死的界限已经模糊了。我也累了，现在就把我变成——你说的那种活塑像吧。"

"好的，尊重你的愿望。那么，你想要哪种形貌，是依你现在的形貌呢，还是依照塑像的形貌？我都能做到。"

"其实没什么区别，不过，就依塑像的形貌吧，那个更漂亮一些。按说依我现在的心态，容貌已经是身外之物了，但女人爱美的天性实在是顽固。"

她调侃地说。神的心情也轻松了，笑着说："你年轻时有惊人的美貌，主要是外在的美；而今天你仍有惊人的美貌，主要是内在的美。但我也倾向于选择你年轻时的形貌，这是有历史意义的，对不对？"

褚文姬叹息一声，默认了。她知道神说的"历史意义"指的是什么。没错，当年正是这种"外在的美"打动了波波和吉吉甚至帝皇和副皇的心，在G星人的兽性社会中撬开了小小一条细缝，而这条细缝最终变为滚滚洪流，成为社会的主流。她把G星人完全变成了地球人，实现了完美的复仇……但这真是成功吗？如果在若干百年之后，千年之后，另一只外星人船队也带着灭绝武器来到地球？那时，沉醉于爱、美、善的地球人能对付吗？

不知道。这也是她接受礼物的原因。她到底做不到心静无波，还想亲眼看到十万年后的世界。接受礼物后到底该怎么用，甚至该不该用，此刻她都不知道。但至少说，当天、地、人船队的队员们回到地球的怀抱时，最好有一个真正的地球女人在等候着他们。神说：

"好的，我已经完成了泡泡和你的固连，塑像的手铐仍然保留，因为它象征着新地球人的忏悔，正像我的手铐隐喻着神的无奈。我要走了……其实我也舍不得离开。我现在无所不能，但也无事可干，反倒很留恋在地球的生活，就像在宝天曼山中的生活。不完美、残缺、有遗憾，但有生气，有滋味……"神突然醒悟，自嘲道，"这会儿又是马柳叶、贺梓舟、褚少杰等人的低等级思维占了上风，这些思维团可真够顽固的。好了，一时的情绪冲动。我要说再见了。"

褚文姬同神说了再见。她觉得泡泡内弥漫的意识忽然消失了。然后，她的意识也开始消失。不，说正在入睡更为合适。这一觉将是以十万年计的，尽可抛开一切意念，抛开忧虑、烦恼、痛苦、愤怒、内疚、留恋、责任感，等等等等，安心地睡下去。她要睡了，忽然听到有人在焦灼地唤她。是波波和吉吉，自己走得太急了，欠他们一个告别。于是，她在睡梦中低下头，把目光对准他们，笑着道了再见。

波波和吉吉在焦灼中等待着，低声呼唤着。忽然——泡泡消失了，泡泡内的嬷嬷也消失了。两人四顾寻找，轻声唤着"嬷嬷，嬷嬷"，没有回应。他们转为高声呼喊，仍没有回应。波波很焦灼，准备唤远处的侍从——但即使唤来侍从又该到哪儿寻找？吉吉在大声呼唤，但她忽然噤声，指着基座上的塑像，惊异地说：

"波波你看！"

波波也看到了。仍是那尊裸体的女神，乳房饱满，美极了的青春胴体，手上带着锃亮的手铐……但奇怪的是一头黑发变成了如雪白发。她遥望着远方，平静的目光中微含凄凉，似乎在召唤远方的孩子……这会儿塑像收回了远望的目光，缓缓低下头，目光缓缓地对准了他们，然后，一波笑纹慢慢在她脸上荡漾开来。她被铐着的双手也在动，动作很缓慢，但两人慢慢猜出，那是在向他们招手，道别。

波波和吉吉不知道到底发生了什么，也不想弄明白了。反正他们知道，嬷嬷已经和塑像合为一体，变成一尊长生不老的"活塑像"，会永远伴着新地球人，用她缓缓转动的目光凝望着这个世界，任历史的光影在她身边匆匆闪过，这就够了，甚至是更完美的结局。波波和吉吉心情轻松了，伏下身，向嬷嬷虔诚地叩拜道别。